नैरेटिव का मायाजाल

नैरेटिव का मायाजाल

कौन हैं हम ?
क्या है हमारी पहचान ?

बलबीर पुंज

प्रकाशक
प्रभात प्रकाशन प्रा. लि.
4/19 आसफ अली रोड, नई दिल्ली–110002
फोन : 011–23289777 • हेल्पलाइन नं. : 7827007777
इ–मेल : prabhatbooks@gmail.com ❖ वेब ठिकाना : www.prabhatbooks.com

संस्करण
2025

पेपरबैक मूल्य
छह सौ रुपए

मुद्रक
आर–टेक ऑफसेट प्रिंटर्स, दिल्ली

———— ★ ————

NARRATIVE KA MAYAJAAL
by Shri Balbir Punj

Published by **PRABHAT PRAKASHAN PVT. LTD.**
4/19 Asaf Ali Road, New Delhi-110002

ISBN 978-93-90372-67-6

₹ 600.00 (PB)

प्रस्तावना

हम क्या हैं, कौन थे और क्या कर सकते हैं? ऐसे प्रश्नों के उत्तरों की चाबी किसके पास है? अपनी और दूसरों की दृष्टि में हमारी पहचान क्या है? जब हमारे मन में ऐसे कुछ प्रश्न उठते हैं या फिर हमसे इस विषय में कोई कुछ पूछता है, तो उत्तरों का आधार क्या होता है? इन सभी सवालों के जवाब को यदि किसी एक शब्द में व्यक्त करना हो, तो उसे नैरेटिव (Narrative) अर्थात् विमर्श कहा जा सकता है। हम वही बोलते हैं और समझते हैं, जो हमें दिखाया और सिखाया जाता है। वह ही हमारी विश्लेषण करने की शक्ति, हमारे चिंतन की सीमा, हमारी जानकारी की परिधि और ज्ञान की गहराई को निर्धारित करता है। हमारा चिंतन और मानस उस नैरेटिव से बनता है, जो हमारे समक्ष परोसा गया है। अब वह नैरेटिव सत्य पर आधारित है, अर्धसत्य से प्रेरित है या बिल्कुल झूठा, मिथक है और फर्जी है। यह सब उस नैरेटिव को परोसने वाले और उसकी नीयत पर निर्भर करता है। संक्षेप में कहें तो नैरेटिव एक प्रकार से Knowledge Management है या मानस नियंत्रक Mindset Controller है। जब हम उपलब्ध नैरेटिव के आधार पर चर्चा करते हैं और अनुभवों को साझा करते हैं, तब एक Collective Psyche (सामूहिक मानस) का निर्माण होता है। इसी से मानवीय सहयोग या शत्रुता का भाव उत्पन्न होता है। उपलब्ध विमर्श के आधार पर ही हम चर्चा, साझा अनुभव, रूपक, मिथकों और किंवदंतियों के रूप में विचारों का आदान-प्रदान करते हैं, जो हमारे आपसी व्यवहार को परिभाषित करता है। इस पर यूनाइटेड किंगडम स्थित वारविक विश्वविद्यालय द्वारा मान्यता प्राप्त लेखक और 'Organizational Knowledge in the Making : How Firms Create, Use and Institutionalize Knowledge' के लेखक 'गेरार्डो पेट्रियोट्टा' के अनुसार, "...narratives deal with the politics of meaning i.e. how meanings are selected, legitimized, encoded and institutionalized at the organizational level."

हमारी भारतीय संस्कृति बहुलतावाद (Pluralism) और मतभिन्नता (Dissent)

रूपी मूल्यों में विश्वास रखती है। इसी स्वस्थ परंपरा के कारण ही भारत में अनेक मत-मतावलंबी वैष्णव, शैव, शाक्त, स्मार्त और कालांतर में बौद्ध, जैन, सिख पंथों का जन्म और विकास हुआ। कोई आश्चर्य नहीं कि जब इसलाम, पारसी और ईसाइयत का भारत में प्रवेश हुआ, तो न केवल उनका स्वागत किया गया, साथ ही हमारी सनातन संस्कृति ने उन्हें फलने-फूलने की सभी सुविधा भी प्रदान की।

इसलाम का भारत में आगमन पैगंबर मोहम्मद साहब के जीवनकाल में ही हो गया था। अरब के बाद दुनिया की पहली मसजिद का निर्माण भी पैगंबर साहब के रहते ही भारत में केरल के तटीय क्षेत्र में हुआ। अरब के व्यापारी अपने साथ नई पूजा-पद्धति लेकर आए और उन्होंने स्थानीय शासन से नमाज अदा करने की सुविधा माँगी। तब वर्ष 629 में तत्कालीन केरल के हिंदू राजा चेरामन पेरूमल भास्करा रविवर्मा ने कोडुंगल्लूर के तत्कालीन बंदरगाह में चेरामन जुमा मसजिद का निर्माण करवाया। अप्रैल 2016 में सऊदी अरब के राजकीय दौरे में प्रधानमंत्री नरेंद्र मोदी ने इसी चेरामन जुमा मसजिद के मूल स्वरूप की स्वर्ण प्रतिकृति सऊदी राजवंश के प्रमुख सलमान बिन अब्दुलअजीज अल सउदी को उपहारस्वरूप भेंट की थी।

इसी प्रकार फारस (ईरान) में इसलामी उदय और उससे जनित मजहबी अत्याचारों (जबरन मतांतरण सहित) के शिकार हुए हजारों पारसी लगभग 766 ईसवी में भारत के गुजरात पहुँचे। वहाँ के तत्कालीन हिंदू राजा ने उनका स्वागत किया। सदियों के कालांतर में पारसी गुजरात और मुंबई जाकर बस गए। आज इनकी जनसंख्या भारत में मात्र 60-70 हजार के आसपास है। लगभग साढ़े बारह सौ वर्षों बाद भी यह समुदाय भारत में दूध में घुली चीनी की भाँति जीवनयापन कर रहा है। अल्पसंख्यक होते हुए भी यह समाज देश का सबसे संपन्न-समृद्ध समाज है। इसी प्रकार प्राचीनकाल में अपने उद्गम स्थान पर मजहबी रूप से प्रताड़ित सीरियाई ईसाइयों का केरल में तत्कालीन हिंदू शासकों और जनमानस ने न केवल खुले मन से स्वागत किया, अपितु उनकी पूजा पद्धति और जीवन शैली को पुष्पित-पल्लवित होने का पूरा अवसर भी प्रदान किया। ऐसे ही शरण लेने आए यहूदियों का भी भारत से पुराना नाता है।

भारत में इसलाम और ईसाइयत का दूसरा प्रवेश अपने साथ 'एकेश्वरवाद' का सिद्धांत और लाखों लोगों की मौत का 'फरमान' लेकर आया, जिसने भारत के बहुलतावादी नैरेटिव को न केवल प्रभावित करना प्रारंभ किया, अपितु इस देश के सांस्कृतिक और भौगोलिक स्वरूप को बदलने में भी सफलता पाई। आठवीं शताब्दी में मोहम्मद बिन कासिम द्वारा तत्कालीन भारत के सिंध पर आक्रमण के बाद जब 11वीं सदी के पूर्वार्ध में महमूद गजनवी ने खलीफा का पद सँभाला, तो उसने मजहबी प्रतिज्ञा की थी कि वो हर साल भारत जाएगा और मंदिरों व मूर्तियों को खंडित करेगा और 'काफिरों' को

तलवार के बल पर 'इसलाम' या 'मौत' में से एक चुनने का विकल्प देगा। अपने तीन दशकों के कार्यकाल में वह हर वर्ष भारत आने का वचन तो पूरा नहीं कर पाया, किंतु उसने एक दर्जन से अधिक बार भारत पर हमले किए और सोमनाथ मंदिर सहित देश के असंख्य मंदिरों को लूटा, तोड़ा और उनमें रखी मूर्तियों को खंडित किया। कालांतर में भारत आए कासिम-गजनवी के मानसबंधुओं ने 'काफिर-कुफ्र' दर्शन को आगे बढ़ाया।

इसी तरह भारत में ईसाइयत का दूसरा और हिंसक प्रवेश 16वीं शताब्दी में पुर्तगालियों के साथ मजहबी 'सोसायटी ऑफ जीसस' के सह-संस्थापक फ्रांसिस जेवियर के गोवा आगमन के रूप में हुआ। जेवियर के निर्देश पर हजारों गैर-ईसाइयों को अमानवीय यातना दी गई और उन ईसाइयों (सीरियाई ईसाई सहित) को भी अपने कोपभाजन का शिकार बनाया, जो उनके अनुसार रोमन-कैथोलिक परंपरा का सटीक अनुसरण नहीं कर रहे थे। न केवल उनकी जीभ काट दी गई, साथ ही उनकी चमड़ी जीवित रहते ही उतार दी गई। इस दौरान हिंदुओं के कई मंदिरों और पूजास्थलों को तोड़ डाला गया। कालांतर में व्यापारियों के भेष में आए कुटिल ब्रितानियों का देश में प्रवेश हुआ और उन्होंने चर्च के मजहबी दायित्व को 'वैधानिकता' प्रदान की।

अब जिस भूखंड में अनादिकाल से सभी पूजा-पद्धतियों को एक समान भाव, सम्मानपूर्वक और सद्भावना के साथ देखा जाता था, कालांतर में मजहब के नाम पर उस धरती के कई टुकड़े हो गए—अफगानिस्तान, पाकिस्तान, बांग्लादेश और खंडित भारत (Residual India)। यह खतरा अब भी बना हुआ है। ऐसा इसलिए हुआ, क्योंकि यहाँ का जो मूल बहुलतावादी, लोकतांत्रिक और समरसतापूर्ण नैरेटिव था, जिसे 'एकम् सद् विप्रा बहुधा वदंति', 'सत्य एक है, लेकिन विद्वान् लोग उसे अलग-अलग तरीके से परिभाषित करते हैं।' रूपी वैदिक मूल मंत्र से प्रेरणा मिल रही थी, उसका संघर्ष "मेरा ही ईश्वर 'सर्वोच्च', 'मेरा ही मजहब सच्चा' और झूठों (अन्य मजहब-पंथ के अनुयायी) को अपने पाले में करना या मौत के घाट उतार देना मेरा मजहबी फर्ज है," रूपी नैरेटिव से हो गया। यही नैरेटिव या विमर्श की क्षमता है, जो किसी भी देश की भौगोलिक सीमा और वहाँ के रहने वाले लोगों की मानसिकता को बदल सकता है।

इसी विमर्श के संघर्ष में उलझे रहने के कारण हम 800 वर्षों से अधिक समय परतंत्रता की बेड़ियों में जकड़े रहे। खंडित भारत आज भी विमर्शों के इस संघर्ष से मुक्त नहीं है। वर्ष 1947 में स्वाधीनता मिलने के बाद भारतीय नेतृत्व की स्वाभाविक इच्छा थी कि देश आगे बढ़े, पुनः अपनी वैभवशाली प्रतिष्ठा को प्राप्त करे और फिर से हम आर्थिक समृद्धि के मार्ग पर लौटें। किंतु स्वतंत्र भारत का वर्तमान नैरेटिव देशज नहीं है। इसे ब्रितानियों ने अपने शासन को देश में शाश्वत बनाने के लिए एक अभियान के अंतर्गत स्थापित किया था। जब ब्रितानी भारत आए, तो यहाँ भारतीयों का एक वर्ग इसलामी

शासन की शारीरिक गुलामी से जकड़ा हुआ था। परंतु मानसिक रूप से वे इसलामी आक्रांताओं को स्वयं से ऊपर नहीं मानते थे। गुलाम रहते हुए भी उनका स्वाभिमान और उनकी मौलिक पहचान जीवंत थी। अंग्रेज कुटिल आक्रमणकारी और चर्च की 'व्हाइट मैंस बर्डन' मानसिकता से ग्रसित थे। उन्होंने इसलामी आततायियों की भाँति यहाँ के लोगों का खुलकर मजहबी दमन नहीं किया। इसके स्थान पर उन्होंने कई विकृत नैरेटिव स्थापित किए और तथाकथित शिक्षित भारतीय उसके शिकार हो गए। भारतीयों को मानसिक रूप से गुलाम बनाने के लिए आवश्यक था कि नए नैरेटिव गढ़े जाएँ, जिसमें वह सफल भी हुए। इसके परिणामस्वरूप हम आज भी बहुत बार एक-दूसरे को उसी विकृत नैरेटिव के चश्मे से देखते है।

अंग्रेज भारत पर आक्रमण करके यहाँ स्थापित औपनिवेशिकवाद को वैध ठहराना चाहते थे। इसके लिए उन्होंने झूठा 'आर्य आक्रमण सिद्धांत' स्थापित किया। इस गढ़े हुए नैरेटिव के अंतर्गत ब्रितानियों ने यह प्रचारित करना प्रारंभ किया कि आर्य (हिंदू) बाहर से आए और यहाँ आकर उन्होंने यहाँ की स्थानीय संस्कृति को नष्ट किया और मूल लोगों को गुलाम बना लिया। ऐसा प्रचार करके अंग्रेज यह स्थापित करना चाहते थे कि आर्यों की भाँति इसलामी आक्रमणकारियों ने भी आठवीं शताब्दी में भारत पर हमला करके राज किया। ऐसी कहानी गढ़ने में अंग्रेजों का अंतिम उद्देश्य यहाँ के लोगों में राष्ट्रवाद की भावना क्षीण करना था, ताकि वे इस भ्रम का शिकार होते रहें कि उनके पूर्वज भी विदेशी थे और वे भी यहाँ के मूल निवासी नहीं थे। ऐसी अपेक्षा थी कि लगभग 200 वर्षों तक भारत का शोषण करने के बाद जब अंग्रेजों ने भारत छोड़ा, तो इस दूषित नैरेटिव में सुधार हो जाना चाहिए था। किंतु ऐसा नहीं हुआ। भारत के वामपंथियों ने इस दूषित चिंतन को तत्कालीन भारतीय नेतृत्व, जो सोवियत संघ के वाम-समाजवाद से प्रेरित था, उसके आशीर्वाद से आगे बढ़ाया। इस पुस्तक में इस सत्य को तथ्यों के साथ स्थापित करने का प्रयास किया गया है।

यह भ्रामक नैरेटिव का चमत्कार है कि हममें से कई लोगों को अपनी पहचान के बारे में स्पष्ट जानकारी नहीं है। वास्तव में यहाँ हर नागरिक की संस्कृति हिंदू है और हिंदुत्व उसकी जीवनशैली है। हिंदुत्व यहाँ राष्ट्रीयता का पर्याय है—हिंदुत्व अर्थात् भारतीयत्व अर्थात् भारतीयता अर्थात् राष्ट्रीयता। इसलिए स्वाभाविक रूप से भारतीय उपमहाद्वीप में 99 प्रतिशत लोग या तो हिंदू हैं या फिर हिंदुओं के वंशज हैं, जिन्होंने कालांतर में अपरिहार्य कारणों से अपनी मूल पूजा-पद्धति बदल ली और मुसलिम या ईसाई हो गए। परंतु क्या उपासना-पद्धति बदलने से पूर्वज बदल सकते है या संस्कृति बदल सकती है? समस्या की वास्तविक जड़ इसी विडंबना में है। कुछ मतांतरित लोग यह मानते हैं कि उनके मजहब बदलने के साथ उनका पूर्वजों और उनकी मूल संस्कृति से नाता टूट गया

है। इसी रुग्ण चिंतन के कारण बहुत से लोग स्वयं को मुसलिम आक्रांताओं—कासिम, गौरी, गजनवी, खिलजी, बाबर, अकबर, जहाँगीर, औरंगजेब, टीपू सुल्तान से जोड़ते हैं, तो श्रीराम, श्रीकृष्ण, गुरुनानक, महाराणा प्रताप, पृथ्वीराज चौहान, स्वामी विवेकानंद के साथ न तो किसी प्रकार संवेदना रख पाते हैं और ना ही उनपर किसी प्रकार के गर्व की भावना प्रकट कर पाते हैं।

भारत का रक्तरंजित विभाजन और पाकिस्तान का निर्माण किसने किया? एक भ्रामक प्रचार 1947 से अब तक यह किया जाता रहा है कि पाकिस्तान के जन्म के लिए जिम्मेदार 'दो राष्ट्र सिद्धांत' वीर विनायक दामोदर सावरकर की घोषणा थी, जिसे पाकिस्तान के संस्थापक मुहम्मद अली जिन्ना ने 1940 में अनुगृहीत किया था। इससे बड़ा झूठा कुछ हो नहीं सकता। सावरकर तो अखंड भारत के सच्चे उपासक थे। वास्तविकता तो यह है कि भारतीय उपमहाद्वीप में 'दो राष्ट्र सिद्धांत' का बीजारोपण सर सैयद अहमद खाँ ने तब किया था, जब सावरकर की आयु मात्र पाँच वर्ष थी। अब यदि इस कुतर्क की मानें, तो क्या पाँच वर्षीय बालक के विचारों ने देश का भौगोलिक नक्शा बदल दिया?

वास्तव में, वामपंथियों की विभाजनकारी मानसिकता, अंग्रेजों के साम्राज्यवादी कारणों से देश को तोड़ने की योजना और मुसलिम लीग द्वारा प्रतिपादित हिंसक घटनाओं से विवश होकर जिस प्रकार स्वतंत्रता आंदोलन का नेतृत्व कर रही कांग्रेस और आम जनता ने विभाजनकारी 'दो राष्ट्र सिद्धांत' को स्वीकार किया, ठीक उसी तरह वीर सावरकर के समक्ष भी संभवत: कोई और विकल्प नहीं बचा होगा। यही है नैरेटिव का जादू कि जिस सर सैयद ने ब्रितानियों की गोद में बैठकर भारतीय उपमहाद्वीप में अलगाववाद और विभाजन के रक्तबीज बोए और जिसके नाम पर पाकिस्तान में कई शैक्षणिक संस्थाओं का नामकरण किया गया है, उसे तो खंडित भारत में भी नायक बना दिया गया। तथ्यों को विकृत करने का ही परिणाम है कि सावरकर को खलनायक और ब्रितानी समर्थक बताने की कोशिश आज भी जारी है।

एक मिथ्या प्रचार यह भी किया जाता है कि जिन लोगों ने पाकिस्तान के लिए परतंत्र भारत में आंदोलन किए, वे लोग विभाजन के बाद 'शुद्ध भूमि'—पाकिस्तान चले गए। यह एक ऐसा झूठ है, जिसे स्वतंत्रता के बाद से अब तक नैरेटिव के बल पर बार-बार हमारे समक्ष परोसा जा रहा है। ऐसा कहने वाले दशकों तक सार्वजनिक विमर्श के केंद्र में यह तथ्य सामने लाने से बचते रहे और अब भी इसे भटकाने का प्रयास करते हैं कि पाकिस्तान का निर्माण आखिर किया किसने था? यह ठीक है कि अंग्रेजों और वामपंथियों ने इसमें अहम भूमिका निभाई। लेकिन क्या मुसलिम समाज के समर्थन के बिना पाकिस्तान का जन्म संभव था? जो लोग मजहब के नाम पर विभाजन के लिए आंदोलित थे या देश का विभाजन करना चाहते थे, क्या वे सभी 14 अगस्त, 1947

के खंडित भारत को छोड़कर पाकिस्तान चले गए? इन प्रश्नों के उत्तर इस पुस्तक में सम्मिलित अध्यायों में देने का प्रयास किया गया है।

आखिर वामपंथियों का इस देश में क्या इतिहास रहा है? स्वतंत्रता से पहले मुसलिम लीग के अतिरिक्त देश का एकमात्र राजनीतिक दल वामपंथियों की कम्युनिस्ट पार्टी थी, जिन्होंने अंग्रेजों और मुसलिम लीग की सहायता से पाकिस्तान का निर्माण किया; मजहब के आधार पर देश का रक्तरंजित विभाजन कराया; 1942 के 'भारत छोड़ो आंदोलन' में राष्ट्रवादियों के खिलाफ ब्रितानियों के लिए मुखबिरी की; गांधीजी, नेताजी सहित अनेक राष्ट्रवादियों के लिए अपशब्द कहे; खंडित भारत को स्वतंत्र मानने से इनकार किया; देश को और 17 टुकड़ों में विभाजित करने का प्रस्ताव रखा; 1948 में भारतीय सेना के खिलाफ हैदराबाद के जिहादी रजाकरों की मदद की; 1962 के भारत-चीन युद्ध में वैचारिक समानता के कारण चीन के मुखपत्र बने; 1967 में नक्सलवाद-माओवाद को जन्म दिया; 1998 में पोखरण-2 परमाणु परीक्षण का विरोध किया; देश के सुरक्षा में लगे जवानों का दानवीकरण किया; और आतंकवादियों-अलगाववादियों से सहानुभूति रखी। अब इसे पिछली एक शताब्दी की सबसे बड़ी त्रासदी कहें या विरोधाभास कि यही वामपंथी स्वतंत्र भारत में 'सेक्युलरवाद', 'अभिव्यक्ति की स्वतंत्रता', 'मतभिन्नता' आदि के साथ संवैधानिक अधिकार, लोकतंत्र पर विमर्श तय कर रहे हैं।

इतना ही नहीं, देश में कौन 'सेक्युलर' है और कौन 'सांप्रदायिक'—उसका प्रमाणपत्र भी यही वाम-कुनबा आजादी के 75 वर्ष बाद भी बाँट रहा है। कितना हास्यास्पद है कि वामपंथियों के पैमाने पर जाति, क्षेत्रीयता और मजहब के आधार पर राजनीति करने वाली समाजवादी पार्टी (सपा), बहुजन समाज पार्टी (बसपा), राष्ट्रीय जनता दल (राजद), जनता दल यूनाइटेड (जदयू), जनता दल सेक्युलर (जदस), राष्ट्रीय लोक दल (रालोद), तृणमूल कांग्रेस (टीएमसी), द्रविड़ मुन्नेत्र कड़गम (डीएमके), ऑल इंडिया अन्ना द्रविड़ मुनेत्र कड़गम (एडीएमके), राष्ट्रवादी कांग्रेस पार्टी (एनसीपी) से लेकर घोर इसलामवादी जम्मू-कश्मीर नेशनल कॉन्फ्रेंस (एनसी), जम्मू-कश्मीर पीपुल्स डेमोक्रेटिक पार्टी (पीडीपी) और ऑल इंडिया मजलिस-ए-इत्तेहादुल मुसलिमीन (एआईएमआईएम) 'सेक्युलर' पार्टियाँ हैं। यह विडंबना है कि जिस मुसलिम लीग (1906-1947) ने पाकिस्तान को मूर्त रूप दिया, विभाजन के बाद खंडित भारत में उसके अवशेषरूपी मजहबी इंडियन यूनियन मुसलिम लीग (आईयूएमएल) को भी देश में वामपंथियों से 'सेक्युलर' दल का तमगा मिला हुआ है, जो देश के सबसे पुराने स्वघोषित सेक्युलर दल कांग्रेस की केरल में सहयोगी रही है।

देश के समक्ष इन विभाजनकारी शक्तियों की वास्तविकता सामने लाने और देश को उनसे बचाने की जिम्मेदारी तत्कालीन कांग्रेस के कंधों पर थी। किंतु जिस प्रकार स्वतंत्रता

से पहले उसने इन विषाक्त विचारधाराओं से आर-पार की लड़ाई करने के बजाय समझौता करना उत्तम विकल्प समझा, ठीक उसी तरह की शुतुरमुर्गी मानसिकता के साथ कांग्रेस ने विभाजन के बाद खंडित भारत में सक्रिय ताकतों को न केवल फलने-फूलने का अवसर दिया, बल्कि उन्हें संविधान सभा का सदस्य बनाया और समय-समय पर उनसे राजनीतिक समझौता करके उसी औपनिवेशिक विमर्श को भारत-विरोधी वैचारिक चश्मे से निर्धारित करने की स्वीकृति भी दे दी। इसका दुष्परिणाम यह हुआ कि स्वतंत्र भारत का एक बड़ा वर्ग न केवल अपनी मूल संस्कृति से कटता गया, अपितु उसके प्रति हीन-भावना से भी ग्रसित हो गया।

विमर्श बनाया जाता है कि मुसलिम आक्रांता राष्ट्रनिर्माता थे। क्या वाकई ऐसा था? आखिर इसलामी आक्रमणकारी भारत क्यों आए? क्या केवल भारत को लूटने की नीयत से इसलामियों ने भारत पर हमला किया था? वास्तव में, इन मजहबी आततायियों का प्रमुख उद्देश्य लूट से अधिक था। वे 'काफिर-कुफ्र' चिंतनयुक्त मजहबी दायित्व की पूर्ति करना चाहते थे; 'काफिरों' को मारकर या उन्हें धर्मांतरण के लिए विवश करके और उनके पूजा स्थलों को ध्वस्त कर देना चाहते थे। भारत पर इसलामी आक्रमणों का 1200 वर्ष पुराना इतिहास ऐसे उदाहरणों से भरा पड़ा है। 12वीं शताब्दी में, दहनोन्मादी बख्तियार खिलजी ने नालंदा, विक्रमशिला और उदयगिरि सहित कई सदियों पुराने विश्वविद्यालयों को राख और मलबे में बदल दिया। क्या उसने केवल लूटपाट के उद्देश्य से ऐसा किया था?—नहीं। इसके पीछे उसका वह मजहबी चिंतन था, जिसमें कुफ्र को मिटाने की मानसिकता थी, जो आज भी बरकरार है।

इन्हीं इसलामी आक्रमणकारियों को उनके पापों से मुक्त करने के लिए नैरेटिव बनाया जाता है, जिसमें तीन प्रमुख बिंदु हैं। पहला—इसलामी आक्रांताओं ने भारत को अपना घर बनाया। दूसरा—स्थानीय हिंदू शासकों के साथ हुआ इसलामियों का युद्ध मजहबी कारणों से नहीं था, क्योंकि कई हिंदुओं ने मुसलिम राजाओं के लिए लड़ाई लड़ी और हिंदू शासकों की भी सेना में मुसलमान हुआ करते थे। तीसरा—मुसलिम शासकों द्वारा हिंदू मंदिरों की मरम्मत-रखरखाव के लिए अनुदान दिया जाता था। इन तर्कों से इसलामी आक्रमणकारियों को 'गैर-सांप्रदायिक' घोषित करने और उनके 'उदार' चरित्र को स्थापित करने का प्रयास किया जाता रहा है। सच तो यह है कि इन कुतर्कों से हम इस मूर्खतापूर्ण निष्कर्ष पर पहुँचते हैं कि उपनिवेशवादी अंग्रेज भी आक्रमणकारी नहीं थे। भारत में ब्रिटिश साम्राज्य अधिकांश भारतीयों द्वारा संचालित था। क्या इससे अंग्रेज 'भारतीय' हो जाते हैं, जो 'भारतीयों के हित' में काम किया करते थे? यह सच है कि अंग्रेजों ने भारत का दमन करते हुए उसे कंगाल किया और उसके बाद अपने देश लौट गए। इसलामी शासकों ने ऐसा नहीं किया। मुगलों से पहले,

अधिकांश आक्रमणकारी लूटपाट की संपत्ति और 'काफिर' गुलामों को बंधक बनाकर अपने देश लेकर चले गए।

एक नैरेटिव यह भी है कि मुसलमानों ने भारत पर सैकड़ों वर्षों तक राज किया। यह या तो अर्धसत्य है या फिर सफेद झूठ। वर्ष 712 में कासिम के सिंध पर इसलामी हमले से लेकर वर्ष 1707 में क्रूर आततायी औरंगजेब की मृत्यु होने तक भारत में दर्जनों स्थानीय हिंदू शासकों, साधु-संतों और सिख गुरुओं की परंपराओं ने इस धरती की मूल सनातन संस्कृति की रक्षा हेतु भीषण प्रतिकार किया था। यह इन्हीं सतत संघर्षों का परिणाम है कि इसलामी आक्रांता संपूर्ण भारत में अपना एकाधिकार नहीं जमा पाए। जब अंग्रेजों ने भारत पर कब्जा करना प्रारंभ किया, तब उत्तर भारत के तत्कालीन पंजाब पर धर्मरक्षक सिखों का साम्राज्य था, राजस्थान में राजपूत-जाटों का वर्चस्व, मराठाओं का शौर्य और ग्वालियर, त्रावणकोर, कोचीन आदि सनातन संस्कृति के ध्वजवाहक अनेक हिंदू शासक स्वयं को इसलामी शक्तियों से मुक्त कराने में सफलता पा चुके थे।

ब्रितानी अधिकारी मैक्स आर्थर मैकॉलिफ ने अपने कार्यकाल में ऐसा विकृत विमर्श बनाया कि हिंदुओं और सिखों के बीच तीन सदी पुराने रोटी-बेटी के संबंध में दरार पड़ जाए। जिन मूल्यों पर हिंदू-सिख संबंधों की नींव सिख पंथ के संस्थापक गुरुनानक देवजी और अन्य सिख गुरुओं ने रखी, उसे अंग्रेजों ने 1864-1911 में अपने औपनिवेशिक नैरेटिव से विकृत कर दिया। इस दूषित चिंतन का परिणाम यह हुआ कि सिख पंथ का एक वर्ग सिख गुरुओं की परंपराओं, दर्शन और जीवनशैली का अनुसरण करने के स्थान पर उस विभाजनकारी मानसिकता का अनुसरण कर रहा है, जिसे ब्रितानियों ने अपने उपनिवेशी साम्राज्य को लंबे समय तक बनाए रखने के लिए प्रतिपादित किया था।

इसी नैरेटिव के बल पर ब्राह्मणों का दानवीकरण भी किया गया। इसमें भारतीय फिल्म उद्योग से जुड़े एक वर्ग ने अग्रणी भूमिका निभाई है। वास्तव में, मनगढ़ंत विमर्श के बल पर पहले ब्रितानियों और फिर वामपंथियों द्वारा ब्राह्मणों को इसलिए शिकार बनाया गया, क्योंकि मंदिरों में पूजा-पाठ, अन्य कर्मकांड, वैवाहिक संस्कार, अंतिम संस्कार आदि से भारतीय संस्कृति को बचाए रखने में साधु-संतों के साथ ब्राह्मण समाज सबसे आगे रहा है। सोचिए, यदि घरों-मंदिरों में हवन, यज्ञ, पूजन विधियाँ क्षीण हो जाएँ, तो क्या हिंदू समाज लंबे समय तक अक्षुण्ण रह पाएगा? इसीलिए हिंदू सनातन समाज को धार्मिक विधि-विधान से जोड़कर रखने वाले ब्राह्मण समाज को सामाजिक उपहास का केंद्र बनाने और उसका दानवीकरण करने के लिए भारतीय सिनेमा के माध्यम से ब्राह्मण विरोधी नैरेटिव गढ़ा गया।

यह ठीक है कि समय बीतने के साथ हिंदू समाज कई कुरीतियों से घिरता गया और उसमें अस्पृश्यता को बढ़ावा मिला। किंतु यह भी एक सच है कि हिंदू वाङ्मय में

इन कुप्रथाओं की कोई स्वीकार्यता नहीं है। वास्तव में, वैदिक चिंतन सर्वस्पर्शी है और विश्व कल्याण के प्रति समर्पित है। वह केवल वेद अनुगामियों के बीच सद्भावना का संचार नहीं करता, अपितु पूर्ण ब्रह्मांड में शांति और सुख की कामना करता है। ऐसे वैचारिक अधिष्ठान में अस्पृश्यता जैसी कुरीतियों का स्थान कैसे हो सकता है ? सनातन हिंदू समाज को अस्पृश्यत आदि से परिमार्जित करने की दिशा में कई महापुरुषों ने आंदोलन किए हैं। यह उसी का परिणाम है कि समाज में बौद्धिक स्तर पर छुआछूत का कोई समर्थन नहीं करता है और हमारे संविधान में आरक्षण की व्यवस्था सवर्णों के सहयोग से ही अब तक जारी है। इसके प्रतिकूल, वामपंथियों ने कभी भी इन सामाजिक कुप्रथाओं के परिमार्जन के लिए कोई वस्तुनिष्ठ प्रयास नहीं किए, उलटा इसका उपयोग उसने हिंदू समाज को बाँटने के अपने वैचारिक उद्देश्य की पूर्ति हेतु किया और वे अब भी ऐसा ही कर रहे हैं।

नैरेटिव यह भी बनाया गया है—'1947 से पहले भारत राष्ट्र नहीं था', 'अंग्रेजों ने देश को एक सूत्र में बाँधा', 'ब्रितानियों ने भारत को लोकतंत्र और पंथनिरपेक्षता भेंटस्वरूप दी'। यह विमर्श बिल्कुल झूठा है। भारत एक सनातन राष्ट्र है। यह कितना प्राचीन है, कह पाना कठिन है। इस विमर्श को निरंतर आगे बढ़ाने का उद्देश्य यह था कि इस आधार पर भारत को कई टुकड़ों में तोड़ा जा सकता है। इस विचार को आगे बढ़ाने में वामपंथियों ने अग्रणी भूमिका निभाई है। कम्युनिस्टों को इसकी प्रेरणा अपने प्रणेता कार्ल मार्क्स के 1850 के दशक में 'न्यूयॉर्क डेली ट्रिब्यून' समाचार-पत्र में प्रकाशित उन श्रृंखलाबद्ध आलेखों से मिलती है, जिसमें वे भारतीय संस्कृति और जीवनशैली को भारत की दयनीय स्थिति के लिए जिम्मेदार ठहराते हैं। कार्ल मार्क्स के अनुसार, भारत में क्रांति या नवसृजन तभी संभव है, जब यहाँ की परंपराओं, संस्कृति और जीवनशैली को नष्ट कर दिया जाए।

दिलचस्प तथ्य यह भी है कि मार्क्स ने यह विचार भारत आए बिना हजारों मीलों दूर बैठकर, बिना किसी वस्तुनिष्ठ जानकारी के और बिना किसी जनसंचार क्रांति—विशेषकर इंटरनेट और सोशल मीडिया के प्रस्तुत किए थे। यह जानते हुए भी किसी एकेश्वरवादी मजहब की भाँति भारत के मार्क्सवादी रक्तबीज इन्हीं कुतर्कों को अंतिम सत्य मानकर आगे बढ़ा रहे हैं। यही कारण है कि वामपंथी भारत की बहुलतावादी सनातन संस्कृति से स्वयं को जोड़ नहीं पाए हैं। जब मार्क्सवाद के प्रारंभिक प्रचारक पहली बार भारत आए थे, तो यहाँ कुंभ मेले में आस्था के जन-सैलाब को देखकर उन्हें बड़ी निराशा हुई और उन्होंने तब ही यह मान लिया था कि इस अध्यात्म प्रधान देश में साम्यवाद का पल्लवित होना मुश्किल काम है, इसलिए उन्होंने भारत को कई टुकड़ों में बाँटने का हरसंभव प्रयास किया। स्वतंत्रता आंदोलन के दौरान ब्रितानियों के समक्ष भारत देश के 17

और टुकड़े करने का वामपंथी प्रस्ताव इसका प्रमाण है। यही मानसिकता देश के कई क्षेत्रों में दशकों से जारी माओवाद-नक्सलवाद (अर्बन नक्सल सहित), 'टुकड़े-टुकड़े गैंग' और जवाहरलाल नेहरू विश्वविद्यालय (दिल्ली) रूपी शैक्षणिक संस्थानों की राष्ट्रविरोधी गतिविधियों से भी प्रतिबिंबित है।

आखिर इस तरह के भारतीय अपनी मूल संस्कृति से घृणा क्यों करते हैं? और घृणा भी इतनी प्रचंड कि उनके जीवन का एकमात्र उद्देश्य ही देश को तोड़ना हो जाए। हैरानी की बात है कि ये लोग जिसे अपना वैचारिक शत्रु मानते हैं, उसे मौत के घाट उतारना भी क्रांति समझते हैं? वस्तुत: ऐसे लोगों को मोटा-मोटी Left-Liberal की संज्ञा से संबोधित किया जा सकता है। यह उस नैरेटिव के शिकार हैं, जिसकी उत्पत्ति लॉर्ड थॉमस बैबिंगटन मैकाले ने अपनी दूषित शिक्षा पद्धति और नीतियों के माध्यम से की थी। मैकाले ने जहाँ भारतीयों को अपनी संस्कृति को तिरस्कृत दृष्टि से देखने, उससे घृणा करने और भारत में पाश्चात्य सभ्यता को थोपने की बात कही, तो संस्कृति सहित प्राचीन भारतीय भाषाओं को अविकसित, बेकार बताकर भारतीय भाषाओं की विकास यात्रा को भी कुंद करने का पूरा प्रयास किया गया। मैकाले ने प्राच्य साहित्य की आलोचना करते हुए भारतीय संस्कृति और साहित्य की क्षमता को यूरोप के किसी एक पुस्तकालय की एक अलमारी के बराबर बताया था। सच तो यह है कि मैकाले का वास्तविक उद्देश्य उनके द्वारा 12 अक्तूबर, 1836 को अपने पिता को लिखे एक पत्र से स्पष्ट हो जाता है। इस पत्र में वह लिखते हैं, "मेरा दृढ़ विश्वास है कि यदि हमारी शिक्षा नीति सफल हो जाती है, तो 30 वर्ष के भीतर बंगाल के उच्च घराने में एक भी मूर्तिपूजक नहीं बचेगा।" कहा जा सकता है कि मैकाले अपनी इस नीति में काफी हद तक सफल हुए हैं। हर भारतीय विचार और ज्ञान का बेकार बताना और उसका उपहास उड़ाने की यह दास परंपरा आज भी जारी है। कोरोनाकाल में भारतीय वैक्सीन पर संदेह जताना और उसे उपहास का पात्र बनाना इसका प्रत्यक्ष प्रमाण है। ऐसे अनगिनत उदाहरण हैं।

अब स्वाधीनता के बाद जो व्यक्ति देश के नीति-नियंता बन बैठे, उनमें से अधिकांश उसी दूषित शिक्षा पद्धति और संस्थानों में तपकर निकले थे, जिसमें स्थानीय भारतीयों के भीतर 'भारतीयता' को समाप्त करना और उनमें अपनी मूल सनातन संस्कृति से घृणा का भाव भरना ही मुख्य दायित्व था। पंडित जवाहरलाल नेहरू स्वतंत्र भारत के पहले प्रधानमंत्री बने। वे देश की भावनात्मक एकता को समझते थे। परंतु दूरदर्शिता के अभाव में उन्होंने अप्रिय, परंतु अति आवश्यक निर्णय लेने के स्थान पर समझौते की नींव पर अस्थायी शांति का मार्ग चुना। वह चाहे उनके द्वारा कश्मीर पर पाकिस्तानी हमले के समय घोर सांप्रदायिक शेख अब्दुल्ला को जम्मू-कश्मीर की सत्ता सौंपना हो, चोर दरवाजे से भारतीय संविधान में धारा 370 और 35ए को शामिल कराना हो या फिर 'हिंदी-चीनी

भाई-भाई' का राग अलापना हो, इन सबकी बड़ी कीमत देश ने चुकाई है या यूँ कहें कि आजतक चुका रहा है। पं. नेहरू की सुपुत्री श्रीमती इंदिरा गांधी द्वारा 1969-71 में राजनीतिक समझौते के बाद कांग्रेस और सरकार के वैचारिक विमर्श को पार्टी में घुस आए वामपंथियों के हाथ में 'आउटसोर्स' कर देना वह घटनाक्रम है, जिसने तब से लेकर आजतक मार्क्स-मैकाले के विषाक्त चिंतन को भारत का Default Narrative बना दिया है। इसी त्रासदी की कोख से वामपंथियों ने 'हिंदू रेट ऑफ ग्रोथ' के विचार की उत्पत्ति करके यह भी स्थापित करने का प्रयास किया था कि सोवियत संघ प्रेरित वाम-समाजवाद के कारण ध्वस्त हुई भारतीय आर्थिकी असल में बहुसंख्यक हिंदुओं की आबादी और उनकी परंपराओं के कारण हुई थी। इसके सूत्रधार वामपंथी अर्थशास्त्री प्रोफेसर राजकृष्ण थे। यह अलग बात है कि थोड़े से समय में ही यह झूठा सिद्धांत जमींदोज हो गया।

हिंदुओं से घृणा को बढ़ावा देता यह मार्क्स-मैकाले नैरेटिव मिथकरूपी 'हिंदू-भगवा आतंकवाद' तक भी जा पहुँचा और इसे अधिक पुष्ट करने की हताशा में तथ्यों को विकृत करके देश के समक्ष प्रस्तुत किया गया। ऐसा करने का एकमात्र उद्देश्य इसलामी आतंकवाद, जोकि अंतरराष्ट्रीय घटनाक्रम है—उसके खतरे को भारत में गौण किया जा सके और ऐसे जिहादी हमलों के पीछे की मानसिकता को छिपाया जा सके। वस्तुतः यह 'हिंदुत्व' से वामपंथियों और स्वयंभू सेक्युलरवादियों की घृणा से जनित विमर्श का ही हिस्सा है।

निज विचार यात्रा

ऐसा नहीं है कि इन विदेशी शक्तियों और विचारधाराओं से भारत में किसी ने संघर्ष नहीं किया। इस वैचारिक और सभ्यतागत युद्ध में स्वामी विवेकानंद, स्वामी दयानंद सरस्वती, मोहनदास करमचंद गांधी, अरबिंदो घोष आदि महापुरुषों का योगदान अविस्मरणीय है। इन सभी महानुभावों से प्रेरणा लेने वालों में आर.एस.एस. संस्थापक डॉ. केशव बलिराम हेडगेवार ही नहीं, अपितु माधव राव सदाशिव राव गोलवलकर यानी 'गुरुजी', विनायक दामोदर सावरकर, सरदार वल्लभभाई पटेल, वैद्य गुरुदत्त (उनके जीवन और विचारों की विस्तृत जानकारी अध्याय संख्या 31 और 32 में हैं), पंडित दीनदयाल उपाध्याय, डॉ. श्यामाप्रसाद मुकर्जी, धर्मपाल, बलराज मधोक, होन्गासांद्रा वेंकटरमैया शेषाद्री, कुप्पाहाली सीतारमैया सुदर्शन, अटल बिहारी वाजपेयी, लालकृष्ण आडवाणी और वर्ष 2014 से देश के प्रधानमंत्री नरेंद्र मोदी शामिल हैं। ऐसे वैचारिक योद्धाओं की सूची बहुत लंबी है।

मैं भी इसी विचार-समूह का एक हिस्सा हूँ। मेरा जन्म स्वतंत्रता-प्राप्ति के दो वर्ष

पश्चात् अर्थात् 1949 में हुआ। जब मैंने होश सँभाला और अपने चारों ओर देखा, तो भारत में भुखमरी और गरीबी का साम्राज्य था। बचपन में कुछ वर्ष मैं अपने परमपूज्य दादाजी स्वर्गीय डॉ. जय दयाल के साथ पंजाब के जिला पठानकोट स्थित किड़ी खुर्द गाँव में कुछ समय रहा। मेरे दादा वहाँ स्थित औषधालय में चिकित्सक थे। मुझे स्मरण है कि उस समय ऑस्ट्रेलिया, न्यूजीलैंड और अन्य यूरोपीय देशों से सूखा 'स्किम्ड' दूध का पाउडर बोरों में भरकर भारत में आयात किया जाता था। तब ग्रामवासियों में पौष्टिकता की पर्याप्त मात्रा पहुँचाने हेतु वह दूध मेरे दादाजी द्वारा संचालित औषधालय के माध्यम से निःशुल्क वितरित किया जाता था। यह दूध पाने के लिए उस समय हमारे गाँव में भी गरीब और मध्यमवर्गीय लोग लंबी-लंबी पंक्तियों में प्रतीक्षा करते थे। जब वह समाप्त हो जाता, तो लोगों में घोर निराशा व्याप्त हो जाती। उस सूखे दूध के पाउडर को पाने के लिए लोगों में लड़ाई-झगड़ा होना आम बात हो चुकी थी। तब इस प्रकार के मार्मिक दृश्य देश में हमारी दरिद्रता को रेखांकित कर रहे थे। उन्हीं दिनों हमारा देश घटिया गुणवत्ता वाले और दान में प्राप्त अमेरिकी 'पीएल-480' गेहूँ पर निर्भर था। इस विकट स्थिति को आम-बोलचाल की भाषा में Ship to Mouth कहा जाता था।

अब मेरे दादाजी ने वेद, उपनिषद्, रामायण और महाभारत की बात करते हुए भारत के जिस गौरवशाली इतिहास से मेरा परिचय कराया था, उसका देश की तत्कालीन स्थिति, जिसमें भूख और गरीबी की भरमार थी, से कोई तारतम्य ही नहीं दिखता था। एक तरफ पृथ्वीराज चौहान, राणा सांगा, वीर शिवाजी, महाराणा प्रताप, गुरु गोबिंद सिंह, बाबा बंदा सिंह बहादुर, महाराजा रणजीत सिंह से जुड़ी शौर्य कथाएँ थीं, तो वहीं दूसरी ओर एक कटु सत्य यह भी था कि वे किन्हीं अपरिहार्य कारणों से विदेशी आक्रांताओं को अपने देश से खदेड़ नहीं पाए। अंततोगत्वा, कालांतर में सांस्कृतिक भारत के दो विशाल हिस्से—पाकिस्तान और अफगानिस्तान इसलाम के शिकंजे में आ गए और अब वहाँ मूल संस्कृति के ध्वजावाहकों के लिए कोई स्थान नहीं है।

मेरी विचार यात्रा, जो कि बाल्यकाल में मेरे पूज्य दादाजी की नैतिक शिक्षाओं से प्रारंभ हुई थी, वह दिल्ली पहुँचकर कई प्रकाशपुंजों के सान्निध्य में निरंतर प्रगाढ़ होती चली गई और आगे बढ़ती रही। इनमें दो व्यक्तियों के नाम सबसे प्रमुख हैं—साहित्यकार श्री वैद्य गुरुदत्त और 'वीर-अर्जुन' के तत्कालीन संपादक श्री के. नरेंद्र। उन दिनों दिल्ली में गुरुदत्तजी का साहित्य 'दिल्ली पब्लिक लाइब्रेरी' सेवा के माध्यम से निःशुल्क उपलब्ध हो जाता था, वहीं 'वीर-अर्जुन' के संपादकीय में सामयिक विषयों पर के. नरेंद्रजी के आलेख प्रचुर मात्रा में तथ्यों, तर्कों और जानकारी से परिपूर्ण होते थे।

एक संस्था के रूप में मेरे वैचारिक विकास में राष्ट्रीय स्वयंसेवक संघ (आर. एस.एस.) की भूमिका महत्त्वपूर्ण रही है। दादाजी के अतिरिक्त कालांतर में जिन लोगों

ने मेरे मानस को विकसित किया, उनमें स्वर्गीय दीनानाथ मिश्र, डॉक्टर देवेंद्र स्वरूप अग्रवाल, मेरे कॉलेज प्राध्यापक राजेंद्र मोहन मित्तल और बाद में अरुण शौरी, सीताराम गोयल, रामस्वरूप, धर्मपाल, कोएनराड एल्स्ट और वर्तमान समय में मेरे मित्र श्री स्वामीनाथन गुरुमूर्ति का अतुलनीय योगदान रहा है। मेरी कई शंकाओं के समाधान और वैचारिक सुस्पष्टता में संघ के दो वरिष्ठ पदाधिकारियों का वृहत योगदान रहा है। इसमें पहला नाम स्वर्गीय श्री शेषाद्रीजी का है, तो दूसरा नाम स्वर्गीय श्री सुदर्शनजी का।

मैंने कई विषयों पर पिछले पाँच दशकों में अंग्रेजी और हिंदी भाषा में एक दर्जन से अधिक समाचार-पत्रों, पत्रिकाओं के लिए सैकड़ों कॉलम लेखबद्ध किए हैं। इस दौरान पुस्तक लिखने की इच्छा तो बहुत बार हुई, किंतु मैं ऐसा कर नहीं पाया। इसका एक कारण भी है। लेख एक-दो दिनों में तैयार हो जाता है, जिसमें सतत साधना की आवश्यकता नहीं होती। इस पृष्ठभूमि में अपने विचारों को पुस्तक का रूप देने हेतु जिस अनुशासन और एकाग्रता—उदाहरणस्वरूप, विचारों को अक्षुण्ण रखते हुए उसे धारा प्रवाहित और सैकड़ों पृष्ठों में निरंतरता बनाए रखना इत्यादि अपेक्षित है—उसका मुझमें अभाव रहा।

पुस्तक की प्रेरणा

जीवन के इस पड़ाव में मुझे पुस्तक को मूर्त रूप देने की प्रेरणा, राष्ट्रीय स्वयंसेवक संघ के सरकार्यवाह और विचारक श्री दत्तात्रेय होसबले से मिली है। एक वर्ष के परिश्रम के पश्चात् इस पुस्तक का प्रकाशन संभव हो पाया है। प्रत्येक सप्ताह अपने कॉलम लिखने, पारिवारिक और सामाजिक व्यस्तता के बीच यह मेरे लिए सरल भी नहीं था। जहाँ इस किताब के संपादन का दायित्व मेरे मित्र श्री विजय क्रांति ने कुशलतापूर्वक निभाया है, तो इसकी पांडुलिपि तैयार करने और इसके संयोजन में मेरे सहयोगी सौरभ सक्सेना का योगदान रहा है। स्वाभाविक रूप से इस पुस्तक को संभव बनाने में मेरा संपूर्ण परिवार—विशेषकर मेरी धर्मपत्नी श्रीमती शशिबाला पुंज और मेरे अनुज श्री गोपाल पुंज का भी उल्लेखनीय सहयोग प्राप्त हुआ है।

मैं विशेष धन्यवाद 'इंदिरा गांधी राष्ट्रीय कला केंद्र' के अध्यक्ष श्रीराम बहादुर राय और सचिव सदस्य डॉ. सच्चिदानंद जोशी को भी देना चाहूँगा। इस संस्था ने श्री वैद्य गुरुदत्तजी का पुराना साहित्य उपलब्ध कराने और मेरी पुस्तक के प्रकाशन में महती भूमिका निभाई है।

वैद्य गुरुदत्त का प्रभाव

साहित्य की दृष्टि से जिन पुस्तकों ने मुझे सर्वाधिक प्रभावित किया—उसमें से एक वैद्य गुरुदत्त द्वारा रचित 'धर्म और समाजवाद' भी है। गुरुदत्तजी देश के उन साहित्यकारों

में अग्रणी हैं, जिन्होंने प्रतिष्ठा और सम्मान की चिंता किए बिना अपनी साहित्यिक रचनाओं और उपन्यासों से कटु सत्य का तथ्यों के साथ रहस्योद्घाटन किया। मेरा वैद्य गुरुदत्तजी से परिचय उनके साहित्य के माध्यम से ही था। मुझे उनसे भेंट करने का भी अवसर प्राप्त हुआ था। यूँ तो वैद्यजी से मेरा निजी परिचय अधिक निकट का नहीं था, किंतु जितनी बार भी उनसे व्यक्तिगत तौर पर भेंट हुई या उन्हें उनके महान् साहित्य से जाना—समय बीतने के साथ मन में उनके प्रति मेरी श्रद्धा निरंतर बढ़ती चली गई। उनकी आभा इतनी दिव्य थी कि जब भी उनसे बात करने का अवसर मिलता, तो ऐसा प्रतीत होता, मानो मैं किसी तपस्वी संत या साधु से बात कर रहा हूँ।

अल्पायु में ही मैं अपने अन्य परिजनों के साथ दिल्ली के राजौरी गार्डन में आकर बस गया था। मुझे स्मरण है कि उस समय में यहाँ 'दिल्ली पब्लिक लाइब्रेरी' की वैन-सेवा प्रारंभ हुई थी, तब समाज में हो रही घटनाओं, उसकी पृष्ठभूमि और वामपंथी चिंतन के बारे में जानने हेतु मेरे मन में जिज्ञासा रहती थी—इसलिए मैं प्रत्येक सप्ताह में दो-तीन दिन लंबी पंक्ति में खड़ा होकर उस सरकारी वाहन से पुस्तकें पढ़ने के लिए ले लिया करता था। उस दौर में 'दिल्ली पब्लिक लाइब्रेरी' की सरकारी वैन वैद्य गुरुदत्त द्वारा लिखित उपन्यासों से भरी रहती थी। इंटरनेट और सोशल मीडिया के दौर में अब ऐसी स्थिति नहीं है।

वैद्यजी के साहित्य और उनके विचारों का प्रभाव मुझपर बाल्यकाल में इस प्रकार हावी था कि मैं युवा अवस्था में घर से साइकिल लेकर सीधा दिल्ली स्थित पंजाबी बाग में गुरुदत्तजी के निवास स्थान पर पहुँच जाता था। उनके वंशज अब भी उसी घर में रहते हैं और उनके परपौत्र इशान दत्त से मेरी कुछ अवसरों पर दूरभाष पर बात भी हुई है। कालांतर में जब मैं अपने लिए कुछ वस्तु खरीदने हेतु समर्थ हुआ, तब कनॉट प्लेस स्थित मद्रास कैफे के निकट प्रकाशन 'भारती साहित्य सदन' से उनके द्वारा लिखित उपन्यास व अन्य पुस्तकें खरीदने चला जाता था। उस दौरान एक बार मैंने गुरु दक्षिणा के रूप में उनके हिंदी साहित्य को अंग्रेजी में अनुवाद करने का प्रस्ताव रखा, जिसे उन्होंने बड़ी ही सहजता के साथ स्वीकार भी कर लिया। किंतु युवाकाल, चंचल स्वभाव, पढ़ाई की व्यस्तता और तत्कालीन अपर्याप्त योग्यता होने के कारण मैं इस कार्य को पूरा नहीं कर पाया। तब मुश्किल से मैं 12-15 पृष्ठ ही पूरे कर पाया था और मुझे इस बात का आभास हो गया कि मैं इस काम के योग्य ही नहीं हूँ।

मेरा मत है कि उपन्यास सम्राट मुंशी प्रेमचंदजी ने जहाँ अपने साहित्य के माध्यम से तत्कालीन भारतीय समाज का सटीक खाका खींचा, तो उसी समाज में सुधार को दिशा भी दी। उन्होंने मानवीय संवेदनाओं, आकांक्षाओं और सामाजिक सरोकार को सजीव रूप से प्रकट किया। वहीं राष्ट्रवादी पाँत के अन्य रचनाकारों और साहित्यकारों के साथ

वैद्य गुरुदत्तजी ने भी अपने साहित्य से राष्ट्रीय राजनीतिक घटनाक्रम, विचारधाराओं के संघर्ष और भारत की बहुलतावादी सनातन संस्कृति को सही परिप्रेक्ष्य में प्रस्तुत करने में महत्त्वपूर्ण भूमिका निभाई। उन्होंने भारतीय दर्शन, इतिहास और वाङ्मय को ऐसा आत्मसात् किया कि उनका जीवन ही इन सभी मूल्यों की प्रतिमूर्ति बन गया। उन्होंने ब्रितानी साम्राज्यवाद, वर्ष 1921 के असहयोग आंदोलन से लेकर वर्ष 1948 में महात्मा गांधी की हत्या तक की परिस्थितियों का साक्षात् अध्ययन किया। उस काल के सभी प्रकार के संघर्षों को न केवल उन्होंने अपनी आँखों से देखा, अपितु अंग्रेजों के दमनचक्र, कुटिलता, अत्याचारों और अनीतिपूर्ण आचरण को स्वयं अनुभव भी किया।

हमारा विचार-समूह भारत के अनादिकालीन वैदिक संस्कृति और परंपराओं द्वारा जनित और सिंचित है। वर्तमान समय में जिन लोगों ने इस कालजयी परंपरा को आगे बढ़ाया और इस दिशा में मुझे निरंतर प्रेरित किया है—उसमें वैद्य गुरुदत्तजी भी सदैव मेरे लिए आदर्श व्यक्तियों में से एक रहेंगे। स्वतंत्रता मिलने के बाद प्रारंभिक 40 वर्षों में वैद्यजी और उनकी पंक्ति के कई विशिष्ट प्रकाशपुंजों के लिए सब कुछ आसान नहीं रहा था। नेहरूवादी कालंखड में प्रतिकूल विचार (वीर सावरकर, राष्ट्रीय स्वयंसेवक संघ और इसी परंपरा से जनित व्यक्ति-संगठन) को सार्वजनिक विमर्श का हिस्सा ही नहीं बनने दिया गया। इसके प्रतिनिधियों को 'लेफ्ट-लिबरल' (वाम-उदारवादी) और छद्म सेक्युलरवादियों द्वारा खूब गरियाया जाता। वैसे 'लेफ्ट' और 'लिबरल'—दोनों कितने विरोधाभासी हैं, यह इस बात से स्पष्ट हो जाता है कि इस कुनबे के लोग लोकतांत्रिक व्यवस्था में भिन्न विचारों को सार्वजनिक जीवन में स्थान देना तो दूर, उन्हें विचार के योग्य तक भी नहीं समझते हैं। यह स्थिति तब है, जब स्वतंत्रता के बाद देश के भाग्य-विधाता 'अभिव्यक्ति की स्वतंत्रता' को नागरिक अधिकार के रूप में स्थापित कर चुके थे। स्वयं बाबासाहेब और भारतीय संविधान निर्माता डॉ. भीमराव रामजी आंबेडकर भी अपने विचारों से देशवासियों को वामपंथियों से सचेत रहने का परामर्श दे चुके थे।

नेहरूवादी युग में स्थिति प्रतिकूल थी, इसलिए वैद्य गुरुदत्त सरीखे बुद्धिजीवियों को वैचारिक कारणों से उपेक्षित रखना समझ में आता है। किंतु अब जब स्थिति पिछले ढाई दशकों से अनुकूल है और मई 2014 के बाद देश का वैचारिक अधिष्ठान अपनी मूल बहुलतावादी और लोकतांत्रिक वैदिक संस्कृति से प्राणवायु प्राप्त कर रहा है, तब भी वैद्य गुरुदत्तजी की उपेक्षा मुझे अपराधबोध से भर रही है। वैद्यजी केवल व्यक्ति नहीं, अपितु देश की मूल सनातनी विचारधारा के सच्चे रक्षक थे। आज भारत जिन संकटों से गुजर रहा है, उसका पूर्वकथन वैद्यजी के साहित्य में सहज मिल जाता है। हमारी आज की बहुत सारी समस्याएँ जातिवाद का जहर, विभाजनकारी सांप्रदायिक मानसिकता, भीषण भ्रष्टाचार, आर्थिक विषमता, सामाजिक समरसता का अभाव आदि की जड़ें उस वैचारिक

चिंतन में हैं, जो हमें 20वीं शताब्दी के प्रारंभ से लेकर आजतक प्रभावित कर रहा है। इससे प्रेरित असंख्य मानस बंधुओं की देश में भरमार है, जो भारत को फिर से कई टुकड़ों में खंडित होता हुआ देखना चाहते हैं।

वैद्य गुरुदत्तजी के साहित्य में ऐसी ही समस्याओं के जन्म के कारणों और उसके निदान का विस्तृत वर्णन है। यह पुस्तक न केवल वैद्य गुरुदत्तजी और उनके योगदानों को विस्मृत करने की भूल में सुधार करने का एक लघु प्रयास है। साथ ही यह उन्हें मेरी गुरु-दक्षिणा भी है। यह सत्य है कि मैं जितनी भी कोशिश कर लूँ, लेकिन मुझपर लंबित वैद्य गुरुदत्त का गुरुऋण—मैं शायद ही उतार पाऊँ।

समय आ गया है कि इस विकृत और भारत विरोधी नैरेटिव को ध्वस्त किया जाए। जो कार्य स्वामी विवेकानंद से लेकर सावरकर जैसे राष्ट्रवादियों ने अपने जीवनकाल में प्रारंभ किया था, उसे मई 2014 के बाद बने अति-वांछनीय सनातनी 'इको सिस्टम' में और गति दी जाए, जिससे वह अपनी तार्किक परिणति पर सफलतापूर्वक पहुँच सके। यह कश्मीरी पंडितों की सच्ची वेदना और वास्तविकता पर आधारित फिल्म 'द कश्मीर फाइल्स' (मार्च 2022) को मिली अपार सफलता से भी स्पष्ट है। सच तो यह है कि कश्मीरी हिंदुओं द्वारा झेली गई त्रासदी के 32 वर्ष बीत जाने के बाद सच्ची घटनाओं वाली यह फिल्म इसलिए बन पाई और उसे प्रचुर जनसमर्थन इसलिए मिला, क्योंकि इसके लिए जैसे 'इको सिस्टम' की आवश्यकता थी, वह वर्ष 2014 और 2019 में भाजपा की प्रचंड चुनावी जीत के बाद ही बन पाया है। इस फिल्म की आम जनता में भारी लोकप्रियता यह दिखाती है कि राष्ट्रभावना का संचार और वर्षों से दबी हिंदू भावनाओं का ज्वार अब मार्क्स-मैकाले और उनके मानसपुत्रों के विकृत नैरेटिव पर कहर बनकर टूट रहा है।

इस संदर्भ में राष्ट्रीय स्वयंसेवक संघ (आर.एस.एस.) के सरकार्यवाह श्री दत्तात्रेय होसबलेजी का वक्तव्य बहुत महत्त्वपूर्ण है, जो उन्होंने 13 मार्च, 2022 को गुजरात स्थित अहमदाबाद में अखिल भारतीय प्रतिनिधि सभा की बैठक में दिया था। उनके अनुसार, "ब्रितानीकाल से देश और विदेशों में, भारत संबंधित विषयों पर गलतफहमी फैलाने के लिए जाने-अनजाने में या जानबूझकर, प्रयास किए गए हैं। उस वैचारिक नैरेटिव को बदलने और तथ्यों पर आधारित भारत के एक भव्य विमर्श को प्रोत्साहित करने के साथ ही भारतीय विषयों, हिंदू समुदाय, उसके इतिहास, संस्कृति, जीवनशैली की एक सच्ची तसवीर प्रस्तुत करने की आवश्यकता है।" यह पुस्तक इसी दिशा में एक विनम्र प्रयास है।

3 जुलाई, 2023 **—बलबीर पुंज**

आषाढ़ शुक्ल, गुरुपूर्णिमा, विक्रम संवत्-2080 ए-55, सेक्टर-17, नोएडा (उत्तर प्रदेश)

मैं आभारी हूँ...

मैं आभारी हूँ अपने पहले गुरु—स्वर्गीय डॉ. जय दयाल पुंज का, जिन्होंने मुझे भारतीय इतिहास और संस्कृति से प्रारंभिक परिचय कराया। वे मेरे श्रद्धेय दादाजी थे, साथ-ही-साथ मेरे पहले सखा और शिक्षक भी थे।

मैं आभारी हूँ अपनी स्वर्गीय माताजी श्रीमती कौशल्या देवी, पिताजी श्री सुरेंद्र मोहन पुंज का, जिन्होंने बालपन में मुझे भारतीय संस्कारों से परिचित कराया। मैं अपनी दिवंगत सास श्रीमती बिमला मुदगिल के प्रति भी आभारी हूँ, जो स्वभाव से अध्ययनशील थीं और हम सभी बच्चों को पढ़ने-लिखने हेतु प्रोत्साहित भी करती थीं।

मैं आभारी हूँ राष्ट्रीय स्वयंसेवक संघ का, जिसके अद्वितीय तंत्र ने मुझे राष्ट्रवादी विचारधारा से जोड़ा और उसकी सेवा करने का अवसर दिया। मैं होंगासांद्रा वेंकटरमैया शेषाद्रीजी और कुप्पाहाली सीतारमैया सुदर्शनजी का अत्यंत कृतज्ञ हूँ, जिनके पथ-प्रदर्शन में मुझे भारत की बहुलतावादी संस्कृति से संबंधित कई प्रश्नों के उत्तर खोजने में सहायता मिली। संघ के सरकार्यवाह और राष्ट्रनिष्ठ विचारक माननीय दत्तात्रेय होसबालेजी का विशेष धन्यवाद, जिन्होंने मुझे इस पुस्तक को लिपिबद्ध करने की प्रेरणा दी।

मैं आभारी हूँ भारतीय परंपरा से संबंधित उन अनेक महान् मनीषियों और ऋषि-मुनियों का, जिनके ज्ञानपथ, लेखन और अलौकिक मेधा से कई पीढ़ियों को मार्गदर्शन मिला। मैं दीनानाथ मिश्रजी, देवेंद्रस्वरूप अग्रवालजी, सीताराम गोयलजी, रामस्वरूपजी, धर्मपालजी, वैद्य गुरुदत्तजी, अरुण शौरीजी, कोएनराड एल्स्टडी और स्वामीनाथन गुरुमूर्तिजी आदि बुद्धिजीवियों का विशेष आभारी हूँ, जिनसे व्यक्तिगत भेंट, वार्त्ता करके और उनके लेखन को पढ़कर मुझे वैचारिक सुस्पष्टता तथा प्रांजलता मिली।

मैं आभारी हूँ अपनी धर्मपत्नी श्रीमती शशिबाला पुंज, मेरी दोनों बेटियों—श्वेता और मानसी, उन दोनों के पति क्रमशः सौरभ और आदीश, समधी-समधन, मेरे दोनों अनुज—गोपाल व उसकी पत्नी रेखा और अर्जुन शर्मा, बहन प्रभा व उसके पति परवेश,

भतीजे पुलकित, भतीजी प्रेरणा, दोनों भानजे—अमिश और रचित का, जिनके सहयोग और समर्थन के बिना इस विचार-यात्रा की सीढ़ियों को पार करना असंभव था।

मैं आभारी हूँ मेरी पत्नी के भाई—राजेश और उसकी दिवंगत पत्नी रंजना, अरुण और उसकी पत्नी वंदना, बहन किरण और उसके दिवंगत पति सुमेश तथा रेणु और उसके पति राजेश को भी विशेष धन्यवाद, जिनका सहयोग मुझे सदैव प्राप्त हुआ।

—बलबीर पुंज

प्राक्कथन

सर्वप्रथम श्री बलबीरजी पुंज को उनकी इस पुस्तक के लिए हार्दिक बधाई। बलबीरजी से मेरा परिचय वर्षों पुराना है। अपने देश के अग्रणी पत्रकारों में उनका स्थान है। दशकों से देश के विभिन्न प्रतिष्ठित समाचार-पत्रों और पत्रिकाओं में उनके लेख प्रकाशित हो रहे हैं। उनमें गंभीर-से-गंभीर विषय पर भाषायी संयम रखने, विचारों को धारा-प्रवाह प्रस्तुत करने और उसमें निहित अनुशासन में रहने की अद्भुत कला है। यह गुण उनकी इस पुस्तक में भी प्रतिबिंबित है। बलबीरजी कुशल स्तंभकार, पत्रकार और सक्रिय राजनीतिक कार्यकर्ता होने के साथ निष्ठावान स्वयंसेवक भी हैं।

बलबीरजी जहाँ इस पुस्तक को लिखने का प्रेरणास्रोत मुझे बताते हैं, वहीं इसकी विचार सामग्री को दिशा देने का श्रेय बलबीरजी के प्रारंभिक मार्गदर्शकों में एक सुप्रसिद्ध उपन्यासकार और राष्ट्रनिष्ठ लेखक दिवंगत श्री वैद्य गुरुदत्तजी (1894-1989) को जाता है। अपने साहित्य के माध्यम से आर्य समाज की पृष्ठभूमि से संबंधित, वैद्यजी ने अपने 95 वर्षीय जीवनकाल का महत्त्वपूर्ण और ऊर्जावान समय प्राचीन भारतीय संस्कृति को अपनी लेखनी के माध्यम से जन-जन तक पहुँचाने का कार्य किया था। वे नीतिगत रूप से कांग्रेस, पं. नेहरू और गांधीजी के कटु आलोचक थे, तो महर्षि दयानंद सरस्वती के अनन्य भक्त। वे उन चंद साहित्यकारों में से एक थे, जिन्होंने भारतीय सनातन मूल्यों के आधार पर राष्ट्रनिर्माण की चर्चा की और उसपर केंद्रित होकर बेधड़क विचारों से युक्त लगभग 200 पुस्तकों-उपन्यास को लेखबद्ध किया। यह ठीक है कि गुरुदत्तजी के जन्म के ठीक 31 वर्ष पश्चात् राष्ट्रीय स्वयंसेवक संघ की स्थापना हुई, परंतु वे सदैव संघ की कार्यपद्धति, संकल्पना और विचारधारा से अभिभूत रहे। यही कारण है कि स्वयंसेवक, विशेषत: पहली दो पीढ़ियाँ—उनकी पुस्तकों से प्रभावित रहीं।

इस पुस्तक की मूल चेतना नैरेटिव अर्थात् विमर्श पर आधारित है। दुर्भाग्य से संघ इसके दूषित रूप का काफी मात्रा में शिकार रहा है। जो संघ को नहीं जानते और उसकी कार्यपद्धति से अनभिज्ञ हैं, वे भी संघ के बारे में कई गलत धारणाएँ रखते हैं। एक बड़ा

वर्ग संघ को एक राजनीतिक संगठन के रूप में देखता है, जोकि त्रुटिपूर्ण अभिप्राय है। संगठन के रूप में संघ अनोखा है, अद्वितीय है। राष्ट्र के लिए स्वैच्छिक सेवा करते हुए कोई संगठन इतने लंबे समय तक और इतने सशक्त रूप में अपने को बनाए नहीं रख सका है। दशकों से, पीढ़ी-दर-पीढ़ी व्यक्तियों ने नैसर्गिक रूप से संयमपूर्वक स्वयं को संघ के माध्यम से राष्ट्रकार्य के लिए समर्पित किया है—ऐसे संगठन की गहराई मापना उन लोगों के लिए कठिन है, जो केवल राजनीतिक दृष्टि से ही सोचते हैं।

कुछ स्वयंसेवक हैं, जो एक विशेष राजनीतिक दल—भाजपा में सक्रिय हैं तथा राजनीतिक क्षेत्र में काम करते हैं। किंतु राजनीति में सक्रिय भाग न लेने का अर्थ यह कदापि नहीं हो जाता कि संघ देश की राजनीति से उदासीन है। राजनीति के विषय में संघ की एक सुविचारित दृष्टि है कि यह राष्ट्रनिष्ठ, भारतीय संस्कृति के अनुरूप और समाज के हित के लिए होनी चाहिए। इसलिए संघ देश में राष्ट्र संबंधी राजनीतिक गतिविधियों पर अपनी दृष्टि रखता है। संघ राष्ट्रनीति के बारे में सोचता है, दलगत या सत्ता की राजनीति के बारे में नहीं।

जब डॉ. केशव बलिराम हेडगेवारजी (डॉक्टरजी) ने 27 सितंबर, 1925 को, विजयादशमी के दिन संघ की स्थापना की, तब उनकी आयु मात्र 36 वर्ष थी। डॉक्टर साहब बचपन से ही उत्कट देशभक्त थे। बाल्यकाल में ब्रितानी सम्राट् के राज्याभिषेक से संबंधित विद्यालयी कार्यक्रम में जब मिठाई वितरित की गई, तब उन्होंने गुस्से में उसे फेंक दिया। देश को स्वाधीन कराने की तीव्र इच्छा डॉक्टरजी को तत्कालीन कलकत्ता ले आई और वहाँ वे प्रसिद्ध क्रांतिकारी समूह 'अनुशीलन समिति' के साथ जुड़ गए। आगे चलकर डॉक्टरजी 'भारतीय राष्ट्रीय कांग्रेस' में भी शामिल हुए और समर्पित कांग्रेसी कार्यकर्ता के रूप में काम किया। कालांतर में वे कांग्रेस की विदर्भ इकाई के संयुक्त सचिव भी बनाए गए। उनके स्वतंत्रता संग्राम की गतिविधि के कारण डॉक्टरजी को अंग्रेज न्यायाधीश ने राजद्रोह के आरोप पर मई 1921 से जुलाई 1922 तक कारावास में भेजा। जब उनकी रिहाई हुई, तब उनके स्वागत में उसी शाम नागपुर में एक सार्वजनिक सभा का आयोजन किया गया, जिसे कांग्रेस के तत्कालीन वरिष्ठ नेता मोतीलाल नेहरू (पं. नेहरू के पिता) और हाकीम अजमल खान ने सभा को संबोधित किया। परंतु मजहब केंद्रित और पूर्णतः विदेशी खिलाफत आंदोलन, जिसका भारत के साथ कोई संबंध नहीं था—उसकी आड़ में देश के कई क्षेत्रों (मालाबार सहित) में भड़की हिंदू-विरोधी हिंसा और नरसंहार ने डॉक्टरजी को भीतर तक झकझोर दिया और वे कांग्रेस छोड़ने पर विवश हो गए।

डॉक्टरजी समझ गए थे कि केवल कांग्रेस के माध्यम से न तो देश को स्वतंत्रता मिलेगी और न ही देश के पुनर्निर्माण हेतु व्यक्तियों का निर्माण संभव हो पाएगा। इसलिए उन्होंने राष्ट्रीय स्वयंसेवक संघ की स्थापना की। डॉक्टरजी ने जनसाधारण में अपना

विश्वास रखा और उन्हीं में से स्वयंसेवक तैयार किए। भारत के जीवन-मूल्यों, संस्कृति और परंपराओं के आधार पर हिंदू राष्ट्र का संगठन करना ही डॉक्टरजी का ध्येय था। इसलिए स्वयंसेवक बनने के इच्छुक किसी भी व्यक्ति के लिए न्यूनतम अपेक्षा यही थी कि उसके मन में मातृभूमि के प्रति भक्ति-भाव तथा देशवासियों के प्रति भ्रातृ-भाव हो। इस सबसे सेवा का भाव विकसित हुआ। राष्ट्रीय स्वयंसेवक संघ का विकास और स्थायित्व डॉक्टरजी की परिकल्पना को पुष्ट करते हैं। डॉक्टरजी कहते थे कि समस्याएँ दीर्घकालीन हैं तथा किसी एक राजनीतिक पार्टी अथवा सत्ता द्वारा इनका समाधान असंभव है, इसलिए जनसाधारण को ही इस कार्य में जुटना होगा, तभी संघ का लक्ष्य मूर्त रूप लेगा।

संघ कभी भी कुछ प्रतिष्ठित या उच्च स्तरीय लोगों का, कुछ विशिष्ट उद्देश्यों से चालित संगठन नहीं रहा। इसकी संकल्पना ही सामान्य लोगों के संगठन के रूप में की गई। यह सदैव जाति, व्यवसाय अथवा किसी विशिष्ट स्तर से निरपेक्ष होकर सब सीमाओं से ऊपर उठकर काम करता रहा है और आगे बढ़ता रहा है। इसमें जीवन के सभी क्षेत्रों के व्यक्तियों को साथ लेकर चलने की एक सहजात आंतरिक क्षमता है। संघकार्य के बढ़ने का मानदंड केवल यह नहीं है कि शाखाओं की संख्या में कितनी बढ़ी, अपितु यह भी है कि विभिन्न क्षेत्रों में काम करने वाले और विभिन्न मत रखने वाले कितने लोग अपने कार्य के साथ जुड़े। यह हिंदू समाज की समावेशी प्रवृत्ति है, जो कि भारत की मूल विशेषता है। इसलिए संघ के विकास से किसी को भी डरने की आवश्यकता नहीं और न ही संघ ऐसा चाहता है। संघ, स्वतंत्र भारत में समावेशी और एकत्व स्थापित करने वाली सबसे बड़ी शक्ति है।

स्वतंत्रता से पहले प्रत्येक स्वयंसेवक, जो प्रतिज्ञा लेता था, उसमें 'हिंदू राष्ट्र की स्वाधीनता' शब्द थे। भारत की स्वतंत्रता के पश्चात् इसके स्थान पर प्रतिज्ञा में 'हिंदू राष्ट्र की सर्वांगीण उन्नति' कर दिया गया। भारतीय चिंतन में 'राष्ट्र' की परिभाषा देश नहीं है। 'राष्ट्र' अर्थात् जन होते हैं। 'राज्य' एक अलग अवधारणा है, तो 'राष्ट्र' अलग। राज्य एक राजनीतिक इकाई है, तो राष्ट्र की अवधारणा सांस्कृतिक है। एक 'राष्ट्र' में कई 'राज्य' हो सकते है। जब हम भारतवर्ष का इतिहास देखेंगे, तो हम पाएँगे कि इसमें कई 'राज्य' रहे हैं। आदि शंकराचार्य ने चार मठों की स्थापना की। वे भारत के चारों दिशाओं में आज भी विद्यमान हैं। उत्तर में हिमालय से बहने वाली पवित्र गंगा नदी का जल दक्षिण स्थित रामेश्वरम् ले जाने की प्रथा है, जो आज भी अविरल जारी है, बहुत पुरानी है। भारत की सांस्कृतिक राष्ट्रीयता के संदर्भ में ऐसे कई उदाहरण हैं, जिसकी चर्चा बलबीरजी ने इस पुस्तक में की है। यह दुखद है कि दूषित नैरेटिव से देश का प्रमुख राजनीतिक दल कांग्रेस भी प्रभावित है। इसमें कुछ लोग देश-दुनिया में घूम-घूमकर भारत को राष्ट्र मानने

से इनकार करते हैं और उसे राज्यों का समूह बताते हैं।

स्वतंत्रता के पश्चात् से एक विकृत विमर्श बनाया जाता है कि संघ की आजादी की लड़ाई में कोई भूमिका नहीं थी। यह झूठ का पुलिंदा है। भारत के स्वतंत्रता आंदोलन में हजारों स्वयंसेवकों ने सक्रिय रूप से भाग लिया और संघ ने खुले रूप में उनका समर्थन किया। 1930 में गांधीजी के सविनय अवज्ञा आंदोलन, जिसे महाराष्ट्र में 'जंगल सत्याग्रह' के नाम से जाना जाता था—उसमें डॉक्टरजी ने हजारों सत्याग्रहियों का नेतृत्व किया। तब नौ वरिष्ठ स्वयंसेवकों के साथ डॉक्टरजी को गिरफ्तार कर लिया गया और एक वर्ष के लिए जेल में डाल दिया गया। चिमूर-आष्टी आंदोलन में भी संघ की महत्त्वपूर्ण भूमिका रही। उन्होंने 1920 में ही नागपुर अधिवेशन में पूर्ण स्वतंत्रता का आग्रह करने वाला प्रस्ताव रखा था, जिसे नेतृत्व ने स्वीकार नहीं किया था। इसलिए जब दिसंबर 1929 में लाहौर में रावी के तट पर राष्ट्रीय कांग्रेस के अधिवेशन में पूर्ण स्वतंत्रता का प्रस्ताव पारित हुआ, तब इसका डॉ. हेडगेवार ने सहर्ष स्वागत किया और उनके आदेशानुसार 26 जनवरी, 1930 को देश की सभी शाखाओं में स्वतंत्रता दिवस मनाया गया। संघ स्वयंसेवकों ने ऐतिहासिक भारत छोड़ो आंदोलन में भी भाग लिया। इनमें एक अधिवक्ता और सामाजिक कार्यकर्ता रमाकांत केशव देशपांडे (बालासाहेब) भी थे, जिन्हें आजीवन कारावास की सजा हुई, जिसे बाद में घटाकर कुछ वर्षों के कारावास में परिवर्तित कर दिया गया। स्वतंत्रता के पश्चात् बालासाहेब देशपांडे ने छत्तीसगढ़ में जनजातीय समाज के उत्थान का कार्य प्रारंभ किया तथा 1952 में इस समाज के बीच काम करने के लिए 'वनवासी कल्याण आश्रम' की स्थापना की। गोवा की आजादी तथा भारत में उसके सम्मिलन के लिए भी स्वयंसेवकों ने शांतिपूर्ण सत्याग्रह करते हुए पुर्तगाली प्रशासन के अमानवीय अत्याचार को सहन किया। इस संग्राम में इंदौर के राजाभाऊ महाकाल का बलिदान भी हुआ। दादरा-नगर हवेली ने भी मातृभूमि के प्रति स्वयंसेवकों की प्रतिबद्धता का अनुभव किया, जब हजारों स्वयंसेवकों ने स्थिति को नियंत्रित किया। संघ स्वतंत्रता आंदोलन में भाग लेना अपना सहज कर्तव्य समझता था, जिसका भारत माता के लाखों बेटे-बेटियों ने निर्वाह किया।

भारत हिंदू राष्ट्र है। यह अवधारणा सांस्कृतिक है, पांथिक या मतीय राज्य (theocratic) की नहीं है। यहाँ सभी पंथ, मजहब, संप्रदायों के लोग अपनी-अपनी उपासना पद्धति, रीति-रिवाज को अबाध रूप से पालन कर सकते हैं। राष्ट्र के नाते सबका सांस्कृतिक मूल व अस्मिता एक ही है।

भारत के विभाजन के पश्चात् संघ के द्वितीय सरसंघचालक श्रीगुरुजी ने सभी स्वयंसेवकों का आह्वान किया था कि वे विभाजन से पीड़ित सभी व्यक्तियों की सहायता करें, चाहे वे किसी भी मजहब के हों। उनका कहना था कि यह विभाजन सभी के लिए एक त्रासदी है और संघ सबको एक ही दृष्टि से देखता है। स्वयंसेवकों ने उस समय

सभी को राहत पहुँचाने के लिए अथक प्रयास किए। संघ द्वारा चलाए गए राहत कार्यों की गांधीजी सहित कांग्रेस के तत्कालीन कई नेताओं ने भी प्रशंसा की थी। 24 जनवरी, 1948 को अलीगढ़ मुस्लिम विश्वविद्यालय के दीक्षांत समारोह में स्वतंत्र भारत के प्रथम प्रधानमंत्री पं. जवाहरलाल नेहरू का भाषण भी उसी समान सांस्कृतिक विरासत का एक सशक्त प्रमाण प्रस्तुत करता है। किंतु कालांतर में पं. नेहरू के भौतिकवादी चिंतन, साम्यवादी दर्शन से निकटता और राजनीतिक प्रतिद्वंद्विता ने उनके राष्ट्रवादी मानस को संकीर्ण कर दिया।

भारत के रक्तरंजित विभाजन के समय मजहब के आधार पर बहुत अधिक नरसंहार हुआ। संघ ने देश के विभाजन का विरोध किया था, इसलिए जब गांधीजी भी विभाजन के लिए सहमत हो गए, तो संघ को इससे निराशा हुई। उसने अपनी असहमति व्यक्त की। बाद में जब एक व्यक्ति ने गांधीजी की नृशंस हत्या कर दी, तो आर.एस.एस. विरोधियों को इस त्रासदी में संघ पर आरोप लगाने का एक अयाचित अवसर मिल गया। सरकार की पूरे अन्वेषण और न्ययिक जाँच प्रक्रिया ने इस आरोप को सिरे से खारिज कर दिया। वास्तव में गांधीजी ने कई अवसरों पर संघ की प्रशंसा भी की थी। 16 सितंबर, 1947 को गांधीजी दिल्ली स्थित वाल्मीकि बस्ती में संघ की शाखा पर आए, जिसमें 500 से अधिक स्वयंसेवक उपस्थित थे। उन्होंने संघ के कार्यों की प्रशंसा की, जैसा उन्होंने 1934 में भी किया था। 17 सितंबर, 1947 के अंग्रेजी दैनिक 'द हिंदू' में इस संबंध में समाचार भी प्रकाशित हुआ था।

सरदार पटेल ने भी संघ संबंधी नकारात्मक अवधारणा को दूर करने का प्रयास किया था। 6 जनवरी, 1948 को लखनऊ से ऑल इंडिया रेडियो से भाषण देते हुए उन्होंने स्वयंसेवकों का उल्लेख करते हुए कहा, "वे देशभक्त हैं तथा वे अपनी मातृभूमि से प्रेम करते हैं।" गांधीजी की हत्या के पश्चात् पं. नेहरू को 27 फरवरी, 1948 को पत्र में सरदार पटेल लिखते हैं, "सभी आरोपियों से पूछताछ करने के पश्चात् यह एकदम स्पष्ट है कि गांधीजी की हत्या से संघ का कोई लेना-देना नहीं है।" किंतु इसके बावजूद राजनीतिक कारणों से नेहरूजी का पूर्वग्रह बना रहा और स्वयंसेवकों द्वारा चलाए गए राष्ट्रव्यापी सत्याग्रह के बाद ही 12 जुलाई, 1949 को संघ से प्रतिबंध हट सका। पं. नेहरूजी को अपनी गलती का बोध होने में एक दशक से अधिक लग गया।

डॉक्टरजी प्राय: कहा करते थे, "अंग्रेजी शासन तो समाप्त होना ही चाहिए, किंतु हमें इसका भी विश्लेषण करना चाहिए कि हम क्यों विदेशी आक्रांताओं का सामना नहीं कर पाए और क्यों बार-बार पराधीन होते रहे।" यह प्रश्न भी इस पुस्तक का एक दृढ़ आधार है। ऐसा इसलिए हुआ, क्योंकि हम अपनी सांस्कृतिक एकता और भारतीय अस्मिता को भूल गए थे। उसका पुन: स्मरण कराना और भारत के अतीत को उसके

भविष्य के साथ जोड़ना ही संघ का एकमात्र उद्देश्य है। बलबीरजी ने अपनी पुस्तक के माध्यम से इसी ध्येय का संदेश पहुँचाने का प्रामाणिक व प्रभावी प्रयास किया है, जोकि अत्यंत सराहनीय और सामयिक है।

मजहबी कट्टरता के साथ स्वतंत्र भारत संकीर्ण क्षेत्रवाद, जातिगत और भाषायी विविधता के नाम पर फैलाए जा रहे वैमनस्य से भी अभिशप्त है। वास्तव में यह संकट ब्रितानी कुटिलता, कालांतर में वामपंथी चिंतकों और गुलाम मानसबंधुओं की देन है। यह औपनिवेशिक मानसिकता की उपज है। यह सटीक रूप से बताना असंभव है कि जाति, जोकि पहले लोगों की अभिवृत्ति अथवा उनके कार्य के आधार पर निर्धारित होती थी—कब से जन्म के आधार पर निर्धारित होने लगी और कालांतर में भेदभावपूर्ण तथा अन्यायपूर्ण संरचना का हिस्सा बन गई। जातियों को वर्ण की अभिव्यक्ति से जोड़कर देखा जाता है। ऐसा बिल्कुल भी नहीं है।

इस व्यवस्था में बुराई उस समय से प्रारंभ हुई, जब इसका निर्धारण आनुवंशिक (जन्मगत उत्तराधिकार) आधार पर होने लगा, जब इससे कुछ लोगों को सत्ता, विशेषाधिकार और प्रभुत्व प्राप्त होने लगा और एक बड़े वर्ग के लोगों के मूलभूत अधिकारों का हनन होने लगा। जब इस वर्ण व्यवस्था का जाति प्रथा के रूप में क्षय हुआ, तो इसने एक विकृत विषमकारी व्यवस्था को जन्म दिया, जोकि आगे चलकर सैकड़ों जातियों, हजारों उपजातियों में विभाजित हुई। जाति की आधुनिक समझ यूरोपीय सामाजिक विज्ञान पद्धतियों से उत्पन्न हुई है। जन्म के आधार पर निर्धारित होने वाली जाति, वर्ण से भिन्न है और दोनों आज के संदर्भ में अप्रासंगिक हैं।

अंग्रेजी में जाति के लिए निकटतम शब्द 'कास्ट' है। ऑक्सफोर्ड शब्दकोश के अनुसार, 'कास्ट' शब्द की उत्पत्ति पुर्तगाली शब्द 'कास्टा' से हुई है, जिसका अर्थ है—प्रजाति, वंशावली अथवा कुल या नस्ल। इस 'कास्ट' शब्द के लिए भारतीय भाषाओं में कोई सटीक शब्द नहीं मिलता, किंतु वर्ण और जाति ही इसके निकटतम शब्द हैं। समय के साथ-साथ निहित स्वार्थ उभरते गए तथा जाति के निर्धारण में जन्म महत्त्वपूर्ण होता चला गया। लंबे समय तक संघर्ष और विदेशी शासन के दौरान भारतीय समाज जड़ होता गया। इसके साथ ही जाति व्यवस्था भी जड़ होती चली गई। यह और अधिक कठोर हो गई।

चूँकि अंग्रेज, भारत में पुर्तगालियों के बाद आए थे, उन्होंने वर्गीकरण के लिए पुर्तगाली श्रेणी विभाजन को अपना लिया, जिसमें वे जैव वंशावली (Biological genealogy) के आधार पर नस्लीय प्रणाली और सामाजिक स्तरीकरण को विकसित कर रहे थे। इसी आधार पर ब्रितानियों ने विभिन्न सामाजिक समूहों का प्रलेखीकरण किया। अंग्रेजों ने जनगणना और अन्य कार्यों के माध्यम से प्रभावी रूप से जाति व्यवस्था

को उस रूप में खड़ा किया, जिस रूप में वह आज हमारे सामने है।

इस सारे परिप्रेक्ष्य को ध्यान में रखकर तृतीय सरसंघचालक बालासाहेब देवरसजी ने श्रीगुरुजी का उल्लेख करते हुए वर्ण व जाति व्यवस्था को कालबाह्य घोषित किया। पुणे के वसंत व्याख्यानमाला (1974) के उनके प्रसिद्ध भाषण में उन्होंने कहा, "वास्तव में देखा जाए तो आज संपूर्ण परिस्थिति इतनी बदल चुकी है कि समाज-धारणा के लिए आवश्यक ऐसी जन्मत: वर्ण-व्यवस्था अथवा जाति-व्यवस्था आज अस्तित्व में नहीं है। सर्वत्र अव्यवस्था है, विकृति है। अब वह व्यवस्था केवल विवाह-संबंधों तक ही सीमित रह गई है। इस व्यवस्था का भाव (Spirit) समाप्त हो गया, केवल ढाँचा (Letter) रह गया। प्राण निकल गया, पंजर बचा है। समाज-धारणा से उसका कोई संबंध नहीं है। अत: सभी को मिलकर सोचना चाहिए कि जिसका समाप्त होना उचित है, जो स्वयं ही समाप्त हो रहा है, वह ठीक ढंग से कैसे समाप्त होगा।"

संघ भाषा को केवल संवाद का माध्यम ही नहीं मानता, अपितु संस्कृति का एक महत्त्वपूर्ण वाहक भी मानता है। संघ का दृढ़तापूर्वक मानना है कि सभी भाषाओं और बोलियों को समुचित स्थान और सम्मान प्राप्त होना चाहिए। विशेष रूप से संस्कृत तथा तमिल जैसी प्राचीन भाषाओं को, जिनका हजारों वर्षों का इतिहास रहा है एवं जो भारत के गौरवशाली अतीत की साक्षी रही हैं। सभी भारतीय भाषाओं की उन्नति आवश्यक है।

परंतु अंग्रेज जातिगत, मजहबी, क्षेत्रीय और भाषायी आधार पर भारत को कमजोर करके अपने राज को जायज ठहराना चाहते थे और इसके लिए उन्होंने किस प्रकार भारत की अंतरात्मा को चोटिल करते हुए अनेक विकृत विमर्शों (आर्य आक्रमणवाद सहित) को स्थापित किया, जिससे स्वतंत्र भारत आज भी जकड़ा हुआ है—उसका श्री बलबीर पुंज ने पुस्तक के चौथे अध्याय में बखूबी वर्णन किया है। इसके लिए यूरोपीय चर्च ने (ब्रिटेन सहित) औपनिवेशिक शक्तियों की सहायता से ब्राह्मणों का कैसे दानवीकरण किया? कैसे दलितों को शेष हिंदू समाज के खिलाफ भड़काया गया और इसमें द्रविड़ आंदोलन की क्या भूमिका थी—इस पहलू को बलबीरजी ने अपने विशाल अध्ययन तथा अनुभव से अर्जित तर्कों और साक्ष्यों के बल पर समेटने का सार्थक प्रयास किया है।

यह विडंबना है कि भारत का वर्तमान नैरेटिव कई विषयों पर मनगढ़ंत है, जो भ्रम पैदा करने के साथ निहित विदेशी स्वार्थ की पूर्ति करता है। 'धर्म' और 'रिलीजन' को एक ही समझने के घालनेल को बलबीरजी ने बहुत ही सुंदर और सुस्पष्ट तरीके से प्रस्तुत किया है, जो भारत में कई प्रकार की भ्रांतियों को समाप्त करने में मुख्य भूमिका निभा सकता है। यह उन प्रश्नों—हम कौन हैं? और हमारी पहचान क्या है? का वस्तुनिष्ठ उत्तर खोजने का एक माध्यम बन सकता है। परंतु दुर्भाग्य से इसी वैचारिक घपले के कारण देश में एक राजनीतिक और सामाजिक वर्ग विकृत नैरेटिव से न केवल अभिशप्त

है, बल्कि उसे पीढ़ी-दर-पीढ़ी स्वतंत्रता के 76 वर्ष बाद भी आगे बढ़ा रहा है। आजादी के अमृतकाल में ऐसे लक्षित व विकृत विचार-विमर्श और उसके संरक्षकों के प्रभाव को तार्किक और निर्णायक रूप से ध्वस्त करना आवश्यक है। उस दिशा में श्री पुंज का 32 अध्यायों का यह उल्लेखनीय संग्रह बहुत उपयोगी हो सकता है।

नैरेटिव क्या कुछ कर सकता है? इसका एक उदाहरण अमेरिका द्वारा वर्ष 2003 में इराक पर हमला था। तब विमर्श प्रस्तुत किया था, जिसके अनुसार—सद्दाम हुसैन के पास सामूहिक विनाश के घातक हथियार हैं और मानवता को उनसे बचाने के लिए उसे ध्वस्त करना ही होगा। कालांतर में अमेरिका ने इराक पर आक्रमण कर दिया, लगभग 45 हजार (अमेरिकी सैनिक सहित) लोगों की जानें गईं, एक पूरा देश तबाह हो गया, किंतु आजतक अमेरिका को सामूहिक विनाश का एक भी हथियार या उससे संबंधित कार्यक्रम प्रस्तुत नहीं किया। बाद में कई रिपोर्टों से खुलासा हुआ कि अमेरिका का इराक पर हमला करने का वास्तविक उद्देश्य उसके तेल कुओं पर कब्जा करना था, जिससे अमेरिकी हितों की रक्षा की जा सके। इसी तरह, जब भारत विश्व में अपनी सांस्कृतिक पहचान के पुनरुद्धार के साथ आगे बढ़ रहा है, तो एक मनगढ़ंत विमर्श को आगे बढ़ाने के लिए देश-विदेशी धरती से फर्जी नैरेटिव तैयार किया जा रहा है। इसमें अंतरराष्ट्रीय मीडिया समूहों से लेकर पूँजीपति और कई गैर-सरकारी संगठन तक शामिल हैं।

सोचिए, वर्ष 2020 में अमेरिकी अरबपति जॉर्ज सोरोस ने दावोस स्थित प्रतिष्ठित विश्व आर्थिक मंच से न केवल खुलेआम भारतीय लोकतंत्र को नष्ट करने की चुनौती दी, साथ ही राष्ट्रवाद से प्रेरित मोदी सरकार को उखाड़ फेंकने के लिए भारी वित्तपोषण करने की भी घोषणा की थी। इस व्यक्ति और उसके संगठनों की प्रामाणिकता क्या है, यह उसके द्वारा 1992 में इंग्लैंड के बैंकों को बरबाद करके अकूत धन अर्जित करने, वर्ष 2002 में फ्रांसीसी अदालत द्वारा सोरोस को अनैतिक और अनधिकृत व्यापार का दोषी ठहराने और दुनिया में कई देशों की आंतरिक राजनीति को प्रभावित करने का एजेंडा चलाने से स्पष्ट है। यही कारण है कि कई यूरोपीय और अरब देशों में सोरोस की संस्थाओं पर प्रतिबंध लगा हुआ है। विश्व में भारत-विरोधी नैरेटिव बनाने वाले को प्रत्यक्ष-परोक्ष रूप में सोरोस की संस्थाओं द्वारा वित्तपोषण होता है।

हमारे देश में स्वघोषित बुद्धिजीवियों के विशेष समूह शातिर प्रवृत्ति के साथ अपने द्वारा परिभाषित नैरेटिव को स्थापित करने के लिए संवैधानिक अधिकारों को बेजा उपयोग करते हैं। उनके लिए विदेश से आने वाली प्रत्येक चीज (कोई भी भारत-विरोधी सूचकांक सहित) पवित्र, उन्नत और प्रामाणिक होती है। हमें इस गुलाम मानसिकता पर सवाल उठाना होगा, हमें सतर्क रहना होगा और इस दिशा में पुंजजी की पुस्तक उपयोगी उपक्रम बन सकती है।

नैरेटिव के महत्त्व को समझने और इसमें दूषित तत्त्व को जमींदोज करने वाले वैचारिक युद्ध में बलबीरजी अकेले नहीं हैं। जब भारतीय विमर्श को विदेशी चिंतकों द्वारा अपने निहित औपनिवेशिक एजेंडे के अनुरूप क्षत-विक्षत किया जा रहा था, तब श्रीरामकृष्ण परमहंस, स्वामी विवेकानंद, श्रीअरबिंद घोष, स्वामी दयानंद सरस्वती, स्वामी रामतीर्थ आदि महापुरुषों से लेकर लोकमान्य तिलक, महामना मालवीय, लाला लाजपतराय, गांधीजी, डॉक्टरजी, वीर सावरकरजी, श्रीगुरुजी गोलवलकर, सरदार पटेलजी, पंडित दीनदयाल उपाध्याय, डॉ. श्यामाप्रसाद मुकर्जी, बलराज मधोक, सीताराम गोयल, रामस्वरूप, धर्मपाल आदि वैचारिक योद्धाओं ने विकृत नैरेटिव को उजागर करके उसे समूल नष्ट करने का प्रयास किया था। स्वतंत्रता के बाद दूषित नैरेटिव में सुधार अभियान को गति मिलनी चाहिए थी। किंतु स्वतंत्र भारत के प्रारंभिक चार-पाँच दशकों में भारतीय नेतृत्व का जिम्मा उन विचार समूहों के हाथों में चला गया, जिनका मानसिक विकास न केवल अंग्रेजों द्वारा स्थापित नैरेटिव की छत्रच्छाया में हुआ था, साथ ही वे विदेशी मार्क्सवादी/वामपंथी विचारधारा, जिसका भारतीय संस्कृति से जुड़ाव आजतक नहीं हो पाया है—उससे प्रेरित वर्ग ने तथ्यों को और विकृत करके भारतीय नैरेटिव को और अधिक विरूपित कर दिया। इसी विचारकों के चिंतन ने मजहब के नाम पर भारत के दो टुकड़े करने में महत्त्वपूर्ण और निर्णायक भूमिका निभाई थी।

यह ठीक है कि देश का ईमानदार और राष्ट्रनिष्ठा से प्रेरित बौद्धिक वर्ग हिंदू-मुस्लिम तनाव के कारणों और उसके पीछे के चिंतन से काफी हद तक अवगत प्रतीत होता है। किंतु बलबीरजी ने अपनी पुस्तक में ऐसे कई बिंदुओं पर प्रकाश डाला है, जिन्हें पढ़कर दोनों समुदाय के बीच व्याप्त तनाव की गहराई और उसे प्रेरित करने वाली मानसिकता का भंडाफोड़ होता है। खालिस्तान चरमपंथ को बलबीरजी ने अपनी पुस्तक में विस्तारपूर्वक स्थान देते हुए संदेश दिया है कि भारत को खालिस्तानी विचारकों से निपटने के साथ खालिस्तान के वैचारिक अधिष्ठान से भी संघर्ष करने की आवश्यकता है, जिसकी उत्पत्ति भी कुटिल ब्रितानी औपनिवेशवाद की देन है।

यह मेरे लिए और न जाने कितने अन्य असंख्य पाठकों के लिए कौतूहल का विषय रहा होगा कि आखिर श्री पुंज को इस पुस्तक को मूर्तरूप देने में दशकों का समय क्यों लग गया। मेरा मत है कि इसका भी एक स्वाभाविक कारण रहा होगा। पारिवारिक उत्तरदायित्व की व्यस्तता और 30 वर्षीय पेशेवर पत्रकार के रूप में कार्य करने के साथ-साथ श्री पुंज का एक लंबा सार्वजनिक जीवन भी रहा है। वे चुनौती भरे दौर, जिसमें मार्क्सवादी/वामपंथी विचारों द्वारा भारत के मूल नैरेटिव को कुटिल उद्देश्य के साथ गौण और विकृत किया जा रहा था, उस समय 'द इंडियन एक्सप्रेस समूह' से लगभग ढाई दशकों तक कुशल पत्रकार के रूप में जुड़े रहे और दूषित नैरेटिव को ध्वस्त करने

का प्रयास किया। अपनी कार्यकुशलता और योग्यता के बल पर उन्हें कालांतर में भारत सरकार द्वारा कई महत्त्वपूर्ण पदों भी नियुक्त किया जा चुका है। आगे चलकर वे दो बार राज्यसभा सांसद के रूप में निर्वाचित भी हुए। इस पूरे सार्वजनिक जीवन में उनका स्तंभ कई पत्रिकाओं में प्रकाशित होता रहा और बीते लगभग एक दशक से उन्होंने यह शोधपूर्ण लेखन-कार्य उसी प्रकार आज भी जारी रखा है।

श्रीमान बलबीर पुंजजी की यह पुस्तक भारत की विस्मृत होती पहचान को पुनः प्राप्त करने की दिशा में एक उपयोगी कदम है। उनकी पुस्तक अकाट्य तथ्यों, प्रमाणों और तर्कों के आधार पर हमें अपने अस्तित्व से रूबरू कराती है। लेखक को राष्ट्रप्रेमी जनता की ओर से धन्यवाद तथा असीम शुभकामनाएँ देते हुए मैं आशा करता हूँ कि श्री पुंज शीघ्र ही इसी शृंखला से जुड़ी एक और पुस्तक भी लेकर आएँगे।

—दत्तात्रेय होसबाले
सरकार्यवाह, राष्ट्रीय स्वयंसेवक संघ

नई दिल्ली
23 जून, 2023
(डॉ. श्यामाप्रसाद मुकर्जी बलिदान दिवस)

अनुक्रम

1

नैरेटिव का घालमेल

भारत के वर्तमान सामाजिक विमर्श की त्रासदी

लोकतंत्र में लोकमत का स्वाभाविक महत्त्व होता है। ठीक वैसे ही जनता का मानस निर्धारित करने में नैरेटिव अर्थात् विमर्श का बहुत बड़ा योगदान होता है। भारत की एक बड़ी त्रासदी रही है कि हम पिछले कुछ सौ वर्षों से जिस वृत्तांत का अनुसरण कर रहे हैं या यूँ कहें कि उसे अब भी दोहराते चले जा रहे हैं कि वह बिल्कुल भी हमारा अपना नहीं है, बल्कि बाहरी शक्तियों और व्यक्तियों द्वारा अपने लक्ष्यों की प्राप्ति के उद्देश्य से हमपर थोपा गया एक कुटिल विचार है। विडंबना है कि 21वीं शताब्दी में भी भारत का एक प्रभावशाली वर्ग इस विदेशी विमर्श से बाहर नहीं निकल पाया है।

वर्ष 1848-49 तक, सिख साम्राज्य के संस्थापक महाराजा रणजीत सिंह के देहांत (27 जून, 1839) पश्चात्, पंजाब सहित पूरे भारत पर ब्रितानियों का लगभग एकच्छत्र शासन हो चुका था। 9 वर्ष बाद, 1857 में अंग्रेजों के विरुद्ध पहली स्वतंत्रता क्रांति भड़की और भारतीय पक्ष को प्रारंभिक सफलता मिलने के बाद अंग्रेजों से पराजय का सामना करना पड़ा। इस कालखंड तक, भारतीयों में अपनी मूल पहचान और संस्कृति को लेकर कोई भ्रम नहीं था—अर्थात् इस विषय पर देश में एकरूपता थी। पूजा-पद्धति, जाति, भौगोलिक स्थिति आदि में भिन्नता होने के बाद भी सभी भारतीय स्वयं की पहचान यहाँ की मूल सनातन और बहुलतावादी संस्कृति में निहित पाते थे। इस परिप्रेक्ष्य में भारतीयों की सभी अन्य पहचान गौण हो जाती थीं।

बीसवीं शताब्दी के प्रारंभिक कुछ वर्षों तक भारतीय समाज को इसी मूल पहचान ने एक सूत्र में बाँधा हुआ था। इसलिए उस कालखंड में कोई आश्चर्य नहीं था कि लोकमान्य बाल गंगाधर तिलक, लाला लाजपत राय, गोपाल कृष्ण गोखले, पंडित मदनमोहन मालवीय, गांधीजी, डॉक्टर केशव बलिराम हेडगेवार, विषाक्त पाकिस्तान के सूत्रधार मुहम्मद अली जिन्ना और देश के शीर्ष वामपंथी नेताओं में से एक इलमकुलम मनक्कल शंकरन नंबूदरीपाद कांग्रेस की पताका तले देशसेवा करते हुए स्वतंत्रता आंदोलन को

मजबूती दे रहे थे। यह बात अलग है कि इस दौरान अंग्रेजों की विषाक्त 'बाँटो और राज करो' की नीति अपना कुटिल प्रभाव भी दिखाने लगी थी।

ऐसा नहीं है कि इस विकृत नैरेटिव को सुधारने का प्रयास नहीं किया गया। न केवल उस समय के अखंड भारत के दर्जनों प्रबुद्ध देशभक्तों ने इस स्थिति की गंभीरता को समझा, अपितु उसे देश के समक्ष सही परिप्रेक्ष्य में रखने का प्रयास भी किया। ब्रितानी भ्रमजाल को तोड़ने हेतु वर्ष 1909 में विनायक दामोदर सावरकर ने 1857 की भारत क्रांति पर आधारित पुस्तक '1857 का संपूर्ण सत्य' (द इंडियन वार ऑफ इंडिपेंडेंस) लिखी थी। जैसे ही अंग्रेजी हुकूमत को इसकी भनक लगी, तो उन्होंने पुस्तक का प्रकाशन रुकवा दिया। बावजूद इसके वीर सावरकर ने बिना हिम्मत हारे पुस्तक को हॉलैंड में मुद्रित करवाया।

अंग्रेज इतिहासकार 1857 की लड़ाई को मात्र एक सिपाही विद्रोह मानते थे, तो ऐसे भारतीय विश्लेषक—जिनकी शिक्षा-दीक्षा अंग्रेजों द्वारा स्थापित किए जा रहे विचारों की छाया में हुई थी—उनकी नजरों में भी यह संघर्ष मात्र एक सिपाही आक्रमण ही था। किंतु एक मुखर सनातन विचारक, क्रांतिकारी और स्वतंत्रता सेनानी वीर सावरकर ने अपनी इस पुस्तक में युद्ध की बारीकियों को एक क्रांतिकारी की नजर से देखा और लिखा। इस संबंध में उन्होंने बहुत अध्ययन किया, शोध किए और एक ऐसी पुस्तक का निर्माण किया, जिसका प्रत्येक पृष्ठ एक भौतिक गुलाम भारतीय के मन में क्रांति की नई मशाल जला पाने में सक्षम था।

यदि सावरकर नहीं होते तो हम 1857 के स्वतंत्रता संग्राम को अंग्रेजों के दृष्टिकोण से ही देख रहे होते। अंग्रेजों के खिलाफ वह क्रांति राजा-रजवाड़ों और आम नागरिकों के सब्र का बाँध टूटने का प्रमाण था। 29 मार्च, 1857 को जहाँ बैरकपुर छावनी में मंगल पांडे ने स्वतंत्रता संग्राम का पहला बिगुल फूँका, जिसमें हिंदू और मुसलिम मिलकर अंग्रेजों के खिलाफ लड़े। 10 मई, 1857 को विद्रोह की ऐसी चिंगारी फूटी कि भारत में ब्रितानी साम्राज्य की चूलें हिल गईं। इस दौरान बहादुर शाह जफर ने गौहत्या पर प्रतिबंध और ऐसा करने वाले को तोप से उड़ाने की घोषणा की थी।

इसी कड़ी में सावरकर के साथ मोहनदास करमचंद गांधी और लोकमान्य बाल गंगाधर तिलक का नाम आता है। जहाँ गांधीजी ने समय-समय पर अंग्रेजों की 'बाँटों और राज करो' की नीति और ब्रितानी नैरेटिव को चुनौती दी, वही तिलक ने जनमानस में सांस्कृतिक चेतना जगाने, अंग्रेजों के खिलाफ संदेश देने और लोगों को एकजुट करने के लिए ही सार्वजनिक गणेश उत्सव की शुरुआत की। इस परंपरा को बलराज मधोक, सीताराम गोयल, रामस्वरूप और अरुण शौरी आदि राष्ट्रवादियों के प्रयासों और 'वॉयस ऑफ इंडिया' नामक राष्ट्रवादी प्रकाशन संस्था द्वारा प्रकाशित वैचारिक साहित्य ने जारी

रखा। इन्हीं प्रकाशपुंजों में एक नाम श्री वैद्य गुरुदत्तजी का भी था।

अंग्रेज जब भारत आए, तो अधिकांश भारतीय इसलामी साम्राज्य में भौतिक गुलामी की जंजीरों से जकड़े हुए थे। चूँकि ब्रितानी अपना साम्राज्य चिरंजीवी बनाना चाहते थे, इसलिए उन्होंने शारीरिक गुलामी से जकड़े भारतीयों को बौद्धिक रूप से पंगु बनाने की योजना पर काम प्रारंभ किया। इस पृष्ठभूमि में 2 फरवरी, 1835 को लॉर्ड थॉमस बैबिंगटन मैकाले द्वारा ब्रितानी संसद् में प्रस्तुत 'मिनट ऑन इंडियन एजुकेशन' महत्त्वपूर्ण हो जाता है, तब उन्होंने एक स्थान पर कहा था—

"I am quite ready to take the Oriental learning at the valuation of the Orientalists themselves—I have never found one among them who could deny that a single shelf of a good European library was worth the whole native literature of India—It is I believe no exaggeration to say that all the historical information which has been collected from all the books written in the Sanskrit language is less valuable than what may be found in the most paltry abridgments used at preparatory schools in England—We must at present do our best to form a class who may be interpreters between us and the millions whom we govern; a class of persons 'Indian in blood and color but English in taste, in opinions, in morals and in intellect."[1]

भारतीय संस्कृति, भाषा, परंपरा और सभ्यतागत परिवर्तन के संदर्भ में मैकाले की अज्ञानता उसके अहंकार से प्रत्यक्ष थी। वह ब्रितानी साम्राज्य को इसके माध्यम से यह समझाने में सफल हो गया कि इस प्रणाली से भारत के लोग न केवल शारीरिक रूप से, बल्कि बौद्धिक रूप से उनके गुलाम बने रहेंगे। इसलिए तत्कालीन गवर्नर जनरल लॉर्ड विलियम बैंटिक ने मैकाले की उपरोक्त विवरण पत्रिका को स्वीकृति देकर भारतीय शिक्षा के पाश्चात्यवादी स्वरूप के प्रयासों पर मुहर लगा दी। इस संदर्भ में वैद्य गुरुदत्तजी का विचार महत्त्वपूर्ण हो जाता है। उन्होंने 'दो लहरों की टक्कर' की भूमिका में लिखा था, "अंग्रेजी शासन के बंगाल में स्थापित होते ही अंग्रेज अधिकारियों को यह जानने की चिंता लग गई थी कि जो कुछ इसलामी राज्य मोरक्को से अफगानिस्तान तक कुछ ही वर्षों में संपन्न कर सका था, वह हिंदुस्तान में अपने सात सौ वर्षों के राज्यकाल में भी क्यों नहीं कर सका? उनकी खोज का यह परिणाम निकला कि यह भारत की प्राचीन संस्कृति और धर्म की धारा थी, जो इसलाम के यहाँ असफल होने का कारण बनी। अत: हिंदू और हिंदुस्तान को सदा के लिए अंग्रेजों का दास रखने के लिए इसकी शिक्षा को कुशिक्षा में परिणत करने की योजना बनाई गई। तत्कालीन भारत के युवाओं को उसकी जड़ों से

अलग करने की रूपरेखा ब्रितानियों ने थॉमस बैबिंगटन मैकाले को सौंपी।" (स्रोत—दो लहरों की टक्कर वैद्य गुरुदत्त)

ब्रितानी कुटिलता का परिणाम यह हुआ कि 1850 के दशक में अंग्रेजों ने बॉम्बे (मुंबई), मद्रास (चेन्नई), कलकत्ता (कोलकाता) में विश्वविद्यालयों की स्थापना की। इन सभी शैक्षणिक संस्थाओं का उद्‌देश्य यहाँ पढ़ने वालों छात्रों का Psychological Colonization अर्थात् मनोवैज्ञानिक औपनिवेशीकरण करना था। इसमें वे सफल भी हुए। इन विश्वविद्यालयों से पढ़कर जो 'प्रतिभा' शाली विद्यार्थी निकले, उन्होंने अंग्रेजों द्वारा ब्रितानी हित को प्रोत्साहित करने का नैरेटिव मजबूत किया। दुर्भाग्य से भारत देश के मैकाले मानसपुत्रों का एक वर्ग उसी औपनिवेशिक वृत्तांत, जिसने भारतीय मूल संस्कृति को सर्वाधिक विकृत किया है—उसे 1947 में स्वतंत्रता मिलने के बाद आज भी आगे बढ़ा रहा है।

भारतीय शिक्षा पद्धति पर मैकाले के कुठाराघात पर वैद्य गुरुदत्तजी ने अपने साहित्यों में विस्तार से वर्णन किया है। 'मैं हिंदू हूँ' में गुरुदत्तजी ने लिखा, "अंग्रेज और ईसाई पादरियों ने दूसरा उपाय किया। उन्होंने स्कूल-कॉलेज खोलकर हिंदू की मान्यताओं को ही बदल देने का यत्न करना चाहा। मैकाले की शिक्षा का यही उद्‌देश्य था, जो उसके द्वारा अपने पिता को लिखे पत्र से भी स्पष्ट है। यह भविष्यवाणी बहुत सीमा तक सिद्ध भी हो गई है। हिंदू मान्यताओं को न मानने वाले भी रामलाल और कृष्ण चंद्र दिखाई देने लगे हैं। यहाँ रंगा स्वामी है, परंतु न स्वामी है, न रंगा है। वह गिरजाघर जाता है और हजरत ईसा को आश्रय स्थान मानता है। यहाँ तक कि नाम के हरिकृष्ण, परंतु हिंदू नाम से चिढ़ने वाले उत्पन्न हो गए हैं।"[2]

इस संदर्भ में गुरुदत्तजी अपनी पुस्तक 'प्रवंचना' की भूमिका में लिखते हैं, "भारतीय संस्कृति वैदिक काल से अटूट चली आ रही है। नाम बदले, राज्य बदले और प्रज्ञा भी बदली, परंतु संस्कृति ज्यों की त्यों रही। वैदिक काल में देश का नाम ब्रह्मावर्त था, पश्चात् आर्यावर्त हुआ। इसके बाद भारतवर्ष, हिंदुस्तान और अब इंडिया। हूण, सीरियन, मुसलमान आदि आक्रमणकारी आए और या तो वापस लौट गए अथवा इसी भारतीय खान में भारतीय हो गए। इन सबमें जो वस्तु स्थिर रही, वह वैदिक, भारतीय अथवा हिंदू संस्कृति है। यह क्यों संभव हुआ? जब दूसरी संस्कृतियाँ काल का ग्रास बन गईं, तो यह क्यों नहीं बनी? यह कोई चमत्कार नहीं है। न ही इसमें कोई अनहोनी बात है। इसमें केवल और केवल भारतीय संस्कृति ही कारण है। यह संस्कृति परमात्मा के विश्वास पर, कर्मफल-मीमांसा पर, पुनर्जन्म-सिद्धांत पर अवलंबित होने से सर्वश्रेष्ठ है ही, साथ ही राम, कृष्ण और अनेकानेक अन्य महाजनों के पावन चरित्रों से प्रेरणा प्राप्त कर भारतीयों को सत्य मार्ग पर आरूढ़ करने में सफल होती है।"

हिंदू संस्कृति, हिंदू मान्यताओं और भारतीय ज्ञान-विज्ञान को नष्ट-भ्रष्ट करने के लिए अंग्रेजों ने कई षड्यंत्र रचे। अंग्रेज जान चुके थे कि भारत में यदि कोई उनका शत्रु है, तो वह केवल हिंदू और उनकी सनातन संस्कृति ही है। इसका कारण यह था कि उस समय हिंदुओं में अपनी संस्कृति, धर्म और ज्ञान-विज्ञान की श्रेष्ठता का विश्वास स्थिर था। इसे विकृत करने की जिम्मेदारी मैकाले को मिली। गुरुदत्तजी के अनुसार, "लॉर्ड मैकाले एक कट्टर ईसाई था और कैल्विनिज्म में दीक्षित था, जिसका अंतिम उद्देश्य भारतीयों का मतांतरण या उनको जड़-विहीन करना था।" वास्तव में, यह कुत्सित योजना यूरोपीय औपनिवेशिकों ने कनाडा में 1876-1996 के बीच भी अपनाई थी, जहाँ ईसाइयत के विस्तार हेतु चर्च ने स्कूलों के माध्यम से स्थानीय लोगों को उनकी मूल सांस्कृतिक और पांरपरिक जड़ों से काटकर ईसाई बनाया था। मैकाले की वास्तविकता उसके द्वारा अपने पिता को लिखे पत्र से भी स्पष्ट है।

12 October, 1836

My Dear Father

...Our English schools are flourishing wonderfully...The effect of this education on the Hindoos is prodigious- No Hindoo who has received an English education ever continues to be sincerely attached to his religion-Some continue to profess it as a matter of policy, and some embrace Christianity... It is my firm belief that, if our plans of education are followed up, there will not be a single idolater among the respectable classes in Bengal thirty years hence. And this will be affected without any efforts to proselytize, without the smallest interference with religious liberty, merely by the natural operation of knowledge and reglection. I heartily rejoice in this prospect...

Ever Yours most affectionately

T.B. Macaulay[3]

थॉमस के पिता का नाम जैकरी मैकाले था, जोकि समस्त विश्व का ईसाईकरण करना चाहते थे और इस दिशा में उन्होंने अंतहीन काम भी किया। यह दुर्भाग्यपूर्ण है कि स्वतंत्र भारत में हिंदू संस्कृति से घृणा करने वाले थॉमस बैबिंगटन मैकाले को भारतीय शिक्षा के आधुनिकीकरण का जनक कहकर संबोधित किया जाता है। वास्तव में, ब्रितानियों का साम्राज्यवाद व्यापार के साथ 'व्हाइट मैन बर्डन' रूपी जहरीली मानसिकता और चर्च से भी प्रभावित था। यह सही है कि ब्रितानी साम्राज्य ने सन् 1757 की प्लासी की जंग जीतने के बाद भारत में अपनी जड़ें जमानी प्रारंभ कीं। किंतु उसने उसी मजहबी

परंपरा को प्रत्यक्ष और अप्रत्यक्ष रूप से आगे बढ़ाने का काम किया, जिसका भारत में प्रत्यक्ष सूत्रपात 1541-42 में फ्रांसिस जेवियर ने तत्कालीन गोवा में किया था।

तब स्पेनवासी फ्रांसिस जेवियर ने भारतीय इतिहास के सबसे भयावह, नृशंस और रक्तरंजित अध्यायों में से एक—'गोवा इंक्विजिशन' (1561-1812) की पटकथा लिख डाली। ईसाइयत के प्रचार हेतु 1541-42 में जेसुइट मिशनरी बनकर भारत पहुँचे जेवियर ने पाया कि यहाँ गैर-ईसाइयों की भाँति मतांतरित कैथोलिक ईसाई अपनी मूल परंपराओं के साथ पूजा-पद्धति का ही अनुसरण कर रहे थे। तब चर्च से निर्देश मिलने पर जेवियर ने गोवा में 'हेरेटिक्स' अर्थात् मजहबी मान्यता से विपरीत धारणा रखने वालों के खिलाफ अमानुषी 'इंक्विजिशन' प्रारंभ किया, जो हजारों स्थानीय हिंदुओं, यहूदियों के साथ मतांतरित और सीरियाई ईसाइयों पर कहर बनकर टूटा।[4]

रोमन-कैथोलिक चर्च की मान्यताओं को अंगीकार नहीं करने वालों ('हेरेटिक') को अपराधी माना गया और उन्हें जीभ काटने या उनकी जीवित ही चमड़ी उतारने जैसी क्रूर सजा दी गई। इन प्रताड़नाओं से सैकड़ों लोगों की मौत हो गई। कैथोलिक चर्च और पुर्तगाली ईसाई मिशनरियों के निर्देश पर 350 से अधिक मंदिरों और देवी-देवताओं की मूर्तियों को ध्वस्त कर दिया गया।[5] ईसाइयत के प्रति 'सेवा' के लिए मजहबी दुराचारी फ्रांसिस जेवियर को 1662 में तत्कालीन पोप ग्रेगरी-15 ने 'संत' की उपाधि दी। गोवा के पणजी स्थित बेसिलिका बॉम जीसस चर्च में जेवियर का शव आज भी रखा हुआ है।

रोमन-कैथोलिक चर्च की तत्कालीन क्रूरता का उल्लेख संविधान निर्माता बाबासाहेब डॉ. आंबेडकर ने अपने लेखन-कार्य के 5वें खंड में किया है। उनके अनुसार, "...डॉन एलैक्सिज डि मेंडिस को गोवा का आर्कबिशप बनाया गया था। उसका मुख्य उद्‌देश्य नए गैर-ईसाइयों के मतांतरण की तुलना में पुरानों को अपने अधीन रखना था। इसके लिए उसने स्वयं को अति-उत्साह के साथ इस उत्पीड़न के काम में झोंक दिया, जोकि रोम को काफी प्रिय लगा।"

अंग्रेजों द्वारा इसके लगभग एक शताब्दी पश्चात् 1647 में एक अंग्रेज चौपलेन चेन्नई में रोमन-कैथोलिक चर्च के मजहबी अभियान का सूत्रपात कर चुके थे। वर्ष 1813 में ईस्ट इंडिया कंपनी के चार्टर में विवादित अनुच्छेद जोड़कर न केवल ब्रितानी पादरियों और ईसाई मिशनरियों द्वारा स्थानीय 'हीथन' भारतीयों के मतांतरण का मार्ग प्रशस्त किया, साथ ही उन्हें इसमें सभी आवश्यक सहयोग देने का प्रावधान भी किया। इसी घटनाक्रम के कारण 1857 की क्रांति में भारत का एकमात्र नव-मतांतरित ईसाई समाज पूर्ण रूप से स्वाधीनता के विरोध में और अंग्रेजों के साथ खड़ा था।

अंग्रेज समझ चुके थे कि यदि उन्हें लंबे समय के लिए भारत पर राज करना है, तो यहाँ के लोगों को विभाजित करके ही संभव है। उस समय बॉम्बे के ब्रितानी गवर्नर

माउंट स्टुअर्ट एलफिंस्टन ने अपने नेतृत्व को विभाजनकारी लातिन युक्ति DIVIDE ET IMPERA अर्थात्—'बाँटो और राज करो' नीति अपनाने की सलाह दी। तब ब्रितानी अधिकारियों ने भारतीय समाज में कमजोर कड़ियों को ढूँढ़कर उस पर रणनीति के साथ काम करना प्रारंभ किया। जिन नीतियों पर काम किया गया, उसमें 'हिंदू बनाम मुसलिम', 'हिंदू बनाम सिख', 'द्रविड़ बनाम आर्य', 'दलित बनाम शेष हिंदू समाज', 'राजा बनाम प्रजा', 'दक्षिण भारत बनाम उत्तर भारत' शामिल रहे। इन विभाजनकारी नीतियों से ब्रितानियों को भारत में लंबे समय तक राज करने का लाभ भले ही नहीं मिला हो, किंतु उन्होंने देश की समरूपता को ऐसे तोड़ दिया कि वह आज तक अपने मूल बहुलतावादी और समरसपूर्ण स्वरूप में नहीं लौट पाया है। भारत में वामपंथियों और स्वघोषित उदारवादियों को इसका श्रेय जाता है।

संदर्भ—

1. Minute by the T.B. Macaulay, dated the 2nd February, 1835 (Annexure: 2)
2. 'मैं हिंदू हूँ', वैद्य गुरुदत्त (Annexure: 10)
3. Rt. Hon'ble Sir George Otto Trevelan, MP, Nephew Bart, Life and Letters of Lord Macaulay- Vol. 1 LONDON LONGMANS, GEEEN AND CO 1876, pp. 454 & 455
4. The Marrano Factory: The Portuguese Inquisition and Its New Christians 1536-1765 By António José Saraiva. Pg. No. 348; Houses of Goa', By Annabel Mascarenhas and Heta Pandit, Architecture Autonomous, Pg. 21
5. Inquisition: The Reign of Fear by Toby Green. Pg. No. 152–154; Teotonio R. De Souza. The Portuguese in Goa, in Acompanhando a Lusofonia em Goa: Preocupações e experiências pessoais. Lisbon: Grupo Lusofona. pp. 28–30.
6. The Attitudes of British Protestant Missionaries Towards Nationalism in India With Special Reference to Madras Presidency 1919-1927 By Elizabeth Susan Alexander.

□

2

मैकाले नैरेटिव में वामपंथ का भितरघात, 'कोढ़ में खुजली'

जब देश में अंग्रेजों की 'बाँटो और राज करो' की नीति अपना प्रभाव दिखा रही थी, तब एक और यूरोपीय विचारधारा 'वामपंथ' का आगमन भारत में हो चुका था। इसके पुरोधा कार्ल हेनरिक मार्क्स (5 मई, 1818-14 मार्च, 1883) द्वारा लिखित पहले 'साम्यवादी घोषणापत्र' (1847-48) और 'दास कैपिटल' (1867) में जिस समाजवाद और उसकी कल्पना का उल्लेख किया गया है, उससे अंगीकृत दुनिया के जिस भू-भाग में साम्यवादियों की सरकार आई—वहाँ अधिनायकवादी शासन में साधारण नागरिक के अधिकार छीन लिये गए और जीवन की मूलभूत आवश्यकताओं के लिए भी लोगों को तरसना पड़ा।

बात केवल ब्रितानियों द्वारा स्थापित विकृत नैरेटिव और उनके द्वारा भारतीयों को उनकी जड़ों से काटने तक सीमित नहीं थी। उस समय कार्ल मार्क्स ने भारत के संदर्भ में कई मनगंढ़त विचार व्यक्त किए, जिसे उनके मानसपुत्र नैरेटिव बनाकर आज भी बार-बार परोसते हैं। 'न्यूयॉर्क डेली ट्रिब्यून' ने 8 अगस्त, 1853 के अपने अंक में कार्ल मार्क्स द्वारा The Future Results of British Rule in India- अर्थात् 'भारत में ब्रिटिश शासन के भावी परिणाम' नामक आलेख प्रकाशित किया था, जिसमें एक स्थान पर उन्होंने लिखा था—

"...Indian society has no history at all - at least no known history. What we call its history is but the history of the successive intruders who founded their empires on the passive basis of that unresisting and unchanging society.

The Indians will not reap the fruits of the new elements of society scattered among them by the British bourgeoisie - till in Great Britain itself the now ruling classes shall have been supplanted by the industrial proletariat - or till the Hindoos themselves shall have grown strong enough to throw off the English yoke altogether.

England has to fulfill a double mission in India: one destructive - the other regenerating the annihilation of old Asiatic society - and the laying the material foundations of Western society in Asia.[1]

ब्रितानी कुटिलता ने भारत पर क्या प्रभाव डाला, यह कार्ल मार्क्स के विचारों से ही स्पष्ट है। 8 अगस्त, 1853 को ही 'न्यूयॉर्क ट्रिब्यून' में अपने उसी आलेख में मार्क्स ने लिखा था, "अंग्रेज पहले विजेता थे जिनकी सभ्यता श्रेष्ठतर थी और इसलिए, हिंदू सभ्यता उन्हें अपने अंदर न समेट सकी। उन्होंने देशज समाज को उजाड़कर, स्थानीय उद्योग-धंधों को तबाह करके और मूल समाज के अंदर, जो कुछ भी महान् और उन्नत था, उन सबको धूल-धूसरित करके भारतीय सभ्यता को नष्ट कर दिया। खँडहरों के ढेर से पुनर्जनन का कार्य मुश्किल से होता है, फिर भी यह प्रारंभ हो चुका है।"

वामपंथियों के भारतीय संस्कृति, परंपराओं और पर्वों के प्रति घृणास्पद दृष्टिकोण को उनके प्रणेता कार्ल मार्क्स के संकीर्ण चिंतन से ही प्रेरणा मिलती है। 25 जून, 1853 को 'न्यूयॉर्क ट्रिब्यून' में प्रकाशित 'भारत में ब्रिटिश शासन' में मार्क्स ने लिखा, "....हमें यह नहीं भूलना चाहिए कि ये काव्यमय ग्रामीण बस्तियाँ ही, ऊपर से वे चाहे कितनी ही निर्दोष दिखलाई देती हों, पूर्व की निरंकुशशाही का सदा ठोस आधार रही हैं, कि मनुष्य के मस्तिष्क को उन्होंने संकुचित-से-संकुचित सीमाओं में बाँधे रखा है, जिससे वह अंधविश्वासों का असहाय साधन बन गया है... मनुष्य का अध:पतन इस बात से भी स्पष्ट हो रहा था कि प्रकृति का सर्वसत्ताशाली स्वामी मनुष्य घुटने टेककर वानर हनुमान और गऊ शबला की पूजा करने लगा था।"[2]

दिलचस्प बात यह है कि मार्क्स ने भारत की मूल हिंदू संस्कृति और परंपराओं पर यह विचार तब प्रकट किए थे, जब वे कभी भी भारत नहीं आए। इन सभी विचारों को मार्क्स के असंख्य रक्तबीज स्वतंत्र भारत में आज भी आगे बढ़ा रहे हैं।

कार्ल मार्क्स के दृष्टिकोण को आगे बढ़ाते वामपंथी

राजनीतिक संगठन के रूप में 26 दिसंबर, 1925 को कम्युनिस्ट पार्टी ऑफ इंडिया (सीपीआई) की आधिकारिक स्थापना कानपुर में हुई थी, भले ही वामपंथियों को राजनीतिक स्वरूप भारत में मिला हो। किंतु इसका वैचारिक बीजारोपण 17 अक्तूबर, 1920 को तत्कालीन सोवियत संघ स्थित ताशकंद में हो चुका था और वे 1943 तक मास्को से संचालित 'कम्युनिस्ट इंटरनेशनल' से दिशा-निर्देश प्रप्त करते रहे। स्वतंत्रता से पहले और उसके बाद भी भारत में मैकाले और मार्क्स के मानसपुत्र यही स्थापित

करने का प्रयास करते आए हैं कि पश्चिमी देश सदैव अर्थशास्त्र और प्रौद्योगिकी में उन्नत थे और भारत, दोनों मामलों में हमेशा से पिछड़ा हुआ था। मार्क्स ब्रितानियों द्वारा मूल भारतीय समाज को उजाड़ने, स्थानीय उद्योग-धंधों को तबाह करने और देशज सभ्यता को धूल-धूसरित करने पर आनंदित हुए थे, तो हिंदुओं को अंधविश्वासी बताकर उन्हें प्रकृति और गाय की पूजा करने वाला कहकर उपहास भी किया था। उपरोक्त दोनों विचारों का सार यह था कि भारतीय संस्कृति और परंपराओं के विनाश के बाद ही वामपंथ अनुरूप व्यवस्था का निर्माण हो सकता है और इसका अनुसरण मार्क्स के असंख्य रक्तबीज, जो स्वयं को उदारवादी भी कहना पसंद करते हैं—वे आज भी कर रहे हैं।

पाकिस्तान के निर्माण में वामपंथ का योगदान

भारतीय कम्युनिस्ट पार्टी (सीपीआई) ने 1940 के दशक के दौरान मुसलिम लीग और पाकिस्तान आंदोलन का न केवल पूरे तौर पर समर्थन किया, अपितु उसके लिए साहित्य भी तैयार किया। सीपीआई के सबसे बड़े नेताओं में से एक पी.सी. जोशी ने तब इसपर वामपंथियों की स्थिति स्पष्ट करते हुए लिखा था—

"We were the first to see and admit a change in its character when the League accepted complete independence as its aim and began to rally the Muslim masses behind its banner. We held a series of discussions within our party and came to the conclusion in 1941-1942 that it had become an anti-imperialist organization expressing the freedom urge of the Muslim people that its demand for Pakistan was a demand for self determination and that for the freedom of India, an immediate joint front between the Congress and the League must be forged as the first step to break imperialist deadlock... A belief continues to be held that League is a communal organization and what Mr. Jinnah is Pro-British. But what is the reality? Mr. Jinnah is to the freedom loving League masses what Gandhiji is to the Congress masses. They revere their Qaid-e-Azam as much as the Congress does the Mahatma. They regard the League as their patriotic organization as we regardthe Congress. This is so because Mr. Jinnah has done to the League what Gandhi did to the Congress in 1919-1920 i.e., made it a mass organization."[3]

इसी प्रकार तत्कालीन सीपीआई के अन्य शीर्ष नेता गंगाधर अधिकारी ने 'पाकिस्तान एंड नेशनल यूनिटी' नाम से प्रस्ताव करते हुए पाकिस्तान की माँग का

समर्थन किया था। तब उन्होंने लिखा था, "...The granting of the right of self-determination recognises the patriotic national consciousness that binds each Muslim nationality to its homeland. It gives to every such nationality the freedom to take its destiny into its own hands and build up its own political and eco- nomic life in its homeland, in a free Indian Union. In a free India, the Pathan will have his own national state, with the right to secede; the Punjabi Muslim will have his own national state with the right to secede; and so on. This together with guarantee of the cultural rights of the Muslims in provinces where they form a minority will remove all possibility of national or communal oppression. It will assure the Muslims of India a free and equal place in the future Union of Free India. This is what the Muslim peoples really want today. This is why they so enthusiastically support the Pakistan slogan of the Muslim League..."[4]

गंगाधर अधिकारी और पी.सी. जोशी के साथ-साथ वामपंथी सज्जाद जहीर, अब्दुल्ला मलिक और दानियाल लतीफी आदि ने तो पाकिस्तान आंदोलन में सक्रिय भूमिका निभाई। दानियाल लतीफी ने जहाँ 1945-1946 के चुनावों के लिए पंजाब मुसलिम लीग का घोषणापत्र लिखा। अविभाजित पंजाब में मुसलिम लीग का यह चुनाव अभियान विशुद्ध रूप से वामपंथियों द्वारा मंचित था। अन्य वामपंथी सज्जाद जहीर ने मुसलिम लीग को एक महान् और प्रगतिशील बताते हुए यह घोषणा कर दी—"The task of every patriot is to welcome and help this democratic growth which at long last is now taking place among the Muslims of Punjab. The last strong hold of imperialist bureaucracy in India is invaded by the League. Let us all help the people of Punjab capture it."[5]

पाकिस्तान बनने के बाद 6 मार्च, 1948 को कम्युनिस्ट पार्टी ऑफ पाकिस्तान (सीपीपी) का गठन किया गया, जिसमें उसी सज्जाद जहीर को पार्टी का पहला महासचिव चुना गया। तब सीपीपी में मुख्य रूप से सीपीआई के मुसलिम वामपंथी नेता शामिल थे। परंतु सीसीपी और मुसलिम लीग के बीच संबंध अल्पकालिक निकला। इस अस्वाभाविक गठजोड़ का इसलिए भी विफल होना निश्चित था, क्योंकि इसलामवाद और वामपंथ बहिष्करणवादी विचारधाराएँ हैं, जो कभी सह-अस्तित्व की भावना के साथ नहीं रह सकतीं। दोनों में किसी एक के उदय का अर्थ, दूसरे का सर्वनाश है। चीन के वामपंथी शासन में अन्य मजहबी अनुयायियों के साथ मुसलिमों का सांस्कृतिक संहार इसका उदाहरण है।

भारतीय स्वतंत्रता सेनानियों को अपशब्द कहे

'धर्म को अफीम मानने वाले' मार्क्स के विचारों का दुष्प्रभाव यह हुआ कि उनके मानसपुत्र न केवल आजतक भारतीय संस्कृति से कभी जुड़ नहीं पाए, बल्कि देशविरोधी कृत्यों में भी लिप्त रहते आए हैं। उदाहरण के लिए भारतीय कम्युनिस्टों ने 1942 के 'भारत छोड़ो आंदोलन' में राष्ट्रवादियों के खिलाफ ब्रितानियों के लिए मुखबिरी की। गांधीजी, सुभाषचंद्र बोस आदि राष्ट्रवादी देशभक्तों को अपशब्द कहे। 1940 के दशक में वामपंथियों द्वारा प्रकाशित पुस्तिका 'अनमास्क्ड पार्टीज और पॉलिटिक्स' में गांधीजी के साथ नेताजी को 'अंधा मसीहा' कहा गया। नेताजी के प्रति वाम-शब्दावली इतनी अपमानजनक हो गई थी कि उन्हें 'काला गिरोह', 'गद्दार बोस', 'तोजो (जापानी तानाशाह) का कुत्ता' और 'हिटलर का अगुआ दस्ता', 'राजनीतिक कीड़ा', 'सड़ा हुआ अंग, जिसे काटकर फेंकना है' तक कहा जाने लगा। वामपंथियों ने नेताजी की आजाद हिंद फौज को 'भारतीय भूमि पर लूट, डाका, विध्वंस मचाने वाला' घोषित कर दिया। वामपंथी पत्रिकाओं में प्रकाशित कार्टूनों के माध्यम से नेताजी को कभी 'तोजो का पालतू बौना' दिखाया गया, कभी 'जापानी-जर्मन फासीवादियों का कुत्ता, बिल्ली या गधा' तक कहा गया।[6] यही नहीं, 1947 में भारतीय स्वतंत्रता को वामपंथियों ने अस्वीकार किया और भारत को 17 टुकड़ों में विभाजित करने का प्रस्ताव रखा।[7] 1948 में भारतीय सेना के खिलाफ कम्युनिस्टों ने हैदराबाद के जिहादी रजाकरों को पूरी मदद दी। 1962 के भारत-चीन युद्ध में भारत की कम्युनिस्ट पार्टी ने वामपंथी वैचारिक समानता के कारण साम्यवादी चीन का साथ दिया और घोर कम्युनिस्ट नेता चारू मजूमदार ने 1967 में भारतीय सत्ता विरोधी सशस्त्र अभियान नक्सलवाद को जन्म दिया।

देश के खिलाफ युद्ध में सक्रिय वामपंथी

नक्सलियों का मानना है कि "सत्ता बंदूक की नली से निकलती है।" उनका अंतिम उद्देश्य—हिंसा के माध्यम से देश की शासन व्यवस्था को जड़ से उखाड़ फेंककर 'कम्युनिस्ट आदर्श समाज' का निर्माण करना है। यह किसी से छिपा नहीं कि नक्सलियों को माओवादी भी कहा जाता है। चारू मजूमदार ने "चीन का चेयरमैन माओ, हमारा चेयरमैन" का नारा दिया था। यही कारण है कि नक्सली स्वयं को माओवादी संबोधित किए जाने पर गौरवान्वित अनुभव करते हैं। वह भारत की तुलना में स्वयं को साम्यवादी चीन के अधिक निकट पाते हैं और उसके वामपंथी समाज को आदर्श मानते हैं। यही कारण है कि केवल 1998-2018 के बीच में ही नक्सलियों ने 2,700 सुरक्षाबलों सहित 12,000 निरपराधों की हत्या कर दी थी।[8]

पहले नक्सलवाद आदिवासी-बीहड़ क्षेत्रों तक सीमित था। किंतु इसने विस्तार करते हुए शहरी क्षेत्रों में भी अपना प्रभाव बढ़ा लिया है। इसका खुलासा सितंबर 2018 को छत्तीसगढ़ पुलिस के समक्ष आत्मसमर्पण करने वाले कुख्यात और 47 लाख रुपए इनामी नक्सली पहाड़ सिंह ने बताया कि प्रधानमंत्री नरेंद्र मोदी की हत्या का षड्यंत्र रचने में गिरफ्तार हुए तथाकथित 'बुद्धिजीवी' किस प्रकार देश में नक्सलवाद का विस्तार कर रहे थे। पहाड़ सिंह ने पुलिस की पूछताछ में नक्सलियों के मजबूत शहरी नेटवर्क के बारे में जो कुछ बताया वह चौंकाने वाला है। उसके अनुसार सुधा भारद्वाज कानूनी मदद के लिए नक्सलियों के परिवार के संपर्क में रहती थी। वरवरा राव की भी यही भूमिका थी। अरुण फरेरा नक्सलियों की केंद्रीय समिति का सदस्य है, जिससे पहाड़ सिंह की भेंट वर्ष 2006 में कोरची में एक नक्सली बैठक में हुई थी। अनेक मंचों पर नक्सलियों और उनकी नीतियों को समर्थन देने का काम गौतम नवलखा को सौंपा गया था। यह नैरेटिव का खेल है कि सुधा भारद्वाज, वरवरा राव, अरुण फरेरा जैस लोगों को मीडिया और राजनीति में 'सामाजिक कार्यकर्ता' कहा जाता है।

यह स्थापित सत्य है कि मार्क्सवादी विचारधारा के केंद्र में हिंसा, रक्तपात और अराजकता है। वर्ष 1917-24 में 'व्लादिमीर लेनिन' के नेतृत्व में विश्व की पहली मार्क्सवादी व्यवस्था रूस में 'रूसी सोवियत संघात्मक समाजवादी गणराज्य' के रूप में स्थापित हुई थी, जिसके बाद वहाँ खूनी खेल प्रारंभ हो गया। जो कोई लेनिन, उसके शासन या वामपंथ के विरुद्ध बोलता, या तो उसकी हत्या कर दी जाती या फिर उसे कैदी बना लिया जाता। यह सब लेनिन की मृत्यु के पश्चात् अगले सात दशकों तक जारी रहा। लेनिन द्वारा स्थापित और जोसेफ स्टालिन द्वारा संचालित साइबेरियाई गुलाग श्रम-कारावास में 1919-56 के बीच ऐसे ही 30 लाख विरोधियों को भेजा गया था, जहाँ उनका बलात् उत्पीड़न हुआ, जिसमें दसियों हजार निरपराधों की मौत भी हो गई।

जब मार्क्सवाद भारत की सनातन संस्कृति से घृणा करते हुए यहाँ अपने पैर जमाने हेतु छटपटा रहा था, तब उसने चीन को अपनी गिरफ्त में ले लिया। चीनी राष्ट्रवाद के नाम पर 1949 में माओत्से तुंग ने वामपंथी सरकार की नींव डाली। माओ की अमानवीय मार्क्सवादी नीतियों ने वर्ष 1976 तक तीन करोड़ से अधिक जिंदगियाँ लील ली थीं। लाखों भूख से मरे, तो असंख्य वामपंथ का विरोध करने के कारण मौत के घाट उतार दिए गए। इससे रसातल में पहुँची चीनी आर्थिकी को कालांतर में वामपंथियों ने रुग्ण पूँजीवाद से जोड़ा, जो आज भी कायम है, किंतु उसकी केंद्रीय राजनीति अपरिवर्तित रही। 4 जून, 1989 का बीजिंग स्थित तियानमेन चौक नरसंहार इसी हिंसक नीति का प्रत्यक्ष प्रमाण है। तब लोकतंत्र के समर्थन में प्रदर्शन कर रहे हजारों चीनी छात्रों को चीनी सरकार ने सैन्य टैंकों तले रौंदकर मार डाला था। वर्तमान समय में राष्ट्रपति शी जिनपिंग उसी परिपाटी

को आगे बढ़ा रहे हैं, जो शिन्जियांग प्रांत में मुसलिमों के मजहबी दमन, तिब्बत में बौद्ध संस्कृति संहार, हांगकांग में लोकतंत्र समर्थित स्वर को दबाना और ताइवान घटनाक्रम से स्पष्ट है। चीनी शासन-व्यवस्था में हिंसाग्रस्त मार्क्सवादी अधिकनायकवाद और अर्थव्यवस्था में घोर पूँजीवाद के घालमेल ने वहाँ मानवता और मानवाधिकारों को निचले स्तर तक गिरा दिया है। परिणामस्वरूप, चीन में आत्महत्या करने वालों और अवसाद पीड़ित लोगों की संख्या विश्व में सर्वाधिक है।

इतिहास साक्षी है कि विश्व के जिस भू-खंड में मार्क्सवादी व्यवस्था स्थापित हुई, वहाँ न केवल असहमति का गला घोंटा गया, साथ ही हिंसा ही वैचारिक पोषण का आधार बना। कंबोडिया के सनकी तानाशाह पोल पॉट के 1975-1979 के कार्यकाल के बाद कोई संदेह नहीं रह जाता कि वामपंथियों के लिए मानव-जीवन और उसके सभी मौलिक अधिकार गौण हैं। यहाँ चार वर्ष की अवधि में 20 लाख लोगों की मौत हो गई थी। दुनिया में उत्तर-कोरिया, चीन और पोल पॉट के नेतृत्व वाले कंबोडिया के विषाक्त मिश्रण का मूर्त रूप है। इसी प्रकार के विकृत समाज की कल्पना लिए भारत में माओवादी अन्य वामपंथियों और स्वयंभू उदारवादियों के आशीर्वाद से सरकार के खिलाफ युद्ध की मुद्रा में है।

भारत में मार्क्स-लेनिन-माओवाद के अनुचर विकृत स्वरूप में हैं। वे यहाँ लोकतंत्र-संविधान-मानवाधिकार की वकालत तो करते है, किंतु सत्ता मिलते ही अपने वैश्विक मानस-पिताओं की भाँति इन तीनों को कुचल देते है। केरल और पश्चिम बंगाल इसका प्रत्यक्ष उदाहरण हैं। अकेले बंगाल में सरकारी आंकड़े के अनुसार, वर्ष 1977-96 (वामपंथी शासन का भाग) के बीच 28 हजार से अधिक राजनीतिक हत्याएँ हुई थीं। देश में स्वतंत्रता के बाद से प्रतिस्पर्धक राजनीति की परंपरा है, जोकि स्वस्थ लोकतंत्र की पहचान है। इस दौरान कुछ छिटपुट हिंसा भी होती है। किंतु केरल और प. बंगाल में चुन-चुनकर वैचारिक और राजनीतिक विरोधियों को निशाना बनाया जाता है। इसी कारण देश में वामपंथ सिकुड़कर केरल तक सीमित रह गया है, जहाँ वैचारिक-राजनीतिक हिंसा विकराल रूप में है। भारतीय कम्युनिस्ट पार्टी (माओवादी) के पूर्व केंद्रीय समिति और पूर्व पोलित ब्यूरो के सदस्य कोबाड घांडी ने 'फ्रैक्चर्ड फ्रीडम, ए प्रिजन मेमॉयर' पुस्तक लिखी, जिसमें उन्होंने मार्क्सवाद-लेनिनवाद-माओवाद को प्रत्यक्ष-परोक्ष रूप से 'निरंकुश', 'सभ्य-मूल्य विहीन', 'खोखला', 'पाखंड', 'अराजकतावादी' कहकर संबोधित किया है। इसपर भारतीय कम्युनिस्ट पार्टी (माओवादी) ने घाँडी को 'मानवतावाद' और 'अध्यात्म' की ओर झुकाव रखने वाला बताकर निष्कासित कर दिया। अब क्या 'मानवतावाद' अपराध हो सकता है? इसका संदेश स्पष्ट है कि 'मानवतावाद' और 'अध्यात्म' का पर्याय इस देश की मूल सनातन संस्कृति से है, जिससे

वामपंथी विचारधारा में घृणा का भाव प्रचुर मात्रा में भरा है।

एक समय ऐसा भी था, जब लगता था कि भारत भी पूरी तरह वामपंथ की चपेट में आ जाएगा। इस परंपरा का सूत्रपात देश के प्रथम प्रधानमंत्री जवाहरलाल नेहरू ने समाजवादी आर्थिक नीतियों को अपनाकर कर दिया था। बाद में इस विचार को उनकी पुत्री और बाद में बनी प्रधानमंत्री श्रीमती इंदिरा गांधी ने अपने कार्यकाल में ना केवल आगे बढ़ाया, अपितु 1970 के दशक में शिक्षा सहित महत्त्वपूर्ण विभागों का दायित्व भी वामपंथियों को सौंप दिया। यहीं से स्वतंत्र भारत की युवा पीढ़ी को उनकी मूल जड़ों से काटने का काम प्रारंभ हुआ। इस अस्वाभाविक गठजोड़ का दुष्परिणाम यह हुआ कि बड़ी संख्या में सक्रिय कम्युनिस्ट नेताओं-कार्यकर्ताओं ने इंदिरा गुट वाली कांग्रेस में शामिल होकर संपूर्ण कांग्रेस को अपनी 'विचार गोष्ठी' में परिवर्तित कर दिया।

वामपंथ के गर्भ से निकला 'हिंदू रेट ऑफ ग्रोथ'

कालांतर में ब्रितानी शासन के दौरान भारतीय अर्थव्यवस्था का जमकर दोहन हुआ। परिणाम यह हुआ कि 18वीं शताब्दी की शुरुआत में ईस्ट इंडिया कंपनी के भारत आने के समय, जो भारत दुनिया की दूसरी बड़ी और समृद्ध व्यापारिक और उत्पादक शक्ति था, वह ब्रिटिश राज की समाप्ति तक सबसे गरीब देशों की बिरादरी का सदस्य बन चुका था। रही-सही कसर पं. नेहरू की समाजवादी नीतियों ने पूरी कर दी। मुझे स्मरण है कि 1970-80 के दशक में नेहरूवाद जनित समाजवादी व्यवस्था के अंतर्गत भारत गरीबी और निम्न विकास दर से जूझ रहा था, जिसमें लोगों को दूध, चीनी, सीमेंट और टेलीफोन जैसी दैनिक उपयोग की वस्तुओं के लिए भी लंबी-लंबी पंक्तियों में लगना पड़ रहा था। उस समय इन सब चीजों की सार्वजनिक रूप से कालाबाजारी होती थी। तब वर्ष 1978 में वामपंथी अर्थशास्त्री प्रोफेसर राजकृष्ण ने इसके लिए देश की हिंदू सनातन संस्कृति को जिम्मेदार ठहराते हुए 'हिंदू रेट ऑफ ग्रोथ' शब्दावली का उपयोग किया था।

प्रसिद्ध आर्थिक इतिहासकारों ने तोड़ा वामपंथी भ्रम

भारतीय संस्कृति की संपन्नता पर गढ़े गए वामपंथी झूठ और भ्रम को बेल्जियम के बड़े अर्थशास्त्री और इतिहासकार पॉल बैरॉच ने तोड़ा था। उन्होंने 1983 में अपने एक शोध के माध्यम से प्रमाणित किया कि 1750 में भारत 24.5 प्रतिशत के साथ विश्व व्यापार में दूसरे स्थान पर, तो चीन 33 प्रतिशत के साथ पहले पायदान पर था। अर्थात् 57.5 प्रतिशत वैश्विक हिस्सेदारी अकेले भारत और चीन की थी, जबकि अमेरिका (0.1 प्रतिशत) और इंग्लैंड (1.8 प्रतिशत)—दोनों का कुल योग मात्र 2 प्रतिशत भी नहीं था।

पॉल बैरॉच के शोध को एंगस मैडिसन ने आगे बढ़ाया

पॉल बैरॉच के इस शोध ने पश्चिमी देशों के अर्थशास्त्रियों (वामपंथी सहित) को भौचक्का कर दिया, जिससे दुनिया में नई बहस छिड़ गई। तब विश्वविख्यात आर्थिक संस्था आर्थिक सहयोग और विकास संगठन (ओ.ई.सी.डी.) ने प्रसिद्ध आर्थिक इतिहासकार एंगस मैडिसन के नेतृत्व में एक संगोष्ठी का गठन किया, जिन्हें यह स्थापित करने का दायित्व सौंपा गया कि भारतीय आर्थिकी के संबंध में पॉल बैरॉच का शोध वैध है या नहीं। प्रारंभ में एंगस मैडिसन को स्वयं बैरॉच के दावे पर संदेह था, किंतु गहन शोध पर बनी उनकी 'विश्व आर्थिक इतिहास-एक सहस्राब्दी परिप्रेक्ष्य' रिपोर्ट ने न केवल बैरॉच के दावे को सही ठहराया, साथ ही यह भी स्थापित किया कि भारत पहली शताब्दी से 15वीं सदी तक वैश्विक आर्थिकी का सिरमौर था और अगली तीन शताब्दी तक भारत और चीन के बीच पहले व दूसरे स्थान पर स्थापित होने की होड़ लगी हुई थी। यही नहीं, इतालवी यात्री, व्यापारी और खोजकर्ता मार्को पोलो के अनुसार, 13वीं शताब्दी से पहले तक भारतीय जहाजी बेड़े, विश्व के अन्य क्षेत्रों की तुलना में काफी विशाल और समृद्ध थे।[10]

ब्रिटिश इतिहासकार विलियम डेलरिंपल लिखते हैं, "भारत का उदय न केवल सबसे समृद्ध कहानी है, अपितु यह उस साम्राज्य का प्रतीक है, जो अस्थायी रूप से लुप्त हो गया था और अब वह दुनिया में अपना यथोचित स्थान प्राप्त करने हेतु आगे बढ़ रहा है।" इन सभी अंतरराष्ट्रीय अध्ययनों और शोधों ने वामपंथी कार्ल मार्क्स, वेबर, गैलब्रेथ और राजकृष्ण के विचारों को पूरी तरह निरस्त करते हुए यह स्थापित कर दिया है कि भारतीय संस्कृति और उसकी मूल जीवन पद्धति विश्वस्तरीय, शक्तिशाली और महान् आर्थिक मॉडल का निर्माण कर सकती है।

भारत और शेष दुनिया से मार्क्सवादी समाजवाद का बुलबुला तब फटा, जब नवंबर 1989 में बर्लिन की दीवार गिरने के बाद शोषण और यातनाओं की नंगी तसवीर को शेष विश्व ने पहली बार अपनी आँखों से देखा। यही नहीं, वामपंथ से जकड़े सोवियत संघ में दरिद्रता और मानवीय उत्पीड़न का भी विश्व पहली बार प्रत्यक्षदर्शी बना। भारत पर भी संकट आया—दैनिक आवश्यकताओं की वस्तुओं के लिए लोगों को लंबी-लंबी कतारों में लगना पड़ा और देश को देनदारी चुकाने के लिए अपना स्वर्ण भंडार तक विश्व के बैंकों में गिरवी रखना पड़ा। इन घटनाओं से स्पष्ट है कि वामपंथियों की आर्थिक नीति न ही प्रगति दे सकती है और न ही उसमें मानवीय मूल्यों का कोई स्थान है।

वैद्यजी का भी स्पष्ट मानना था कि विदेशी समाजवाद से सनातन भारत का सतत विकास नहीं किया जा सकता। वह केवल विशुद्ध भारतीय और वैदिक पदावलियों से ही संभव है। साम्राज्यवादी ब्रितानियों और कार्ल मार्क्स द्वारा स्थापित इन आख्यानों को

कालांतर में कई बार चुनौती दी गई। इनमें सबसे प्रमुख नाम वीर विनायक दामोदर सावरकर का है, जिन्होंने न केवल 1857 की लड़ाई को सर्वप्रथम भारतीय स्वतंत्रता संग्राम की उपाधि दी थी, साथ ही उसे सही परिप्रेक्ष्य में प्रस्तुत करते हुए मैकाले, मैकॉलिफ और सर सैयद अहमद खाँ द्वारा स्थापित ब्रितानी-हित आधारित वैचारिक अधिष्ठानों को भी जोरदार टक्कर दी।

वामपंथ का चरित्र कैसा है? यदि इसे सरल भाषा में समझा जाए, तो वह भारतीय वाङ्मय में उस साधु (छद्म सेक्युलरवाद) के भेष में आए रावण की तरह है, जो बहलाने-फुसलाने के बाद सीता (जनता) का अपहरण कर लेता है और बाद में जनता, सीता की भाँति उसकी कैद में असहाय हो जाती है। इसी तरह पश्चिमी काल्पनिक साहित्य 'सिंदबाद जहाजी' की कहानी में वामपंथी उस दुष्ट व्यक्ति की भाँति है, जो शारीरिक रूप से अक्षम होने का स्वाँग रचता है और समुद्र में तहस-नहस हुई अपनी नाव से जान बचाकर एक टापू पर पहुँचा नाविक सिंदबाद से नदी पार करवाने हेतु मदद माँगता है। उसके जाल में फँसने के बाद सिंदबाद उसकी सहायता तो करता है, किंतु वह दुष्ट व्यक्ति बाद में उसका शोषण करते हुए न केवल नीचे उतरने से मना कर देता है, साथ ही उसका निर्देश नहीं मानने पर सिंदबाद का गला भी दबाने लगता है। यही वामपंथ का वास्तविक चेहरा है।

वामपंथियों को लोकतंत्र में कितना विश्वास है, इसका उत्तर संविधान निर्माता बाबासाहेब आंबेडकर द्वारा 25 नवंबर, 1949 को संविधान सभा में दिए भाषण में मिलता है। उनके अनुसार, "...कम्युनिस्ट पार्टी सर्वहारा की तानाशाही सिद्धांत पर आधारित संविधान चाहती है। वे भारतीय संविधान की निंदा इसलिए करते हैं कि वह संसदीय लोकतंत्र पर आधारित है...।"[9] यही नहीं, वामपंथी अपने विरोधियों का कितना आदर करते हैं, यह उनके द्वारा दशकों तक शासित रहे केरल और प. बंगाल में सर्वाधिक राजनीतिक हत्याओं से स्पष्ट है।

संदर्भ—

1. The Future Results of British Rule in India By Karl Marx. First published in the New-York Daily Tribune, August 8, 1853; reprinted in the New-York Semi-Weekly Tribune, No- 856, August 9, 1853. (Annexure : 5)
2. The British Rule in India by Karl Marx; Written: June 10, 1853; First published: in the New-York Daily Tribune, June 25, 1853; Proofread by Andy Blunden in February 2005. (Annexure : 6)
3. Congress and the Communists, P.C. Joshi, People's Publishing House Bombay. pp. 5 & 16.
4. Pakistan & National Unity Resolution by Gangadhar Adhikari. People's Publishing House, Bombay. pp. 48.

5. Zaheer, Sajjad, Light on League Unionist Conflict, People's Publishing House, Bombay, July, 1944, pp. 26-33
6. The Only Fatherland: Communists, Quit India and the Soviet Union by Arun Shourie. pp. 86-113.
7. ON PAKISTAN AND NATIONAL UNTTY (resolution passed by the Enlarged Plenum of the Central Committee of the Communist Party of India in September, 1942, and confirmed by the Communist Party Congress in May 1943); Overstreet and Windmiller, Communism in India (1960). pp. 231.
8. Maoist violence claim 12,000 lives in two decades. Times of India. Jul 9, 2017. https://timesofindia.indiatimes.com/india/maoists-violence-claim-12000-lives-in-2-decades/articleshowprint/59513547.cms?val=3728.
9. Dr. B.R. Ambedkar's Concluding remarks in the Constituent Assembly on Constitution on November 25, 1949. Prasar Bharati. pp. 37.
10. The Travels of Marco Polo Translated into English from the text of L.F. BENEDETTO By Aldo Ricci (Annexure 12).

□

3

द्रविड़-आर्य नैरेटिव का षड्यंत्र और द्रविड़ आंदोलन की सच्चाई

मैकाले मार्क्स मानसपुत्रों द्वारा स्वतंत्र भारत का एक मनगढ़ंत विमर्श कुछ इस प्रकार प्रस्तुत किया जाता है—

1. आर्य आक्रमणकारी थे, जिन्होंने भारत के उत्तरी हिस्से में आकर यहाँ के मूल निवासियों दलितों-द्रविड़ों का उत्पीड़न किया और उन्हें दक्षिण की ओर धकेल दिया।
2. ब्राह्मणों ने भारत के मूल निवासियों के प्रति अमानवीय व्यवहार को उचित ठहराने हेतु हिंदू वैदिक ग्रंथों का निर्माण किया और उनकी दुर्दशा के लिए उन्हें ही जिम्मेदार ठहराया।

औपनिवेशिक, विघटनकारी और अलगाववादी अकादमीय प्रपंच के लिए 'आर्य आक्रमण सिद्धांत' को जानबूझकर विकसित किया गया, ताकि हमारा समाज इसके संक्रमण से जकड़ा रहे, ताकि सामाजिक समरसता, एकता, आपसी सामंजस्य, सह-अस्तित्व की भावना को अस्थिर किया जा सके। इस झूठे 'आर्य आक्रमण सिद्धांत' की रचना औपनिवेशिकों ने इसलिए की थी, क्योंकि वे भारतीय समाज को स्थिर और समावेशित रूप में नहीं देखना चाहते थे। दुर्भाग्य से स्वतंत्र भारत का एक बड़ा वर्ग आज भी उनके इसी चिंतन से त्रस्त है।

"भारत तेरे टुकड़े होंगे··· इंशा अल्लाह···" से लेकर "अफजल (आतंकवादी) हम शर्मिंदा हैं, तेरे कातिल जिंदा हैं···" आदि नारे गूँजने के बाद जवाहरलाल नेहरू विश्वविद्यालय (जे.एन.यू.) की दीवार 1 दिसंबर, 2022 को 'ब्राह्मण कैंपस छोड़ो', 'ब्राह्मण भारत छोड़ो' और 'ब्राह्मण-बनिया, हम तुम्हारे लिए आ रहे हैं! हम बदला लेंगे', जैसे नारों से पट गई। अनुमान लगाना कठिन नहीं कि इसके पीछे कौन थे। वास्तव में, यह कुंठा केवल ब्राह्मण या बनिया समाज के खिलाफ नहीं, अपितु समस्त हिंदू समाज

के प्रति है। ब्राह्मणों के दानवीकरण का उद्देश्य हिंदू समाज के मेरुदंड को ध्वस्त करना है। वे जानते हैं कि यदि मेरुदंड टूटा, तो शेष शरीर अक्षम हो जाएगा। इसके पीछे की कुटिलता की जड़ें 16वीं शताब्दी के बाद रचे गए प्रपंचों में मिलती है।

जब उत्तर-पश्चिम भारत में इसलामी प्रचार-प्रसार के नाम पर आक्रांताओं और उनके मानसपुत्रों का जिहाद चरम पर था, तब 1541-42 में दक्षिण-भारत के गोवा में फ्रांसिस जेवियर ने 'जेसुइट मिशनरी' के रूप में कदम रखा। कैथोलिक चर्च के मजहबी अभियान में ब्राह्मण समाज किस प्रकार रोड़ा बने हुए थे, यह फ्रांसिस द्वारा रोम के तत्कालीन शासक के साथ पत्राचार से स्पष्ट होता है। 31 दिसंबर, 1543 को 'To the Society at Rome' को लिखी चिट्ठी में जेवियर ने ब्राह्मणों को 'पेगन' बताते हुए कहा था, "...If it were not for the opposition of the Brahmins, we should have them all embracing the religion of Jesus Christ... All the time I have been here in this country I have only converted one Brahmin." अर्थात्—"...यदि ब्राह्मण विरोध नहीं करते, तो हम वहाँ सभी (हिंदुओं) को ईसा मसीह की शरण में ले आते। जब से मैं इस देश में आया हूँ, तब तक मैंने केवल एक ही ब्राह्मण का मतांतरण किया है।"[1]

इसके बाद कालांतर में कैथोलिक चर्च और पुर्तगाली ईसाई मिशनरियों के निर्देश पर 1559 तक दर्जनों मंदिरों और देवी-देवताओं की मूर्तियों को ध्वस्त कर दिया गया। हिंदुओं के सभी रीति-रिवाजों पर प्रतिबंध लगा दिया गया। जेवियर ने 'गोवा इंक्विजिशन' की अनुमति मिलने के बाद हिंदुओं के साथ उन मतांतरित और सीरियाई ईसाइयों के खिलाफ भयावह मजहबी अभियान चलाया, जो कैथोलिक चर्च के बजाय देशज परंपराओं के साथ अपनी मूल पूजा-पद्धति का ही अनुसरण कर रहे थे। ऐसे मजहबी अपराधियों की न केवल जीभ काट दी गई, अपितु उनकी चमड़ी जीवित रहते हुए भी उतार ली गई। इसका विस्तृत उल्लेख संविधान निर्माता बाबासाहेब डॉ. आंबेडकर ने भी अपने लेखन-कार्य में किया है। उनके अनुसार, "The inquisitors of Goa discovered that they were heretics and like a wolf on the fold, down came the delegates of the Pope upon the Syrian Churches."[2]

जेवियर के बाद एक और 'जेसुइट मिशनरी' रॉबर्ट डी नोबिली नई रणनीति के साथ भारत पहुँचे। वर्ष 1606 में उन्होंने पाया कि मदुरई मतांतरण के मामले में 'रेगिस्तान' बना हुआ है। रॉबर्ट ने देखा कि ईसाई मिशनरियों के दुष्प्रचार के बाद भी शेष हिंदू, ब्राह्मणों के प्रति श्रद्धा भाव रख रहे हैं। तब नोबिली ने स्वयं ब्राह्मण जैसा दिखने के लिए संन्यासी भेष धारण कर लिया। इसके लिए उन्होंने पवित्र जनेऊ के साथ गेरुआ वस्त्र पहना, सिर पर बालों का गुच्छा बढ़ाया और शाकाहारी भोजन ग्रहण करने लगा। नोबिली ने तमिल और

संस्कृत में भी पुस्तकों की रचना करके उसे वैदिक श्रुति ग्रंथ 'यजुर्वेद' के रूप में प्रस्तुत किया। जब कुछ हिंदुओं को नोबिली की चमड़ी के रंग से उसके ईसाई होने पर संदेह हुआ, तो उसने झूठ बोल दिया कि वह रोम में उच्च कुल का ब्राह्मण है।[3]

जेवियर-नोबिली के इस चिंतन को उसके मानसबंधुओं—ब्रितानियों ने एक शताब्दी पश्चात् अपनी बौद्धिक दक्षता के बल पर और विकृत कर दिया। लगभग 1647 में एक अंग्रेज चैपलेन, रोमन-कैथोलिक चर्च के मजहबी अभियान के साथ मद्रास (चेन्नई) पहुँचे। वर्ष 1813 में ईस्ट इंडिया कंपनी के चार्टर में विवादित अनुच्छेद जोड़कर न केवल ब्रितानी पादरियों और ईसई मिशनरियों द्वारा स्थानीय 'हीथन' भारतीयों के मतांतरण का मार्ग प्रशस्त किया, साथ ही उन्हें इसमें सभी आवश्यक सहयोग देने का प्रावधान भी किया। तब तत्कालीन गवर्नर जनरल (1807-13) लॉर्ड मिंटो ने ब्रितानी संसद् को भेजे पत्र में ईसाई मिशनरियों की नीयत पर लिखा था, "...The remainder of this tract seems to aim principally at a general massacre of the Brahmanas..."[4]

इस तरह चर्च और ईसाई मिशनरियों ने ब्रितानियों के साथ मिलकर अपने निहित स्वार्थ की पूर्ति हेतु ब्राह्मणों के दानवीकरण की पटकथा लिखनी प्रारंभ की। ब्रितानियों के सहयोग से सबसे पहले चर्चों और ईसाई मिशनरियों ने मद्रास (चेन्नई) में हिंदू समाज में ब्राह्मणों के साथ अन्य सवर्ण और शिक्षित वर्ग के मतांतरण का प्रयास किया। किंतु उन्हें जेवियर की भाँति अपेक्षित सफलता नहीं मिली। इसके पश्चात् ईसाई मिशनरियों ने अपनी रणनीति बदली और ब्राह्मणों का दानवीकरण करके हिंदुओं में उपेक्षित, शोषित और वंचित वर्ग, जिन्हें वर्तमान समय में 'दलित' कहकर संबोधित किया जाता है, उन्हें अपने मजहबी एजेंडे का शिकार बनाया।[5]

उस कालखंड में दक्षिण भारत सहित समूचे भारतवर्ष में स्वाधीनता की भावना सुदृढ़ हो चुकी थी, जो चर्च-ईसाई मिशनरियों के मजहबी एजेंडे में बड़ी रुकावट बन गई। तथाकथित सामाजिक न्याय के नाम पर ब्राह्मणों का दानवीकरण करके उनके खिलाफ गैर-ब्राह्मणों को भड़काया गया और उन्हें राजनीतिक रूप से लामबंद करने हेतु ब्रितानी संरक्षण में वर्ष 1917 में साउथ इंडियन लिबरल फेडरेशन, जिसे जस्टिस पार्टी नाम से भी जाना गया, उसका गठन किया।

जस्टिस पार्टी का स्पष्ट मत था कि भारत में अंग्रेजों का राज बना रहना चाहिए। इस संगठन की दलील थी कि स्वाधीनता का अर्थ देश में ब्राह्मणों का शासन होगा और बाकी सभी लोग, विशेषकर दलित दोयम दर्जे के नागरिक हो जाएँगे। अंग्रेजों के प्रति अपनी वफादारी सिद्ध करने के लिए जस्टिस पार्टी ने 13 अप्रैल, 1919 के जलियाँवाला बाग नरसंहार को न्यायोचित तक ठहरा दिया।

सच तो यह है कि अंग्रेजों ने भारत में अपने शासन को शाश्वत बनाए रखने के लिए जिस कुटिल 'बाँटो और राज करो' नीति को प्रतिपादित किया था, उसका संभवत: पहला दुष्परिणाम 1947 में इसलामी पाकिस्तान का जन्म न होकर हिंदू समाज को बाँटने वाली जस्टिस पार्टी का उदय था, जिसकी शाखा का कालांतर में विस्तार 'आत्मसम्मान' और 'द्रविड़ आंदोलन' के रूप में हुआ। तब रामासामी नायकर 'पेरियार' इसी विकृत दर्शन के सबसे बड़े नेता बनकर उभरे। वर्ष 1947 आते-आते वे खुलकर हिंदुओं को ईसाइयत और इसलाम मतांतरण के लिए प्रेरित करने लगे। भारत को अंग्रेजों से मिली स्वतंत्रता को इस पार्टी ने शोक दिवस के रूप में मनाया। उनका अभियान ब्राह्मण विरोध पर केंद्रित था, जिसमें हिंदू देवी-देवताओं की मूर्तियों के नंगे चित्र दिखाने और उनका अपमान करना आम बात थी।

स्वतंत्रता के बाद भी यह सब जारी रहा। इस संबंध में 14 जनवरी, 2020 को प्रसिद्ध तमिल साप्ताहिक पत्रिका 'तुगलक' की 50वीं वर्षगाँठ पर अभिनेता रजनीकांत ने कहा था—"तमिलनाडु के सेलम में एक रैली के दौरान पेरियार ने श्रीरामचंद्र और सीता की निर्वस्त्र मूर्तियों का जूतों की माला के साथ जुलूस निकाला था। किसी ने ये खबर नहीं छापी थी, किंतु चो रामास्वामी ('तुगलक' पत्रिका के संस्थापक और तत्कालीन संपादक) ने इसकी कड़ी आलोचना की थी और पत्रिका के मुखपृष्ठ पर इसे प्रकाशित किया था।"

वास्तव में, सेलम की जिस घटना का उल्लेख रजनीकांत ने किया था, वह 24 जनवरी, 1971 से संबंधित है। इसे लेकर प्रतिष्ठित अंग्रेजी दैनिक 'द हिंदू' ने 17 फरवरी, 1971 को अपना संपादकीय भी लिखा था, जिसमें तमिल साप्ताहिक पत्रिका 'तुगलक' पर हुई तत्कालीन द्रमुक सरकार की काररवाई का भी उल्लेख है।[6]

ब्रितानी कुटिलता के ध्वजवाहक रामासामी नायकर पेरियार द्वारा प्रतिपादित द्रविड़ आंदोलन-घृणा और वैमनस्य पर टिका हुआ था। इसलिए असमानता और अन्याय के नाम पर उन्होंने 'आर्य बनाम द्रविड़', 'ब्राह्मण बनाम गैर-ब्राह्मण', 'हिंदी बनाम तमिल', 'तमिलवासी बनाम गैर-तमिलवासी', 'दक्षिण भारत बनाम उत्तर भारत' का विषाक्त राजनीतिक दर्शन प्रस्तुत किया। तब चर्च-ईसाई मिशनरी, मुसलिम समाज, वामपंथी और पेरियार के नेतृत्व में द्रविड़ कड़गम सभी एक स्वर में गांधीजी के नेतृत्व वाली कांग्रेस का विरोध उसके राष्ट्रवादी विचारों और बहुलतावादी सनातन परंपराओं से निकटता के कारण करते थे। वे उसे ब्राह्मणवादी, सांप्रदायिक और फासीवादी कहकर संबोधित करते।

स्वतंत्र भारत में इसी चिंतन से तमिलनाडु का वातावरण इतना विषाक्त हो गया था कि कांग्रेस के बड़े लोकप्रिय नेताओं में से एक के. कामराज 1967 का विधानसभा चुनाव एक अनुभवहीन नवयुवक द्रमुक प्रत्याशी से हार गए। विडंबना देखिए कि उन्हीं

शाश्वत सनातन प्रतीकों के अधिक समीप होने के कारण राष्ट्रीय स्वयंसेवक संघ और भारतीय जनता पार्टी को चर्च-ईसाई मिशनरी, वामपंथी, द्रविड़ आंदोलन समर्थक और कांग्रेस सहित स्वघोषित सेक्युलरिस्ट आज वही गालियाँ देते हैं, जो स्वाधीनता से पहले कांग्रेस के लिए 'आरक्षित' थीं। निस्संदेह, तमिल भाषा देश की प्राचीन भाषाओं में से एक है, किंतु हिंदी-संस्कृत भाषा को लेकर स्वतंत्र भारत में जिस प्रकार का विरोध, विशेषकर भारत के दक्षिणी क्षेत्र में दृष्टिगोचर होता है, उसका बीजारोपण पेरियार के जहरीले चिंतन ने किया था। यह स्थिति तब है, जब भारतीय संविधान हिंदी का प्रचार-प्रसार करने की भावना को प्रकट करता है। वास्तव में, आज भी कई द्रविड़ नेता तमिल अलगाववाद का मूल स्रोत भ्रामक 'आर्य आक्रमण सिद्धांत' अपनाए हुए हैं और इसके बिना तथाकथित द्रविड़वाद का कोई वैचारिक आधार भी नहीं है।

'आर्य आक्रमण सिद्धांत' और 'ब्राह्मण विरोधी नैरेटिव' में ब्राह्मणों के हिंसक और उत्पीड़क चरित्र का निर्माण बिना किसी स्थापित प्रमाण के किया गया है। वेद और महाभारत के प्रणेता वेदव्यास का जन्म मछुआरे परिवार में हुआ था। श्रीमद् वाल्मीकि रामायण के रचनाकार महर्षि वाल्मीकि, जिन्हें आदिकवि भी कहा जाता है और वर्तमान समय में उनके नाम पर एक समाज का नाम भी है—वह दलित है। श्रीराम की महिमा गाते-गाते महर्षि वाल्मीकि स्वयं भगवान् हो गए। यहाँ तक कि 'मनुस्मृति' के लेखक मनु भी ब्राह्मण नहीं थे।

मैकाले-मार्क्स मानसबंधुओं द्वारा स्थापित रुग्ण विमर्श, जिसमें हिंदू समाज, विशेषकर ब्राह्मणों को अन्यायी बताया गया है—उसके कारण दलितों के समक्ष दो विकल्प परोसे जाते हैं या तो वे किसी अब्राह्मिक मजहब-ईसाइयत और इसलाम-में मतांतरित हो जाएँ या फिर नास्तिक और वामपंथी बन जाएँ। संविधान निर्माता भीमराव रामजी आंबेडकर, जो हिंदू समाज के बड़े समाज-सुधारकों में एक थे और जिनके नाम की शपथ आज शत-प्रतिशत दलित संगठन लेते हैं—उन्होंने इस नैरेटिव को कई बार निरस्त किया है।

डॉ. आंबेडकर ने लिखा था, "एक बात, जो मैं स्पष्ट करना चाहता हूँ कि मनु ने जाति कानून नहीं बनाया…। यह वर्ण-व्यवस्था मनु से बहुत पहले से अस्तित्व में थी।" उन्होंने इसके लिए ब्राह्मणों को कोई दोष नहीं देते हुए लिखा था, "जाति व्यवस्था का प्रसार और उसका विकास बहुत बड़ा काम है, जो किसी व्यक्ति या किसी शक्ति या धूर्तता से प्राप्त किया जा सकता है। तर्क दिया जाता है कि ब्राह्मणों ने जाति बनाई। मनु के संबंध में मैंने जो कुछ कहा, उसके बाद मुझे शायद ही और कुछ कहने की जरूरत है…। ब्राह्मण कई दूसरी चीजों के दोषी हो सकते हैं और मैं कहता हूँ कि वे थे भी, किंतु गैर-ब्राह्मण आबादी को जाति-व्यवस्था में बाँधना उनके स्वभाव के प्रतिकूल था।"

विकृत 'आर्य आक्रमण सिद्धांत' को डॉ. आंबेडकर कई अवसरों पर सिरे से निरस्त कर चुके थे। उनका कहना था कि आर्यों के आक्रमण का सिद्धांत ब्रिटिश साजिश के अंतर्गत गढ़ा गया है। इस संदर्भ में उन्होंने अपने शोध अध्ययन का प्रकाशन अपनी पुस्तक 'Who were the Shudras' में किया था, जिसमें आर्यों के आक्रमण के सिद्धांत के विरोध में अकाट्य तर्कों को विस्तारपूर्वक प्रस्तुत किया गया है। अपनी रचना 'The Untouchables : Who were they and why they Became Untouchables' में डॉ. आंबेडकर ने मुख्यत: दो बातों का वर्णन किया है—पहला यह कि शूद्र मूलत: क्षत्रिय थे। इस संदर्भ में उन्होंने लिखा था, "शूद्र सूर्यवंशी आर्य जातियों के एक कुल या वंश थे। आर्य समुदाय में शूद्र का स्तर क्षत्रिय वर्ण का था। एक समय आर्यों में केवल तीन वर्ण ब्राह्मण, क्षत्रिय और वैश्य ही थे। शूद्र अलग वर्ण नहीं था, बल्कि क्षत्रिय वर्ण का ही एक भाग था। शूद्र राजाओं और ब्राह्मणों में निरंतर संघर्ष चलता रहा, जिससे ब्राह्मणों को अत्याचार, उत्पीड़न और अपमान सहना पड़ा। शूद्रों के अत्याचार और उत्पीड़न से त्रस्त ब्राह्मणों ने प्रतिशोध के कारण उनका उपनयन (जनेऊ अनुष्ठान) बंद कर दिया। उपनयन पर प्रतिबंध से शूद्रों का सामाजिक पतन हुआ और वे वैश्यों से निचली सीढ़ी पर आ गए। उनका स्तर वैश्यों से भी निम्न हो गया। परिणामस्वरूप वे समाज का चौथा वर्ण बना दिए गए।"

दूसरा, शूद्रों के अछूत होने की स्थिति का कारण तलाशते हुए डॉ. आंबेडकर इस निष्कर्ष पर पहुँचे थे कि घुमंतू जीवन से स्थायी बस्ती बनाने के क्रम में जो संघर्ष उत्पन्न हुआ, उसके परिणामस्वरूप पराजितों की स्थिति अछूतों की हो गई। उनका मत था कि—"ब्राह्मण शास्त्रकारों से यह पता नहीं चलता कि शूद्र कौन थे और चौथा वर्ण कैसे बना ?" उनके अनुसार यह भ्रम पाश्चात्य विद्वानों ने फैलाया है कि आर्य बाहर से आए और उन्होंने यहाँ के मूल लोगों को पराजित कर शूद्र बनाया। वे इस विचार का अतिबृहत खंडन करते थे। उनका कहना था कि आर्य एक भाषा है। 'आर्य' शब्द का संबंध न रक्त से है, न शारीरिक बनावट से, न बालों से और न कपाल से। जो आर्य भाषा बोलते हैं, वे ही आर्य हैं। डॉ. आंबेडकर ने अपनी लेखनी में आधार बनाकर यह बताया था कि आर्य शब्द का ऋग्वेद में 88 बार प्रयोग हुआ है। इसका प्रयोग चार विभिन्न अर्थों में किया गया है, जो इस प्रकार है—(1) शत्रु, (2) संभ्रांत नागरिक, (3) भारत देश का नाम, और (4) स्वामी, वैश्य अथवा नागरिक। इसी तरह 'आर्य' शब्द 31 बार आया है, जिसका अर्थ कहीं भी जाति नहीं है। एक आधार को प्रस्तुत करते हुए डॉ. आंबेडकर ने लिखा था कि "वैदिक साहित्य नहीं कहता कि आर्य बाहर से आए। उन्होंने ऋग्वेद के मंत्र 75 का उल्लेख किया है, जिसमें सात नदियों का प्रसंग महत्त्वपूर्ण है। वहाँ नदियों का संबोधन 'मेरी गंगा', 'मेरी यमुना' और 'मेरी सरस्वती' कहकर किया

गया है। इसपर आंबेडकर प्रश्न उठाते हैं कि कोई भी विदेशी ऐसा संबोधन क्यों करेगा? स्पष्ट है कि ऐसा संबोधन वही व्यक्ति कर सकता है, जिसका इन नदियों से सांस्कृतिक और भावात्मक संबंध हो।"

डॉ. आंबेडकर आगे कहते हैं कि वेदों में दासों, दस्युओं और आर्यों के बीच किसी बड़े युद्ध का वर्णन नहीं मिलता, केवल छोटी-छोटी झड़पों का उल्लेख मिलता है। यह जय-पराजय का प्रमाण नहीं हो सकता। उनके अनुसार, ऋग्वेद के मंत्रों (6-33-3, 7-83-1, 5-51-9 तथा 10-102-3) में स्पष्ट कहा गया है कि आर्यों के साथ दास और दस्युओं ने मिलकर संयुक्त रूप से शत्रु से युद्ध किया। वे कहते हैं कि संघर्ष की स्थिति के बावजूद दासों, दस्युओं और आर्यों में शांति बनाए रखने के लिए सम्मानजनक समझौते भी हुए हैं। बकौल डॉ. आंबेडकर, क्या दास या दस्यु नाम की कोई जाति थी? जो लोग आर्यों का दासों और दस्युओं से संघर्ष मानते हैं, उनका मत है कि ऋग्वेद में 'मृध्रावक' और 'अनास' दस्युओं के गुण बताए गए हैं और 'दास' को कृष्ण वर्ण कहा गया है। आंबेडकर कहते थे कि ऋग्वेद में 'मृध्रावक' शब्द चार मंत्रों (1-14-2, 5-32-8, 7-6-3 और 7-18-3) में आया है, जिसका अर्थ है—वह व्यक्ति जो गँवार है और अपरिष्कृत भाषा बोलता है। बाबासाहेब पूछते हैं कि क्या भाषा का गँवारूपन या अशिष्ट होना जाति-भिन्नता का साक्ष्य माना जा सकता है। इसी प्रकार 'अनसा' शब्द ऋग्वेद के मंत्र 5-29-10 में आया है। सायण ने इसका अर्थ बिना मुँह वाला अर्थात् कटुभाषी किया है, जबकि मैक्समूलर ने इसे बिना नासिका वाला बताया है। इनमें सही अर्थ कौन सा है? डॉ. आंबेडकर के अनुसार, ये दो अर्थ दो तरह से पढ़ने के कारण है। सायण ने इस शब्द को 'अन-असा' पढ़ा है, जबकि मैक्समूलर नें 'अन्नासा'। आंबेडकर कहते थे कि सायण का अर्थ ही सही है, क्योंकि दस्युओं को कहीं भी बिना मुँह या नाक वाला नहीं बताया गया है। उनके अनुसार, यह 'मृध्रावक' का पर्याय है, जो सिद्ध करता है कि दस्यु कटुभाषी थे, परंतु इससे उनका एक भिन्न जाति से संबंधित होना प्रमाणित नहीं होता।

बाबासाहेब आर्यों के आक्रमण के सिद्धांत को भ्रामक बताकर कहते थे कि इस बात का कोई ठोस आधार नहीं है, जिससे यह माना जाए कि आर्य बाहरी और उच्च जाति के लोग थे, जबकि दलित स्थानीय और गैर-आर्य। वे चारों वर्णों को आर्य ही मानते थे। उन्होंने आर्य और द्रविड़ के विभाजन को औपनिवेशिक षड्यंत्र बताया, जिसने भारत को क्षेत्रीय आधार पर उत्तर और दक्षिण तथा जातीय आधार पर उच्च (आर्य) और निम्न (मूल निवासी) वर्ग में विभाजित किया। इस सिद्धांत ने भारतीय समाज और इतिहास के एकात्म स्वरूप को छिन्न-भिन्न करने का प्रयास किया है। उत्तर बनाम दक्षिण का आंदोलन हो या दलित बनाम सवर्ण आंदोलन अथवा मूल

निवासी आंदोलन, इन सभी आंदोलनों का आधार आर्यों के आक्रमण के सिद्धांत पर टिका है। अत: आर्यों के आक्रमण के सिद्धांत के खंडन के साथ ही यह बात सिद्ध हो जाती है कि सभी भारतीयों का मूल एक ही है। यह विडंबना है कि स्वयं डॉ. आंबेडकर जैसे विद्वान् और देश के सबसे बड़े दलित नेता द्वारा 'आर्य आक्रमण सिद्धांत' को झूठा, गलत और भ्रामक मानने के बावजूद आज भी कई राजनीतिज्ञ, विशेषकर मार्क्स-मैकाले मानसपुत्र उसी वाद को इसलिए पकड़े हुए हैं या फिर वास्तविकता से जनमानस को दूर रखते हैं, क्योंकि यह उनकी अलगाववादी और विभाजनकारी राजनीति के लिए उपयोगी है।

भारत में अपने शासन को शाश्वत बनाने की दीर्घ इच्छा हेतु ब्रितानियों द्वारा 18वीं-19वीं शताब्दी में ब्राह्मणों के संबंध में कुप्रचार तब हो रहा था, जब 13वीं सदी में भारत यात्रा पर आए इतालवी यात्री, व्यापारी और खोजकर्ता मार्को पोलो ने ब्राह्मणों को विश्व के सर्वाधिक विश्वासी व्यापारियों में से एक, ईमानदार, उदार और दयालु बताया था।[8]

भारत में आर्य आक्रमण का झूठा सिद्धांत तैयार करने के पीछे का उद्देश्य भारतीय समाज को विभाजित करना था और इसलामी आक्रांताओं के मजहबी उन्माद, जिहाद, हत्या और मतांतरण को तर्कसंगत बताने का कुप्रपंच था। सच तो यह है कि भारतीय उपमहाद्वीप के अधिकतर लोगों के पूर्वज कहीं बाहर से नहीं आए थे, बल्कि युगों-युगों से इसी धरती की संतान रहे हैं। भारत हजारों वर्षों से वैदिक सभ्यता की जन्मस्थली रही है। भारत की अति विकसित नगरीय सभ्यताएँ वैश्विक विकास और अनुसंधान की केंद्र थीं। प्राचीनतम शहर इंद्रप्रस्थ (दिल्ली), वाराणसी, उज्जैन, पाटलिपुत्र, बांग्ला, आहोम् (असम), पुरी, वातापि, कर्नाटिका, तमिल, मल्ल के अलावा भी हजारों छोटे कस्बे और गाँव सदियों से आज भी निवास्य हैं।

निस्संदेह, आज हम जिस सिंधु घाटी सभ्यता, मोहनजोदाड़ो-हड़प्पा संस्कृति के बारे में जानते हैं, अजंता-एलोरा की गुफाओं के सौंदर्य को जाकर निहारते हैं और साँची के स्तूप आदि को देखकर अपने अतीत पर गौरवान्वित होते हैं, वैसी अनेक प्राचीन धरोहरों को अंग्रेजों ने अपने अनुसंधानों और पुरातात्विक उत्खननों के माध्यम से सामने लाने का काम किया है। इसमें एलेक्जैंडर कनिंघम का योगदान सबसे महत्त्वपूर्ण है, जिन्होंने 1861 में भारतीय पुरातत्त्व सर्वेक्षण की स्थापना की थी। 1856 में कनिंघम ने सिंधु घाटी के बारे में सर्वेक्षण कर कई महत्त्वपूर्ण जानकारियाँ जुटाई थीं।

विडंबना यह है कि भारतीय इतिहास लिखने वाले अधिकांश यूरोपीय विद्वान् औपनिवेशिक और साम्राज्यवादी चिंतन से जकड़े हुए थे। स्वतंत्रता के बाद देश को इस विदेशी मानसिकता से बाहर निकाला जाना चाहिए था। किंतु देश के

पहले प्रधानमंत्री पं. जवाहरलाल नेहरू ने शीर्ष शिक्षण नियामक संस्थानों को उन वामपंथियों के हाथों में सौंप दिया था, जो वैचारिक कारणों से इस विशाल भूखंड की वैदिक संस्कृति और परंपराओं से घृणा करते थे और आज तक स्वयं को इससे जोड़ नहीं पाए हैं।

वामपंथी इतिहासकारों का मानना है कि सरस्वती नदी का कभी अस्तित्व नहीं रहा। उनके अनुसार, सरस्वती नदी एक कपोल कल्पना है, मिथक है। वेदों सहित रामायण, महाभारत जैसे ग्रंथों को गल्पकथा बताकर उनसे जुड़ी सभ्यता, प्रतीकों और घटनाओं को कपोलकल्पित ठहराने की कोशिश की गई। वर्ष 1872 में सी.एफ. ओल्डहम और आर.डी. ओल्डहम ने सरस्वती और उसकी सहायक नदियों के प्रवाह क्षेत्र का अध्ययन किया था। 1940-41 में पुरातत्त्ववेत्ता ओरियल स्टीन ने पूर्व रियासत बहावलपुर में सरस्वती के सूखे प्रवाह का एक भाग ढूँढ़ निकाला था। स्टीन ने ऐसे 90 स्थानों को चिह्नित किया था, जिनकी खुदाई करने से हड़प्पा कालीन सभ्यता के अवशेष मिलने की पूरी आशा थी। 1946 में पुरातत्त्व विभाग के महानिदेशक बने सर मार्टीमर व्हीलर ने षड्यंत्र के अंतर्गत उन स्थानों का उत्खनन नहीं करवाया, जबकि स्वतंत्र भारत में जब उन स्थलों की खुदाई हुई, तो इन स्थानों से हड़प्पा सभ्यता और संस्कृति के अवशेष मिले।

हड़प्पा सभ्यता के अब तक के 2600 स्थलों में से 2000 स्थान सरस्वती नदी घाटी में ही स्थित हैं। भाभा आणविक अनुसंधान केंद्र 800 गहरे कुओं की खुदाई करके यह सिद्ध कर चुकी है कि इस क्षेत्र में भूतल से नीचे पानी का प्रवाह 8 से 14 हजार साल पुराना है। बाद में भूमि जल आयोग ने 24 कुएँ खोदे, जिनमें से 23 कुओं का पानी मीठा निकला। मरुस्थल में मिला पानी हजारों साल पुराना होने के कारण ही मीठा है। गुजरात के पास समुद्र में जलमग्न द्वारकापुरी और राजस्थान के मरुस्थल में लुप्त सरस्वती नदी का भी अस्तित्व अब प्रमाणित हो गया है। हरियाणा में यमुनानगर स्थित मुगलावाली में हुई खुदाई में सरस्वती नदी का प्रमाण मिलने से पूर्व देश-विदेश के कई संस्थान सरस्वती के अस्तित्व को स्वीकारते आए हैं।

तेल एवं प्राकृतिक गैस निगम ने वर्ष 2005 में ही रिमोट सेंसिंग और धरातलीय अध्ययन के बाद यह दावा किया था कि जमीन के नीचे सरस्वती का जल है। हजारों साल पहले आए भीषण भूकंप के कारण यमुन और सतलुज नदी ने अपना रास्ता बदल लिया था। यमुना पूरब में बहते हुए दिल्ली पहुँची और सतलुज पश्चिम में सिंधु नदी में मिलने लगी, जबकि इन दोनों नदियों का पानी पहले सरस्वती में मिलकर हरियाणा, राजस्थान और गुजरात होते हुए कच्छ में मिलता था। इन दोनों मुख्य स्रोतों के मार्ग विचलन से कालांतर में सरस्वती सूख गई।

हजारों वर्षों पूर्व वैदिक सभ्यता के निवासी सरस्वती नदी के किनारे ही रहते थे और ऋग्वेद का प्रारंभिक भाग इसके किनारे ही सृजित हुआ। सरस्वती नदी के सूख जाने के कारण ही इसके किनारे बसे लोग अन्यत्र पलायन कर गए। मोहनजोदड़ो, हड़प्पा, राखीगढ़ी और बागपत के सिनौली से मिले अवशेष हजारों साल पहले अति सभ्य और विकसित संस्कृति की ही पहचान हैं, जिसे वामपंथी इतिहासकार नकारते आए हैं।

उत्तर प्रदेश के बागपत स्थित सिनौली गाँव में भारतीय पुरातत्त्व विभाग ने चार हजार वर्ष पुराने रथ के अवशेष खोजकर निकाले थे। अब तक विश्व में केवल मेसोपोटामिया, यूनानी और जार्जिया की सभ्यता में ही रथ मिलने के प्रमाण हैं। इन युद्ध-रथों के साथ पुरातत्त्वविदों को एक मुकुट भी मिला है, जो योद्धा के द्वारा पहना जाता था। खुदाई से जुड़े लोगों के अनुसार यह महाभारतकालीन सभ्यता के संकेत भी हो सकते हैं।

प्रथम राजग सरकार के पूर्ण कार्यकाल (1999-2004) में राष्ट्रीय चेतना और स्वाभिमान को बल देने वाले जितने भी प्रकल्प प्रारंभ कराए गए थे, कांग्रेसनीत संप्रग-1 सरकार में निर्णायक भूमिका में रहे वामपंथियों ने उनमें से अधिकांश को ठप करा दिया था। राजग के कार्यकाल में ही वैदिककालीन सरस्वती नदी की खोज का काम प्रारंभ कराया गया था। सरस्वती नदी की खोज का विषय जब पहली बार संसद् में लाया गया था, तब कांग्रेस के तत्कालीन सांसद डॉ. कर्ण सिंह और इसरो के पूर्व अध्यक्ष डॉ. कस्तूरी रंगन ने इस योजना की प्रशंसा की थी, किंतु वामपंथियों के दबाव में संप्रग सरकार ने इसे ठंडे बस्ते में डाल दिया। अब प्राचीन सरस्वती नदी का अस्तित्व प्रमाणित होने के बाद पाश्चात्य चश्मे से भारत के इतिहास और संस्कृति को पढ़ाने वाले वामपंथी इतिहासकार क्या कहेंगे?

सच तो यह है कि देश के इतिहासकारों में एक वर्ग ऐसा है, जो पाश्चात्य अवधारणाओं और मिथकों की ही पुष्टि करने में व्यस्त है—जिसमें से एक यह भी है कि आर्य विदेशी आक्रमणकारी थे और उन्होंने द्रविड़ों को दक्षिण की ओर खदेड़ दिया था। औपनिवेशिक काल से आजतक पुरातत्त्व उत्खननों में जितने ऐतिहासिक साक्ष्यों की खोज हुई है—वह चाहे राखीगढ़ी हो या फिर बागपत का सिनौली, उससे कहीं भी यह सिद्ध नहीं होता है कि आर्य बाहरी थे या आक्रमणकारी।

हिसार जिले की राखीगढ़ी पुरातात्विक साइट पर वर्ष 2016 में डेक्कन यूनिवर्सिटी पूना के वाइस चांसलर प्रोफेसर वसंत शिंदे के नेतृत्व में खुदाई हुई थी। उस दौरान पहली बार टीलें नंबर सात पर खुदाई की गई थी। उस समय महिला, पुरुष व बच्चों के करीब 60 कंकाल पाए गए थे। उन कंकालों में से एक कंकाल का डीएनए मिला था। उसकी

रिपोर्ट से यह खुलासा हुआ था कि ये करीब साढ़े चार हजार वर्ष पुराने कंकाल हैं। उसके बाद जम्मू-कश्मीर से तमिलनाडु तक करीब 2,500 अलग-अलग लोगों के सैंपल लेकर उनका डीएनए करवाया गया था। रिपोर्ट के आधार पर यह माना गया था कि आर्य कहीं बाहर से न आकर यहीं के थे। कारण कि जो कंकाल पाए गए थे, उनका डीएनए हमारे देश में आज पाए जाने वाले लोगों से ही मिलता था।

प्राचीन भारतीय संस्कृति का सबसे मूर्तरूप योग ही है। यह किसी विडंबना से कम नहीं कि विश्व के जिस भूखंड पर हजारों वर्ष पूर्व ऋषि-मुनियों ने योग की उत्पत्ति की, उसे भारत की ओर से वैश्विक धरोहर घोषित करने और उसे पहचान दिलाने का सर्वप्रथम प्रयास 27 सितंबर, 2014 को तब हुआ, जब प्रधानमंत्री नरेंद्र मोदी ने संयुक्त राष्ट्र महासभा में अपने संबोधन में अंतरराष्ट्रीय योग दिवस का प्रस्ताव रखा—जिसे 90 दिनों के भीतर 177 सदस्य देशों से स्वीकृति भी मिल गई। 21 जून, 2015 से भारत के इस मूल विमर्श को न केवल देश में अपितु विश्व पटल पर प्रामाणिकता मिल रही है। किंतु मार्क्स-मैकाले मानसपुत्र अपने घोषित एजेंडे के अंतर्गत हम भारतीयों की पहचान को विकृत करने में अब भी लगे हुए हैं।

वैज्ञानिक शोधों से प्रमाणित हो चुका है कि श्रीराम और उनकी वानर सेना द्वारा लंका जाने के लिए बनाया गया रामसेतु मानव-निर्मित है, न कि प्राकृतिक। किंतु जो मानसिकता इसे ध्वस्त करने पर आमादा थी, वह सनातन हिंदू सभ्यता के प्रति विरक्ति भाव से प्रेरित है। वामपंथी इतिहासकार और सूडो-सेक्युलरिस्ट हिंदुओं की आस्था से जुड़े मुद्दों पर प्रमाण माँगते हैं। हजारों वर्षों से आस्था के केंद्र-बिंदु रहे विषयों को क्या प्रमाण की आवश्यकता है?

कश्मीर में हजरतबल दरगाह में रखे पैगंबर साहब के बाल की प्रामाणिकता पूछने की हिम्मत क्या कोई करेगा? ईसा मसीह को सलीब पर लटकाया गया था। उस प्रतीक सलीब को ईसाई अपने गले में लटकाए रखते हैं। क्या कोई उस पर प्रश्न खड़ा कर सकता है? ऋग्वेद में अनेक बार उल्लिखित सरस्वती नदी और उसके किनारे विकसित सरस्वती घाटी सभ्यता के ज्वलंत प्रमाण मिलने के बाद वामपंथी इतिहासकार क्या हिंदू समाज से क्षमायाचना करेंगे?

संदर्भ—

1. THE LIFE AND LETTERS OF ST FRANCIS XAVIER, VOL. 1, BY HENRY JAMES COLERIDGE, 1872, pp. 159
2. Dr. B.R. Ambedkar, Writings and Speeches. VOL-5. Dr. Ambedkar Foundation, Ministry of Social Justice and Empowerment, Govt of India.
3. History of Hindu-Christian Encounters by Sita Ram Goel. 1989. pp. 13

4. M.D. David (ed.) Western Colonialism in Asia and Christianity, Bombay, 1988, pp. 85.
5. The Attitudes of British Protestant Missionaries Towards Nationalism in India With Special Reference to Madras Presidency 1919-1927 By Elizabeth Susan Alexander (Annexure 13)
6. Fallout from Salem : The Hindu Editorial, 17 February, 1971 (Annexure 14 & 15)
7. DR. BABASAHEB AMBEDKAR WRITINGS AND SPEECHES Volume No.: 7
8. The Travels of Marco Polo Translated into English from the text of L.F. BENEDETTO By Aldo Ricci (Annexure 11)

□

4

हिंदू पहचान और खुराफाती नैरेटिव

हमारी पहचान क्या है?

निस्संदेह, हम सभी मनुष्य हैं और इस ब्रह्मांड का अकाट्य भाग हैं। दिसंबर 2022 तक दुनिया की कुल आबादी 800 करोड़ को पार कर गई थी, जिनमें से 140 करोड़ लोगों अर्थात् हमें इंडियंस, भारतीय, भारतवासी या फिर हिंदुस्तानी कहा जाता है। क्या हम इस बात का अनुमान लगा सकते हैं कि ये उपरोक्त नाम आखिर हमें कैसे मिले? यहाँ एक और प्रश्न खड़ा होता है—क्या ये सभी नाम समान हैं या इन्हें समान माना जा सकता है या इनका अर्थ अलग-अलग है? हममें से कई अपनी पहचान हिंदू बताते हैं और कई स्वयं को भारतीय कहने में गर्व अनुभव करते हैं। भारतीय संविधान के अनुच्छेद 1(1) में भी लिखा है, "इंडिया, जो भारत है…"

हिंदू वह नाम है, जिन्हें भारत अर्थात् हिंदुस्तान अर्थात् इंडिया से दुनियाभर में युगों से जाना और पहचाना जाता है। यह सिंधु से उत्पन्न शब्द है। सबसे उल्लेखनीय बात यह है कि हिंदू शब्द भौगोलिक रूप से मील का वह पत्थर है, जिसका आभास किसी पश्चिमी व्यक्ति को विश्व के इस भूखंड में प्रवेश करने पर सबसे पहले होता है। हजारों वर्ष पहले इसी नदी के तट पर वैदिक आर्य संस्कृति के गर्भ से हमारी मूल जीवन-पद्धति का विकास कालांतर में हिमालय से लेकर समुद्र तक हुआ। ऋग्वेद, जो कि सबसे प्राचीन लिखित अभिलेख है—उसमें आर्यों के इस भू-क्षेत्र खंड को सप्त-सिंधव अर्थात् सात नदियों का देश कहा गया है।

हमारे देश के लिए वेदों में ब्रह्मावर्त प्रयुक्त दूसरा नाम है। प्राचीन इरानी विचारकों ने अपने साहित्य में सप्त-सिंधव को हप्त-हिंदुव नाम से उल्लेखित किया था। इसका कारण उनके उच्चारण कला में निहित था, क्योंकि वे 'स' को 'ह' से संबोधित करते थे। पारसियों की पवित्र पुस्तक 'अवेस्ता', जिसे 'जेंद-अवेस्ता' भी कहा जाता है, उसमें विशेष रूप से हप्त-हिंदुव नाम का उल्लेख है। इस प्रकार सिंधु भूमि को ऋग्वेद में सप्त-सिंधव और

जेंद-अवेस्ता में हप्त-हिंदव, ईसाइयों और इसलाम के आगमन से बहुत पहले सिंधुस्थान या हिंदुस्तान के रूप में जाना जाने लगा था।

यूनानी, जब वे ईसा पूर्व चौथी शताब्दी में मैसेडोनिया के अलेक्जैंडर के नेतृत्व में सिंधु के तट पर पहुँचे थे, तो उन्होंने सिंधु को 'इंडस' के रूप में उच्चारित किया। तब सिंधु या सिंधु की भूमि को 'इंडस' या 'इंडिया' और उसके लोगों को 'इंडियंस' कहा जाने लगा। यूरोपवासी, जिन्होंने यूनानियों से भारत के बारे में जाना था—वे 'इंडस' या 'इंडिया' नामों का उपयोग करने लगे। यही कारण है कि 15वीं शताब्दी में कोलंबस, जो 'इंडिया' की खोज हेतु एक समुद्री यात्रा पर निकला था और अमेरिकी तटों पर पहुँचकर उसे 'इंडिया' समझ लिया था। तब उसने यहाँ निवासियों को दुनिया के समक्ष 'इंडियंस' कहकर संबोधित किया था। कालांतर में गलती का बोध होने और मूल 'इंडिया' के 'इंडियंस' से अमेरिका के मूल जनजातियों की पहचान अलग स्थापित करने के लिए उन्हें 'रेड इंडियंस' के रूप में वर्णित किया गया।

हिंदुस्तान और भारत भी हिंदू और भारतीय का पर्यायवाची शब्द हैं। इन दोनों का मुख्य स्रोत एक ही देश और एक ही प्रकार से लोग को संदर्भित करता है। इस देश में यूरोपीय लोगों के आगमन के बाद ही हिंदुस्तान के लोगों के लिए 'इंडिया' और यहाँ बसे लोगों के लिए 'इंडियंस' नाम का परिचय हुआ। लगभग 200 वर्षों के ब्रिटिश शासन में यह दोनों शब्द सामान्य उपयोग में आने लगे। इसके कारण ब्रितानी शासकीय व्यवस्था में 'हिंदुस्तान' और 'हिंदू' शब्द विलुप्त होने लगे।

भारतवर्ष या भारत हमारे देश का तीसरा नाम है, जिसे अकसर हम सुनते हैं। यह नाम न केवल देशज है, अपितु इसका एक वृहत राजनीतिक अभिप्राय भी है। प्राचीन इतिहास के अनुसार, हजारों युग पहले भारत पर सम्राट भरत का प्रभुत्व था, जो कालांतर में भारत और भारतवर्ष नाम का आधार बना। लगभग दो हजार वर्ष पुराने 'विष्णु पुराण' में स्पष्ट उल्लेख है कि भारतवर्ष वह देश है, जो समुद्र के उत्तर में और बर्फीले पहाड़ों के दक्षिण में स्थित है। इसे इसलिए ऐसा कहा जाता है, क्योंकि यह भरत के वंशजों का निवासस्थान है।

उत्तरं यत् समुद्रस्य हिमाद्रेश्चैव दक्षिणम्।
वर्षं तद् भारतं नाम, भारती यत्र संतति॥[1]

पुराणों में भारत के सटीक आयामों का उल्लेख है, जिसके अनुसार—गंगा के स्रोत से लेकर कन्याकुमारी तक की लंबाई एक हजार योजन (दो हजार मील) है।

योजनानां सहस्त्रं तु द्वीपोयं दक्षिणोतरम्।
आयतो ही कुमारि क्याद गंगा प्रभवाच्च य:॥[2]

देश के दार्शनिक व्यक्तियों में से एक और दूसरे राष्ट्रपति दिवंगत डॉ. सर्वपल्ली

राधाकृष्णन ने 26 जनवरी, 1965 को गणतंत्र दिवस की पूर्व संध्या पर राष्ट्र के नाम अपने संबोधन में हिंदुस्तान नाम के संदर्भ में हमारे प्राचीन साहित्य के एक श्लोक को उद्धृत किया था—

हिमालयं समारभ्य यावदिन्दु सरोवरम्।
हिंदू स्थान मिति ख्यात बंद यन्ताक्षरयोगत:।।[3]

यह श्लोक स्वत: स्पष्ट और आत्म-व्याख्यात्मक है। विद्वानों के अनुसार, यह श्लोक 'कुलार्णव तंत्र' से लिया गया है, जिसमें विशेष रूप से हिमालय से लेकर 'इंदु सरोवर-कन्याकुमारी' तक फैली भूमि को हिंदुस्तान कहा गया है।

भारत या हिंदुस्तान के लोगों को देश के बाहर हिंदुओं के रूप में बेहतर जाना जाता था—इसका उल्लेख चीनी तीर्थयात्री ह्वेन त्सांग (जन्म 602-मृत्यु 664) ने किया था, जो 630-33 ई. के बीच भारत दौरे पर थे और 645 ई. में वापस चीन चले गए थे। ह्वेन संस्कृत विद्या में पारंगत थे और इसलिए भारत और भारतीय नामों से अच्छी तरह परिचित थे। उन्होंने अपने साहित्य में हिंदू को शिंतू नाम से संबोधित किया था। यह इस तथ्य के कारण हो सकता है कि भगवान् बुद्ध के उपदेशों का प्रचार करने के लिए हिंदुस्तान से बाहर मध्य-पूर्वी एशिय के जाने वाले तीर्थयात्रियों के नाम और पहचान हिंदू संस्कृति का प्रतिबिंब रही हो। भविष्यपुराण में भी विशेष रूप से हमारे देश को हिंदुस्तान के रूप में संदर्भित किया गया है। नीचे लिखे श्लोक में हिंदुस्तान को मलेच्छास्तान से अलग बताया गया है—

सिंधु स्थानमिति ज्ञेयं राष्ट्रमार्यस्य चं।
म्लेच्छ स्थान पर सिंधोरू कृतं तेन महात्मन।।[4]

उपरोक्त संदर्भ हिंदू और हिंदुस्तान नाम की उत्पत्ति और उसकी पुरातनता के बारे में किसी भी संदेह को निरस्त करता है। साथ ही यह स्थापित करता है कि कैसे समय बीतने और विदेशी आक्रांताओं (इसलामी और ब्रितानी) के भारत आगमन के साथ कई शताब्दियों का इतिहास युद्ध, विषैली मानसिकता से संघर्ष, विजय-पराजय, दमन, सुख-दु:ख और ब्रितानी शासनकाल के उपरांत देश के नागरिकों को उनकी मूल जड़ों से काटने के इतिहास से भरा है।

धर्म और मजहब दो अलग-अलग चीजें हैं। मजहब एक निश्चित सिद्धांत का प्रसार करता है, जिसमें पैगंबर द्वारा दिए संदेशों और पवित्र पुस्तकों को अकाट्य माना जाता है। इसमें सत्य के एकाधिकार का दावा किया जाता है और यदि कोई इसे नहीं मानता, तो उसे अविश्वासी, 'हीथन' या 'काफिर' घोषित कर दिया जाता है—जो न ही ईश्वर की दया का पात्र होता है और न ही संबंधित पैगंबर के अनुयायियों की किसी सहानुभूति के योग्य।

इस प्रकार के मजहबों का चरित्र और स्वभाव एकेश्वरवादी, अनन्य और असहिष्णु होता है। उनके अनुयायी मानवीय बंधुत्व में विश्वास नहीं करते हैं। उनका भाईचारा और मानवतावाद केवल साथी विश्वासी तक सीमित रहता है। वे किसी भी असहमति या भिन्नता को बर्दाश्त नहीं करते। इस प्रकार की मानसिकता एक ही मजहब के दो संप्रदायों में दिखाई देती है—उदाहरणस्वरूप, सुन्नी मुसलिम बनाम शिया मुसलिम और रोमन-कैथोलिक बनाम प्रोटेस्टेंट ईसाई। इसी विषैले चिंतन के कारण विश्व के कई क्षेत्र सदियों तक मजहबी युद्धों से ग्रस्त रहे हैं। इसलाम में यह कहना कि अल्लाह के समकक्ष कुछ है, तो उसे 'शिर्क' कहते हैं, जो अपराध या पाप के बराबर है और उसकी सजा सिर्फ मौत है। इसलाम के बारे में कहीं पर भी दुविधा या दो मत होने का प्रश्न ही नहीं उठता हैं।

धर्म, मजहब से बहुत भिन्न और सहिष्णु है। धर्म शब्द का शायद ही किसी भाषा (अंग्रेजी भाषा सहित) में कोई पर्याय है। अंग्रेजी में अकसर धर्म को रिलिजन (Religion) के रूप में अनुवादित किया जाता है। धर्म की उत्पत्ति संस्कृत के 'धृ' धातु से हुई है, जिसका अर्थ धारण करना होता है, जो सबको धारण करे, जो सबका आधार हो, वह धर्म है। जिससे अभ्युदय (लोकोन्नति) और निश्रेयस (मोक्ष) की सिद्धि होती है, वह धर्म है।

श्रूयतां धर्म सर्वस्वं श्रुत्वा चैव अनुवर्त्यताम्।

धर्म का अर्थ किसी पूजा पद्धति से संबंधित नहीं है। मजहब (Religion) और धर्म के घालमेल से विकृतियाँ पैदा हुई हैं। कोई भी जनहितैषी राज्य या सभ्य समाज धर्महीन या धर्मनिरपेक्ष हो ही नहीं सकता। वस्तुत: जैसे ही धर्म को वर्ग विशेष के साथ संबद्ध किया गया, वैसे ही यह संप्रदाय में बदल गया। धर्म संयोजक तत्त्व है, जबकि संप्रदाय लोगों को बाँटता है। यहीं मूल गलती हुई है। धर्म किसी मत, पंथ या संप्रदाय का द्योतक नहीं है। सूर्य का धर्म आलोक देना है। अग्नि का धर्म क्या है? जल, वायु, आकाश इन सबका अपना धर्म है। समाज में, परिवार में भी इसी तरह सबका अपना-अपना धर्म है। पिता का धर्म, माँ का धर्म, पति का धर्म, पत्नी का धर्म, बेटा-बेटी का धर्म है। इसलिए धर्म सार्वभौमिक है न कि संप्रदायवादी या अनन्य। धर्म शाश्वत है और न ही अल्पकालिक। हमारी सनातन संस्कृति के मूल में धर्म है, जो 'एकम् सद् विप्रा: बहुधा वदंति' रूपी वैदिक मूल मंत्र से प्रेरित है, जिसका अर्थ है कि "सत्य एक है। लेकिन विद्वान् लोग उसे अलग-अलग तरीके से परिभाषित करते हैं।"

चूँकि, धर्म की यह अवधारणा वेदों में निहित है, इसलिए इसे 'वैदिक धर्म' भी कहा जा सकता है। भगवान् गौतम बुद्ध और वर्धमान महावीर ने धर्म के इन्हीं मूल गुणों में

'अहिंसा' को जोड़कर इसपर अधिक बल दिया। यह बौद्ध और जैन पंथ की उत्पत्ति को सनातन धर्म के रूप में प्रस्तुत करता है।

हिंदू समाज के एक भाग द्वारा सनातन धर्म और उसके स्वरूपों की मौन स्वीकृति ने अंग्रेजी भाषा में हिंदू धर्म का अशुद्ध अनुवाद करके उसे मजहब के रूप में परिवर्तित कर दिया। इससे कई भ्रांतियों का जन्म होता गया। इसलिए हमारे समाज में हिंदू धर्म के बजाय हिंदुत्व शब्द को अधिक उपयुक्त माना जाता है। वास्तव में, हिंदुत्व को न समझने की समस्या अथवा मानसिकता धर्म और संप्रदाय के घालमेल से जनित है। धर्म को जब 'रिलिजन' कहा गया, तो इसका संप्रदाय हो जाना स्वाभाविक ही था, इसलिए 'हिंदुत्व' भी स्वघोषित सेक्युलरिस्टों और वामपंथियों द्वारा 'सांप्रदायिक' करार दे दिया जाता है। जबकि 'हिंदुत्व' तो देश के किसी मजहब (रिलिजन) का नाम नहीं, एक राष्ट्रवाचक शब्द है—जो भारत के भूगोल और संस्कृति का परिचायक है। धर्म जीवन पद्धति का नाम है, जबकि मजहब या पंथ पूजा पद्धति। अरब देशों में आज भी भारत से आने वाले मुसलमानों को 'हिंदू' या 'हिंदवासी' ही कहा जाता है।

मजहब के लिए चार बातों को आवश्यक माना गया है। एक संस्थापक (पैगंबर), एक पुस्तक, पूजा पद्धति और अनुयायियों का एक नाम। जैसे इसलाम के एक पैगंबर हैं—हजरत मुहम्मद, एक पुस्तक है—कुरान, एक पूजा पद्धति है—नमाज और अनुयायियों का एक नाम है—मुसलमान। ईसाइयों के एक संस्थापक हैं—ईसा मसीह। एक पुस्तक है—बाइबल, एक पूज का मार्ग है—चर्च में प्रार्थना और अनुयायियों का एक नाम है—ईसाई। पारसियों के भी एक संस्थापक हैं—जरथ्रुष्ट, एक पुस्तक है—जेंद अवेस्ता, पूजा का एक तरीका है—अग्निपूजा और अनुयायियों का एक नाम है—पारसी। वस्तुत: कालांतर में जब अपने मजहब की भावना संकुचित और कट्टर हो जाए और अन्य पूजा पद्धति को बर्दाश्त न करे, तो इसे सांप्रदायिकता कहा जाता है।

'हिंदुत्व' का कोई एक संस्थापक अथवा पैगंबर नहीं। समय-समय पर अवतारी पुरुषों, महर्षियों और राष्ट्रीय नेताओं ने हिंदुत्व के आदर्शों और सिद्धांतों को विकसित किया और युगानुकूल इनकी भिन्न मार्गों एवं ग्रंथों के माध्यम से व्याख्या की। हिंदुत्व को न तो किसी ने शुरू किया, न ही बनाया और न ही किसी ने इसका आविष्कार किया। हिंदुत्व तो अनादिकाल से विकसित होती चली आ रही जीवन पद्धति है, जिसे भारत में राष्ट्रीय धारा कहते हैं। हिंदुत्व का कोई एक ग्रंथ भी नहीं है। कई सौ पुस्तकें हैं, जो समय की आवश्यकतानुसार समाज के नैतिक शिक्षण के लिए तैयार की गईं। बौद्ध, जैन, सिख, शैव और वैष्णव इत्यादि, जो इसके भिन्न-भिन्न स्वरूप दिखाई देते हैं, ये सब राष्ट्र और समाज की आवश्यकतानुसार अस्तित्व में आए हैं। पूजा के हजारों मार्ग इस भूमि पर विकसित हुए हैं। हिंदुत्व में आस्था रखने वाले अपने स्वभाव, रुचि एवं आवश्यकतानुसार

अपनी पूजा-पद्धति चुनने को स्वतंत्र हैं। किसी को किसी विशेष उपासना पद्धति के साथ बाँधा नहीं जाता। हिंदुत्व के अनुयायियों का कोई एक विशेष नाम भी नहीं है। हिंदुत्व कोई वाद नहीं, अपितु यह राष्ट्रीयता का पर्याय है। यहाँ का हर नागरिक हिंदू है, अर्थात् हिंदुस्तानी है, उसका 'रिलिजन' (उपासना पंथ) कुछ भी हो सकता है।

संदर्भ—

1. विष्णु पुराण 2-3-1
2. वायु पुराण
3. बृहस्पति आगम
4. भविष्य पुराण
5. पद्मपुराण, सृष्टि 19-357-358

□

5

क्या भारत कभी एक देश नहीं था? वामपंथी नैरेटिव की असलियत

हम लोग भारतीय समाज के एक समूह, जो स्वयं को 'वामपंथी', 'उदारवादी' और 'प्रगतिशील' कहना अधिक पसंद करते हैं—अकसर, उनके मुख से यह कहते हुए सुनते हैं कि भारत कभी एक देश नहीं रहा। वामपंथियों ने स्वतंत्रता के समय ब्रितानियों के समक्ष भारत को 17 टुकड़ों में विभाजित करने का प्रस्ताव रखा था। इस विकृत वर्ग का कहना है कि आज हम जिस देश को इंडिया, भारत या हिंदुस्तान नाम से जानते हैं, वह अंग्रेजों द्वारा बनाया गया है। वे कहते हैं कि भारत में सैकड़ों राजवंश हुए, जिनके अपने राजमहल थे और उनकी अपनी प्रजा थी। वे सभी आपस में युद्ध करते, लड़ते और एक-दूसरे पर विजय पाने का प्रयास करते थे। अर्थात् अंग्रेजों ने ही 1947 में एक राष्ट्र के रूप में भारत को पहचान दी। वरना उनके अनुसार, तो यहाँ भारत नहीं, बल्कि जम्मू-कश्मीर सहित 550 से अधिक राष्ट्र थे। सच कहूँ, तो इससे बड़ा झूठ मैंने आजतक नहीं सुना।

वामपंथी साहित्य 'पाकिस्तान एंड नेशनल यूनिटी' में मार्क्सवादी गंगाधर अधिकारी ने लिखा था, "पाकिस्तान की माँग में तर्कसंगत आधार यह है कि जहाँ कहीं भी एक क्षेत्रीय इकाई में मुसलिम एक साथ रहने वाले हैं, वह एक राष्ट्रीयता बनाते हैं...ठीक उसी तरह भारत में अन्य राष्ट्रीयताओं जैसे आंध्र, कर्नाटक, मराठियों और बंगालियों को भी स्वायत्त राज्य के अस्तित्व का अधिकार है।" इससे पहले विंस्टन चर्चिल ने दावा किया था, "भारत न एक देश है या राष्ट्र है, यह एक महाद्वीप है, जिसमें कई देश बसे हुए हैं।" इस संबंध में मार्क्स-मैकाले चिंतकों का कुनबा गांधीजी के विचारों की या तो अवहेलना करता है या फिर उसे विमर्श का हिस्सा बनाने से बचता है।

जो लोग भारत को आज भी राष्ट्र मानने से इनकार करते हैं, वे गांधीजी द्वारा 1909

में लिखित 'हिंद स्वराज' के बारे में क्या कहेंगे? इस पुस्तक पर 1910 में ब्रितानियों ने प्रतिबंध लगा दिया था। तब उन्होंने भारत के एक राष्ट्र होने पर स्पष्ट विचार प्रकट किए थे, उनके अनुसार, "आपको (पाठक) अंग्रेजों ने सिखाया है कि आप एक राष्ट्र नहीं थे और एक राष्ट्र बनने में आपको सैकड़ों वर्ष लगेंगे। यह बात बिल्कुल निराधार है। जब अंग्रेज हिंदुस्तान में नहीं थे, तब भी हम एक राष्ट्र थे, हमारे विचार एक थे, हमारा रहन-सहन एक था। तभी तो अंग्रेजों ने यहाँ एक राज्य स्थापित किया। भेद तो उन्होंने बाद में हमारे बीच पैदा किए···दो अंग्रेज जितने एक नहीं हैं, उतने हम भारतीय एक थे और एक हैं।" जब गांधीजी से एक पाठक ने प्रश्न किया कि क्या भारत में मुसलिमवाद की शुरुआत ने राष्ट्र को विकृत नहीं किया? तब गांधीजी ने लिखा, "भारत में चाहे जिस मजहब के लोग रह सकते हैं, उससे वह एक राष्ट्र मिटने वाला नहीं है। विदेशियों के दाखिल होने से राष्ट्र खत्म नहीं हो जाते हैं, वह इसमें घुल-मिल जाते हैं। वास्तव में जितने व्यक्ति हैं, उतने ही मजहब हैं, लेकिन जो राष्ट्रीयता की भावना के प्रति जागरूक हैं, वे एक-दूसरे के मजहब में हस्तक्षेप नहीं करते। यदि वे ऐसा करते हैं, तो वे एक राष्ट्र माने जाने के योग्य नहीं हैं।"[1]

भारत पर लगभग 200 वर्षों तक अंग्रेजों का शासन रहा। इस संबंध में उन्होंने 'ईस्ट इंडिया कंपनी' का गठन किया था, जिसकी स्थापना 31 दिसंबर, 1600 को हुई थी। अब यदि बकौल मैकाले चिंतक और वामपंथी यह मान लिया जाए कि ब्रितानी शासन से पहले इंडिया, भारत या फिर हिंदुस्तान नहीं था, तो अंग्रेजों ने 'ईस्ट इंडिया कंपनी' का नामकरण कैसे किया? 15वीं शताब्दी के आखिरी दशक में इतालवी खोजकर्ता और नाविक क्रिस्टोफर कोलंबस ने 'रेड इंडियंस' शब्द की उत्पत्ति कैसे की?

सच तो यह है कि सांस्कृतिक भारत अटक से कटक तक और कंधार से केरल तक एक था। राज्य भले ही अलग-अलग थे, किंतु सांस्कृतिक रूप से भारत एक था। महाभारत में गांधारी वर्तमान अफगानिस्तान के कंधार से थी। जिन राजाओं ने महाभारत के युद्ध में भाग लिया, वो असम के कामरूप से लेकर सुदूर दक्षिण और पश्चिम तक के हिंदू राजा थे। स्वयं भगवान् श्रीकृष्ण, जो मथुरा में जन्मे, उनका कर्मक्षेत्र हस्तिनापुर और इंद्रप्रस्थ रहा। सूदूर पश्चिम स्थित समुद्र किनारे उन्होंने द्वारका बसाई और वहीं प्राण त्यागे। चाहे महाभारत के युद्ध में भाग लेने वाले बीसियों राजा विभिन्न राज्यों से थे, किंतु सब मिलकर जिस युद्ध में भाग ले रहे थे—वो महाभारत अर्थात् विशाल भारत के लिए था।

रामायण में श्रीराम अयोध्या से चलते हैं। आज के उत्तर प्रदेश, मध्य प्रदेश होते हुए लंबी यात्रा के बाद सुदूर दक्षिण के रामेश्वरम पहुँचते हैं, जहाँ से वे लंका जाने के लिए रामसेतु का निर्माण करते हैं। अर्थात्, भावनात्मक रूप से भारत हजारों वर्षों तक

एक था। किंतु कालांतर में इसका विघटन होता चला गया। चक्रवर्ती सम्राट विक्रमादित्य उज्जैन के सम्राट विक्रमादित्य, जिनका संबंध विक्रम संवत से था, समस्त भारतवर्ष पर उनका शासन था। वर्तमान समय में भारतीय नौसेना के विमानवाहक पोत आईएनएस विक्रमादित्य का नाम सम्राट विक्रमादित्य के सम्मान में नामित किया गया है।

प्राचीन भारत में चंद्रगुप्त मौर्य ने 322 ईसा पूर्व में मौर्य साम्राज्य की स्थापना की। उनके परामर्शदाता दार्शनिक चाणक्य रहे, जिनका मौर्य साम्राज्य के विस्तार में बहुत प्रभाव था। चंद्रगुप्त और चाणक्य ने मिलकर भारतीय उपमहाद्वीप पर सबसे बड़े साम्राज्यों में से एक का निर्माण किया था। कालांतर में शक्तिशाली सम्राट अशोक ने इस साम्राज्य की बागडोर सँभाली। उनके कालखंड में साम्राज्य की राजधानी पाटलिपुत्र (मगध, वर्तमान पटना) में प्रांतीय राजधानियाँ तक्षशिला और उज्जैन के साथ थीं।

प्राचीन भारतीय सनातन परंपरा के विकास और उसके प्रचार-प्रसार में आदि शंकराचार्य का महान् योगदान है। उन्होंने भारतीय सनातन परंपरा को पूरे देश में फैलाने के लिए भारत के चारों कोनों में चार शंकराचार्य मठों की स्थापना की थी।

1. शृंगेरी मठ—यह पीठ भारत के दक्षिण में रामेश्वरम में स्थित है।
2. गोवर्धन मठ—यह ओडिशा के पुरी में है।
3. शारदा मठ—यह गुजरात में द्वारकाधीश में स्थित है।
4. ज्योतिर्मठ—यह उत्तराखंड के बद्रिकाश्रम में है। ज्योतिर्मठ सदियों से वैदिक शिक्षा तथा ज्ञान का एक ऐसा केंद्र रहा है, जिसकी स्थापना 8वीं सदी में आदि शंकराचार्य ने की थी।

इसके अतिरिक्त भारत में 12 ज्योतिर्लिंग हैं। करोड़ों हिंदुओं का विश्वास है कि जहाँ-जहाँ ज्योतिर्लिंग हैं, उन स्थानों पर भगवान् शिव स्वयं प्रकट हुए थे। सोमनाथ मंदिर गुजरात के काठियावाड़ क्षेत्र में समुद्र किनारे स्थित है। चंद्रमा ने भगवान् शिव को आराध्य मानकर पूजा की थी और चंद्रमा को सोम भी कहते हैं, इसलिए इसी नाम पर इस ज्योतिर्लिंग का नाम सोमनाथ पड़ा। मल्लिकार्जुन मंदिर आंध्र प्रदेश के कुरनूल जिले में कृष्णा नदी के तट पर स्थित है। माना जाता है कि इस ज्योतिर्लिंग के दर्शन से सात्विक मनोकामनाएँ पूरी होती हैं और दैहिक, दैविक व भौतिक पाप नष्ट हो जाते हैं। मध्य प्रदेश के उज्जैन नें क्षिप्रा नदी के तट पर स्थित महाकालेश्वर स्वयंभू दक्षिणमुखी ज्योतिर्लिंग है। देशभर नें यह तीर्थ स्थान बाबा महाकाल के नाम से प्रसिद्ध है। ओमकारेश्वर मंदिर मध्य प्रदेश में नर्मदा नदी के किनारे मांधाता पर्वत पर स्थित है। ऐसी मान्यता है कि इनके दर्शन मात्र से पुरुषार्थ चतुष्ट्य की त्राप्ति होती है। केदारनाथ धाम उत्तराखंड में अलकनंदा और मंदाकिनी नदियों के तट पर स्थित है। यहीं श्रीनर और नारायण की तपस्थली है। कहा जाता है कि उन्हीं की प्रार्थना पर शिव ने यहाँ

अपना वास स्वीकार किया था। भीमाशंकर ज्योतिर्लिंग महाराष्ट्र में पुणे से करीब 100 किलोमीटर दूर स्थित है। यहाँ स्थित शिवलिंग काफी मोटा है, इसलिए इसे मोटेश्वर महादेव भी कहा जाता है। वाराणसी में काशी विश्वनाथ का मंदिर गंगा नदी के तट पर स्थित है। ऐसी मान्यता है कि हिमालय छोड़कर भगवान् शिव ने यहीं अपना स्थायी निवास बनाया था। इसी वजह से ऐसा माना जाता है कि प्रलय काल का इस नगरी पर कोई असर नहीं पड़ता। त्र्यंबकेश्वर मंदिर महाराष्ट्र के नासिक से 30 किमी. पश्चिम में स्थित है। गोदावरी नदी के किनारे स्थित यह मंदिर काले पत्थरों से बना है। माना जाता है कि ऋषि गौतम और पवित्र नदी गोदावरी की प्रार्थना पर ही भगवान् शिव ने इस स्थान पर अपने वास की स्वीकृति दी थी। नागेश्वर मंदिर गुजरात में द्वारकापुरी से 17 मील दूर स्थित है। कहते हैं कि भगवान् शिव की इच्छा अनुसार ही इस ज्योतिर्लिंग का नामकरण किया गया है। बाबा बैजनाथ (वैद्यनाथ) मंदिर झारखंड के देवघर जिले में स्थित है। कहा जाता है कि एक बार रावण ने तप के बल से शिव को लंका ले जाने की कोशिश की, लेकिन रास्ते में व्यवधान आ जाने से शर्त के अनुसार शिवजी यहीं स्थापित हो गए। रामेश्वरम मंदिर तमिलनाडु राज्य में स्थित है। ऐसी मान्यता है कि रावण की लंका पर चढ़ाई से पहले भगवान् राम ने जिस शिवलिंग की स्थापना की थी, वही रामेश्वरम के नाम से विश्वविख्यात हुआ। शिवजी का 12वाँ ज्योतिर्लिंग घृष्णेश्वर के नाम से प्रसिद्ध है। इसे घुश्मेश्वर के नाम से भी जाना जाता है। यह मंदिर महाराष्ट्र के दौलताबाद से लगभग अठारह किलोमीटर दूर स्थित है।

बद्रीनाथ धाम में रावल (पुजारी) केरल के नंबूदरी ब्राह्मण होते हैं। मंदिर में पूजा करने का अधिकार केवल इन्हें है। हिमालय की गोद में बसे इस प्राचीन हिंदू धर्म में सुदूर दक्षिण के पुजारी को नियुक्त करने की परंपरा शंकराचार्य द्वारा स्थापित है, जो आज तक अबाध रूप से चली आ रही है। बात चाहे मध्यकाल की हो या सदियों वर्ष पुरानी। या फिर राज-शासन किसी का भी रहा हो, सांस्कृतिक रूप से भारत अनंतकाल से एक है। इस संबंध में देश के प्रथम प्रधानमंत्री पंडित जवाहरलाल नेहरू द्वारा जनवरी 1938 में, बतौर कांग्रेस अध्यक्ष, अमेरिकी पत्रिका 'फॉरेन अफेयर्स' में शीर्षक 'द यूनिटी ऑफ इंडिया' आलेख में उद्धृत किया था, "भारतीय पृष्ठभूमि और एकता वास्तव में सांस्कृतिक है, उसे मजहब जैसे संकीर्ण शाब्दिक अर्थ में नहीं बाँधा जा सकता।"

सच तो यह है कि यदि 18वीं शताब्दी के मध्य में गद्दारों ने 'काफिर-कुफ्र' अवधारणा से प्रेरित होकर अफगान अहमद शाह अब्दाली को भारत पर हमले का निमंत्रण नहीं दिया होता, तो भारत का इतिहास कुछ और ही होता। अंग्रेज कदाचित् ही भारत को दासता की बेड़ियों में जकड़ पाते। ये गद्दार आज भी भारतीय समाज के भीतर कई रूपों (टुकड़े-टुकड़े गैंग सहित) में स्वतंत्र घूम रहे हैं। वर्ष 1707 में औरंगजेब के

देहांत के बाद मुगलिया सल्तनत क्षीण होने लगी थी। तब शिवाजी द्वारा स्थापित मराठा साम्राज्य निर्णायक सत्ता बनकर उभरा। यह इसलामी नैरोकारों को रास नहीं आया। तब शाह वलीउल्लाह देहलवी, जिसकी वैचारिक खुराक से तालिबान बना, उसने इसलाम के नाम पर 'काफिरों' से जिहाद के लिए अफगानिस्तान के अब्दाली को भारत पर हमले के लिए बुलावा भेजा, जिसके पश्चात् पानीपत की तीसरी लड़ाई में मराठा साम्राज्य की हार हुई। अपने लोगों की गद्दारी से मिली इस हार ने भारतीय पक्ष को कमजोर कर दिया। कुछ ही वर्षों में मराठाओं ने वापसी की और अटक से कटक तक भगवा परचम लहरा दिया। एक प्रकार से संपूर्ण भारतवर्ष छत्रपति शिवाजी द्वारा प्रतिपादित 'हिंदवी स्वराज्य' की ओर बढ़ रहा था।

अंग्रेजों के भारत पर कब्जा जमाने से पहले दिल्ली स्थित मुगल बादशाह मराठाओं पर आश्रित हो चुका था। फिर 1803 के भीषण युद्ध में ब्रितानी सेना ने भारतीय पक्ष—मराठाओं को हरा दिया। यह युद्ध वर्तमान उत्तर प्रदेश स्थित नोएडा में हुआ था, जो तब दिल्ली-पटपड़गंज का हिस्सा था। 'नोएडा गोल्फ कोर्स' में स्थापित स्तंभ इस युद्ध का प्रमाण है। भारतीयों की इस पराजय की जड़ें चार दशक पहले उसी पानीपत की लड़ाई में मिलती हैं, जिसमें अब्दाली के नेतृत्व में गद्दारों के प्रहार से मराठा पूरी तरह उभर नहीं पाए थे। जो पराजित मुगल पहले मराठा साम्राज्य के टुकड़ों पर पल रहे थे, वे बाद में अंग्रेजों के पेंशनभोगी बन गए। इस संदर्भ में शिवाजी और औरंगजेब के समकालीन कविभूषण (1613-1715) ने लिखा था, "कासिहू ते कला जाती मथुरा मसीद होती, सिवाजी न होतो तौ सुनति होत सबकी।" अर्थात्—यदि शिवाजी न होते, तो काशी की कला समाप्त हो जाती और मथुरा तो मसजिद बन जाती और सभी लोगों की सुन्नत (इसलामी मतांतरण) हो जाती। यह पंक्ति इस प्रश्न का उत्तर भी है कि जो इसलामी जिहाद शेष विश्व में प्राचीन सभ्यताओं को निगल गया, आखिर वह भारत में पूरी तरह सफल क्यों नहीं हुआ? इससे स्पष्ट होता है कि तब भारत राजनीतिक रूप से बँटा था, किंतु सांस्कृतिक तौर पर एक राष्ट्र के रूप में तब भी विद्यमान था।

वास्तव में, किसी भी राष्ट्र को एक सूत्र में बाँधने के लिए दो संसाधनों की महती भूमिका होती है। पहला—संचार और दूसरा—परिवहन। सोचिए, इन दोनों के बिना यदि भारत के गुवाहाटी में कोई दुर्घटना हो जाए, तो दिल्ली तक इसकी जानकारी पहुँचने में और यहाँ से वहाँ मदद पहुँचाने में कितना समय लगेगा?

1830 के दशक के दौरान अमेरिकी आविष्कारक सैमुअल मोर्स ने टेलीग्राफ के रूप में एक संचार प्रणाली विकसित की थी। 24 मई, 1844 को मोर्स ने इसके माध्यम से पहला ऐतिहासिक संदेश "WHAT HATH GOD WROUGHT!" भेजा था। इसके

बाद यह प्रणाली दुनियाभर में फैल गई। ब्रितानी अभियंता जॉर्ज स्टीफेंसन ने 1814 में भाप का इंजन बनाया था, जो शक्तिशाली होने के साथ अपने से कई गुना भारी वस्तुओं को खींचने में सक्षम भी था। यह यातायात का एक सस्ता साधन था। कोयले और भाप के इंजन ने औद्योगिक क्रांति में महत्त्वपूर्ण भूमिका निभाई। 27 सितंबर, 1825 को भाप के इंजन की सहायता से 38 रेल डिब्बों को खींचा गया, जिनमें 600 यात्री सवार थे। इस पहली रेलगाड़ी ने लंदन के डार्लिंगटन से स्टॉकटोन तक का 37 मील का सफर 14 मील प्रतिघंटे की रफ्तार से तय किया। इस घटना के बाद अनेक देश रेल के इंजन और डिब्बे बनाने में जुट गए। इसी तरह विश्व की पहली सार्वजनिक परिवहन प्रणाली फ्रांस में 17वीं शताब्दी में, तो स्व-चालित यांत्रिक वाहन 18वीं शताब्दी में प्रारंभ हुई थी। दुनिया की पहली ट्रॉलीबस जर्मनी के बर्लिन में 1882 में शुरू हुई थी। उपरोक्त आविष्कारों की जानकारी देने के पीछे कारण यह स्पष्ट करना है कि बिना संचार और परिवहन के किसी राष्ट्र की कल्पना असंभव है।

मध्य यूरोप के 39 राज्यों (बवेरिया, बाडेन, बुटर्मवर्ग हेंस, प्रशा, सैक्सोनी आदि) को मिलाकर 18 जनवरी, 1871 को जर्मनी का एकीकरण किया गया था। ओटो एडुअर्ड लिओपोल्ड बिस्मार्क जर्मन साम्राज्य के प्रथम चांसलर बने। 18वीं सदी के अंत में जर्मनी 300 से अधिक छोटी-छोटी रियासतों में बँटा हुआ था। इटली एकीकरण को इतालवी भाषा में 'इल-रिसोरजिमेंतो' कहते हैं। 19वीं सदी में इटली में एक राजनीतिक और सामाजिक अभियान शुरू हुआ, जिसने इटली प्रायद्वीप के विभिन्न राज्यों को संगठित करके 1870-71 में एक इतालवी राष्ट्र बना दिया। इटली का एकीकरण सन् 1815 में इटली पर नेपोलियन बोनापार्ट के राज के अंत पर होने वाले वियना सम्मेलन के साथ आरंभ हुआ और 1870 में राजा वित्तोरियो इमानुएले की सेनाओं द्वारा रोम पर कब्जा होने तक चला। इटली के एकीकरण का जनक जोसेफ मेजिनी को माना जाता है, जिसका जन्म जेनेवा में हुआ था। रोम को इटली की राजधानी 1871 में घोषित किया गया। 19वीं सदी के पूर्वार्ध में इटली में 13 राज्य थे।

सितंबर 1792 में प्रथम फ्रेंच गणतंत्र उद्घोषित हुआ और 21 जनवरी, 1793 को लुई 16वें को फाँसी दे दी गई थी। बाहरी राज्यों के हस्तक्षेप के कारण फ्रांस को युद्धसंलग्न होना पड़ा। अंत में सत्ता नेपोलियन के हाथ में आई, जिसने कुछ समय बाद 1804 में स्वयं को फ्रांस का सम्राट घोषित कर लिया। कालांतर में सत्ता का रूप कई बार बदला। वाटरलू की लड़ाई (1815 ई.) के बाद शासन फिर बूरबों राजवंश के हाथ में आ गया। दसवें चार्ल्स ने जब 1830 ई. में नियंत्रित राजतंत्र के स्थान में निरंकुश शासन स्थापित करने की चेष्टा की, तो तीन दिन की क्रांति के बाद उसे हटाकर लुई फिलिप के हाथ में शासन दे दिया गया। सन् 1848 में उन्हें भी सिंहासनच्युत कर दिया गया

और फ्रांस में द्वितीय गणतंत्र की स्थापना हुई। यह गणतंत्र अल्पस्थायी ही हुआ। उसके अध्यक्ष लुई नेपोलियन ने 1852 में राज्यविप्लव द्वारा अपने आप को तृतीय नेपोलियन के रूप में सम्राट घोषित करने में सफलता प्राप्त कर ली। उसकी आक्रामक नीति के परिणामस्वरूप प्रशिया से युद्ध छिड़ गया (1870-71), जिसमें फ्रांस की करारी हार हुई। तृतीय नेपोलियन का पतन हो गया और तीसरे गणतंत्र की स्थापना हुई।

अब जो लोग सांस्कृतिक राष्ट्र के तौर पर भारत के अस्तित्व पर सवालिया चिह्न लगाते हैं, वे जर्मनी और इटली एकीकरण के बारे में क्या कहेंगे ? उनके तर्कों को आधार बनाएँ, तो क्या वे जर्मनी, फ्रांस और इटली को सांस्कृतिक रूप से एक नहीं मानेंगे ? सच तो यह है कि इन देशों का एकीकरण तब हुआ, जब संचार और परिवहन अस्तित्व में आ गए थे। सच तो यह है कि मध्यकाल में दिल्ली सल्तनत हो या फिर मुगलों का शासन, उसमें हम एक भारत का ही विचार पाते हैं। स्पष्ट है कि राज्य-साम्राज्य भले ही अलग-अलग थे, किंतु सांस्कृतिक रूप से भारत अनंतकाल से एक था। बारहवीं शताब्दी तक—वर्तमान समय का अफगानिस्तान, पाकिस्तान और कश्मीर घाटी मुख्य रूप से हिंदू-बौद्ध बहुल थे। इतिहास विशेषज्ञ विल्लेम वोगेल्संग अपनी पुस्तक 'अफगानिस्तान : लोग, राजनीति, अर्थव्यवस्था, संस्कृति, पर्यावरण' में लिखते हैं, "During the eighth and ninth centuries AD the eastern parts of modern Afghanistan were still in the hands of non-Muslim rulers- Most of them were either Hindus or Buddhists."

वैदिक काल में वर्तमान अफगानिस्तान, भारत के पौराणिक 16 महाजनपदों में से एक गांधार था, जिसका वर्णन महाभारत, ऋग्वेद आदि हिंदू ग्रंथों में मिलता है। यह मौर्यकाल और कुषाण साम्राज्य का भी हिस्सा रहा, जहाँ बौद्ध मत फला-फूला। चौथी शताब्दी में कुषाण शासन के बाद छठी शताब्दी के प्रारंभ में हिंदू-बौद्ध बहुल काबुलशाही वंश का शासन आया, जो नौवीं शताब्दी के आरंभ तक रहा। इसके बाद हिंदूशाही वंश की स्थापना राजा लगर्तूमान के मंत्री कल्लर ने की। 11वीं शताब्दी के प्रारंभ तक हिंदूशाही वंश में कल्लर के अतिरिक्त जयपाल, आनंदपाल, त्रिलोचनपाल और भीमपाल शासक रहे। इस दौरान हिंदूशाही राजवंशों और महमूद गजनवी के बीच जबरदस्त संघर्ष हुआ। गजनी से हारने के उपरांत जयपाल ने 1001 में आत्महत्या कर ली। बाद में उनके पुत्र आनंदपाल भी परास्त हो गए। जब सन् 1013 में पूर्वी अफगानिस्तान पर हमले के पश्चात् गजनी ने राजा त्रिलोचनपाल और बाद में भीमपाल को पराजित किया, तब इस भूखंड का मजहबी स्वरूप और चरित्र बदलना प्रारंभ हो गया, जिसमें सुन्नी इसलाम का वर्चस्व स्थापित हुआ—जिसका प्रभाव वर्तमान अफगानिस्तान और पाकिस्तान में है। मार्टिन इवांस ने 2002 में अपनी पुस्तक 'अफगानिस्तान : नया इतिहास' में लिखा था—

"Ghazni who ruled between 998 and 1030 expelled the Hindus from Gandhara and succeeded in conquering the territory stretching from the Caspian Sea to Varanasi, Bukhara and Samarkand. Ghazni encouraged mass conversions to Islam, looted Hindu temples and carried off immense booty, earning for himself, depending on the viewpoint of the observer, the titles of 'Image&breaker' or 'scourge of India'."

भले ही महमूद गजनवी सदियों पहले मर चुका हो, किंतु उसकी विषाक्त मानसिकता भारतीय उपमहाद्वीप के एक बड़े जनमानस में आज भी जीवित है। कभी अखंड भारत के अंग रहे अफगानिस्तान, पाकिस्तान, बांग्लादेश में निरंतर नगण्य होते हिंदुओं की जनसंख्या इसकी तार्किक परिणति है।

अगस्त 2021 तक भारतीय उपमहाद्वीप में भारत, पाकिस्तान और बांग्लादेश की कुल अनुमानित आबादी लगभग 178 करोड़ के आसपास थी, जिसमें हिंदू 112 करोड़ और मुसलिम 57 करोड़ रहे। 14 अगस्त, 1947 से पहले अविभाजित भारत की कुल जनसंख्या में हिंदुओं का भाग 75 प्रतिशत से अधिक था। किंतु इन तीनों देशों में हिंदुओं की आबादी घटकर 62 प्रतिशत रह गई। यदि 1947 का जनसांख्यिकीय अनुपात रहता, तो आज हिंदुओं की जनसंख्या कम-से-कम 133 करोड़ होनी चाहिए थी, किंतु यह इन तीन देशों में लगभग 112 करोड़ है। प्रश्न है कि 21 करोड़ हिंदू कहाँ गए?

अब पाकिस्तान और बांग्लादेश में 'काफिर' अल्पसंख्यकों की दयनीय स्थिति का कारण यह है कि कालांतर में उन्हें इसलाम अपनाने अर्थात् मोमिन बनने के लिए विवश होना पड़ा है और जिस किसी ने इसकी अवहेलना की, उसे मौत के घाट उतार दिया गया। परिणामस्वरूप, इस तरह के मजहबी उत्पीड़न से बचने के लिए वहाँ के अल्पसंख्यकों को भारत सहित अन्य देशों में पलायन के लिए मजबूर होना पड़ा।

हमारे सामने देखते-ही-देखते कश्मीर में सांस्कृतिक भारत का निधन हो गया। हजारों साल पहले कश्मीर को कश्यप ऋषि ने बसाया था। किसी समय यह क्षेत्र बौद्ध और शैव संप्रदाय के साथ संस्कृत अध्ययन का मुख्य केंद्र हुआ करता था। 1947 तक वहाँ हिंदू महाराजा हरिसिंह का शासन था। फिर भी 1990 में पाँच लाख कश्मीरी पंडितों को तलवार के डर से घाटी छोड़ने के लिए मजबूर होना पड़ा। आज यदि वहाँ सांस्कृतिक भारत के कुछ चिह्न नजर आते हैं, तो वह भारतीय सेना की चौकसी और सुरक्षा के कारण हैं। अभी तक जिन क्षेत्रों की मैंने बात की, वे कभी, सांस्कृतिक भारत के अंग थे। किंतु वे आज किसी-न-किसी रूप में पराधीन हैं। अर्थात् आजाद नहीं हैं। इसीलिए मैं खंडित भारत की आजादी को अधूरी मानता हूँ।

क्या खंडित भारत की उसी अधूरी आजादी को सुरक्षित कहा जा सकता है? नहीं।

दशकों से इस आजादी को निगलने के लिए भी देश के अंदर-बाहर हजारों-लाखों की संख्या में अजगर ताक में बैठे हुए हैं। भारत को सबसे ज्यादा खतरा देश के भीतर पल रहे आस्तीन के साँपों से है। ऐसे लोगों को भारत की नागरिकता मिली हुई है, वे भारतीय पासपोर्ट धारक भी हैं। परंतु अपनी रुग्ण मानसिकता के कारण गुप्त एजेंडे की पूर्ति और स्वार्थ के लिए, वे जिस थाली में खा रहे हैं, उसी में छेद करने का काम कर रहे हैं।

यह सब एकाएक नहीं हुआ। जहाँ हमारी पहचान और अस्मिता के प्रतीकों को इसलामी आक्रांताओं ने जमींदोज किया और तलवार के बल पर हिंदू-बौद्ध-जैन-सिख जनमानस का मतांतरण करवाया, वहीं अंग्रेजों ने बड़ी ही चालाकी के साथ भारतीय बौद्धिकता को नष्ट कर दिया। इसमें ब्रितानी इतिहासकार और राजनीतिज्ञ थॉमस बैबिंगटन मैकाले द्वारा भारतीय शिक्षा पद्धति को विकृत करना और मैक्समूलर द्वारा वेद-पुराण की रुग्ण व्याख्या ने सबसे महत्त्वपूर्ण भूमिका निभाई। जिस कुटिलता के साथ मैकाले-मैक्समूलर ने भारत की सांस्कृतिक विरासत को विकृत किया और समाज को उसकी मूल जड़ों से काटा स्वतंत्रता मिलने के बाद से उसका प्रतिपादन वामपंथियों ने मैकाले-मानसपुत्रों के साथ मिलकर अपनी भारत और हिंदू विरोधी मानसिकता के अनुरूप किया। जो लोग या समूह भारत को अनादिकालीन राष्ट्र मानने से इनकार करते हैं या उसपर सवाल खड़े करते हैं, उन्हें उनका हिंदू विरोध एक सूत्र में बाँधता है। ऐसे लोगों में वामपंथी, गुलाम मानसिकता से अभिशप्त वर्ग, इवेंजील और जिहादी शामिल हैं।

संदर्भ—

1. 'Hind Swaraj or Indian Home Rule' (1909) by M.k. Gandhi, Centenary Edition, Rajpal & Sons, Madarsa Road, Kashmiri Gate, Delhi-06. Pg. 35-40 (Annexure 23)

□

6

'हिंदू और हिंदुत्व' पर नया वामपंथी नैरेटिव क्या हिंदू स्वभाव से विभाजित करने वाला है?

देश का जो वर्ग भारत को कई राष्ट्रों का समूह कहकर कुप्रचार करता है, भारत के अस्तित्व को नकारता है—वह हिंदू समाज को स्वभाव से विभाजित करने वाला बताकर उसे कभी 'असहिष्णु', कभी 'भगवा आतंकी', तो कभी 'हिंदू तालिबान' कहकर संबोधित करता है।

विश्व का सबसे बड़ा लोकतांत्रिक और पंथनिरपेक्ष राष्ट्र यदि कोई है, तो निर्विवाद रूप से खंडित भारत है। क्या यह देश के स्वघोषित सेक्युलरिस्टों के कारण है या फिर 1976 में आपातकाल के समय संविधान में जोड़े गए विदेश आयातित 'सेक्युलर' शब्द से भारत पंथनिरपेक्ष बना? अकसर कई भारतीय और पश्चिमी बुद्धिजीवी कहते और लिखते हैं कि औपनिवेशिक कालखंड में अंग्रेजों ने भारत को दो उपहार दिए, एक सेक्युलरिज्म और दूसरा लोकतंत्र। बात 1980-90 के कालखंड की है, उस समय दिल्ली में एक ब्रितानी लॉर्ड भारत दौरे पर आए हुए थे। उनका राजधानी स्थित इंडिया इंटरनेशनल सेंटर पर एक कार्यक्रम प्रस्तावित था। तब मैं वहाँ बतौर पत्रकार उपस्थित था। उस ब्रितानी लॉर्ड ने एक स्थान पर उन्हीं विकृत दावों को दोहराया कि सेक्युलरवाद और लोकतंत्र अंग्रेजों द्वारा भारत को दी अनमोल भेंट है। जब कार्यक्रम समाप्त हुआ और मीडिया के सवाल-जवाब प्रारंभ हुए, तो मैंने उनसे पूछा था कि यदि ऐसा ही था तो 14 अगस्त, 1947 से पहले भारत का अंग रहे पाकिस्तान और बाद में बांग्लादेश अंग्रेजों के इन उपहारों से वंचित क्यों हो गए? उनसे कोई उत्तर देते नहीं बना।

आज भारत में लोकतंत्र और पंथनिरपेक्षता जीवंत है, तो इसका श्रेय यहाँ के हिंदुओं, उनकी अनंतकालीन बहुलतावादी संस्कृति और कालजयी सनातनी परंपराओं को जाता है, जिसमें 'एकं सद् विप्राः बहुदा वदंति'[1] और 'वसुधैव कुटुंबकम्'[2] का दर्शन है। हिंदू

दर्शन में अनंतकाल से विचार-विमर्श और श्रेष्ठ चिंतन के आदान-प्रदान की दीर्घ परंपरा रही है। यदि वेदों पर भी कोई तर्कसंगत वाद-विवाद उठता है और कोई नया मान्य पंथ उभरता है, तो निस्संदेह हिंदू दर्शन में उसे स्थान मिलता है। यदि ऐसा नहीं होता, तो वेदों के साथ साम्य नहीं रखने वाली बौद्ध, जैन आदि धाराएँ पल्लवित होने से पहले ही सूख जातीं। अनिश्वर और अज्ञेयवादी बौद्ध मत के प्रवर्तक बुद्ध को भी हम हिंदुओं ने ईश्वर के अवतार रूप में ही पूजा। करोड़ों हिंदू आज भी भगवान् गौतम बुद्ध को भगवान् विष्णु का ही अवतार मानते हैं।

प्राचीनकाल में अपने उद्गम स्थान पर प्रताड़ित सीरियाई ईसाई, यहूदी और पारसी समुदाय के लोगों का तत्कालीन हिंदू शासकों और जनमानस ने न केवल खुले मन से स्वागत किया, बल्कि उनकी पूजा पद्धति और जीवन शैली को पुष्पित-पल्लवित होने का पूरा अवसर भी प्रदान किया। महत्त्वपूर्ण तथ्य वर्ष 629 में तत्कालीन हिंदू राजा चेरामन पेरूमल भास्करा रविवर्मा के निर्देश पर निर्मित चेरामन जुमा मसजिद भी है। इसका निर्माण पैगंबर मोहम्मद साहब के जीवनकाल में हुआ था और यह अरब के बाहर बनने वाली विश्व में पहली मसजिद थी। इस सहिष्णु और बहुलतावादी चिंतन का उल्लेख इस वैदिक एक श्लोक में मिलता है—

अद्रोहः सर्वभूतेषु कर्मणा मनसा गिरा।
अनुग्रहश्च दानं च सतां धर्मः सनातनः ।।[3]

अर्थात् समस्त प्राणियों के प्रति मन, वाणी और कर्म से द्रोह भाव नहीं रखना, सबके प्रति अनुग्रह, सबके प्रति उदारता सनातन धर्म का यही संदेश है।

हिंदू संस्कृति अत्यंत प्राचीन है और अपने मूल्यों के कारण सतत बनी हुई है। इसी उदार भाव के कारण हिंदू संस्कृति भौगोलिक सीमाओं में कैद न होकर चहुँओर फैली। आज कई देशों के लोक व्यवहारों में और उनके साहित्य में हिंदू संस्कृति के चिह्न मिलते हैं। 1919 में प्रकाशित 'पीपुल्स ऑफ फिलिपींस' नामक पुस्तक में प्रो. क्रोवर ने लिखा है[4], "फिलिपींस के आस्थावन लोगों के विचार, रीति-रिवाज, नाम, शब्द, कला, कौशल आदि पर भारतीय प्रभाव स्पष्ट रूप से परिलक्षित होता है।" दो हजार वर्ष पहले राजकुमारी सुरीरत्ना अपने साथ अयोध्या की जिस सांस्कृतिक डोर को अपने साथ द. कोरिया ले गई थी, उसी से बँधे बड़ी संख्या में लोग अपनी जड़ों को तलाशने प्रतिवर्ष अयोध्या आते हैं।[5] आज हम भारत के जिस मानचित्र को देख रहे हैं, सैकड़ों वर्षों पहले उसका सांस्कृतिक विस्तार संपूर्ण दक्षिण और दक्षिण-पूर्व एशिया तक था, जिनपर आज भी रामायण और हिंदू संस्कृति का गहरा प्रभाव है। कंबोडिया में भगवान् विष्णु का 162 एकड़ भूखंड में फैला विशाल अंकोरवाट मंदिर और जावा स्थित शिव, विष्णु और ब्रह्माजी को समर्पित प्रमबनन मंदिर इसका प्रमाण है। थाईलैंड में वैदिक संस्कृति का मूर्त रूप उसकी राजधानी बैंकॉक

के हवाईअड्डे पर दृष्विगोचर होता है। इस एयरपोर्ट का आधिकारिक नाम 'सुवर्णभूमि अंतरराष्ट्रीय विमानपत्तन' है, जहाँ 'सागर मंथन' की विशालकाय मूर्ति स्थापित है। सदियों से थाईलैंड के राजपरिवार पर हिंदुत्व का प्रभाव रहा है। वहाँ का राष्ट्रीय ग्रंथ 'रामायण' है, जिसे थाई भाषा में 'रामकियेन' कहते हैं। संख्याबल में इंडोनेशिया विश्व का सबसे बड़ा इसलामी बहुल राष्ट्र है, किंतु उसे अपनी प्राचीन हिंदू पहचान पर गर्व है। उनके संसद् भवन के सामने गीता-उपदेश देते और आठ घोड़ों के रथ पर सवार श्रीकृष्ण की अत्यंत विहंगम मूर्ति सुशोभित है। यहाँ 30 मई, 2018 को भारतीय प्रधानमंत्री नरेंद्र मोदी ने दौरा भी किया था।[6] भगवान् विष्णु के वाहन कहे जाने वाले 'गरुड़' के नाम पर ही इंडोनेशिया के राष्ट्रीय एयरलाइंस का नाम रखा गया है। वियतनाम पर भी भारतीय संस्कृति का गहरा प्रभाव है, यहाँ दानंग के चाम संग्रहालय में भगवान् गणेश की मूर्ति स्थापित है और वहाँ कई प्राचीन हिंदू-बौद्ध मंदिर है। इसके अतरिक्त नेपाल, तिब्बत, भूटान, म्याँमार और श्रीलंका में स्पष्ट रूप से भारतीय संस्कृति की छाप स्पष्ट रूप से दिखती है। बिना किसी दबाव या प्रभाव के हिंदू संस्कृति का ओज आज भी व्यापक है। तभी दुनिया भर से लोग आध्यात्मिक शांति की तलाश में भारत आते हैं।

हिंदू भारत में राष्ट्रीयता का आधार है। राष्ट्र किसी भौगोलिक सीमा का नाम नहीं, बल्कि संस्कृति सूचक एक विशेष शब्द है। राष्ट्र कोई भौगोलिक इकाई नहीं, बल्कि भूगोल पर आधारित भावनात्मक ईकाई है। जैसे प्रत्येक व्यक्ति की प्रकृति, उसके आचार-विचार भिन्न होते हैं, उसी प्रकार प्रत्येक राष्ट्र की प्रकृति भी भिन्न होती है। यही उसका वैशिष्ट्य है। हमारे देश की विशिष्टता हमारी सनातन संस्कृति है। हमारे राष्ट्र जीवन की मूल प्रकृति आध्यात्मिक होते हुए भी हमने जीवन के अन्य पक्षों को गौण नहीं माना। मूल प्रकृति में बदलाव आने से विकृतियाँ आनी स्वाभाविक हैं। अतीत काल में हमारी अनंत भौतिक समृद्धि से आकृष्ट होकर ही हमारे यहाँ कई विदेशी आक्रमणकारी आए, वहीं हमारी वृत्तियाँ, आध्यात्मिक या परमात्म चिंतन में ही लगी रहीं। हमारी चेतना व्यष्टि से समष्टि की ओर प्रवाहित होती रही। यही हिंदू राष्ट्र की अमरता का स्रोत है।

जब से हम परतंत्र हुए, हमारी हिंदू चेतना निर्बल होती चली गई। स्वतंत्रता के बाद पंडित जवाहरलाल नेहरू के काल में भी हिंदू राष्ट्रवाद हाशिए पर ही रहा। मैकाले-मार्क्स के मानसपुत्रों ने हिंदू शब्द का प्रयोग एक गाली के रूप में किया। वोटों के लिए जमकर तुष्टीकरण की नीति को खूब पोषित किया गया। एक तरफ मुसलमानों में कट्टरपंथी तत्त्वों को प्रोत्साहित किया गया, वहीं हिंदू समुदाय में कुछ जातियों को शेष समाज के विरोध में खड़ा कर समस्त समाज को बाँटने और कमजोर करने का प्रयास भी हुआ।

जैसा कि मैंने कहा, राष्ट्र जीवन की मूल प्रकृति में बदलाव आने से विकृतियाँ अपरिहार्य हैं। अल्पसंख्यकवाद और अन्य संकीर्ण मनोवृत्तियों के कारण क्षेत्रीयता व जातीयता जैसी विकृतियाँ बढ़ीं और राष्ट्रवाद तिरोहित हो गया। 1980 के आखिर में शुरू हुए अयोध्या आंदोलन से हिंदू राष्ट्रवाद की भावना पुनर्जीवित हुई। हिंदुत्व दर्शन में आस्था रखने वाली भारतीय जनता पार्टी को इसीलिए 1996 (13 दिन), 1998 (13 माह) और 1999 (पाँच वर्ष) में सत्ता की कमान थमाई गई और वर्ष 2014 से प्रधानमंत्री नरेंद्र मोदी के नेतृत्व में लगातार दो बार प्रचंड बहुमत के आधार पर भाजपा का शासन है।

छद्म पंथनिरपेक्षी और उन्हें पोषित करने वाले मार्क्सवादी 'राष्ट्र' और 'राज्य' शब्द को पर्यायवाची ठहराते हुए राष्ट्रवाद के उभार को गलत अर्थ देने की कोशिश कर रहे हैं। भारत में राष्ट्र की अवधारणा अत्यंत प्राचीन है।

भारत सनातन से हिंदू राष्ट्र है और हिंदू राष्ट्र में किसी एक मजहब या पंथ की अवधारणा कभी नहीं की गई। विचारों की विविधता हिंदुत्व का आधार है। भारत में कभी भी पंथ पर आधारित राज्य की कल्पना नहीं की जा सकती। जब हम भारत में पंथ पर आधारित राज्य की कल्पना का त्याग करते हैं, तो उसका एकमात्र कारण यह है कि भारत एक जीवंत व परंपरागत रूप से हिंदू राष्ट्र है। यदि भारत के इतिहास का अवलोकन करें, तो हम पाएँगे कि मुसलमानों के काल को छोड़ दें तो भारत में धर्मनिष्ठ हिंदू राजा तो बहुत हुए, किंतु किसी ने भी अपनी व्यक्तिगत आस्था को शासकीय पंथ अर्थात् राज्य समर्थित मजहब नहीं बनाया। इसका एकमात्र अपवाद सम्राट अशोक थे, जिन्होंने कलिंग युद्ध के बाद बौद्ध मत स्वीकार कर लिया और फिर इसके प्रचार-प्रसार में राज्य के संसाधनों का उपयोग किया।

भारत एक हिंदू राष्ट्र है, इसलिए तभी वह आज एक सफल पंथनिरपेक्ष राज्य है। यदि ऐसा नहीं होता, तो 1947 में जब देश का एक भाग मजहबी आधार पर अलग हुआ और अपने को इसलामिक राज्य घोषित किया, तब यह बहुत स्वाभाविक होता कि शेष भारत अपने को 'हिंदू राज्य' के रूप में घोषित कर लेता। न तो ऐसा हुआ और न ऐसा होना संभव था, क्योंकि खंडित भारत एक हिंदू बाहुल्य वाला हिस्सा था। हिंदुत्व एक जीवन पद्धति है, जिसमें बहुलतावादी और बहुपंथीय संस्कृति का समावेश है। इसलिए हिंदू उपासना में किसी एक ईश्वरवाद के बजाय कोटि-कोटि (प्रकार) देवी-देवताओं को मान्यता मिली हुई है। इसके विपरीत आज भी पाकिस्तान अपनी कट्टर इसलामी पहचान को जीवित रखने और यह स्थापित करने में ऊर्जा लगाता है कि उसका चिंतन और परंपरा सनातन भारत से हर प्रकार से भिन्न है—अर्थात् वह अपनी मूल सांस्कृतिक विरासत को नकारने में ही व्यस्त है।

मजहबी राज्य की कल्पना इसलाम के अतिरिक्त ईसाई और साम्यवाद में ही संभव है। मैं साम्यवाद को भी एक प्रकार का असहिष्णु मजहब मानता हूँ, क्योंकि इस सिद्धांत को मानने वाले मानव कल्याण के लिए केवल कार्ल मार्क्स-फ्रेडरिक एंजिल्स द्वारा रचित 'दास कैपिटल' को ही एकमात्र विकल्प मानते हैं। विनोबा भावे भी यहूदी, ईसाई व इसलाम को 'ही वाद' और भारतीय संस्कृति को 'भी वाद' बताते हैं। 'ही वाद' अपने पंथ को ही एकमात्र सच्चा मानता है। जबकि सनातन परंपरा हमें "आ नो भद्राः क्रतवो यंतु विश्वतः"[7] सब दिशाओं से शुभ ज्ञान के लिए अपने को खुला रखने का संदेश देता है। इसलिए हमारी यह भूमि इतनी पवित्र मानी जाती है और हम उसे माता के रूप में पूजते हैं। वैदिक ऋषि को भी इस श्रेष्ठता का भान था। तभी तो वेदों में कहा गया "जनं विभ्रति बहुधा विवचस, नानाधर्माणं पृथिवी यथौकसम"[8]—अनेक भाषाओं को बोलने वाले, अनेक पंथों का अनुसरण करने वाले जनों को हमारी धरती धारण करती है।

यह कहा जा सकता है कि यदि पंथनिरपेक्षता भारत की आत्मा है, तो 'हिंदू राष्ट्र' इसकी देह है। देश के जिस भाग में भी हिंदू विचार पद्धति का क्षय हुआ, वहाँ पंथनिरपेक्ष व्यवस्था ध्वस्त हो गई। विभाजन से पहले पाकिस्तान-बांग्लादेश और स्वतंत्र भारत में कश्मीर—इसके प्रत्यक्ष प्रमाण हैं। देश की एकता का मुख्य आधार ही हमारी बहुलतावादी संस्कृति है। इसलिए हमारे देश के राष्ट्रवाद को सांस्कृतिक राष्ट्रवाद की संज्ञा ही दी जा सकती है। यदि आज भी भारत में बहुलतावाद, पंथनिरपेक्षता और लोकतंत्र अक्षुण्ण है, तो वह इस भूखंड के हिंदू चरित्र के कारण है।

हिंदू मजहब नहीं, मान्यताओं का नाम है—वैद्यजी

बकौल वैद्यजी, स्वतंत्रता के बाद से विद्यालय जाने वाले हर बालक-बालिका के मुख से तथा जनता के मुख से यह तराना अकसर गँवाया जाता रहा है—"मजहब नहीं सिखाता, आपस में बैर रखना"। किंतु सच इससे कोसों दूर है। सदियों से विश्व में जितना रक्त मजहब के नाम पर बहाया गया है, उसकी कोई तुलना नहीं है। कत्ले-आम, बलात्कार, अत्याचार का तो कोई हिसाब नहीं।

इतिहास साक्षी है कि हिंदू ने प्रत्येक मजहब का स्वागत किया है और इसे हिंदुस्तान में फलने-फूलने का अवसर दिया है। 20वीं शताब्दी से एक अन्य खतरनाक मजहब 'नास्तिक' भी चुनौती बना हुआ है, जिसे वामपंथ कहा जाता है। दुनिया का नास्तिक मत—वामपंथ ने रूस (सोवियत संघ), चीन, कंबोडिया इत्यादि देशों में कम रक्त नहीं बहाया है। यह मजहबी जुनून का ही कमाल था कि कश्मीर से कन्याकुमारी तक, हिमाचल से पुरी तक एक सूत्र में बँधे भारत को तीन टुकड़ों में विभाजित कर दिया गया।

फिर भी हमें बार-बार रटाया गया कि "मजहब नहीं सिखाता, आपस में बैर रखना"। यदि ऐसा था, तो भारत का विभाजन क्यों हुआ?

एकमात्र हिंदू दर्शन ही ऐसा है, जिसने विश्व में मानवता का पाठ पढ़ाया और प्रचार किया। इस पर भी हिंदू को सांप्रदायिक कहना केवल मूर्खता ही नहीं, अपितु धूर्तपन की पराकाष्ठा कहा जाएगा। सच तो यह है कि हिंदू कोई मजहब नहीं है। यह कुछ मान्यताओं का नाम है। वे मान्यताएँ ऐसी हैं, जो समरसता, सद्भाव, बहुलतावाद और सहिष्णुता का पाठ पढ़ाती हैं। वे मान्यताएँ शास्त्रोक्त हैं, बुद्धियुक्त हैं, किसी भी मजहब के विरोध में नहीं है। किसी भी मजहब को मानने वाले यदि वे हिंदू मान्यताओं को मान लें, तो द्वेष का कोई कारण नहीं रहेगा। हिंदुत्व, हिंदू राष्ट्र की विवेचना और हिंदू मान्यताओं पर गुरुदत्तजी ने तीन पुस्तकें लिखी हैं—'हिंदुत्व की यात्रा', 'वर्तमान दुर्व्यवस्था का समाधान—हिंदू राष्ट' और 'मैं हिंदू हूँ' लिखी थीं, जो प्रत्येक विचारशील व्यक्ति को पढ़नी चाहिए।

संदर्भ—

1. ऋग्वेद 1-164-46
2. महोपनिषद्—अध्याय 6, मंत्र 71
3. महासुभाषिता संग्रह 1013
4. PEOPLES OF THE PHILIPPINES, By A. L. KROEBER, LIBRARY OF THE AMERICAN MUSEUM OF NATURAL HISTORY. NEW YORK 1919.
5. Queen Heo Hwang-ok of Korea, and her Ayodhya connection. Indian Express. October 26, 2021. https://indianexpress.com/article/explained/korean-queen-heo-hwang-ok-ayodhya-connection-7590627/
6. Modi, Widodo visit Arjuna Chariot statue. Business Standard. May 30 2018. https://www.business-standard.com/article/pti-stories/modi-widodo-visit-arjuna-chariot-statue-118053000877_1.html
7. ऋग्वेद 1-89-1
8. अथर्ववेद 12-1-45

□

7

हिंदू सामाजिक परंपराओं पर एक फरेबी नैरेटिव

क्या हिंदू परंपरा प्रतिगामी, रूढ़िवादी, अंधविश्वासी, महिला-विरोधी और कमजोर वर्ग के दमन का पर्याय है?

यदि हमें निष्पक्ष और वैचारिक दुराभाव से मुक्त होकर हिंदू समाज के स्वरूप और उसमें सभी जीव-जंतुओं व प्राणियों के प्रति आचरण को समझना है, तो हमें प्राचीन मूल ग्रंथों के साथ-साथ उन आराध्यों को जानना और समझना होगा, जिनसे समाज के करोड़ों लोग न केवल प्रेरित होते हैं, अपितु दिन की शुरुआत उनके आशीर्वाद के साथ करना पसंद करते हैं। अधिकांश इस आशा में होते हैं कि यदि वे भी अपने प्रेरणास्रोत की भाँति एक रत्तीभर अंश भी बनने का प्रयास करें, तो हमारा जीवन सफल हो जाएगा।

देश के करोड़ों लोग—भगवान् श्रीराम को मर्यादा पुरुषोत्तम मानते हैं। अनादिकाल से रामायण हमारे जीवन के केंद्रबिंदु में रही है। हर साल हम लोग दशहरे का त्योहार मनाते हैं, जिसमें रामलीला का मंचन भी होता है। रामायण और भगवान् श्रीराम—हम लोगों के जीवन-मूल्यों का अभिन्न अंग हैं। सच तो यह है कि श्रीराम के अस्तित्व बिना भारत के व्यक्तित्व की कल्पना नहीं की जा सकती। राम प्रत्यक्ष-परोक्ष रूप से जहाँ भारतीय जनमानस को प्रेरणा देते हैं, वही उनकी स्मृति भौतिक रूप में भी विद्यमान है। इसलिए देश के अनगिनत नगरों, गाँवों और कस्बों के नाम—रामपुर, रामनगर, रामगढ़ आदि श्रीराम के नाम पर हैं।

शताब्दियों से कितने भारतीयों के नाम में किसी-न-किसी रूप में राम विराजित है—जैसे डॉ. केशव बलिराम हेडगेवारजी, डॉ. भीमराव रामजी आंबेडकर और समाजवादी राममनोहर लोहिया। विडंबना देखिए, जो लोग श्रीराम के अस्तित्व को नकारते रहे हैं, उनके लौकिक नाम में भी राम है—जैसे वामपंथी सीताराम येचुरी, दलित राजनीति के प्रमुख चेहरे कांशीराम, द्रविड़ आंदोलन के जनक इरोड वेंकट नायकर रामासामी और

इतिहासकार डॉ. रामशरण शर्मा। सबसे महत्त्वपूर्ण सिख पंथ के पवित्र ग्रंथ श्रीगुरुग्रंथ साहिब में ईश्वर को जिन 35 नामों से पुकारा गया है, उसमें राम का उल्लेख 2,500 से अधिक बार है।[1]

मैं इन सभी नामों और बातों का उल्लेख इसलिए कर रहा हूँ, क्योंकि हम सभी की इच्छा होती है कि हम भी राम की भाँति आज्ञाकारी बनें। गांधीजी ने अपने जीवनकाल में आदर्श शासन-व्यवस्था के लिए रामराज्य का उदाहरण दिया था। पति-पत्नी के बीच संबंध कैसे होने चाहिए—उसके लिए राम-सीता का उदाहरण दिया जाता है। हममें से अधिकतर लोग चाहे राम की तरह नहीं बन पाए हों, किंतु प्रयास करते हैं कि श्रीराम के आचरण, विचारों का हम मात्र एक प्रतिशत भी अनुसरण अपने स्वभाव में कर लें, तो जीवन सफल हो जाएगा। इसलिए करोड़ों लोगों के नाम में राम विद्यमान है।

ऐसे ही मुसलिम समाज में पैगंबर मोहम्मद साहब के कारण मोहम्मद या मुहम्मद नाम काफी लोकप्रिय है, क्योंकि प्रत्येक मुसलमान उनके विचार, आचरण, जीवनशैली को आदर्श और अकाट्य मानता है। कुरान में लिखा एक-एक शब्द मुसलिमों के लिए 'अल्लाह के शब्द' हैं, जो उनके लिए न केवल अपरिवर्तनशील हैं और उसमें किसी भी प्रकार के बदलाव की बात इसलाम पर आक्रमण के समान है। उनके जीवन में हजरत मो. साहब की जीवनी, कुरान, सुन्नाह और हदीस का बहुत महत्त्व है। यह सभी मुसलमानों के लिए इसलामी कानून संहिता है। जिहाद की अवधारणा भी मो. साहब के जीवन और कुरान से प्रेरित है। यह स्वाभाविक भी है।

संसार में जितने भी बच्चे पैदा होते हैं, उसमें सबसे अधिक बच्चों का नाम मोहम्मद रखा जाता है। उसमें सऊदी अरब, संयुक्त अरब अमीरात, कुवैत, पाकिस्तान, ईरान, जॉर्डन, मलेशिया, अल्जीरिया, मिस्र, लीबिया, मोरक्को आदि देश शीर्ष पर हैं। भारत सहित कई गैर-इसलामी बहुल देशों में भी लोकप्रिय नामों की सूची में मोहम्मद/मुहम्मद नाम चौथे या पाँचवें स्थान पर आता है।

किंतु वैचारिक घृणा और एकेश्वरवादी चिंतन ('काफिर-कुफ्र' और 'हीथंस' अवधारणा सहित) के कारण भारत में बहुसंख्यकों के आराध्यों, पर्वों और परंपराओं के छविभंजन का प्रयास किया जाता है, जिससे समस्त हिंदू समाज को स्त्री-विरोधी, प्रतिगामी और शोषित वर्गों का दमन करने वाले के रूप में स्थापित किया जा सके। इसी कड़ी में जवाहरलाल नेहरू विश्वविद्यालय और अलीगढ़ मुसलिम विश्वविद्यालय जैसे शैक्षणिक संस्थाओं में एकत्र वाम-जिहादी मंडली और मैकाले-मानसबंधु बड़ी ही संजीदगी के साथ मनगढ़ंत कुतर्कों, झूठ और मिथ्या के आधार पर हिंदुओं के आराध्य देवी-देवताओं का चरित्रहनन कर रहे हैं।

लगभग 500 वर्ष पहले जहाँ अयोध्या स्थित राम मंदिर को जिहादी मानसिकता

द्वारा ध्वस्त किया गया था, अब उसी विषाक्त दर्शन के मानसपुत्र श्रीराम की छवि, उनके जीवनदर्शन और चरित्र को धूमिल करने का कुप्रयास कर रहे हैं। यह जमात श्रीराम को पिछड़ा, आदिवासी, दलित और स्त्री विरोधी कहकर संबोधित करता आ रहा है। इसके लिए वे श्रीमद् गोस्वामी तुलसीदासजी कृत रामायण की चौपाई—"ढोल गँवार सूद्र पसु नारी। सकल ताड़ना के अधिकारी॥"[2] की कपटपूर्ण विवेचना करते हैं।

गोस्वामीजी ने रामकथा को अपने शब्दों में गढ़ा। इस कथा के पात्र अपनी-अपनी भूमिका के अनुसार संवाद बोलते हैं। रावण अकसर राम, सीता और हनुमान के लिए अपशब्दों का प्रयोग करता है। क्या इन अपशब्दों को तुलसीजी के मुख में ठूँसना उचित है? क्या किसी भी नाटक-कहानी में बोले जाने वाले संवाद आप लेखक या जिस समाज से उनका संबंध है, उसपर चिपका सकते हैं? परंतु मार्क्स-मैकाले और जिहादी मानसपुत्रों ने इस चौपाई के साथ ठीक यही किया है। इस चौपाई में शब्द न तो श्रीराम के हैं और न ही किसी और चरित्र के, जिन्हें हिंदू समाज वंदनीय या अनुकरणीय मानता है। ये शब्द एक भयभीत सागर के हैं, जो श्रीराम के समक्ष डरा हुआ खड़ा है। राम लंका जाने के लिए समुद्र से मार्ग माँगते हैं। परंतु वह हठी है और राम की प्रार्थना को अनसुना कर देता है। तब राम को क्रोध आता है और वे कहते हैं, "बिनय न मानत जलधि जड़, गए तीनि दिन बीति। बोले राम सकोप तब, भय बिनु होइ न प्रीति॥"[3] इसके उत्तर में, जो डरा हुआ सागर कहता है, "प्रभु भल कीन्ह मोहि सिख दीन्हीं। मरजादा पुनि तुम्हरी कीन्हीं॥ ढोल गँवार सूद्र पसु नारी। सकल ताड़ना के अधिकारी॥"

श्रीराम भारतीय सनातन संस्कृति की आत्मा हैं और उनका जीवन इस भूखंड में बसे लोगों के लिए आदर्श है। राम मर्यादापुरुषोत्तम है। अर्थात् वे मर्यादा की परिधि में रहते हैं। निजी या पारिवारिक सुख-दुःख उनके लिए कर्तव्य के बाद हैं। जब श्रीराम अयोध्या नरेश बने, तब उनके लिए बाकी सभी संबंध गौण हो गए। एक धोबी के कहने पर वे अपनी प्रिय सीता का त्याग कर देते हैं। आज की संवाद शैली में धोबी दलित है। परंतु राम के लिए, प्रजा रूप में, उसके शब्द मानो ब्रह्म वाक्य हों। अवश्य ही यह उनके अपने लिए, सीता और उनकी होने वाली संतानों पर घोर अन्याय है। परंतु राजधर्म अपनी कीमत माँगता है।

श्रीराम ने सीता की अग्निपरीक्षा क्यों ली?—क्योंकि एक शासक के रूप में वह अपने आप को और परिवार को ज़नता के प्रति उत्तरदायी मानते हैं। महर्षि वाल्मीकि प्रणीत रामाणय में श्रीराम कहते हैं, "प्रत्ययार्थ तु लोकानां त्रयाणां सत्यसंश्रयः। उपेक्षे चापि वैदेहीं प्रविशन्तीं हुताशनम॥"[4] अर्थात्, तथापि तीनों लोकों के प्राणियों के मन में विश्वास दिलाने के लिए एकमात्र सत्य का सहारा लेकर मैंने अग्नि में प्रवेश करती विदेह कुमारी सीता को रोकने की चेष्टा नहीं की।

युद्ध में विजयी होने के पश्चात् श्रीराम का कौन सा रूप सामने आया है? व्यक्ति

का असली परिचय उसकी घोर पराजय या विजय में होता है। न तो राम ने बालि-वध के बाद किष्किंधा पर कब्जा किया और न ही रावण-वध के पश्चात् लंका पर। किष्किंधा में सुग्रीव को राम राजा घोषित करते हैं। रावण-वध के पश्चात् वे लक्ष्मण को आज्ञा देते हैं कि वे लंका जाए और विधिवत् रूप से विभीषण का राज्याभिषेक करें। श्रीराम द्वारा किया गया युद्ध लालच और राज्यलिप्सा से प्रेरित नहीं, अपितु धर्म की रक्षा हेतु है। इसलिए वे किष्किंधा या लंका को अपना उपनिवेश नहीं बनाते।

मर्यादा और मानवता अकसर युद्ध की विभीषिका में कुचली जाती है। इस संबंध में वर्ष 1899 और 1907 के हेग कंवेंशन में विभिन्न देशों ने युद्ध-नियमावली और युद्ध-अपराध के संदर्भ में बहुपक्षीय संधि हस्ताक्षर किए थे। अर्थात्, शेष विश्व ने युद्ध के समय मानवीय मूल्यों और मर्यादा की रक्षा लगभग 150 वर्ष पहले की थी। किंतु सनातन भारत में यह जीवन-मूल्य श्रीराम के जीवनकाल से भी पहले चले आ रहे है।

यह बात अलग है कि हेग कंवेंशन के बाद भी प्रथम-द्वितीय विश्वयुद्ध, हिटलर द्वारा यहूदियों के उत्पीड़न, स्टालिन-लेनिन द्वारा वैचारिक विरोधियों (कैदियों) के दमन और चीन-जापान के बीच हुए युद्धों आदि में मानवता और मर्यादा की सीमा लाँघी गई। मनुष्य का मनुष्य के प्रति दानवीकरण पूरी बीभत्सता के साथ सामने आया। भारत ने भी इसका दंश झेला है। इसलामी आक्रांताओं ने 600 वर्षों के कालखंड में जब-जब भारत के हिंदू शासकों पर विजय प्राप्त की, तब उन्होंने न केवल पराजितों का नरसंहार किया, साथ ही पराजित महिलाओं की अस्मिता को रौंदा, उनका बलात्कार किया, स्थानीय हिंदुओं को इसलाम अपनाने या मौत चुनने के लिए बाध्य किया और उनके पूजा-स्थलों व मानबिंदुओं को ध्वस्त कर दिया गया।

इसके विपरीत, श्रीराम का आचरण कैसा रहा? जब राम लंका पर विजय प्राप्त करते हैं, तब वह विभीषण से रावण के शव का विधिवत् संस्कार करने के लिए कहते हैं। भगवान् वाल्मीकिजी के अनुसार, विभीषण अपने भाई के कर्मों पर लज्जित है। वह अपने मृतक भाई के साथ कोई भी संबंध नहीं रखना चाहता। वह रावण के अंतिम संस्कार करने में संकोच करता है। तब श्रीराम कहते हैं, "मरणान्तानि वैराणि निर्वृत्तं नरू प्रयोजनम। क्रियतामस्य संस्कारो ममाप्येष यथा तव॥"[5] अर्थात्, विभीषण! बैर जीवनकाल तक ही रहता है। मरने के बाद उस बैर का अंत हो जाता है। अब हमारा प्रयोजन सिद्ध हो चुका है, अतः अब तुम इसका संस्कार करो। इस समय यह जैसे तुम्हारे स्नेह का पात्र है, उसी तरह मेरा भी स्नेह भाजन है। यही नहीं, युद्ध के पश्चात् पराजित रावण के परिवार और उसके सैनिकों की महिलाओं के साथ किसी भी प्रकार का दुर्व्यवहार नहीं हुआ। श्रीराम, विभीषण से उन सभी महिलाओं को सांत्वना देने और अपने निवासस्थान लौटने का अनुरोध करते हैं।

यह सही है कि कालांतर में युद्ध नियमों के पालन में ह्रास होता चला गया। महाभारत का दौर इसका ज्वलंत उदाहरण है, जहाँ लाक्षाग्रह, द्यूत-क्रीड़ा, द्रौपदी चीरहरण, कौरव-पांडव द्वारा युद्ध के दौरान छल-कपट (अभिमन्यु, द्रोणाचार्य और दुर्योधन की हत्या) से श्रीराम द्वारा स्थापित जीवन-मूल्यों का क्षीण होना प्रारंभ हुआ। शायद वर्तमान भारतीय समाज में जीवन-मूल्यों में गिरावट का यह बड़ा कारण है।

भारत में श्रीराम के जीवनदर्शन और परंपराओं का वास्तविक जीवन में अनुकरण करने का प्रयास भी हुआ है। वीर छत्रपति शिवाजी और अदम्य साहसी महाराणा प्रताप इसके उदाहरण हैं। जब-जब इन वीर पुरुषों ने मुगलों को युद्धों में पराजित किया, तब-तब विजितों (महिलाओं सहित) का मर्यादापूर्ण सम्मान किया। पराजित मुसलिम स्त्रियों के साथ दुर्व्यवहार की संभावना को रोकने के लिए सिख गुरु श्रीगोबिंद सिंहजी द्वारा एक सच्चे सिख का उनसे यौन-संबंध बनाना वर्जित किया। स्पष्ट है कि श्रीराम का पराजितों से व्यवहार केवल रामायण के पन्नों तक सीमित नहीं है।

अपने सबसे कष्टमयी काल में श्रीराम ने सहयोगी और सलाहकार केवट, निषाद, कोल, भील, किरात, वनवासी और भालू को बनाया। यदि श्रीराम चाहते तो उस संकट में उन्हें अयोध्या या जनकपुर से एकाएक सहायता उपलब्ध हो जाती। परंतु श्रीराम के साथी वे लोग बने, जिन्हें आज के विमर्श में वनवासी, आदिवासी, पिछड़ा या अति पिछड़ा कहा जाता है। इन सभी को श्रीराम जहाँ 'सखा' कहकर संबोधित करते हैं, वहीं वनवासी हनुमान उनके लिए लक्ष्मण से भी अधिक प्रिय हैं—"सुनु कपि जियँ मानसि जनि ऊना। तैं मम प्रिय लछिमन ते दूना॥"[5] अर्थात्, हे कपि! सुनो, मन में ग्लानि मत रखना। तुम मुझे लक्ष्मण से भी दूने प्रिय हो। जब भरत राम प्रार्थना करते हुए अयोध्या वापस ले जाने का उपक्रम करते हैं, तो राम के 'सखा' केवट को देखकर राजा भरत रथ से उतर जाते हैं। "राम सखा सुनि संदनु त्यागा। चले उचरि उमगत अनुरागा॥"[6] अर्थात्, यह श्रीराम के मित्र हैं, इतना सुनते ही भरतजी ने रथ त्याग दिया। वे रथ से उतरकर प्रेम में उमगते हुए उनके पास चले गए। भील समुदाय की शबरी, जिसका पिछड़ापन दोहरा है, उसके जूठे बेर प्रेम से ग्रहण करते हैं। शबरी राजा राम को देखकर सकते में है और वह कहती है, "अधम ते अधम अधम अति नारी। तिन्ह महँ मैं मतिमंद अघारी॥ कह रघुपति सुनू भामिनी बाता। मानाउँ एक भागति कर नाता॥"[7] अर्थात्, जो अधम से भी अधम हैं, स्त्रियाँ उनमें भी अत्यंत अधम हैं और उनमें भी हे पापनाशक! मैं मंदबुद्धि हूँ। इसपर श्रीरघुनाथजी ने कहा—हे भामिनि! मेरी बात सुन! मैं तो केवल एक भक्ति का संबंध मानता हूँ। "जाति पाँति कुल धर्म बड़ाई। धनबल परिजन गुन चतुराई॥ भगति हीन नर सोइह कैसा। बिनु जल बारिद देखिअ जैसा॥"[8] अर्थात्, जाति, पाँति, कुल, धर्म, बड़ाई, धन, बल, कुटुंब, गुण और चतुरता—इन सबके होने पर भी भक्ति से रहित मनुष्य कैसा लगता है, जैसे जलहीन बादल (शोभाहीन) दिखाई पड़ता है।

श्रीराम के स्नेह की कोई सीम नहीं। सीता की रक्षा में अपने प्राणों की बाजी लगाने वाले गिद्धराज जटायु को श्रीराम उसके कर्मों से देखते हैं और पिता का दर्जा देकर उनका अंतिम संस्कार करते हैं। श्रीमद् वाल्मीकि रामायण के रचयिता मुनि वाल्मीकि, जिनके परिचय में अकसर व्याध, ब्राह्मण और शूद्र का उपयोग होता है, उन्हें किसी जाति विशेष की परिधि में बाँधना उचित नहीं। वे श्रीराम की महिमा गाते-गाते स्वयं भगवान् हो गए हैं।

स्त्री के प्रति श्रीराम का आचरण आदर्श है। उन्होंने बालि और रावण से युद्ध केवल स्त्री के सम्मान और शालीनता की रक्षा हेतु लड़ा। बाणों से घायल बालि जब राम से पूछता है—"मैं बैरी सुग्रीव पिआरा। अवगुन कवन नाथ मोहि मारा।।"[7] तब राम उत्तर देते हैं—"अनुज बधू भगिनी सुत नारी। सुनु सठ कन्या सम ए चारी॥ इन्हहि कुदृष्टि बिलोकइ जोई। ताहि बधें कछु पाप न होई॥" अर्थात्, छोटे भाई की पत्नी, बहन, पुत्रवधू और बेटी ये चारों एक समान हैं। इन्हें जो कोई बुरी दृष्टि से देखता है, उसे मारने से कोई पाप नहीं होता।

राम का जीवन-चरित्र जन्म, जाति और भौतिकता से ऊपर है। पुलस्त्य कुल में उत्पन्न महाज्ञानी ब्राह्मण, रावण का राम वध करते हैं, क्योंकि वह अपने आचरण से भ्रष्ट है। शबरी, हनुमान और गिद्धराज जटायु उनके स्नेह के पात्र हैं। श्रीराम कर्म और भाव को महत्त्व देते हैं। आचरण धर्म से मर्यादित है। राम समसृष्टि हैं और समरस समाज के पालक हैं। प्रभु श्रीराम के जीवनदर्शन पर वैद्य गुरुदत्तजी ने भी 'श्रीराम' नामक पुस्तक का सृजन किया था। यह स्थापित करता है कि हिंदू समाज अनादिकाल से सहिष्णु, मर्यादापूर्ण और मानवीय मूल्यों से ओतप्रोत रहा है, जिसे बीते ८०० वर्षों में विशुद्ध विदेशी चिंतन—इसलाम, ईसाइयत और वामपंथ ने भयंकर रूप से प्रभावित किया है। यहाँ तक कि उसने भारत का खूनी विभाजन कर दिया।

संदर्भ—

1. The History of Sikh Gurus, Prithi Pal Singh. Lotus Press. Ansari Road, Darya Ganj, New Delhi. pp. 171
2. सुंदरकांड, 59 दोहा, गोस्वामी तुलसीदास रामचरितमानस, गीताप्रेस, गोरखपुर
3. सुंदरकांड, 57 दोहा, गोस्वामी तुलसीदास रामचरितमानस, गीताप्रेस, गोरखपुर
4. युद्धकांड, श्रीमद्वाल्मीकिरामयणे, गीताप्रेस, गोरखपुर
5. किष्किंधाकांड, गोस्वामी तुलसीदास रामचरितमानस, गीताप्रेस, गोरखपुर
6. अयोध्याकांड, गोस्वामी तुलसीदास रामचरितमानस, गीताप्रेस, गोरखपुर
7. अरण्यकांड, गोस्वामी तुलसीदास रामचरितमानस, गीताप्रेस, गोरखपुर

□

8

'दो-राष्ट्र सिद्धांत' की सच्चाई?

अकसर, मार्क्स-मैकाले मानसबंधु, स्वयंभू सेक्युलरवादी और स्वघोषित उदारवादी कुतर्क करते पाए जाते हैं कि भारत के विभाजन के लिए जिम्मेदार 'दो राष्ट्र सिद्धांत' का मैलिक विचार, वीर सावरकर ने प्रस्तुत किया था। ऐसा तर्काभास करने वालों में वामपंथी सबसे आगे हैं। अब यदि इस बात पर एक बार विश्वास भी कर लिया जाए, तो सावरकर के जन्म से लगभग तीन दशक पहले वामपंथियों के मानसपिता कार्ल मार्क्स ने 15 अप्रैल, 1854 को 'न्यूयॉर्क डेली ट्रिब्यून' में यह क्यों लिखा—

"The Koran and the Mussulman legislation emanating from it reduce the geography and ethnography of the various people to the simple and convenient distinction of two nations and of two countries; those of the Faithful and of the Infidels. The Infidel is 'harby,' i.e. the enemy. Islamism proscribes the nation of the Infidels, constituting a state of permanent hostility between the Mussulman and the unbeliever."[1]

अब यदि इस उद्धरण को आधार बनाया जाए, तो क्या वामपंथी अपने प्रणेता को मजहब के आधार पर भारत के विभाजन के लिए जिम्मेदार ठहराएँगे? 'दो-राष्ट्र सिद्धांत' के संदर्भ में सावरकर के विचारों की चर्चा करते हुए बाबासाहेब आंबेडकर ने अपनी पुस्तक 'थॉट ऑन पाकिस्तान' में लिखा था, "जिन्ना भारत को पाकिस्तान और हिंदुस्तान, दो भागों में काटना चाहते हैं। मुसलिम आबादी पाकिस्तान में और हिंदू आबादी हिंदुस्तान में रहेगी। दूसरी ओर सावरकर यह जोर देते हैं कि हालाँकि भारत में दो राष्ट्र अस्तित्व में हैं, किंतु भारत दो हिस्सों में बाँटा नहीं जाएगा। दोनों ही राष्ट्र एक साथ एक संविधान की छत्रच्छाया में हिंदू राष्ट्र के संरक्षण में रहेंगे।"[2]

सच तो यह है कि 'दो राष्ट्र सिद्धांत' का प्रमुख स्रोत इसलामी वाङ्मय में ही निहित है। समय बीतने के साथ इस संबंध में कई लोगों ने अपने विचार प्रस्तुत किए हैं। बात यदि भारतीय उपमहाद्वीप की करें, तो यहाँ इस दर्शन की सर्वप्रथम प्रस्तुति ब्रितानियों

के विश्वासपात्र सैयद अहमद खान ने की थी। 17 अक्तूबर, 1817 को एक सामंतवादी मुसलिम परिवार में जन्मे सैयद अहमद खान 1837-38 में ईस्ट इंडिया कंपनी से जुड़े। उन्होंने सन् 1857 में प्रथम स्वतंत्रता संग्राम के समय अंग्रेजों की भरपूर सहायता की। वर्ष 1858 में 'रिसाला असबाब-ए-बगावत ए हिंद' (भारतीय विद्रोह की कारण मीमांसा) शीर्षक पुस्तिका लिखी, जिसमें उन्होंने प्रमाणित करने की कोशिश की कि इस क्रांति के लिए मुसलमान नहीं, बल्कि हिंदू जिम्मेदार थे। सैयद ने इस क्रांति को अंग्रेजों के सामने 'हरामजदगी' बताया था। अंग्रेजों की नजरों में मुसलमानों के लिए 'दया' पैदा करने के लिए उन्होंने विचार दिया कि अंग्रेजों को अपने राजकाज में मुसलिनों को भर्ती करना चाहिए, जिससे इस तरह की 'हरामजदगी' में फिर से शामिल न हों। अंग्रेजों के प्रति वफादार रहने के कारण ही सैयद को 'सर' की उपाधि भी मिली। ब्रितानियों का विश्वास जीतकर ही वह 1867 में एक न्यायालय के न्यायाधीश भी बने और 1876 में सेवानिवृत्त हुए।

अप्रैल 1869 में सैयद अहमद खान अपने बेटे के साथ इंग्लैंड गए, जहाँ उन्हें छह अगस्त को 'ऑर्डर ऑफ द स्टार ऑफ इंडिया' से सम्मान्ति किया गया। 1887 में उन्हें लॉर्ड डफरिन द्वारा सिविल सेवा आयोग के सदस्य के रूप में भी नामित किया गया। इसके अगले वर्ष उन्होंने ब्रितानियों के साथ राजनीतिक सहयोग को बढ़ावा देने और अंग्रेजी शासन में मुसलिम भागीदारी सुनिश्चित करने के लिए अलीगढ़ में 'संयुक्त देशभक्त संघ' की स्थापना की। खान् बहादुर के नाम से प्रख्यात सैयद अहमद की वफादारी से प्रसन्न होकर ब्रिटिश हुकूमत ने उन्हें वर्ष 1898 में नाइट की उपाधि भी दी।

देश में जब स्वतंत्रता और लोकतंत्रीय व्यवस्था की माँग उठनी आरंभ हुई, तब ब्रितानी शासकों के प्रति निष्ठावान सैयद अहमद खान ने मुसलिमों को राष्ट्रीय आंदोलन से दूर करना प्रारंभ कर दिया। उन्होंने सर्वप्रथम हिंदू बनाम मुसलिम, हिंदी बनाम उर्दू, संस्कृत बनाम फारसी का मुद्दा उठाकर मुसलमानों की मजहबी भावनाओं का दोहन किया। उन्होंने यह विचार स्थापित किया कि मुसलिम का दैवीय कर्तव्य है कि वे कांग्रेस से दूर रहें। अपने इस अभियान में वे काफी हद तक सफल भी हुए। स्वतंत्रता आंदोलन में समय के साथ देश के बहुत कम मुसल्मि ही महात्मा गांधी के अखंड भारत के सिद्धांत के साथ खड़े नजर आए। अपने विभाजनकारी एजेंडे के अंतर्गत सैयद अहमद खान ने वर्ष 1875-77 में एक शैक्षणिक संस्था की शुरुआत की, जो बाद में मुसलिम एंग्लो ओरिएंटल कॉलेज और अंततः वर्ष 1920 में अलीगढ़ मुसलिम विश्वविद्यालय (ए.एम. यू.) के रूप में स्थापित हुआ, जिसका संचालन आज भी स्वतंत्र भारत में हो रहा है।

कैसे उन्होंने भारतीय उपमहाद्वीप में मुसलिम अलगाववाद का बीजारोपण किया, वह उनके द्वारा मेरठ में 16 मार्च, 1888 को दिए भाषण से स्पष्ट हो जाता है। तब उन्होंने 'दो राष्ट्र सिद्धांत' का विचार रखते हुए कहा था—[3]

"सबसे पहला सवाल यह है कि इस देश की सत्ता किसके हाथ में आने वाली है? मान लीजिए, अंग्रेज अपनी सेना, तोपें, हथियार और बाकी सब लेकर देश छोड़कर चले गए, तो इस देश का शासक कौन होगा? उस स्थिति में क्या यह संभव है कि हिंदू और मुसलिम कौमें एक ही सिंहासन पर बैठें? निश्चित ही नहीं। उसके लिए आवश्यक होगा कि दोनों एक-दूसरे पर विजय पाएँ, एक-दूसरे को हराएँ। दोनों सत्ता में समान भागीदार बनेंगे, यह सिद्धांत असंभव और अकल्पनीय है।"

"इसी समय आपको इस बात पर ध्यान देना चाहिए कि मुसलिम हिंदुओं से कम भले हों, अंग्रेजी शिक्षा प्राप्त मुसलिम तो और भी कम, किंतु वे दुर्बल हैं, ऐसा मत समझिए। वे अपनी स्थिति को बनाए रखने के लिए पर्याप्त होंगे। लेकिन समझिए कि ऐसा नहीं है, तो तब हमारे पठान बंधु टिड्डों के झुंड की तरह पर्वतों और पहाड़ों से निकलकर बाहर आएँगे और बंगाल तक खून की नदियाँ बहा देंगे। अंग्रेजों के जाने के बाद यहाँ कौन विजयी होगा, यह अल्लाह की इच्छा पर निर्भर है। लेकिन जब तक एक राष्ट्र, दूसरे राष्ट्र को जीतकर आज्ञाकारी नहीं बनाएगा, तब तक इस देश में शांति स्थापित नहीं हो सकती।"

"जैसे अंग्रेजों ने यह देश जीता, वैसे ही हमने भी इसे अपने अधीन रखकर गुलाम बनाया हुआ था। वैसा ही अंग्रेजों ने हमारे बारे में किया हुआ है। अल्लाह ने अंग्रेजों को हमारे शासक के रूप में नियुक्त किया हुआ है। उनके राज्य को मजबूत बनाने के लिए जो करना आवश्यक है, उसे ईमानदारी से कीजिए। आप यह समझ सकते हैं, मगर जिन्होंने इस देश पर कभी शासन किया ही नहीं, जिन्होंने कोई विजय हासिल की ही नहीं, उन्हें (हिंदुओं को) यह बात समझ में नहीं आएगी। मैं आपको याद दिलाना चाहता हूँ कि आपने बहुत से देशों पर राज किया है। आपको पता है राज कैसे किया जाता है। आपने 700 साल भारत पर राज किया है। अनेक सदियाँ कई देशों को अपने अधीन रखा है।"

"हमें उस राष्ट्र के साथ एक होना चाहिए, जिसके साथ हम एक हो सकते हैं। कोई मुसलमान यह नहीं कह सकता कि अंग्रेज 'पुस्तक के लोग' नहीं हैं। कोई मुसलमान इस बात से इनकार नहीं कर सकता कि अल्लाह ने कहा है कि ईसाइयों के अलावा और कोई मुसलमान का दोस्त नहीं हो सकता। जिसने कुरान को पढ़ा और उसपर विश्वास करता है, वह जान सकता है कि हमारा राष्ट्र किसी अन्य व्यक्ति से मित्रता और स्नेह की अपेक्षा नहीं कर सकता। इस समय शिक्षा और धन के मामले में हमारा देश खराब स्थिति में है, लेकिन अल्लाह ने हमें मजहब का प्रकाश दिया है और कुरान हमारे मार्गदर्शन के लिए मौजूद है, जिसने उन्हें और हमें दोस्त बनाया है।"

"अब अल्लाह ने उन्हें हमारा शासक बना दिया है। इसलिए हमें उनसे मित्रता करनी चाहिए और वह तरीका अपनाना चाहिए, जिससे उनका शासन भारत में स्थायी और दृढ़

बना रहे और बंगालियों के हाथों में सत्ता न जा सके। यह हमारे ईसाई शासकों के साथ हमारी सच्ची मित्रता है, और हमें उन लोगों में शामिल नहीं होना चाहिए, जो हमें एक खाई में फेंकना चाहते हैं। यदि हम बंगालियों के राजनीतिक आंदोलन में शामिल हो गए, तो हमारे देश को नुकसान होगा। उसके लिए हमें 'पुस्तक के लोग' को छोड़कर हिंदुओं के अंतर्गत नहीं आना होगा।..."

सैयद अहमद खान के इस विषाक्त सिद्धांत के गर्भ से मुसलिम लीग का भी उदय हुआ। सर सैयद की मृत्यु (27 मार्च, 1898) के पश्चात् उनके विभाजनकारी दर्शन को इस वास्तविक साजिशकर्ता, ब्रितानियों ने आगे भी जारी रखा। 01 अक्तूबर, 1906 को आगा खाँ के नेतृत्व में मुसलिनों का एक दल वायसराय लॉर्ड मिंटो से शिमला में मिला था। सर सैयद के मौलिक वैचारिक संस्थान अलीगढ़ कॉलेज (अलीगढ़ मुसलिम विश्वविद्यालय) के प्रधान अध्यापक विलियम ए.जे. आर्चबोल्ड ने इस प्रतिनिधिमंडल की रूपरेखा तैयार की थी। इसने वायसराय को दस्तावेज सौंपकर अनुरोध किया कि प्रांतीय, केंद्रीय और स्थानीय निर्वाचन हेतु मुसलिमों के लिए पृथक् निर्वाचन की व्यवस्था की जाए। मिंटो ने इनकी माँगों का पूर्ण समर्थन किया—जिसके फलस्वरूप मुसलिम नेताओं ने ढाका के नवाब सलीमुल्ला के नेतृत्व में 30 दिसंबर, 1906 को ढाका में 'मुसलिम लीग' की स्थापना हुई।

डॉ. आंबेडकर के अनुसार, "इस दस्तावेज (समझौता) का भारत के इतिहास में बहुत महत्त्व है। यह ब्रिटिश सरकार की भारतीय प्रशासन में मुसलमानों को अनुकूल व्यवहार देने की नीति की शुरुआत का प्रतीक है, जिसका उद्देश्य, आरोपानुसार, मुसलिमों को कांग्रेस से दूर करने और हिंदू-मुसलमान के बीच फूट पैदा करना था।"

सलीमुल्ला खाँ 'मुसलिम लीग' के संस्थापक और अध्यक्ष थे, जबकि प्रथम अधिवेशन की अध्यक्षता मुश्ताक हुसैन ने की। इस दल का प्रमुख उद्देश्य—"भारतीय मुसलिमों में ब्रिटिश सरकार के प्रति निष्ठा उत्पन्न करके भारतीय मुसलिमों के राजनीतिक और अन्य अधिकारों की रक्षा करना था।" लीग ने अपने अमृतसर के अधिवेशन में मुसलिमों के पृथक् निर्वाचक मंडल की माँग की, जिसे वर्ष 1909 में मिंटो और तत्कालीन भारत सचिव जॉन मार्ले ने 'मार्ले-मिंटो सुधार' के अंतर्गत स्वीकार किया। इस तथाकथित सुधार का मूल उद्देश्य भारतीय स्वतंत्रता आंदोलन को कमजोर करना था। मुसलिमों के पृथक् निर्वाचन क्षेत्र और मताधिकार की व्यवस्था की गई। एक प्रकार से अंग्रेजों की इस विभाजनकारी नीति ने पाकिस्तान के जन्म को पहली बार कानूनी मान्यता प्रदान की थी, जिसका बीभत्स परिणाम आना शेष था। तत्कालीन कांग्रेस, तब तक इस पार्टी पर गांधीजी और नेहरू परिवार का प्रभाव नहीं पड़ा था, ने 'मार्ले-मिंटो सुधार' का पुरजोर विरोध किया, जबकि मुसलिम समाज के बड़े वर्ग ने इसका समर्थन।

फिर तेजी से घटनाक्रम बदला। प्रथम विश्वयुद्ध शुरू हो चुका था। इसी बीच 29 दिसंबर, 1916 को भारत में मुसलिम लीग और कांग्रेस के बीच 'लखनऊ समझौता' या 'लखनऊ पैक्ट' हुआ। इस समझौते को अकसर हिंदू-मुसलिम एकता का प्रतीक बताकर प्रस्तुत किया जाता है। प्रचार किया जाता है कि इससे ब्रितानियों की 'फूट डालो और राज करो' को गहरा धक्का लगा था। परंतु सच्चाई इसके उलट है। उस समय अंग्रेजों के खिलाफ स्वतंत्रता आंदोलन की अगुआई तत्कालीन कांग्रेस कर रही थी। आखिर कांग्रेस के समीप वही मुसलिम लीग क्यों आई, जिसका प्रारंभिक उद्देश्य ही अंग्रेजों के प्रति मुसलिम समाज को वफादार बनाने का था? इसका सबसे प्रमुख कारण ब्रिटेन का तुर्की के प्रति शत्रुभाव था। 1912-13 के बाल्कन युद्ध में ब्रिटेन ने तुर्की की सहायता से इनकार कर दिया। इस युद्ध के कारण यूरोप में तुर्की की शक्ति क्षीण हो गई तथा उसका सीमा क्षेत्र संकुचित हो गया। तुर्की का तत्कालीन शासक सभी मुसलमानों का 'खलीफा' था, इसलिए भारतीय मुसलमानों की सहानुभूति तुर्की के साथ थी। ब्रिटेन द्वारा युद्ध में तुर्की को सहयोग न दिए जाने से भारतीय मुसलमान रुष्ट हो गए। परिणामस्वरूप, मुसलिम लीग ने कांग्रेस से सहयोग करने का निश्चय किया, जो ब्रिटेन के विरुद्ध स्वतंत्रता आंदोलन चला रही थी। बाद में, ब्रिटेन द्वारा तुर्की शासक को अपदस्थ करने के बाद देश में खिलाफत आंदोलन की नींव पड़ी, जिसका नेतृत्व गांधीजी ने किया। वास्तव में, लखनऊ समझौता ही भारत में मुसलिम तुष्टीकरण का अंकुर था, जिसका पौधा अल्पकाल में खिलाफत आंदोलन के रूप में सामने आया। इस मजहबी आंदोलन का आगे विस्तार से वर्णन है। जिस मुसलिम अलगाववाद को खिलाफत आंदोलन ने पुष्ट किया, उसके प्रचार में सर सैयद द्वारा स्थापित अलीगढ़ मुसलिम विश्वविद्यालय ने बड़ी भूमिका निभाई।

सर सैयद के 'दो राष्ट्र सिद्धांत' पर गांधीजी का तर्क था कि यह पूरी तरह से अवास्तविक है। उनके अनुसार, "I find no parallel in history for a body of converts and their descendants claiming to be a nation apart from the parent stock. If India was one nation before the advent of Islam, it must remain one in spite of the change of faith of a very large body of her children... You do not claim to be a separate nation by right of conquest but by reason of acceptance of Islam. Will the two nations become one if whole of India accepted Islam? Will the Bengalis, Oriyas, Andhras, Tamilians, Maharashtrians and Gujaratis, etc. have their special characteristics if all of them became converts to Islam?"[4]

संदर्भ—

1. Declaration of War–On the History of the Eastern Question. Written on 28 March, 1854; First published: in the New York Daily Tribune, April 15; Signed: Karl Marx; Transcribed by Andy Blunden.
2. DR. BABASAHEB AMBEDKAR: WRITINGS AND SPEECHES. Vol-8, P. 142, Published by Ministry of Social Justice & Empowerment, Govt. of India.
3. Syed Ahmed Khan's Speech, 16 March, 1888, Meerut, Uttar Pradesh (Annexure 3)
4. Mahatma: Life of Mohandas Karamchand Gandhi, Vol. 6; DG Tendulkar; pp. 345

□

9

खिलाफत आंदोलन ने खींचा पाकिस्तान का मानचित्र

जब हम इतिहास में झाँकते हैं, तो पाते है कि खिलाफत आंदोलन को समर्थन देकर गांधीजी एक बहुत बड़ी भूल कर गए थे। इस मजहबी आंदोलन की रूपरेखा प्रथम विश्वयुद्ध के नतीजों ने तैयार की थी। यह युद्ध 19 जुलाई, 1914 से 11 नवंबर, 1918 तक चला। ब्रिटेन, फ्रांस, रूस, इटली, रोमानिया, जापान और अमेरिका (मित्र राष्ट्रों की शक्तियों) तथा जर्मनी, ऑस्ट्रिया और हंगरी के बीच यह युद्ध लड़ा गया। ओटोमन तुर्की के खलीफा ने अंग्रेजों के खिलाफ जर्मनी का दामन थाम लिया। अंग्रेजों द्वारा तुर्की के खिलाफ जाते ही भारत में मुसलिम लीग और उसके नेताओं ने रातों-रात पाला बदल लिया और उन्होंने अंग्रेजों के विरुद्ध मोर्चा खोल दिया। प्रथम विश्वयुद्ध के अंत में तुर्की में खलीफा की सत्ता छिन्न-भिन्न हो गई और मुस्तफा कमाल पाशा के नेतृत्व में एक नया आंदोलन और नई व्यवस्था प्रारंभ हुई, जिसमें से आधुनिक तुर्की का उदय हुआ। इस नई व्यवस्था में पुराने इसलामी खलीफा के लिए स्थान नहीं था और खलीफा को तुर्की की जनता ही नकार चुकी थी। किंतु भारत में मुसलिम नेतृत्व ने तुर्की खलीफा की बहाली के लिए अंग्रेजों के खिलाफ जिहाद छेड़ने के लिए खिलाफत आंदोलन की शुरुआत की। यह स्थिति तब थी, जब प्रथम विश्वयुद्ध से पहले ही बड़े पैमाने पर भूभाग की हार, आतंरिक असंतोष और बिगड़ती आर्थिक स्थिति के कारण ओटोमन साम्राज्य में अव्यवस्था व्याप्त थी।

वर्ष 1915 में दक्षिण अफ्रीका से लौटे गांधीजी ताक में थे कि सर सैयद के विषाक्त दर्शन के लिए राष्ट्रीय स्वतंत्रता आंदोलन से कटे मुसलिमों को स्वराज्य की माँग में जोड़ा जाए। यह अवसर उन्हें तुर्की खलीफा प्रकरण में दिखा और उन्होंने इसका राष्ट्रीय नेतृत्व करने की घोषणा कर दी। उनके नेतृत्व में कांग्रेस और शेष हिंदू समाज समझ रहा था कि हम राष्ट्रीय एकता और स्वराज्य की दिशा में बढ़ रहे हैं, इसके उलट मुसलिम समाज

की सोच थी कि खिलाफत की रक्षा का अर्थ है, इसलामी वर्चस्व की सुरक्षा और उसकी वापसी। खिलाफत को राष्ट्रीय आंदोलन का हिस्सा बनाकर गांधीजी ने मुल्ला-मौलवी वर्ग को प्रतिष्ठा प्रदान की, जिसने विशाल मुसलिम समाज को मजहबी कट्टरता के अंतर्गत संगठित करके अलगाववाद के मार्ग पर आगे बढ़ाया और कालांतर में लीग की पृथक् देश की माँग को राजनीतिक मुख्यधारा का हिस्सा बना दिया।

इस संबंध में स्वतंत्र भारत के प्रथम प्रधानमंत्री पंडित जवाहरलाल नेहरू ने अपनी आत्मकथा में लिखा था, "1921 में खिलाफत आंदोलन को दी गई प्रमुखता के कारण बड़ी संख्या में मौलवी और मुसलिमों के मजहबी नेताओं ने राजनीतिक संघर्ष में प्रमुख भाग लिया। उन्होंने आंदोलन को एक निश्चित रूप से मजहबी रंग दिया और जिससे सामान्यत: मुसलमान बहुत प्रभावित भी थे। कई पाश्चात्य संस्कृति से प्रभावित मुसलमान, जो तब मजहबी प्रवृत्ति के नहीं थे—उन्होंने दाढ़ी बढ़ानी शुरू कर दी और रूढ़िवादी सिद्धांतों के अनुरूप हो गए। मौलवियों का प्रभाव और प्रतिष्ठा, जो नए विचारों और एक प्रगतिशील पश्चिमीकरण के कारण धीरे-धीरे घट रही थी, फिर से बढ़ने लगी और मुसलिम समुदाय पर हावी हो गई। अली बंधुओं ने, जो स्वयं मजहबी प्रवृत्ति के थे, उन्होंने इस प्रक्रिया को आगे बढ़ाया और गांधीजी ने भी ऐसा ही किया, जो मौलवियों-मौलानाओं का सबसे अधिक सम्मान कर रहे थे।"[1]

मालाबार में हिंदुओं का नरसंहार

खिलाफत आंदोलन ने आम मुसलिम समाज में इसलाम के नाम पर राजनीतिक जागृति पैदा की और उन्हें अपनी शक्ति का अनुभव कराया। यह सोच खिलाफत आंदोलन के प्रारंभ होने के कुछ ही महीनों के भीतर अगस्त 1921 में केरल के मालाबार क्षेत्र में वहाँ स्थानीय हिंदुओं पर मोपला मुसलमानों के मजहबी आक्रमण के रूप में सामने आई। हिंदुओं के सामने फिर से 'इसलाम या मौत' का वैसा ही विकल्प प्रस्तुत किया गया, जैसा मध्यकाल में गजनवी, गोरी, खिलजी, बाबर, औरंगजेब, टीपू सुल्तान जैसे क्रूर इसलामी आक्रांताओं ने किया था। मोपला मुसलिमों ने उसी मजहबी उन्माद की पुनरावृत्ति मालाबार के स्थानीय हिंदुओं पर अकल्पनीय हमला करके की।

जिस मोपला नरसंहार को अंग्रेजों के खिलाफ आंदोलन या कृषि विद्रोह की उपाधि देकर कटु सत्य को छिपाने का प्रयास किया जाता है, वह वास्तव में इसलामपरस्तों का गैर-मुसलिमों विशेषकर हिंदुओं और तुर्की खलीफा के समर्थन में 'काफिर-कुफ्र' प्रेरित जिहाद था। वास्तव में मोपला हिंदू नरसंहार की जड़ें नौवीं शताब्दी के उस कालखंड में मिलती है, जब तत्कालीन दक्षिण भारत के तटीय क्षेत्रों पर अरब व्यापारियों की इसलामी बस्तियों का उदय हो रहा था। 1920 के दशक में मालाबार हिंदुओं का कत्ल करने वाले

मोपला मुसलमान उन्हीं अरबी व्यापारियों के वंशज थे। ये वही क्षेत्र थे, जहाँ टीपू सुल्तान ने भी मजहबी हमले किए थे।

गांधीजी 18 अगस्त, 1920 को खिलाफत के नेता और मुहम्मद अली जौहर के बड़े भाई मौलाना शौकत अली के साथ मालाबार पहुँचे थे। तब कालीकट में 20,000 की भीड़ के सामने बोलते हुए गांधीजी ने कहा था, "...यदि खिलाफत के मामले में न्याय के लिए भारत के मुसलिम 'असहयोग आंदोलन' का समर्थन करेंगे, तो हिंदुओं का भी फर्ज बनता है कि वो अपने 'मुसलिम भाइयों' के साथ सहयोग करें...।" यहाँ गांधीजी ने सबसे बड़ी गलती यह कर दी कि उन्होंने हिंदुओं से खिलाफत आंदोलन में शामिल मुसलिमों का साथ देने का निवेदन तो कर दिया, परंतु मुसलिमों को भारतीय होने के नाते अंग्रेजों के खिलाफ खड़ा होने को नहीं कहा। शायद गांधीजी मुसलमानों की 'भारतीय पहचान' के प्रति क्षीण समर्पण भावना और इसलाम (संबंधित सिद्धांत सहित) के प्रति ही निष्ठा से परिचित थे। गांधीजी के उपरोक्त वक्तव्य से प्रतीत होता है, जैसे स्वराज्य प्राप्ति का बीड़ा केवल हिंदू समाज के कंधों पर था और इससे मुसलिम समाज का जुड़ाव केवल उनकी मजहबी मान्यताओं (खिलाफत सहित) का समर्थन करने के बदले सौदा था।

गांधीजी के कहने पर ही मालाबार में 'खिलाफत समिति' बनाई गई। बताया जाता है कि अकेले दो क्षेत्र—एर्नाड और पोन्नानी में ही इस प्रकार 100 इसलामी समितियों का गठन हो चुका था। इसके बाद मोपला मुसलिमों ने हिंदुओं का बहिष्कार शुरू कर दिया। उन्हें निशाना बनाया गया। उनकी घर-संपत्तियों और खेतों को तबाह कर दिया गया। कइयों का जबरन मतांतरण करा दिया गया। 1921 में लगभग 6 महीनों तक ये कत्लेआम चलता रहा था।

तब मालाबार (कालीकट सहित) में स्थानीय हिंदुओं ने किस प्रकार के मजहबी संहार का सामना किया था, उसका वर्णन मालाबार के तत्कालीन ब्रितानी उप-जिलाधिकारी दीवान बहादुर सी. गोपालन नायर की पुस्तक में मिलता है। उन्होंने लिखा कि गर्भवती हिंदू महिलाओं के शरीर को टुकड़ों में काटकर सड़क पर फेंका जा रहा था। मंदिरों में गोमांस फेंक दिए गए थे। धनवान हिंदू भिक्षा माँगने को विवश हो गए। मुसलिमों द्वारा हिंदू बहन-बेटियों से उनके परिवार के सामने ही प्रताड़ित और जबरन मतांतरण करके निकाह किया जा रहा था। नायर ने ऐसे ही क्षेत्र की एक सम्मानित हिंदू महिला का उल्लेख किया था, जिसे उसके पति और भाई के सामने पहले मुसलिमों ने निर्वस्त्र किया, उसके हाथ बाँधे और फिर दोनों के सामने उसका बलात्कार किया। क्या यह कृषक विद्रोह या फिर ब्रितानीराज के खिलाफ आंदोलन का हिस्सा कहा जा सकता है? उस समय जिन हिंदुओं ने तलवार-चाकू की नोक पर इसलाम को अपनाया था, उनमें से कई लोग वापस अपने मूल समाज में लौट आए। इस संबंध में पंडित ऋषि राम के नेतृत्व में

आर्य समाज संस्था ने राहत बचाव अभियान चलाकर महत्त्वपूर्ण भूमिका निभाई।[2]

मानवता को कलंकित करते मोपला के खूनी वृत्तांत के सबसे बड़े खलनायकों में से एक का नाम वरियामकुननाथ कुंजाहम्मद हाजी था। इसे वामपंथी इतिहासकारों ने वर्षों तक देश के स्वतंत्रता सेनानियों की सूची में शामिल करके रखा थ। मोपला नरसंहार की विभीषिका को संविधान-निर्माता डॉक्टर भीमराव रामजी आंबेडकर ने भी अपने शब्दों में पिरोया था। उन्होंने लिखा था, "अंग्रेजों के खिलाफ विद्रोह को तो उचित ठहराया जा सकता है, किंतु मोपला मुसलिमों ने मालाबार के हिंदुओं के साथ जो कुछ किया, वह विस्मित कर देने वाला है। मोपला के हाथों मालाबार के हिंदुओं की भयानक दुर्दशा हुई। नरसंहार, जबरन मतांतरण, मंदिरों को ध्वस्त करना, महिलाओं के साथ अपराध, गर्भवती महिलाओं के पेट फाड़े जाने की घटना—ये सब हुआ। हिंदुओं के साथ क्रूर और असंयमित बर्बरता हुई। मोपला ने हिंदुओं के साथ ये सब तब तक खुलेआम किया, जब तक वहाँ सेना नहीं पहुँच गई। मारे गए, घायल हुए या मतांतरित होने वाले हिंदुओं की संख्या ज्ञात नहीं है। लेकिन अवश्य इनकी संख्या बहुत बड़ी रही होगी।"[3]

खिलाफत का प्रभाव केवल मालाबार या हिजरत तक सीमित नहीं रहा है। अविभाजित भारत में मालाबार के अतिरिक्त मुल्तान, सहारनपुर, अजमेर आदि क्षेत्रों में भी हिंदुओं पर हमले हुए थे। तब इससे क्रोधित होकर गांधीजी ने हिंदुओं को 'कायर' और मुसलमानों को 'गुंडा' कहकर संबोधित किया था। यंग इंडिया पत्रिका में 29 मई, 1924 को अपने आलेख में गांधीजी ने लिखा था, "....जहाँ कायर होंगे, वहाँ जालिम होंगे ही... यह सच है कि मुसलमान अपने इस घृणित आचरण की सफाई किसी तरह नहीं दे सकते। पर एक हिंदू की हैसियत से मैं तो मुसलमानों की गुंडागर्दी के लिए उनपर गुस्सा होने से कहीं अधिक हिंदुओं की नामर्दगी पर शर्मिंदा हूँ। जिनके घर लूटे गए, वे अपने माल-असबाब की हिफाजत में जूझते हुए वहीं क्यों नहीं मर-मिटे? जिन बहनों की बेइज्जती हुई, उनके नाते-रिश्तेदार उस वक्त कहाँ थे? क्या उनका कुछ भी कर्तव्य नहीं था? मेरे अहिंसा धर्म में खतरे के वक्त अपने कुटुंबियों को अरक्षित छोड़कर भाग खड़े होने की गुंजाइश नहीं है। हिंसा और कायरतापूर्ण पलायन में यदि मुझे किसी एक को पसंद करना पड़ा, तो हिंसा को ही पसंद करूँगा।" सच तो यह है कि हिंदू समाज की इस समस्या को गांधीजी ने समझा, किंतु इस दिशा में कुछ ठोस नहीं कर पाए।[4]

बकौल बाबासाहेब, "मोपला आंदोलन की रूपरेखा दो मुसलिम संगठनों—"खुद्दम-ए-काबा" (मक्का के सेवक) और केंद्रीय खिलाफत समिति ने लिखी थी। आंबेडकर के अनुसार, मुसलिमों को यह कहकर भड़काना शुरू किया कि अंग्रेजों का राज 'दारुल हरब' (ऐसी जमीन जहाँ अल्लाह की इबादत की इजाजत न हो) है और

अगर वे इसके खिलाफ लड़ने की ताकत नहीं रखते हैं, तो उन्हें 'हिजरत' (पलायन) करना चाहिए। आंबेडकर ने लिखा, "इससे मोपला मुसलिम भड़क गए और उन्होंने अंग्रेजों को अपदस्थ करके इसलामी राज्य की स्थापना के लिए लड़ाई शुरू कर दी।"[5]

जिस हिजरत का उल्लेख डॉ. बाबासाहेब आंबेडकर ने किया था, उसका फतवा और किसी ने नहीं, बल्कि स्वतंत्र भारत के प्रथम शिक्षा मंत्री और कांग्रेस के वरिष्ठ नेता रहे मौलाना अबुल कलाम आजाद (वास्तविक नाम सैयद गुलाम मुहियुद्दीन अहमद बिन खैरुद्दीन अल हुसैनी था) ने लिखा-पढ़ा था। मौलाना आजाद का जन्म मक्का में हुआ था। पिता अफगान मूल के बंगाली मुसलिम थे और माँ अरब निवासी। उन्होंने कलकत्ता में उनके घर में इसलामी दर्स-ए-निजामिया की शिक्षा प्राप्त की और फिर लखनऊ में नदवात-उल-उलेमा में अध्ययन किया। उनपर सर सैयद अहमद खाँ के विचारों (दो राष्ट्र सिद्धांत सहित) ने गहरा प्रभाव डाला। उन्होंने अनेक उर्दू अखबारों और पत्रिकाओं का प्रकाशन और संपादन किया जैसे—लिसान-उस-सादिक (1904), अन-नदवा (1905-06), वकील (1907), अल-हिलाल (1912) और अल-बलाघ (1913)। मौलाना आजाद ने अन्य मुसलिम नेताओं के साथ वर्ष 1913 में इसलामी संगठन अंजुमन-ए-उलमा-ए-बंगला की स्थापना की, जोकि 1921 बाद जमीयत-उल-उलेमा-ए-हिंद का हिस्सा बन गया। इस दौरान मौलाना आजाद इसलाम के नाम पर चल रहे खिलाफत आंदोलन के मुख्य संचालकों में से एक बन गए। 1923 में 35 वर्ष की आयु में वे भारतीय राष्ट्रीय कांग्रेस के अध्यक्ष के रूप में कार्य करने वाले सबसे कम उम्र के व्यक्ति बन गए।

मौलाना आजाद ने 28-29 फरवरी, 1920 को कलकत्ता में खिलाफत कॉन्फ्रेंस की अध्यक्षता की। उन्होंने कहा कि शरीयत के अनुसार किसी भी मुसलिम का गैर-मुसलिम शत्रुओं के साथ सहयोग पाप है। उन्होंने बड़ी ही चालाकी के साथ अपने दीन के लिए इसमें से बहुसंख्यक हिंदुओं को बाहर रखा था। उन्होंने असहयोग आंदोलन को इसलामी 'तर्क-ए-मवालत' (सामाजिक बहिष्कार) के रूप में परिभाषित किया और इसे मुसलमानों के लिए अनुशंसित किया।

कलकत्ता सम्मेलन में मौलाना आजाद के भाषण ने खिलाफत आंदोलन की मजहबी व्याख्या, इसलामी सिद्धांतों के आधार पर की। उनका ग्रंथ—'मसाला-ए-खिलाफत-वा-जजीरत-अल-अरब' (खिलाफत और इसलाम के पवित्र स्थान) खिलाफत पर भारतीय मुसलमानों के विचारों को रखने वाला प्रमुख इसलामी दस्तावेज था। 25 मार्च, 1920 को मौलाना आजाद ने तर्क दिया था कि हिजरत संभव नहीं है, क्योंकि मुसलमानों के पास जाने के लिए कोई जगह नहीं थी। फिर एकाएक स्थिति बदली और उन्होंने

'हिजरत का फतवा' लिखा, जो 30 जुलाई, 1920 को अमृतसर से निकलने वाले एक उर्दू दैनिक 'अहल-ए-हदीस' में प्रकाशित हुआ था।

अपने फतवे में आजाद ने लिखा, "शरीयत के सभी प्रावधानों, समसामयिक घटनाओं, मुसलमानों के हितों, फायदे और नुकसान (राजनीतिक मुद्दों के) को ध्यान में रखने के बाद, मैं संतुष्ट महसूस करता हूँ। भारत के मुसलमानों के पास भारत से पलायन करने के अलावा कोई मार्ग नहीं है...जो लोग तुरंत नहीं जा सकते हैं, उन्हें प्रवासियों (मुहाजिरीन) की मदद करनी चाहिए। जब प्रवास का आदेश दिया जाता है, तो प्रवासन अनिवार्य हो जाता है। पैगंबर मुहम्मद ने हमारे के लिए एक अनुकरणीय प्रक्रिया छोड़ी है। जो लोग भारत में रहेंगे, वे इसलाम के आक्रमणकारियों तुर्की खिलाफत के साथ सद्भावना और आपसी सहयोग के सभी संबंधों को तोड़ने के लिए शरीयत द्वारा बाध्य होंगे। कुरान के इस आदेश की अवहेलना करने वालों को इसलाम का दुश्मन माना जाएगा।"[6]

मौलाना आजाद का एकमात्र उद्देश्य मुसलिम विश्वास को बचाना था। हिजरत के बारे में उनका एकमात्र संदेह, उसके कार्यकरण और आचरण के बारे में था। उनके अनुसार इसे "संगठित रूप में किया जाना चाहिए, न कि अनियमित ढंग से।" उनकी अन्य विशिष्टता यह थी कि वे वास्तव में पलायन करने से पहले प्रवास की शपथ लेना आवश्यक समझते थे। फिर भी, इस अभियान के उत्तरार्ध में, जब वह अपनी सीमाओं और खतरों को देख पा रहे थे, तब भी अपने सिद्धांतों के प्रति अडिग और सच्चे बने रहे और केवल व्यावहारिक आधारों पर कुछ मामूली छूटें ही प्रदान कीं।

हिजरत के समय उत्तर-पश्चिम सीमांत में आने वाले प्रवासियों के पहले जत्थे में 53 लोग शामिल थे, जिन्होंने 15 मई, 1920 को सप्ताहांत के दौरान प्रसिद्ध खैबर दर्रे को पार किया था। अपने चरम के दौरान (जुलाई 1920) यह अभियान उत्तर-पश्चिम सीमा प्रांत तक सीमित रहा था, जहाँ से कुल प्रवासियों की संख्या के लगभग 85 प्रतिशत प्रवासियों ने अफगानिस्तान में प्रवेश किया, जबकि लगभग 10 प्रतिशत पंजाब से और दूसरा 5 प्रतिशत हिस्सा सिंध से आया। अफगानिस्तान केवल 40,000 मुहाजिरीन (हिजरत करने वालों) को समायोजित कर सकता था। किंतु 50,000 से अधिक लोग अफगानिस्तान में प्रवेश कर गए थे।[7]

मुहाजिरीनों को भारत की कड़ी गरमी में बंजर पहाड़ी क्षेत्र से गुजरना पड़ा, जहाँ भोजन और पानी दुर्लभ था। संपन्न भारतीय क्षेत्र से निकलने के बाद तो उनकी यात्रा एक दुःस्वप्न में बदल गई। अमीर के वादे के बावजूद, वास्तविकता में बहुत कम कार्य किया गया था। मुहाजिरीन को अमीर के अधिकारियों द्वारा प्रताड़ित किया गया, जिन्होंने उन्हें

पीटा, पैरों तले रौंदा और कर लगा दिया। महिलाओं को अपमानित किया गया। बताया जाता है कि इस सबके कारण मुहाजिरीनों में उन लोगों के प्रति (जिन्होंने उन्हें हिजरत के लिए प्रेरित किया था) इतनी घृणा भर गई थी कि उन्होंने कसमें खाईं कि अपने घरों को वापस लौटने पर, वे उन लोगों को जान से मार देंगे। सीमांत से काबुल तक की सड़क मुहाजिरीन की कब्रों से भर गई थी। चश्मदीदों के अनुसार, खैबर दर्रे में शवों के ढेर लगे हुए थे।[8]

अफगानिस्तान के जिस अमीर अमानुल्लाह (1892–1960) ने 9 फरवरी, 1920 को भाषण देते हुए कहा था कि वे खिलाफत के लिए अपनी जान भी देने को तैयार हैं और भारत से अफगानिस्तान में आने वाले मुहाजिरीन का स्वागत किया जाएगा—उसने अत्यधिक मुहाजिरीनों के अफगानिस्तान में प्रवेश के बाद हिजरत को निलंबित करने की घोषणा कर दी। कहा जाता है कि इसके बाद भी 7,000 से अधिक लोग अफगानिस्तान में प्रवेश कर गए थे।

खिलाफत आंदोलन का नेतृत्व करने वाले गांधीजी के संदर्भ में वैद्यजी ने अपनी पुस्तक में एक स्थान पर लिखा था—"यह जो व्रत रखना और व्रत तोड़ना हुआ है, इसका प्रभाव जनता के मन पर बहुत ही बुरा होगा। लोग यह समझने लगे हैं कि महात्माजी देश और राज्य से भी बड़े हैं। वे जब चाहें दोनों का कान मरोड़ सकते हैं। यह विचार देश में राष्ट्रीयता के पनपने में घातक सिद्ध होगा। लोग महात्माजी को कुछ ऐसा समझने लगेंगे कि जिनके सामने देश अपनी बुद्धि का भी प्रयोग करना उचित नहीं समझेगा। यह देश को घोर दासता में ले जाएगा और दासों की भाँति देश का बड़े-से-बड़ा व्यक्ति भी अपने पर विश्वास खो बैठेगा।"

मजहबी खिलाफत आंदोलन ने जहाँ भारत की एकरूपता पर गहरा आघात किया, वहीं उसने कांग्रेस में विभाजन की रेखा को कालांतर में और गहरा कर दिया। साथ ही खिलाफत संबंधित घटनाक्रम ने पाकिस्तान को मूर्त रूप दे दिया, जिसका विचार 1920–30 से पहले मुसलिम लीग के मानस में छिपा था। इसे गति देने वालों में मोहम्मद इकबाल और मुहम्मद अली जिन्ना ने बड़ी भूमिका निभाई।

संदर्भ—

1. Jawaharlal Nehru: An Autobiography, pp. 71-72
2. THE MOPLAH REBELLION, 1921 Diwan Bahadur C- Gopalan Nair History: Military, pp. 64-75
3. DR. BABASAHEB AMBEDKAR WRITINGS AND SPEECHES VOL. 8; 'Pakistan or the partition of India', pp. 157-159.
4. The Bully and the Coward - The Collected Works of Mahatma Gandhi: Vol- 24: 8 May, 1924, 15 August 1924, pp. 141-42

5. Ibid 3, pp. 163
6. Moslem Nationalism in India and Pakistan by Hafeez Mailk, Public Affairs Press, Washington D.C. pp. 343: 'Hijrat Ka Fatwa' reproduced in Ghulam Rasul Mahr, Tabarkar Azad, Lahore, Kitab Manzil, 1959, pp. 203-206 (Annexure 18)
7. Hijrat: The Flight of the Faithful A British File on the Exodus of Muslim Peasants from North India to Afghanistan in 1920 Dietrich Reetz - Berlin: Verl Das Arabische Buch, 1995, pp. 35-36
8. Ibid, pp. 69

□

10

इकबाल और जिन्ना ने दिया पाकिस्तान को मूर्त रूप

मोपला घटनाक्रम और हिजरत ने उस समय तक संशय में रहे पाकिस्तान नामक विचार को सुनिश्चित कर दिया। मालाबार हिंदू नरसंहार के बाद खिलाफत जनित मुसलिम अलगाववाद का दूसरा दुष्परिणाम 1930 में तब सामने आया, जब मुसलिम लीग के इलाहाबाद (प्रयागराज) अधिवेशन में पाकिस्तान विचार की औपचारिक माँग कर दी गई। 29 दिसंबर, 1930 को मुसलिम लीग के इलाहाबाद अधिवेशन में बोलते हुए तत्कालीन अध्यक्ष सर मोहम्मद इकबाल अर्थात् अल्लामा इकबाल ने कहा था, "...मैं चाहता हूँ कि पंजाब, उत्तर-पश्चिमी सीमा प्रांत, सिंध और बलूचिस्तान का एक स्वशासी राज्य में विलय कर दिया जाए, ब्रिटिश साम्राज्य के भीतर या बाहर। उत्तर-पश्चिम में एक बड़े संगठित मुसलिम राज्य की स्थापना ही मुझे मुसलमानों की नियति दिखाई दे रही है।" उन्होंने इसमें से अंबाला खंड और अन्य गैर-मुसलिम बहुल क्षेत्रों को अलग करने का सुझाव भी दिया। इस भाषण में इकबाल ने पृथक् मुसलिम राज्य की माँग को दार्शनिक धरातल पर प्रस्तुत किया। उन्होंने कहा कि इसलाम केवल मजहब नहीं, अपितु एक सभ्यता है। दोनों एक-दूसरे से जुड़े हुए हैं। एक को छोड़ने से दूसरा भी छूट जाएगा। इस भारतीय राष्ट्रवाद के आधार पर राजनीति के गठन का अर्थ यदि इसलामी एकता के सिद्धांत से अलग हटना है, तो कोई भी मुसलमान यह सोच नहीं सकता। उन्होंने कहा, "कोई मुसलमान ऐसी स्थिति को स्वीकार नहीं करेगा, जिसमें उसे राष्ट्रीय पहचान की वेदी पर अपनी एक्यबद्ध इसलामिक पहचान को छोड़ना पड़े।" इकबाल के इस भाषण को पाकिस्तान में 'आइडिया ऑफ पाकिस्तान' के नाम से पढ़ाया जाता है और इकबाल पाकिस्तान के घोषित राष्ट्रकवि भी हैं। इस इसलामी देश में उनपर इतने अधिक साहित्य का सृजन हुआ है कि उसकी संदर्भ सूची ही सैकड़ों पृष्ठों का ग्रंथ बन जाएगी।

मार्क्स-मैकाले के विषाक्त नैरेटिव के कारण ही खंडित भारत में जो लोग

इकबाल को केवल एक दार्शनिक और कवि के रूप में जानते हैं, उन्हें उनकी मजहब आधारित राजनीति को भी जानना चाहिए। 1904 में उन्होंने 'तराना-ए-हिंद' लिखा, जिसके बोल थे—

"सारे जहाँ से अच्छा हिंदोस्ताँ हमारा,
हम बुलबुलें हैं इसकी, ये गुलसिताँ हमारा¨।"

किंतु मुसलिम लीग के गठन के पश्चात् इकबाल ने इसका जिहादी रूपांतरण करते हुए इसे 'तराना-ए-मिल्ली' बना दिया, जो इस प्रकार है—

"चीन-ओ-अरब हमारा, हिंदोस्ताँ हमारा,
मुसलिम हैं हम वतन है, सारा जहाँ हमारा¨
दुनिया के बुत-कदों में पहला वो घर खुदा का,
हम इसके पासबाँ हैं, वो पासबाँ हमारा¨"

दो दशक बाद उन्होंने 1930 में भारत विभाजन से लेकर भारतीय उपमहाद्वीप की मुसलिम राजनीति का नक्शा तैयार कर दिया। तब एक बार अल्लामा इकबाल ने कहा था, "भारत में हमारी जनसंख्या 7 करोड़ है और भारत के अन्य समाजों की अपेक्षा हम अधिक एक्यबद्ध हैं। सच तो यह है कि भारत के मुसलमान ही वहाँ के अन्य समाजों की अपेक्षा आधुनिक अर्थों में राष्ट्र कहलाने के अधिकारी हैं।"[1] इस प्रकार इकबाल मुसलिम अलगाववाद को 12 अप्रैल 1938 को अपनी मृत्यु तक सींचने में लगे रहे। उनका मानना था कि पृथक् निर्वाचन (1906) ही पाकिस्तान विचार का वास्तविक हल नहीं है।

इसी कालखंड में कैंब्रिज विश्वविद्यालय में पढ़े चौधरी रहमत अली और उनके साथियों ने 28 जनवरी, 1933 को 'नाऊ और नेवर' (अभी नहीं तो कभी नहीं) शीर्षक से एक पत्रक प्रस्तुत किया, जिसमें कहा गया—"भारत की आज जो स्थिति है, उसमें वह न किसी एक देश का नाम है, न ही किसी एक राष्ट्र का निवास स्थान। यह ब्रिटिशों द्वारा पहली बार निर्मित एक राज्य का नाम है¨पाँच उत्तरी प्रांतों की लगभग चार करोड़ कुल जनसंख्या में हम मुसलमानों की जनसंख्या लगभग तीन करोड़ है। हमारा मजहब और संस्कृति, हमारा इतिहास और परंपरा, हमारा सामाजिक आचार और आर्थिक प्रणाली, उत्तराधिकार और विवाह के हमारे कानून शेष भारत के अधिकांश निवासियों से बिल्कुल भिन्न हैं। जो आदर्श हमें बड़े-से-बड़ा त्याग करने की प्रेरणा देते हैं, वे हिंदुओं को यह प्रेरणा देने वाले आदर्शों से सर्वथा भिन्न हैं। ये भिन्नताएँ केवल सतही नहीं हैं। वे हमारे जीवन में गहरी बैठी हुई हैं। हमारे बीच न खान-पान है, न विवाह संबंध। हमारे राष्ट्रीय रीति-रिवाज, कालगणना, यहाँ तक कि हमारा खाना-पीना और वेशभूषा भी अलग है।"[2] इसी रहमत अली ने 1933 में 'पाकिस्तान नेशनल मूवमेंट' आरंभ किया और 1 अगस्त से 'पाकिस्तान' नामक एक साप्ताहिक पत्र भी शुरू कर दिया।

वास्तव में, 'नाऊ और नेवर' रूपी विचार पहली बार सामने नहीं आया था। इसकी प्रेरणा वहाबी विचारक शाह वलीउल्लाह देहलवी (1703-62) ने दी थी, जिन्होंने पानीपत के तीसरे युद्ध में मराठों के विरुद्ध भारत के सभी मुसलिम सामंतों, नवाबों को विदेशी अफगान आक्रमणकारी अहमदशाह अब्दाली के इसलामी ध्वज तले इकट्ठा होने के लिए पत्र लिखा था। तब शाह वलीउल्लाह ने भारतीय मुसलमानों में हिंदू रीति-रिवाजों, रहन-सहन, भाषा और प्रतीकों से पूर्ण संबंध विच्छेद करने का अभियान चलाया था।

"We should never forget that we are strangers here since our forefathers emigrated to India. Our lineage and language, both of which are of Arabia, are the things to be proud of. They bring us nearer to the leaders of all human beings, the foremost among the messengers of God, the pride of all that this world contains. Muhammed, the Apostle of Allah, on whom be peace and blessings. This is the greatest blessing of God which demands that we should not allow ourselves to be alienated from the usage, customs and traditions of the Arabs among whom the holy Prophet was brought up. We should not adopt the habits and manners of non-Arabs and non-Muslims".[3]

इकबाल ने जिन्ना को बुलाया

इकबाल ने जिन्ना को लंदन से वापस बुलाकर पाकिस्तान आंदोलन में शामिल होने के लिए प्रेरित किया। 1934 में भारत वापस लौटे जिन्ना की तत्कालीन छवि एक सेक्युलर, उदार और राष्ट्रवादी नेता के रूप में थी। जिन्ना को इससे जोड़ने और अपनी मौत से पहले वर्ष 1938 में उन्होंने एक भाषण के दौरान कहा था कि मुसलमानों के पास केवल एक ही रास्ता है, उन्हें जिन्ना के हाथों को मजबूत करना चाहिए, उन्हें मुसलिम लीग में शामिल होना चाहिए। उन्होंने जिन्ना की भरपूर पैरवी करते हुए कहा था कि अब मुसलिम लीग केवल जिन्ना के कारण सफल हो सकता है।

महत्त्वाकांक्षी जिन्ना की पृष्ठभूमि

सच यह है कि 1937 तक मुसलिम समाज ने जिन्ना को अपने शीर्ष नेता के रूप में स्वीकार नहीं किया था। इसका कारण जिन्ना के पारिवारिक इतिहास और उनकी जीवनशैली में छिपा था। दो पीढ़ी पहले ही मतांतरित मुसलिम व्यापारी परिवार में जन्मे जिन्ना अत्यंत महत्त्वाकांक्षी थे। इंग्लैंड में वकालत की पढ़ाई पूरी करके भारत लौटे, तो उन्होंने मुंबई को अपना कार्यक्षेत्र बनाया और अल्पकाल में ही प्रसिद्ध वकीलों में

सूचीबद्ध हो गए। वे पूरी तरह पाश्चात्य जीवनशैली में ढल चुके थे। तब उनका मित्र मंडल केवल पारसियों और हिंदुओं तक ही सीमित था। उन्होंने एक समृद्ध और प्रतिष्ठित पारसी सर दिनशा पेटिट की पुत्री रत्तनबाई पेटिट, जोकि जिन्ना से 24 वर्ष छोटी थीं, उनसे 1916 में विवाह किया, तब वह इसलामी बंधनों (मतांतरण सहित) से मुक्त रहीं। रत्तनबाई भी पाश्चात्य जीवनशैली से प्रभावित थीं, जिसका प्रत्यक्ष उनके परिधानों और खान-पान में भी दिखता था।

जिन्ना का इसलामी मान्यताओं और आस्था से कुछ लेना-देना नहीं था। वे केवल जन्म से मुसलमान थे। कुरान, मुहम्मद, नमाज, रोजा आदि से उनका दूर-दूर तक नाता नहीं था। इसलाम में हराम सूअर का मांस जिन्ना का प्रिय भोजन था। वे अंग्रेजी बोलते, अंग्रेजी वेशभूषा में रहते और अंग्रेजी जीवनशैली को जीते। उनके निजी और पारिवारिक जीवन में इसलाम व मुसलमानों का दूर-दूर तक प्रवेश नहीं था। रमजान माह के प्रति भी वे अनभिज्ञ थे। सामान्यतः मुसलिम समाज का एक बड़ा भाग महिलाओं को मजहबी कारणों से बुर्के, हिजाब या निकाब में रखने का पक्षपोषण करता है। किंतु इसलाम आधारित पाकिस्तान के जनक जिन्ना अपनी पत्नी के साथ जब लॉर्ड वेलिंगटन के भोज में पहुँचे थे, तब रत्तनबाई बड़े गले की पतली पोशाक, जिसमें अंग प्रदर्शित हो रहा था, पहनकर पहुँची थी। जब इसपर वेलिंगटन की पत्नी ने रत्तनबाई का अपमान करना चाहा, तो जिन्ना ने इसका विरोध करते हुए भोज का बहिष्कार कर दिया।

मजहबी कट्टरता के कारण मुल्ला-मौलवियों से जिन्ना को गहरी चिढ़ थी। मसजिद में जाने से उन्हें परहेज था। यहाँ तक कि जब 1906 में ढाका स्थित नवाब समीउल्लाह की अध्यक्षता में मुसलिम लीग की स्थापना हो रही थी, तब वे कांग्रेस के कलकत्ता अधिवेशन में सम्मिलित हुए। उस समय गोपाल कृष्ण गोखले उनके आदर्श थे। 1913 में जब यूरोप में बाल्कन युद्धों के कारण भारतीय मुसलिमों का ब्रितानी-प्रेम विभक्त होने लगा, तब जिन्ना ने मुसलिम लीग की सदस्यता ग्रहण की। वे एक साथ कांग्रेस और लीग, दोनों के सदस्य बने रहे। यह स्थिति तब थी, जब कांग्रेस ने 1909 के काउंसिल एक्ट में मुसलमानों को पृथक् मताधिकार का विरोध किया था। वर्ष 1916 में कांग्रेस के लखनऊ अधिवेशन में एनी बेसेंट और लोकमान्य तिलक की प्रभावी भूमिका थी। मुसलिम लीग का अधिवेशन भी लखनऊ में ही बुलाया गया, जिसकी अध्यक्षता जिन्ना कर रहे थे। इसी वर्ष कांग्रेस और लीग के बीच लखनऊ पैक्ट हुआ था, जिसका वर्णन मैं अध्याय-9 में पहले ही कर चुका हूँ। वर्ष 1918 में तब सरोजिनी नायडू ने जिन्ना को 'हिंदू-मुसलिम एकता का अग्रदूत' बताया।

जब गांधीजी ने मजहबी खिलाफत आंदोलन का समर्थन किया, तब जिन्ना ने मजहब को राजनीति में घसीटने का विरोध करते हुए 1920 के नागपुर अधिवेशन में

कांग्रेस छोड़ने की घोषणा कर दी। तब जिन्ना ने गांधीजी को लिखा था, "अतिवादी कार्यक्रम घातक होंगे। अपने तरीकों से उन सभी संस्थाओं में जहाँ-जहाँ आपने हाथ बढ़ाया है, दरार और विभाजन पैदा कर दिया है।"[5] गांधीजी जानते थे कि मुसलिम समाज तब जिन्ना जैसे तत्कालीन सेक्युलर नेताओं का नहीं, बल्कि मुल्ला-मौलवियों का पिछलग्गू है। वे जानते थे कि यदि ब्रितानी-मुसलिम गठबंधन को तोड़ना है, तो उसके लिए मुल्ला-मौलवियों के सहयोग की आवश्यकता होगी, न कि तत्कालीन जिन्ना जैसे सेक्युलर मुसलिम नेताओं की। इसलिए गांधीजी ने अली बंधुओं से संपर्क करके खिलाफत आंदोलन का नेतृत्व किया।

वर्ष 1937 में प्रांतीय विधानसभाओं का चुनाव मुसलिम लीग के लिए निराशाजनक रहा। इस चुनाव के लिए जिन्ना ने लंदन स्थित अपना घर और बैंटली कार तक बेच दी थी। 485 मुसलिम आरक्षित सीटों में लीग मात्र 108 पर विजयी हुई। इसका अर्थ यह निकला कि लोकतांत्रिक प्रक्रिया के अंतर्गत मुसलिम लीग अविभाजित भारत में एक-चौथाई मुसलमानों का भी प्रतिनिधित्व नहीं कर रही थी। मुल्ला-मौलवियों ने जिन्ना को पसंद नहीं किया। तत्कालीन उत्तर-पश्चिमी सीमाई प्रांत, जहाँ 95 प्रतिशत मुसलिम थे—उन्होंने जिन्ना को अपमानित करते हुए कांग्रेस के पक्ष में मत दिया।[6] इससे क्रोधित इकबाल ने जिन्ना को अपने पत्राचार द्वारा मुसलिम मजहबी उन्माद को भड़काने और उग्र राजनीतिक कार्यक्रम अपनाने की प्रेरणा दी। जिन्ना के साथ इकबाल के पत्राचार में हमें केवल इकबाल के वही पत्र प्राप्त होते हैं, जिन्हें जिन्ना ने छह साल बाद 1943 में प्रकाशित किया था। परंतु जिन्ना ने उन पत्रों का क्या जवाब दिया था, वह आज भी एक रहस्य है।

इकबाल ने किया गृहयुद्ध का आह्वान

प्रांतीय निर्वाचन में मिली विफलता के बाद 28 मई, 1937 को इकबाल ने जिन्ना को पत्र लिखकर कहा था, "स्वतंत्र मुसलिम राज्य या राज्यों के बिना इस देश में इसलामी शरीयत का पालन और विकास असंभव है। अनेक वर्षों से यह मेरा दृढ़ विश्वास बन चुका है। यदि यह संभव नहीं हुआ, तो एकमात्र विकल्प गृहयुद्ध रह जाता है, जो कुछ वर्षों से हिंदू मुसलिम दंगों के रूप में चल रहा है...क्या तुम नहीं सोचते कि यह माँग उठाने का समय अब आ पहुँचा है?" उसी वर्ष 21 जून के पत्र में उन्होंने जिन्ना को लिखा, "मुझे स्मरण है कि मेरे इंग्लैंड से वापस रवाना होने से पूर्व लॉर्ड लोथियन ने मुझे कहा था कि भारत की मुसीबतों का यही एकमात्र संभावित हल है, पर इसे साकार करने में 25 वर्ष लगेंगे।"[7] इसके बाद ही जिन्ना ने सुबह, शाम और रात को मजहबी उन्माद जगाने और संविधानवाद के स्थान पर जिहाद का रास्ता अपनाया। तब मुसलिम लीग के अनुरोध पर

ब्रितानी सरकार द्वारा पारित अखिल भारतीय शरीयत अधिनियम, 1937 (वर्तमान मुसलिम पर्सनल लॉ) पहला आधिकारिक अधिनियम था, जिसने राजनीतिक मुसलिम अलगाववाद को इसलामी दर्शनशास्त्र के उपयोग से वैध बना दिया। जिन्ना ने इसके माध्यम से मुसलमानों में इसलामी पहचान और अलगाववाद को और अधिक मजबूती दी। 23 मार्च, 1940 को मुसलिम लीग ने अपने लाहौर अधिवेशन में भारत से अलग होकर पाकिस्तान नाम के अलग इसलामी देश बनाने का प्रस्ताव पारित कर दिया। तब जिन्ना ने भाषण देते हुए कहा था—

"The problem in India is not of an inter-communal character, but manifestly of an international one...It is extremely difficult to appreciate why our Hindu friends fail to understand the real nature of Islam and Hinduism. They are not religions in the strict sense of the word, but are, in fact, different and distinct social orders; and it is a dream that the Hindus and Muslims can ever evolve a common nationality; and this misconception of one Indian nation has gone far beyond the limits and is the cause of more of our troubles and will lead India to destruction if we fail to revise our notions in time. The Hindus and Muslims belong to two different religious philosophies, social customs, and literature. It is quite clear that Hindus and Mussalmans derive their inspiration from different sources of history. They have different epics, their heroes are different, and different episodes. Mussalmans are not a minority as it is commonly known and understood... Mussalmans are a nation according to any defination of a nation, and they must have their homelands, their territory, and their state".[8]

कालांतर में 16 अगस्त 1946 को हिंदुओं के खून से सना 'कलकत्ता डायरेक्ट एक्शन डे' हुआ। हजारों हिंदुओं का नरसंहार कर दिया गया। वास्तव में, यह मुसलिम लीग को जनवरी 1946 के प्रांतीय चुनाव में मजहबी उन्माद के बल पर मिली प्रचंड विजय का परिणाम था। इस घटनाक्रम का वर्णन आगामी अध्यायों में है। इसके एक वर्ष पश्चात् देश का रक्तरंजित विभाजन हो गया।

वैद्यजी ने 'स्वराज्यदान' में लिखा था—"मुसलिम लीग का कथन है कि हिंदुस्तान में यदि प्रजातंत्रात्मक शासन हो गया, तो वह वास्तव में हिंदुओं का राज्य होगा। इस कारण वे चाहते हैं कि पहले तो हिंदुस्तान का एक भाग पूर्ण रूप से मुसलमानों के हाथों में हो जाए, उसके बाद या तो हिंदुओं को डराकर मुसलमानों के अधीन रखा जाएगा या फिर कालांतर में उस भाग को भी विजित कर लिया जाएगा।"

भारत विभाजन की निर्भीक समीक्षा

युवावस्था से ही राजनीतिज्ञों से संपर्क, क्रांतिकारियों से निकटवर्ती संबंध और भारतीय सनातन संस्कृति का अतुल्य ज्ञान, इन सब की पृष्ठभूमि पर वैद्य गुरुदत्त ने हिंदी जगत् को 'विश्वासघात', 'देश की हत्या', 'दासता के नए रूप' और 'सदा वत्सले मातृभूमे!' उपन्यास के रूप में दिए, जिसके लिए उन्होंने उस समय के समाचार-पत्रों, आलेखों, नेताओं के वक्तव्यों को आधार बनाया। भारत-विभाजन की सर्वाधिक निर्भीक समीक्षा यदि किसी इतिहासकार ने की, तो वह वैद्य गुरुदत्त ही थे। भारत-विभाजन पर उनकी पुस्तक 'भारत : गांधी-नेहरू की छाया में' उनके प्रखर राष्ट्रवादी चिंतन से जनित राजनीति की कलुष कथा है। 'पुष्यमित्र' नामक उपन्यास की भूमिका में उन्होंने लिखा है—"महात्मा गांधी ने अहिंसात्मक आंदोलन से एक वर्ष में स्वराज्य देने का वचन देकर ऐसी भ्रांति उत्पन्न की कि सी.आर.दास और पं. मोतीलाल नेहरू जैसे बुद्धिमान अधिवक्ताओं से लेकर गाँव के सामान्य लोग उनके पीछे लग गए।" वैद्य गुरुदत्त अपने इस प्रकार के उपन्यासों के कारण छद्म सेक्युलरवादी साहित्यकारों के लिए घोर 'सांप्रदायिक' थे।

संदर्भ—

1. Muhammad Iqbal's 1930 Presidential Address to the 25th Session of the All & India Muslim League, Allahabad, 29 December, 1930
2. Pamphlet 'Now or Never', published by Choudhary Rahmat Ali as "Founder of Pakistan National Movement" in 1933. Pakistan: Fatherland of the Pak Nation By Choudhary Rahmat Ali. Pakistan National Liberation Movement, 1947, pp. 392
3. Hakim Ul Islam Shah Waliullah: Saviours of Islamic Spirit Vol : IV by Maulana S. Abul Hassan Ali Nadwi, pp. 63-64
4. विभाजन की असली कहानी, नरेंद्र सिंह सरीला (केंद्रीय भारत में सरीला रियासत के उत्तराधिकारी थे, लॉर्ड माउंडबेटन के ए.डी.सी. रहे और बाद में 1948-85 तक भारतीय विदेश सेवा से जुड़े रहे), राजकमल प्रकाशन, पृष्ठ 74
5. वही, पृष्ठ 73
6. वही, पृष्ठ 82-83
7. Two letters from Iqbal to Jinnah (1937); 28th May, 1937 & 21st June, 1937. G. Allana, Pakistan Movement Historical Documents (Karachi: Department of International Relations, University of Karachi, 1969), pp. 129-133.
8. Presidential address by Muhammad Ali Jinnah to the Muslim League, Lahore, 1940. (Annexure 25)

□

11

पाकिस्तान निर्माण में ए.एम.यू. की भूमिका

साधारणतः देश अपने उपयोग के लिए विश्वविद्यालय का निर्माण करते है, किंतु अलीगढ़ मुसलिम विश्वविद्यालय (ए.एम.यू.) अपवाद था। उसने अपने विचारगर्भ से पाकिस्तान नामक विषाक्त राष्ट्र को जन्म दिया था। स्वतंत्रता से पूर्व ए.एम.यू. मुसलिम लीग के राजनीतिक और अलगाववादी विचारधारा का मुख्य गढ़ बन चुका था। यही कारण था कि मुहम्मद अली जिन्ना ने वर्ष 1941 में इस विश्वविद्यालय को 'पाकिस्तान के आयुधशाला' की संज्ञा दी थी।[1] 31 अगस्त, 1941 को ए.एम.यू. के छात्रों को संबोधित करते हुए मुसलिम लीग के नेता (पाकिस्तान के प्रथम प्रधानमंत्री) लियाकत अली खान ने कहा था, "हम मुसलिम राष्ट्र की स्वतंत्रता की लड़ाई जीतने के लिए आपको उपयोगी गोला-बारूद के रूप में देख रहे हैं।"[2] जिहादी रजाकार कासिम रिजवी, जो स्वतंत्रता के समय हैदराबाद रियासत के भारत विलय का मुखर विरोध कर रहा था और जिसकी वैचारिक नींव पर ऑल इंडिया मजलिस-ए-इत्तेहादुल मुसलिमीन (ओवैसी बंधुओं का राजनीतिक दल) सक्रिय है, वह भी विषाक्त ए.एम.यू. का उत्पाद था। वर्ष 1954 में आगा खान ने अलीगढ़ के छात्रों को श्रद्धांजलि अर्पित करते हुए कहा था, "अकसर सभ्य इतिहास में विश्वविद्यालय देश के बौद्धिक और आध्यात्मिक जागरण में मुख्य भूमिका निभाते हैं। हम यह गौरव के साथ दावा कर सकते हैं कि संप्रभु पाकिस्तान का जन्म अलीगढ़ के मुसलिम विश्वविद्यालय में हुआ।"[3]

सच तो यह है कि दिसंबर 1930 में पाकिस्तान की आधिकारिक माँग हेतु ए.एम.यू. मुसलिम लीग का अनौपचारिक राजनीतिक-वैचारिक प्रतिष्ठान बन चुका था। 1939 में ए.एम.यू. छात्रसंघ ने जहाँ तत्कालीन कांग्रेस पर हिंदुत्व थोपने का आरोप लगाया, वहीं उसने भी मजहब आधारित विभाजन का प्रस्ताव पारित कर दिया।[4] अक्तूबर 1944 में महमूदाबाद के तत्कालीन राजा ने अलीगढ़ में एक मुसलिम शिविर लगाया[5], जिसमें विश्वविद्यालय के तत्कालीन प्रोफेसर डॉक्टर जफरुल हसन, प्रोफेसर अफजल हुसैन कादरी, जमीलुद्दीन अहमद और प्रोफेसर ए.बी.ए. हलीम ने हिस्सा लिया और पाकिस्तान

आंदोलन को लेकर गहन चर्चा की। तब मुसलिम लीग ने प्रोफेसर ए.बी.ए. हलीम के नेतृत्व में एक कमेटी का गठन किया था, जिसका काम पाकिस्तान आंदोलन का प्रचार पर्चों और साहित्य की रचना करना था। बाद में हलीम को मुसलिम लीग ने उत्तर प्रदेश मुसलिम छात्र संघ का अध्यक्ष बना दिया।[6] अलीगढ़ मुसलिम विश्वविद्यालय में विज्ञान संकाय के तत्कालीन अध्यक्ष एम.बी. मिर्जा को मुसलिम लीग ने छात्रसंघ और अलीगढ़ चुनाव समिति की कमान सौंप दी। वर्ष 1940 में प्रोफेसर जमीलुद्दीन अहमद ने लियाकत अली को विश्वास दिलाया था कि अलीगढ़ पाकिस्तान के निर्माण में महत्त्वपूर्ण भूमिका निभाता रहेगा। जब लियाकत अली खान ने मेरठ सीट से चुनाव लड़ा, तब उनके प्रचार में अलीगढ़ मुसलिम विश्वविद्यालय के सैकड़ों छात्रों ने बढ़-चढ़कर भाग लिया था। इस चुनाव में लियाकत ने विजय भी प्राप्त की थी।[7] जिस सक्रियता के साथ अलीगढ़ मुसलिम विश्वविद्यालय के छात्र और शिक्षक अलग देश की माँग संबंधी आंदोलन में भाग ले रहे थे, उससे पाकिस्तान के भावी जनक मुहम्मद अली जिन्ना अति अभिभूत थे।

वर्ष 1945-46 तक अलीगढ़ मुसलिम विश्वविद्यालय के छात्रों और शिक्षकों द्वारा 'दो राष्ट्र सिद्धांत' का प्रचार गति पकड़ चुका था। लीग के लिए पंजाब प्रांत उस समय काफी महत्त्वपूर्ण था, इसलिए उसने ग्रामीण क्षेत्रों में मुसलमानों को पाकिस्तान आंदोलन में जोड़ने की दिशा में काम करना शुरू कर दिया। देश के पाँचवें राष्ट्रपति बने फखरुद्दीन अली अहमद की जीवनी लिखने वाले एफ.ए.ए. रहमानी के अनुसार, "मुसलिम लीग अलीगढ़ मुसलिम विश्वविद्यालय को अपना राजनीतिक और वैचारिक प्रतिष्ठान बना चुका था, जबकि जिया-उल-हसन फारुकी उस समय इस विश्वविद्यालय को मुजाहिद्दीन-ए-पाकिस्तान के प्रशिक्षण केंद्र के रूप में देखते थे।"[8]

स्वतंत्रता से एक वर्ष पूर्व 1946 में अलीगढ़ में हिंदू और मुसलिमों के बीच सांप्रदायिक दंगे हुए। जिसमें चार लोगों की हत्या कर दी गई और तब हिंदुओं की लगभग 15 लाख रुपए (आज के हिसाब करोड़ों रूपयों) की संपत्ति को नष्ट कर दिया गया। दंगे की जाँच संभागीय आयुक्त जॉनस्टोन और डीआईजी द्वारा की गई, जिसमें यह पाया गया कि दंगों की शुरुआत अलीगढ़ के स्थानीय मुसलमानों के साथ-साथ अलीगढ़ मुसलिम विश्वविद्यालय के छात्रों ने की थी।[9] उस समय जो मुसलिम नेता, लीग के पाकिस्तान आंदोलन का विरोध कर रहे थे, जिसमें मौलाना आजाद और प्रोफेसर हूमायूँ कबीर भी शामिल थे, उनपर विश्वविद्यालय के छात्रों द्वारा घातक हमले भी किए गए थे। विभाजन और स्वाधीनता पश्चात् अपेक्षा थी, ए.एम.यू. बंद होगा या फिर इसके आधारभूत चिंतन में परिवर्तन आएगा। किंतु ऐसा आजतक नहीं हुआ।

22 अक्तूबर, 1947 को पाकिस्तानी सेना ने कश्मीर पर हमला किया, तब एक दिन पहले तक ए.एम.यू. छात्र पाकिस्तान की सेना में भर्ती हो रहे थे। इसकी भनक

लगते ही उत्तर प्रदेश के तत्कालीन मुख्यमंत्री गोविंद बल्लभ पंत ने देश के गृहमंत्री सरदार पटेल को चिट्ठी लिखी और विश्वविद्यालय में पाकिस्तानी सैन्य अधिकारियों के प्रवेश पर प्रतिबंध लग गया।[10] 1949 में अलीगढ़ मुसलिम विश्वविद्यालय के दीक्षांत समारोह में मौलाना आजाद ने हिस्सा लिया था। अपने संबोधन में उन्होंने कहा था कि इस विश्वविद्यालय के संस्थापक सैयद अहमद खान ने विभाजन से पूर्व एक बड़ी गलती करते हुए भारत के मुसलमानों को राष्ट्रीय आंदोलन से दूर कर दिया था। बकौल मौलाना आजाद, सैयद अहमद खान की राजनीतिक विचारधारा ने देश को काफी क्षति पहुँचाई।[11] अलीगढ़ मुसलिम विश्वविद्यालय के अधिकांश छात्र और शिक्षक, तत्कालीन कुलपति जाकिर हुसैन को कांग्रेस का एजेंट मानते थे और कहते थे कि उन्हें कांग्रेस ने विश्वविद्यालय के शुद्धीकरण के लिए भेजा है। मई 1953 में विश्वविद्यालय के तत्कालीन कुलपति जाकिर हुसैन ने सरकार को जानकारी दी कि कई पाकिस्तानी यहाँ दाखिला ले रहे हैं। उसी वर्ष अक्तूबर में विश्वविद्यालय के कई छात्रों ने स्वतंत्रत से पूर्व मुसलिम लीग के नेता रहे सैयद बदरुद्दुजा के नेतृत्व में मुसलिम सम्मेलन में भाग लिया था, जिसका तत्कालीन प्रधानमंत्री जवाहरलाल नेहरू ने विरोध करते इसे अवांछनीय और दोषपूर्ण बताया था। 1956 में अगस्त के अंतिम सप्ताह में मोहम्मद पैगंबर पर अमेरिकी लेखकों द्वारा आपत्तिजनक लेख छपने पर विश्वविद्यालय के छात्रों ने किताब के प्रकाशक के विरुद्ध प्रदर्शन किया था, जिसमें उन्होंने 'हिंदुस्तान मुर्दाबाद' और 'पाकिस्तान जिंदाबाद' के नारे लगाए थे।

विश्वविद्यालय में अलगाववादी तत्त्वों के निरंतर बढ़ते प्रभाव के बीच वर्ष 1956 में जाकिर हुसैन ने कुलपति पद से इस्तीफा दे दिया। जब वर्ष 1965 में नवाब अली यावर जंग को अलीगढ़ मुसलिम विश्वविद्यालय का अगला कुलपति नियुक्त किया गया, तब कालांतर में छात्रों ने उनपर जानलेवा हमला कर दिया। उस समय विश्वविद्यालय के लगभग 1600 छात्र शैक्षणिक परिषद् द्वारा आरक्षित सीटें सीमाबद्ध करने के फैसले के विरोध में उग्र विरोध प्रदर्शन कर रहे थे। हमला इतना घातक था कि उन्हें 65 जगह चोटें लगीं, जिसमें 30 अकेले सिर पर थीं। इस हमले से प्रतीत होता है कि यह प्रतिक्रिया आरक्षित सीटों के मुद्दों से संबंधित नहीं थी, अपितु प्रतिशोध की कारवाई थी। संभवतः यह हमला छात्रों द्वारा इसलिए किया गया था, क्योंकि 1948 में यावर जंग ने हैदराबाद को पाकिस्तान में शामिल करने की उग्रवादी संगठन रजाकर की माँग का विरोध किया था। हमले के समय उग्र छात्र और शिक्षक नारेबाजी कर रहे थे, जिसमें वे कह रहे थे, "हैदराबादी मुर्गे, तुमने हैदराबाद को हिंदुस्तान में मिलाया और अब तुम मुसलिम विश्वविद्यालय को नष्ट करने आए हो।" उत्तर प्रदेश सरकार द्वारा इस घटना की जाँच करवाई गई, परंतु यह विडंबना ही है कि इस मामले की जाँच रिपोर्ट अभी तक अस्तित्व में नहीं आई है।

स्वतंत्र भारत के प्रथम प्रधानमंत्री पं. नेहरू ने अलीगढ़ मुसलिम विश्वविद्यालय के इस विरोधाभासी दर्शन को 24 जनवरी, 1948 में पहचाना था। तब उन्होंने इसके दीक्षांत समारोह में भाषण देते हुए कहा था, "...मुझे अपनी विरासत और अपने पूर्वजों पर गर्व है, जिन्होंने भारत को बौद्धिक और सांस्कृतिक श्रेष्ठता प्रदान की। आप इस अतीत पर कैसा अनुभव करते हैं? क्या आपको लगता है कि आप भी इस विरासत के साझेदार हैं? क्या आप उसे देखकर रोमांचित नहीं होते, जो इस अनुभूति से पैदा हुई है कि हम एक विशाल खजाने के उत्तराधिकारी और संरक्षक हैं? हमारे मजहब अलग-अलग हो सकते हैं, किंतु यह उस सांस्कृतिक विरासत से वंचित होने का कारण नहीं बन जाता, जो आपकी भी है और मेरी भी।"[12] पं. नेहरू द्वारा उठाए गए उपरोक्त प्रश्न अब भी प्रासंगिक हैं।

जिन लोगों के कारण पाकिस्तान अस्तित्व में है, उनके सम्मान में इस इसलामी राष्ट्र में कई भवनों-सड़कों का नाम रखा गया है। अकेले सर सैयद के नाम से ही वहाँ 10 से अधिक विश्वविद्यालय हैं, जिसमें कराची का सर सैयद अहमद इंजीनियरिंग प्रौद्योगिकी विश्वविद्यालय, सर सैयद सरकारी कॉलेज (छात्रा) और रावलपिंडी स्थित प्रख्यात एफ.जी. सर सैयद अहमद कॉलेज आदि शामिल हैं। यही नहीं, वर्ष 2018 में सर सैयद की 200वीं जयंती पर पाकिस्तान ने उनकी समृति में डाक टिकट भी जारी किया था। यह इस कटु सत्य को रेखांकित करता है कि एएमयू और उसके संस्थापक सर सैयद अहमद खाँ का पाकिस्तान के निर्माण में कितना बड़ा योगदान था। यह विडंबना है कि विभाजन के बाद पाकिस्तान ने अपनी अलग पहचान को रेखांकित करने के लिए गांधीजी, नेताजी सुभाष चंद्र बोस, सरदार पटेल या फिर भगत सिंह के सम्मान में अपने किसी भी सार्वजनिक भवन, संस्था या फिर सड़क का नाम नहीं रखा है, वहीं भारत में सैयद के नाम पर कन्नूर (केरल) और बहराइच (उत्तर प्रदेश) में शिक्षण संस्थान हैं। यह चिंतन अंग्रेजों द्वारा स्थापित उसी दूषित शिक्षा पद्धति और औपनिवेशिक मानसिकता की देन है, जिसने भारतीय समाज के एक वर्ग को उनकी मूल जड़ों से काट दिया है।

यह दुर्भाग्यपूर्ण है कि सैयद अहमद खाँ द्वारा स्थापित अलीगढ़ मुसलिम विश्वविद्यालय, जो स्वतंत्रता मिलने के बाद सेक्युलरिस्टों की अनुकंपा से खंडित भारत के मुख्य शैक्षणिक केंद्रों में एक बना हुआ है, उसकी दीवारों पर पाकिस्तान के जनक मुहम्मद अली जिन्ना की तसवीर, तो देश के एक विकृत वर्ग को स्वीकार है, किंतु वे राष्ट्रवादी सावरकर की तसवीरों का मुखर विरोध करते हैं। यह विषैला चिंतन उसी कुटिल अंग्रेजी विमर्श का विषाक्त फल है, जिससे भारत आज भी जकड़ा हुआ है। इसी विरूपित विदेशी दृष्टिकोण पर वैद्य गुरुदत्त ने अपने साहित्य से बार-बार प्रहार किया है। उनकी

स्पष्ट और दृढ़ धारणा थी कि यदि इस देश को बहुलतावाद और लोकतांत्रिक मूल्य से जोड़े रखना है, तो समाज को उसकी मूल जड़ों से जोड़ना ही होगा। ऐसा नहीं होने के लिए वैद्यजी कांग्रेस की राजनीति को जिम्मेदार ठहराते थे।

संदर्भ—

1. Jamil-ud-Ahmed (ed), Speeches and Writings of Mr. Jinnah Vol. 1, 1968, Vol. 2 1976, Vol.1 pp. 243
2. Tazeen Faridi of the Muslim Students Federation cited in Mukhtar Zaman, Students' Role in Pakistan Movement Karachi, 1978, pp. 51 & 53
3. The Memoirs of Aga Khan, London, 1954, pp. 35-36.
4. Ibid 2, pp. 49
5. Naval Kishore Sharma's Speech in Rajya Sabha on 02 June, 1973. Rajya Sabha Debate, Vol. LXXX No. 12-21. Column 288.
6. Ibid 2, pp. 444
7. Ibid 2, pp. 473
8. F.A.A. Rehmaney, My Eleven Years with Fakhruddin Ali Ahmad, New Delhi, 1979, pp. 150
9. P.N. Chopra, Rafi Ahmad Kidwai: His Life and Works, Agra. 1960, pp. 114
10. Govind Ballabh Pant's Letter of 21st Oct 1947 to Sardar Patel. Selected Works of GB Pant, BR Nanda, (ch. ed) Government of India, New Delhi, 1999 Vol 12, pp. 81-82
11. Dr. Ravindra Kumar (ed): Selected Works of Maulana Abul Kalam Azad, New Delhi, 1992, Vol. 4. Document No. 11.
12. Freeing the spirit of Man: Nehru on communalism, theocracy and Pakistan, The Hindu, 30 Dec , 2019.
    https://www.thehindu.com/society/freeing-the-spirit-of-man-nehru-on-communalism-theocracy-and-pakistan/article30433860.ece

□

12

पाकिस्तान देश नहीं, बल्कि एक मानसिकता है

जिस पाकिस्तान को शेष विश्व आज एक देश के रूप में देखता और जानता है, वह वास्तव में उस रुग्ण विचारधारा की उपज है या यूँ कहें, स्वयं एक विषाक्त विचार है, जिसके गर्भ में 'काफिर-कुफ्र' की अवधारणा है। अब चूँकि किसी भी विचारधारा/मानसिकता को भौगोलिक सीमा में बाँधना असंभव है, इसलिए जिस रुग्ण चिंतन ने 1947 में भारत का रक्तरंजित विभाजन किया था, वह आज भी भारतीय उपमहाद्वीप में पाकिस्तान और बांग्लादेश के साथ शेष भारत में भी ज्यों-का-त्यों है—कश्मीर का वर्तमान स्वरूप उसका सबसे बड़ा मूर्त रूप है।

अकसर, स्वतंत्र भारत में मुसलिम जनप्रतिनिधियों सहित स्वघोषित सेक्युलरवादी और वामपंथी यह दावा करते थकते नहीं कि विभाजन के समय भारत में बसे मुसलमानों ने पाकिस्तान और दो राष्ट्र सिद्धांत को निरस्त कर दिया था। यदि ऐसा है, तो पाकिस्तान का निर्माण किसने किया था ? इसके लिए क्या कोई बाहर से आया था ? यह ठीक है कि भारत के विभाजन में अंग्रेजों की एक भूमिका थी, परंतु क्या अकेले ब्रितानियों के लिए करोड़ों की जनसंख्या वाले देश को स्थानीय सहायता के बिना टुकड़ों में बाँटना संभव था, जिसकी पूर्ति मुसलिम समाज के बहुत बड़े वर्ग और वामपंथियों ने की थी ? पाकिस्तान के पहले प्रधानमंत्री लियाकत अली और राष्ट्रपति इस्कंदर मिर्जा भारत में जन्मे थे और इसी तरह जिया-उल-हक, परवेज मुशर्रफ भी थे। पाकिस्तान के 12वें राष्ट्रपति ममनून हुसैन का जन्म भी आगरा में हुआ था।

वास्तव में, इस कुतर्क की हवा निकालने के लिए अविभाजित भारत में 1946 का प्रांतीय चुनाव का परिणाम पर्याप्त है, जिससे पाकिस्तान के लिए भारतीय मुसलिम समाज का समर्पण स्पष्ट रूप से रेखांकित होता है। विभाजन से लगभग डेढ़ वर्ष पहले हुए इस चुनाव में लीग ने जिन 492 मुसलिम आरक्षित सीटों में अपने प्रत्याशी खड़े किए थे, उनमें

87 प्रतिशत—429 सीटें जीत में परिवर्तित हुई थीं। तत्कालीन बॉम्बे (मुंबई), उड़ीसा (ओडिशा) और मद्रास (चेन्नई) में मुस्लिम आरक्षित सीटों पर लीग का विजयी प्रतिशत 100 था। बंगाल में 95, मध्यप्रांत-बरार (वर्तमान मध्य प्रदेश-छत्तीसगढ़-महाराष्ट्र) में 93, असम में 91, पंजाब में 86, बिहार में 85 और संयुक्त प्रांत (वर्तमान उत्तर प्रदेश-उत्तराखंड) की 82 मुसलिम सीटों को मुसलिम लीग ने अपने नाम किया था। यह सभी क्षेत्र आज भी खंडित भारत का हिस्सा हैं। केवल तत्कालीन उत्तर-पश्चिम सीमांत प्रांत, जो आज पाकिस्तान में है और जिसे हम खैबर पख्तूनवा नाम से जानते हैं, वहाँ लीग को मात्र 47 प्रतिशत वोट मिले। सिंध में वह केवल 82 मुसलिम आरक्षित सीटें जीत पाई थी। इसके अतिरिक्त, जहाँ मुसलिम लीग प्रत्याशियों की पराजय हुई, वहाँ भी उसे मत प्राप्त हुए ही होंगे। इसका अर्थ यह हुआ कि अविभाजित भारत में मुसलिम समाज का बहुत बड़ा वर्ग पाकिस्तान के पक्ष में था। 1946 का यह चुनाव प्रभावी रूप से एक जनमत संग्रह था, जिसमें भारतीय उपमहाद्वीप के लगभग 90 प्रतिशत से अधिक मुसलमानों ने मुसलिम लीग को वोट दिया था—अर्थात् इसलाम के नाम पर बने पाकिस्तान का खुला समर्थन। मुहम्मद अली जिन्ना ने भी स्वयं 1946 का चुनाव लड़ा था। तब उन्होंने वर्तमान पाकिस्तान के किसी क्षेत्र से—अर्थात् लाहौर, रावलपिंडी, पेशावर, सिंध या फिर कराची से नहीं, बल्कि बॉम्बे के बायकुला सीट से चुनाव लड़ा था और भारी मतों से विजयी हुए थे।

यह विडंबना ही है कि पाकिस्तान आंदोलन में शामिल कई नेता और कार्यकर्ता रक्तरंजित विभाजन के बाद भी खंडित भारत में रुक गए। जब 14 अगस्त, 1947 में यह इसलामी देश अस्तित्व में आया, तब कई मुसलिम नेता भारत में ही रह गए, जिनमें से अधिकतर कालांतर नें कांग्रेस से जुड़ गए। बेगम एजाज रसूल—मुसलिम लीग के उत्तर प्रदेश प्रांत की नेत्री थीं,[1] जो न केवल संविधान सभा की सदस्य चुनी गईं, साथ ही 1969-70 और 1970-71 में उत्तर प्रदेश की कांग्रेस सरकार में मंत्री भी बनीं। मुसलिम लीग के नेता रहे ताहिर मोहम्मद और तज्मुल हुसैन स्वतंत्रता के बाद संविधान सभा के सदस्य बने और कांग्रेस के लोकसभा सांसद रहे।[2]

इसी तरह, दो राष्ट्र सिद्धांत के समर्थक मोहम्मद सादुल्लाह[3], जो स्वतंत्रता से पहले असम के मुख्यमंत्री थे, वे संविधान प्रारूप समिति के सदस्य बने। पीरपुर के राजा सैयद अहमद महदी[4], 1957-62 और 1962-67 कांग्रेस सांसद रहे। सैयद बदरुद्दूजा[5], जो बंगाल मुसलिम लीग के नेता के रूप में पाकिस्तान आंदोलन में सक्रिय थे, जिनके जिहादी विचारों से पं. नेहरू भी परिचित थे—वे भी स्वतंत्र भारत में विधायक और सांसद चुने गए। सुल्तान सलाहुद्दीन ओवैसी[6], जो रजाकरों की भाँति स्वतंत्रता के समय हैदराबाद के भारत में विलय का विरोध कर रहे थे, वे भी भारत में रुके रहे, सांसद बने और आज

उनके वशंज असदुद्दीन ओवैसी वर्तमान मुसलिम समाज का प्रतिनिधित्व करने का दावा करते हैं। इस प्रकार के लोगों की एक लंबी सूची है।

इस विकृत स्थिति का उल्लेख देश के प्रथम गृहमंत्री और उप-प्रधानमंत्री सरदार वल्लभभाई पटेल ने 3 जनवरी, 1948 को कलकत्ता (कोलकाता) में दिए भाषण में किया था। तब पटेल ने कहा, "…इधर कुछ लोग कहते हैं कि भई, हमारे यहाँ सेक्युलर स्टेट चाहिए। यहाँ हिंदुओं का सांप्रदायिक राज नहीं होना चाहिए। कौन कहता है कि यहाँ सांप्रदायिक राज बनाओ? हिंदुस्तान में तो आज भी तीन-चार करोड़ मुसलमान पड़े हैं। यहाँ सांप्रदायिक राज कैसे हो सकता है। लेकिन एक बात यह है कि हिंदुस्तान में जो मुसलमान पड़े हैं, उनमें से काफी लोगों, शायद ज्यादातर लोगों ने पाकिस्तान बनाने में साथ दिया था। ठीक है। अब एक रोज में, एक रात में उनका दिल बदल गया…यह मेरी समझ में नहीं आता। अब वे सब कहते हैं कि हम वफादार हैं और हमारी वफादारी में शंका क्यों करते हो? अपने दिल से पूछो! यह बात आप हमसे क्यों पूछते हो? यह हमसे पूछने की बात नहीं है…।"[7] सरदार पटेल ने अपने इस भाषण में खंडित स्वतंत्र भारत में उस जनभावना को आवाज दी थी, जो आज भी मुखर है और उससे वामपंथियों, जिहादियों के साथ स्वघोषित सेक्युलर जमात को गहरा मानसिक आघात पहुँचता है।

क्या यह सच नहीं है कि देश के भीतर एक ऐसा वर्ग है, जो भारतीय पासपोर्टधारक होते हुए भी उनका दिल केवल पाकिस्तान और उसके वैचारिक चिंतन के लिए धड़कता है? आखिर उस पाकिस्तान की सच्चाई क्या है? यह सही है कि मुहम्मद अली जिन्ना ने 11 अगस्त, 1947 को पाकिस्तानी संविधान सभा को संबोधित करते हुए कहा था— "पाकिस्तान में हर व्यक्ति मंदिर और मसजिद या फिर अन्य किसी पूजास्थल में जाने के लिए स्वतंत्र होगा। व्यक्ति के मजहब, जाति और पंथ से राज्य को कोई मतलब नहीं होगा।"[8] परंतु उनकी यह बहुलतावादी उद्घोषणा, जो उनके हिंदू पूर्वजों के संस्कारों का स्वाभाविक परिणाम रहा होगा, वह उस 'दो राष्ट्र सिद्धांत' का परस्पर-विरोधी था, जो स्वतंत्र अखंड भारत की लोकतांत्रिक व्यवस्था में हिंदुओं के साथ बराबर बैठने में घृणा से सिंचित था, जिसमें 600 वर्षों तक पराजित हिंदुओं पर राज (उत्पीड़न सहित) करने, तलवार के बल पर मतांतरण करने और उनके मंदिरों को तोड़ने की दुर्भावना थी। इसलिए जिन्ना के निधन के पश्चात् 12 मार्च, 1949 को पाकिस्तान के नीति-निर्माताओं ने 'शरीयत' को अंगीकार कर लिया।[9]

पाकिस्तान के इसी वैचारिक दंश से उसके अल्पसंख्यक ही नहीं, मुसलिम भी प्रभावित हैं। इसलाम मुख्यत: दो धड़ों में बँटा है—शिया और सुन्नी समाज। दोनों के बीच 1,400 साल से मजहबी तनाव रहा है। पाकिस्तान में शियाओं की आबादी कुल

जनसंख्या का लगभग 20 प्रतिशत- अर्थात् 4.5 करोड़ के आसपास है। एक आँकड़े के अनुसार, पाकिस्तान में 2001 से 2018 तक सुन्नी मत के जिहादियों ने 3 हजार शिया मुसलिमों को आतंकी हमला करके मौत के घाट उतार दिया। इसी तरह, इसी कालखंड में हजारा मुसलिम समुदाय के 2 हजार लोगों को मौत के घाट उतार दिया गया है इसी तरह पाकिस्तान के वैचारिक अधिष्ठान द्वारा मुसलिम समाज के अहमदियाओं को काफिर घोषित कर दिया गया। वहाँ वे या तो इसलामी कट्टरपंथी के उत्पीड़न, सामाजिक बहिष्कार और जिहाद का शिकार बनते हैं या फिर राजकीय स्तर पर अहमदिया समूह के लोगों को प्रताड़ित किया जाता है।

पाकिस्तान में गैर-इसलामी पूजास्थलों की स्थिति

जिन भारतीय क्षेत्रों को मिलाकर 1947 में पाकिस्तान बनाया गया था, वहाँ हजारों वर्ष पहले वेदों की ऋचाएँ सृजित हुई थीं। बहुलतावादी सनातन संस्कृति का विकास हुआ था। यही कारण है कि वैदिक सभ्यता की जन्मभूमि होने के कारण उस भूक्षेत्र में हिंदू, बौद्ध, जैन और सिखों के कई सौ मंदिर-गुरुद्वारे थे, जिनमें से कई आध्यात्मिक और ऐतिहासिक दृष्टि से अत्यंत महत्त्वपूर्ण थे। इन मंदिरों में चकवाल स्थित महाभारतकालीन कटासराज मंदिर भी शामिल है, जिसका विभाजन से पहले महत्त्व जम्मू स्थित माँ वैष्णो देवी मंदिर के समकक्ष था। दुर्भाग्य से अधिकांश या तो खँडहर में परिवर्तित हो चुके हैं या जमींदोज या फिर उनपर मुसलिमों का कब्जा हो चुका है। यह स्थिति अचंभित करने वाली बिल्कुल भी नहीं है, क्योंकि 'काफिर-कुफ्र' के मजहबी दर्शन से प्रेरित व्यवस्था में गैर-इसलामी संस्कृति और उसके प्रतीकों के लिए कोई स्थान नहीं होता है। कोई आश्चर्य नहीं कि विभाजन के समय पाकिस्तान में हिंदुओं और सिखों की संख्या वहाँ की कुल जनसंख्या का 15-16 प्रतिशत थी, वह 2021 में डेढ़ प्रतिशत भी नहीं है। जबकि भारत में मुसलिम आबादी इसी कालखंड में 10 प्रतिशत से 14 प्रतिशत अधिक हो गई है और लगभग तीन लाख नई-पुरानी मसजिदें हैं।

वर्ष 1892 में सैयद मोहम्मद लतीफ और खान बहादुर द्वारा लिखित पुस्तक 'लाहौर : इट्स हिस्ट्री, आर्किटेक्चरल रीमेंस एंड एंटिक्स', जिसे मैंने बतौर राज्यसभा सांसद वर्ष 2003 में अपने आधिकारिक पाकिस्तान दौरे के दौरान लाहौर से खरीदा था, इसमें लाहौर के कई ऐतिहासिक शिवालयों, मंदिरों और गुरुद्वारों का पता सहित विस्तार से वर्णन है। भाई बस्ती राम हवेली के निकट बाँके बिहारी का मंदिर लाहौर का सबसे धनी मंदिर था।[10]

मैं जब इस पुस्तक में वर्णित पूजास्थलों की तत्कालीन स्थिति देखने निकला, तब उनकी विभीषिका को देखकर मैं स्तब्ध रह गया। पता चला कि 1947 के बाद वह मंदिर,

शिवालय या तो मसजिद-दरगाह में परिवर्तित कर दिए गए हैं या वह किसी की निजी संपत्ति बन गए या फिर वे लावारिस खँडहर के रूप में मवेशियों का चरागाह बन चुके हैं। मंदिरों के भग्नावशेषों का सरकारी संरक्षण करने के प्रतिकूल स्थानीय लोगों या व्यापारियों को 'काफिर' हिंदुओं की आस्था को कलंकित और अपमानित करने हेतु प्रोत्साहित किया जा रहा है। जब मैं लाहौर स्थित प्रसिद्ध चार मंजिला रेस्त्राँ 'कुक्कू डेन' में रात्रिभोज के लिए पहुँचा, तब वहाँ जगह-जगह हिंदू देवी-देवताओं की खंडित मूर्तियों और मंदिर अवशेषों ने मुझे झकझोर दिया।

सौभाग्यवश अपने पाकिस्तान प्रवास में मुझे ननकाना साहिब के दर्शन करने का भी अवसर मिला। तब वहाँ के मुख्य ग्रंथी ने जो कुछ मुझे बताया, वह पाकिस्तानी सत्ता-अधिष्ठान के अल्पसंख्यक उत्थान के दावों की पोल खोलने के लिए पर्याप्त है। मुख्य ग्रंथी ने मुझे बताया था कि यहाँ के गुरुद्वारों पर पाकिस्तानी खुफिया एजेंसी आई.एस.आई. का कब्जा है और चढ़ावे का पैसा सीधे आई.एस.आई. के खजाने में जाता है। यही नहीं, उस समय मेरे साथ आए पाकिस्तानी सुरक्षाकर्मियों के काफिले ने सिख पंथ की मर्यादा का अपमान करते हुए, जूते पहनकर और बिना सिर ढके, गुरुद्वारे में प्रवेश कर लिया था। जब अधिकारियों के समक्ष मैंने इसका सख्त विरोध किया, तब जाकर मेरे साथ आए सुरक्षाकर्मी सिख मर्यादा का सम्मान करने को बाध्य हुए और साथ चलने लगे। मेरे निर्देश पर जब सुरक्षाकर्मी और अधिकारी गुरुद्वारे से बाहर गए, तब ग्रंथी ने उपरोक्त जानकारी साझा की।

ननकाना साहिब का महत्त्व इसलिए भी अधिक है कि सिखों के साथ हिंदू भी इस पवित्र स्थल को अपनी सांस्कृतिक आस्था का केंद्र मानते हैं। मुझे याद है कि उस समय ननकाना साहिब के प्रांगण में दो-तीन शादियाँ हो रही थीं, जिसमें गिने-चुने 20-25 लोग ही शामिल हुए थे और भोजन की व्यवस्था भी सामान्य से नीचे थी। वर-वधू के एक जोड़े को मुझे आशीर्वाद देने का सौभाग्य भी मिला था, जहाँ मुझे गुरुद्वारे के प्रांगण में वैदिक रीति-रिवाज और सिख परंपरा से विवाह संस्कार होते हुए दिखाई दिए थे।

पाकिस्तान में गैर-इसलामी प्रतीकों की दुर्गति इसलिए है, क्योंकि वहाँ का 'इको सिस्टम' बहुलतावाद और पंथनिरपेक्षता जैसे जीवन-मूल्यों को अस्वीकार करता है। 11वीं-12वीं तक हिंदू-बौद्ध बहुल रहे, अफगानिस्तान में आज प्राचीन बुद्ध प्रतिमाओं (बामियान स्थित सहित) का खंडित-ध्वस्त होना और वहाँ हिंदू-सिखों की संख्या 1970 के दशक में सात लाख से घटकर सितंबर 2022 तक मात्र लगभग 40 पर पहुँचना—उसी विषाक्त 'इको सिस्टम' की उपज है।[11]

पाकिस्तान पिछले 75 वर्षों से भारत में जनित और विकसित सांस्कृतिक जड़ों से स्वयं को काटने और मध्यपूर्व देशों की निकटता प्राप्त करने का असफल प्रयास कर रहा

है। कटु सत्य तो यह है कि इस जड़विहीन पाकिस्तान को इसलामी राष्ट्र होने के बावजूद मध्यपूर्वीय देश सम्मान या बराबर की नजर से नहीं देखते हैं। पाकिस्तान का कौमी तराना (राष्ट्रगान) इसी मानसिकता का मूर्त रूप है।

अकसर, मेरा संपर्क अनेक बुद्धिजीवियों से होता है, जो स्वयं को उदारवादी और प्रगतिशीलवादी कहकर गौरवान्वित होते हैं। अधिकांश का मत है कि भारत और पाकिस्तान की सांस्कृतिक विरासत लगभग एक है। उनके अनुसार, पाकिस्तान ने उर्दू को अपनी राष्ट्रीय भाषा घोषित किया है, जिसका उपयोग भारत में भी व्यापक रूप से किया जाता है। अब यह पूरी तरह झूठ तो नहीं है, किंतु यह पूरा सत्य भी नहीं है। यह सच है कि पाकिस्तान की आधिकारिक राष्ट्रीय भाषा उर्दू है, किंतु उसके देश में केवल 8 प्रतिशत लोग ही इस भाषा का उपयोग करते हैं, जबकि लगभग आधी जनसंख्या पंजाबी बोलती है। फिर भी पाकिस्तान का राष्ट्रगान उर्दू या पंजाबी के बजाय विशुद्ध फारसी भाषा में लिखा गया है। अब इसके पीछे की कहानी न केवल दिलचस्प है, साथ ही वह भारत-पाकिस्तान संबंध की व्याख्या करने में भी मदद करती है।

वर्ष 1947 में मजहब के नाम पर रक्तरंजित विभाजन के बाद शेष विश्व के समक्ष पाकिस्तान की तथाकथित पंथनिरपेक्ष छवि स्थापित करने हेतु मुहम्मद अली जिन्ना ने हिंदू मूल के उर्दू शायर जगन्नाथ आजाद द्वारा लिखित एक उर्दू गीत को राष्ट्रगान बनाया। अब चूँकि इसे एक हिंदू ने लिखा था, इसलिए इसका पाकिस्तानी नेतृत्व से लेकर आम लोगों ने भारी विरोध किया। परिणामस्वरूप, कुछ समय के भीतर इसे प्रतिबंधित कर दिया गया। 30 जनवरी, 1950 को जब इंडोनेशिया के तत्कालीन राष्ट्रपति सुकर्णो बतौर पाकिस्तान का दौरा करने वाले पहले विदेशी राष्ट्राध्यक्ष के रूप में पहुँचे, तब उस समय कोई पाकिस्तानी राष्ट्रगान ही नहीं बजाया गया। इस घटना के कुछ दिन बाद 1 मार्च, 1950 को जब ईरान के तत्कालीन शाह पाकिस्तान के दूसरे विदेशी अतिथि बने, तब पाकिस्तानी हुकूमत ने अहमद चागला द्वारा तैयार एक बिना गीत वाली 'धुन' को पाकिस्तानी राष्ट्रगान के रूप में प्रस्तुत किया। यही नहीं, जब उसी वर्ष पाकिस्तान के पहले प्रधानमंत्री लियाकत अली राजकीय यात्रा पर अमेरिका पहुँचे, तब भी उसी बिना गीत वाली धुन को बजाया गया। उसके बाद 1952 में एक प्रतियोगिता के माध्यम से सामने आए 723 गीतों में से हाफिज जालंधरी द्वारा लिखित फारसी गाने को राष्ट्रगान बनाना सुनिश्चित हुआ, जिसमें उर्दू भाषा के नाम पर केवल 'का' शब्द का उपयोग हुआ है, जबकि शेष विशुद्ध फारसी काव्य शब्दावली है।

विडंबना देखिए कि भारतीय उपमहाद्वीप में तीन दर्जन से अधिक भाषाएँ बोली जाती हैं। उस समय के पाकिस्तान में उर्दू सहित बांग्ला, पंजाबी, सिंधी, पशतो, बलूची,

सराइकी इत्यादि समृद्ध भाषाएँ होते हुए भी विदेशी फारसी भाषा, जिसे बोलने-समझने वालों की संख्या बेहद कम है, फिर भी उसमें लिखे गीत को राष्ट्रगान स्वीकार किया गया। अब गुरुदेव रवींद्रनाथ टैगोर द्वारा रचित भारतीय राष्ट्रगान संस्कृत भाषा से सुसज्जित है, जिसकी जड़ें वैदिक कालखंड से विश्व के इस भूखंड से जुड़ी हैं। किंतु पाकिस्तान द्वारा स्वीकृत फारसी राष्ट्रगान उस चिंतन का मूर्त रूप है, जो खंडित भारत की सनातन और बहुलतावादी संस्कृति से अलग पहचान बनाने हेतु प्रयत्नशील है, जिसका प्रयास आठवीं शताब्दी से 'गजवा-ए-हिंद' के नाम पर किया जा रहा है।

इसका एक प्रमाण आधिकारिक पाकिस्तानी वेबसाइट भी है। इनपर कासिम द्वारा सिंध के तत्कालीन हिंदू साम्राज्य को ध्वस्त करना, पाकिस्तान निर्माण का प्रारंभिक बिंदु बताया गया है। ऐसा इसलिए है, क्योंकि वह स्वयं को इसलामी आक्रमणकारियों का उत्तराधिकारी मानता है। इसी कारण पाकिस्तान के अधिकांश मिसाइलों-युद्धपोत के नामों—गजनवी, गौरी, बाबर, अब्दाली, टीपू आदि हैं। क्या यह सच नहीं कि अखंडित भारत में एक वर्ग ऐसा है, जो इन्हीं इसलामी आक्रांताओं को अपना प्रेरणास्रोत मानता है?

वर्ष 2019 के भीषण पुलवामा आत्मघाती आतंकवादी हमले (14 फरवरी), जिसमें केंद्रीय रिजर्व पुलिसबल के 40 जवान बलिदान हो गए थे—उससे संबंधित घटनाक्रम के बाद देश में अधिकांश लोगों का मत था कि पाकिस्तान को उसके घर में घुसकर ठोंक दिया जाए, जोकि 26 फरवरी को बालाकोट एयरस्ट्राइक के रूप में हुआ भी था। इस हमले से जहाँ पाकिस्तान के अधिकांश लोग अपने देश के वैचारिक अधिष्ठान के अनुरूप गौरवान्वित हुए और जिहादी आदिल को शहीद की संज्ञा दे रहे थे, ठीक उसी तरह असंख्य वामपंथियों की भाँति भारतीय मुसलिम समाज का एक वर्ग भी आत्मघाती आदिल और उसके आतंकी संगठन 'जैश-ए-मोहम्मद' से सहानुभूति रख रहा था। जहाँ कश्मीर स्थित पुलवामा के काकापोरा गाँव में आदिल के परिजनों को स्थानीय लोग 'मुबारकबाद' दे रहे थे, वहीं शेष भारत के कई क्षेत्रों के अनगिनत लोग भी इस हमले को विजय उत्सव के रूप में मना रहे थे। यह कर्नाटक में बेंगलुरु पुलिस द्वारा 23 वर्षीय कश्मीरी छात्र ताहिर लतीफ की गिरफ्तारी से स्पष्ट हो जाता है, जिसने सोशल मीडिया पर लिखा था, "इस बहादुर व्यक्ति को एक बड़ा सलाम। अल्लाह आपकी शहादत को स्वीकार करे और आपको जन्नत में सर्वोच्च स्थान दे, शहीद आदिल भाई।" बेंगलुरु के ही एक निजी कॉलेज के तीन कश्मीरी छात्रों—गोवल मुश्ताक, जाकिर मकबल और हैरिस मंसूर को हमले का जश्न मानने और आतंकी आदिल का विरोध करने वाले अन्य सहपाठियों से मारपीट करने पर गिरफ्तार किया गया था। इसी प्रकार के कई मामले उत्तर प्रदेश और बिहार से भी सामने आए। अलीगढ़ मुसलिम विश्वविद्यालय ने तो अपने एक कश्मीरी छात्र को देशविरोधी टिप्पणी करने पर निलंबित कर दिया था। हिमाचल प्रदेश में

भी छात्र तहसीन गुल को उसके तीन साथियों के साथ हिरासत में लिया गया था। ऐसे ही मामले में जयपुर स्थित पैरामेडिकल की 4 कश्मीरी छात्राओं को नेशनल इंस्टीट्यूट ऑफ मेडिकल साइंस (निम्स) ने निलंबित कर दिया था।

कश्मीर में कई वर्षों तक पाकिस्तानी झंडा लहराना और उसके समर्थन में नारे लगाने का एक लंबा इतिहास है। इस विकृति का शिकार 13 अक्तूबर, 1983 को भारतीय क्रिकेट टीम भी हुई थी, जब वेस्टइंडीज के खिलाफ कश्मीर के शेर-ए-कश्मीर स्टेडियम में खेले जा रहे मैच में मजहबी उन्माद के शिकार दर्शकों ने न केवल पाकिस्तान जिंदाबाद के नारे लगाए थे, साथ ही उन्होंने मैदान में घुसकर पिच तक को भी क्षति पहुँचा दी थी। तब इस मैच को बीच में ही खराब रोशनी के नाम पर रद्द कर दिया गया था। ऐसे अनगिनत उदाहरण हैं।

इस संबंध में मैं वर्ष 2018 में उत्तर प्रदेश में गोली का शिकार हुए चंदन गुप्ता की बात करना चाहूँगा। उत्तर प्रदेश के कासगंज में तिरंगा यात्रा निकालने वाले चंदन की कुछ मुसलिमों ने गोली मारकर हत्या सिर्फ इसलिए कर दी, क्योंकि वह 'पाकिस्तान मुर्दाबाद' का नारा लगा रहा था। यह मानसिकता केवल मुसलिम समाज के एक वर्ग में सामान्यजन तक सीमित नहीं है। अभिजात्य वर्ग भी इसका शिकार है। पूर्व उप-राष्ट्रपति हामिद अंसारी सहित कई अन्य प्रतिष्ठित मुसलिमों द्वारा बार-बार 'मुसलिमों में असुरक्षा' की भावना का राग अलापना इसका उदाहरण है। सच तो यह है कि इसी प्रकार की भावना ने पाकिस्तान को जन्म दिया था। 1888 में सर सैयद का भाषण इसका प्रमाण है।

अक्तूबर 2020 में फ्रांस की राजधानी में पेरिस में एक शिक्षक की जिहादी ने इसलिए हत्या कर दी, क्योंकि वे पैगंबर साहब की तसवीर दिखाकर छात्रों को 'अभिव्यक्ति की स्वतंत्रता' का पाठ पढ़ा रहा था। इसपर फ्रांस ने सख्त काररवाई की। इसपर वैश्विक मुसलिम समाज का एक बड़ा वर्ग हत्यारे के प्रति सहानुभूति दिखाने लगा, तो फ्रांसीसी सरकार के खिलाफ लामबंद हो गया। भारत में भोपाल, मुंबई, हैदराबाद आदि नगरों में, जहाँ हजारों मुसलमानों ने उत्तेजित नारों के साथ प्रदर्शन किया, तो कई मुसलिम बुद्धिजीवी (मुनव्वर राणा सहित) फ्रांस की आतंकवादी घटनाओं को उचित ठहराते नजर आए। बात यदि पाकिस्तान और बांग्लादेश की करें, तो वहाँ इस घटना के प्रतिक्रियास्वरूप इसलामी उपद्रवियों ने कराची स्थित हिंदू मंदिर तोड़कर उसमें रखी मूर्तियों को नष्ट कर दिया; ढाका स्थित कोमिला में दर्जनों अल्पसंख्यक हिंदुओं के घरों को आग लगा दी गई। अब घटना हुई फ्रांस में, किंतु हिंदुओं पर गुस्सा क्यों फूटा? शायद इसलिए, क्योंकि ईसाइयों की भाँति हिंदू भी जिहादियों की नजर में 'काफिर' हैं।

फ्रांसीसी घटना पर भारत में अधिकांश मुसलमान आक्रोशित क्यों हुए? क्या यह पैगंबर साहब के अपमान और इसलाम पर फ्रांसीसी सरकार द्वारा तथाकथित चोट से

संबंधित था या फिर कोई और कारण था? क्योंकि यदि बात इसलाम पर हमले या पैगंबर साहब के अपमान की होती, तो चीन के खिलाफ इस क्षेत्र के मुसलमान कहीं अधिक आंदोलित होते। यह साम्यवादी देश योजनाबद्ध तरीके से न केवल 1.2 करोड़ उइगर मुसलमानों का उत्पीड़न कर रहा है, साथ ही उनकी मजहबी पहचान को भी नष्ट कर रहा है। संक्षेप में कहें, तो चीन में इनका 'सांस्कृतिक नरसंहार' हो रहा है। अब चीन, जो खुलकर पैगंबर मोहम्मद साहब की विरासत और इसलाम को समाप्त करने में जुटा है—उसके खिलाफ इस क्षेत्र में किसी प्रकार का आंदोलन तो दूर, मुसलमानों ने इसका संज्ञान तक नहीं लिया। अब भारतीय मुसलिम का एक वर्ग, जो फ्रांस की काररवाई पर बिलबिला उठा था, वह भारत के खिलाफ युद्ध की मुद्रा में बैठे चीन की इसलाम विरोधी हरकतों पर वर्षों से चुप क्यों है? क्या यह खामोशी फ्रांस के विरुद्ध उस गुस्से का भी हिस्सा है, जिसका रिश्ता मजहबी उद्देश्य 'गजवा-ए-हिंद' की प्राप्ति से जुड़ा है? क्या भारत में फ्रांस का विरोध इसलिए भी किया गया था, क्योंकि फ्रांसीसी अत्याधुनिक राफेल लड़ाकू विमान भारतीय वायुसेना में शामिल किया गया है, जो पाकिस्तान के जिहादी मनसूबों को चुनौती देगा?

निस्संदेह, किसी भी भारतीय को 'पाकिस्तानी' कहना उसे कलंकित करने के समान है। उसका एक स्पष्ट कारण भी है। पाकिस्तान अपने जन्म से प्रत्यक्ष-अप्रत्यक्ष रूप से भारत से युद्ध कर रहा है। हर दूसरे दिन सीमापार से होने वाले आतंकवादी हमलों और सैन्य गोलीबारी में कई निरपराध (जवान सहित) अपनी जान गँवाते हैं। इसलामी गणराज्य होने के कारण पाकिस्तान 'काफिर' भारत के खिलाफ अघोषित रूप से जिहाद में लिप्त है। ऐसे में एक औसत भारतीय के लिए पाकिस्तान, जो आतंकवाद का पर्याय है—उससे सहानुभूति रखने वाला हर व्यक्ति देशद्रोही है। अब कुछ लोगों, विशेषकर वामपंथियों को इससे आपत्ति हो सकती है। वे कहते हैं कि अभिव्यक्ति की स्वतंत्रता सभी को है, तो किसी के द्वारा भारत में 'पाकिस्तान जिंदाबाद' और 'भारत तेरे टुकड़े होंगे' नारा लगाने में क्या बुराई है? यह वही जमात है, जो 'भारत माता की जय', 'वंदे मातरम्' या पाकिस्तान विरोधी नारों से एकाएक बौखला उठती है और उसे सांप्रदायिक घोषित कर देती है। आखिर इन सबका जिम्मेदार कौन है?

संदर्भ—

1. N.K. Jain (ed), Muslims in India: A Biographical Dictionary, Delhi, 1983
2. Lok Sabha Who's Who, 1957, 1960, Lok Sabha Secretariat, New Delhi; Ibid 1.
3. S.P. Sen (ed), Dictionary of National Biography.
4. Ibid 2, Who's Who

5. Nehru's Letters to Chief Ministers 15 Nov., 1953. Nehru's Letter to BC Roy, 11 Nov., 1953. Selected Works of Jawaharlal Nehru, (Second Series) Vol. 24 (Oct 1953 to Jan 1954), (ed) Ravindra Kumar and SY Sharda Prasad, Delhi 1999.
6. Ibid 1
7. भारत की एकता का निर्माण (27 भाषण), सरदार वल्लभभाई पटेल, पब्लिकेशंस डिवीजन, ओल्ड सेक्रेटरियट, दिल्ली, प्रथम संस्करण, नवंबर 1948
8. G. Allana, Pakistan Movement Historical Documents (Karachi: Department of International Relations, University of Karachi, 1969), pp. 407-411.
9. CONSTITUENT ASSEMBLY OF PAKISTAN DEBATES. VOLUME V, (7th to 12th March. 1949)
10. Lahore: Its History, Architectural Remains and Antiquities, with an Account of Its Modern Institutions, Inhabitants, Their Trade, Customs, and etc. By Bahadur Khan, Syad Muhammad Latif First published 1 January, 1892 pp. 234-42.
11. 55 Afghan Sikhs, Hindus reach Delhi by special flight Times of India. 26 Sep 2022. http://timesofindia.indiatimes.com/articleshow/94441433.cms?utm_source=contentofinterest&utm_medium=text&utm_campaign=cppst; 'No future for us,' say Afghan Sikhs after temple attack, Times of India. 20 June 2022. http://timesofindia.indiatimes.com/articleshow/92342471.cms?utm_source=contentofinterest&utm_medium=text&utm_campaign=cppst.

□

13

हिंदू-मुसलिम खाई के लिए जिम्मेदार कौन?

क्या हिंदू-मुसलिम समाज में कटुता का इतिहास 1947 में भारत के रक्तरंजित विभाजन से प्रारंभ होता है ? यह सही है कि 75 वर्ष पहले इसलाम के नाम पर देश के तीन टुकड़े हो गए। किंतु यह मात्र एक पड़ाव है। जैसा कि पूर्ववर्ती अध्याय में विस्तारपूर्वक बताया कि पाकिस्तान कोई देश नहीं, अपितु एक विषैली मानसिकता है। ठीक उसी प्रकार हिंदू-मुसलिम समस्या का आधार सह-अस्तित्व की भावना का अभाव है। भारत ने अपनी बहुलतावादी संस्कृति के अनुरूप इसलाम सहित कई मजहबों के अनुचरों को शरण दी। समस्या तब शुरू हुई, जब यहाँ की मूल संस्कृति के विरुद्ध हिंसा और यहाँ की परंपराओं पर कुठाराघात होने लगा। डॉ. आंबेडकर ने अपने लेखन-कार्य 'पाकिस्तान या भारत का विभाजन' में हिंदू-मुसलिम तनाव के तीन मुख्य कारणों की पहचान की थी, जिसमें उन्होंने—गोहत्या, मसजिदों के बाहर संगीत और मतांतरण को चिह्नित किया था। बकौल बाबासाहेब, "दोनों समुदाय में व्याप्त तनाव को कम करने और सामाजिक एकता स्थापित करने का पहला प्रयास वर्ष 1923 में तब किया गया, जब 'भारतीय राष्ट्रीय संधि' का प्रस्ताव रखा गया था, जो विफल हो गया।"[1] गांधीजी ने भी इस दिशा में अथक प्रयास किए थे, किंतु वे भी असफल रहे। स्पष्ट है कि हिंदू-मुसलिम संबंधों में 'शत्रुभाव' कोई एक-दो दशक या मार्क्स-मैकाले मानसपुत्रों द्वारा प्रतिपादित आक्षेप 'आक्रमक हिंदुत्व' के कारण नहीं, बल्कि सदियों पुराने 'काफिर-कुफ्र' अवधारणा से प्रेरित है।

श्रीराम और गौधन—इस देश की सनातन संस्कृति का आधार हैं। लगभग 500 वर्षों के लंबे सभ्यतागत युद्ध के बाद वर्ष 2019-20 से अयोध्या में मर्यादा पुरुषोत्तम श्रीराम के भव्य मंदिर का निर्माण प्रारंभ हुआ। किंतु गौसंवर्धन पर क्या स्थिति है ? मई 2017 में कांग्रेस कार्यकर्ताओं ने प्रधानमंत्री नरेंद्र मोदी, भाजपा और आर.एस.एस. का विरोध करते हुए केरल की सड़क पर सरेआम गाय के बछड़े को जिबह करके उसका मांस खाया था।[2]

गौसंवर्धन पर विरोध करने वालों को दो भागों में बाँटा जा सकता है। पहला—मुसलिम समाज का वह वर्ग, जो आज भी अपने को इस देश की सनातन संस्कृति से नहीं जोड़ पाया और स्वयं को मोहम्मद बिन कासिम, गजनवी, बाबर या औरंगजेब आदि के उत्तराधिकारी के रूप में देखता है। दूसरे—समाज के वे लोग हैं, जो आज भी हर मुद्दे को मार्क्सवादी-मैकाले के चश्मे से देखते हैं और किसी भी राष्ट्रीय समस्या पर स्वाभिमानी दृष्टिकोण रखने में अक्षम हैं।

मैं कुछ वर्ष पूर्व तुर्की गया था। वहाँ के संग्रहालय में मोहम्मद पैगंबर साहब की छवि भी प्रदर्शित है। अब यदि कोई अभिव्यक्ति की स्वतंत्रता के नाम पर मो. साहब का चित्र या मूर्ति बनाए, तो क्या यह उचित होगा? सभ्य समाज में स्वतंत्रता के अधिकार का प्रयोग, दूसरों की भावनाओं को चोट पहुँचाकर नहीं किया जा सकता। यदि भारत में अल्पसंख्यकों की मजहबी भावनाओं को देखते हुए तस्लीमा नसरीन और सलमान रुश्दी की पुस्तकों पर प्रतिबंध लगाकर 80 प्रतिशत से अधिक आबादी के पढ़ने के अधिकार को समाप्त किया जा सकता है, तो बहुसंख्यकों की भावनाओं का सम्मान करते हुए गौवध पर पूर्ण प्रतिबंध गलत क्यों है? क्या एक सभ्य देश में सभी मजहबों की भावनाओं का सम्मान, बराबरी के स्तर पर नहीं होना चाहिए?

विश्व में गाय सहित किसी भी पशु से क्रूरता, अमानवीय है। भारतीय संविधान के नीति-निर्देशक सिद्धांत के 48वें अनुच्छेद में भी गौवंशों की रक्षा की व्यवस्था की गई है। गौवध के कई समर्थक वैदिक सभ्यता में गोमांस का सेवन किए जाने का भी कुतर्क रखते हैं। एक बात तो यह कि यह झूठ है। दूसरा हजारों वर्ष पूर्व क्या होता था, उसकी प्रासंगिकता आज क्या है? पहले सती प्रथा के साथ-साथ अस्पृश्यता जैसी कुरीतियाँ भी थीं। किंतु हिंदू समाज के भीतर प्रबुद्ध लोगों द्वारा कालांतर में किए गए सामाजिक सुधारों ने इन बुराइयों को दूर किया। हमारा समाज सनातन है, अर्थात् पुरातन के साथ नित-प्रतिदिन नूतन भी है।

भारत के सांस्कृतिक वाङ्मय में देवों और दानवों के बीच समुद्र मंथन का उल्लेख मिलता है। मंथन से जो विष मिला, उस हलाहल को भगवान् भोलेनाथ पी गए। दूसरे रत्न के रूप में गाय मिली, जो महर्षि वशिष्ठ को दे दी गई। उन्होंने इन्हें कामधेनु की संज्ञा दी। भारतीय संस्कृति में गौ संवर्धन और गौरक्षा आदि का उल्लेख, विश्व के प्राचीनतम ग्रंथ ऋग्वेद में कई अवसरों में स्पष्ट रूप से मिलता है। ऋग्वेद 1.164.27:, 1.164.40:, 10.73.9 और 8.101.15: आदि इसके उदाहरण है।[3] इसके अतिरिक्त, यजुर्वेद 30.18:, 13.49:, अथर्ववेद 4.21.5:, 1.16.4: में भी इसका उल्लेख है।[4] भारतीय चिंतन पद्धति में, चाहे वह किसी पंथ या मान्यता से अनुप्राणित हो, गाय को अनादिकाल से ही पूज्यनीय माना गया है। इसलिए उसके वध को महापाप समझा जाता रहा है।

इस बात में दो राय नहीं कि भारत में बाह्य आक्रमणों के कारण बहुत सारी कुरीतियाँ आईं। तुर्कों और अरबों के आक्रमण के बाद से कहा जा सकता है कि गायों पर अत्याचार शुरू हुए। यह किसी मजहबी दायित्व के लिए नहीं किया गया, बल्कि विजितों को नीचा दिखाने और उनकी भावनाओं को ठेस पहुँचाने के लिए किया गया था। इसलाम पर अरब का बहुत प्रभाव है, जहाँ गाय होती ही नहीं थी। यह कुरीति मांसभक्षक अंग्रेजों के साथ भारत आई। स्वतंत्रता आंदोलन के दौरान गौरक्षा भी एक प्रमुख संकल्प बन गया था। भारत के प्रथम स्वतंत्रता आंदोलन का मुख्य कारण भी यही था। शहीद मंगल पांडे ने चर्बी चढ़े कारतूस को दाँत से काटने की मनाही कर दी और ब्रितानी सार्जेंट व्हीलर को गोली मारकर स्वतंत्रता का बिगुल फूँक दिया। इस पहले स्वातंत्र्य समर के कारण 11 मई से लेकर 20 सितंबर, 1857 तक बहादुर शाह जफर दिल्ली की गद्‍दी पर आसीन रहे। बादशाह जफर ने दीवाने आम में दरबार आयोजित कर राजा-महाराजा, ताल्लुकेदारों और जागीरदारों को चिट्ठियाँ लिखवाईं और उन्हें आजादी की जंग में शामिल होने को कहा। दूसरा महत्त्वपूर्ण फैसला बादशाह ने हिंदू-मुसलिम एकता को मजबूत करने के लिए लिया था। दिल्ली की क्रांतिकालीन आजाद हुकूमत का जो संविधान तैयार किया गया, उसमें गोवध पर पाबंदी को पहले स्थान पर रखा गया। बादशाह की ओर से यह फरमान भी जारी किया गया कि न सिर्फ गाय का कत्ल करने वालों को, बल्कि इसके लिए उकसाने या भड़काऊ अफवाहें फैलाने वालों को भी तोप से उड़ाने की सजा दी जाएगी।[5] सिखों के दसवें गुरु गोबिंद सिंहजी ने माँ दुर्गा के सामने गौरक्षा के लिए प्रतिज्ञा की थी—"यदि देहु आज्ञा तुर्क गाहै खपाऊँ, गऊ घात का दोष जग सिउ मिटाऊँ।"[6] इसी प्रकार वर्ष 1870 में नामधारी सिखों ने भी गौरक्षा के लिए कूका आंदोलन छेड़ा।

लोकमान्य बाल गंगाधर तिलक, लाला लाजपत राय आदि नेताओं ने स्वतंत्रता-प्राप्ति के बाद गौरक्षा अधिनियम बनाने का संकल्प लिया था। स्वतंत्रता मिलने के बाद 19 नवंबर, 1947 को मवेशियों के संरक्षण व संवर्धन के लिए दातार सिंह की अध्यक्षता में गठित आयोग ने भी मवेशियों के कत्ल पर पूर्ण प्रतिबंध लगाने की संस्तुति की, किंतु तत्कालीन भारतीय नेतृत्व के मुसलिम तुष्टीकरण के खेल ने इसे होने नहीं दिया। ऐसे ही दिल्ली में 7 नवंबर, 1966 को गौमाता का जयघोष कर रहे हजारों गोरक्षकों पर कांग्रेसी सरकार ने गोलियाँ चलवा दीं, जिसमें कई गोभक्त शहीद हो गए। गोरक्षा के लिए अदालतों में मुकदमे भी चले, जिनमें से एक 'मोहम्मद हनीफ बनाम बिहार सरकार' के मामले में सर्वोच्च न्यायालय ने निर्णय सुनाते हुए कहा कि बकरीद के मौके पर मुसलिमों को गौवध का कोई मजहबी अधिकार नहीं है। ऐसे ही एक मामले में कलकत्ता उच्च न्यायालय ने भी गोकशी पर रोक लगाई थी।

वस्तुतः कम्युनिस्टों समेत सभी छद्म पंथनिरपेक्षियों ने अपने-अपने वैचारिक एजेंडे

की पूर्ति हेतु मुसलिम समाज का दोहन किया है। इन लोगों ने मुसलिम समाज के एक वर्ग में व्याप्त मध्यकालीन मानसिकता, कट्टरता का संरक्षण और पोषण करके देश के सबसे बड़े अल्पसंख्यक समाज को आधुनिक परिवेश के अनुरूप बदलने से रोक रखा है। वामपंथियों के लिए मुसलमान कोई हाड़-मांस का व्यक्ति नहीं, अपितु देश को फिर से टुकड़ों में बाँटने का अस्त्र है। ये लोग कभी मुसलिम समज की मूलभूत समस्याओं जैसे अशिक्षा, गरीबी, सामाजिक कुरीतियों पर चर्चा नहीं करते, अपितु यह उन्हें इसलामी पहचान, समान नागरिक संहिता, मदरसे के नाम पर एकजुट तथा राममंदिर और गौसंवर्धन के विरोध में खड़ा करते हैं।

इसी प्रकार वामपंथियों के कुनबे ने मुसलिमों से राम मंदिर से जुड़ी वास्तविकता को दशकों तक छिपाए रखा था। पुरातत्त्व विशेषज्ञ डॉ. के.के. मोहम्मद, जोकि भारतीय पुरातत्त्व सर्वेक्षण विभाग के उत्तर प्रदेश के निदेशक रह चुके थे—उन्होंने मलयालम भाषा में प्रकाशित अपनी आत्मकथा 'जानएन्ना भारतीयन' में यह बात स्वीकार की थी कि वर्ष 1976-77 में रामजन्मभूमि स्थल पर हुई पुरातत्त्व विभाग की खुदाई में विशाल मंदिर होने के पर्याप्त प्रमाण मिले थे और उनकी टीम ने ये प्रमाण केंद्र की तत्कालीन कांग्रेस सरकार को सौंपे भी थे। किंतु वामपंथियों के प्रभाव के कारण कांग्रेस सरकार ने इनकी अवहेलना की। डॉ. मोहम्मद उस टीम का हिस्सा थे, जिसका नेतृत्व प्रोफेसर बी.बी. लाल कर रहे थे। प्रोफेसर लाल तब भारतीय पुरातत्त्व विभाग के महानिदेशक थे। डॉ. मोहम्मद ने बताया कि वामपंथी इतिहासकारों ने इस मामले का समाधान नहीं होने दिया और भारतीय इतिहास अनुसंधान परिषद् के तत्कालीन सदस्य प्रोफेसर इरफान हबीब, रोमिला थापर, बिपिन चंद्रा, एस. गोपाल जैसे वामपंथी इतिहासकारों ने मुसलिमों को भ्रम में रखा।[7]

श्रीराम के साथ गाय भी करोड़ों बहुसंख्यक हिंदुओं के लिए आस्थागत भावना का विषय है। किंतु उसे केवल मजहबी चश्मे से भी देखना न्यायसंगत नहीं, क्योंकि गाय भारतीय आर्थिकी के साथ इस भूखंड की कालातीत सनातन संस्कृति का अभिन्न हिस्सा रही है। सिख पंथ के लिए भी गौरक्षा महत्त्वपूर्ण है। इसी कारण दशकों से वृहद भारतीय समाज, संवैधानिक मर्यादा में रहकर गोकशी पर प्रतिबंध की माँग या चर्चा करता रहा है, जिन्हें अकसर स्वघोषित सेक्युलरिस्ट, वामपंथी, स्वयंभू उदारवादी और इब्राहीमी समाज का एक वर्ग—'सांप्रदायिक' घोषित कर देता है। उनका तर्क होता है कि यह उनके पसंदीदा खाने के मौलिक अधिकार पर आघात है। क्या किसी भी राष्ट्र के कानून या व्यवस्था को उसकी संस्कृति और इतिहास से काटा जा सकता है ?

अमेरिका के कई प्रांतों के साथ कई यूरोपीय देशों में मजहबी, सांस्कृतिक और भावनात्मक कारणों से भोजन के लिए घोड़े का मांस प्रतिबंधित है। वहाँ लोग कुत्ते-बिल्ली के साथ भावनात्मक लगाव रखते हैं और उन्हें अपना सहचर मानते हैं, इसलिए उसे भी मारकर खाना सांस्कृतिक-सामाजिक कलंक (टैबू) समझते हैं। ब्रिटेन में भी

कुत्तों के मांस की ब्रिकी वर्जित है। 2021 में दक्षिण कोरिया के तत्कालीन राष्ट्रपति मून ने भी कुत्ते के मांस सेवन पर प्रतिबंध लगाने का आह्वान किया था।[8] वर्ष 2017 से ताइवान में भी इस प्रकार के मांसों के बिक्री-सेवन पर प्रतिबंध है।[9] किंतु यह विडंबना है कि भारत में करोड़ों लोगों के भावनात्मक जुड़ाव के प्रतीक गोवंशों की हत्या को पूरी तरह से प्रतिबंधित नहीं किया जा सका है। क्यों?

गोकशी पर पाबंदी पर्यावरण के लिए लाभदायक है। संयुक्त राष्ट्र की एक रिपोर्ट गोमांस सेवन को पर्यावरण के लिए काफी घातक बता चुकी है। विरोधाभास देखिए कि भारत में जो विदेशी धनपोषित स्वयंसेवी संगठन पर्यावरण के नाम पर विकास परियोजनाओं और पशु-क्रूरता के नाम पर हिंदू पर्वों के साथ देशज परंपराओं (जल्लीकट्टू सहित) का विरोध करते हैं, वे गोकशी रोकने के लिए नहीं बोलते। इसका कारण उनके भारत-हिंदू विरोधी एजेंडे, चिंतन और मैकाले-मार्क्स के नैरेटिव में छिपा है।

संदर्भ—

1. Dr. Babasaheb Ambedkar: Writings and Speeches Vol. 8 First Edition by Education Department, Govt. of Maharashtra: 26 January, 1990 Reprinted by Dr. Ambedkar Foundation: January, 2014; Pakistan: National Frustration, pp. 311
2. Kerala: Youth Congress workers booked for slaughtering calf in public. Indian Express. 28 May, 2017. https://indianexpress.com/article/india/kerala-youth-congress-workers-slaughter-cow-cattle-in-public-beef-fests-4678031/
3. Rgveda, with Original Sanskrit Text, Transliteration & Lucid English Translation in the Tradition of Yaska & Dayananda By Dr. Tulsi Ram.
4. ANNEX-V II (2) Superiority of Cow Milk Paper by Sh. I.K. Narang, Paragraph 5.2.3. Department of Animal Husbandry and Dairying, Govt. of India. 07 July, 2002.
5. BAHADUR SHAH II AND THE WAR OF 1857 IN DEHLI WITH ITS UNFORGETTABLE SCENES (1958) By MAHDI HUSAIN, M.A., Ph.D. (London), D.Lit. (Sorbonne, Paris). Pg. 39. ATMA RAM & SONS Booksellers, Publishers & Printers Kashmiri Gate, DELHI-6.
6. Ugardanti – Guru Gobind Singh
7. An Indian I Am By K.K. Muhammed.
8. South Korea's President Moon raises dog meat ban. Times of India. Sep 27, 2021. http://timesofindia.indiatimes.com/articleshow/86552686.cms?utm_source=contentofinterest&utm_medium=text&utm_campaign=cppst
9. Taiwan bans eating dog and cat meat. CNN. April 12, 2017. https://edition.cnn.com/2017/04/12/asia/taiwan-bans-eating-dog-and-cat-meat/index.html

□

14

क्या विदेशी आक्रमणकारी हमारे राष्ट्रनिर्माता थे?

वामपंथी इतिहासकारों ने भारतीय संस्कृति, परंपराओं और संबंधित प्रतीक-चिह्नों व मान-बिंदुओं को गौण करने के उद्देश्य से इसलामी आक्रांताओं की छवि सहिष्णु और समरसतावादी के रूप में स्थापित की है। यही वर्ग अपने विचारों में अकसर विकृत दावा करता पाया जाता है कि मुगल और विदेशों से भारत आए मुसलिम राष्ट्रनिर्माता थे। क्या ऐसा हो सकता है? क्या इसी आधार पर ब्रितानियों को भी इसी श्रेणी में रखा जा सकता है? अंग्रेज वह विदेशी डकैत थे, जिन्होंने 200 से अधिक वर्षों तक भारत को लूटा, यहाँ की मूल सनातन संस्कृति को बौद्धिक रूप से विकृत किया और स्वदेश रवाना हो गए। भारत की प्रसिद्ध अर्थशास्त्री उत्सा पटनायक ने 2018 में कोलंबिया विश्वविद्यालय प्रेस में एक शोध लेख लिखा था, जिसमें यह निष्कर्ष निकाला गया कि ब्रिटेन ने लगभग दो शताब्दियों के कर और व्यापार के आधार पर 1765 से 1938 के बीच भारत से लगभग 45 ट्रिलियन डॉलर लूटे। यह राशि ब्रिटेन और भारत के तत्कालीन संयुक्त सकल घरेलू उत्पाद का लगभग 17 गुना थी। अमेरिका के वाशिंगटन डी.सी. में 1 अक्तूबर, 2019 को विख्यात थिंक टैंक अटलांटिक परिषद् द्वारा आयोजित कार्यक्रम में हिस्सा लेते हुए विदेश मंत्री एस. जयशंकर ने कहा था, "...आपमें से कई लोगों ने किसी दूसरे देश में एक बात सुनी होगी 'अपमान की एक सदी'। भारत को वास्तव में पश्चिम द्वारा अपमान की दो सदियाँ झेलनी पड़ी थीं, क्योंकि पश्चिम, जब अपने शिकारी रूप में था, तो 18वीं शताब्दी के मध्य में भारत में आया था और लगभग 190 वर्ष बाद तक वहाँ बना रहा। और यह दिलचस्प था, मुझे लगता है कि एक साल पहले, वास्तव में एक बहुत ही गंभीर आर्थिक अध्ययन किया गया, जिसमें यह अनुमान लगाने की कोशिश की गई थी कि भारत से अंग्रेजों ने जो लिया, उसका मूल्य असल में कितना था और जो गणना की गई, उसके मुताबिक आज की कीमत

के हिसाब से 45 ट्रिलियन डॉलर निकलकर आता है। यह आपको इस बात का बोध कराने के लिए है कि उन दो सौ वर्षों में वास्तव में क्या हुआ था।" इस शोधपत्र ने स्पष्ट रूप से ब्रितानियों के उन दावों को सिरे से नकार दिया, जिसमें वे अकसर ब्रिटिश राज को भारत के लिए लाभान्वित बताते थकते नहीं हैं।

ब्रितानियों की भाँति इसलामी आक्रांताओं का आचरण भी लगभग ऐसा ही था। कुछ आक्रमणकारी यहाँ की अकूत संपदा को लूटकर चले गए, तो शेष ने देश पर ही कब्जा कर लिया। तब उन्होंने न केवल यहाँ की स्थानीय बहुलतावादी संस्कृति को नष्ट किया, साथ ही इस भूखंड की अस्मिता और सामाजिक जीवन के मानबिंदुओं को भी रौंद डाला। उनके मजहबी उन्माद में हजारों मंदिर धूल-धूसरित हो गए, असंख्य निरपराधों को या तो तलवार के बल पर मतांतरित कर दिया गया या फिर मजहबी उत्पीड़न के बाद मौत के घाट उतार दिया गया। प्रख्यात इतिहासकार किशोरी सरन लाल ने अपनी पुस्तक 'Growth of Muslim Population in Medieval India (1000-1800)' में अनुमान लगाया था कि भारतीय उपमहाद्वीप पर इसलामी आक्रमण के परिणामस्वरूप वर्ष 1000 और 1525 के बीच भारत में लगभग 6-8 करोड़ लोग मारे गए थे। उन्होंने निष्कर्ष निकाला था कि अकेले क्रूर महमूद गजनवी के भारत पर आक्रमणों के दौरान लगभग 20 लाख लोग मारे गए थे।

ब्रितानी और इसलामी दस्युओं में एक बहुत बड़ा अंतर था। जहाँ 1947 में अंग्रेज भारत को कंगाल बनाकर इसे अपने मानसपुत्रों के हाथों में सौंपकर चलते बने, तो इसलामी आक्रांताओं के मानसबंधुओं का भारत के एक-तिहाई से अधिक भू-भाग पर आज भी कब्जा है—जहाँ इस भूखंड की मूल संस्कृति, उसकी संतानों और सनातन जीवन-मूल्य—लोकतंत्र, बहुलतावाद और पंथनिरपेक्षता के लिए कोई स्थान नहीं बचा है।

अब चूँकि विचारधारा को भौगोलिक सीमा में बाँधकर नहीं रखा जा सकता, इसलिए खंडित भारत में विषैले मजहबी चिंतन के असंख्य पैरोकार हैं। यही लोग अकसर इसलामी राज को 'आदर्श' बताने के लिए कुतर्कों का भी सहारा लेते हैं। भ्रम फैलाते हैं कि इसलामी आक्रांताओं और स्थानीय हिंदू राजा-महाराजाओं के बीच हुआ युद्ध, मजहबी आयाम से मुक्त होकर केवल अहंकार और सत्ता हेतु संघर्ष था। यदि इस कुतर्क को आधार बनाएँ, तो क्या भारत में ब्रितानियों द्वारा स्थापित विश्वविद्यालयों या ब्रिटेन से शिक्षा प्राप्त करके आए गांधीजी, सरदार पटेल, सुभाषचंद्र बोस, वीर सावरकर, लाला लाजपत राय, केशव बलिराम हेडगेवार, पं. दीनदयाल उपाध्याय, पं. मदन मोहन मालवीय और पं. नेहरू आदि स्वतंत्रता सेनानियों का संघर्ष सत्ता का संघर्ष था?

दावा किया जाता है कि मुसलिम शासकों के यहाँ हिंदू, तो हिंदू-सिख सम्राटों के यहाँ मुसलिम सहायक थे। इस तर्क को पुख्ता करने के लिए अकबर के प्रधान सेनापति

मानसिंह-प्रथम, मुहम्मद आदिल शाह के मंत्री हेमचंद्र विक्रमादित्य उर्फ हेमू, तो महाराजा महाराणा प्रताप की सेना में हकीम खाँ सूरी और मराठाओं के साम्राज्य में दौलत खान आदि मुसलिमों का उदाहरण दिया जाता है। यदि इस कुतर्क को भी आधार बनाएँ, तो अंग्रेजों के लिए लड़ने वाले सैनिक, उनके शासन में काम करने वाले कर्मचारी/अधिकारी और यहाँ तक कि वीर क्रांतिकारी भगत सिंह-राजगुरु-सुखदेव को फाँसी पर लटकाने वाला कौन था ? सभी अधिकांश जन्म से भारतीय थे। दूसरी ओर सिस्टर निवेदिता, एनी बेसेंट, चार्ल्स फ्रीर एंड्रूज आदि यूरोपीय नागरिक भी भारतीय स्वतंत्रता के पक्षधर थे। क्या इस आधार पर अंग्रेजों को विदेशी आक्रांता कहना छोड़ देना चाहिए ? ब्रितानियों का प्रारंभिक लक्ष्य साम्राज्य का विस्तार और भारतीय संपदा को लूटना था। अपने शासन को शाश्वत बनाने के लिए अंग्रेजों ने कुटिल 'बाँटो और राज करो' नीति अपनाई और असली इतिहास को विकृत करके समाज को बाँटने का काम किया। इस चिंतन से स्वतंत्र भारत का एक वर्ग आज भी जकड़ा हुआ है।

इसलामी आक्रांताओं द्वारा भारत पर हमले के पीछे कई मजहबी प्रेरणाएँ थीं। वर्ष 712 में मोहम्मद बिन कासिम ने सिंध पर आक्रमण कर तत्कालीन हिंदू राजा दाहिर को पराजित किया। तब उसने गैर-मुसलिमों को 'जिम्मी/धिम्मी' घोषित किया था, जिन्हें शरीयत के मुताबिक जीवित रहने के लिए कर (जजिया) देना होता था। इसे कालांतर में कई इसलामी आक्रांताओं ने लागू किया। पाकिस्तान की आधिकारिक वेबसाइटों और पाठ्य-पुस्तकों में दावा किया जाता है कि मो. कासिम पहला पाकिस्तानी था और सिंध भारतीय उपमहाद्वीप का पहला इसलामी राज्य था। कासिम के आक्रमण के लगभग तीन शताब्दी बाद 'काफिर-कुफ्र' अवधारणा से प्रेरित होकर महमूद गजनवी ने भारत पर हमला किया। उसने भी मजहबी उन्माद में मंदिर तोड़े, लूटपाट की, तलवार के बल पर इसलाम का प्रचार-प्रसार किया और असंख्य हत्याएँ कीं। इसके बाद महमूद गजनवी ने काफिरों की हत्या, मतांतरण, मंदिर तोड़ने आदि की प्रतिज्ञा लेकर भारत पर कई बार आक्रमण किए। इसके दो शताब्दी बाद मोहम्मद गोरी भारत आया और उसने इसलाम के जन्म के 574 वर्ष बाद 1206 में दिल्ली सल्तनत की स्थापना की, जो 320 वर्ष तक चली।[1]

इससे पहले वर्ष 1193 में इसलामी आक्रांता बख्तियार खिलजी नालंदा महाविहार को फूँक चुका था, फिर कई अन्य सैकड़ों वर्ष पुराने ज्ञानपीठों जैसे उदयगिरि, विक्रमशिला, ओदंतपुर, सोमपुरा, रत्नागिरि, पुष्पागिरि का विध्वंस कर दिया गया। इसके एक के बाद एक दर्जनों इसलामी आक्रमणकारी भारत आते रहे। विडंबना देखिए कि जिस समय भारत में सैकड़ों मंदिरों के साथ नालंदा विश्वविद्यालय सहित भारत के कई प्राचीन शैक्षणिक संस्थाओं को इसलामी आक्रांताओं द्वारा मजहबी कारणों से जमींदोज किया जा रहा था, तब लगभग उसी कालखंड में भारतीय उपमहाद्वीप से हजारों मील दूर यूरोप

में विश्वप्रसिद्ध ऑक्सफोर्ड सहित कई विश्वविद्यालयों की नींव खड़ी की जा रही थी। दुर्भाग्य से आज जो अंतर विश्व के इस भूखंड और यूरोप में दिखता है, उसका मुख्य कारण नालंदा जैसे विश्वविद्यालयों को मुसलिम आक्रांता खिलजी द्वारा ध्वस्त करना है।

विदेशी मोहम्मद गोरी के भारत आक्रमण के पश्चात् स्थापित दिल्ली सल्तनत (1206-1555) के बाद क्रूर बाबर ने मुगल साम्राज्य (1526-1857) की नींव रखी। जब बाबर का सामना मेवाड़ शासक राणा सांगा के शौर्य और उनके विशाल सैन्यबल से हुआ, तब उसने अपनी दुर्बल सेना को 'काफिर' हिंदुओं से 'इसलाम की रक्षा' के लिए जिहाद के लिए प्रेरित किया था। स्पष्ट है कि बाबर ने घोषित रूप से एक काफिर देश में इसलाम परचम लहराने के लिए युद्ध किया, जिसके बाद उसने मुगल साम्राज्य की स्थापना की थी।[2]

इस मजहबी श्रृंखला में अकबर, जहाँगीर और शाहजहाँ का भी नाम आता है। वर्ष 1556 में मुगलों से लड़ते हुए जब वीर हेमू आँख में तीर लगने से बुरी तरह घायल हो गए थे, तब अकबर ने ही लगभग मृत हो चुके हेमू का गला तलवार से काट दिया था। मेवाड़ को अपने अधीन करने के लिए अकबर के निर्देश पर ही चित्तौड़ के किले में हजारों हिंदुओं का संहार हुआ था।[3] इसी तरह बकौल 'तुज्क-ए-जहाँगीर', काँगड़ा स्थित ज्वालामुखी मंदिर के परिसर में जहाँगीर ने गाय को जिबह किया था, तो पुष्कर में भगवान् विष्णु के अवतार वराह के मंदिर को ध्वस्त कर दिया था।[4] पाँचवें सिख गुरु अर्जुन देवजी को जहाँगीर के निर्देश पर ही मौत के घाट उतारा गया था। इसी तरह 'बादशाहनामा' (शाहजहाँ कालक्रम का वृत्तांत) में शाहजहाँ के निर्देश पर बनारस स्थित दर्जनों मंदिरों को ध्वस्त करने का उल्लेख है।

इसलामी आक्रमणकारियों द्वारा मंदिरों/मूर्तियों को तोड़ने के पीछे मजहबी मानसिकता क्या है ? जब गजनवी (971-1030) को एक पराजित हिंदू राजा ने मंदिर ध्वस्त नहीं करने के बदले अकूत धन देने की पेशकश की थी, तब उसने कहा था, "हमारे मजहब में जो कोई मूर्तिपूजकों के पूजास्थल को नष्ट करेगा, वह कयामत के दिन बहुत बड़ा इनाम पाएगा और मेरा इरादा हिंदुस्तान के हर नगर से मूर्तियों को पूरी तरह से हटाना है...।"[5] इस प्रकार के रोमहर्षक वृत्तांतों का उल्लेख इसलामी आक्रांताओं के समकालीन इतिहासकारों या उनके दरबारियों द्वारा लिखे विवरण में सहज मिल जाता है। औरंगजेब के खूनी इतिहास पर लिखी 'मासिर-ए-आलमगीरी' ऐसी ही एक पुस्तक है, जिसमें कई मंदिरों (काशी-मथुरा सहित) को ध्वस्त करने का प्रामाणिक वर्णन है।

अब जो स्वघोषित सेक्युलरिस्ट, मुसलिम समाज का एक वर्ग (जनप्रतिनिधि सहित) और वाम इतिहासकारों का कुनबा इसलामी आक्रमणकारियों को राष्ट्रनिर्माता मानता है, वह ऐतिहासिक साक्ष्यों को विकृत करके टीपू सुल्तान की छवि एक राष्ट्रभक्त,

स्वतंत्रता सेनानी और पंथनिरपेक्ष मूल्यों में आस्था रखने वाले महान् शासक के रूप में भी गढ़ता है। यदि टीपू वाकई भारतीय स्वतंत्रता सेनानी था, जो देश के लिए अंग्रेजों से लड़ा और इस आधार पर उसे मंगल पांडे, रानी लक्ष्मीबाई, तात्या टोपे, नाना साहेब पेशवा-2 आदि महान् योद्धाओं और राजा-रजवाड़ों के साथ गांधीजी, सरदार पटेल, सुभाष चंद्र बोस आदि राष्ट्रवादियों की पंक्ति में खड़ा किया जाता है, तो पाकिस्तान का दिल केवल टीपू सुल्तान जैसे इसलामी शासकों के लिए ही क्यों धड़कता है? क्या कारण है कि ब्रितानियों से लड़ने वाला टीपू और अंग्रेजों के प्रति समर्पित सैयद अहमद खाँ, दोनों पाकिस्तान के लिए महान् हैं? क्या यह सत्य नहीं कि पाकिस्तान में मोहम्मद बिन कासिम, गजनवी, गौरी, बाबर, औरंगजेब और टीपू सुल्तान आदि क्रूर इसलामी शासकों के साथ 'दो राष्ट्र सिद्धांत' के सूत्रधार सैयद अहमद खाँ को नायक का दर्जा इसलिए प्राप्त है, क्योंकि ये सभी भारतीय सनातन संस्कृति, सभ्यता, परंपरा और उसके प्रतीक-चिह्नों से घृणा करते थे और उसी 'काफिर-कुफ्र' प्रेरित चिंतन के गर्भ से 1947 में पाकिस्तान का जन्म हुआ है?

मैसूर में टीपू सुल्तान का राज (1782-99) भी गजनवी, गौरी, बाबर, औरंगजेब के शासन जैसा क्रूर था। इसका मूर्त रूप टीपू की वह तलवार है, जिसके हत्थे पर लिखा है—"अविश्वासियों (काफिर) के विनाश के लिए मेरी विजयी तलवार बिजली की तरह चमक रही है।" अपने इसी मजहबी लक्ष्य की प्राप्ति के लिए उसने जिन विदेशी शक्तियों से सहायता माँगी थी, उसमें अफगानिस्तान का तत्कालीन इसलामी शासक जमन शाह दुर्रानी भी शामिल था।

यह ठीक है कि टीपू ने ब्रितानी साम्राज्य से लोहा लिया था। किंतु यक्ष प्रश्न यह है कि उसने ऐसा क्यों किया? यदि उसकी मंशा औपनिवेशी ब्रितानियों को भारत से खदेड़ने की ही होती, तो वह भारत में अपना आधिपत्य स्थापित करने में प्रयासरत दूसरी औपनिवेशिक शक्ति से सहायता क्यों लेता? यह घोषित सत्य है कि टीपू सुल्तान ने अंग्रेजों के खिलाफ फ्रांसीसी शासक लुईस-16 से सैन्य मदद माँगी थी। वास्तव में, टीपू एक गाजी था, जिसने भारत में इसलामी साम्राज्य कायम करने का सपना देखा था, लेकिन अंग्रेज उसमें अवरोधक बन गए थे। अपने इसी लक्ष्य की प्राप्ति के लिए उसने फ्रांस के अतिरिक्त फारस, अफगानिस्तान, तुर्की और अन्य मुसलिम देशों से सैन्य सहायता माँगी थी। इन्हीं तथ्यों को वाम-इतिहासकार और स्वयंभू सेक्युलरिस्ट अकसर ब्रितानियों का झूठा प्रचार बताते हैं। टीपू सुल्तान के भ्रामक महिमामंडन की पृष्ठभूमि में, मैं उन कुछ पत्रों को उद्धृत करना चाहूँगा, जो टीपू ने अपने शासनकाल में सैन्य अधिकारियों को भेजे थे। इन सभी को इतिहासकार सरदार के. एम. पनिक्कर ने लंदन स्थित भारत कार्यालय पुस्तकालय से प्राप्त किया था।

अब्दुल कादिर को 22 मार्च, 1788 को टीपू लिखता है, "12 हजार हिंदुओं (ब्राह्मण सहित) को इसलाम से सम्मानित किया गया है। हिंदुओं के बीच इसका व्यापक प्रचार होना चाहिए। एक भी नंबूदिरी (ब्राह्मण) को बख्शा नहीं जाना चाहिए।"

इसी तरह 14 दिसंबर, 1788 को कालीकट में अपने सेना प्रमुख को भेजे पत्र में टीपू ने लिखा था, "मैं अपने दो अनुयायी मीर हुसैन अली के साथ भेज रहा हूँ। उनकी सहायता से आपको सभी हिंदुओं को पकड़कर मारना है। जो लोग 20 वर्ष की आयु से कम हैं, उन्हें जेल में रख दिया जाए, जबकि शेष 5,000 को पेड़ से लटकाकर मार दिया जाए। यह मेरा आदेश है।"

21 दिसंबर, 1788 को शेख कुतुब को लिखी गई चिट्ठी में टीपू ने लिखा था, "242 नायरों को बंदी बनाकर भेजा जा रहा है। उन्हें उनकी सामाजिक और पारिवारिक स्थिति के अनुसार वर्गीकृत करें, ताकि इसलाम में मतांतरण के बाद पुरुषों और महिलाओं को पर्याप्त परिधान दिए जा सकें।"

18 जनवरी, 1790 को सैयद अब्दुल दुलाई को पत्र में टीपू सुल्तान लिखता है, "पैगंबर साहब और अल्लाह के करम से कालीकट के सभी हिंदुओं को इसलाम कबूल करवाया गया है। केवल कोचिन में कुछ छूट गए हैं, जिन्हें मैं जल्द ही मुसलमान बनाने के लिए संकल्पबद्ध हूँ। मेरा जिहाद इस लक्ष्य को प्राप्त करना है।"

19 जनवरी, 1790 को बदरुज जुम्मन खान को भेजे पत्र में टीपू ने लिखा था, "क्या आपको पता नहीं कि मैंने हाल ही में मालाबार में बड़ी फतह हासिल की है और चार लाख से अधिक हिंदुओं को इसलाम में मतांतरित किया है।" क्या पत्रों की इस विषाक्त शृंखला से टीपू सुल्तान के वास्तविक चरित्र और उसके मजहबी चिंतन का आभास नहीं होता है?[6]

टीपू सुल्तान के पुत्र गुलाम मोहम्मद और मुसलिम इतिहासकार किरमानी के ब्योरों से भी पता चलता है कि टीपू को नगरों के 'काफिर' नामों से भी घृणा थी। इसी कारण उसने मंगलापुरी (मंगलौर) का नाम बदलकर जलालाबाद किया। इसी तरह कन्नौर को कुषाणाबाद, वैयपुरा (बेपुर) को सुल्तानपट्टनम, मैसूर को नजाराबाद, गुटी को फैज-हिसार, रत्नागिरि को मुस्तफाबाद, डिंडीगुल को खलिकाबाद और कोझिकोड को इसलामाबाद बना दिया।

विलियम लोगान की पुस्तक 'मालाबार मैन्युअल' में टीपू की बर्बरता और चर्च-मंदिरों के ध्वंस का विस्तार से उल्लेख है। कोझिकोड में भी टीपू ने जमकर रक्तपात मचाया। जर्मन मिशनरी गुंटेस्ट ने लिखा है, "अपने 60,000 बर्बर सैनिकों के साथ टीपू ने सन् 1788-89 में कोझिकोड पर आक्रमण किया और पूरे नगर को जमींदोज कर डाला। मैसूर की बर्बरता को बयाँ करना संभव नहीं है।" कुर्ग में टीपू सुल्तान ने गैर-मुसलिमों

पर जो कहर ढाया, उसकी दूसरी मिसाल इतिहास में दुर्लभ है। यहाँ उसने हजारों हिंदुओं को इसलाम कबूल करने के लिए विवश किया। टीपू सुल्तान का मत था कि यदि सभी एक ही मजहब के मानने वाले हो जाएँगे, तो एकता बनेगी, जिससे ब्रितानियों को हराना आसान होगा।

यदि टीपू सुल्तान को समाज के एक वर्ग द्वारा राष्ट्रभक्त और स्वतंत्रता सेनानी केवल इसलिए कहा जा रहा है, क्योंकि उसने ब्रितानियों से मोर्चा लिया था, तब एडोल्फ हिटलर को क्यों गाली दी जाती है, जिसने ब्रिटेन से युद्ध लड़ा था? यदि देशभक्ति इस देश की बहुलतावादी सनातन संस्कृति, उसके मान-बिंदुओं और परंपराओं को सम्मान देने का पर्याय है, तो निर्विवाद रूप से उस कसौटी पर आततायी टीपू सुल्तान को राष्ट्रभक्त और सहिष्णु कहना वास्तविक राष्ट्रीय नायकों, जिसमें सिख गुरुओं की परंपरा, मराठा, राजपूत, स्वामी विवेकानंद, गांधीजी और सरदार पटेल आदि महापुरुष भी शामिल हैं, उन सभी का अपमान है।

भारत के उत्तरी हिस्से में अधिकांश प्राचीन मंदिर मात्र 200–250 वर्ष पुराने हैं। इसका कारण यह है कि इसलामी आक्रांताओं ने भारत की सांस्कृतिक वास्तुकला को ध्वस्त करके उसके अवशेषों से ही पराजितों को अपमानित करने और उनपर अपना नियंत्रण रखने के लिए इसलामी ढाँचों का निर्माण किया था। इसका बड़ा प्रमाण राजधानी दिल्ली स्थित कुतुब मीनार परिसर है, यहाँ ध्वस्त मंदिर के अवशेष और दर्जनों स्तंभों-छतों पर देवी-देवताओं की खंडित मूर्तियाँ आज भी प्रत्यक्ष हैं। इस मामले में अंग्रेज इसलामी आक्रांताओं से थोड़े भिन्न थे। उन्होंने मुसलिम हमलावरों की भाँति भारत में स्थानीय भवनों को तो नहीं तोड़ा, किंतु अपने औपनिवेशिक प्रभाव को छोड़ने के लिए रेलवे व्यवस्था से लेकर इंडिया गेट, गेटवे ऑफ इंडिया, राष्ट्रपति भवन और संसद् भवन सहित कई भव्य भवनों का निर्माण कर दिया। क्या इस पृष्ठभूमि में ब्रितानी और इसलामी आक्रांताओं को अलग-अलग चश्मे से देखना उचित होगा?

स्वतंत्रता के 75 वर्षों तक राष्ट्रीय शैक्षिक अनुसंधान और प्रशिक्षण परिषद् (एन.सी.ई.आर.टी.) की पुस्तकों में औरंगजेब और शाहजहाँ जैसे मुगल शासकों का महिमामंडन करते हुए पढ़ाया जाता रहा है कि औरंगजेब और शाहजहाँ ने मंदिरों का निर्माण कराया था। 12वीं की इतिहास की किताब 'भारतीय इतिहास' के खंड-दो में पृष्ठ संख्या 234 में लिखा गया है कि युद्ध के दौरान जिन मंदिरों को ढहा दिया गया था, बाद में शाहजहाँ और औरंगजेब ने इन मंदिरों के पुनर्निर्माण के लिए अनुदान जारी किया था। किताब में इस बात का कहीं भी उल्लेख नहीं है कि भारत के मंदिर औरंगजेब के आदेश पर तोड़े गए थे। किंतु इसके स्थान पर लिख दिया गया कि औरंगजेब और शाहजहाँ ने मंदिरों की मरम्मत के लिए वित्तपोषण किया था।

सूचना का अधिकार के अंतर्गत जब 7 नवंबर, 2020 को इन दावों को सत्यापित करने के लिए इसके स्रोत को सार्वजनिक करने के लिए पत्र लिखा गया, तो 18 नवंबर, 2020 को आए जवाब में एन.सी.ई.आर.टी. ने ऐसे किसी भी स्रोत या जानकारी होने से इनकार कर दिया।[7] सोचिए, स्वतंत्र भारत में विद्यालयी शिक्षा (भारतीय इतिहास सहित) के लिए एन.सी.ई.आर.टी. को आदर्श माना जाता है। सिविल परीक्षा से लेकर अन्य प्रतियोगी परीक्षाओं की तैयारी में भी इन पुस्तकों का संदर्भ लिया जाता है। किंतु देश के करोड़ों लोगों को उनकी मूल जड़ों से काटने के लिए विद्यार्थियों को पीढ़ी-दर-पीढ़ी कितना विकृत, झूठा और छलयुक्त इतिहास पढ़ाया जा रहा है। यह इसी त्रासदी का दुष्परिणाम है कि भारत का एक वर्ग आज भी न केवल अपनी संस्कृति से कटा हुआ है, अपितु उससे घृणा करता है और हीन-भावना का शिकार है।

इसलामी आक्रांताओं द्वारा भारत पर आक्रमण के बाद उनका यहाँ साम्राज्य स्थापित हुआ। यह सही है कि तत्कालीन हिंदू राजाओं, साधु-संतों और स्थानीय लोगों ने इसका जमकर प्रतिकार किया। किंतु वे फिर भी लगभग 600 वर्ष तक भारत पर राज करने में सफल क्यों हुए, इसका उत्तर वैद्य गुरुदत्तजी ने अपनी पुस्तक 'स्व-अस्तित्व की रक्षा' और 'मैं हिंदू हूँ' में दिया है। उन्होंने लिखा था, "मुसलमानी काल से पूर्व की शिक्षा पद्धति भी अधूरी थी। उस अधूरी शिक्षा का ही परिणाम था कि देश पर आक्रमण-पर-आक्रमण होने लगे थे और देश उनका प्रतिकार नहीं कर सका था। यह अधूरी शिक्षा बौद्ध जीवन मीमांसा का परिणाम थी।"[8]

वैद्यजी के अनुसार, "मुसलमान ने हिंदू की सभ्यता को बदलकर उसे मुसलमान करना चाहा। उसने उसकी चोटी कतर दी, यज्ञोपवीत (जनेऊ) तोड़ दिए, उसकी सुन्नत करवा दी और उसे मुसलमान बना लिया। उसके विश्वासों को बदलने का उसने यत्न नहीं किया, बल्कि इसे वातावरण पर छोड़ दिया। यदि उस समय हिंदू समाज सभ्यता और संस्कृति में भेद करना जानता होता, बाहरी व्यवहार और मान्यताओं में अंतर समझता होता, तो हिंदू समाज में वापसी का प्रवाह चलना कठिन नहीं था। उन्नीसवीं शताब्दी के अंतिम वर्षों में और बीसवीं शताब्दी के प्रारंभिक वर्षों में करोड़ों लोग, जो मुसलमान समाज में गए, हिंदू समाज में पुनः लौट सकते थे। ऐसा नहीं हो सका। कारण यह था कि हिंदू अंतरात्मा की मान्यताओं की ओर ध्यान नहीं देता था।"[9]

अपनी आत्मकथा में वैद्यजी लिखते हैं, "मुसलमानों के काल के इतिहास को कोई कितना भी उदारता से लिखे, वह तत्कालीन मुसलिम सम्राटों के पक्ष में किसी प्रकार से भी उज्ज्वल उदाहरण उपस्थित नहीं करता। दुर्भाग्यपूर्ण बात यह थी कि मत परिवर्तन से देश में राज्याधिकार प्राप्त करने की लालसा और उग्र हुई, तो हिंदू-मुसलमानों में झगड़े प्रारंभ हो गए। इन झगड़ों में, ब्रिटिशकाल में भी, कई हिंदू प्रचारकों की हत्या केवल इस

कारण कर दी गई थी, क्योंकि वे मुसलमानों के मत परिवर्तन के प्रयास के विपरीत कार्य कर रहे थे। उदाहरण तो बहुत हैं, परंतु पंडित लेखराम और स्वामी श्रद्धानंद के उदाहरण विस्मरण नहीं किए जा सकते। लाहौर में सन् 1906 के बाद चार भारी फसाद हुए। एक सन् 1908-09, दूसरा सन् 1916 में, तीसरा 1927 में और चौथा 1935 में। इनके बाद अंतिम झगड़ा, जिसने देश का विभाजन करके छोड़ा, वह सन् 1947 में हुआ। इन सबका प्रभाव मेरे जीवन पर बहुत गहरा पड़ा।"

इसी विकृत और जहरीली मानसिकता पर वैद्य गुरुदत्तजी ने अपने विचारों को उपन्याय के माध्यम से स्पष्ट किया है। वे लिखते हैं—"सिकंदरिया का वृहद पुस्तकालय जलाना, नालंदा और तक्षशिला के विश्वविद्यालयों को गिराकर समतल कर देना, राजा दाहिर की कन्याओं का अपहरण करना, पूर्ण प्रजा को लाहौर ले जाना, महमूद गज़नवी का सहस्रों की संख्या में भारतीयों को गुलाम बनाना, गैर-मुसलिमों पर जजिया लगाना, ईरान और अन्य देशों में इसलाम का अत्याचार और पराजितों को बलपूर्वक मतांतरण करने पर विवश करना—ये सब घटनाएँ वहाँ-वहाँ घटीं, जहाँ-जहाँ इसलाम गया।"

सच तो यह है कि जिस मानसिकता के साथ इसलामी आक्रमणकारी भारत आए थे, उस चिंतन ने पिछले 1400 वर्षों में विश्व के जिस क्षेत्र को छुआ, वहाँ की की मूल संस्कृति, परंपरा और जीवनशैली को कालांतर में हिंसा के बल पर या तो बदल दिया गया या फिर उसका प्रयास आज भी हो रहा है? 637-651 में इसलामी आक्रमण से पहले ईरान में सासैनियन साम्राज्य का शासकीय मजहब पारसी था। 1960 के दशक में जब ईरान के अंतिम शाह मोहम्मद रजा पहलवी ने देश को आधुनिक बनाने की दिशा में इसलाम की भूमिका को कम करने के लिए मूल ईरानी सभ्यता को प्राथमिकता दी, तो इसलामी क्रांति हुई। परिणामस्वरूप, ईरान घोषित इसलामिक गणराज्य बन गया। इसी तरह, 11वीं-12वीं शताब्दी तक वर्तमान समय का अफगानिस्तान, पाकिस्तान और वर्तमान समय का कश्मीर घाटी मुख्य रूप से हिंदू-बौद्ध बहुल था।

संदर्भ—

1. The Age of Wrath: A History of the Delhi Sultanate By Abraham Eraly.
2. The Babur-nama in English (Memoirs of Babur) (1922) Volume 1 & 2 by Annette Susannah Beveridge.
3. Annals & Antiquities of Rajasthan, Central and Western Rajput States of India By James Tod.
4. Tūzuk-i-Jahangīrī or Memoirs of Jahāngīr, Alexander Rogers & Henry Beveridge. Royal Asiatic Society, 1909-1914
5. Tarikh-I-Sultan Mahmud-I-Ghaznavi: or the History of Sultan Mahmud of Ghazni' (Translated 1908) by G. Roos-Keppel, Qazi Abdul Ghani Khan.
6. K.M. Panicker, Bhasha Poshini, August, 1923; Select letters of Tipoo

Sultan to various public functionaries: including his principal military commanders, governors of forts/ arranged and translated by William Kirkpatrick. 1811

7. 'Aurangazeb gave grants to rebuild temples': NCERT has no info to back its textbook claims, reveals RTI query. Times Now Bureau. 14 Jan., 2021.
8. 'स्व-अस्तित्व की रक्षा', वैद्य गुरुदत्त (Annexure 8)
9. 'मैं हिंदू हूँ', वैद्य गुरुदत्त (Annexure 10)

□

15

कश्मीर : अंतरराष्ट्रीय नैरेटिव का हिरोशिमा

कश्मीर और धारा 370-35ए पर विकृत विमर्श

उत्तर प्रदेश स्थित कैराना के प्रसिद्ध शायर दिवंगत मुजफ्फर रज्मी का यह मशहूर शेर "ये जब्र भी देखा है तारीख की नजरों ने, लम्हों ने खता की थी, सदियों ने सजा पाई"—कश्मीर समस्या पर बिल्कुल सटीक बैठता है। दशकों से हम कश्मीर को जिस स्थिति में देख रहे हैं, अर्थात्, इसलामी आतंकवाद, मजहबी कट्टरता, अलगाववाद, पाकिस्तान समर्थित नारे और हिंदूविहीन क्षेत्र, वह वास्तव में स्वतंत्र भारत के प्रथम प्रधानमंत्री जवाहरलाल नेहरू के दो अपरिपक्व निर्णयों के गर्भ से पैदा हुई समस्या है। पहला—घोर इसलामी सांप्रदायिक और कुटिल शेख अब्दुल्ला पर अत्यधिक भरोसा, उन्हें जम्मू-कश्मीर की सत्ता सौंपना और जम्मू-कश्मीर के तत्कालीन महाराजा तथा महान् देशभक्त हरिसिंह पर अविश्वास करना था। दूसरा—1947-48 में पाकिस्तान के हमले के समय बढ़ती हुई भारतीय सेना को बिना पूरे कश्मीर को मुक्त कराए युद्धविराम की घोषणा कर देना, मामले को संयुक्त राष्ट्र में ले जाना और जनमत संग्रह का वादा करना है। पं. नेहरू के इन दो गलत फैसलों की कीमत भारत अब तक हजारों लोगों की जानें गँवाकर (भारतीय जनसंघ के संस्थापक डॉ. श्यामाप्रसाद मुकर्जी सहित) और कई लाख करोड़ रुपयों का नुकसान करके अदा कर चुका है। जो विष-बीज पंडित नेहरू की अदूरदर्शी नीतियों ने बोए थे, उसका दंश पूरा देश आज भी झेल रहा है। इस विषबेल से कश्मीर और शेष भारत को मुक्ति दिलाने का बीड़ा दर्द भरे सात दशकों के बाद आज वर्तमान प्रधानमंत्री नरेंद्र मोदी और उनकी सरकार ने उठाया है।

जम्मू-कश्मीर का इतिहास

द्वितीय विश्वयुद्ध (1939-45) की समाप्ति के पश्चात् औपनिवेशिक ब्रिटिश साम्राज्य पूरी तरह कमजोर हो चुका था। परिणामस्वरूप, 1947 में ब्रितानी भारत छोड़ने पर मजबूर हो गए। तब तक अंग्रेज भारत के रक्तरंजित विभाजन की पटकथा वामपंथियों

और मुसलिम लीग के साथ मिलकर लिख चुके थे और पाकिस्तान का जन्म हो चुका था। कालांतर में सभी रियासतों (कश्मीर, हैदराबाद और जूनागढ़ सहित) ने तत्कालीन वायसराय और गवर्नर जनरल लॉर्ड माउंटबेटन द्वारा बनाए 'इंस्ट्रूमेंट ऑफ एक्सेशन' पर बिना किसी शर्त हस्ताक्षर करके भारतीय परिसंघ में विलय किया था।

जिस 'इंस्ट्रूमेंट ऑफ एक्सेशन' पर जम्मू-कश्मीर के तत्कालीन महाराजा हरिसिंह ने हस्ताक्षर किए, उसका प्रारूप (फुल स्टॉप, कोमा, एक-एक शब्द सहित) हूबहू वही था, जिसपर सभी 565 रियासतों ने भारत में विलय के दौरान हस्ताक्षर किए थे या करने की प्रक्रिया में थे। ये सभी विलय (जम्मू-कश्मीर सहित) भारतीय परिसंघ से तीन प्रमुख विषयों—रक्षा, विदेशी मामलों और संचार के अंतर्गत हुआ था। ऐसा इसलिए हुआ था, क्योंकि 1947 तक स्वतंत्र भारत का संविधान अस्तित्व में नहीं था और ब्रितानियों द्वारा स्थापित व्यवस्था के अनुरूप काम हो रहा था।

महाराजा हरिसिंह का लॉर्ड माउंटबेटन को पत्र

महाराजा हरिसिंह को भारत के साथ संधिपत्र पर हस्ताक्षर करने में विलंब क्यों हुआ? इस प्रश्न का उत्तर 26 अक्तूबर, 1947 को महाराजा द्वारा भारत सरकार को 'इंस्ट्रूमेंट ऑफ एक्सेशन' के साथ भेजे पत्र में निहित है। इस समय तक पाकिस्तानी सेना कबाइलियों की मदद से कश्मीर पर हमला कर चुकी थी। तब लॉर्ड माउंटबेटन को संबोधित करते हुए महाराजा हरिसिंह ने लिखा था, "मेरी रियासत में गंभीर संकट खड़ा हो गया। इसमें मेरी रियासत के किसी भी स्थानीय लोगों का कोई योगदान नहीं है, वे चाहे मुसलिम हों या गैर-मुसलिम। पाकिस्तान शांति भंग करने के लिए षड्यंत्र रच रहा है। उसने आपूर्ति सड़क मार्गों को अवरुद्ध कर दिया है। इसके परिणामस्वरूप, रियासत में आवश्यक खाद्य सामग्री, ईंधन सहित अन्य वस्तुओं की कमी होती जा रही है।" इस पत्र में उन्होंने कहीं भी इस बात का उल्लेख नहीं किया था कि रियासत की जनता भारत से विलय का विरोध या उसके खिलाफ आंदोलन कर रही है या फिर कोई 'आजादी' चाहती है। ध्यान देने वाली बात यह भी है कि महाराजा हरिसिंह ने अपने पत्र में विलय के मामले में किसी भी प्रकार के विवाद का कोई उल्लेख नहीं किया था। किंतु लॉर्ड माउंटबेटन ने बड़ी चतुराई के साथ इसमें 'विवाद' शब्द जोड़ दिया।

लॉर्ड माउंटबेटन की कुटिल मंशा

महाराजा हरिसिंह को 27 अक्तूबर, 1947 को भेजे स्वीकृति पत्र में लॉर्ड माउंटबेटन लिखते हैं, "जिन परिस्थितियों का आपने उल्लेख किया है, उन्हें देखते हुए मेरी सरकार ने भारतीय परिसंघ के साथ कश्मीर राज्य के विलय को स्वीकार करने का निर्णय किया

है। मेरी सरकार की नीति किसी राज्य के सम्मिलन के संबंध में यह है कि जिस राज्य के बारे में सम्मिलन का प्रश्न विवाद का विषय हो, वहाँ यह प्रश्न जनता की इच्छा से निर्णीत होना चाहिए। अपनी इस नीति के साथ सुसंगत रहकर मेरी सरकार चाहती है कि ज्यों ही कश्मीर में शांति और व्यवस्था पुनर्स्थापित हो और उसकी भूमि आक्रमणकारियों से मुक्त हो जाए, त्यों ही राज्य के भारत के साथ सम्मिलन का प्रश्न जनता का मत जानकर तय किया जाए।"[1] यह जवाबी पत्र महाराजा हरिसिंह की मूल भावना के विपरीत था। पिछले से पाकिस्तान, उसके द्वारा वित्तपोषित अलगाववादी, जिहादी, आतंकी संगठन, भारतीय पासपोर्ट धारक वामपंथी और तथाकथित उदारवादी बुद्धिजीवी लॉर्ड माउंटबेटन के इसी पत्र को हथियार बनाकर भारत विरोधी एजेंडे को गति देते आए हैं।

अंग्रेजों की आँखों में खटकते थे देशभक्त महाराजा हरिसिंह

वास्तव में, लॉर्ड माउंटबेटन का उपरोक्त जवाबी पत्र ब्रितानी साम्राज्य का महाराजा हरिसिंह के प्रति घृणा का प्रकटीकरण था। इसकी नींव तभी पड़ गई थी, जब 1931 के लंदन गोलमेज सम्मेलन में ही महाराज हरिसिंह बतौर 'चैंबर ऑफ प्रिंसेज' के कुलपति के तौर पर भारत की स्वतंत्रता के पक्ष में खड़े हो गए थे। इस सम्मेलन के माध्यम से ब्रिटिश सरकार भारतीय महाराजाओं को भारत के स्वतंत्रता आंदोलन से अलग करना चाहती थी। लेकिन महाराजा हरिसिंह ने यह घोषणा करके ब्रिटिश खेल को बिगाड़ दिया कि "मैं पहले एक भारतीय हूँ, फिर एक महाराजा।" सम्मेलन में अपने इन राष्ट्रवादी और ब्रिटिश साम्राज्य विरोधी विचारों के बाद महाराजा हरिसिंह ब्रिटिश सरकार के औपनिवेशिक कोपभाजन का शिकार होने लगे, जिसने कालांतर में कश्मीर की नियति ही बदल दी।

पं. नेहरू के मित्र शेख अब्दुल्ला वापस कश्मीर लौटे

जैसे अंग्रेजों ने भारतीय उपमहाद्वीप में मुसलिम अलगाव पैदा करने लिए अपने उस वफादार सैयद अहमद खान को चुना था, जिसने 1870 के दशक में विषैले 'दो राष्ट्र सिद्धांत' का सूत्रपात किया जिसके गर्भ से अंत में पाकिस्तान पैदा हुआ—ठीक उसी तरह ब्रितानियों को कश्मीर में अपनी कुटिल योजना की पूर्ति के लिए एक भरोसेमंद कश्मीरी नेता की आवश्यकता थी। यह खोज पं. नेहरू के मित्र शेख मोहम्मद अब्दुल्ला पर जाकर खत्म हुई। घोर सांप्रदायिक शेख उस अलीगढ़ मुसलिम विश्वविद्यालय की विषाक्त जिहादी भट्ठी में तपकर कश्मीर लौटे थे, जो पाकिस्तान आंदोलन का गढ़ बना हुआ था।

शेख के पुनः घाटी पहुँचने से पहले जम्मू-कश्मीर की स्थिति कैसी थी? यह महाराजा हरिसिंह के पुत्र, कांग्रेसी सांसद और पूर्व केंद्रीय मंत्री डॉ. कर्ण सिंह की आत्मकथा से स्पष्ट है। वे लिखते हैं कि 9 मार्च, 1931 को जब उनका जन्म हुआ,

तब श्रीनगर में उत्सवमयी वातावरण था। श्रीनगर में प्रजा ने अपने घरों को रंग-बिरंगी दीपमाला के साथ सजाया था।[2] यह सूचक था कि उस समय तक रियासत में सद्भाव और समरसता से भरा माहौल था। स्थिति तब बिगड़ी, जब उसी वर्ष शेख अब्दुल्ला वापस लौटे। इस समय तक अर्थात्, 29 दिसंबर, 1930 को मुसलिम लीग के तत्कालीन अध्यक्ष मुहम्मद इकबाल इलाहाबाद अधिवेशन में मुसलमानों के लिए अलग देश—पाकिस्तान की औपचारिक माँग कर चुके थे।

शेख ने योजनाबद्ध तरीके से देशभक्त महाराजा हरिसिंह को मुसलिम विरोधी बताना शुरू कर दिया। हाथों में कुरान लेकर और श्रीनगर की मसजिदों से उन्होंने मुहम्मद इकबाल के विचारों को आधार बनाकर अपना सार्वजनिक जीवन प्रारंभ किया। 1932 में उन्होंने जम्मू-कश्मीर मुसलिम कॉन्फ्रेंस का गठन किया, जो आज 'नेशनल कॉन्फ्रेंस' नाम से जानी जाती है। 1938-39 में शेख ने अपना जिहादी एजेंडा छिपाने और 'सेक्युलरवाद' का चोला ओढ़ने के लिए अपनी पार्टी का नाम बदलकर 'ऑल जम्मू-कश्मीर नेशनल कॉन्फ्रेंस' कर दिया और महाराजा हरिसिंह के खिलाफ मजहबी आंदोलन तेज कर दिया।

क्या वाकई हरिसिंह मुसलिम विरोधी थे?

वर्ष 1925 में महाराजा हरिसिंह ने जम्मू-कश्मीर का राजकाज सँभाला था। वे एक सामान्य हिंदू की भाँति 'सेक्युलर' थे। उनकी सेना में हिंदू-सिख के अतिरिक्त मुसलिम भी बड़ी संख्या में थे। 9 जुलाई, 1931 को महाराजा ने कहा था, "जम्मू-कश्मीर रियासत के हर व्यक्ति को अपने धर्म का पालन करने की स्वतंत्रता है। किसी भी विशेष समुदाय या श्रेणी के व्यक्ति को सरकारी पदों पर अनुचित लाभ नहीं दिया जाएगा।" महाराजा हरिसिंह को मुसलिम विरोधी बताने वाले स्वयं शेख अब्दुल्ला ने अपनी आत्मकथा 'आतिश-ए-चिनार' में भी स्वीकार किया है, "महाराजा सदैव ही मजहबी विद्वेष से ऊपर थे और वह अपने कई मुसलिम दरबारियों के निकट थे।"[3]

1944 में शेख ने जिन्ना का स्वागत किया

समय बीतने के साथ शेख अब्दुल्ला का मजहबी चरित्र जगजाहिर होने लगा था। जब महाराजा हरिसिंह विरोधी इसलामी आंदोलन चरम पर पहुँचा, तब वर्ष 1944 में मुहम्मद अली जिन्ना ने जम्मू-कश्मीर का दौरा किया, तब उनका स्वागत शेख अब्दुल्ला ने ही किया था। जिन्ना ने कहा था, "मुसलमानों के लिए ही एक मंच है, एक कलमा है और एक ईश्वर है। मैं मुसलिमों से अनुरोध करता हूँ कि वो मुसलिम कॉन्फ्रेंस के ध्वज तले आएँ और अपने अधिकारों के लिए संघर्ष करें।"[4]

मजहबी शेख अब्दुल्ला के प्रति पं. नेहरू का झुकाव कितना प्रगाढ़ था, यह लेखक-पत्रकार बलराज कृष्ण द्वारा सरदार पटेल पर लिखित पुस्तक से स्पष्ट है, जिसमें उन्होंने दावा किया था कि नेहरू ने 7 अगस्त, 1945 में घाटी के सोपोर में आयोजित नेशनल कॉन्फ्रेंस के राष्ट्रीय सम्मेलन में कहा था, "यदि गैर-मुसलिम कश्मीर में रहना चाहते हैं, तो उन्हें नेशनल कॉन्फ्रेंस में शामिल हो जाना चाहिए या फिर देश को अलविदा कह देना चाहिए। यदि पंडित इसमें शामिल नहीं होते हैं, तो कोई भी सुरक्षा या महत्त्व उन्हें बचा नहीं पाएँगी।"[5]

शेख अब्दुल्ला का विषाक्त 'महाराजा कश्मीर छोड़ो' आंदोलन

वर्ष 1946 आते-आते शेख अब्दुल्ला ने महाराजा हरिसिंह के खिलाफ 'महाराजा कश्मीर छोड़ो' मजहबी आंदोलन शुरू कर दिया। उस समय एक सभा को संबोधित करते हुए शेख ने कहा था, "डोगरा (महाराजा हरिसिंह) के अत्याचार ने हमारी आत्मा को झुलसा दिया है। अब लड़ने का समय आ गया है। हमें गुलामी से लड़ना होगा और हर एक को सैनिक के रूप में इस जिहाद में शामिल होना होगा।"[6] 20 मई, 1946 को शेख और उनके साथियों को गिरफ्तार कर लिया गया।

सरदार वल्लभभाई पटेल के विरोध के बावजूद नेहरू ने महाराजा को पत्र लिखकर शेख को रिहा करने की माँग की और जम्मू-कश्मीर जाकर शेख के समर्थन में मुकदमा लड़ने की घोषणा कर दी। महाराजा ने अपनी रियासत में उनके प्रवेश पर पाबंदी लगा दी।

प्रतिबंध के बावजूद श्रीनगर जाने की कोशिश कर रहे पं. नेहरू को भी गिरफ्तार कर लिया गया। यहीं से महाराजा हरिसिंह पं. नेहरू की आँखों में भी खटकने लगे, जिसने कश्मीर को समस्या बनाकर देश की सुरक्षा को गर्त में पहुँचा दिया। जम्मू-कश्मीर के भारत में विलय के बाद पं. नेहरू ने अपने मित्र शेख अब्दुल्ला पर विश्वास करके देशभक्त महाराजा हरिसिंह को अपदस्थ कर दिया और उन्हें बंबई (मुंबई) में निर्वासित जीवन जीने पर विवश कर दिया। कश्मीर पर पाकिस्तान के हमले के समय भी नेहरू की भूमिका बहुत अजीब रही। इस हमले का सामना करते हुए आगे बढ़ रही भारतीय सेना को उन्होंने रोक दिया और बिना पूरे कश्मीर को मुक्त कराए युद्धविराम की घोषणा कर दी। पाकिस्तान के सैनिक हमले का सैनिक जवाब देने के बजाय नेहरू कश्मीर मामले को संयुक्त राष्ट्र में ले गए और कश्मीर में जनमत संग्रह का समर्थन भी कर दिया। तत्कालीन कांग्रेसी नेता एन.जी. रंगा के अनुसार, "सरदार पटेल के परामर्श के बिना ही कश्मीर का मामला संयुक्त राष्ट्र संघ में ले जाया गया।" भारतीय सेना को रोकने के पं. नेहरू के फैसले पर उस समय भारतीय सेना का नेतृत्व कर रहे जनरल थिमैया बहुत ही रुष्ट हो गए। ले. जनरल थोराट ने इस पर अपनी आत्मकथा 'फ्रॉम रिवेली टु रिट्रीट' में लिखा है,

"कश्मीर घाटी में युद्ध हमारे पक्ष में चल रहा था। मैं उसमें सीधे नहीं जुड़ा था। इसलिए मैं उसपर टिप्पणी नहीं करना चाहूँगा। मैं केवल यह टिप्पणी करूँगा कि सेना मुख्यालय में पहुँची रिपोर्टों का अनुशीलन करने पर हमारी सेनाएँ घुसपैठियों को खदेड़ने में सफल हो जातीं, यदि प्रधानमंत्री ने उन्हें रोका न होता और बाद में युद्धविराम न किया होता। मैं नहीं जानता कि किन राजनीतिक कारणों से उन्हें यह करना पड़ा, किंतु स्पष्ट है कि बहुत अधिक दबाव गवर्नर जनरल लॉर्ड माउंटबेटन की ओर से रहा होगा। जैसा कि सभी जानते है कि पं. नेहरू लॉर्ड माउंटबेटन के निजी पारिवारिक मित्र थे।" कांग्रेसी नेता एस. के. पाटिल अपनी पुस्तक 'माई ईयर्स विद कांग्रेस' में लिखते हैं, "सरदार के भरोसे छोड़ा जाता, तो वे कभी भी यह नहीं मानते। भारत लाभ की स्थिति में था और वह उसके भले के लिए था कि अधिक जोर लगाए। किंतु जवाहरलाल ने माउंटबेटन की सलाह अधिक सुनी। सरदार अत्यंत दुःखी थे, किंतु कुछ कर न सके।"

अकसर, शेख अब्दुल्ला को उनके समर्थक 'शेर-ए-कश्मीर' कहकर संबोधित करते हैं। सच्चाई यह है कि जहाँ शेख मजहबी वातावरण मिलने पर विषवमन करते, तो प्रतिकूल स्थिति में भीगी बिल्ली बन जाते थे। यह 26 सितंबर, 1947 को शेख द्वारा महाराजा हरिसिंह को लिखे माफीनामा से स्पष्ट है। तब उन्होंने महाराजा और उनके राजवंश के प्रति निष्ठावान रहने की कसमें खाकर लिखा था—"...मैं महामहिम को स्वयं और अपने संगठन की ओर से पूर्ण और वफादार समर्थन का आश्वासन देता हूँ... यही नहीं, यदि कोई भी...हमारे लक्ष्य प्राप्ति के प्रयासों में बाधा डालता है, तो वह हमारा शत्रु माना जाएगा...मैं प्रार्थना करता हूँ कि महामहिम के नेतृत्व में देश में भगवान् शांति, समृद्धि...लाए।"[7]

पं. नेहरू के आशीर्वाद से जम्मू-कश्मीर के 'वजीर-ए-आजम' बने शेख अब्दुल्ला अपना जिहादी एजेंडा लागू करने में व्यस्त हो गए। 24 दिसंबर, 1947 को महाराजा हरिसिंह के शासनकाल में प्रधानमंत्री रहे मेहरचंद महाजन द्वारा सरदार पटेल को लिखा गया पत्र बताता है कि प्रशासन के मुखिया बनते ही शेख तानाशाही पर उतर आए थे। उनके निर्देश पर स्थानीय हिंदू सहित, हिंदू अधिकारी बिना किसी अभियोग और मुकदमे के हिरासत में ले लिये गए। यही नहीं, महत्त्वपूर्ण पदों पर अपने पसंदीदा मुसलिमों को बिना किसी पर्याप्त योग्यता के ही बैठा दिया गया। मेहरचंद के अनुसार, नेहरूजी के विश्वस्त गोपालस्वामी अय्यंगार ने सारे काम शेख अब्दुल्ला की पसंद के किए थे।

अनुच्छेद 370 और धारा-35ए की पटकथा

वर्ष 1949 आते-आते शेख अब्दुल्ला ने पं. नेहरू के आशीर्वाद से जम्मू-कश्मीर को शेष भारत से काटने की पटकथा लिखनी प्रारंभ कर दी। इसके लिए उन्होंने पं. नेहरू

के विश्वासी गोपालस्वामी अय्यंगार की मदद से अनुच्छेद 370 के प्रारूप को अंतिम रूप देना शुरू कर दिया। 17 अक्तूबर, 1949 के दिन अनुच्छेद 370 को संविधान में अस्थायी रूप से पं. नेहरू ने शेख अब्दुल्ला के दबाव में आकर और डॉ. बाबासाहेब आंबेडकर, सरदार पटेल और तत्कालीन कांग्रेस कार्यसमिति के विचारों की अवहेलना करते हुए जोड़ दिया। इसी तरह, पं. नेहरू ने 14 मई, 1954 को तत्कालीन राष्ट्रपति डॉ. राजेंद्र प्रसाद द्वारा पारित एक अध्यादेश के माध्यम से धारा-35ए को भी संविधान में शामिल करा दिया, जिसकी चर्चा संविधान सभा में कभी नहीं हुई थी।

शेख अब्दुल्ला का कांग्रेस के खिलाफ फतवा

कहने को तो महाराजा हरि सिंह के विरुद्ध शेख अब्दुल्ला और अन्य मुसलिम नेताओं का आंदोलन कथित सामंतवाद, शोषण और सांप्रदायिकता के खिलाफ था। इसलिए सत्ता मिलने के बाद खूनी संघर्ष रुक जाना चाहिए था। क्या ऐसा हुआ ? क्या यह सत्य नहीं कि आज भी घाटी में खूनी संघर्ष चल रहा है ? सच तो यह है कि शेख अब्दुल्ला संबंधित घटनाओं और गतिविधियों ने स्पष्ट कर दिया था कि उनका अभियान 'सेक्युलरवाद' का लबादा ओढ़कर 'काफिर-कुफ्र' के आधार पर विशुद्ध जिहाद का एक हिस्सा था।

पं. नेहरू के निर्देश पर शेख अब्दुल्ला की गिरफ्तारी

जब कांग्रेस ने 1950 के दशक में जम्मू-कश्मीर में स्वयं को राजनीतिक रूप से मजबूत करना प्रारंभ किया, तब पं. नेहरू के समक्ष उनके विश्वासी शेख अब्दुल्ला का वास्तविक इसलामी चेहरा आ गया। शेख ने फतवा जारी करते हुए कांग्रेस को 'काफिरों' की पार्टी घोषित कर दिया और किसी इसलामी कट्टरपंथी की भाँति यहाँ तक कह दिया कि 'काफिर' कांग्रेस के किसी भी मुसलिम नेता के नमाज-ए-जनाजा में शामिल होना हराम माना जाएगा। अगस्त 1953 में पं. नेहरू को अपनी गलती का आभास हुआ और उन्होंने देशविरोधी गतिविधियों में लिप्त शेख अब्दुल्ला को गिरफ्तार करवा दिया।

अनुच्छेद 370 हटाने के पक्ष में थे पं. नेहरू

शेख अब्दुल्ला की वास्तविकता जानने के बाद कालांतर में, स्वयं पं. नेहरू भी 'अस्थायी' अनुच्छेद 370 को हटाने की बात करने लगे। 27 नवंबर, 1963 को लोकसभा में चर्चा करते हुए बतौर प्रधानमंत्री पं. नेहरू ने कहा था, "अनुच्छेद 370 के क्रमिक क्षरण की प्रक्रिया चल रही है। इस संबंध में कुछ नए कदम उठाए जा रहे हैं और अगले एक या दो महीने में उन्हें पूरा कर लिया जाएगा।" स्पष्ट है कि यदि पं. नेहरू कुछ समय और जीवित रहते, तो वे इसे अपने शासनकाल में ही हटा चुके होते।

इंदिरा-शेख के बीच हुआ 'कश्मीर अकॉर्ड'

पं. नेहरू के इन विचारों के बाद भी कांग्रेस ने अनुच्छेद-370 को क्यों नहीं हटाया? वह भी तब, जब राष्ट्रपति द्वारा एक अधिसूचना जारी करने से भी यह संभव था। इस अनुच्छेद को हटाना तो दूर, 1975 में पं. नेहरू की सुपुत्री और तत्कालीन प्रधानमंत्री इंदिरा गांधी ने उसी शेख अब्दुल्ला से समझौता (कश्मीर अकॉर्ड) करके उन्हें फिर से जम्मू-कश्मीर का मुख्यमंत्री बना दिया, जिसे स्वयं उनके पिता ने जेल भिजवाया था। इंदिरा भी अपने पिता की भाँति शेख अब्दुल्ला को भाँप नहीं पाई और कालांतर में शेख अब्दुल्ला ने फिर से अपना असली जिहादी रंग दिखा दिया। उनके कार्यकर्ता हाथों में कुरान लेकर सार्वजनिक रूप से जहर उगलने लगे।

कांग्रेस के वामपंथीकरण ने बदला विचार

सांप्रदायिक शेख अब्दुल्ला और अनुच्छेद-370 के प्रति कांग्रेस के विकृत दृष्टिकोण का रहस्य 1969 की उस घटना में छिपा है, जब प्रधानमंत्री इंदिरा गांधी ने संकट में घिरी अपनी सरकार को बचाने के लिए वामपंथियों की 'बौद्धिक सेवा' को पार्टी के भीतर आउटसोर्स कर लिया था। इसकी जकड़ से पार्टी अभी तक मुक्त नहीं हो पाई है। वर्तमान समय में, 'टुकड़े-टुकड़े गैंग', 'भारत तेरे टुकड़े होंगे' नारे और अनुच्छेद 370-धारा 35ए संवैधानिक क्षरण विरोधी स्वर को कांग्रेस के शीर्ष नेतृत्व का समर्थन इसका प्रत्यक्ष उदाहरण है।

कालांतर में हिंदूविहीन हुआ कश्मीर

पंडित जवाहरलाल नेहरू ने कश्मीर के संदर्भ में जो अपरिपक्वता का परिचय दिया, उसने न केवल कश्यप ऋषि की तपोभूमि कश्मीर को 'काफिर' हिंदूविहीन बनाने में सबसे महत्त्वपूर्ण भूमिका निभाई, अपितु स्थानीय लोगों द्वारा 'निजाम-ए-मुस्तफा' की मजहबी माँग को भी गति प्रदान कर दी। कश्मीरी पंडितों के खिलाफ 'काफिर-कुफ्र' जनित जिहाद की शुरुआत 14 सितंबर, 1989 को हुई थी। तब श्रीनगर स्थित हब्बाकदल में प्रतिष्ठित अधिवक्ता, समाजसेवी और जनसंघ-भाजपा के बड़े नेता पंडित टीकालाल टपलू की दिनदहाड़े हत्या कर दी गई थी। उसी वर्ष 4 नवंबर को आतंकियों ने सेवानिवृत्त न्यायाधीश नीलकंठ गंजू को श्रीनगर के व्यस्ततम हरिसिंह मार्ग पर सरेआम गोली मारकर मौत के घाट उतार दिया। वे कश्मीरी पंडितों के सबसे मुखर चेहरों में से एक थे।

फिर आई 28 दिसंबर, 1989 की काली शाम। समाजसेवी और स्तंभकार पंडित नेता प्रेमनाथ भट्ट अनंतनाग स्थित अपने घर लौट रहे थे, तभी जिहादियों ने उनके सिर

में गोली मार दी और सबके बीच आसानी से फरार हो गए। न ही किसी ने पुलिस को सूचना दी और न ही उन्हें अस्पताल पहुँचाने का किसी ने प्रयास किया। 1990 आते-आते कश्मीर पंडितों का रक्तपात चरम पर पहुँच गया। 13 फरवरी को दूरदर्शन के कश्मीर केंद्र स्थित निदेशक लस्सा कौल को आतंकवादियों ने इसलिए गोलियों से भून डाला, क्योंकि वे भारतीय संस्कृति केंद्रित कार्यक्रमों का प्रसारण कर रहे थे। कहा जाता है कि जिहादियों को लस्सा संबंधित गतिविधियों की सूचना उनका ही एक मुसलिम सहयोगी दे रहा था।

कश्मीर के प्रसिद्ध कवि सर्वानंद कौल प्रेमी, जिन्होंने संस्कृत में कुरान का अनुवाद किया था—उन्हें और उनके पुत्र वीरेंद्र को 29 अप्रैल, 1990 को आतंकियों ने बहाने से पहले घर के बाहर बुलाया, फिर उनका अपहरण कर लिया। तीन दिन बाद दोनों की लाशें एक पेड़ से लटकी मिलीं। 'काफिर' हिंदुओं के प्रति जिहादियों की घृणा कितनी गहरी थी, यह इस बात से स्पष्ट है कि सर्वानंद अपने माथे पर जिस स्थान पर तिलक लगाते थे, आतंकियों ने वहाँ कील ठोंक दी। दोनों शरीर की टूटी हड्डियाँ, उखड़े बाल और जगह-जगह सिगरेट से दागने के निशान घृणा की पराकाष्ठा को चरितार्थ करते हैं। क्या इस जघन्य हत्याकांड को कश्मीर में कथित बेरोजगारी, गरीबी, कमजोर आर्थिकी, क्षेत्रीय असंतुलन या पूर्ण स्वायत्तता के चश्मे से देखा जा सकता है? यह स्थिति तब थी, जब स्वतंत्रता के बाद से भारतीय नेतृत्व द्वारा जम्मू-कश्मीर को दिए विशेषाधिकारों के कारण इस प्रदेश को शेष राज्यों से कहीं अधिक सरकारी अनुदान प्राप्त होने लगा था।

सच तो यह है कि 1989-91 का कालखंड कश्मीरी हिंदुओं के लिए 'कश्मीर खिलाफत' के समान है। शिक्षिका गिरिजा टिक्कू की नियति तो अत्यधिक विचलित करने वाली है। 4 जून, 1990 का सरेआम अपहरण करने के बाद, जब 25 जून को उनका शव मिला, तब शायद कठोर-से-कठोर हृदय का व्यक्ति भी अपनी चीत्कार नहीं रोक पाया होगा। बलात्कार के बाद जीवित ही विद्युत संचालित आरा मशीन से दो टुकड़ों में काटकर गिरिजा के शव को कुत्तों के आगे फेंक दिया था। बताया जाता है कि इस घृणित अपराध में उनका एक विद्यार्थी भी शामिल था।

कश्मीरी पंडितों से जुड़ी त्रासदी को जम्मू-कश्मीर के पूर्व राज्यपाल दिवंगत जगमोहन ने अपनी पुस्तक 'माय फ्रोजन टर्बुलेंस इन कश्मीर' में प्रलेखित किया था। उनके अनुसार—1989-96 के बीच 4,646 (अधिकांश हिंदू) स्थानीय लोगों की हत्या हुई, 2,308 अपहरण हुए, 6,886 निजी घरों और 31 मंदिरों को तोड़ा गया था। बाद में, क्षतिग्रस्त मंदिरों की संख्या 208 हो गई। क्या काफिर-कुफ्र दर्शन प्रेरित इस घटनाक्रम को बेरोजगारी, गरीबी, कमजोर आर्थिकी, क्षेत्रीय असंतुलन या पूर्ण स्वायत्तता से जोड़ा जा

सकता है, जैसा अकसर देश का एक वर्ग (वामपंथी और स्वघोषित उदारवादी सहित) दावा करके भ्रम फैलाता है?

कश्मीरी पंडितों के नरसंहार में तत्कालीन शासन-व्यवस्था किस प्रकार पंगु बनी हुई थी, यह दो घटनाओं से स्पष्ट है। पहला मामला सतीश टिक्कू हत्याकांड से संबंधित है। 2 फरवरी, 1990 को फारूक अहमद डार (उर्फ बिट्टा कराटे) ने पाकिस्तान से आतंकवादी प्रशिक्षण लेकर अपने घनिष्ठ मित्र पंडित सतीश कुमार टिक्कू को गोली मार दी। फारूक सड़क पर खुलेआम घूमता, हिंदुओं को खोजता और उनके दिल या सिर पर निशाना लगाकर गोली दाग देता। एक साक्षात्कार में उसने 20 निरपराध पंडितों को मारने का दंभ भरा था।

विडंबना देखिए कि 1990 में गिरफ्तारी के 16 वर्ष बाद 'साक्ष्यों के अभाव' में जिहादी बिट्टा को टाडा अदालत से अनिश्चितकालीन जमानत मिल गई। तब तत्कालीन न्यायाधीश एन.डी. वानी ने जो कुछ कहा था, वह कश्मीरी पंडितों को न्याय दिलाने में हमारी व्यवस्था के ढुलमुल रवैये को उजागर करता है। वानी के अनुसार, "अदालत इस तथ्य से अवगत है कि अभियुक्तों के खिलाफ आरोप गंभीर प्रकृति के हैं और इसमें सजा फाँसी या आजीवन कारावास है। किंतु अभियोजन पक्ष ने बहस करने में पूरी तरह से उदासीनता दिखाई है।" घाटी लौटने पर स्थानीय लोगों ने फारूक बिट्टा का 'हीरो' की भाँति जोरदार स्वागत किया। बहुत जल्द ही वह राजनीतिज्ञ बन गया। बाद में उसने कश्मीर में प्रशासनिक अधिकारी असबाह आरजूमंद खान से निकाह किया। अनुमान लगाना कठिन नहीं कि घाटी में मजहब के नाम पर जिहादियों को किस प्रकार स्थानीय लोगों से लेकर प्रशासनिक अधिकारियों का समर्थन प्राप्त है। अभी फारूक आतंकी वित्तपोषण के मामले में जेल में बंद है।

दूसरा मामला भारतीय वायुसेना के चार अधिकारियों की हत्या से संबंधित है। 25 जनवरी, 1990 की सुबह श्रीनगर स्थित रावलपुरा बस स्टैंड पर स्क्वाड्रन लीडर रवि खन्ना सहित भारतीय वायुसेना के कई सैन्य अधिकारी निहत्थे बस की प्रतीक्षा कर रहे थे। तभी चार-पाँच आतंकी आए और उनपर गोलियाँ बरसा दीं। इसमें चार की मौत हो गई और कई घायल हो गए। वर्दीधारी रवि के शरीर में 26 गोलियाँ धँसी हुई थीं। इस हत्याकांड का आरोपी यासीन मलिक है, जिसने एक साक्षात्कार में इस घटना पर किसी भी पछतावे से इनकार किया था। इस केस में यासीन पर अदालती अभियोजन को 30 वर्ष बाद स्वीकृति मिली है।

भारत के खिलाफ जहर उगलने वाला और सरकारी धन पर विदेश में चिकित्सीय उपचार की सुविधा भोग चुका यासीन, 26/11 मुंबई आतंकी हमले के साजिशकर्ता हाफिज सईद के साथ मंच तक साझा कर चुका है। 17 फरवरी, 2006 को कश्मीर वार्त्ता

के लिए तत्कालीन प्रधानमंत्री मनमोहन सिंह ने जिहादी यासीन को निमंत्रण भेजा था। वर्ष 2001 में भी यासीन एक पत्रकार के घर पर डॉ. मनमोहन सिंह से मिलने और 2003 में तत्कालीन कांग्रेस अध्यक्षा सोनिया गांधी से उनके आवास पर मिलने का दावा कर चुका है। यासीन ने 2009 में पाकिस्तानी प्रेमिका मिशाल हुसैन से निकाह किया था। वह कराची स्थित पाकिस्तानी अर्थशास्त्री एम.ए. हुसैन और मुसलिम लीग में महिला ईकाई की अध्यक्षा रही रेहाना हुसैन की बेटी है।

विगत 32 वर्षों में शासन, अदालत और स्वघोषित मानवाधिकार संगठनों ने कश्मीरी पंडितों को वांछित न्याय दिलाने के लिए गंभीर प्रयास नहीं किया है। यह ठीक है कि अगस्त 2019 में प्रधानमंत्री नरेंद्र मोदी और गृहमंत्री अमित शाह ने राजनीतिक इच्छाशक्ति और साहस दिखाते हुए जम्मू-कश्मीर को अनुच्छेद 370 और धारा 35ए के नागपाश से मुक्त कर दिया। किंतु जिस प्रकार से सुरक्षाबलों पर अब भी आतंकवादी हमले हो रहे हैं, उनपर स्थानीय लोगों द्वारा पथराव किया जाता है, जिहादियों को पनाह दी जा रही है और कश्मीरी युवा आतंकी संगठनों से जुड़ रहे हैं, वह वास्तव में, पंडित नेहरू की अदूरदर्शिता के कारण दशकों पहले इस क्षेत्र का काफिर-कुफ्र प्रेरित 'इको सिस्टम' डिफॉल्ट सेटिंग बन चुका है। किंतु जब तक घाटी को 'काफिर-कुफ्र' दर्शन से जनित घृणित मानसिकता, मजहबी इको सिस्टम और जिहादियों को स्थानीय-प्रशासनिक प्रश्रय से मुक्ति नहीं मिलती, तब तक पंडितों को पुनः घाटी में बसाने संबंधित वक्तव्य कोरे जुमले हैं। आज जब हम साढ़े सात दशक पीछे देखते हैं, तब समझ में आता है कि यदि पं. नेहरू ने अपने स्थान पर सरदार पटेल को जम्मू-कश्मीर का मामला हाथ में लेने दिया होता, तो आज देश एक बहुत बड़ी त्रासदी से बच सकता था।

फिल्म 'द कश्मीर फाइल्स' का विरोध क्यों?

कश्मीरी पंडितों की वेदना से भरी और सच्ची घटनाओं पर आधारित फिल्म 'द कश्मीर फाइल्स' (2022), जिसे दर्शकों का अकूत समर्थन मिला—उसका समाज के एक वर्ग द्वारा जमकर विरोध किया गया। ऐसे लोगों में कुछ स्वयंभू सेक्युलर राजनीतिक दल, वामपंथी और स्वघोषित उदारवादी शामिल हैं, जो मुखर होकर कश्मीरी पंडितों द्वारा झेली मजहबी विभीषिका को चुनौती देते नजर आए। वे फिल्म को 'फर्जी', 'प्रोपेगेंडा' और 'इसलामोफोबिया' का प्रतीक बताने लगे, तो तीन दशक पुराने घटनाक्रम में मजहब के नाम पर हताहत हुए कश्मीरी पंडितों की संख्या बहुत सीमित या गौण करके आँकने लगे। वास्तव में, ये लोग इस फिल्म का विरोध करके उस जिहादी मानसिकता का बचाव कर रहे थे, जिसने भारत में बीते 1300 वर्षों में अनगिनत स्थानीय निवासियों को मौत के घाट उतारा, जबरन मतांतरण किया, उनकी महिलाओं को अपनी हवस का शिकार

बनाया, सैकड़ों मंदिरों को तोड़ा, इसलाम के नाम पर रक्तरंजित विभाजन कराया और स्वतंत्रता के बाद देश में दर्जनों आतंकवादी हमलों, सांप्रदायिक दंगों की पटकथा लिखी।

'द कश्मीर फाइल्स' से भारत सहित शेष विश्व का वह कुनबा (वाम-उदारवादी सहित) विचलित है, जो कश्मीरी हिंदुओं को मजहबी प्रताड़ना देने में या तो प्रत्यक्ष-अप्रत्यक्ष रूप से शामिल था या फिर उस विभीषिका को 'शोषण, गरीबी, क्षेत्रीय असंतुलन और भेदभाव' की संज्ञा देकर न्यायोचित ठहराने का प्रयास कर रहा था। आरोप लगाया गया कि यह फिल्म घृणा पैदा करती है। वास्तव में, यह मजहब आधारित व्याप्त घृणा का प्रतिबिंब मात्र है। अन्यथा क्या कारण है कि शेष भारत में हिंदू-मुसलमान कई मामलों में अंतर्विरोध या आपसी मतभेद के बाद भी एक साथ रह पा रहे हैं, किंतु कश्मीर में बहुसंख्यक मुसलिम समाज पाँच प्रतिशत हिंदुओं के साथ शांति से नहीं रह पाया? वास्तव में, इसका उत्तर कश्मीर के विषाक्त इको सिस्टम में छिपा है, जो काफिर-कुफ्र दर्शन से प्रेरित है। अकाट्य सच तो यह है कि स्वतंत्र भारत में बहुलतावाद, पंथनिरपेक्षता और लोकतंत्र केवल वहीं सुरक्षित और अक्षुण्ण है, जहाँ हिंदू बहुसंख्यक हैं। इस समरसता को मजहबी-वैचारिक असहिष्णुता से आज भी कड़ी चुनौती मिल रही है।

आज जो स्थिति कश्मीर की है, वैसी ही स्थिति शेष भारत के कई क्षेत्रों में भी बनाने की कोशिश की जा रही है। इसमें वामपंथियों और जिहादियों को स्वयंभू सेक्युलरिस्टों, जिन्होंने मैकाले दर्शनयुक्त चश्मा पहना हुआ है—उनका आशीर्वाद मिल रहा है। इसके लिए वे योजनाबद्ध तरीके से हिंदुत्व को कलंकित करके समस्त हिंदू समाज को कलंकित करने का प्रयास कर रहे हैं।

संदर्भ—

1. Jammu & Kashmir 1947 Accession & Events There After, Daya Sagar, Jammu Kashmir Study Centre, pp. 9-16.
2. Heir Apparent: An Autobiography Karan Singh, Oxford University, 1982, Chapter 1, pp. 1.
3. Flames of the Chinar: An Autobiography, By Mohammad Sheikh Abdullah. Translated by Khushwant Singh. Viking, 1993, pp. 91.
4. Jammu and Kashmir, the Cold War and the West by D.N. Panigrahi; THE EMERGENCE & DEVELOPMENT OF THE MUSLIM POLITICAL IDENTITY IN KASHMIR 1846-1947, Ghulam Q. Bhat, Centre of Central Asian Studies, University of Kashmir, Srinagar-190006, Kashmir. pp. 14-15.
5. Sardar Vallabhbhai Patel India's Iron Man, By Balraj Krishna, Rupa & Co.
6. My Frozen Turbulence in Kashmir, by Jagmohan. pp. No. 79-80.
7. Ibid 6, Appendix-IV, pp. 650.

□

16

नैरेटिव का नया शिकार : 'हिंदुत्व'

'हिंदुत्व' पर विषवमन और 'हिंदू आतंकवाद' की असलियत

भारत ज्ञान-विज्ञान और शौर्य जैसे गुणों से सुशोभित होते हुए भी पहले लगभग 600 वर्षों तक मुसलिम और फिर 200 सालों तक अंग्रेजों का गुलाम क्यों रहा? इतिहास साक्षी है कि यदि व्यक्तिगत खुन्नस के कारण जयचंद ने पृथ्वीराज चौहान को धोखा नहीं दिया होता, तो इसलामी आक्रांता मोहम्मद गोरी विजयी नहीं होता। इसी तरह प्लासी की लड़ाई में यदि मीर जाफर, सिराजुद्दौला को न छलता, तो भारत में अंग्रेजी साम्राज्य संभवतः स्थापित नहीं होता।

इस मानसिकता का सटीक देश ने कांग्रेसनीत संप्रगकाल के कालखंड (2004-14) में देखा। इस दौरान मार्क्स-मैकाले मानसपुत्रों ने कांग्रेस के सहयोग से व्यक्तिगत, राजनीतिक और वैचारिक विरोध के चलते 'भगवा आतंकवाद' शब्द की रचना कर पूर्ण हिंदू समाज, राष्ट्रीय स्वयंसेवक संघ सहित तपस्वी राष्ट्रवादी संगठनों और समस्त विश्व में भारत को कलंकित करने का जाल बुना।

'हिंदू/भगवा आतंकवाद' की झूठी परिकल्पना के केंद्र में चार घटनाएँ सम्मिलित है—2006 का मालेगाँव, 2007 में अजमेर शरीफ, समझौता एक्सप्रेस और 2008 का मक्का-मसजिद बम धमाका। एक सतत अभियान के अंतर्गत तत्कालीन केंद्र सरकार ने हिंदूवादी संगठनों के साथ-साथ संघ के शीर्ष नेताओं को फँसाने की पटकथा लिखी। इसका पहला उदाहरण संभवतः 1993 में मुंबई के श्रृंखलाबद्ध बम धमाके में सामने आया था। तब जिहादी दाउद इब्राहिम के निर्देश पर मुंबई में 12 स्थानों पर धमाके हुए थे, जिसमें 257 लोग मारे गए थे और 717 घायल हुए थे। ये धमाके तब के हिंदू बहुल जावेरी बाजार, प्लाजा सिनेमा, सेंचुरी बाजार, पासपोर्ट ऑफिस, एयर इंडिया बिल्डिंग, होटल सी रॉक, होटल जुहू सेंटोर, सहारा एयरपोर्ट टर्मिनल, मुंबई स्टॉक एक्सचेंज बिल्डिंग, कठा बाजार, वर्ली क्षेत्र में हुए थे। उस समय महाराष्ट्र के तत्कालीन कांग्रेसी मुख्यमंत्री, पूर्व केंद्रीय मंत्री और वर्तमान समय में राष्ट्रवादी कांग्रेस पार्टी (एनसीपी) के अध्यक्ष शरद

पवार ने झूठ बोलते हुए अतिरिक्त अर्थात्, 13वाँ धमाका मुसलिम बहुल मसजिद बंदर में होने की बात कही (जहाँ ऐसा कुछ भी नहीं हुआ था) और हमलावरों को श्रीलंकाई चरमपंथी संगठन लिट्टे से जुड़ा हुआ बताया। अगस्त 2006 में एक टी.वी. साक्षात्कार में शरद पवार ने दावा किया कि उन धमाकों का उद्देश्य हिंदुओं और मुसलमानों के बीच सांप्रदायिक तनाव पैदा करना था।[1] वास्तव में पवार यह स्थापित करना चाह रहे थे कि इस आतंकवादी हमले के पीछे मुसलमान ही नहीं, हिंदू भी शामिल थे। पवार का यह सफेद झूठ अब इतिहास का हिस्सा बन चुका है। इंटरनेट पर इस संबंध में जानकारी खोजने पर इन बम धमाकों की संख्या 13 ही बताई जाती है।

स्वघोषित सेक्युलरिस्टों ने मुसलिम कट्टरवाद को हमेशा पोषित किया है और इसकी नींव देश के रक्तरंजित विभाजन से पूर्व ही पड़ गई थी। कट्टरपंथी मुसलमानों के वास्तविक उद्देश्य से अनभिज्ञ गांधीजी ने उन्हें मुख्यधारा में शामिल करने के अथक प्रयास किए। यहाँ तक कि उन्होंने हिंसक खिलाफत आंदोलन में कांग्रेस को भी जोड़ दिया। वस्तुत: गांधीजी के भौतिक उत्तराधिकारी पं. नेहरू और उनके बाद के कांग्रेस नेतृत्व ने सेक्युलरवाद के नाम पर जिस वोटबैंक संस्कृति को पोषित किया, वह कट्टर मुसलिम तुष्टीकरण की नीति से ही सिंचित है। फर्जी 'हिंदू आतंकवाद' का हौवा भी उसी कुत्सित नीति के कारण खड़ा किया गया, ताकि इसलामी कट्टरवाद और आतंकवाद की गंभीरता को गौण किया जा सके।

इस मनगढ़ंत 'हिंदू/भगवा आतंकवाद' संबंधित नैरेटिव को कांग्रेसनीत संप्रगकाल (2004-14) ने सतत षड्यंत्र के अंतर्गत बढ़ाया गया। उनका लक्ष्य आर.एस.एस. और अन्य राष्ट्रवादी हिंदू संगठनों को उस कालखंड में हो रहे आतंकवादी हमलों के लिए जिम्मेदार ठहराना था। अगस्त 2010 में तत्कालीन केंद्रीय गृहमंत्री पी. चिदंबरम ने मिथक 'भगवा आतंकवाद' शब्द का सबसे पहले सार्वजनिक उपयोग किया था,[2] जिसे सुशील कुमार शिंदे ने, बतौर केंद्रीय गृहमंत्री-जनवरी 2013 में झूठे 'हिंदू आतंकवाद' में बदल दिया। तब शिंदे ने यहाँ तक कह दिया था, "मुझे इस बात की जानकारी मिली है कि भाजपा और आर.एस.एस. के शिविरों में आतंकवाद का प्रशिक्षण दिया जा रहा है।"[3] इस वक्तव्य का उपयोग पाकिस्तानी सत्ता अधिष्ठान और उसके द्वारा पोषित आतंकवादी (हाफिज सईद सहित) भारत के खिलाफ विषवमन में करते रहे हैं।[4] यहाँ तक कि 2010 में विकीलीक्स के हवाले से खुलासा हुआ था कि तब राहुल गांधी ने तत्कालीन अमरीकी राजदूत टिमोथी रोमर से आतंकवाद पर चर्चा के दौरान कहा था कि 'हिंदू आतंकवाद' देश के लिए एक बड़ा खतरा है। बकौल राहुल, "भारत में भले ही कुछ तत्त्व लश्कर जैसे इसलामी आतंकवादी संगठनों का समर्थन कर रहे हैं, परंतु इससे बड़ा खतरा हिंदू संगठनों से है।"[5]

इस मिथक सिद्धांत के अंतर्गत कांग्रेस नेता दिग्विजय सिंह ने मुंबई आतंकवाद

निरोधक दस्ते के प्रमुख रहे हेमंत करकरे की 26/11 आतंकी हमले के दौरान हुई हत्या के तार भी हिंदूवादी संगठनों से जोड़ते हुए पाकिस्तान और लश्कर-ए-तैयबा जैसे इसलामी आतंकवादी संगठनों को क्लीन चिट देने का प्रयास किया। यहाँ तक कि 6 दिसंबर, 2010 को दिग्विजय सिंह ने अजीज बर्नी द्वारा लिखित '26/11- आर.एस.एस. की साजिश' नामक पुस्तक का लोकार्पण कर राष्ट्रीय स्वयंसेवक संघ पर 26/11 मुंबई आतंकी हमला करवाने का आरोप लगा दिया था।[6] बर्नी की इस किताब को लेकर कई समाचार-पत्रों में कई संपादकीय और आलेख प्रकाशित हुए थे। इसके लिए 26/11 आतंकवादी हमले में जिहादियों द्वारा हाथों में पहने पवित्र धागे कलावा/मौली को आधार बनाया था। कल्पना कीजिए, यदि पाकिस्तानी जिहादी कसाब जीवित नहीं पकड़ा जाता, तो क्या होता?

इसी शृंखला में असंवैधानिक राष्ट्रीय सलाहकार परिषद् (2004-14), जो कांग्रेस अध्यक्षा सोनिया गांधी के अधीन था, उसके द्वारा तैयार विषैला 'सांप्रदायिक हिंसा विधेयक' भी शामिल था। कांग्रेस इसे संसद् से पारित कराना चाहती थी, जिसके अनुसार—सांप्रदायिक हिंसा में इस विधेयक के प्रावधान तभी लागू होंगे, जब हमले अल्पसंख्यकों पर हों। ऐसे ही यौन दुर्व्यवहार तभी दंडनीय होगा, जब वह अल्पसंख्यक समुदाय के किसी सदस्य के खिलाफ हो।[7] इस बहुसंख्यक हिंदू-विरोधी विधेयक को वर्ष 2013 में भाजपा के जोरदार विरोध के पश्चात् वापस ले लिया गया था।

वास्तव में, भ्रामक 'हिंदू आतंकवाद' सिद्धांत 'हिंदुत्व' को बार-बार कलंकित करने के नैरेटिव से जनित है। इसमें वामपंथियों के साथ कांग्रेस का शीर्ष नेतृत्व भी शामिल है। अपने भाषणों में राहुल गांधी द्वारा 'हिंदुत्व' का दानवीकरण इसका प्रमाण है। इसी अभियान के अंतर्गत कांग्रेस नेता सलमान खुर्शीद ने तो 'हिंदुत्व' की तुलना इसलामी आतंकवाद से कर दी। खुर्शीद ने अपनी पुस्तक 'सनराइज ओवर अयोध्या-नेशनहुड इन आवर टाइम्स' में 'हिंदुत्व' की तुलना उन इसलामी आतंकवादी संगठनों—आई.एस. आई.एस. और नाइजीरियाई बोको-हरम से की है, जिन्होंने 'काफिर-कुफ्र' अवधारणा से प्रेरणा लेकर और इसलाम के नाम पर हजारों लोगों को मौत के घाट उतारा है। हजारों गैर-मुसलिम महिलाओं को अपना 'सेक्स-स्लेव' बनाया है और लाखों का जबरन मतांतरण किया है। यह दोनों भी अपने समकक्ष संगठनों (तालिबान सहित) की भाँति विश्व में एक ऐसी व्यवस्था चाहते हैं, जो खालिस शरीयत द्वारा संचालित हो, जिसमें सभी गैर-इसलामी प्रतीकों, सभ्यताओं और संस्कृतियों को नष्ट कर दिया जाए।

वस्तुत: 'हिंदुत्व' को मई 2014 से व्यापक रूप से लक्षित करने का कारण अयोध्या में भव्य राम मंदिर की पुनर्स्थापना, काशी विश्वनाथ धाम के कायाकल्प, कश्मीरी पंडितों की घाटी में सकुशल वापसी के लिए सहिष्णु वातावरण बनाने, लोकतांत्रिक-संवैधानिक व्यवस्था में हिंदू-हितों की भी बात करने और शेष विश्व में मजहबी अत्याचारों के शिकार

हिंदू, बौद्ध, सिख, जैन आदि अनुयायियों को अपने स्वाभाविक घर 'भारत' में नागरिक संशोधन अधिनियम के माध्यम से बसाने के प्रयासों में छिपा है।

यह वाम-जिहादी-सेक्युलर वर्ग सोचता है कि 'हिंदुत्व' पर विषवमन करके वे भारतीय जनता पार्टी और राष्ट्रीय स्वयंसेवक संघ पर हमला कर रहे हैं। यह विशुद्ध मूर्खता है। इस समूह को सर्वोच्च न्यायालय की संवैधानिक खंडपीठों के उन पूर्ववर्ती निर्णयों को दोबारा पढ़ना चाहिए, जिसमें 'हिंदुत्व' की व्याख्या की गई है। 11 दिसंबर, 1995 को शीर्ष अदालत में न्यायमूर्ति जे.एस. वर्मा की खंडपीठ ने कहा था—'हिंदुत्व' का विस्तृत अर्थ है, जो समावेशी है, लेकिन मजहब नहीं है। 'हिंदुत्व' भारतीयों की जीवनशैली, लोकाचार और संस्कृति है।

बात केवल 1995 में सर्वोच्च न्यायालय के ऐतिहासिक निर्देश तक सीमित नहीं है। दशकों पुरानी न्यायिक प्रक्रिया है, जिसमें 'हिंदू', 'हिंदुत्व' और 'हिंदूवाद' को एक और सहिष्णु बताया गया है। 14 जनवरी, 1966 को स्वामीनारायण मामले में तत्कालीन प्रधान न्यायाधीश पी.बी. गजेंद्रगडकर की खंडपीठ ने कहा था—"दुनिया के अन्य मजहबों की भाँति हिंदू किसी एक पैगंबर का दावा नहीं करता, यह केवल किसी एक भगवान् की पूजा नहीं करता, यह किसी एक सिद्धांत के अनुरूप नहीं चलता...इसे मोटे तौर पर जीवन के एक तरीके के रूप में वर्णित किया जा सकता है।"

इसी तरह 1976 में अदालत से यह निर्धारित करने के लिए हिंदू दर्शन की न्यायिक जाँच का आह्वान किया गया था कि क्या एक हिंदू परिवार, जिसमें एक ईसाई पत्नी और बच्चे शामिल हैं, उसे हिंदू अविभाजित परिवार माना जा सकता है ? तब तत्कालीन मुख्य न्यायाधीश एन.एन. रे की खंडपीठ ने फैसला देते हुए कहा था—"हिंदू दर्शन किसी के चयन या उन्मूलन के बिना अपने भीतर कई विश्वासों, प्रथाओं और विविध पूजा के रूपों को समाहित करता है। यह केवल मजहब तक सीमित नहीं, इसके अविभाजित परिवार में ईसाई सदस्य भी हो सकते हैं।" इसी तरह 1994 में अयोध्या संबंधित मामले पर अदालत के निर्देश में भी यही भाव प्रकट होता है।

'हिंदुत्व' पर शीर्ष अदालत के निर्णय को दो बार असफल चुनौती दी गई थी। वर्ष 2016 में पहला प्रयास स्वयंभू वाम-उदारवादी तीस्ता सीतलवाड़ ने किया था, तो 2019 में दूसरी कोशिश उन्हीं सलमान खुर्शीद ने थी, जो न्यायिक पटल पर पराजित होने के बाद 2021 में अपनी पुस्तक के माध्यम से 'हिंदुत्व' की तुलना इसलामी आतंकवादी संगठनों की जिहादी विचारधारा से कर रहे हैं। इन्हीं सलमान खुर्शीद इसलामी ने इसलामी आतंकवादी संगठन 'सिमी' (इंडियन मुजाहिद्दीन) से सहानुभूति रखते हुए उसपर लगे प्रतिबंधों के खिलाफ अदालत में पैरवी की थी, तो उन्हें सितंबर 2008 में दिल्ली स्थित बाटला हाउस एनकाउंटर में मारे आतंकियों के शोक में सोनिया गांधी के आँसू दिख चुके हैं।

सच तो यह है कि 'हिंदुत्व' पर भ्रम फैलाकर मुसलिम लीग ने ब्रितानियों और वामपंथियों के सहयोग से भारत का एक-तिहाई हिस्सा काटकर 1947 में पाकिस्तान को जन्म दिया था। अंग्रेज जा चुके हैं, किंतु पाकिस्तान का सृजन करने वाला वैचारिक चिंतन, वामपंथ और पाकिस्तान-चीन रूपी देशविरोधी शक्तियों के समर्थक खंडित भारत में आज भी सक्रिय हैं। सच तो यह है कि इस कुनबे द्वारा 'हिंदुत्व' पर सतत हमले और फर्जी 'हिंदू आतंकवाद' सिद्धांत के माध्यम से एक और पाकिस्तान बनाने की तैयारी हो रही है।

सच तो यह है कि विश्व में जो लोग वैचारिक कारणों से 'हिंदूफोबिया' का शिकार हैं, वे भारतीय उपमहाद्वीप में 8वीं शताब्दी से हिंदुओं-बौद्ध-जैन-सिखों पर इसलाम, तो 16वीं सदी से ईसाइयत के नाम पर हुए अत्याचारों को 'सत्ता का संघर्ष' बताकर उसके पीछे की 'मजहबी अवधारणा' जैसे 'काफिर-कुफ्र' और 'हेरेटिक' दर्शन को छिपाना चाहते हैं। 20 जनवरी, 2022 को इस संबंध में संयुक्त राष्ट्र (यूएन) में भारत के तत्कालीन स्थायी प्रतिनिधि टी.एस. त्रिरुमूर्ति ने कहा था, "संयुक्त राष्ट्र ने इसलामोफोबिया, क्रिश्चियनोफोबिया और यहूदीफोबिया जैसे अब्राहमिक मजहबों पर ध्यान दिया गया है... और इन तीनों की चर्चा होती है। किंतु कुछ अन्य मजहबों—विशेषकर हिंदू, बौद्ध और सिखों को लेकर भय का समकालीन वातावरण भी गंभीर चिंता का विषय है। संयुक्त राष्ट्र संघ को इसपर विशेष ध्यान देना चाहिए।"[8] जिस प्रकार हिंदुत्व विरोधी नैरेटिव, वाम-जिहादी-सेकुलर कुनबे के लिए सदियों से तनावग्रस्त हिंदू-मुस्लिम संबंध को और अधिक रसातल में पहुँचाने का हथियार बना हुआ है, ठीक उसी तरह यह जमात इसी विकृत विमर्श का उपयोग, हिंदू-सिख संबंध में दरार डालने हेतु भी कर रहा है।

संदर्भ—

1. 1993 Mumbai blasts: When then Maharashtra CM Sharad Pawar lied about a 13th blast. India Today. 16 Jun, 2017.
2. Saffron Terrorism-a new phenomenon, says Home Minister Chidambaram. NDTV. 25 August, 2010.
3. RSS, BJP camps promoting Hindu terror: Sushilkumar Shinde. Times of India. 20 January, 2013.
4. Hafiz Saeed seeks to exploit Sushil Kumar Shinde's remarks. Economics Times. 21 January 2013.
5. Radical Hindu groups bigger threat than LeT, says Rahul Gandhi. India Today. 18 December, 2010.
6. RSS & 26/11: Digvijaya flags it off again, this time in Mumbai. The Indian Express. 28 December, 2010.
7. Kill the anti-Hindu Bill NAC'S draft is rabidly communal. Organiser. 12 June, 2012.
8. Recognise 'Hinduphobia' and violence against Buddhists, Sikhs too: Indian envoy to U.N.. The Hindu. 20 January, 2022.

□

17

हिंदू-सिख संबंध और ब्रिटिश कुटिलता

"...उस समय देश में मजहबी कट्टरता की आँधी आई थी। धर्म को दर्शन, विज्ञान और आत्मशोध का विषय मानने वाले हमारे हिंदुस्तान के सामने ऐसे लोग थे, जिन्होंने मजहब के नाम पर हिंसा और अत्याचार की पराकाष्ठा कर दी थी। औरंगजेब की आततायी सोच के सामने उस समय गुरु तेगबहादुरजी हिंद दी चादर बनकर, चट्टान बनकर खड़े हो गए थे" इन पंक्तियों के माध्यम से 21 अप्रैल, 2022 को ऐतिहासिक लालकिले में श्री गुरु तेगबहादुरजी के 400वें प्रकाश पर्व के अवसर पर आयोजित कार्यक्रम में प्रधानमंत्री नरेंद्र मोदी ने भारत के अस्तित्व को बचाने हेतु संघर्ष, असंख्य बलिदानों और लोमहर्षक इतिहास को समेटने का प्रयास किया था, जिसे दशकों से विकृत किया जा रहा है। हिंदू-मुसलिम संबंधों के मार्क्स-मैकाले मानसबंधु यदाकदा हिंदू-सिख संबंधों को विकृत नैरेटिव के आधार पर कलुषित करने का प्रयास करते रहते हैं। 2020-21 में हुआ तथाकथित 'किसान आंदोलन' इसका प्रत्यक्ष प्रमाण है। इसका इतिहास उन्हीं पन्नों में दर्ज है, जिसमें अंग्रेजों ने 'बाँटो और राज करो' की नीति का सूत्रपात किया था। ब्रितानियों के लिए हिंदू-मुसलिम के बीच मतभेद बढ़ाना सबसे सरल था, क्योंकि दोनों समुदाय के बीच 600 वर्षों का अविश्वास था, जिसकी नींव 'काफिर-कुफ्र' भारत और हिंदुओं पर विदेशी कासिम, गजनवी, गौरी, बाबर, खिलजी, औरंगजेब आदि ने खड़ी की थी। ब्रितानियों को मुसलिम समाज में अलगाव पैदा करने लिए सैयद अहमद खाँ मिल गए थे, किंतु ऐसा ही एक व्यक्ति उन्हें हिंदू-सिखों के बीच कड़वाहट को पैदा करने के लिए चाहिए था। अंग्रेजों के लिए यह काम काफी कठिन था, क्योंकि उस कालखंड में पंजाब का हर हिंदू स्वयं को सिख और प्रत्येक सिख खुद को हिंदुओं का रक्षक मानता था। इस सौहार्दपूर्ण संबंध की आधारशिला सिख गुरुओं ने स्थापित की थी, जो सिख साम्राज्य के संस्थापक महाराजा रणजीत सिंह के शासनकाल तक अक्षुण्ण रही।

गुरु नानक देवजी ने 15वीं शताब्दी में सिख पंथ की स्थापना की थी। उनका जन्म राई भोई की तलवंडी अर्थात् आज के पाकिस्तान के लाहौर में ननकाना साहिब में 15 अप्रैल, 1469 को हुआ था। 70 वर्ष की आयु में उनका निधन करतारपुर (पाकिस्तान) में 22 सितंबर, 1539 को हुआ। नानक देव के बाद सिख पंथ में नौ और गुरु हुए।[1]

यहाँ बात ध्यान देने योग्य है कि सभी सिख गुरु खत्री थे। जहाँ गुरु नानकजी बेदी थे, वहीं गुरु अंगद त्रेहन, गुरु अमर दास भल्ला, तो शेष गुरु सोढ़ी थे। जब मध्यकालीन भारत में गुरु नानक देवजी मानवता और आत्मगौरव का संदेश दे रहे थे, तब उत्तर-पश्चिमी सीमांत, सिंध सहित पंजाब मजहबी क्रूरता और अत्याचार की जकड़ में फँस चुका था। इन क्षेत्रों में मंदिरों को तोड़ने के साथ यहाँ मूल निवासियों को तलवार के बल पर जबरन इसलाम स्वीकार करने के लिए मजबूर किया जा रहा था, जिसके प्रतिकारस्वरूप देश के अन्य भागों में भक्ति आंदोलन प्रारंभ हुआ। इसी आंदोलन से कई संत देश में जनजागृति लाने में सहायक हुए और उनके संदेश को पंजाब में प्रचारित करने का भार गुरु नानक देवजी ने स्वयं सँभाला।

इसलामी आततायी बाबर जब भारत की सनातन और बहुलतावादी संस्कृति को रौंद रहा था, तब उसका वर्णन गुरु स्वयं गुरु नानक देवजी ने अपने शब्दों में कुछ इस तरह किया है—

खुरासान खसमाना कीआ हिंदुस्तान डराइया॥
आपै दोसु न देई करता जमु करि मुगलु चड़ाइआ॥
एती मार पई करलाणे त्है की दरदु न आइया॥
करता तूँ सभना का सोई।।
जे सकता सकते कउ मारे ता मनि रोसु न होई॥
सकता सीहु मारे पै वगै खसमै ला पुरसाई॥

गुरु नानक देवजी इन पंक्तियों में उस कालखंड में मुगलों द्वारा पंजाब ही नहीं, अपितु पूरे हिंदुस्तान पर ढहाई गई यातनाओं का वर्णन कर रहे थे। इसलामी शासकों के बीभत्स अत्याचारों से स्थानीय हिंदू अपनी पूजा-पद्धति विस्मृत कर चुके थे। यहाँ तक कि उनके कोपभाजन से बचने के लिए अपनी मूल जीवनशैली और खान-पान में भी सावधानी बरत रहे थे। गुरु नानक देवजी ने इस पर पहली चोट की। उन्होंने बिना किसी भय के 'एकं सत' की वैदिक परंपरा का संदेश दिया। भारत के मूल आध्यात्मिक मूल्यों की पुनर्स्थापना और सिख पंथ के संरक्षण में धर्म की रक्षा होते देख इसलामी शक्तियों की बौखलाहट बढ़ गई। सिख गुरुओं की परंपरा में पाँचवें सिख गुरु अर्जन देवजी पहले बलिदानी हुए, जिन्हें जहाँगीर के आदेश पर बर्बरता के साथ मौत के घाट उतार दिया

गया। जिस स्थान पर उनका अंतिम संस्कार किया गया था, वह आज पाकिस्तान स्थित लाहौर में 'गुरुद्वारा डेरा साहिब' नाम से जाना जाता है।

मानवतावाद में गुरु अर्जन देवजी का सबसे बड़ा योगदान गुरुग्रंथ साहिब है, जिसका सर्वप्रथम संपादन उन्होंने ही किया था, जो पहली बार 1604 में अमृतसर के हरिमंदिर साहिब (स्वर्ण मंदिर) में स्थापित की गई थी। इसमें तब पाँच गुरु, चार गुरुसिख, 15 भगत, 11 भट (ब्राह्मण) और 30 रागों का उल्लेख था। इन्हीं 15 भगतों में पाँच ब्राह्मण थे—बेनी (बिहार निवासी), परमानंद (महाराष्ट्र निवासी), जयदेव (तत्कालीन बंगाल निवासी), रामानंद और सूरदास (उत्तर प्रदेश निवासी)। इसके अतिरिक्त कबीर, फरीद, सदना और भिखान को छोड़कर, जोकि मुसलिम थे—शेष सभी भगत हिंदू समाज की अन्य जातियों से ही थे। जिन 11 भट का उल्लेख 'गुरुग्रंथ साहिब' में है, वे भी सभी पंजाब निवासी और ब्राह्मण थे। 1705 में दमदमा साहिब में दशमेश पिता गुरु गोबिंद सिंहजी ने गुरु तेगबहादुरजी के 116 शब्दों और 15 रागों में जोड़कर गुरुग्रंथ साहिब को पूर्ण किया।[2]

गुरुग्रंथ साहिब में हिंदुओं के आराध्य भगवानों के नामों को कई बार पुकारा गया है। जैसे—हरि का नाम 8,344 बार लिया गया है। राम का नाम 2,533 बार लिया गया है। गोपाल 491, ठाकुर 216, मुरारी 97, कृष्णन 22, नरसिंह 15, दामोदर 15, मोहन 54, रघुनाथ 7, गोवर्धन का 2 बार गुरुग्रंथ में उल्लेख है।[3] यही नहीं, अयोध्या राम मंदिर मामले में जो पहली प्राथमिकी दर्ज हुई थी, वह किसी रामभक्त हिंदू के विरुद्ध नहीं, अपितु रामभक्त सिख के खिलाफ थी। 28 नवंबर, 1858 को अवध के तत्कालीन थानेदार शीतल दुबे द्वारा लिखी प्राथमिकी संख्या 884 इसका प्रमाण है।[4] संभवतः सिखों की रामभक्ति का श्रेय गुरु गोविंद सिंहजी द्वारा लिखित 'गोविंद रामायण' को जाता है। 9 जुलाई, 2021 को प्रसिद्ध अधिवक्ता, कांग्रेस नेता और राज्यसभा सांसद के.टी.एस. तुलसी ने अपनी माँ स्वर्गीय बलजीत कौर तुलसी द्वारा लिखित पुस्तक 'द रामायण ऑफ श्री गुरु गोबिंद सिंहजी' की पहली प्रति प्रधानमंत्री नरेंद्र मोदी को भेंट की थी।[5]

संपूर्ण मानवजाति के लिए गुरुग्रंथ साहिब एक अमूल्य आध्यात्मिक निधि है, जिसमें सामाजिक सौहार्द की अद्भुत झलक है। इसमें न केवल सिख गुरुओं की वाणी का संकलन है, अपितु देश के विभिन्न भागों, भाषाओं और जातियों में जन्मे संतों की वाणी भी सम्मिलित है। मराठी, पुरानी पंजाबी, बृज, अवधी आदि अनेक बोलियों से सुशोभित गुरुग्रंथ साहिब 'सर्वजन हिताय, सर्वजन सुखाय' की भावना से ओत-प्रोत है, इसलिए इसे समस्त मानवजाति का शाश्वत और सनातन अध्यात्म का कोष कहा जा सकता है।

सिख गुरुओं का क्रूर इसलामी आततायियों से संघर्ष

छठे सिखगुरु हरगोबिंद सिंहजी (1595-1644) ने राव मदन राठौर के सहयोग से मुगलिया आतंक के खिलाफ शस्त्र उठाया और सिख पराक्रमियों की एक छोटी टुकड़ी को सैन्य प्रशिक्षण दिया। उन्होंने मुगलों के खिलाफ चार युद्ध लड़े। इसके परिणामस्वरूप, भारी संख्या में कश्मीर घाटी के, जो हिंदू और सिख तलवार की नोक पर इसलाम कबूल कर चुके थे, उनमें से कई गुरु हरगोबिंद सिंहजी के आह्वान पर वापस अपने मूल मत में लौट आए। 17वीं शताब्दी में लिखित 'सिखान (सिखाँ) दी भगत रतन माला' के अनुसार, गुरु हरगोबिंद को दो राजपूतों—राव सेगरा और राव जैता ने शस्त्रविद्या सिखाई थी।

सिख परंपराओं के नौवें गुरु तेगबहादुर के बलिदान और उनकी गौरवगाथा से हम सभी परिचित हैं। उनका असली नाम त्यागमल था।[6] जब औरंगजेब मुगलिया गद्दी पर बैठा, तब मजहबी आतंकवाद ने और गति पकड़ ली। तत्कालीन कश्मीर में इसका व्यापक प्रभाव दिखा। जैसे कश्मीरी हिंदू 1989-91 में इसलामी आतंकवाद का शिकार हुए, ठीक उसी तरह के संकट में वे लोग गुरु तेगबहादुरजी के कालखंड में भी थे। जब गुरु तेगबहादुर ने औरंगजेब से इसे तुरंत बंद करने की अपील की, तब इससे तिलमिलाए औरंगजेब ने गुरु साहब को इसलाम या मौत में से किसी एक को चुनने का विकल्प दिया। इसलामी तलवार के समक्ष निडर होकर गुरु तेगबहादुरजी ने धर्म के मार्ग पर चलना स्वीकार किया, जिससे अपमानित होकर क्रूर औरंगजेब ने उन्हें और उनके दो शिष्यों—भाई मतिदास और भाई दयालदास को अमानवीय यातना देकर मौत के घाट उतार दिया। गुरु तेगबहादुर ने अपने तीनों अनुयायियों की नृशंस हत्या के बाद भी दृढ़ होकर अपना शीश कटाना स्वीकार किया, किंतु धर्म नहीं छोड़ा श्री गुरु गोबिंद सिंहजी ने इस घटना का वर्णन 'बचित्तर नाटक' में कुछ इस प्रकार किया था—"तिलक जंजू राखा प्रभ ताका⋯सीसु दीआ परु सी न उचरी॥ धरम हेत साका जिनि कीआ॥ सीसु दीआ परु सिररु न दीआ॥"[7] अर्थात् हिंदुओं के तिलक और जनेऊ की रक्षा हेतु गुरु तेगबहादुरजी ने अपने शीश का परित्याग कर दिया, किंतु धर्म का त्याग नही किया।

अपने निर्भीक पिता गुरु तेगबहादुरजी की विरासत को दशम गुरु श्री गोबिंद सिंहजी ने आगे बढ़ाया और उन्होंने अपने चारों पुत्रों के साथ इसलामी आक्रमणकारियों से भारत की आत्मा—सनातन संस्कृति को बचाने के लिए संघर्ष किया। इसके लिए उन्होंने 1699 में बैसाखी वाले दिन आनंदपुर साहिब में खालसा पंथ की स्थापना की थी, जिसका उद्देश्य था कट्टर इसलामी मानसिकता से हिंदुओं की रक्षा करना। 'खालसा' सृजन से पहले उन्होंने शक्ति यज्ञ का अनुष्ठान किया था। उनकी इच्छा थी कि "सकल जगत मो खालसा पंथ गाजै, जगै धरम हिन्दुक तुरक दुंद भाजै।"[8] अर्थात्, सारे जगत् में खालसा

पंथ की गूँज हो, हिंदू धर्म का उत्थान हो तथा तुर्कों द्वारा पैदा की गई विपत्तियाँ समाप्त हों। पहले पाँच खालसा (पंज-प्यारे) देश के चारों कोनों से थे। इनमें उत्तर भारत से दया राम (लाहौर, अविभाजित पंजाब) और धरम दास (हस्तिनापुर उत्तर प्रदेश), पूर्वी भारत से हिम्मत राय (पुरी, ओडिशा), पश्चिमी भारत से मोहकम चंद (द्वारका, गुजरात) और दक्षिण भारत से साहिब चंद (बिदर, कर्नाटक) से थे।[9] अपने जीवनकाल में ही अपने बच्चों को खो चुके गुरु गोबिंद सिंहजी भी 1708 में वीरगति को प्राप्त हुए।

1705 में मुगल सेना के एक हमले में गुरु गोबिंद सिंह के दो बड़े बेटे—अजित सिंह (17 वर्षीय) और जुझार सिंह (13 वर्षीय), शौर्य का परिचय देकर वीरगति को प्राप्त हुए थे। इसके पश्चात् गुरु गोबिंद सिंह की माँ माता गुजरी को उनके दोनों छोटे पौत्रों—जोरावर सिंह (9 वर्ष) और फतेह सिंह (7 वर्ष) के साथ सरहिंद में मुगल सैन्य अधिकारी वजीर खान ने पकड़ लिया। जब दोनों वीर पुत्रों ने इसलाम में मतांतरित होने से इनकार कर दिया, तब उन्हें एक दीवार में जीवित चुनवाकर मार डाला गया। यह स्थान आज पंजाब के फतेहगढ़ साहिब जिले में गुरुद्वारा फतेहगढ़ साहिब के नाम से विख्यात है। यही कारण है कि प्रधानमंत्री नरेंद्र मोदी ने 9 जनवरी, 2022 को उन बालवीरों के बलिदान को 'वीर बाल दिवस' के रूप में मनाने का निर्णय किया।

सिख गुरुओं ने धर्मरक्षक के रूप में, जो ज्योत प्रज्वलित की थी, उसे गुरु गोबिंद सिंहजी के शिष्य और प्रख्यात सिख सेनानायक बाबा बंदा सिंह बहादुर, जो गुरु घर की सेवाव्रत लेने से पहले माधो दास और लक्ष्मण दास[10] नाम से विख्यात थे—उन्होंने उसे मशाल का रूप दिया। उन्होंने 10 युद्ध लड़े और मुगलों के अजेय होने के भ्रम को तोड़ा। अपने जीवनकाल में बाबा बंदा सिंह बहादुर ने सोनीपत, कैथल, समाना, घुढ़ाम, ठसका, शाहबाद, मुस्तफाबाद, कपूरी, सफोरा और छतबनूढ़ पर विजय प्राप्त करके कब्जा जमाया। 12 मई, 1710 में छप्पर चिरी के युद्ध में बंदा सिंह बहादुर ने छोटे साहिबजादों की शहादत का बदला लिया। तब उन्होंने क्रूर इसलामी वजीर खान को मौत के घाट उतारा था। बाद में, गुरु नानक और गुरु गोबिंद सिंहजी से प्रेरणा लेकर उन्होंने यमुना और सतलुज के पास लोहागढ़ में खालसा राज की नींव रखी। किंतु विशाल मुगलिया सेना के समक्ष उनकी शक्ति धीरे-धीरे क्षीण होती चली गई। 7 दिसंबर, 1715 को इसलामी फौज ने गुरदास नंगल की गढ़ी पर कब्जा कर लिया। मुगल फौज ने बाबा बंदा सिंह बहादुर को कैद कर लिया। उनको एक बड़े लोहे के पिंजरे में बंद कर दिया गया। बंदा बहादुर के सामने उनके पुत्रों को जिहादियों ने मार डाला। जब उनकी बारी आई, तो पहले उन्हें लाल गर्म लोहे की छड़ों से यातनाएँ दी गईं, फिर उनकी आँखें निकाल ली गईं तथा चमड़ी उतार ली गई और फिर उन्हें मार डाला गया। यह बीभत्स घटना 9 जून, 1716 को घटी थी। तब उनकी आयु मात्र 45 वर्ष थी।

अठारहवीं शताब्दी के समाप्त होने तक पंजाब से इसलामी शासन का अंत हो गया और कई सिख राजघराने स्थापित हुए, जिसमें महाराजा रणजीत सिंह सर्वाधिक शक्तिशाली थे। तब समस्त सिख पंथ के लोग भारत की प्राचीन सांस्कृतिक जड़ों से किस प्रकार जुड़े थे, वह महाराजा रणजीत सिंह के आधिकारिक सैन्य नियमावली के पहले पृष्ठ से स्पष्ट हो जाता था, जिसमें हिंदुओं के लिए पवित्र ओउम् चिह्न में भगवान् विष्णु, शिवजी, ब्रह्माजी और देवी लक्ष्मीजी की आकृतियाँ अंकित थीं।[1]

शेर-ए-पंजाब नाम से विख्यात महाराजा रणजीत सिंह का जीवन भी सनातन संस्कृति से ओतप्रोत था। सिख गुरुओं की शिक्षा और परंपराओं का अनुसरण करते हुए उन्होंने अपने शासन में ब्राह्मणों को संरक्षण प्रदान किया और गौवध के लिए मृत्युदंड भी निर्धारित किया। कई सैन्य अभियानों के अंतर्गत उन्होंने कश्मीर में पंडितों को क्रूर इसलामी शासन से स्वतंत्र कराया, पराजित अफगानियों से लूटे सोमनाथ मंदिर के कपाट वापस करने को कहा और इसलामी शासकों से देश की धरोहर व बेशकीमती कोहिनूर हीरे को वापस भारत लेकर आए। जब दिसंबर 1838 में महाराजा रणजीत सिंह का स्वास्थ्य बिगड़ने लगा और उपचार के उपरांत 27 जून, 1839 को उनका देहांत हो गया, तब उन्होंने अपनी वसीयत में इसी कोहिनूर हीरे को पुरी स्थित भगवान् जगन्नाथ के चरणों में अर्पित करने की बात कही थी। किंतु ब्रितानी कुटिलता के कारण वह हीरा आज भी ब्रिटेन की महारानी के ताज में विद्यमान है। यही नहीं, महाराजा रणजीत सिंह की समाधि के प्रवेश द्वार पर ब्रह्मा, गणेश और देवी के चित्र लाल बलुआ पत्थर से तराशे गए हैं, जो लाहौर में विद्यमान है। अपने जीवनकाल में महाराजा रणजीत ने काशी के विश्वनाथ मंदिर, हिमाचल प्रदेश स्थित ज्वालामुखी मंदिर में भी अकूत सोना अर्पित किया था। वास्तव में यह सब महाराजा रणजीत सिंह द्वारा सिख गुरुओं की परंपराओं का अनुसरण करने का परिणाम था।

महाराजा रणजीत सिंह सर्वाधिक शक्तिशाली सिख प्रशासक रहे। उन्होंने कश्मीर और पश्चिमोत्तर प्रांतों से इसलाम राज खत्म किया। यदि ब्रितानियों ने कुटिल साजिशें नहीं रची होतीं, तो वह सिंध और अफगानिस्तान को भी अपने अधीन कर चुके होते। अपनी सैन्य श्रेष्ठता के कारण ब्रितानियों ने धीरे-धीरे भारत पर कब्जा तो कर लिया, किंतु उन्हें यह बखूबी पता था कि केवल सैन्य शक्ति के दम पर वह लंबे समय तक भारत पर राज नहीं कर सकते। इसलिए उन्होंने अपनी कुटिल 'फूट डालो और राज करो' की नीति अपनाई। तत्कालीन सिख साम्राज्य के एकमात्र पुरुष वंशज दलीप सिंह अल्पायु में राजगद्दी पर बैठा दिए गए। अंग्रेजों ने बालक दलीप सिंह को उनकी माँ महारानी जिंदा से अलग कर दिया और उन्हें लाहौर में अपने घर से दूर बनारस के पास चुनार के किले और बाद में इंग्लैंड भेज दिया।

दलीप सिंह को अंग्रेजी शासकों ने जॉन स्पेंसर लोगन और उनकी पत्नी को सौंप दिया, जहाँ उनका मतांतरण करा दिया गया और उनके हाथों में बाइबल थमा दी गई। यह सब दलीप सिंह को पंजाब की जड़ों और मूल संस्कृति से अलग करने का अंग्रेजी कुप्रपंच था। फिर उन्हें कोहिनूर हीरा इंग्लैंड की तत्कालीन महारानी को भेंटस्वरूप देने के लिए बाध्य किया गया। बाद में उन्हें सर की उपाधि भी दी गई।

प्रतिष्ठित लेखक खुशवंत सिंह हमारे बीच नहीं हैं, किंतु उन्होंने अपनी 'ए हिस्ट्री ऑफ द सिख्स' में एक स्थान पर लिखा था, या यूँ कहें कि उन्हें इस बात का अफसोस था कि महाराजा रणजीत सिंह ने एक सच्चे सिख होने के बाद भी हिंदू परंपराओं के अनुरूप जीवन जिया और हिंदू रीति के अनुसार ही उनका दाह संस्कार भी हुआ। वास्तव में, खुशवंत सिंह भूल गए थे कि जिन नव-सिखों की बात वे अपनी पुस्तकों या सार्वजनिक सभाओं में करते थे कि वे सभी अंग्रेजी दर्शन के साँचे में ढले हुए थे, जबकि महाराजा रणजीत सिंह सिख गुरुओं की परंपराओं का अनुसरण करते हुए उनके पदचिह्नों पर चल रहे थे।

मैक्स आर्थर मैकॉलिफ को सौंपा गया विषाक्त दायित्व

जिस समरस हिंदू-सिख संबंध के चिह्न सिख गुरुओं की परंपराओं में मिलते हैं, उससे प्रेरित बंधुत्व को ब्रितानी तत्कालीन भारत में अपने कुटिल उद्देश्य की पूर्ति हेतु तोड़ना चाहते थे। अंग्रेज समझ चुके थे कि उन्हें सिख समाज से वैसा विश्वासी नहीं मिलेगा, जैसे उन्हें मुसलिम समुदाय में सैयद अहमद खाँ आसानी से मिल गए थे। तब अंग्रेजों ने आयरलैंड में जन्मे अपने ही एक अधिकारी मैक्स ऑर्थर मैकॉलिफ का चुनाव किया। योजनाबद्ध तरीके से उन्होंने 1862 में तत्कालीन साम्राज्यवादी प्रशासनिक सेवा में प्रवेश लिया और फिर 1864 में पंजाब भेज दिया गया। सेवानिवृत्ति से पूर्व मैकॉलिफ उपायुक्त और प्रभागीय न्यायाधीश रहे थे। सिखों का विश्वासपात्र बनने हेतु उसने सिख पंथ में मतांतरण कर लिया।

इस संबंध में प्रसिद्ध लेखक दिवंगत खुशवंत सिंह ने लिखा था, "कहा जाता है कि मैक्स आर्थर मैकॉलिफ की नियुक्ति के पीछे ब्रिटिश शासन का कुटिल उद्देश्य निहित था। लॉर्ड डलहौजी ने सिख साम्राज्य को हड़पने के बाद पाया कि उस समय सिख तीव्रता के साथ हिंदू बन रहे थे। उन्हें और अन्य ब्रितानी प्रशासकों को लगा कि स्थिति उनके अनुकूल तब ही होगी, जब खालसा सिखों को उनकी विशिष्ट और अलग पहचान के लिए प्रोत्साहित किया जाए।"

"...Mac Arthur Macauliffe was persuaded to take on the onerous task - He resigned from the Civil service and spent 15 long years compiling details of the lives of the Sikhs ten Gurus and translating selected texts of the Gurubani...It has been suggested that the British government of the day had sinister motives in commissioning Macauliffe to undertake this work. That Sikhs were fast relapsing back into the Hindu fold was recorded by Lord Dalhousie soon after he annexed the Sikh Kingdom. He and other British administrators felt that it would serve their interests better if the Khalsa Sikhs were encouraged to retain their district and separate identity...'[12]

उसी कालखंड में मैक्स आर्थर मैकॉलिफ ने भाई काहन सिंह नाभा की सहायता से पवित्र ग्रंथ 'गुरुग्रंथ साहिब' का अंग्रेजी में अनुवाद किया। बाद में उनकी छह खंडों में 'द सिख्स, देयर रिलिजन गुरुस, सेक्रेड राइटिंग्स एंड ऑथर्स' सहित अन्य कई पुस्तकें भी आईं। 1897–98 में भाई काहन सिंह नाभा की 'हम हिंदू नहीं' पुस्तक प्रकाशित हुई, जो वर्तमान खालिस्तान आंदोलन का आधार भी है, जिसके माध्यम से पाकिस्तान और इसलामी आतंकवादी-कट्टरपंथी बीते कई वर्षों से अपने भारत विरोधी एजेंडे को पूरा करने में जुटे हैं।

अंग्रेजों का षड्यंत्र कितना कुटिल था और वह कैसे समाज में सिखों को हिंदुओं के खिलाफ खड़ा करने की योजना बना रहे थे, वह मैकॉलिफ द्वारा लिखित 'द सिख्स, देयर रिलिजन गुरुस, सेक्रेड राइटिंग्स एंड ऑथर्स—खंड 1' की प्रस्तावना से स्पष्ट हो जाता है। इसमें वे सिख समाज को मुख्यधारा से दूर करते हुए ब्रितानियों को उनका विश्वसनीय सहयोगी बताने का प्रयास करते हुए दिखते हैं।

"One day, as Guru Teg Bahadur was in the top story of his prison, the emperor Aurangzeb thought he saw him looking towards the south in the direction of the Imperial zenana. He was sent for the next day, and charged with this grave breach of Oriental etiquette and propriety. The Guru replied, Emperor Aurangzeb, I was on the top story of my prison, but I was not looking at thy private apart ments or at thy queens. I was looking in the direction of the Europeans who are coming from beyond the seas to tear down thy pardas and destroy thine empire."[13]

स्पष्ट था कि वैद्य गुरुदत्तजी का बाल्यकाल अंग्रेजों के कुटिल षड्यंत्र से जनित वातावरण में व्यतीत हुआ। जब वे युवा अवस्था में पहुँचे, तब तक देश में मजहबी कट्टरता को बल मिलने लगा था और सैयद अहमद खान के 'दो राष्ट्र सिद्धांत' के कारण मुसलिम समाज का बड़ा वर्ग भारत के स्वतंत्रता आंदोलन से दूर हो चुका था। यही नहीं, उसी दौरान सिखों के एक भाग में अलगाव की भावना पैदा करने के परिणामस्वरूप,

तत्कालीन उत्तर भारत के कई गुरुद्वारों से हिंदू देवी-देवताओं की मूर्तियाँ भी बाहर फेंकी जा रही थीं। 1 मई, 1905 को तत्कालीन स्वर्ण मंदिर प्रबंधक सरदार अरूर सिंह ने आदेश जारी किया कि परिसर के परिक्रमा स्थल पर ब्राह्मण न ही पूजा कर सकते हैं और न ही अपने कपड़े धो सकते हैं।[14]

वर्ष 1881 की जनगणना के अनुसार, तत्कालीन पंजाब में सिखों की जनसंख्या 20 लाख थी। तब जनगणना आयुक्त ने निर्देश दिया कि हिंदुओं से अलग सिखों की गणना की जाए। परिणामस्वरूप, 1931 में सिखों की आबादी एकाएक बढ़कर 40 लाख हो गई। इसी तरह अंग्रेजों ने अपनी कुटिल मानसिकता के अनुरूप 1909 में 'आनंद कारज' अधिनियम भी पारित कर दिया। अंग्रेजों ने ब्रितानी सेना में अलग से खालसा रेजीमेंट का भी गठन किया था, जिसमें सैनिकों को 'पाँच ककार' धारण करने का स्पष्ट निर्देश था। ऐसा इसलिए किया गया, ताकि खालसा और सिख गुरुओं के अन्य शिष्यों के बीच अंतर दिख सके। जिस जनरल डायर के निर्देश पर 13 अप्रैल, 1919 को जलियाँवाला बाग में नरसंहार हुआ था, उसे अकाल तख्त साहिब के तत्कालीन जत्थेदार ने आमंत्रित कर सिरोपा (कृपाण और पगड़ी) भेंट की थी।[15] स्पष्ट है कि उस समय अकाल तख्त पर अंग्रेजों और उनके वफादारों का पूर्ण नियंत्रण था।

इन घटनाओं ने 1980 के दशक में विषाक्त खालिस्तान आंदोलन की नींव तैयार की, जिसे पाकिस्तान अपने भारत-हिंदू विरोधी एजेंडे के लिए बार-बार सुलगाता रहता है। यह ठीक है कि तत्कालीन राजनीति ने इस घिनौने घटनाक्रम को जन्म देने में महत्त्वपूर्ण भूमिका निभाई थी। उस समय कांग्रेस, अकाली दल के प्रभाव और उसके तत्कालीन जनता पार्टी से हुए गठबंधन को समाप्त करना चाहती थी। कांग्रेस का लक्ष्य था कि अकाली दल को सिख समाज से अलग-थलग कर दिया जाए। इसके लिए तत्कालीन कांग्रेस नेतृत्व ने सिखों में चरमपंथी तत्त्वों को प्रोत्साहन देना शुरू किया। कांग्रेस ने उन सिखों को बढ़ावा देना शुरू किया, जिनका दर्शन अंग्रेजों के बनाए साँचे में तपा हुआ था।

कांग्रेस की चाल यह थी कि इस तरह का वातावरण बनाया जाए कि अकाली या तो अप्रासंगिक हो जाएँ या फिर चरमपंथियों से प्रतिस्पर्धा में आगे निकलने की कोशिश करें, क्योंकि ऐसा होने का नतीजा यह होगा कि कांग्रेस का पंजाब की राजनीति में एकाधिकार हो जाएगा।

इस कलंकित अध्याय का उल्लेख एक गैर-राजनीतिक प्रत्यक्षदर्शी, समकालीन आई.पी.एस. अधिकारी और भारतीय खुफिया एजेंसी 'रिसर्च एंड एनालिसिस विंग' (रॉ) में 26 वर्ष जुड़े रहने के बाद विशेष सचिव के रूप में सेवानिवृत्त हुए, गुरबख्श सिंह सिधू ने अपनी पुस्तक 'द खालिस्तान कांस्पीरेसी' में किया है।[16]

अपनी पुस्तक में गुरबख्श लिखते हैं, "…वर्ष 1977 के पंजाब (विधानसभा) चुनाव में प्रकाश सिंह बादल के नेतृत्व में अकाली दल-जनता पार्टी गठबंधन से कांग्रेस हार गई थी। इसके तुरंत बाद मुझे पूर्व मुख्यमंत्री ज्ञानी जैल सिंह और संजय गांधी द्वारा जरनैल सिंह भिंडराँवाले के समर्थन से अकाली दल के नेतृत्व वाली गठबंधन सरकार को अस्थिर करने के प्रयासों की जानकारी मिली…।"

"…ज्ञानी जैल सिंह ने संजय गांधी को सलाह दी कि पंजाब में अकाली दल-जनता पार्टी गठबंधन सरकार को अस्थिर किया जा सकता है, यदि उनकी उदारवादी नीतियों पर…एक उपयुक्त सिख संत द्वारा लगातार हमला किया जाए यदि एक कट्टर सिख नेता उनके प्रतिद्वंद्वी के रूप में उभरता है, तो अकाली नेता अपने समर्थन को बनाए रखने हेतु सिख हितों पर समझौता नहीं करने हेतु विवश हो जाएँगे। उदारवादी अकाली नेताओं की नीतियों में आने वाला यह बदलाव स्वाभाविक रूप से जनता दल के नेताओं को पसंद नहीं आएगा। …प्रधानमंत्री इंदिरा गांधी की स्वीकार्यता मिलने के बाद संजय गांधी और उनके सहयोगी कमलनाथ द्वारा दर्शन प्रकाश गुरुद्वारा के जरनैल सिंह भिंडराँवाले को संत के रूप में चुना गया। …जून 1980 में संजय की मृत्यु के बाद उनके बड़े भाई राजीव गांधी ने जिम्मेदारी सँभाली…।" 1980 के लोकसभा चुनाव में भिंडराँवाले खुलकर पंजाब में कांग्रेस प्रत्यक्षियों का प्रचार कर रहा था, तो कुछ कांग्रेस उम्मीदवार भिंडराँवाले की तस्वीर अपने पोस्टरों में लगा रहे थे।

प्रारंभिक असफलता के बाद कांग्रेसी प्रपंच ने पंजाब को अनियंत्रित अराजकता और रक्तपात में धकेल दिया। बकौल जी.बी.एस. सिधू, अप्रैल 1982 के पहले सप्ताह में कांग्रेस समर्थित दिल्ली सिख गुरुद्वारा प्रबंधन समिति के तत्कालीन अध्यक्ष संतोख सिंह के निमंत्रण पर भिंडराँवाले दिल्ली आया था। तब वह अपने दर्जनों समर्थकों के साथ दो बसों में सवार था। भिंडराँवाले के कई समर्थक बसों की छत पर बैठकर अपने हथियारों को लहराते हुए दिल्ली के चक्कर लगा रहे थे। स्वयं जी.बी.एस. ने दिल्ली स्थित कनॉट प्लेस में इस जुलूस को गुजरते देखा था। सिधू के अनुसार, यह सब सिखों के बीच भिंडराँवाले का कद बढ़ाने और दिल्ली में हिंदुओं के मन में भय पैदा करने के लिए किया गया था।

कांग्रेस द्वारा इस विभाजनकारी राजनीतिक समर्थन का परिणाम यह हुआ कि भिंडराँवाले ने अमृतसर स्थित श्रीहरमंदिर साहिब (स्वर्ण मंदिर) को अपना अड्डा बना लिया। चूँकि खालिस्तान की परिकल्पना विदेशी है और इसे शत-प्रतिशत भारतीय सिखों का समर्थन नहीं मिलता, इसलिए तब भिंडराँवाले के निर्देश पर निरापराध हिंदुओं के साथ देशभक्त सिखों को भी चिह्नित करके मौत के घाट उतारा जाने लगा। कालांतर में इंदिरा सरकार के निर्देश पर हुए 'ऑपरेशन ब्लू स्टार' ने स्वर्ण मंदिर की मर्यादा भंग कर दी,

जिससे श्रद्धालुओं के मन को गहरा आघात पहुँचा। परिणामस्वरूप 31 अक्तूबर, 1984 को तत्कालीन प्रधानमंत्री इंदिरा गांधी की उनके दो सिख अंगरक्षकों ने गोली मारकर हत्या कर दी, तो इसकी प्रतिक्रिया में हजारों निरपराध सिखों को मौत के घाट (जीवित जलाने सहित) उतार दिया गया। इस प्रायोजित रक्तपात को प्रत्यक्ष-परोक्ष रूप में न्यायोचित ठहराते हुए राजीव गांधी ने कहा था, "जब भी कोई बड़ा पेड़ गिरता है, तो धरती थोड़ी हिलती है।"

इसमें कोई संदेह नहीं कि देश में, विशेषकर उत्तर भारत में यदि यहाँ मूल सनातन संस्कृति हिंदुओं और सिखों के रूप में जीवंत है, तो उसका एक बड़ा श्रेय सिख गुरु परंपरा को जाता है। वास्तव में पंजाब में 'हिंदू-सिख' शब्दावली के बजाय 'सिख-मोना' का उपयोग अधिक-से-अधिक होता था, क्योंकि पंजाब में लगभग सभी गैर-मुसलिम सदियों से अपने आप को सिख ही मानते आए हैं। हिंदू-सिख संबंध नाखून और मांस जैसे थे, जिसमें एक की दूसरे के बिना कल्पना नहीं की जा सकती थी। इस परिवार में सेंध लगाने के लिए भारतीय संस्कृति के शत्रु दशकों से सक्रिय हैं, जिसकी नींव अपने साम्राज्यवादी हितों को आगे बढ़ाने हेतु ब्रितानियों ने डाली थी।

संदर्भ—

1. The History of Sikh Gurus, Prithi Pal Singh. Lotus Press. Ansari Road, Darya Ganj, New Delhi. pp. 1, 22, 35, 52, 61, 79, 101, 108, 113, 128.
2. Ibid 1, pp. 170.
3. Ibid 1, pp. 171.
4. RAMA AND AYODHYA by Meenakshi Jain. Aryan Books International. pp. 124.
5. PM receives first copy of the book, 'The Ramayana of Shri Guru Gobind Singh ji' penned by Late Mrs. Baljit Kaur Tulsi ji. Prime Minister's Office. Posted On: 09 Jul. 2021 3:33PM by PIB Delhi.
6. Ibid 1, pp. 114.
7. श्री दसम ग्रंथ साहिब (हिंदी अनुवाद सहित), प्रकाशक : भुवन वाणी ट्रस्ट, लखनऊ, दूसरा संस्करण 1990. पृ. 158।
8. Ugardanti–Guru Gobind Singh
9. Ibid 1, pp. 143.
10. "Banda Singh Bahadur". Encyclopedia Britannica. Retrieved 15 May, 2013.
11. MAHARAJA RANJIT SINGH LORD OF THE FIVE RIVERS, BY JEAN-MARIE LAFONT. (Annexure 16).
12. "The Sikh religion, their gurus, sacred writings, and authors - Vol. 1" introduction by Khuswant Singh.
13. Preface of 'The Sikh religion, their gurus, sacred writings, and authors' by Max Arthur Macauliffe (Annexure 4).

14. Issues of Sikh Identity: Sanatanist-Sikh Debate by Sheena Pall, Pg. 194, Punjab University, Chandigarh; Punjab State Archives, Chandigarh, Home General, Confidential file no. 3/51, 1906, Reg: Idols in the Amritsar Golden Temple, pp. 21, 22, 229, 230.
15. Part 2, Revisiting Jallianwala 100 years on: The 'horrible' General Dyer. Hindustan Times. Apr 11, 2018. https://www.hindustantimes.com/punjab/part-2-revisiting-jallianwala-100-years-on-the-officer-with-a-horrible-dirty-duty/story-c1G5LheO1e5b6NLHNuZJyK.html
16. The Khalistan Conspiracy: A Former R&AW Officer Unravels the Path to 1984, By G.B.S. Sidhu.

18

गांधीजी की नीयत सही, कुछ नीतियाँ गलत

कई आलोचक बापू को उनके हत्यारे नाथूराम गोडसे के चश्मे से देखते हैं और उनको देश के विभाजन व उसकी रक्तरंजित विभीषिका के लिए जिम्मेदार ठहराते हैं। सच तो यह है कि गांधीजी महापुरुष और भारत माता के सच्चे सपूतों में से एक थे, किंतु भगवान् नहीं। देशसेवा करते हुए उन्होंने जो कुछ विवादास्पद (भगत सिंह, राजगुरु और सुखदेव को फाँसी से नहीं बचाने सहित) निर्णय लिये थे, उनमें से एक इसलामपरस्त खिलाफत आंदोलन की अगुआई करना भी था। वे सोचते थे कि तुष्टीकरण से विभाजन की पक्षधर मजहबी मानसिकता परास्त हो जाएगी। इसलिए उन्होंने खिलाफत आंदोलन का समर्थन किया, तो स्वतंत्रता मिलने से पहले जिन्ना को अविभाजित भारत का प्रधानमंत्री बनाने का प्रस्ताव तक भी रख दिया था। देश को विभाजनरूपी त्रासदी से बचाने के लिए गांधीजी ने भरसक प्रयास किए। उनकी नीयत और दृष्टि निष्कलंक थी, किंतु नीति त्रुटिपूर्ण।[1]

यदि गांधीजी ने पाकिस्तान की वैचारिक 'काफिर-कुफ्र' प्रेरणा को समझकर अमेरिका के 16वें राष्ट्रपति अब्राहम लिंकन की भाँति निर्भीक होकर साहस दिखाया होता, तो संभवतः भारतीय उपमहाद्वीप का मानचित्र यूँ क्षत-विक्षत नहीं होता। 1860 के दशक में लिंकन ने दासता प्रथा को अस्वीकार करते हुए और उसे खत्म करने के लिए गृहयुद्ध को चुना था। किंतु विभाजन रोकने के लिए तत्कालीन कांग्रेस और गांधीजी ने लिंकन जैसी दृढ़ता का परिचय नहीं दिया। वस्तुतः गांधीजी उस समय हिंदू समाज की दयनीय स्थिति से अवगत थे, जिसका संकेत उन्होंने 24 मई, 1924 को 'यंग इंडिया' में अपने एक आलेख में दिया है।

जहाँ खिलाफत आंदोलन ने पाकिस्तान की आधारशिला रखी, वहीं अप्रैल-मई 1946 में गांधीजी के एक अन्य फैसले ने भावी स्वतंत्र भारत के भाग्य को और विकृत कर दिया। गांधीजी, सरदार पटेल, नेताजी और पं. नेहरू के व्यक्तित्वों के इर्दगिर्द ही स्वतंत्रता पूर्व भारतीय इतिहास का ताना-बाना बुना जा सकता है। गांधीजी ने राष्ट्रसेवा

करते हुए जो भी विवादास्पद निर्णय लिये थे, उनमें से दो में उनके पक्षपातपूर्ण आचरण ने भारत के भाग्य और स्वतंत्रता पश्चात् राष्ट्रीय राजनीति को बहुत प्रभावित किया। जब स्वतंत्र भारत का पहला अंतरिम प्रधानमंत्री चुनने का समय आया, तो 1946 में लोकतांत्रिक प्रक्रिया के अंतर्गत आए बहुमत आधारित निर्णय, जिसमें 15 कांग्रेस समितियों में से 12 ने लौहपुरुष सरदार पटेल के पक्ष में मत दिया था—उसे गांधीजी ने अपने 'विशेषाधिकार' से पलटकर पं. नेहरू को प्रधानमंत्री बना दिया। मैं नहीं जानता कि गांधीजी ने तब लोकतंत्र की हत्या क्यों की? किंतु एक बात स्पष्ट है कि वे पं. नेहरू के महत्त्वाकांक्षी व्यक्तित्व और सरदार पटेल के अनुशासित-सहयोगात्मक स्वभाव से परिचित थे। गांधीजी जानते थे कि नेहरू अंतरिम सरकार में दूसरे स्थान पर रहकर किसी के अधीन होकर काम नहीं करेंगे, जोकि 560 से अधिक रियासतों में बिखरे भारत के लिए खतरनाक होगा। सरकार में स्थिरता बनी रहे, इसलिए शायद गांधीजी ने नेहरू को प्रधानमंत्री बनाना उचित समझा। इसका दुष्परिणाम देश ने कश्मीर संकट के बीजारोपण (शेख अब्दुल्ला को सत्ता सौंपकर) और 1962 में चीन के हाथों भारत की शर्मनाक पराजय के रूप में झेला। पं. नेहरू की समाजवादी नीतियों के कारण ही स्वतंत्र भारत के प्रारंभिक चार दशकों में गरीबी बढ़ गई और आर्थिकी इस प्रकार रसातल में पहुँच गई कि मूलभूत वस्तुओं—जैसे चीनी, दूध आदि के लिए लोगों को घंटों पंक्तियों में खड़ा रहना और बाद में ऐसी नौबत आई कि राष्ट्रीय देनदारी चुकाने के लिए स्वर्ण भंडार वैश्विक बैंकों में गिरवी रखना पड़ा।

सच तो यह है कि यदि शुद्ध लोकतांत्रिक ढंग से प्रक्रिया अपनाई गई होती और लोकतंत्र में आस्था दिखाई गई होती, तो सरदार वल्लभभाई पटेल पं. जवाहरलाल नेहरू के स्थान पर स्वतंत्र भारत के पहले प्रधानमंत्री होते। गांधीजी की हठधर्मिता का शिकार केवल पटेल ही नहीं हुए, उनसे पहले वर्ष 1938-39 में भी गांधीजी ने नेताजी सुभाष चंद्र बोस को कांग्रेस अध्यक्ष पद से इस्तीफा देने के लिए विवश कर दिया था। 23 जनवरी, 1897 को नेताजी का जन्म ओडिशा के कटक स्थित संपन्न और समृद्ध कायस्थ परिवार में हुआ। वे बहुत प्रतिभावान और परिश्रमी विद्यार्थी थे। वर्ष 1920 में तत्कालीन प्रतिस्पर्धी भारतीय नागरिक सेवा (आई.सी.एस.) परीक्षा में चौथा स्थान अर्जित किया। किंतु देशसेवा की ललक में उन्होंने प्रशासनिक सेवा से त्यागपत्र दे दिया। 41 वर्ष की आयु में नेताजी 1938 में कांग्रेस के मुखिया चुने गए, तो अगले ही वर्ष उन्होंने अध्यक्षीय चुनाव में गांधीजी द्वारा उतारे प्रत्याशी पट्टाभि सीतारमैया को 203 मतों से हरा दिया। यह एक बड़ी घटना थी, क्योंकि सभी गांधीजी के समर्थन से खड़े पट्टाभि की विजय को लेकर आश्वस्त थे, किंतु जीत नेताजी की हुई। स्वतंत्रता-प्राप्ति के लिए नेताजी की आक्रामक शैली गांधीजी को पसंद नहीं थी।

जब पट्टाभि की पराजय हुई, तो इसे बापू ने प्रतिष्ठा का प्रश्न बना लिया और नेताजी दबाव की राजनीति का शिकार हो गए।

नेताजी का नाम लेते ही एक और समकालीन नेता पंडित जवाहरलाल नेहरू का नाम भी एकाएक ध्यान में आता है। वैसे वैचारिक दृष्टिकोण में अंतर होने के बाद भी पं. नेहरू और नेताजी में कई समानताएँ थीं। दोनों ही गांधीजी (1869) से आयु में छोटे थे। नेहरू जहाँ बापू से 20 वर्ष छोटे थे, तो नेताजी 28 वर्ष। दोनों विदेश भी पढ़ने गए। किंतु उनके बीच की समानता यहीं खत्म हो जाती है। गांधीजी के पसंदीदा नेता पं. नेहरू थे, नेताजी नहीं। द्वितीय विश्वयुद्ध (1939-45) से उपजी परिस्थिति का देशहित में उपयोग करने के लिए नेताजी ने आजाद हिंद फौज का गठन किया, तो जर्मनी आदि कई देशों की यात्राएँ कीं। कहा जाता है कि 18 अगस्त, 1945 को जापान में एक विमान दुर्घटना के दौरान उनका देहांत हो गया था। परंतु उनकी मृत्यु स्वतंत्रता मिलने के बाद भी एक रहस्य है, जिससे पर्दा उठाने का वांछित सार्थक प्रयास खंडित भारत की प्रारंभिक सरकार द्वारा होना चाहिए था, वैसा नहीं हुआ। आजाद भारत में नेताजी बोस की उपेक्षा की बानगी देखिए कि देश का सर्वोच्च नागरिक सम्मान 'भारत रत्न' उनसे पहले पं. नेहरू को उनके जीवनकाल में 1955, उनकी सुपुत्री इंदिरा गांधी को उनके जीवित रहते 1971 और 1991 में राजीव गांधी को दे दिया गया था। जबकि स्वतंत्रता के 45 वर्ष बाद तत्कालीन नरसिम्हा राव सरकार ने 1992 में नेताजी को मरणोपरांत 'भारत रत्न' से सम्मानित किया। यह अलग बात है कि उस समय बोस परिवार ने यह सम्मान लेने से इनकार कर दिया था।

यदि गांधीजी खुले मन से नेताजी को कांग्रेस अध्यक्ष स्वीकार कर लेते, तो उनके नेतृत्व वाली कांग्रेस पाकिस्तान की माँग को कभी स्वीकार नहीं करती, जिसकी रूपरेखा मुसलिम लीग ने अंग्रेजों और वामपंथियों के साथ मिलकर तैयार की थी। यदि नेताजी जीवित होते, तो क्या पं. नेहरू प्रधानमंत्री बन सकते थे? यदि बहुमत के आगे गांधीजी सिर झुकाते और सरदार पटेल को स्वतंत्र भारत का पहला प्रधानमंत्री बनने देते, तो देश की दिशा और राष्ट्रीय राजनीति अलग होती।

संभवत: गांधीजी ही एकमात्र ऐसे नेता थे, जिन्होंने अंग्रेजों की 'बाँटो और राज करो' की नीति को न केवल समझा, अपितु उसका सफलतापूर्वक प्रतिकार भी किया। 1857 की क्रांति को कुचलने के बाद अंग्रेज स्वाभाविक रूप से इस तरह के आंदोलन की पुनरावृत्ति नहीं चाहते थे। एक नीतिगत निर्णय के अंतर्गत अंग्रेजों ने भारत की अलग-अलग सामाजिक इकाइयों की निर्बल कड़ियों को ढूँढ़ा और योजनाबद्ध तरीके से उन्हें और कमजोर करने का काम प्रारंभ किया। इस षड्यंत्र में सवर्ण-दलित, हिंदू-मुसलिम, हिंदू-सिख, उत्तर-दक्षिण भारत (आर्य-द्रविड़) और राजा-रजवाड़े-प्रजा जैसे बिंदु शामिल थे।

सदियों से भारतीय समाज अस्पृश्यता आदि कुरीतियों से अभिशप्त रहा है। इसी अविश्वास की खाई को और अधिक चौड़ा करने के लिए अंग्रेजों ने कई षड्यंत्र किए, जिसमें वर्ष 1930-32 में दलितों के लिए अलग से निर्वाचक मंडल बनाने का प्रस्ताव भी शामिल रहा। इस प्रस्ताव के अनुसार, दलितों को दोहरे मतदान की अनुमति थी और वह अपने प्रत्याशी के साथ ही सामान्य उम्मीदवार के लिए भी चुनाव में शामिल हो सकते थे। 16 अगस्त, 1932 को तत्कालीन ब्रितानी प्रधानमंत्री जेम्स रामसे मैकडॉनल्ड ने दलितों के अतिरिक्त मुसलिम, ईसाई, एंग्लो-भारतीय और सिखों के लिए भी अलग निर्वाचक मंडल बनाने की पैरवी की थी।

गांधीजी अंग्रेजों की कुत्सित चालों को समझ चुके थे। उन्होंने दलितों के लिए पृथक् निर्वाचक मंडल का कड़ा विरोध करते हुए 20 सितंबर, 1932 को यरवदा जेल (पुणे) में ही आमरण अनशन शुरू कर दिया। जब गांधीजी की तबीयत बिगड़ने लगी, तब पंडित मदनमोहन मालवीय के प्रयासों से गांधीजी और डॉ. भीमराव आंबेडकर के बीच समझौता हुआ, जिसे 'पूना पैक्ट' के नाम से जाना जाता है। दलितों के लिए अलग निर्वाचक मंडल के स्थान पर संयुक्त निर्वाचन के सिद्धांत को स्वीकार किया गया। साथ ही दलितों के लिए विधानमंडलों में सुरक्षित स्थान को 71 से बढ़ाकर 148 कर दिया गया। उस समय के 'गांधी' (बापू) और वर्तमान कांग्रेस के भीतर 'गांधी' (सोनिया-राहुल-प्रियंका) के चिंतन में भारी टकराव है। चूँकि कांग्रेस का स्वतंत्रता के बाद देश पर पाँच दशकों तक प्रत्यक्ष-परोक्ष शासन रहा है, इसलिए भारतीय राजनीति को वामपंथ प्रेरित चिंतन ने सर्वाधिक प्रभावित किया है।

इसी तरह भारत में द्रविड़ आंदोलन भी अंग्रेजों के साम्राज्यवादी एजेंडे का ही भाग था, जिसका मूल उद्देश्य द्रविड़ संस्कृति के नाम पर दक्षिण भारत में हिंदू-हिंदी और उत्तर भारतीयों का विरोध निहित था। उस कालखंड में दक्षिण में हिंदी को लोकप्रिय बनाने के लिए गांधीजी ने आंदोलन चलाया। उनकी शैली और व्यक्तिगत लोकप्रियता के कारण अंग्रेज विरोधी आंदोलन में पूरा दक्षिण भारत भी शेष भारत के साथ खड़ा हो गया।

गांधीजी जब देश के बड़े नेता के रूप में स्थापित हुए, तब वह एक दिन अपने गृहनगर राजकोट पहुँचे, जहाँ स्थानीय महाराजा के विरुद्ध जनआंदोलन चल रहा था। आंदोलन के नेताओं ने गांधीजी से इस अभियान का नेतृत्व करने का अनुरोध किया, किंतु बापू ने इसके प्रति कोई उत्साह नहीं दिखाया। इस पर हैरान आंदोलनकर्ताओं ने कहा कि जब आपने अंग्रेजों के छक्के छुड़ा दिए, तो एक साधारण राजा से टक्कर लेने से क्यों कतरा रहे हैं? तब गांधीजी का उत्तर था—अंग्रेज विदेशी हैं और राजा मेरे अपने, यदि मुझे कोई समस्या होगी, तो मैं दरबार में उनके समक्ष अपनी बात रखूँगा।

गांधीजी ने परिवारवाद को कभी प्रोत्साहन नहीं दिया। उन्होंने अपनी पत्नी कस्तूरबा और चारों बेटों के हित में अपने आदर्शों के साथ कभी समझौता नहीं किया। 30 जनवरी, 1948 को गांधीजी की दुर्भाग्यपूर्ण हत्या के बाद, जब उसी वर्ष 18 जून को उनके एक बेटे हीरालाल का निधन हुआ, तो उसकी मौत किसी लावारिस से कमतर नहीं थी। इसके विपरीत कांग्रेस के शीर्ष नेता आज इस कसौटी पर कितना खरा उतरते हैं ?

गांधीजी सनातनी हिंदू थे, जिसपर उन्हें गर्व भी था। उनकी पंथनिरपेक्षता धर्मनिरपेक्ष नहीं थी, उनका सनातन धर्म पर अडिग विश्वास था। वह 'एकं सद् विप्राः बहुदा वदंति' के दर्शन से प्रेरणा पाते थे। गांधीजी का 'सत्याग्रह' आंदोलन भी हिंदू चिंतन के 'सत्यमेव जयते' से ही प्रेरित रहा। उसी सत्य को उन्होंने भगवान् श्रीराम में देखा और उनके वनवास को धर्मपालन माना, इसलिए उन्होंने रामराज्य की परिकल्पना की। इसके विपरीत गांधीजी की विरासत सँभालने का दावा करने वाले आज भगवान् श्रीराम और उनसे संबंधित स्मृतियों को सांप्रदायिक की संज्ञा दे रहे हैं।

गांधीजी जीवनभर लालच, धोखे और भय के कारण होने वाले मतांतरण के विरोध में चर्च के खिलाफ लड़ते रहे।[2] किंतु आज कांग्रेस मतांतरण के मामले में चर्च के समर्थन में खड़ी नजर आती है। गौरक्षा गांधीजी के लिए स्वराज से अधिक प्रिय थी। वे कहते थे, "मैं स्वयं गाय का सम्मान करता हूँ···उसे श्रद्धा से देखता हूँ। गाय भारत की रक्षक है, क्योंकि कृषि प्रधान देश होने के कारण हमारा देश गाय पर आश्रित है। सैकड़ों मायनों में गाय सबसे उपयोगी पशु है। हमारे मुसलमान भाई भी इसे स्वीकार करेंगे।"[3] इस संदर्भ में मई 2017 की उस घटना का स्मरण होता है, जिसमें केरल में कांग्रेसी नेताओं ने सार्वजनिक रूप से गाय के एक बछड़े का वध कर उसका मांस परोसा था। यह नैरेटिव में विकृति के कारण हुआ है।

गांधीजी ने अपने जीवनकाल में स्वावलंबन और स्वदेशी पर भी बल दिया। केवल राष्ट्रीय स्वयंसेवक संघ प्रेरित संगठन ही स्वदेशी की अवधारणा पर अडिग है। निस्संदेह, गांधीजी देश के महापुरुषों और बड़े सपूतों में से एक थे। किंतु उन्हें भगवान् का दर्जा देकर राष्ट्रपिता कहना, भारत की शाश्वत सनातन संस्कृति का अपमान है। ऐसा इसलिए, क्योंकि इस भूखंड की कालातीत परंपरा का कोई पिता नहीं हो सकता। निर्विवाद रूप से भारतीय स्वतंत्रता के प्रति गांधीजी की नीयत ठीक थी, किंतु उनकी कुछ नीतियों पर तब भी सवाल उठे थे, अब भी उठते हैं और भविष्य में भी उठते रहेंगे।

संदर्भ—

1. Record of Interview between Rear Admiral Viscount Mountbatten of Burma and Mr. Gandhi Mountbatten Papers. Viceroy's Interview No. 19 (Annexure 19).

2. Gandhiji wrote a letter to the Christians of Kerala, which was published in Harijan, 30-1-1937. "Why should a Christian want to convert a Hindu to Christianity and vice versa? Why should he not be satisfied if Hindu is a good or godly man? If the morals of a man are a matter of no concern, the form of worship in a particular manner in a church, a mosque or a temple is an empty formula, it may even be a hindrance to individual or social growth and insistence on a particular form or repetition of a credo may be a potent cause of violent quarrels leading to bloodshed and ending in utter disbelief in religion, i.e., God Himself."
3. 'Hind Swaraj or Indian Home Rule' (1909) by M.K. Gandhi, Centenary Edition, Rajpal & Sons, Madarsa Road, Kashmiri Gate, Delhi-06. Pg. 40-41. (Annexure 23)

□

19

नेहरूवादी युग से मुक्त होता 'नया भारत'

अपने साहित्य और विचारों से जिस समाज की कल्पना वैद्य गुरुदत्तजी ने की थी, उसका प्रतिबिंब वर्तमान समय में दिखने लगा है। देश में पहली बार वर्ष 2014 से एक गैर-कांग्रेसी सरकार पूर्ण बहुमत के साथ लगातार दो कार्यकालों से विद्यमान है। इस अवधि में भारतवर्ष एक बहुप्रतीक्षित परिवर्तन को अनुभव कर रहा है, जिसे 'नए भारत' की संज्ञा दी गई है। नया भारत उस स्वस्थ नवजात शिशु की भाँति है, जो अपने निश्चित मार्ग को तय करते समय कुछ समय लड़खड़ाया भी है और गिरा भी है। इसका प्रतिबिंब हमने नोटबंदी और जी.एस.टी. व्यवस्था के दौरान हुई अल्पकालीन नागरिक असुविधा और कालांतर में अर्थव्यवस्था में आए अल्प-ठहराव के रूप में देखा है। यह स्वाभाविक भी है, क्योंकि जब किसी व्यक्ति (भारत) की भयंकर बीमारी (भ्रष्टाचार, जातिवाद, धार्मिक कट्टरता, मजहबी तुष्टीकरण, कुशासन, असमानता, दब्बूपन, आर्थिक नीतिगत पंगुता, छद्म सेक्युलरवाद के नाम पर सनातनियों का शोषण) की बड़ी और कई चरणों में सर्जरी होती है, तो उसे पूर्ण रूप से स्वस्थ होने में थोड़ा समय लगता ही है।

स्वतंत्र भारत के इतिहास में अकसर, दशकों से नेहरूवाद के अंतर्गत देश की राजनीति, विदेश नीति और आर्थिकी इत्यादि परिभाषित होती रही है। उस काल में धारा 370 के माध्यम से कश्मीर को शेष भारत से भावनात्मक रूप से काटने, अलगाववादियों को पोषित करने, वोटबैंक के नाम पर इसलामी कट्टरवाद को बढ़ावा देने, अयोध्या राम मंदिर के मामले को अदालत में लटकाए रखने, देश में आए दिन होते आतंकवादी हमले, कुटिल और पाकिस्तान समर्थित अलगाववादियों आदि के प्रति अदूरदर्शी दृष्टिकोण, चीन की हेकड़ी के समक्ष दब्बूपन का प्रदर्शन, देशहित में सख्त निर्णय लेने के प्रति अकसर राजनीतिक इच्छाशक्ति का अभाव दिखने और कारोबारी सुगमता के मार्ग में

अवरोधक नीतियाँ इत्यादि— नेहरूवादी छत्रच्छाया के मुख्य स्तंभ रहे हैं। किंतु अब भारत उस नेहरूवादी जकड़न से बाहर निकलने लगा है, जिससे पुराने 'इको सिस्टम' के आदी हो चुके विशेष वर्ग में बौखलाहट दिखना और उनका असहज होना स्वाभाविक भी है। 2014 के बाद उपरोक्त नीतियों में हुए निर्णायक परिवर्तन को भारत ही नहीं, बल्कि शेष विश्व भी अनुभव कर रहा है।

पाकिस्तान को लेकर नए भारत का स्पष्ट रुख

भारत में जिहादी तत्त्वों को पोषित करने वाले पाकिस्तान के प्रत्येक कुटिल कदम का वर्तमान भारतीय नेतृत्व कड़े-से-कड़ा और घातक जवाब दे रहा है। 2016 में गुलाम कश्मीर और 2019 में पाकिस्तान स्थित बालाकोट में घुसकर आतंकवादी शिविरों के साथ और कश्मीर में जिहादियों पर भारतीय सैनिकों की कारवाई इसका मूर्त रूप है। आतंकवाद-अलगाववाद के प्रति जो शून्य सहनशक्तिरूपी नीति मोदी सरकार ने अपनाई, उस पृष्ठभूमि में विपक्षी दलों और वामपंथी-उदारवादी चिंतकों का आरोप है कि मई 2014 के बाद भारत और पाकिस्तान के संबंध रसातल में पहुँच गए हैं। यहाँ तक कि इस जमात ने मोदी सरकार को 'युद्ध-उन्मादी' घोषित कर दिया। क्या इन आक्षेपों में कोई सच्चाई है?

क्या 1947 से लेकर 2014 तक खंडित भारत और पाकिस्तान के संबंध मधुर थे? क्या यह सच नहीं कि पाकिस्तान अपने जन्म से हिंदू बहुल खंडित भारत को खत्म करने का षड्यंत्र रच रहा है? वास्तव में पाकिस्तान ने अपने जन्म से ही खंडित भारत के खिलाफ युद्ध (छद्मयुद्ध सहित) छेड़ा हुआ है, जिसमें हजारों सुरक्षाबलों के साथ-साथ आम नागरिकों की भी जान जा चुकी है। वह चाहे 22 अक्तूबर, 1947 को भारत पर उसका पहला प्रत्यक्ष हमला हो, 1965 और 1971 युद्ध हो, 1999 का कारगिल युद्ध हो या वर्ष 2008 में मुंबई का 26/11 आतंकवादी हमला या फिर देश में होने वाले अधिकांश पाकिस्तान प्रायोजित जिहादी हमले।

वर्ष 2019 में बालाकोट में सर्जिकल स्ट्राइक का महत्त्व

मई 2014 के बाद पाकिस्तान पर भारतीय सैनिकों ने दो बड़ी सर्जिकल स्ट्राइक की, जिसमें 2019 की बालाकोट एयर स्ट्राइक का महत्त्व उसके जिहादी इतिहास के कारण कहीं अधिक बढ़ जाता है। पहाड़ियों से घिरा पाकिस्तान स्थित बालाकोट वर्ष 1831 से वहाबी आतंकवाद और जिहाद का केंद्र रहा है। 2019 में भारतीय वायुसेना के हमले से पहले जिस प्रकार पाकिस्तान बालाकोट से भारत, विशेषकर कश्मीर में सैकड़ों जिहादियों को भेजता रहा है, ठीक उसी स्थान से लगभग 200 वर्ष पहले 'काफिर-कुफ्र'

के खिलाफ जिहादियों की एक फौज खड़ी हुई थी, जिसका शीर्ष नेतृत्व वहाबी इसलामी कट्टरपंथी सैयद अहमद बरेलवी और इस्माइल देहलवी कर रहे थे। सिख साम्राज्य के संस्थापक महाराजा रणजीत सिंह की सेना ने इन सभी जिहादियों को मौत के घाट उतारकर पेशावर पर कब्जा किया था।

सैयद अहमद बरेलवी का जन्म वर्तमान उत्तर प्रदेश के रायबरेली में 1786 में हुआ था, जिसका उद्देश्य उसके मजहबी चिंतन के अनुरूप, भारतीय उपमहाद्वीप में इसलामी शासन को स्थापित करना था। उस समय बरेलवी ने स्वयं को इमाम घोषित कर क्षेत्र के 'काफिर-कुफ्र' महाराजाओं के खिलाफ जिहाद की शुरुआत की थी, जिसमें उसकी फौज बालाकोट में 1824 से 1831 तक सक्रिय रही। जिहाद के लिए बालाकोट का चुनाव करने के पीछे बरेलवी की सोच थी कि सुदूरवर्ती क्षेत्र में कोई उस पर हमला नहीं करेगा और स्थानीय मुसलिम आबादी के साथ अफगानिस्तान से भी उसके इसलामी साम्राज्य की स्थापना के लिए शुरू किए गए जिहाद में सहायता मिलेगी।

जिस कालखंड में बालाकोट से जिहाद की शुरुआत हुई, उस समय भारतीय उपमहाद्वीप के अलग-अलग हिस्सों में मुगल शासन कमजोर पड़ चुका था। मराठा, राजपूत और सिखों का आधिपत्य था। साथ ही ब्रितानी हुकूमत तेजी से अपने पैर पसार रही थी। ब्रितानियों का मत था कि बरेलवी और उसके साथी सिख साम्राज्य को कमजोर करके उसे ही लाभ पहुँचाएँगे, इसलिए उन्होंने यहाँ बरेलवी को जिहादी गतिविधि चलाने की पूरी छूट दे दी। किंतु 6 मई, 1831 के एक युद्ध में महाराजा रणजीत सिंह और उनकी सेना ने उन सभी जिहादियों को समाप्त कर दिया।

पाकिस्तानी लेखिका आयशा जलाल अपनी पुस्तक 'पार्टिशंस ऑफ अल्लाह एंड जिहाद' में लिखती हैं, "बालाकोट का संबंध जिस जिहादी विचार से है, उसे 1990 के दशक में पुनः मजबूती तब मिली, जब आतंकवादियों ने यहाँ प्रशिक्षण शिविरों की स्थापना कर कश्मीर स्थित भारतीय सुरक्षाबलों से खिलाफ अभियान को प्रारंभ किया। वहाँ के सभी आतंकवादियों के लिए सैयद अहमद बरेलवी और इस्माइल देहलवी नायक हैं, जिनके जिहाद का अनुसरण वह करना चाहते हैं।" यह किसी संयोग से कम नहीं था कि बालाकोट में सैयद अहमद बरेलवी की जिहादी सेना को मौत के घाट उतारने वाले महाराजा रणजीत सिंह और 2019 में उसी जगह जैश-ए-मोहम्मद के सैकड़ों जिहादियों को जन्नत पहुँचाने वाले भारतीय वायुसेना के तत्कालीन प्रमुख एयर चीफ मार्शल बीरेंद्र सिंह धनोआ—दोनों सिख पंथ से हैं।

सच तो यह है कि 'नया भारत' कोई जुमला नहीं है, बल्कि एक वास्तविकता है, जिसे पाकिस्तान सहित शेष विश्व पहचान और समझ चुका है। 1971 में वामपंथियों के प्रभाव में आने से पूर्व, तत्कालीन प्रधानमंत्री श्रीमती इंदिरा गांधी ने भी ऐसा ही साहस

दिखाया था। उस समय पाकिस्तान के दो टुकड़े हुए और स्वतंत्र राष्ट्र के रूप में बांग्लादेश का जन्म हुआ। तब 93 हजार पाकिस्तानी सैनिकों ने भारतीय सेना के समक्ष आत्मसमर्पण कर दिया था और पूरी दुनिया ने हिंदू पराक्रम का विराट रूप देखा था। किंतु युद्धबंदियों को बिना शर्त रिहा करके इंदिरा गांधी ने इतिहास की उसी गलती को दोहरा दिया, जिसे हिंदू समाज सदियों से करता आया है।

साम्यवादी चीन से लोहा लेता 'नया भारत'

साम्राज्यवादी चीन की कुटिलता विश्व में किसी से छिपी नहीं है। भले ही समय बदल गया हो, किंतु साम्यवादी चीन का अधिनायकवादी और प्रपंची चरित्र अब भी जस-का-तस है। आज चीन को देश का वर्तमान नेतृत्व, मोदी सरकार समय-समय पर वांछित प्रतिक्रिया दे रहा है। 2017 में डोकलाम घटनाक्रम में भारत की सफल कूटनीतिक और सैनिक मोर्चाबंदी, 2020-21 में पूर्वी लद्दाख में चीन की स्वाभाविक धोखेबाजी का भारतीय सेना द्वारा निर्भिक-साहसी जवाब देना, उसपर डिजिटल आर्थिक स्ट्राइक जैसे चीनी समझौते रद्द करना व एप्स पर प्रतिबंध लगाना और अंतरराष्ट्रीय स्तर पर बड़े देशों का भारत के साथ आना इसी नई नीति के कुछ उदाहरण हैं।

यह नेहरूवादी युग की छत्रच्छाया से मुक्त हुए नए भारत का ही प्रभाव था कि पीपुल्स लिबरेशन आर्मी (पीएलए) अर्थात् चीनी सेना, जो मई 2020 से निरंतर नौ महीने तक बख्तरबंद वाहनों के साथ पूर्वी लद्दाख में अस्त्र-शस्त्रों से लैस भारतीय सेना से टकराने को तैयार खड़ी थी, वह वास्तविक नियंत्रण रेखा (एलएसी) पर 10 फरवरी, 2021 को एकाएक पीछे हट गई

यह किसी से छिपा नहीं है कि वर्ष 1949 से साम्राज्यवादी चीन, भारतीय क्षेत्रों पर गिद्धदृष्टि रख रहा है। वह 1949-50 में तिब्बत को निगल गया, लेकिन हम चुप रहे। चीन के संबंध में असंख्य चेतावनियों की प्रारंभिक भारतीय नेतृत्व ने अवहेलना की। फिर 1962 में युद्ध हुआ, जिसमें हमें न केवल शर्मनाक पराजय मिली, साथ ही देश की हजारों वर्ग कि.मी. भूमि पर चीन का कब्जा हो गया और इसके अगले पाँच दशकों तक वह हमारी अति रक्षात्मक नीति का लाभ उठाकर भारतीय भूखंडों पर अतिक्रमण करता रहा। 2013 में लद्दाख में चीनी सैनिकों की घुसपैठ के बाद 2017 का डोकलाम प्रकरण और गलवान घाटी घटनाक्रम इसका प्रत्यक्ष प्रमाण हैं।

मई 2014 के बाद अधिकांश विपक्ष यही चाहता रहा है कि प्रधानमंत्री नरेंद्र मोदी अपने 13 पूर्ववर्तियों की उन्हीं चीन संबंधित नीतियों का अनुसरण करते रहें, जिनके परिणामस्वरूप 38 हजार वर्ग कि.मी. भारतीय भूखंड पर चीनी कब्जा बरकरार है। चीन से व्यापार में प्रतिवर्ष लाखों करोड़ रुपयों का घाटा होता रहे। क्या यह सत्य नहीं कि यदि

भारत उन्हीं नीतियों पर चलता रहता, तो हमारे अस्तित्व पर प्रश्नचिह्न लग जाता?

चीन की बौखलाहट का एक बड़ा कारण सीमा पर प्रधानमंत्री नरेंद्र मोदी के नेतृत्व में किया गया आधारभूत विकास है। यह दुर्भाग्य है कि जहाँ चीन दशकों पहले सीमा पर सैन्य संरचनाओं का विकास कर चुका था, वहीं हमने 1962 में चीन के हाथों मिली पराजय के बाद भी हमने कुछ नहीं सीखा और सीमा को मुख्य सड़कों से नहीं जोड़ा। सितंबर 2013 में तत्कालीन रक्षा मंत्री रहे ए.के. एंटनी ने इस कटु सत्य को संसद् में स्वीकार किया था। तब उन्होंने कहा था, "स्वतंत्र भारत की कई वर्षों से नीति थी कि सीमा का विकास नहीं करना सबसे अच्छा बचाव है।"

सच तो यह है कि वर्ष 2014 से पहले अधिकांश भारतीय नेतृत्व के दब्बूपन का लाभ उठाकर साम्यवादी चीन अपनी इच्छानुसार सीमा पर यथास्थिति को बदलता रहा है। अप्रैल 2013 में जब चीनी सैनिकों ने लद्दाख में घुसपैठ की थी, तब तत्कालीन प्रधानमंत्री डॉ. मनमोहन सिंह द्वारा इसे अधिक तूल नहीं देने संबंधित वक्तव्य देना इसका प्रत्यक्ष प्रमाण है। चीन ने 2017 में डोकलाम और अब गलवान घाटी में भी ऐसा करना चाहा था, किंतु वर्तमान भारतीय नेतृत्व की राजनीतिक इच्छाशक्ति ने ऐसा होने नहीं दिया। भारत पर चीन की ओर से खतरा टला नहीं है। चीन को लेकर भारत को अपनी नीतियों में आमूलचूल परिवर्तन करने की आवश्यकता है। सच तो यह है कि 2021 में पैंगोंग-त्सो झील तट पर चीन का पीछे हटना केवल उसकी एक तात्कालिक रणनीति का हिस्सा है। चीन स्वयं को विश्व की सबसे महान् सभ्यता मानता है और इसी सनक के कारण उसका अपने पड़ोसी और अन्य देशों (भारत सहित) के साथ क्षेत्रीय विवाद खड़ा किया हुआ है। भूटान पर कब्जा जमाने वाला चीन, ताइवान को अपना हिस्सा बता रहा है। यही नहीं, वर्ष 1974 में दक्षिण चीन सागर स्थित पारासेल द्वीप, 1988 में जॉनसन चट्टान, 1995 में मिसचीफ चट्टान और 2012 में रेत के टीले स्कारबोरो समेत कई द्वीपों पर कब्जा कर चुका है। जहाँ चीन के ऋण मकड़जाल में नेपाल, बांग्लादेश, श्रीलंका और म्याँमार आदि देश फँस चुके हैं, वहीं पाकिस्तान, जिसके वैचारिक अधिष्ठान का एकमात्र उद्देश्य 'काफिर' भारत को 'हजार घाव देकर मौत के घाट उतारना' है, वर्षों पहले चीन का 'सैटेलाइट स्टेट' अर्थात् दुमछल्ला बन चुका है।

वास्तव में भारतीय पक्ष इस बार 'भय बिनु होय न प्रीति' परंपरा के माध्यम से चीन को समझाने में सफल रहा कि वर्तमान भारत 1962 की पराजित मानसिकता से मीलों आगे निकल चुका है और वह अपनी सीमा, एकता और अखंडता की रक्षा के लिए पहले से कहीं अधिक तत्पर, स्वतंत्र और स्वाभिमानी है। इसका आभास चीनी सत्ता-अधिष्ठान को दो घटनाओं से हो भी गया था। पहली घटना थी, 10-11 मई, 2020 को गलवान घाटी में भारतीय सैनिकों द्वारा साहसिक प्रतिरोध। उसके बाद 29-30 अगस्त, 2020 की

रात भारतीय सेना ने कैलाश पर्वत श्रृंखला पर मारक हथियार तैनात करके पैंगांग क्षेत्र में चीनी सेना को रक्षात्मक स्थिति में ला खड़ा किया। दूसरा, मोदी सरकार द्वारा चीन पर आर्थिक काररवाई, (चीनी कंपनियों के ठेके रद्द करना सहित) जो चीन के लिए एक बड़ा सदमा था।

चीन की रणनीति में बदलाव का एक कारण जहाँ भारतीय कूटनीति, देश का सामरिक-आर्थिक उभार और अपनी सीमा-सुरक्षा के प्रति शून्य-सहनशीलता है, तो वहीं बाहरी कारकों ने भी इसमें बड़ी भूमिका निभाई है। हिंद-प्रशांत क्षेत्र में मुक्त बहुपक्षीय व्यापार सुनिश्चित करने और चीन के साम्राज्यवादी इरादों को ध्वस्त करने की दिशा में 2017 से सक्रिय चार देशों—भारत, अमेरिका, जापान और ऑस्ट्रेलिया के 'क्वाड' गठजोड़ की मजबूती ने चीन को राजनीतिक, सैनिक और आर्थिक रूप से असहज कर दिया है।

कट्टर मजहबी अभियानों को मिली चुनौती

नेहरूवादी नीतियों पर वामपंथ का प्रभाव होने के कारण स्वतंत्रता के बाद सनातन भारत में हिंदुओं की अनंतकालीन आस्था और परंपराओं को गौण करने का प्रयास तेज हुआ। यह स्वाभाविक भी था, क्योंकि वामपंथी आरंभ से ही भारत की सनातनी संस्कृति, प्राचीन सभ्यता और उसके मान-बिंदुओं के न केवल धुर-विरोधी रहे हैं, बल्कि इन सभी से घृणा भी करते हैं। अपनी इसी वैचारिक समानता और संयुक्त उद्देश्य के कारण वामपंथी, इसलाम और ईसाइयत के कट्टर मजहबी अभियान (मतांतरण सहित) का प्रत्यक्ष-परोक्ष समर्थन करते रहते हैं। 2019-20 में नागरिकता संशोधन अधिनियम विरोधी देशव्यापी अभियान, इस रणनीति का मूर्त रूप था।

बदला विकास का पुराना नैरेटिव

प्रतिष्ठित अंग्रेजी दैनिक 'हिंदुस्तान टाइम्स' के 2 दिसंबर 2021 के अंक में प्रख्यात अर्थशास्त्री, अमेरिका के राष्ट्रीय आर्थिक परिषद् के पूर्व निदेशक और पूर्व राज्यकोष सचिव लॉरेंस हेनरी समर्स का साक्षात्कार प्रकाशित हुआ। उसमें उन्होंने कहा, "21वीं सदी की दूसरी तिमाही में भारत का वैश्विक अर्थव्यवस्था में दबदबा होगा।" उनके अनुसार, "भारत अगले 15 वर्षों तक 10 प्रतिशत की आर्थिक वृद्धि दर प्राप्त कर सकता है, जिसमें उसे विधिवत् शासन, विशाल उद्यमशील समूह, सशक्त डिजिटल प्रौद्योगिकी आदि से मदद मिलेगी।" परंतु इसके लिए उन्होंने एक शर्त रखी। उनके अनुसार, "इस संबंध में ऐसी सार्वजनिक नीतियों की आवश्यकता है, जो भारत में ऐतिहासिक रूप से कठिन रही हैं। इसके लिए एक ऐसी सरकार की आवश्यकता है, जो न केवल अर्थव्यवस्था को सक्रिय रखे और उसमें सुधार लाए, साथ ही आर्थिकी को सरकारी सख्ती और नियंत्रण

से मुक्त रखने के लिए तैयार भी रहे। इसके लिए 'राजनीतिक स्थिरता' की भावना होना आवश्यक है।" समर्स की आशंका इसलिए महत्त्वपूर्ण प्रतीत होती है, क्योंकि हालिया इतिहास के वैश्विक आर्थिक तनाव में अमेरिकी आर्थिकी को आकार देने में उन्होंने महत्त्वपूर्ण भूमिका निभाई है।

अर्थशास्त्री समर्स ने भारत के उज्ज्वल भविष्य के मार्ग में जिस बड़े अवरोधक 'ऐतिहासिक कठिनाई' की बात कही थी, उसे देश में 1989-2014 का कालखंड प्रमाणित करता है। तत्कालीन राजनीतिक अस्थिरता और उसकी सतत संभावना की भारत ने भारी कीमत चुकाई है। 2019 में 'फोर्ब्स' की एक रिपोर्ट के अनुसार, 1985 में 'लोकतांत्रिक' भारत और 'अधिनायकवादी' चीन में प्रति व्यक्ति सकल घरेलू उत्पाद बराबर-293 डॉलर प्रति व्यक्ति था। किंतु 2017-18 में चीन की प्रति व्यक्ति आय, भारत की तुलना में 4 गुना अधिक हो गई। इसका पीड़ादायक कारण विश्व के दो बड़े बाँधों—चीन स्थित थ्री गॉर्जिज बाँध और भारत स्थित सरदार सरोवर बाँध की तुलना में छिपा है।

जिस 6,300 कि.मी. लंबी और एशिया की तीसरी बड़ी यांगत्जी नदी पर चीनी बाँध बना है—वह 13 नगरों, 140 कस्बों, 1,350 गाँवों की डूब का कारण बन चुका है, तो बाँध से 13 लाख लोग विस्थापित हो गए। फिर भी, चीन ने इस बाँध को 1994-2006 में पूरा कर लिया। इसके विपरीत भारत की पाँचवीं बड़ी और 1312 कि.मी. लंबी नर्मदा नदी पर सरदार सरोवर बाँध से किसी नगर-कस्बे की डूब नहीं हुई। मात्र 178 गाँवों को इसने प्रभावित किया और चीनी बाँध की तुलना में बहुत कम लोग विस्थापित हुए। तब भी इस बाँध को पूरा करने में 56 वर्ष लग गए। इस बाँध की नींव 1961 में तत्कालीन प्रधानमंत्री पं. जवाहरलाल नेहरू ने रखी थी। वर्ष 1985 में विश्व बैंक द्वारा वित्तपोषण की सहमति के बाद जैसे ही नर्मदा बाँध का निर्माण-कार्य प्रारंभ हुआ, मानवाधिकार-पर्यावरण संरक्षण के नाम पर नर्मदा बचाओ आंदोलन (एनबीए) ने इसका विरोध करना शुरू कर दिया। 1995 में एनबीए ने सर्वोच्च न्यायालय का रुख किया और इसपर चार वर्षों तक अदालती रोक लगी रही। इस सुनियोजित बाँध विरोधी आंदोलन पर कई फिल्में भी बनीं, जिसमें 'ए नर्मदा डायरी' को 1996 में सर्वश्रेष्ठ वृत्तचित्र के लिए प्रतिष्ठित फिल्मफेयर पुरस्कार भी मिला। वर्ष 1999 में एनबीए की संचालक मेधा पाटकर को 'पर्सन ऑफ द ईयर बीबीसी' सहित कई अंतरराष्ट्रीय पुरस्कार मिले। इस आंदोलन को भारत-हिंदू विरोधी अरुंधति रॉय के साथ फिल्म अभिनेता आमिर खान जैसे लोगों का समर्थन प्राप्त हुआ। इस तरह स्वयंभू पर्यावरणविदों-उदारवादियों की अड़चनों, अदालती चक्करों और अन्य अवरोधकों को पार करके नर्मदा बाँध 2017 में पूरी क्षमता के साथ शुरू हुआ, जिसका उद्घाटन प्रधानमंत्री नरेंद्र मोदी ने किया।

सरदार सरोवर बाँध विरोधी आंदोलन का नाम 'नर्मदा बचाओ' था। क्या बाँध पूरा

होने के बाद माँ नर्मदा समाप्त हो गई? सच तो यह है कि इस परियोजना के कारण नर्मदा नदी वह काम कर रही है, जिससे प्रत्येक माँ गौरव और संतोष का अनुभव कर सकती हैं। इस बाँध से मध्य प्रदेश, महाराष्ट्र और गुजरात में बिजली के अतिरिक्त 9,490 गुजराती गाँवों को स्वच्छ पेयजल मिल रहा है। 3,112 गुजराती गाँवों में 18 लाख हेक्टेयर से अधिक, राजस्थान के बाड़मेर-जालौर में 2.46 लाख हेक्टेयर और महाराष्ट्र में आदिवादी क्षेत्र के 37,500 हेक्टेयर भूखंड को सिंचाई के लिए पानी प्राप्त हो रहा है। ऐसी सूची बहुत लंबी है।

किंतु एक विडंबना है कि नर्मदा बाँध पूरा करने में 'निरंकुश' चीन की तुलना में 'लोकतांत्रिक' भारत को पाँच गुना अधिक समय लगा। इसका सबसे बड़ा कारण 1989-2014 के बीच भारत की वह समझौतावादी खिचड़ी गठबंधन सरकारें रहीं, जिनमें कुछ अपवादों को छोड़कर राष्ट्रहित गौण रहा और आर्थिकी मकड़जाल में फँसी रही। इस 25 वर्ष के कालखंड में भारत में 10 सरकारें और आठ प्रधानमंत्री हुए—वी.पी. सिंह 11 माह, चंद्रशेखर 4 माह, नरसिम्हा राव पाँच वर्ष, अटल बिहारी वाजपेयी 13 दिन, एच. डी. देवगौड़ा 11 माह, इंद्र कुमार गुजराल 11 माह, वाजपेयी फिर से 13 माह, फिर पाँच वर्ष और डॉ. मनमोहन सिंह 10 साल। इस पृष्ठभूमि में 'निरंकुश' अधिनायकवादी चीन में तीन सर्वोपरि नेता (राष्ट्रपति) हुए—जियांग जेमिन 15 वर्ष, हू जिंताओ 8 वर्ष और शी जिनपिंग 2012 से लगातार।

वर्ष 1999-2014 के बीच खिचड़ी सरकारों ने पाँच-पाँच वर्ष का कार्यकाल तो किया, किंतु उनपर प्रतिदिन अपनी समझौतावादी नीतियों और मुद्दों के टकराव के कारण अस्तित्व का संकट बना रहा। भारत-अमेरिका परमाणु समझौते से वर्ष 2008 में संप्रग सरकार के गिरने की नौबत आ गई थी। इन दोनों सरकारों में बड़ा अंतर यह था कि जहाँ वाजपेयी के कुशल नेतृत्व में 1999-2004 के बीच ऐतिहासिक और साहसिक सफल पोखरण-2 परमाणु परीक्षण के साथ पहली बार बहुदलीय गठबंधन सरकार ने अपना कार्यकाल पूरा किया, तो 2004-14 के बीच मनमोहन सरकार में सत्ता का वास्तविक नेतृत्व तत्कालीन कांग्रेसनीत संप्रग गठबंधन मुखिया और असंवैधानिक राष्ट्रीय सलाहकार परिषद् अध्यक्षा सोनिया गांधी के हाथों में रहा।

इसका अर्थ यह बिल्कुल भी नहीं है कि राजनीति में गठबंधन करके सरकार बनाना गलत है और भारत ने लोकतांत्रिक माध्यम से कभी प्रगति नहीं की। यदि प्रचंड बहुमत के साथ नेतृत्व सशक्त हो, राजनीतिक इच्छाशक्ति से परिपूर्ण, उसके शीर्ष पुरोधा भ्रष्टाचार मुक्त हो और उनकी राष्ट्रहित-जनहित के प्रति नीयत साफ हो, तभी देश की आर्थिक तरक्की संभव है और सामरिक रूप से मजबूत हो सकता है। भारत ऐसा विगत मई 2014 से अनुभव कर रहा है।

लोकतांत्रिक प्रक्रिया से लगातार दो बहुमत के साथ प्रधानमंत्री नरेंद्र मोदी के नेतृत्व में राजग सरकार किस गति से काम कर रही है, यह इस तथ्य से स्पष्ट है कि वर्ष 1950 से 2014 तक देश में निर्मित राष्ट्रीय राजमार्गों की लंबाई 91,287 कि.मी. थी, तो अकेले मोदी सरकार ने सात वर्षों (2014-21) में 45,153 कि.मी. लंबे राष्ट्रीय राजमार्ग बना दिए। अन्य कई मामलों में भी ऐसी एक लंबी सूची है। सच तो यह है कि खिचड़ी सरकारें लोकतंत्र को जीवंत तो बनाती हैं, किंतु वे देश की विकास यात्रा को बाधित कर देती हैं।

□

20

रामजन्मभूमि पर भव्य राम मंदिर का निर्माण

5 अगस्त, 2020 को प्रधानमंत्री नरेंद्र मोदी के कर-कमलों से भव्य राम मंदिर के पुनर्निर्माण का कार्य प्रारंभ हुआ। यह मंदिर केवल पत्थर और सीमेंट का एक भवन न होकर भारत की सनातन बहुलतावादी संस्कृति की पुनर्स्थापना का प्रतीक है, जिसे सैकड़ों वर्षों से विदेशी आक्रांता नष्ट करने का असफल प्रयास करते आए हैं। यह इसलिए भी संभव हुआ है, क्योंकि स्वाभाविक न्यायिक प्रक्रिया राजकीय हस्तक्षेप से पूरी तरह मुक्त रही। इससे पहले तक, कांग्रेस या उसके द्वारा समर्थित केंद्र सरकारों ने न्यायिक मार्ग में अवरोधक बनकर मामले को लटकाए रखने पर विशेष जोर दिया था। श्रीराम को 2007 में तत्कालीन कांग्रेसनीत संप्रग सरकार द्वारा काल्पनिक बताना और दिसंबर 2017 में मुसलिम पक्षकार की पैरवी करते हुए कांग्रेस के वरिष्ठ नेता-अधिवक्ता कपिल सिब्बल द्वारा सर्वोच्च न्यायालय की तत्कालीन खंडपीठ से संबंधित सुनवाई को टालने का बार-बार आग्रह करना इसके कुछ उदाहरण हैं।

वास्तव में, मार्क्स-मैकाले चिंतन के कारण अयोध्या में रामजन्मभूमि का मामला 134 वर्षों से अदालत की ठोकरें खाता रहा। यदि स्वतंत्र भारत के पहले गृहमंत्री और सनातन संस्कृति व राष्ट्रवाद से प्रेरित सरदार वल्लभभाई पटेल वही दृढ़ता और साहस न दिखाते, तो सोमनाथ का मामला भी अयोध्या की तरह विवादित बन जाता। गुजरात स्थित काठियावाड़ में अरब सागर के तट पर स्थापित विश्वप्रसिद्ध सोमनाथ मंदिर 12 ज्योतिर्लिंगों में सर्वप्रथम है। स्वतंत्रता पश्चात् सरदार पटेल द्वारा इसके पुनरुद्धार से पहले यह प्राचीन मंदिर आठवीं शताब्दी में अरब आक्रांता जुनैद इब्न अब्द अल-रहमान अल-मुर्री, 1026 में महमूद गजनवी, 1299 में अलाउद्दीन खिलजी, 1395 में जफर खान, 1451 में महमूद बेगादा और 1665 में औरंगजेब के जिहादी हमले का शिकार हुआ है। सरदार पटेल से पहले सोमनाथ मंदिर का हिंदू शासकों—राजा नागभट्ट, राजा भीम, राजा

भोज आदि द्वारा बार-बार जीर्णोद्धार किया जा चुका है।

स्वतंत्रता मिलने के बाद असंख्य रामभक्तों की अपेक्षा थी कि जिस तरह सरदार पटेल के नेतृत्व में स्वतंत्रता के पश्चात् सोमनाथ मंदिर का पुनर्निर्माण हुआ, वैसे ही अयोध्या, काशी, मथुरा सहित अन्य ऐतिहासिक मंदिरों के विरुद्ध हुए अन्यायपूर्ण कृत्य का परिमार्जन भी राजनीतिक रूप से होगा। एक अनुमान के अनुसार खंडित भारत में लगभग 3,000 ऐसे ऐतिहासिक मंदिर हैं, जिन्हें इसलामी आक्रमणकारियों ने 'काफिर-कुफ्र' दर्शन से प्रभावित होकर जमींदोज कर दिया था और उनके स्थान पर मसजिदें खड़ी कर ली थीं। ये सभी ढाँचे इबादत के लिए नहीं बल्कि आक्रांताओं के इसलामी विजय स्तंभ थे, जो विजितों को नीचा दिखाने के लिए खड़े किए गए थे।

वास्तव में ऐसे ऐतिहासिक अन्याय का समाधान किस प्रकार से किया जाना चाहिए, इसकी सलाह गांधीजी ने लगभग 100 वर्ष पहले अपने मुखर विचारों के रूप में दे दी थी। इस संबंध में गांधीजी ने 'यंग इंडिया' के 5 फरवरी, 1925 में एक पाठक द्वारा मुसलमान-मसजिद संबंधित प्रश्न का उत्तर देते हुए लिखा था—"...दूसरे की जमीन पर बिना इजाजत के मसजिद खड़ी करने का सवाल हलके लिहाज से निहायत ही आसान सवाल है। अगर 'अ' (हिंदू) का कब्जा अपनी जमीन पर है और कोई शख्स उस पर कोई इमारत बनाता है, चाहे वह मसजिद ही हो, तो 'अ' को यह अख्तियार है कि वह उसे गिरा दे। मसजिद की शक्ल में खड़ी की गई हर एक इमारत मसजिद नहीं हो सकती। वह मसजिद तभी कहीं जाएगी जब उसके मसजिद होने का धर्म-संस्कार कर लिया जाए। बिना पूछे किसी की जमीन पर इमारत खड़ी करना सरासर डाकेजनी है। डाकेजनी पवित्र नहीं हो सकती। अगर उस इमारत को, जिसका नाम झूठ-मूठ मसजिद रख दिया गया हो, उखाड़ डालने की इच्छा या ताकत 'अ' में न हो, तो उसे यह हक बराबर है कि वह अदालत में जाए और उसे अदालत द्वारा गिरवा दे, जब तक मेरी मिल्कियत है, तब तक मुझे उसकी हिफाजत जरूर करनी होगी, वह चाहे अदालत के द्वारा हो या अपने भुजबल द्वारा।"[1]

ज्ञानवापी-मथुरा आदि मामला अदालत में विचाराधीन है। यह स्पष्ट है कि मंदिर तोड़कर उसके अवशेषों से या उसके ऊपर मसजिद बनाई गई थी। यक्ष प्रश्न उठता है कि आगे क्या करें? इसका उत्तर गांधीजी के पास था। सच तो यह है कि मंदिरों के विध्वंस के पीछे इसलामी राजनीतिक संदेश निहित था, जिसका समाधान भी राजनीतिक रूप से होना चाहिए था। परंतु ऐसा नहीं हुआ, क्योंकि पं. नेहरू की छत्रच्छाया में साँस ले रहे स्वतंत्र भारत में प्राचीन संस्कृति के गौरव और उसके प्रतीकों की बात करना सांप्रदायिक और पिछड़ेपन की निशानी थी। पं. नेहरू की वामपंथी चिंतन से निकटता, इसे स्वाभाविक भी बनाता है। यह विडंबना ही है कि स्वतंत्रता के सात दशक बाद भी देश का एक भाग,

उसी गुलाम चिंतन का दोहन करते हुए सनातन संस्कृति के प्रति वैमनस्य का भाव रख रहा है। उसी विकृत मानसिकता से संघर्ष करने के लिए वैद्य गुरुदत्त आदि राष्ट्रवादियों के साहित्य, चिंतन और कार्यशैली ने उस कालखंड में मुझ जैसे असंख्य लोगों को प्रेरित किया। सच तो यह भी है कि 5 अगस्त, 2020 से प्रारंभ हुआ राम मंदिर का पुनर्निर्माण 6 दिसंबर, 1992 की उस घटना के बिना असंभव था, जिसमें हजारों कारसेवकों ने बाबरी नामक ढाँचे को कुछ ही घंटे के भीतर ध्वस्त कर दिया। इस घटनाक्रम में कई कारसेवक शहीद भी हो गए। वास्तव में यह कार्य कई सौ वर्षों के अन्याय से उपजे गुस्से का प्रकटीकरण था। इसमें 1990 का वह कालखंड भी शामिल है, जब तत्कालीन मुलायम सरकार के निर्देश पर कारसेवकों पर गोलियाँ चला दी गई थीं, जिसमें कई निहत्थे रामभक्तों की मौत हो गई थी।

राम मंदिर निर्माण में 6 दिसंबर की भूमिका

6 दिसंबर, 1992 को जो ढाँचा कारसेवकों द्वारा गिराया गया था, वह मुसलमानों का कोई पूजास्थल या आस्था का केंद्र न होकर उस बहुलतावाद विरोधी 'काफिर-कुफ्र' चिंतन का प्रतीक था, जिसमें किसी भी गैर-इसलामी सभ्यता, संस्कृति और परंपराओं का कोई स्थान नहीं है। राम मंदिर को केवल लूटपाट की नीयत से नहीं तोड़ा गया था, बल्कि वह इसलामी विजेताओं द्वारा पराजितों की आस्था को कुचलना था, क्योंकि वे उनकी पहचान को नष्ट और उसे अपमानित करना चाहते थे। मजहबी उन्माद में मुगल आक्रांता बाबर ने पहले अयोध्या में निर्मित विशाल राम मंदिर को जमींदोज करने का आदेश दिया, फिर उसी मंदिर के अवशेषों पर विजितों को संदेश देने के लिए एक ऐसी इमारत का निर्माण किया, जिसका एकमात्र उद्देश्य भारत की सांस्कृतिक पहचान को नष्ट करके यहाँ इसलामी परचम को फहराना था।

सदियों तक रामजन्मभूमि मुक्ति का संघर्ष

रामजन्मभूमि मुक्ति के लिए कुल 76 युद्ध लड़े गए, जिसमें 1658 से 1707 ई. के अंतराल में ही अकेले 30 बार युद्ध हुआ। 1735-59 में भी हिंदुओं ने रामजन्मभूमि को पुनर्प्राप्त करने का प्रयास किया, किंतु अपेक्षित सफलता नहीं मिली।[2] स्वाधीनता के पश्चात् भी रामजन्मभूमि का जिहादी बेड़ियों में जकड़े रहना, भारतीय न्याय व्यवस्था की बेमानी और हिंदू समाज की कमजोरी को ही रेखांकित करता है। इस रोष ने 1980 के दशक में रामजन्मभूमि आंदोलन को जन्म दिया।

यूँ तो बाबर के दौर में रामजन्मभूमि अयोध्या पर मजहबी आक्रमण हुआ। किंतु इसपर इसलामी आक्रमणकारियों की गिद्धदृष्टि 11वीं शताब्दी के प्रारंभ में तब से थी, जब

सन् 1026 में महमूद गजनवी ने इसलाम के नाम पर सोमनाथ मंदिर को ध्वस्त किया था। तब कालांतर में गजनवी का भांजा गाजी सैयद सालार मसूद सिंधु नदी पार करके मुल्तान, दिल्ली, मेरठ होते हुए अयोध्या स्थित राम मंदिर को ध्वस्त करने बहराइच तक पहुँच गया था। इस दुस्साहस की भनक लगते ही तत्कालीन कौशलाधिपति महाराज सुहेलदेव, जोकि श्रीराम पुत्र लव के वंशज थे और उस समय अयोध्या उनके साम्राज्य की राजधानी हुआ करती थी, उन्होंने अन्य 25 हिंदू राजाओं के साथ मिलकर मसूद की इसलामी सेना के खिलाफ मोर्चा खोल दिया।

तब साधु-संन्यासी, अखाड़ों के महंत और उनकी प्रचंड शिष्य वाहिनियाँ भी शस्त्रों के साथ इस संघर्ष में कूद पड़ी थीं। वर्ष 1034 में घाघरा नदी के निकट 7 दिन चले महायुद्ध में संपूर्ण इसलामी सेना का सफाया हो गया और सालार मसूद भी मारा गया। सालार की जीवनी 'मीरात-ए-मसूदी' लिखने वाले शेख अब्दुल रहमान चिश्ती ने लिखा है, "इसलाम के नाम पर, जो अंधड़ अयोध्या तक जा पहुँचा था, वह सब नेस्तनाबूद हो गया। इस युद्ध में अरब और ईरान के हर घर का चिराग बुझा। यही कारण है कि 200 वर्षों तक वे लोग काफिर भारत पर हमला करने का मन न बना सके।" स्पष्ट है कि संगठित हिंदू समाज अपनी सनातन संस्कृति की रक्षा हेतु उस समय विदेशी इसलामी शक्तियों को प्रचंड चुनौती दे रहा था। लगभग 958 वर्ष पश्चात् पीढ़ियों के संघर्ष में तपे हिंदुओं की आहत भावना एकाएक अदम्य हो गई और कारसेवकों ने 6 दिसंबर, 1992 को अयोध्या में कलंकरूपी भवन को गिरा दिया। इस दौर के बाद भारत के मूल विमर्श को स्थान मिलने लगा, जिसे मार्क्स-मैकाले मानसपुत्रों से चुनौती मिल रही है।

संदर्भ—

1. संपूर्ण गांधी वाङ्मय, खंड 26, जनवरी-अप्रैल 1925, पृ. 65-66, प्रकाशन विभाग, सूचना और प्रसारण मंत्रालय
2. 500 सालों में मुगलों के खिलाफ लड़ीं 76 लड़ाईयाँ, ऐसी रही है अयोध्या की अतीत गाथा, दैनिक जागरण, 10 नवंबर, 2019. https://www.jagran.com/politics/national-past-saga-know-how-five-centuries-of-controversy-went-in-ayodhya-jagran-special-19742175.html

□

21

मजहब और विदेशी नैरेटिव : एक गुलाम मानसिकता

गुलाम मानसिकता से संघर्ष में आज भी जुटा है स्वतंत्र भारत

यह ठीक है कि 15 अगस्त, 1947 को हमारी सैकड़ों वर्ष पुरानी दासता की बेड़ियाँ टूटीं और हम स्वतंत्र हुए। किंतु मानसिक तौर पर हम अब भी गुलाम हैं। एक राष्ट्र के रूप में हमारे चिंतन में आज भी आत्मविश्वास का अभाव है, जिसमें प्रत्येक गोरी चमड़ी के प्रति हमारा अंधविश्वास झलकता है। निस्संदेह देश में कुछ स्वयंसेवी संगठन ऐसे हैं, जो सीमित संसाधनों के बावजूद देश के विकास में महत्त्वपूर्ण भूमिका निभा रहे हैं। किंतु कई एन.जी.ओ. ऐसे भी हैं, जो पर्यावरण, सामाजिक न्याय, गरीबी, शिक्षा, महिला सशक्तीकरण, मजहबी सहिष्णुता, मानवाधिकार और पशु-अधिकारों के नाम पर न केवल भारत विरोधी, अपितु यहाँ की मूल सनातन संस्कृति और बहुलतावादी परंपराओं पर दशकों से हमला कर रहे हैं। साथ ही विदेशी शक्तियों के इशारों पर विकास कार्यों में रोड़े भी अटका रहे हैं, जिससे देश की अर्थव्यवस्था पर नकारात्मक प्रभाव पड़ा है।

गुलाम मानसिकता और भारत से घृणा

जब वर्ष 2016 और 2019 में देश ने पाकिस्तान के आतंकी ठिकानों पर सर्जिकल स्ट्राइक करके कई आतंकियों को मौत के घाट उतारा, तो इसी जमात ने भारतीय सेना पर संदेह जताकर साक्ष्य माँग लिया। जनस्वीकार्यता नहीं मिलने पर ई.वी.एम. को कलंकित करके चुनाव आयोग की निष्पक्षता पर उँगली उठा दी। अयोध्या रामजन्मभूमि मामले में सर्वोच्च न्यायालय के निर्णय पर प्रश्न उठाकर न्यायपालिका को ही कठघरे में खड़ा कर दिया। जब जाँच एजेंसियाँ देशविरोधी कामों में लिप्त लोगों पर कारवाई कर रही हैं, तो ये लोग अपराधियों के साथ खड़े नजर आते हैं। जो मीडिया समूह इसका खुलासा करते हैं, उन्हें बिकाऊ बता दिया जाता है। 2020-21 में वैश्विक महामारी कोविड-19 के

खिलाफ लड़ाई में भारत ने कोरोना वायरस-रोधी वैक्सीन बनाने में ऐतिहासिक सफलता अर्जित की तब इन लोगों ने इसका विरोध किया और इन उपलब्धियों का उपहास किया। सच में इस वर्ग को न तो भारतीय होने पर गर्व है और न ही देश के इतिहास व उसकी क्षमता पर। ये लोग अपनी पहचान से भी घृणा करते हैं।

हिंदुओं के तीज-त्योहारों और परंपराओं पर कुठाराघात

विगत कई वर्षों से चयनात्मक रूप से योजनाबद्ध तरीका अपनाकर हिंदुओं के तीज-त्योहारों को एक नए तरह के सामाजिक, आर्थिक और मानवतावादी कहे जाने वाले चश्मे से देखा जाने लगा है। कई बार तो उनमें निहित परंपराओं की तुलना सामाजिक बुराइयों के साथ तक कर दी जाती है। उदाहरण के लिए दीपावली को ध्वनि-वायु प्रदूषण, होली को पानी के संकट, महाशिवरात्रि को दूध की बर्बादी और जन्माष्टमी की दही-हाँडी परंपरा को मनुष्य जीवन के लिए खतरा आदि बताकर तिरस्कृत और कलंकित किया जाता है। नवरात्रों और करवाचौथ के समय भी महिला-उत्पीड़न (यौन-प्रताड़ना सहित) और घरेलू हिंसा पर प्रवचन दिया जाने लगता है। इस तरह हिंदुओं की आस्था को कभी अज्ञानता, तो कभी अंधविश्वास का परिणाम बता दिया जाता है।

ये सभी पर्व और परंपराएँ सदियों से भारत की कालातीत सभ्यता, लोकाचार और आध्यात्मिक जीवनयात्रा को परिभाषित कर रहे हैं। विदेशों से वित्तपोषित-प्रेरित शक्तियाँ और विचारधाराएँ स्थानीय सहायता के माध्यम से भारत की बहुलतावादी, पंथनिरपेक्ष और लोकतांत्रिक जड़ों को सदियों से कमजोर करने का प्रयास कर रही हैं। वर्ष 2007 को स्मरण करें। कैथोलिक ईसाई सोनिया गांधी द्वारा 'रिमोट संचालित' तत्कालीन कांग्रेसनीत संप्रग-1 सरकार ने सेतुसमुद्रम परियोजना के संदर्भ में सर्वोच्च न्यायालय में हलफनामा दाखिल करके दावा किया था कि "श्रीराम एक काल्पनिक चरित्र है, जिसका अस्तित्व सिद्ध करने का कोई ऐतिहासिक-वैज्ञानिक प्रमाण नहीं है।" भले ही बाद में करोड़ों हिंदुओं की प्रतिकूल प्रतिक्रिया से भयभीत होकर तत्कालीन संप्रग सरकार ने उस तिरस्कारी हलफनामे को वापस ले लिया, परंतु वामपंथ समर्थित सरकार की ओर से अदालत में यह प्रश्न तो उठा दिया गया था। वास्तव में यह घटना भारत की बहुलतावादी सनातन संस्कृति और उसके प्रतीकों के खिलाफ षड्यंत्र का प्रत्यक्ष प्रमाण है।

क्या मैं या कोई आस्थावान हिंदू न्यायिक चौखट पर खड़ा होकर अपने आराध्य भगवान् श्रीराम और अन्य देवी-देवताओं के अस्तित्व को प्रमाणित कर सकता है? क्या अदालत इतनी सक्षम है कि वह लाखों और करोड़ों की आस्था से संबंधित मामलों का निपटारा कर पाए? मुझे खुशी है कि ईसा मसीह के संदर्भ में या उनके 'जन्मदिन' से जुड़े इस प्रकार के हास्यास्पद सवाल नहीं पूछे गए हैं।

गुलाम मानसिकता से ग्रस्त लोग क्रिसमस पर चुप

यूँ तो क्रिसमस का संबंध ईसा मसीह की जयंती से है, किंतु इसे अब पूरी दुनिया में मनाया जाता है। भारत में ईसाइयों की संख्या देश की कुल आबादी, जोकि वर्ष 2021 तक 138 करोड़ से अधिक थी, उसका मात्र 2.3 प्रतिशत है। लेकिन तब भी क्रिसमस पर सार्वजनिक अवकाश होता है। किंतु 25 दिसंबर को ही ईसा मसीह का जन्म हुआ था, इसका कोई प्रामाणिक रूप से ऐतिहासिक या वैज्ञानिक आधार नहीं है। यह तिथि कल्पना पर आधारित है। पवित्र ग्रंथ 'बाइबल' में वर्णित गोस्पल कथाओं के अनुसार—बैथलहम में 'दिव्य-हस्तक्षेप' के बाद कुँवारी मैरी ने यीशु को जन्म दिया था, वह भी बिना किसी पुरुष संपर्क के। इन कथाओं में भी 25 दिसंबर का उल्लेख नहीं है।[1]

यीशु जयंती 25 दिसंबर को ही मनाने की घोषणा, ईसा के जन्म के लगभग 300 वर्ष पश्चात्, 350 ईसवी में तत्कालीन पोप जूलियस-1 (337-52) ने की थी। यह तत्कालीन पोप का एक मनमाना निर्णय था। उन दिनों 'पेगन' (बुतपरस्त) रोमनवासी प्रतिवर्ष 'सैटर्नालिया' पर्व मनाते थे, जिनमें उत्सव के साथ प्रीतिभोज का आयोजन और उपहारों का आदान-प्रदान भी होता था। यह परंपरा आज हम क्रिसमस के समय भी देखते हैं। वास्तव में पोप जूलियस-1 ने बड़ी ही चतुराई से एक 'पेगन' पर्व पर ईसाइयत का ठप्पा लगा दिया था।[2] संयोग देखिए कि 'सैटर्नालिया' उन्हीं सैटर्न देवता अर्थात् भगवान् शनिदेव को समर्पित था, जिनके प्रकोप से बचने हेतु सनातन भारत में आस्थावान हिंदू अनादिकाल से पूजा करते आ रहे हैं।

ईसाइयों के एक प्रभावी वर्ग ने एक 'पेगन' परंपरा को ईसाई चोले में ढालने का विरोध किया। इंग्लैंड में वर्ष 1642-60 के बीच क्रिसमस का त्योहार प्रतिबंधित था। सन् 1659-81 में अमेरिकी नगर मैसाचुसेट्स में भी इस पर्व पर पाबंदी थी। स्मरण रहे कि क्रिसमस पर रोक लगाने वाले स्वयं को यीशु का सच्चा अनुयायी मानते थे। क्रिसमस का उपयोग विरोधियों को प्रताड़ित करने हेतु भी होने लगा था। सन् 1466 में तत्कालीन पोप पॉल-2 के निर्देश पर क्रिसमस के दिन रोम में यहूदियों को सरेआम नग्न घुमाया गया। कालांतर में, यहूदी पुजारियों (रब्बी) को विदूषक परिधान पहनाकर उनका जुलूस निकाला जाने लगा।[3] 25 दिसंबर, 1881 को पोलैंड के वारसॉ में 12 यहूदियों को उन्मादी ईसाइयों ने निर्ममता के साथ मौत के घाट उतार दिया, कई महिलाओं का बलात्कार तक किया। जन्म से हिटलर ईसाई था। क्या इस नरपिशाच को यहूदियों के नरसंहार की प्रेरणा सदियों तक चलने वाले यहूदी विरोधी अभियानों से मिली थी?

वर्ष 2020 तक विश्व में 120 से अधिक ईसाई बहुसंख्यक (51 प्रतिशत से अधिक) देश हैं और ईसाइयों की कुल जनसंख्या 240 करोड़ से अधिक है। प्रश्न है कि इनकी संख्या इतनी कैसे हुई? इसका उत्तर चर्च और ईसाई मिशनरियों द्वारा

ईसा मसीह के नाम पर सदियों से चल रहे मजहबी दमनचक्र (मतांतरण सहित) में छिपा है। वर्ष 1492 में क्रिस्टोफर कोलंबस के अमेरिका पहुँचने के बाद वहाँ के मूल निवासियों, जिन्हें 'रेड इंडियंस' कहा जाता है—उन्हें और उनकी सांस्कृतिक परंपराओं का अस्तित्व चरणबद्ध तरीके से मिटा दिया गया।[4] आज 'रेड इंडियंस' संबंधित प्रतीक केवल अमेरिकी संग्रहालयों की शोभा बढ़ा रहे हैं। इसी तरह, 17वीं-18वीं शताब्दी में न्यूजीलैंड और ऑस्ट्रेलिया की मूल स्थानीय जनजातियों का मतांतरण किया गया।[5] कनाडा में 1876-1996 तक ईसाइयत के विस्तार हेतु चर्च ने स्थानीय लोगों को उनकी मूल सांस्कृतिक और पारंपरिक जड़ों से काटकर ईसाई बनाया। इस संबंध में Indian residential school नामक विद्यालय संगठन स्थापित किया गया था, जिसका मूल उद्देश्य स्थानीय आदिवासियों को उनकी पहचान से काटना अर्थात् 'to kill the Indian in the child' था। वर्ष 2021 में कनाडा के ऐसे ही स्कूल में 700 से अधिक बच्चों के शव दफन पाए गए थे, जिनमें से कुछ तीन साल के बच्चों के भी शव थे।[6]

इस संदर्भ में जून 2008 में कनाडा के तत्कालीन प्रधानमंत्री स्टीफन हार्पर और 2022 में तत्कालीन पोप फ्रांसिस माफी भी माँग चुके हैं।[7] विश्व के कई हिस्सों की भाँति भारत भी इस मजहबी दंश को 16वीं शताब्दी में फ्रांसिस जेवियर के गोवा आगमन से झेल रहा है, जिसे ब्रितानियों के औपनिवेशिक राज में नई गति मिली। वेटिकन सिटी के आशीर्वाद से चर्च और ईसाई मिशनरियों का मतांतरण अभियान देश के कई भागों में स्वघोषित 'सेक्युलरिस्टों' और वामपंथियों के प्रत्यक्ष-परोक्ष सहयोग से आज भी जारी है।

ब्रिटेन दुनिया के उन 16 देशों में से एक है, जिनका राजकीय मजहब या तो ईसाई है या फिर चर्च प्रेरित। वहाँ चर्च कितना प्रभावशाली है, यह इस बात से स्पष्ट है कि 'चर्च ऑफ इंग्लैंड', जिसके संरक्षण हेतु ब्रितानी राजघराना प्रतिबद्ध और शपथबद्ध है, उसके कुल 42 बिशप-आर्कबिशप में से 26 के लिए ब्रितानी संसद् के उच्च सदन 'हाउस ऑफ लॉर्ड्स' में सीटें आरक्षित हैं। शासकीय वरिष्ठता की सूची में कैंटरबरी के आर्कबिशप निर्वाचित ब्रितानी प्रधानमंत्री से पहले आते हैं। चर्च द्वारा संचालित हजारों स्कूलों में पढ़ने वाले लाखों बच्चों की शिक्षा का खर्च ब्रितानी सरकार उठाती है। इन विद्यालयों में पाठ्यक्रम भी स्वाभाविक रूप से चर्च तैयार करता है। लेकिन ऐसी सुविधा अन्य किसी मजहब को प्राप्त नहीं है। विडंबना देखिए कि भारत के कई स्वयंभू बुद्धिजीवी, जिनमें अधिकांश वामपंथी विचारक होते हैं, ब्रिटेन के ईसाईपरस्त 'सेक्युलरवाद' को आदर्श और अनुकरणीय मानते हैं।

भले ही ब्रिटेन की शासन-व्यवस्था पर चर्च का प्रभाव हो, किंतु उसके नागरिकों का विश्वास चर्च से लगातार उठ रहा है। 2020 तक ईसाइयत को मानने वाले 3.3 करोड़ लोगों में से नियमित रूप से चर्च में प्रार्थना करने वालों की संख्या मात्र 10 लाख रह गई है। वर्ष 2021 की ब्रितानी जनगणना के अनुसार, इंग्लैंड-वेल्स की कुल जनसंख्या में ईसाई घटकर 46.2 प्रतिशत रह गए हैं, जो वर्ष 2011 की तुलना में 13 प्रतिशत कम हैं। वास्तव में, मध्यकाल में चर्च के कुकर्मों पर असंख्य खुलासे और चर्च के भीतर यौन-उत्पीड़न के लाखों मामले सामने आने के बाद आस्थावान ईसाइयों की संख्या दुनियाभर में लगातार घट रही है।[8] अब सोचिए, एक पोप ने सदियों पहले ईसा मसीह की जन्मतिथि निर्धारित की थी, तो संसार बिना किसी प्रश्न के 25 दिसंबर को क्रिसमस मनाने लगा, किंतु हिंदू समाज से श्रीराम, श्रीकृष्ण, शिवजी और अन्य देवी-देवताओं के जन्म, उनके जन्मस्थान और अस्तित्व आदि पर निरंतर सवाल पूछा जाता है!

सौभाग्य से क्रिसमस का पर्व मनाने वालों पर किसी ने 'असभ्य' होने के सवाल नहीं दागे हैं। होली पर पानी और महाशिवरात्रि पर दूध की 'बर्बादी' का संज्ञान लेने वालों ने कभी नहीं पूछा कि क्रिसमस पर घरों, दुकानों और बड़े-बड़े शॉपिंग मॉल्स को भिन्न-भिन्न रोशनियों से सजाने में कितनी मेगावाट ऊर्जा 'बर्बाद' होती है। दीवाली पर 'ग्रीन पटाखे' छुड़ाने और दुर्गा पूजा व गणेश चतुर्थी पर 'इको फ्रेंडली' प्रतिमाओं के विसर्जन पर बल देने वालों ने इस ओर ध्यान नहीं दिया कि क्रिसमस पर सजावट और उपहारों में इस्तेमाल 'जहरीला' प्लास्टिक या फिर करोड़ों असली पेड़ काटकर बने 'क्रिसमस-ट्री' और 'ग्रीटिंग कार्ड्स' से पर्यावरण पर कितना बुरा प्रभाव पड़ता है। लगभग पाँच सदी पुराने पारंपरिक भोजन के नाम पर दुनियाभर में करोड़ों—अकेले इंगलैंड में प्रतिवर्ष 1 करोड़, तो अमेरिका में 2.2 करोड़ टर्की पक्षी मार दिए जाते हैं। क्रिसमस के कारण टर्की-पालन एक वैश्विक उद्योग बन चुका है, जिसमें भूमि, जल और अन्य संसाधनों का अंधाधुंध उपयोग होता है। इन सबका पर्यावरण पर कितना प्रतिकूल असर पड़ता है, इस ओर किसी भी स्वघोषित पर्यावरणविद् ने ध्यान नहीं दिया।

ईसा मसीह संबंधित पौराणिक कथाओं से समझ में आता है कि वे सादगी में विश्वास रखने, गरीब-कमजोर की चिंता करने और आडंबर आदि तामझाम से दूर रहने वाले एक आध्यात्मिक पुरुष थे। इसलिए उन्हें श्रद्धापूर्वक 'ईश्वरपुत्र' के रूप में स्मरण किया जाता है। क्रिसमस पर चर्च और ईसाइयों को सोचना चाहिए कि जिस तरह यीशु के 'कल्पित' जन्मदिन पर विश्वभर में अकूत धन-संपदा के साथ सीमित प्राकृतिक संसाधनों को 'असंगत' जश्न के नाम पर 'बर्बाद' किया जा रहा है, क्या यह सब ईसा मसीह के सौम्य व्यक्तित्व, उनके सरल जीवन और उनकी शिक्षाओं के अनुरूप है?

'गोदी मीडिया' भी है, गुलाम मानसिकता का शिकार

भारत में गुलाम मानसिकता को मजबूत करने में गोदी मीडिया ने भी महत्त्वपूर्ण भूमिका निभाई है। भले ही मई 2014 के बाद भारत के सार्वजनिक विमर्श में 'गोदी मीडिया' जुमला बहुत प्रचलित हुआ, किंतु यह 1947 में स्वतंत्रता मिलने के बाद से घुन की तरह भारतीय लोकतंत्र को खा रहा है और देश के स्वाभिमान पर प्रहार कर रहा है। 'गोदी मीडिया' के जन्म और इसके बढ़ते प्रभाव के पीछे एक लंबा इतिहास है।

पं. नेहरू का सेक्युलरवाद, वामपंथी विचारधारा का अधिनायकवाद और जिहादी मानसिकता, ये तीनों अलग-अलग होते हुए भी बड़ी सीमा तक एक-दूसरे का पर्याय हैं। जब वामपंथ के सहयोग से जिहादी पाकिस्तान का जन्म हुआ, तब पं. नेहरू के नेतृत्व वाली कांग्रेस ने पार्टी में उन नेताओं (मुसलिम सहित) को शामिल करके 'सेक्युलर' घोषित कर दिया, जो स्वतंत्रता से पहले पाकिस्तान के लिए आंदोलित थे। इसके साथ अखंड भारत के पक्षधरों को सांप्रदायिक की संज्ञा से संबोधित किया जाने लगा। तब इसी विरोधाभास के गर्भ से एक विशेष मीडिया संस्कृति ने जन्म लिया, जिसका विचार-वित्तपोषण तथाकथित 'सेक्युलर' सत्ता प्रतिष्ठान की 'गोदी' में हुआ। कालांतर में इसी 'गोदी मीडिया' ने सच्चे राष्ट्रवादियों (वैद्य गुरुदत्तजी सहित), प्रतिकूल विचारधारा रखने वालों और सनातन भारत पर गौरवान्वित लोगों को लांछित करने हेतु सफेद झूठ, विकृत तथ्यों और अभद्र भाषा का उपयोग धड़ल्ले से किया।

गांधीजी की अनुकंपा से पं. नेहरू के प्रधानमंत्री बनने के बाद 1990 तक देश पर नेहरूवादी विचार ही हावी रहा। इस दौरान प्रतिकूल विचार (वीर सावरकर, राष्ट्रीय स्वयंसेवक संघ और इसी परंपरा से जनित व्यक्ति-संगठन) को सार्वजनिक विमर्श का हिस्सा ही नहीं बनने दिया गया। यह स्थिति तब थी, जब स्वतंत्रता के बाद देश के भाग्य-विधाता 'अभिव्यक्ति की स्वतंत्रता' को नागरिक अधिकार के रूप में स्थापित कर चुके थे।

वर्ष 1990 तक 'दूसरे विचार' के प्रतिनिधियों को वामपंथियों, छद्म सेक्युलरवादियों और तथाकथित उदारवादियों द्वारा खूब गरियाया गया। उन दिनों असहिष्णुता इतनी थी कि भिन्न विचारों को सार्वजनिक जीवन में स्थान देना तो दूर, उन्हें विचार के योग्य तक नहीं समझा जाता था। जिन मनीषियों और कर्मयोगियों ने भारतीय संस्कृति, बहुलतावादी परंपराओं और कालजयी सनातन दर्शन आधारित 'दूसरे विचार' व जीवन-मूल्यों के लिए जीवनभर संघर्ष किया, उन्हीं में श्री वैद्य गुरुदत्तजी का नाम उल्लेखनीय है।

वास्तव में, 'गोदी मीडिया' को इसका प्रशिक्षण उन देशों से मिला था, जहाँ वे सरकारी खर्चे पर 'स्वतंत्र पत्रकारिता' का पाठ सीखने सोवियत संघ और पूर्वी यूरोपीय देशों का दौरा करते थे। इन्हीं देशों में रोमानिया भी शामिल था, जिसपर क्रूर वामपंथी

निकोलाइ चाउसेस्कु का शासन (1965–89) था। मुझे स्मरण है कि तब 'गोदी मीडिया' रोमानिया में 'मीडिया की स्वतंत्रता' के संदर्भ में जिस साम्यवादी चाउसेस्कु के नाम के कसीदें पढ़ते थकती नहीं थी, उसने अपने राज में 'स्वतंत्र पत्रकारिता' का गला घोंटने के लिए दुनिया में सबसे कठोर और क्रूर तरीके अपनाए।

'गोदी मीडिया' का एक वर्ग पूँजीवादी अमेरिका से भी बहुत प्रभावित था, जिसके वित्तपोषण का आरोप अकसर अमेरिकी एजेंसी सी.आई.ए. पर लगता था। अब भले ही वामपंथ और अमेरिका के निकटवर्ती मीडिया में कुत्ते और ईंट जैसा बैर था, परंतु इन दोनों प्रतिद्वंद्वी विचारधाराओं का वैचारिक अधिष्ठान मैकाले की शिक्षा से प्रेरित था। इसलिए उनमें भारत और उसके मूल सनातन दर्शन के प्रति घृणा और निंदा का भाव साझा था।

टी.वी. मीडिया पर केंद्र सरकार का 1990 के दशक तक नियंत्रण था, जबकि प्रिंट मीडिया इससे काफी हद तक मुक्त रहा। तब समाचार-पत्रों द्वारा नीतिगत निर्णयों और मंत्री के कदाचारों आदि की आलोचना होती थी। किंतु जब कोई सीधा प्रहार वैचारिक अधिष्ठान पर करता, तो उसे 'अमेरिकी पिट्ठू', 'पूँजीपतियों का दलाल', 'सांप्रदायिक', 'फिरकापरस्त' आदि विशेषणों से अलंकृत कर दिया जाता था। पाकिस्तान के वैचारिक अधिष्ठान, जिसकी अवधारणा में काफिर-कुफ्र का चिंतन निहित है—उसके खिलाफ लिखने-बोलने वाले पर 'युद्ध-उन्मादी' या 'नफरत फैलाने वाले' का बिल्ला चिपका देते और यह तत्कालीन वैचारिक प्रतिष्ठान और उसकी 'गोदी मीडिया' का कमाल था। वास्तव में तब वैचारिक विरोधियों के प्रति इतनी असहिष्णुता थी कि उनके विचारों को सार्वजनिक विमर्श का हिस्सा बनाना तो दूर, उसे विचार योग्य भी नहीं समझा जाता था।

वर्ष 2014 के बाद भले ही भारतीय शासन-व्यवस्था उस रुग्ण वाम-नेहरूवादी जकड़न से बाहर निकल गई हो, किंतु उसके विषाक्त रक्तबीज आज भी शैक्षिक, बौद्धिक, साहित्यिक, नौकरशाही, आर्थिक और पत्रकारिता आदि क्षेत्रों में न केवल सक्रिय हैं, बल्कि बहुत हद तक व्यवस्था को नियंत्रित करने की स्थिति में भी हैं। वाम-नेहरूवादी चिंतकों द्वारा 2020–21 में भी विरोधी विचारधारा रखने वाले को आम बोलचाल की भाषा में लांछित करने के लिए 'संघी' या 'भक्त' कहकर तिरस्कृत करने की कोशिश की जा रही है।

स्वघोषित सेक्युलरिस्ट, 'वाम' उदारवादी और स्वयंभू प्रगतिशील लोग प्रधानमंत्री नरेंद्र मोदी और उनकी राष्ट्रवादी नीतियों से घृणा करते हैं। याद करिए, 2002 का बीभत्स गोधरा कांड, जिसमें अयोध्या से ट्रेन में लौट रहे 59 कारसेवकों को जीवित जलाकर मार दिया गया था, जिसके बाद गुजरात में दंगे भड़क उठे। तब मीडिया के बड़े वर्ग ने पत्रकारिता के सभी मापदंडों को तिलांजलि देकर प्रदेश के तत्कालीन मुख्यमंत्री नरेंद्र मोदी को निशाने पर लिया था। उन्हीं में से कई पत्रकार आज बड़े मीडिया संस्थानों के शीर्ष पदों

पर विराजमान हैं। यही कुनबा आज भी 'कौन सेक्युलर है' और 'कौन सांप्रदायिक'— इसका प्रमाणपत्र बाँटता फिरता है।

यही कुनबा प्रधानमंत्री नरेंद्र मोदी को गरियाने के लिए दिवंगत पूर्व प्रधानमंत्री अटल बिहारी वाजपेयी और पूर्व उप-प्रधानमंत्री लालकृष्ण आडवाणी आदि भाजपा के वरिष्ठ नेताओं की प्रशंसा करते थकता नहीं है। जनस्मृति अल्पकालीन होती है। मुझे स्मरण है कि 1960-70 के दशक में चुनाव के समय यही विकृत समूह अटल-आडवाणी के लिए भी अभद्र-अमर्यादित भाषा का उपयोग करता था। उस समय मुंबई से निकलने वाला एक भारत विरोधी वामपंथी साप्ताहिक अटलजी पर आधारहीन आरोप लगाकर उन्हें 'अंग्रेजों का पिट्ठू' बता देता था। अब ऐसी प्रताड़ना के शिकार नरेंद्र मोदी, अमित शाह और योगी आदित्यनाथ हो रहे हैं।

'गोदी मीडिया' नेहरूवाद, वंशवाद, वामपंथ और देशविरोधी (जिहादी सहित) मानसिकता की उपज है, जो उसके चिंतकों के प्रति निष्ठा और सहानुभूति भी रखता है। धारा 370-35ए के संवैधानिक क्षरण के पश्चात् सुरक्षा कारणों से कश्मीर में कुछ समय के लिए इंटरनेट बंद रहा था, तब तो 'गोदी मीडिया' ने इसे मानवाधिकार-हनन का विषय बता दिया। किंतु इन लोगों को कश्मीर घाटी में इसलामी आतंकियों और जिहादियों द्वारा बलात्कार, हत्या जैसे नृशंस दंश झेलने वाले कश्मीरी पंडितों का विवशपूर्ण पलायन सार्वजनिक विमर्श का हिस्सा बनाने लायक भी नहीं लगा। कटु सत्य तो यह है कि तब हमारा संविधान न तो उनकी रक्षा कर पाया और न ही उन्हें पुनः बसा पाया। ऐसा इसलिए हुआ, क्योंकि घाटी का इसलामी 'इको सिस्टम' अपने दर्शन के अनुरूप बहुलतावाद, पंथनिरपेक्षता और लोकतंत्र को अस्वीकार करता है।

बात केवल यहीं तक सीमित नहीं है। वर्ष 2015 में उत्तर प्रदेश के दादरी में गोकशी के संदेह पर उग्र भीड़ द्वारा अखलाक की हत्या और 2017 में हरियाणा के बल्लभगढ़ जा रही एक ट्रेन में सीट को लेकर हुए विवाद में जुनैद की मौत को समाचार-पत्रों की सुर्खियों और टी.वी. चैनलों पर सप्ताह भर घंटों चली बहस ने वैश्विक घटना बना दिया। किंतु जब 2020 में महाराष्ट्र के पालघर में हिंसक भीड़ ने पुलिस की उपस्थिति में दो साधुओं को पीट-पीटकर मारा डाला और दिल्ली स्थित मंगोलपुरी में जय श्रीराम का नारा लगाने वाले रिंकू शर्मा की जिहादियों ने हत्या की, तब 'गोदी मीडिया' के लिए यह मामला मात्र राज्य कानून का विषय बना रहा। मीडिया के जिस एक भाग ने जब पालघर जैसी दुर्भाग्यपूर्ण घटनाओं को भी प्रमुखता से स्थान दिया, तो उसे 'गोदी मीडिया' द्वारा अपमानजनक टिप्पणियों का शिकार होना पड़ा। ऐसा कई दूसरे मामलों में भी हुआ।

बात केवल यहीं तक सीमित नहीं है। 'गोदी मीडिया' अयोध्या रामजन्मभूमि की भाँति सदियों पहले जिहादी दंश का शिकार हुए काशी और मथुरा को सार्वजनिक विमर्श

का हिस्सा नहीं बनने देना चाहता। मीडिया का यही वर्ग नेहरू-गांधी परिवार के कदाचार सहित वामपंथ की काली सच्चाई और विश्व में इस दर्शन के दुष्प्रभावों पर खुली चर्चा करने से बचता है। इन लोगों के लिए पाकिस्तान की भारत विरोधी नीतियों पर बात, धारा 370-35ए को लागू करने की नीयत, मतांतरण (छल, धोखे और लालच सहित), तीन तलाक और हलाला जैसी सामाजिक बुराइयों पर चर्चा होना मुसलिम विरोध, सांप्रदायिकता और मानवीय अधिकारों के हनन का पर्याय बन जाता है। विडंबना है कि हमारे देश में श्रीराम, श्रीरामचरितमानस और रामायण की आलोचनात्मक चर्चा सेक्युलर है, परंतु कुरान और बाइबल पर खुली चर्चा सांप्रदायिक।

वर्ष 2000 के बाद से वामपंथियों द्वारा स्थाप्ति इस एकतरफा सार्वजनिक विमर्श, जिसकी नींव केवल झूठ, वैमनस्य और घृणा पर टिकी है, उसे निरंतर चुनौती मिल रही है। 'गोदी मीडिया' द्वारा खींची लक्ष्मण रेखा को लाँघकर सभी विषयों का दूसरा पक्ष भी अब जनता के सामने आ रहा है। राष्ट्रीय सुरक्षा, अखंडता, संप्रभुता को सर्वोपरि मानकर टुकड़े-टुकड़े गैंग, नक्सलवाद (अर्बन नक्सलवाद सहित), आतंकवाद, अलगाववाद और मजहबी कट्टरता के खिलाफ खुलकर चर्चा हो रही है। वास्तव में यह सब भारत में पिछले सात दशकों से स्थापित 'गोदी मीडिया' के लिए बिल्कुल असहनीय है।

तथ्यों, तर्कों और सनातन दर्शन आधारित दृष्टिकोण स्वतंत्रता मिलने के सात दशक बाद राष्ट्रीय विमर्श में स्थान प्राप्त कर रहा है। सच तो यह है कि सनातन विचार भारतीय दर्शन की मूल 'डिफॉल्ट सेटिंग' है, जिससे विदेशी विचारधारा प्रेरित अधिष्ठान स्वतंत्रता के 75 वर्ष पश्चात् भी अछूतों जैसा व्यवहार कर रहा है।

संदर्भ—

1. Which pope declared that Jesus Christ was born on December 25? https://thenewdaily.com.au/religion/2017/12/14/12-days-of-christmas-day-three/
2. How Saturnalia became Christmas: The transition from ancient to present and pagan to Christian. https://www.academuseducation.co.uk/post/how-saturnalia-became-christmas-the-transition-from-ancient-to-present
3. Holy Hatred: Christianity, Antisemitism, and the Holocaust By R. Michael. pp. 54.
4. Statues of Christopher Columbus are being dismounted across the country CNN. June 11, 2020.
5. The killing times: the massacres of Aboriginal people Australia must confront. The Guardian. Mar 3, 2019; Long fight for justice ends as New Zealand treaty recognises Moriori people. The Guardian. Nov 26, 2021.
6. Canada: 751 unmarked graves found at residential school. BBC. 24 June 2021.

7. The 'Deplorable' History Behind the Pope's Apology to Canada's Indigenous Communities. Time. July 26, 2022.
8. The ugly face of Child sexual abuse in Catholic church. Wion. Feb 16, 2023; 3.3 lakh children were victims of church sex abuse, says French report. The Indian Express. October 5, 2021.

□

22

सेक्युलरवाद का हिंदू-विरोधी नैरेटिव

भारतीय संविधान, सेक्युलरवाद और विकृतियाँ

जैसा कि अब तक के अध्यायों में बताया गया है कि जब 1980-90 के दशक में इसलामिक जिहादी कश्मीर घाटी में कश्मीरी पंडितों को निशाना बना रहे थे, श्रीनगर के अखबारों में आतंकवादी हिंदुओं को घाटी छोड़ने की धमकियाँ दे रहे थे, सरेआम उनकी हत्या कर रहे थे, उनकी महिलाओं का बलात्कार किया जा रहा था, जिसके परिणामस्वरूप 4.5 से 5 लाख के बीच कश्मीरी पंडित अपने घरों को छोड़कर पलायन को विवश हुए और बाद में सुरक्षाबल आतंकवादी हमले व स्थानीय लोगों के पथराव का शिकार होते रहे, तब हमारे देश में संविधान लागू था। सवाल उठता है कि आखिर हमारा संविधान कश्मीरी पंडितों और सुरक्षाबलों का रक्षा कवच क्यों नहीं बन पाया?

विचार कीजिए कि वर्षों पुराने, यहाँ तक कि दशकों पुराने महिला यौन-उत्पीड़न और यौन हमले के खिलाफ 'मी टू' (MeToo) नामक अंतरराष्ट्रीय आंदोलन के अंतर्गत आए मामलों पर भारतीय सर्वोच्च न्यायालय ने न केवल सुनवाई की, बल्कि इन पर निर्णय भी सुनाए। पूर्व केंद्रीय मंत्री एम.जे. अकबर का मामला इसका जीवंत उदाहरण है। किंतु तीन दशक पहले, जो कुछ घाटी में कश्मीरी पंडितों के साथ जिहादियों ने किया था, उसके लिए दोषियों को सजा तो छोड़िए, उसकी सुनवाई तक देश के सर्वोच्च न्यायालय में अभी तक नहीं हो पाई है। 24 जुलाई, 2017 को तत्कालीन प्रधान न्यायाधीश जे.एस. खेहर ने कश्मीरी पंडितों की ओर से दाखिल की गई पुनर्विचार याचिका पर विचार करने से इनकार कर दिया था। यह स्थिति तब है, जब हमारे संविधान की प्रस्तावना में विदेश से आयातित 'सेक्युलर' शब्द जोड़ दिया गया। विडंबना देखिए कि 26 दिसंबर, 1963 को उसी घाटी में श्रीनगर स्थित हजरतबल दरगाह से, जहाँ मुसलमानों की मान्यता है कि वहाँ पैगंबर मोहम्मद साहब की दाढ़ी का बाल (मू-ए-मुकद्दस) रखा हुआ है, उसके चोरी होने की अफवाह जंगल में आग की भाँति फैल गई थी और देश में हजारों-लाखों मुसलमानों ने विरोध प्रदर्शन शुरू कर दिया। तब तत्कालीन प्रधानमंत्री पं. जवाहरलाल

नेहरू ने मामला सँभालने के लिए अपने वरिष्ठ सहयोगी लालबहादुर शास्त्री को भारतीय गुप्तचर एजेंसी के समकालीन प्रमुख बी.एन. मलिक के साथ कश्मीर भेज दिया था। फरवरी 1964 में मू-ए-मुकद्दस ढूँढ़ने का दावा कर लिया और मामला शांत हो गया। सोचिए, जब 1989-91 में कश्मीरी पंडितों को मौत के घाट उतारा जा रहा था, तब उन्हें बचाने के लिए कोई राजकीय उपक्रम नहीं चलाया गया। क्या यही हमारे देश का सेक्युलरवाद है?

हमारा देश रक्तरंजित विभाजन के बाद अंग्रेजों की गुलामी से आजाद हुआ था। खंडित भारत ने अपनी सनातन संस्कृति के अनुरूप बहुलतावादी परंपरा का परिचय दिया और पंथनिरपेक्षता को अपनाया। अकसर, हमारे देश में कुछ मूर्ख लोग पंथनिरपेक्षता को धर्मनिरपेक्षता भी कहकर संबोधित करते हैं। आखिर इस विदेशी शब्दावली सेक्युलरिज्म का अर्थ क्या है?

Merriam Webster dictionary defines SECULARISM as "THE BELIEF THAT RELIGION SHOULD NOT PLAY A ROLE IN GOVERNMENT, EDUCATION, OR OTHER PUBLIC PARTS OF SOCIETY."

यदि सेक्युलरिज्म की यही व्याख्या है, तो मुझे यह कहना ही होगा कि भारत 'सेक्युलर' देश नहीं है। इसके मैं कई तथ्यपरक कारण गिना सकता हूँ। स्वतंत्रता मिलते ही तत्कालीन भारतीय नेतृत्व 1950 के दशक में अविलंब 'हिंदू कोड बिल' ले आया। हिंदू, सिख और बौद्ध आदि हिंदू कोड बिल के दायरे में तो आ गए, किंतु भारतीय मुसलमान को 'मुसलिम पर्सनल लॉ' (शरीयत) और उनकी सामाजिक कुरीतियों (तीन तलाक, हलाला सहित) के साथ छोड़ दिया गया। क्या भारत में यही सेक्युलरिज्म की व्यवस्था है? जब हम सेक्युलर देश हैं, तो यहाँ सबके लिए कानून एक क्यों नहीं है?

क्या देश के सेक्युलरवादियों को 1985-86 का शाहबानो मामला स्मरण है? इंदौर निवासी शाहबानो जब 62 वर्ष की थी, तब उनके तीन तलाक का मामला सुर्खियों में आया। शाहबानो के 5 बच्चे थे। उनके पति ने 1978 में उन्हें तलाक दिया था। पति से गुजारा भत्ता पाने का मामला 1981 में सर्वोच्च न्यायालय पहुँचा। पति का कहना था कि वह शाहबानो को गुजारा भत्ता देने के लिए बाध्य नहीं है। अदालत ने 1985 में सी.आर. पी.सी. की धारा-125 पर फैसला दिया। यह धारा तलाक मामले में गुजारा भत्ता तय करने से जुड़ी है। न्यायालय ने मध्य प्रदेश उच्च न्यायालय के फैसले को बरकरार रखते हुए शाहबानो को बढ़ा हुआ गुजारा भत्ता देने का निर्णय दिया।

भारतीय मुसलिम समाज के एक बड़े वर्ग और इसलामी कट्टरपंथियों ने जब इसके विरुद्ध विरोध-प्रदर्शन किया, तो उस समय राजीव गांधी सरकार ने इन कट्टरपंथियों को

खुश करने के लिए संसद् में बहुमत के बल पर 1986 में एक विधेयक पारित किया, जो बाद में कानून बन गया। यह कानून 'द मुसलिम वुमेन प्रोटेक्शन ऑफ राइट्स एक्ट 1986' कहलाया। इसने सर्वोच्च न्यायालय के फैसले को पलट दिया। संसद् द्वारा पारित कानून के अंतर्गत मुसलिम महिलाओं को केवल इद्दत (तलाक के समय) के दौरान ही गुजारा भत्ता माँगने की अनुमति मिली। राजीव गांधी सरकार के इस घोर सांप्रदायिक फैसले के खिलाफ तत्कालीन केंद्रीय गृह राज्य मंत्री आरिफ मोहम्मद खान ने इस्तीफा दे दिया था। क्या यही देश का सेक्युलरवाद है? लेकिन 1985-86 में जो शाहबानो को प्राप्त नहीं हो सका था, वह 2017 में शायरा बानो और उनकी जैसी अर्थात् तीन तलाक का शिकार अन्य लाखों मुसलिम महिलाओं को मोदी सरकार से ट्रिपल तलाक विरोधी कानून के रूप में प्राप्त हो गया।

वर्ष 1988 में अंतरराष्ट्रीय लेखक सलमान रुश्दी का विवादित उपन्यास 'सेटेनिक वर्सेस' का लंदन में प्रकाशन हुआ था। तब भारत में मुसलिम समाज की भावनाओं को ध्यान में रखते हुए राजीव गांधी सरकार ने इस किताब पर प्रतिबंध लगा दिया। अर्थात् देश की 87 प्रतिशत गैर-मुसलिम आबादी के पढ़ने के अधिकार का तत्कालीन सरकार ने गला घोंट दिया। क्या तत्कालीन सरकार ने 'सेक्युलरिज्म' बचाने के लिए ऐसा किया था? 1993 में तसलीमा नसरीन के उपन्यास 'लज्जा' के साथ भी ऐसा हुआ था। वर्ष 2015 में एक उर्दू अखबार की महिला संपादक को मुंबई में इसलिए गिरफ्तार कर लिया गया था, क्योंकि उन्होंने 'चार्ली हेब्दो' में प्रकाशित पैगंबर मोहम्मद साहब के विवादित कार्टून को भूलवश दोबारा छाप दिया था। इसके लिए उन्होंने माफी भी माँगी, लेकिन यह उन्हें गिरफ्तारी से नहीं बचा पाया। क्या इससे देश का 'सेक्युलरवाद' बच गया?

देश के स्वघोषित सेक्युलर नेता डॉ. मनमोहन सिंह ने प्रधानमंत्री रहते हुए 9 दिसंबर, 2006 को बड़ी चालाकी से दलितों, वंचितों के साथ अल्पसंख्यकों, विशेषकर मुसलिम समाज का नाम लेकर देश के संसाधनों पर उनका पहला अधिकार बता दिया था। तब कई समाचार-पत्रों ने इस संबंध में सुर्खियों के साथ खबर प्रकाशित की, जिसके बाद तत्कालीन प्रधानमंत्री कार्यालय को स्पष्टीकरण जारी करना पड़ा था। यही नहीं, जुलाई 2018 में राहुल गांधी ने मुसलिम बुद्धिजीवियों से भेंट करके कांग्रेस को मुसलमानों की पार्टी बता दिया था, तब कांग्रेस के तत्कालीन अल्पसंख्यक इकाई के अध्यक्ष नदीम जावेद ने ऊर्दू समाचार-पत्र 'इंकलाब' से साक्षात्कार में इसी बात को दोहराया था। उच्च और सर्वोच्च न्यायालय द्वारा कई बार नकारने के बावजूद और संविधान सम्मत न होते हुए भी सांप्रदायिक आधार पर आरक्षण देने की बात कांग्रेस सहित कुछ स्वयंभू सेक्युलर पार्टियों के नेता बार-बार करते दिखते हैं। भारत यदि सेक्युलर देश है, तो हज के लिए सरकारी सब्सिडी नहीं मिलनी चाहिए। किंतु स्वतंत्रता के बाद देश में क्या हुआ?

हज सब्सिडीरूपी मजहबी विचार की उत्पत्ति ब्रिटिश औपनिवेशिक युग में हुई थी। वर्ष 1954 में तत्कालीन नेहरू सरकार ने मुसलिमों को उनकी मजहबी यात्रा अर्थात् हज यात्रा में विशेष विमान सेवा प्रारंभ करते हुए सब्सिडी देने में विस्तार किया। आजादी से पहले भारतीय मुसलमान समुद्री जहाज से हज यात्रा करते थे। किंतु सरकार ने पानी के जहाज का किराया बढ़ाने की कोशिश की, तो मुसलिम समाज ने इसका विरोध शुरू कर दिया। इसे देखते हुए सरकार ने मुसलिम समाज के सामने यह विकल्प रखा कि वो पानी के जहाज के बजाय यदि हवाई जहाज के माध्यम से हज यात्रा करते हैं, तो यात्रा किराए में जो अंतर आएगा, वो सरकार वहन करेगी। इस संबंध में एक पुराने कानून को हटाते हुए वर्ष 1959 में हज समिति अधिनियम पारित किया गया। हज सब्सिडी में रियायती हवाई यात्रा के अतिरिक्त घरेलू यात्रा के लिए मुसलिम तीर्थयात्रियों की सहायता हेतु तैयार विशेष हज प्रस्थान हवाई टर्मिनल, भोजन, चिकित्सीय-आवासीय व्यवस्था शामिल थी।

आधिकारिक आँकड़ों के अनुसार, 1990 से लेकर 2019 तक केवल भारत सरकार ने, इसमें राज्य सरकारों का योगदान शामिल नहीं है, तब भी 27 लाख से अधिक हाजियों को सब्सिडी पर तीर्थयात्रा करने भेजा था। यदि इसमें सभी राज्य सरकारों का आँकड़ा जोड़ लें, तो सब्सिडी पर यात्रा करने वाले हाजियों की संख्या करोड़ों में पहुँच जाएगी। वर्ष 2000 के बाद कालखंड को आधार बनाएँ, तो प्रति एक हाजी की यात्रा पर भारत सरकार ने औसतन 60-70 हजार रुपए की सब्सिडी दी गई। 2012 में यह हज सब्सिडी 837 करोड़ रुपए तक पहुँच गई थी। 1994 में यह मात्र 10.51 करोड़ थी। उस समय सर्वोच्च न्यायालय ने इसे 2022 तक खत्म करने का आदेश दिया था। इसके बाद हज सब्सिडी धीरे-धीरे कम होती गई। 2017-18 में केंद्र सरकार ने नई हज नीति प्रस्तुत करते हुए हज सब्सिडी खत्म तथा 45 वर्ष से अधिक आयुवर्ष की महिलाओं को बिना मेहरम के हज पर जाने की स्वीकृति दे दी। 'मेहरम' उसे कहते हैं, जिससे महिला का निकाह नहीं हो सकता जैसे पिता, सगा भाई, बेटा और पौत्र-नवासा मेहरम हो सकते हैं। यह अकेली या अकेली जाने की इच्छा रखने वाली महिलाओं के मार्ग की बड़ी बाधा थी, जो मोदी सरकार ने खत्म कर दी।

यही नहीं, वर्ष 2008 में आंध्र प्रदेश के तत्कालीन मुख्यमंत्री दिवंगत वाई.एस. राजशेखर रेड्डी ने घोषणा की थी कि उनके प्रदेश के जो ईसाई ईसा मसीह की जन्मस्थली यरुशलम की यात्रा करना चाहते हैं, उन्हें सरकार सब्सिडी देगी। प्रतिकूल इसके, हिंदू समाज की स्थिति क्या रही? यह विडंबना है कि देश में जिस किसी ने हिंदू हित की बात की, वह सांप्रदायिक हो गया। यह वृत्तांत मार्क्स-मैकाले मानसपुत्रों द्वारा प्रतिपादित कर दिया गया है। संविधान के अनुच्छेद 29-30 के अंतर्गत अल्पसंख्यकों को सारे मजहबी

अधिकार देने के साथ उनके मसजिद, चर्च और शिक्षण संस्थानों को स्वतंत्रता प्रदान की गई है। किंतु हिंदू मंदिरों-मठों और आश्रित शिक्षा संस्थाओं पर सरकारी नियंत्रण करके उन्हें धीरे-धीरे समाप्त करने का प्रपंच रचा जा रहा है।

हिंदू मंदिरों-मठों पर गिद्धदृष्टि मात्र कुछ वर्ष या दशक पुरानी नहीं है, बल्कि इसका सदियों पुराना इतिहास है। अपने पिछले अध्यायों में मैं वस्तुपरक रूप से चर्चा कर चुका हूँ कि इसलामी कालखंड के समय भारत में कैसे हजारों मंदिरों को लूटा और मजहबी कारणों से तोड़ा गया। जब अंग्रेज भारत आए, तो उन्होंने हिंदू समाज से सीधे टकराव लेने की जगह उसे 'विभक्त करो और शासन करो' की कुटिल नीति से कमजोर और समाप्त करने का प्रयास किया। अंग्रेजों ने 'मद्रास हिंदू टेंपल एक्ट 1843' के रूप में एक कानून बनाकर मंदिरों की अकूत संपत्ति को लंदन भेजना शुरू किया। 1857 के विद्रोह के कारण जब अंग्रेजों के समक्ष कई प्रकार के अवरोधक खड़े हुए, तो उन्होंने इस संबंध में कई अन्य कानून बनाए—जैसे सोसायटी एक्ट, ट्रस्ट एक्ट। ब्रितानियों ने वर्ष 1923 में 'मद्रास हिंदू टेंपल एंड रिलीजियस प्लेस एंडाउमेंट एक्ट' बनाया। इस कालखंड में अंग्रेजों ने 1920 से लेकर 1947 तक भारत की लाखों हेक्टेयर भूमि चर्चों को चैरिटेबल ट्रस्ट के नाम पर पट्टे पर दे दी। आज भी ये जमीनें चर्च के अधीन हैं। आशा थी कि स्वतंत्रता के बाद इनपर अंकुश लगेगा और भूल सुधार अभियान प्रारंभ होगा। किंतु ऐसा नहीं हुआ। देश के प्रारंभिक प्रधानमंत्री जवाहरलाल नेहरू ने ब्रितानी कानून—'मद्रास हिंदू टेंपल एक्ट 1843' के स्थान पर 'द हिंदू रिलीजियस एंड चैरिटेबल एंडाउमेंट एक्ट 1951' बना दिया। इसके बाद स्वतंत्र भारत ने हिंदू मठ-मंदिरों की संपत्ति का गलत उपयोग होने का नया दौर देखा। लगभग 70 वर्षों बाद इस स्थिति में परिवर्तन आने लगा और मंदिर सरकारी नियंत्रण से मुक्त हो रहे हैं।

यह बेहद विचित्र है कि राज्य सरकार ऐसे उद्देश्यों की प्राप्ति के लिए मंदिर (दान, संपत्ति, आय आदि) से अर्जित धन का उपयोग कर सकती है, जिसका न केवल संबंधित मंदिर से, बल्कि देश में अन्य किसी भी मंदिर से कोई लेना-देना नहीं होता है। सबसे विकृत बात तो यह है कि अधिकतर सरकारें नियंत्रित मंदिरों की संपत्ति का अधिकांश उपयोग उन चर्चों और मसजिदों के रखरखाव या वित्तपोषण में करती हैं, जिनका हिंदू समाज या किसी एक हिंदू के रीति-रिवाजों से कोई सरोकार नहीं होता है। सबसे दिलचस्प बात तो यह है कि 'सेक्युलर' भारत में इस प्रकार का परिदृश्य देश की मसजिदों या चर्चों में दिखाई नहीं देता है। उलटा, देश में कई राज्यों की सरकारें इमामों, मुअज्जिनों, पादरियों और ननों को सरकारी भत्ता या मानदेय देती हैं।

2020-21 के कोरोनाकाल में कांग्रेस के वरिष्ठ नेता और महाराष्ट्र के पूर्व मुख्यमंत्री पृथ्वीराज चव्हाण ने मोदी सरकार को सुझाव देते हुए एक ट्वीट किया था, "देश के

सभी मंदिर ट्रस्टों में रखे सोने की कीमत के अनुसार कम-से-कम एक ट्रिलियन डॉलर (लगभग 77 लाख करोड़ रुपए) है। सरकार को इस स्वर्ण भंडार का तुरंत इस्तेमाल करना चाहिए। इस आपातकालीन स्थिति में सोने को कम ब्याज दर पर सोने के बॉन्ड के माध्यम से उधार लिया जा सकता है।" सवाल उठता है कि क्या ये नेता चर्चों या संबंधित संस्थाओं और मसजिद या इसलामी संगठनों के पास उपलब्ध अकूत संसाधनों के संदर्भ में ऐसा विचार प्रस्तुत करने का साहस कर सकते हैं? संभवत: उनके समक्ष देश का विकृत 'सेक्युलर नैरेटिव' आड़े आ रहा होगा। सच तो यह है कि इसी छद्म सेक्युलरवाद ने मुसलिम समाज के एक वर्ग में विशेषाधिकार की मानसिकता को इतना मजबूत कर दिया है कि वे सार्वजनिक स्थानों पर अधिकारपूर्वक नमाज अता करने के दुराग्रह और शिक्षण संस्थानों में स्थापित परिधान-संहिता की अवहेलना करके बुर्का-हिजाब जैसे मजहबी पहचान के प्रदर्शन को अपना संवैधानिक अधिकार मानने लगे हैं। वास्तव में यह मुसलिम समाज के एक वर्ग द्वारा बहुलतावादी भारत में इसलामी शक्ति-प्रदर्शन का एक गंभीर रूप है।

□

23

मार्क्स-मैकाले नैरेटिव की शिकार शिक्षा और शिक्षण संस्थान

मार्क्स-मैकाले नैरेटिव और शिक्षण संस्थान

सेक्युलरवाद के नाम पर भेदभाव केवल मसजिदों और चर्चों तक सीमित नहीं है। देश के कई शैक्षणिक संस्थान भी न केवल इस विकृति का दंश झेल रहे हैं, बल्कि इसके साथ ही वे मार्क्स-मैकाले दर्शनजनित नैरेटिव का केंद्र भी बने हुए हैं। इसके ढेरों उदाहरण हैं जिसमें सबसे हालिया अप्रैल 2022 में अलीगढ़ मुसलिम विश्वविद्यालय से संबंधित मामला है। अलीगढ़ स्थित इस विश्वविद्यालय के प्राध्यापक डॉ. जितेंद्र कुमार ने अपने व्याख्यान में हिंदू देवी-देवताओं को दुराचारी और बलात्कारी सिद्ध करने का प्रयास किया। बवाल होने के बाद संस्थान ने आरोपी प्रोफेसर को निलंबित कर दिया। यही नहीं, जब उत्तर प्रदेश के पूर्व मुख्यमंत्री कल्याण सिंह के निधन (21 अगस्त, 2021) पर अलीगढ़ मुसलिम विश्वविद्यालय के तत्कालीन कुलपति प्रोफेसर तारिक मंसूर ने शोक व्यक्त किया, तो परिसर की दीवारों पर अपने कुलपति के खिलाफ छात्रों ने पोस्टर लगा दिए, जिसमें लिखा था, "उत्तर प्रदेश के पूर्व मुख्यमंत्री कल्याण सिंह के निधन पर एएमयू के वीसी का शोक संवेदना जाहिर करना न सिर्फ शर्म का मामला है, बल्कि इससे हमारे समुदाय की मजहबी भावनाओं को भी चोट पहुँचती है।" जिस प्रकार इस विश्वविद्यालय ने पाकिस्तान के जन्म में बड़ी भूमिका निभाई, ठीक उसी तरह मजहब के नाम पर वर्ष 2019-20 के नागरिकता संशोधन अधिनियम (सी.ए.ए.) विरोधी विमर्श बनाने में अलीगढ़ मुसलिम विश्वविद्यालय के छात्रों ने दिल्ली स्थित जामिया मिलिया इसलामिया, जवाहरलाल नेहरू विश्वविद्यालय सहित कई राष्ट्रीय शिक्षण संस्थानों के अन्य छात्र-छात्राओं के साथ मिलकर महत्त्वपूर्ण भूमिका निभाई। इस दौरान प्रदर्शनकारी छात्रों ने अपने विरोध को व्यक्त करने के लिए उस फैज अहमद फैज की कविता का बार-बार उपयोग किया, जो विभाजन के बाद पाकिस्तान चले

गए थे। फैज विचारों से मार्क्सवादी और चरित्र से कट्टर इसलामी थे, जो उनकी एक और गैर-मुसलिम विरोधी शायरी से स्पष्ट है—'हर हकीकत मजाज हो जाए, काफिरों की नमाज हो जाए।' अर्थात् फैज की दिली इच्छा थी कि हर गैर-मुसलिम, मुसलमान हो जाए। इसी फैज की इन पंक्तियों को सी.ए.ए. विरोधी प्रदर्शनकारियों ने कई अवसरों पर गुनगुनाया—

लाजिम है कि हम भी देखेंगे
जब अर्ज-ए-खुदा के काबे से
सब बुत उठवाए जाएँगे¨
सब ताज उछाले जाएँगे
सब तख्त गिराए जाएँगे
बस नाम रहेगा अल्लाह का
लाजिम है कि हम भी देखेंगे¨

बात केवल यहीं तक सीमित नहीं। देश के दो केंद्रीय विश्वविद्यालय—अलीगढ़ मुसलिम विश्वविद्यालय (ए.एम.यू.) और दिल्ली स्थित जामिया मिलिया इसलामिया (जा.मि.इ.) वर्षों से दावा कर रहे हैं कि वह अल्पसंख्यक संस्थान हैं और संविधान की धारा-30(1) के अंतर्गत उन्हें भी अल्पसंख्यकों की इच्छानुसार शिक्षण संस्थान स्थापित करने और उसे संचालित करने का अधिकार प्राप्त है। साथ ही अनुच्छेद 15(5) के तहत भी वह सरकारी हस्तक्षेप और संवैधानिक आरक्षण संबंधी बाध्यता से मुक्त हैं। यूँ तो इन दोनों विश्वविद्यालयों में मुसलिम आरक्षण की कोई घोषित नीति नहीं है, किंतु फिर भी स्वयं को अल्पसंख्यक संस्थान मानते हुए, जो मापदंड उन्होंने स्थापित किए हैं—उन्हीं के आधार पर ए.एम.यू. में लगभग 70 प्रतिशत सीटें मुसलिम छात्रों के लिए आरक्षित हो रही हैं, तो जा.मि.इ. भी 50 प्रतिशत मुसलिम छात्र-छात्राओं को आरक्षण दे रहा है।

देश में केंद्रीय विश्वविद्यालयों का संचालन संसद् द्वारा पारित अधिनियमों, संवैधानिक मूल्यों, भारत सरकार के शत-प्रतिशत अनुदानों, संसदीय कानून के नियंत्रण और राष्ट्रीय आरक्षण नीतियों के अनुरूप होता है। ऐसे विश्वविद्यालयों में अध्यापकों और कर्मचारियों के चयन तथा छात्रों के प्रवेश में इसका पालन किया जाता है। किंतु अलीगढ़ मुसलिम विश्वविद्यालय और जामिया मिलिया इसलामिया जैसे केंद्रीय विश्वविद्यालय भ्रामक तर्कों और देश के स्वयंभू सेक्युलरिस्टों और वामपंथियों के आशीर्वाद से संविधान का खुला उल्लंघन कर रहे हैं।

संविधान सभा (1946-50) में जब भारत में केंद्रीय विश्वविद्यालयों के नामों पर चर्चा हुई, तब ए.एम.यू. के साथ बनारस हिंदू विश्वविद्यालय पर गंभीर विमर्श हुआ।

डॉक्टर आंबेडकर, नजीउद्दीन अहमद, शिब्बनलाल सक्सेना, सरदार हुकुम सिंह सहित अनेक सदस्यों ने पूर्ण सहमति के साथ इन दोनों शिक्षण संस्थाओं को सातवीं अनुसूची की 'संघीय सूची क्रमांक-1 की प्रविष्टि-63' में महत्त्वपूर्ण स्थान दिलाया और इन्हें 'राष्ट्रीय महत्त्व का संस्थान' माना। इस सूची में उद्धृत है—"संविधान के प्रारंभ के समय काशी हिंदू विश्वविद्यालय, अलीगढ़ मुसलिम विश्वविद्यालय तथा कोई भी अन्य संस्थान, जो संसद् द्वारा पारित हो, उसे राष्ट्रीय महत्त्व का संस्थान घोषित किया जाएगा।" स्पष्ट था कि इसमें कोई भी अल्पसंख्यक संस्थान शामिल नहीं हो सकता।

वर्ष 1951, 1965 और 1979 में ए.एम.यू. अधिनियम में संशोधन के समय तत्कालीन सरकारों ने इसे अल्पसंख्यक संस्थान मानने से इन्कार किया। 1966 में तत्कालीन केंद्र सरकार ने भी सर्वोच्च न्यायालय में शपथ-पत्र दाखिल कर इसे केंद्रीय विश्वविद्यालय ही माना था। वर्ष 1968 के अजीज बाशा बनाम भारतीय संघवाद में संवैधानिक पीठ ने सर्वसम्मत निर्णय दिया कि अ.वि.मु. अल्पसंख्यक शिक्षण संस्थान नहीं है और स्पष्ट किया कि संसद् द्वारा स्थापित किसी भी संस्था को अल्पसंख्यक संस्थान का दर्जा नहीं दिया जा सकता।

वर्ष 1980 के मध्यावधि चुनाव में सत्ता के लिए लालायित 'सेक्युलर' कांग्रेस ने मुसलिम वोटबैंक सुनिश्चित करने की दृष्टि से अ.वि.मु. को अल्पसंख्यक दर्जा देने की असंभव और गैर-संवैधानिक घोषणा कर दी। सत्तासीन होते ही उसने 1981 को ए.एम.यू. अधिनियम की धारा-2 में संशोधन करके परिभाषित कर दिया—"इस विश्वविद्यालय की स्थापना मुसलिमों द्वारा हुई थी," जबकि सच यह है कि इस संस्थान को 1920 में ब्रितानियों ने और स्वतंत्र भारत का संविधान बनते समय नीति-निर्देशकों ने संसदीय अधिनियमों के अंतर्गत स्वरूप प्रदान किया था। 1981 के संशोधनों में एक नई धारा-5(सी) जोड़ी गई, जिसके अनुसार—"भारत के मुसलमानों के लिए सांस्कृतिक तथा शैक्षणिक विकास हेतु विशेष प्रयास किए जाएँ।"

इन्हीं प्रावधानों के आधार पर अगस्त 1989 में ए.एम.यू. प्रबंधन ने तत्कालीन राष्ट्रपति आर. वेंकटरमन को 50 प्रतिशत मुसलिम आरक्षण का एक प्रस्ताव भेज दिया, जिसे उन्होंने 1990 में निरस्त कर दिया। डेढ़ दशक बाद विश्वविद्यालय ने वही प्रस्ताव तत्कालीन मानव संसाधन मंत्रालय के पास भेजा, जहाँ उसे 25 फरवरी, 2005 को अनापत्ति-पत्र (एन.ओ.सी.) मिल गया। इस समय कांग्रेस और वामपंथी अन्य राजनीतिक दलों के साथ मिलकर गठबंधन सरकार चला रहे थे।

जब मुसलिम आरक्षण संबंधी याचिका पर इलाहाबाद उच्च न्यायालय में 2005 में सुनवाई हुई, तब अदालत ने 1981 के संशोधनों को अवैधानिक ठहराकर 2005 के

अनापत्ति-पत्र को भी खारिज कर दिया। मामला अब सर्वोच्च न्यायालय में है। वर्ष 2016 में मोदी सरकार ने हलफनामा दाखिल कर उसी संवैधानिक प्रतिबद्धता को दोहराया और इसे राष्ट्रीय महत्त्व का संस्थान और केंद्रीय विश्वविद्यालय माना।

जामिया मिलिया इसलामिया की स्थापना भी 1920 में अलीगढ़ में हुई थी और उसे 1935 में दिल्ली स्थानांतरित कर दिया गया। वर्ष 1988 में संसद् से इसे केंद्रीय विश्वविद्यालय का दर्जा प्राप्त हुआ। जैसे ही 2011 में राष्ट्रीय अल्पसंख्यक शिक्षा आयोग ने इसे अल्पसंख्यक संस्थान का दर्जा दिया और कांग्रेसनीत संप्रग-2 सरकार ने इसका समर्थन किया, वैसे ही इस विश्वविद्यालय ने दलितों-पिछड़ों को आरक्षण देना बंद कर दिया। संबंधित मामला अप्रैल 2021 तक दिल्ली उच्च न्यायालय में लंबित है। स्पष्ट है कि यह कहीं से भी सिद्ध नहीं होता कि ए.एम.यू. और जा.मि.इ. अल्पसंख्यक संस्थान हैं। लेकिन फिर भी यह देश के संवैधानिक मूल्यों को चुनौती दे रहा है। जब भी भारतीय संविधान के अनुरूप इन शिक्षण संस्थानों को राष्ट्रीय मुख्यधारा में लाने की बात होती है, स्वयंभू सेक्युलरिस्ट कट्टरपंथी मुसलिम वर्ग और वामपंथियों के साथ मिलकर सांप्रदायिकता का ढोल पीटने लगते हैं।

इस प्रकार का विमर्श स्थापित करने में दिल्ली स्थित विख्यात जवाहरलाल नेहरू विश्वविद्यालय (जे.एन.यू.) ने महत्त्वपूर्ण भूमिका निभाई है। यह शैक्षणिक संस्था जन्म से वामपंथी चिंतन का गढ़ बना हुआ है। इस विश्वविद्यालय की स्थापना 16 नवंबर, 1966 को संसद् के एक अधिनियम द्वारा की गई थी, जिसे ढाई वर्ष पश्चात् 22 अप्रैल, 1969 को लागू किया गया। देश के शिक्षा मंत्री रहे प्रख्यात न्यायविद् मुहम्मद अली करीम छागला ने सितंबर 1965 को सर्वप्रथम राज्यसभा के समक्ष इस शिक्षण संस्थान की अवधारणा को प्रस्तुत किया था। उस समय गरीबों, वंचितों और पिछड़ों को आधुनिक विषयों में न्यूनतम शुल्क पर उच्च शिक्षा, छात्रावास आदि सुविधा देने के साथ इस संस्था को भारत को पुन: विश्वगुरु के रूप में पुनर्स्थापित करने के दिशा में प्रारंभिक सोपान बनाना इस विश्वविद्यालय का प्रारंभिक मुख्य उद्देश्य था। किंतु नियति को कुछ और ही स्वीकार था।

जिस परिकल्पना के साथ जे.एन.यू. को प्रारंभिक आकार दिया गया, वह दुर्भाग्यवश कालांतर में विदेशी, भारत विरोधी, सनातन संस्कृति और बहुलतावादी परंपराओं से घृणा करने वाली वामपंथी विचारधारा की प्रमुख प्रयोगशाला बन गया। यही कारण है कि यहाँ छात्रों और प्राध्यापकों का एक वर्ग लेनिन, स्टालिन और माओ इत्यादि जैसे उन क्रूर शासकों को अपना प्रेरणास्रोत मानता है, जिनका चिंतन मानवाधिकार और असहमति के प्रति असहिष्णु रहा है। यह इसलिए भी स्वाभाविक है, क्योंकि वामपंथ के केंद्र में ही हिंसा और विरोधी स्वर का गला घोंटना है।

जे.एन.यू. की इस स्थिति का कारण 1970 के दशक का वह कालखंड है, जब तत्कालीन प्रधानमंत्री इंदिरा गांधी ने वामपंथियों से राजनीतिक समझौते के बाद देश के अति महत्त्वपूर्ण शिक्षा मंत्रालय का कार्यभार विशुद्ध वामपंथी नुरुल हसन को सौंप दिया। यह सब एकाएक नहीं हुआ। भारतीय लोकतंत्र के आधुनिक इतिहास में यह उस संवेदनशील दौर का परिणाम था, जब इंदिरा गांधी के नेतृत्व में कांग्रेस ने गांधीजी के सनातन और राष्ट्रवादी चिंतन को अंतिम तिलांजलि देकर वामपंथी बौद्धिकता को आउटसोर्स कर लिया था। यह सब आसान भी था, क्योंकि इंदिरा गांधी भी अपने पिता पं. नेहरू की भाँति सोवियत संघ और वाम-समाजवाद से अत्यधिक प्रभावित थीं।

बतौर शिक्षा मंत्री नुरुल हसन ने अपनी वैचारिक पृष्ठभूमि के अनुरूप अन्य महत्त्वपूर्ण शिक्षण संस्थानों के साथ 'नवजात' जे.एन.यू. के लगभग सभी विभागों में उन वामपंथी विचारकों, प्राध्यापकों और शिक्षाविदों की नियुक्तियाँ कर दीं, जिनके पूर्ववर्ती वैचारिकों ने पाकिस्तान के जन्म में मुस्लिम लीग और अंग्रेजों को सहायता की थी। अब नुरुल हसन के कार्यकाल में चूँकि विश्वविद्यालय में छात्रों के प्रवेश और कालांतर में सभी संस्थागत नियुक्तियों पर अंतिम निर्णय लेने का अधिकार वामपंथी कुनबे के हाथों में था, इसलिए यहाँ छात्रों सहित उन लोगों की संख्या लगातार बढ़ती गई, जो विशुद्ध वामपंथी थे या फिर जिनसे वैचारिक समायोजन करना स्वाभाविक था। इसी कारण यह विश्वविद्यालय कालांतर में न केवल राष्ट्र विरोधी और हिंदू विरोध का गढ़ बनता गया, बल्कि इसके साथ ही पाश्चात्य संस्कृति से ग्रस्त होकर और विदेशी शक्तियों के बल पर सत्ता विरोधी गतिविधियों का मुख्य केंद्र भी बन गया।

यह स्थिति तब है, जब भारतीय करदाताओं की गाढ़ी कमाई पर शत-प्रतिशत आश्रित और 8,500 छात्रों से सुसज्जित जे.एन.यू. पर औसतन वार्षिक 556 करोड़ रुपए, अर्थात् प्रति एक छात्र 6.5 लाख रुपए का व्यय होता है। इससे भी बढ़कर, यह संस्थान दक्षिण दिल्ली स्थित एक हजार एकड़ की बहुमूल्य भूमि पर निर्मित है और सभी आधुनिक सुविधाओं से युक्त है। सच तो यह है कि जे.एन.यू. में भारत की सनातन संस्कृति से घृणा करने वालों, भारत को कई राष्ट्रों का समूह मानने वालों, नक्सलवाद समर्थक और अलगाववादी व जिहादी मानसिकता के प्रभावशाली पैरोकारों का जमावड़ा भारत की संप्रभुता, एकता और सुरक्षा के लिए गंभीर खतरा बना हुआ है।

इस विश्वविद्यालय की स्थापना से ही यह कई विवादों, शिक्षकों-कुलपति से अभद्र व्यवहार और सत्ताविरोधी हिंसक आंदोलन का साक्ष्य बन चुका है। इस विश्वविद्यालय में छात्रों का सबसे उग्र प्रदर्शन वर्ष 1980-81 के कालखंड में तब हुआ, जब छात्रसंघ के अध्यक्ष रहे राजन जी. जेम्स को तत्कालीन कार्यकारी कुलपति के.जे. महाले को अपशब्द कहने पर निलंबित कर दिया था। उस समय स्थिति इतनी बिगड़ गई कि तत्कालीन इंदिरा

गांधी सरकार को 16 नवंबर, 1980 से 3 जनवरी, 1981 के बीच इस विश्वविद्यालय को 46 दिनों तक लगातार बंद करना पड़ा था। इस दौरान आंदोलित छात्रों (निष्कासित और निलंबित छात्र सहित) से छात्रावास खाली कराने के लिए पुलिसबल की सहायता ली गई थी। इस सिलसिले में जेम्स सहित कई छात्रों के कमरों में प्रवेश के लिए उनके कमरों के दरवाजे भी तोड़ने पड़े थे। इस संबंध में विस्तृत रिपोर्ट अंग्रेजी पत्रिका 'इंडिया टुडे' के 15 फरवरी, 1981 को प्रकाशित अंक में उपलब्ध है, जिसे पाठक इंटरनेट पर आसानी से खोज भी सकते हैं।[1]

ऐसा नहीं, कि यह विश्वविद्यालय इस घटना से पहले और बाद में फिर अशांत ही नहीं हुआ। वर्ष 1974 में यह विश्वविद्यालय अपने अस्तित्व में आने के 6 वर्ष के भीतर ही इतिहास विषय में छात्र प्रवेश को लेकर हुए विवाद के कारण कुछ समय के लिए बंद हो गया था। उस समय इसकी कुलाधिपति देश की तत्कालीन प्रधानमंत्री श्रीमती इंदिरा गांधी थीं। इस घटना से वह इतनी क्षुब्ध हुईं कि उन्होंने इस विश्वविद्यालय से नाता ही तोड़ लिया और कुलाधिपति पद से इस्तीफा दे दिया। स्थिति तब भी अपरिवर्तित रही और वर्ष 1979 में यहाँ के भाषा विभाग को छात्रों ने एक महीने के लिए इसलिए ठप कर दिया, क्योंकि शिक्षकों ने 35 असक्रिय छात्रों को कक्षा से बाहर निकाल दिया था।

जेम्स घटनाक्रम के बाद वर्ष 1983 में जे.एन.यू. के एक कार्यक्रम में तत्कालीन प्रधानमंत्री इंदिरा गांधी और उनके संबोधन का छात्रों ने जमकर विरोध किया। बताया जाता है कि इन नारेबाजियों को देश की जनता ने रेडियो पर भी सुना था। तब 300 से अधिक छात्रों को गिरफ्तार करके तिहाड़ जेल भेज दिया गया था। उसी वर्ष दुर्व्यवहार के एक अन्य मामले में तत्कालीन छात्रसंघ अध्यक्ष एन.आर. मोहंती सहित दो छात्रों के निष्कासन पर विवाद इतना बढ़ा कि पुलिस को हिंसक जे.एन.यू. छात्रों पर लाठीचार्ज करना पड़ा। उस समय 700 छात्रों को जेल जाना पड़ा था, जिनमें प्रख्यात अर्थशास्त्री अभिजीत बनर्जी भी शामिल थे, जिन्हें वर्ष 2019 में नोबेल पुरस्कार से सम्मानित किया गया था।

वामपंथियों द्वारा जे.एन.यू. में लॉर्ड मैकाले की जयंती पर जश्न मनाना, करोड़ों हिंदुओं की आराध्य माँ दुर्गा का अपमान करते हुए महिषासुर शहादत दिवस मनाना, वर्ष 1999 में कारगिल युद्ध के समय जे.एन.यू. छात्रों द्वारा भारतीय सुरक्षाबलों को अपशब्द कहना, वर्ष 2000 में पाकिस्तान के समर्थन में मुशायरे का आयोजन करना, वर्ष 2005 में भारत द्वारा ईरान पर अंतरराष्ट्रीय प्रतिबंधों का समर्थन करने का विरोध करना, 2010 के दंतेवाड़ा नक्सली हमले में 76 सी.आर.पी.एफ. जवानों के नरसंहार का जश्न मनाना, आतंकवादी अफजल गुरु के समर्थन में नारेबाजी करना, 2016 को 'भारत तेरे टुकड़े होंगे...इंशा अल्लाह...इंशा अल्लाह...' जैसे नारे लगाना, नवंबर 2019 में सर्वोच्च न्यायालय द्वारा अयोध्या स्थित रामजन्मभूमि पर आए निर्णय के खिलाफ प्रदर्शन करना

और 2019-20 में शेष जे.एन.यू. छात्रों से परीक्षा का जबरन बहिष्कार करवाने हेतु विश्वविद्यालय के सर्वर रूम को क्षति पहुँचाना—ये सब ऐसी घटनाएँ हैं, जिन्होंने इसे देश का सबसे विवादित विश्वविद्यालय बना दिया है। जे.एन.यू. में भारत की सनातन संस्कृति से घृणा करने वालों, भारत को कई राष्ट्रों का समूह मानने वालों, नक्सलवाद समर्थक, अलगाववादी और जिहादी मानसिकता के प्रभावशाली पैरोकारों का जमावड़ा भारत की संप्रभुता, एकता और सुरक्षा के लिए गंभीर खतरा है।

संदर्भ—

1. 'It seems that JNU will end up as the Black Hole'. India Today. Feb 15, 1981 https://www.indiatoday.in/magazine/education/story/19810215-it-seems-that-jnu-will-end-up-as-the-black-hole-772543-2013-11-27

□

24

भारतीय समाज को मार्क्स-मैकाले मानसपुत्रों से खतरा

मार्क्स-मैकाले मानसकुनबा अपने वैचारिक एजेंडे की पूर्ति के लिए कई संवैधानिक धाराओं को भी आधार बनाता है। संविधान के अनुच्छेद 29 और 30, हिंदू समुदाय और उनकी एकता को तोड़ने का पर्याय बन चुके हैं। अनुच्छेद 30 द्वारा प्रदत्त शिक्षण संस्थानों के प्रबंधन-संचालन का अधिकार सभी समुदायों के लिए एक स्वाभाविक अधिकार होना चाहिए। किंतु बहुसंख्यक हिंदुओं को इस विशेषाधिकार से वंचित कर दिया गया। वहीं अनुच्छेद 29 अल्पसंख्यकों की भाषा, लिपि और संस्कृति के संरक्षण से संबंधित है, जिसके कारण हिंदू समाज में कुछ वर्ग 'हिंदू' होने का नुकसान नहीं उठाना चाहते और इसलिए अपने लिए वे 'अल्पसंख्यक' होने के लिए प्रयासरत हैं। ऐसा करके वे भाषा, संस्कृति और लिपि के आधार पर अल्पसंख्यक होने का दावा करके राजकीय हस्तक्षेप से मुक्ति पाना चाहते हैं।

संभवतः भारत ही विश्व का एकमात्र ऐसा देश है, जहाँ छद्म सेक्युलरवाद जनित विकृत शासन-व्यवस्था से बहुसंख्यक समाज के कुछ समूह स्वयं को नया अल्पसंख्यक बनाने के लिए प्रयासरत हैं। कभी खंडित भारत का भाग रहे पाकिस्तान में स्थिति इससे बिल्कुल विपरीत है। यहाँ इसलाम निष्कासित अहमदिया समुदाय सुन्नी संप्रदाय का एक हिस्सा होने का दावा करता है। पाकिस्तान में 1974 के संवैधानिक संशोधन के पश्चात्, इस समाज को गैर-मुसलिम और अल्पसंख्यक घोषित कर दिया गया था। अहमदिया पंथ इसलाम में वापस लौटने का हरसंभव प्रयास कर रहा है, जिसका एकमात्र कारण पाकिस्तान में 'गैर-मुसलिमों' (अल्पसंख्यक) के साथ दोयम दर्जे का व्यवहार है। वहाँ बचे-खुचे हिंदू, ईसाई आदि की दयनीय स्थिति इसका प्रत्यक्ष उदाहरण है।

इस संबंध में भारत की स्थिति क्या है? 'मुझे हिंदू होने पर गर्व है'—यह नारा

स्वामी विवेकानंद ने 1893 में शिकागो में बुलंद किया था। लेकिन उनके द्वारा 1897 में स्थापित रामकृष्ण मिशन ने 87 वर्ष बाद स्वयं को 'हिंदू' संस्थान मानने से इनकार कर दिया। वास्तव में इस माँग के पीछे हिंदू बहुल भारत में बहुसंख्यक समाज के साथ हो रहा भेदभाव बड़ा कारण था। वर्ष 1980 के दशक में पश्चिम बंगाल की तत्कालीन अनिश्वरवादी मार्क्सवादी सरकार ने रामकृष्ण मिशन के शिक्षण संस्थानों पर नियंत्रण करने की कुत्सित योजना बनाई। इसी से बचने के लिए उसने सर्वोच्च न्यायालय का रुख किया और स्वयं को अल्पसंख्यक 'रामकृष्णवादी' घोषित करने की माँग की। इस आकांक्षा के पीछे देश में अल्पसंख्यकों को मिलने वाले वे संवैधानिक और कानूनी अधिकार थे, जिसके अंतर्गत उनके शैक्षणिक संस्थानों पर व्यक्तिगत नियंत्रण के साथ सरकारी हस्तक्षेप और आरक्षण नीति से छुटकारा सुनिश्चित हो जाता है। 15 वर्ष पश्चात् मिशन की माँग को अदालत ने यह कहकर ठुकरा दिया कि न ही इस संस्था के प्रेरक गुरु रामकृष्ण परमहंस ने और न ही इसके संस्थापक स्वामी विवेकानंद ने किसी 'गैर-हिंदू' मत की रचना की थी।

19वीं शताब्दी के अंतिम दशकों में संभवतः सिख, हिंदू समुदाय से बाहर जाने वाला पहला बड़ा समुदाय था, जिसकी पटकथा कुटिल ब्रितानियों ने अपनी साम्राज्यवादी नीति 'बाँटो और राज करो' के अंतर्गत लिखी। शेष हिंदू समाज को बाँटने के पीछे भी ब्रितानियों की कुत्सित चालें रहीं। दुर्भाग्यवश स्वतंत्र भारत में इसी विभाजनकारी मानसिकता का संचालन कांग्रेस ने दशकों तक 'सेक्युलरवाद' के नाम पर सत्ता पाने के लिए किया। वर्ष 2014 में संप्रग-2 सरकार द्वारा जैन समाज को अल्पसंख्यक घोषित करना इसका एक और प्रत्यक्ष प्रमाण है। वर्ष 2018 के कर्नाटक विधानसभा चुनाव में तत्कालीन सत्तारूढ़ कांग्रेस ने हिंदू लिंगायत समाज को गैर-हिंदू घोषित करने और उन्हें अल्पसंख्यक का दर्जा देने का असफल प्रयास किया था। यदि लिंगायतों को 'गैर-हिंदू' घोषित कर दिया जाता, तो उन्हें भी अल्पसंख्यकों की भाँति सभी विशेषाधिकार प्राप्त हो जाते।

यदि ऐसा है, तो देश में 'हिंदू' कौन हुआ? जो विभिन्न जातियों में बँटे हैं? जो वेदों के ज्ञानी हैं? जो किसी विशेष महाकाव्य या विशेष व्यक्तित्व में विश्वास रखते हैं? जो मूर्तिपूजा करते हैं? मंदिरों में अपना सिर झुकाते हैं? जो जनेऊ धारण करते हैं? अब या तो इनमें से कोई एक हिंदू है या सभी हिंदू हैं या फिर इनमें से कोई भी हिंदू नहीं है? वास्तव में, हिंदू समुदाय भिन्न-भिन्न उप-वर्गों का वृहद समाज है, जो अपनी विशेष परंपराओं, सिद्धांतों, पूजा-पद्धति, रीति-रिवाजों, परिधानों आदि से अलंकृत है। प्राचीन हिंदू संस्कृति में मूलतः चार वर्गों का उल्लेख है—वैष्णव, शैव, शाक्त और स्मार्त। इन्हीं में कई उप-वर्गों और अवतारों का जन्म हुआ। क्या इन सभी को अलग संप्रदायों में बाँटकर 'गैर-हिंदू' घोषित कर दिया जाए? इन सभी का मूल आधार सनातन हिंदू परंपरा है, जो नित

नूतन और चिर पुरातन है? हिंदू समाज के अतिरिक्त भारत में मुसलिम (शिया-सुन्नी) और ईसाई (रोमन-कैथोलिक-प्रोटेस्टेंट) समाज कई भागों में वर्गीकृत है, जिसमें दाह-संस्कार से लेकर उनके पूजा-स्थल और अन्य परंपराएँ तक भिन्न (विरोधाभास सहित) हैं, तो क्या इस आधार पर उन्हें भी अलग-अलग संप्रदाय की मान्यता दे दी जाए?

संविधान निर्माताओं और कालांतर में सत्तारूढ़ राजनीतिक दलों ने बहुसंख्यकों की तुलना में अल्पसंख्यकों और उनके अधिकारों को कई संवैधानिक संरक्षण दिए हैं। शिक्षा, मजहबी और सांस्कृतिक विशेषाधिकार देने के पीछे अल्पसंख्यकों के साथ होने वाले संभावित अतिक्रमण को रोकने की मंशा भले रही हो, किंतु यही बहुसंख्यक अधिकारों के हनन और भेदभाव का बड़ा कारण भी बन रहा है। क्या इसमें सुधार की आवश्यकता नहीं? यदि हमारी शासकीय व्यवस्था वास्तव में पंथनिरपेक्ष है और सभी नागरिकों को धार्मिक स्वतंत्रता का अधिकार प्राप्त है, तो किसका मजहब क्या होना चाहिए, यह तय करने का अधिकार किसी भी सरकार को किसने दिया?

वास्तव में, 2018 में कांग्रेस की सिद्धारमैया सरकार द्वारा लिंगायतों को गैर-हिंदू घोषित करने का प्रयास उस आउटसोर्स्ड बौद्धिक चिंतन का परिणाम था, जिसे कांग्रेसी प्रबंधन ने 1969-71 में राजनीतिक समझौते के बीच वामपंथियों से ठेके पर लिया था। जिसके राजनीतिक केंद्र में इसलाम के नाम पर मुसलमानों को एकजुट करना और जाति के नाम पर हिंदुओं को बाँटना निहित है। कर्नाटक में कांग्रेस का वह प्रयास उस गांधीवादी दर्शन का प्रतिवाद भी था जिसमें भारतीय समाज की एकजुटता और भारत की अखंडता का विचार था।

□

25

विमर्श बिगड़ने का परिणाम-1
नैरेटिव गढ़ने की कला :
दंगे और फर्जी नैरेटिव

भारत की सहिष्णु छवि को कलंकित करने का अभियान

मार्क्स-मैकाले नैरेटिव ने भारतीय समाज और राजनीति पर क्या प्रभाव डाला या यूँ कहें कि उसके क्या दुष्परिणाम रहे ? बात यदि केवल वर्ष 2002-2022 के कालखंड अर्थात् 20 वर्षों की करें, तो हम पाएँगे कि किस प्रकार विकृत नैरेटिव के बल पर तथ्यों को न केवल तोड़-मरोड़कर प्रस्तुत किया गया, अपितु अपने एजेंडे की प्राप्ति के लिए देश के बहुसंख्यक हिंदू समाज और भारत को शेष विश्व में कलंकित भी कर दिया गया। फरवरी-मार्च 2002 में गुजरात में भड़की सांप्रदायिक हिंसा इसका प्रत्यक्ष प्रमाण है। इस दुर्भाग्यपूर्ण दंगे, जिसमें सरकारी आँकड़ों के अनुसार 790 मुस्लिम और 254 हिंदू मारे गए थे और 2500 घायल हुए थे, उसे लेकर तब जो विमर्श वामपंथियों ने स्वयंभू सेक्युलरवादियों के समर्थन से तैयार किया था और जो 'इको सिस्टम' बनाया था, उसे कालांतर के प्रत्येक चुनावों में भाजपा, आर.एस.एस., बजरंग दल, विश्व हिंदू परिषद् के दानवीकरण, हिंदू-मुसलिम समाज में व्याप्त वैमनस्य को बढाने और हिंदू समाज को कलंकित करने के लिए बार-बार कुरेदा और रगड़ा जाता है। इसपर कई फिल्में भी बनाई जा चुकी हैं। जैसे 'काई पो छे' (2013), 'फिराक' (2009), 'परजानिया' (2007), और 'फाइनल सोल्यूशन' (2004) आदि।

ऐसा करने वालों को सहज पहचाना जा सकता है, जो स्वयं वामपंथी, उदारवादी, प्रगतिशील और सेक्युलर कहलाना अधिक पसंद करते हैं। यह गुजरात दंगे का उल्लेख तो करते हैं, किंतु सुविधाजनक रूप से उस तथ्य को 'दबाने' का प्रयास करते हैं या फिर उसे 'न्यायोचित' ठहराते हैं, जिसके कारण गुजरात में हिंसा भड़क उठी। आखिर इसकी वास्तविक पृष्ठभूमि क्या है ? क्या यह सत्य नहीं कि 27 फरवरी, 2002 को बीभत्स गोधरा

प्रकरण के बाद प्रदेश में दंगे प्रारंभ हुए थे?

आखिर 27 फरवरी, 2002 को क्या हुआ था? गोधरा में उस दिन साबरमती एक्सप्रेस के कोच संख्या एस-6 को जला दिया गया। इस ट्रेन के कोच में बैठे 59 कारसेवक जिंदा जला दिए गए और उनकी मृत्यु हो गई। ये कारसेवक अयोध्या से विश्व हिंदू परिषद् द्वारा आयोजित पूर्णाहुति महायज्ञ में भाग लेकर और भजन-कीर्तन करते हुए घर वापस लौट रहे थे। 27 फरवरी की सुबह यह ट्रेन पाँच घंटे देरी से 7:43 बजे गोधरा पहुँची थी। पाँच मिनट के बाद जैसे ही वह गोधरा स्टेशन से आगे बढ़ने लगी, उसकी चेन खींच दी गई। ट्रेन पर 1000-2000 लोगों की उन्मादी भीड़ ने हमला कर दिया। भीड़ ने पहले पत्थरबाजी की, फिर पेट्रोल डालकर उसमें आग लगा दी। इसमें 27 महिलाओं, 22 पुरुषों और 10 बच्चों की जलने से मृत्यु हो गई।

लेकिन मार्क्स-मैकाले मानसपुत्रों ने झूठा नैरेटिव बनाने का प्रयास किया कि 'यह केवल एक दुर्घटना थी।' बताने की कोशिश की गई कि "चूँकि कारसेवकों ने गोधरा स्टेशन पर मुसलिम दुकानदारों से अभद्रता की थी और एक मुसलिम युवती के अपहरण का प्रयास किया जा रहा था, इसकी प्रतिक्रिया में उन्होंने ट्रेन को आग लगा दी।" यहाँ तक कि यह नैरेटिव भी स्थापित करने का प्रयास हुआ कि "गुजरात में दंगे भड़काने के लिए प्रदेश सरकार ने सरकारी मशीनरी का दुरुपयोग करते हुए स्वयं ट्रेन में आग लगाई।" आखिर सच क्या था?

गुजरात के तत्कालीन मुख्यमंत्री नरेंद्र मोदी, जो देश के वर्तमान प्रधानमंत्री भी हैं, उन्होंने इस घटना की जाँच हेतु गुजरात उच्च न्यायालय के तत्कालीन न्यायाधीश के. जी. शाह की एक सदस्यीय समिति गठित की थी। इसका विरोध विपक्ष और तथाकथित मानवाधिकार संगठनों ने किया, तो सर्वोच्च न्यायालय के न्यायाधीश (सेवानिवृत्त) जी. टी. नानावटी की अध्यक्षता में समिति का पुनर्गठन किया गया और न्यायाधीश के.जी. शाह को इसका अध्यक्ष बनाया गया। न्यायाधीश शाह की वर्ष 2008 में मृत्यु हो जाने पर गुजरात उच्च न्यायालय ने उनके स्थान पर सेवानिवृत्त न्यायाधीश अक्षय कुमार मेहता को अप्रैल 2008 में समिति का सदस्य नियुक्त किया। अत: इस समिति को 'नानावटी मेहता समिति' के नाम से जाना गया। इस समिति ने छह वर्ष तक तथ्यों और घटनाओं की जाँच करने के बाद 2014 में अपनी रिपोर्ट सौंपी। इसके अनुसार, "गोधरा कांड एक योजनाबद्ध षड्यंत्र था।" सिग्नल फालिया क्षेत्र के मुसलिमों को भड़काकर एकत्र किया गया। ट्रेन को जलाने के लिए रज्जाक कुरकुर के गेस्ट हाउस पर 140 लीटर पेट्रोल भी एकत्रित किया गया था। गोधरा मामले की सुनवाई करते हुए विशेष अदालत ने स्पष्ट रूप से माना था कि यह घटना किसी उकसावे की काररवाई न होकर एक सोची-समझी साजिश थी, क्योंकि 5-6 मिनट के भीतर मुसलिम भीड़ को हथियार, पेट्रोल सहित

इकट्ठा कर रेलवे स्टेशन और ट्रेन तक लाना बिना पूर्व निर्धारित योजना के संभव ही नहीं है। रिपोर्ट में पेट्रोल/ज्वलनशील पदार्थ छिड़कने की सत्यता को प्रमाणित करने के लिए फॉरेंसिक लेबोरेट्री के प्रमाणों का भी उल्लेख किया, जिसके अनुसार आग लगने का कारण ज्वलनशील द्रव को कोच के अंदर डाला जाना था और आग लगाना केवल दुर्घटना मात्र नहीं थी। विशेष अदालत ने 22 फरवरी, 2011 को निर्णय सुनाते हुए गोधरा कांड में 31 लोगों को दोषी पाया, जबकि 63 अन्य को साक्ष्यों के अभाव में बरी कर दिया। इसके बाद 1 मार्च, 2011 को 31 दोषियों में से 11 को फाँसी, तो 20 को उम्रकैद की सजा सुनाई गई।

गोधरा में जो कुछ हुआ, वह योजनाबद्ध षड्यंत्र था। किसने 59 रामभक्तों को जीवित जलाया, वह भी सर्वविदित है। किंतु यह नैरेटिव का कमाल है कि इतने वर्षों से मार्क्स-मैकाले चिंतन से जनित 'इको सिस्टम' (देश-विदेश) मुसलिम समाज को 'पीड़ित' और हिंदुओं को 'हत्यारा' कहकर संबोधित कर रहा है या फिर उसे 'मुसलिम नरसंहार' के रूप में प्रस्तुत कर रहा है। इसका सबसे प्रत्यक्ष प्रमाण स्वघोषित तथाकथित मानवाधिकारवादी, खालिस वामपंथी, विशुद्ध हिंदू विरोधी और कश्मीर सहित शेष भारत को कई देशों का समूह मानने वाली अरुंधति रॉय द्वारा प्रतिष्ठित अंग्रेजी पत्रिका 'आउटलुक इंडिया' में 6 मई, 2002 को प्रकाशित आलेख Democracy : Who's she when she's at home? है। इसमें अरुंधति ने लिखा था, 'भीड़ ने पूर्व कांग्रेसी सांसद इकबाल एहसान जाफरी के घर को घेर लिया था। पुलिस महानिदेशक, पुलिस आयुक्त, मुख्य सचिव और अतिरिक्त मुख्य सचिव (गृह) को किए गए फोन का कोई उत्तर नहीं मिला। घर के पास गश्त लगा रही पुलिस की गाड़ी ने भी हस्तक्षेप नहीं किया। भीड़ घर में घुस गई, फिर उसने एहसान जाफरी की बेटियों को निर्वस्त्र करके जिंदा जला दिया और जाफरी का सिर काट दिया।" इस विषाक्त आलेख के कुछ अंश इस प्रकार हैं—

"Gujarat, the only major state in India to have a BJP government has, for some years, been the petri dish in which Hindu fascism has been fomenting an elaborate political experiment. Last month, the initial results were put on public display.

Within hours of the Godhra outrage, the Vishwa Hindu Parishad, VHP and the Bajrang Dal put into motion a meticulously planned pogrom against the Muslim community. Officially, the number of dead is 300. Independent reports put the figure at well over 2000. More than a hundred and fifty thousand people, driven from their homes, now live in refugee camps. Women were stripped, gang-raped, parents were bludgeoned to death in front of their children. Two hundred and forty dargahs and 180 masjids were destroyed in Ahmedabad the tomb of Wali Gujarati, the founder of the modem Urdu poem, was demolished and paved over in the course of a night. The tomb of the musician Ustad Faiyaz Ali Khan was desecrated and wreathed in burning tyres. Arsonists burned and looted shops, homes, hotels, textiles mills, buses and private cars. Hundreds of thousands have lost their jobs.

A mob surrounded the house of ex-Congress M.P. Iqbal Ehsan Jaffri. His phone calls to the director-general of police, the police commissioner, the chief secretary, the additional chief secretary-home were ignored. The mobile police vans around his house did not intervene. The mob broke into the house. They stripped his daughters and burnt them alive. Then they beheaded Jaffri and dismembered him.[1]

जब 'आउटलुक' जैसा प्रतिष्ठित साप्ताहिक अरुंधति रॉय जैसे किसी बुकर पुरस्कार विजेता के विचारों को प्रकाशित करता है, तो इसकी गंभीरता कहीं अधिक बढ़ जाती है। भाषायी कौशल की धनी अरुंधति रॉय ने अपने उपरोक्त आलेख में एहसान जाफरी के घर का जिस प्रकार वर्णन किया, उससे एक बार को ऐसा प्रतीत हुआ कि जैसे वे वहीं उपस्थित थीं, अर्थात् प्रत्यक्षदर्शी थीं। यह वृत्तांत वाकई हृदयविदारक तो था, किंतु ईमानदार नहीं। यह सत्य है कि भीड़ ने जाफरी की हत्या कर दी थी, किंतु उनकी बेटियों को न तो 'नग्न किया गया' था और न ही 'जिंदा जलाया गया' था। एहसान जाफरी के बेटे टी.ए. जाफरी के साक्षात्कार को 'एशियन एज' अंग्रेजी समाचार-पत्र ने अपने दिल्ली संस्करण में 'Nobody knew my father's house was the target' शीर्षक से 2 मई, 2002 को प्रकाशित किया था। इसमें वह बताता है, "मेरे भाइयों और बहनों में से भारत में रहने वाला मैं ही अकेला हूँ। मैं परिवार में सबसे बड़ा हूँ। मेरी बहन और भाई अमेरिका में रहते हैं। मेरी आयु (तब) 40 साल है और मेरा जन्म और पालन-पोषण अहमदाबाद में हुआ है।"[2] इसके बाद 'आउटलुक' ने 27 मई, 2002 को अरुंधति रॉय का माफीनामा प्रकाशित किया था।

तब अरुंधति रॉय और उनके अन्य मानसबंधुओं ने विकृत नैरेटिव के बल पर गुजरात दंगे को इस प्रकार परोसा कि जैसे स्वतंत्र भारत ही नहीं, बल्कि विदेशी इसलामी आक्रांताओं के पराधीनकाल के बाद पहली बार हिंदू-मुसलिम के बीच कोई दंगा हुआ था। गोधरा कांड के बाद भड़की हिंसा में 900 निरपराधों (हिंदू और मुसलिम दोनों) की मौत निश्चित रूप से किसी एक समुदाय का 'नरसंहार' नहीं कहा जा सकता। फिर

भी यह अहमदाबाद में सांप्रदायिक दंगों की लंबी और दुर्भाग्यपूर्ण शृंखला में एक और शर्मनाक घटना थी, जिसका पहला मामला वर्ष 1714 में मुगलकाल के दौरान होली के दिन सामने आया था और 1993 तक 10 अन्य दंगों का अहमदाबाद साक्षी बन चुका था। अब न तो भाजपा, आर.एस.एस., बजरंग दल, विश्व हिंदू परिषद् वर्ष 1714 में थे और न ही वर्ष 1969 और वर्ष 1985 में हुए सांप्रदायिक दंगों के समय ये सभी वहाँ प्रभावशाली थे। इन सांप्रदायिक उन्मादों में मरने वालों में एक-तिहाई से अधिक हिंदू रहे हैं। गोधरा के बाद, गुजरात के विभिन्न हिस्सों में मुसलमानों के खिलाफ बड़े पैमाने पर स्वतः एकाएक हिंसा भड़क उठी। चूँकि दंगा करने वाले मुख्य रूप से हिंदू थे, इसलिए पहले तीन दिनों में पुलिस की गोलियों का शिकार होने वाले भी लगभग 75 प्रतिशत हिंदू ही थे।

अरुंधति के अतिरिक्त स्वघोषित सामाजिक कार्यकर्ता और पत्रकार तीस्ता सीतलवाड़ ने भी दुष्प्रचार से भरा नैरेटिव बनाने का प्रयास किया कि गुजरात दंगों में तत्कालीन मुख्यमंत्री और उनका कार्यालय न केवल मूकदर्शक बना रहा, अपितु इसमें संलिप्त भी रहे। दंगे में मारे गए कांग्रेसी नेता एहसान जाफरी की पत्नी जाकिया जाफरी ने अपने बयान में मुख्यमंत्री के शामिल होने की बात नहीं की थी, किंतु दंगा पीड़ितों के नाम पर राजनीतिक दलों के वैरशोधन अभियान में शामिल तीस्ता की ओर से न्यायालय में दाखिल शपथ-पत्र में यह आरोप लगाया गया था कि सांसद की पत्नी के लाख अनुनय-विनय के बाद भी मुख्यमंत्री और उनका कार्यालय तटस्थ बना रहा और उनके समर्थन से स्थानीय प्रशासन ने बलवाइयों को खुली छूट दी। गोधरा नरसंहार की प्रतिक्रिया में भड़के गुजरात दंगों की निष्पक्ष जाँच के लिए सर्वोच्च न्यायालय द्वारा नियुक्त विशेष जाँच दल (एसआईटी) का गठन किया गया था, जो तत्कालीन मुख्यमंत्री नरेंद्र मोदी को दोषमुक्त बता चुका है और 24 जून, 2022 को शीर्ष अदालत उन्हें क्लीन चिट तक दे चुका है।

तब सर्वोच्च न्यायालय में तीन न्यायाधीशों की खंडपीठ ने अपने निर्णय में कहा था, "'''हमें प्रतीत होता है कि गुजरात के असंतुष्ट अधिकारियों के साथ अन्य लोगों का एक संयुक्त प्रयास खुलासे करके सनसनी पैदा करना था'''जाँच के बाद एस.आई.टी. ने उनके झूठ को पूरी तरह से उजागर कर दिया। दिलचस्प है कि मौजूदा कार्यवाही (जकिया जाफरी द्वारा) पिछले 16 वर्षों से चल रही है, ताकि मामला उबलता रहे। जाँच प्रक्रिया में इस तरह के दुरुपयोग में शामिल सभी लोगों को कटघरे में खड़ा करने और विधिवत् रूप से आगे बढ़ने की आवश्यकता है।"[3]

इससे पहले गुजरात दंगों की जाँच करने वाली एसआईटी के प्रमुख और सी.बी.आई. के तत्कालीन संयुक्त निदेशक ने भी तीस्ता की कार्यप्रणाली पर गंभीर आपत्ति दर्ज करते हुए अदालत को सौंपी अपनी रिपोर्ट में कहा था कि वादी द्वारा लगाए गए आरोप बीभत्स और झूठे हैं। इन सबके बावजूद नरेंद्र मोदी, भाजपा, आर.एस.एस. आदि को

कलंकित करने की मुहिम बंद नहीं हुई है। तीस्ता सीतलवाड़ ने भी गुजरात दंगों का अंतरराष्ट्रीयकरण कर दिया था, जिस पर अदालत ने गहरी नाराजगी व्यक्त की थी। गवाहों की सुरक्षा के संबंध में एस.आई.टी. को लिखी अपनी चिट्ठी की एक प्रति तीस्ता ने जिनेवा स्थित अंतरराष्ट्रीय मानवाधिकार संगठन को भेज दी थी।

तीस्ता सीतलवाड़ की खोखली प्रामाणिकता वर्ष 2010 में तब ही ध्वस्त हो गई थी, जब उनके साथी रहे और उनके मानवाधिकार संगठन 'सिटीजंस फॉर जस्टिस एंड पीस' (सीजेपी) के समन्वयक रहे रईस खान ने अदालत में हलफनामा दायर करके तीस्ता पर मुसलिमों से झूठी गवाही दिलाने का आरोप लगाया था। रईस के अनुसार, गुजरात दंगे के आठ बड़े मामलों में प्रत्येक प्रमुख मुसलिम गवाह को महत्त्वपूर्ण लोगों को फँसाने के लिए झूठी गवाही देने और बलात्कार जैसे संगीन आरोप लगाने के लिए 5,000 रुपए प्रतिमाह का भुगतान किया जा रहा था। इससे पहले अंग्रेजी पत्रिका 'इंडिया टुडे' अपनी एक पड़ताल से सिद्ध कर चुकी थी कि वर्ष 2003 में सुप्रीम कोर्ट के सामने अपने शपथ-पत्रों में बलात्कार और अन्य गंभीर अपराधों के आरोप लगाने वाले कई गवाहों को यह पता तक नहीं था कि उन्होंने अपने शपथ-पत्रों में क्या आरोप लगाए थे। यही नहीं, बेस्ट बेकरी कांड की प्रमुख गवाह यास्मीन बानो शेख ने भी अदालत को बताया था कि तीस्ता ने मुंबई की अदालत में उसे झूठ बोलने के लिए मजबूर किया था। सीजेपी ने बार-बार यह आरोप भी दोहराया कि एक मुसलिम महिला कौसरबानू का भ्रूण दंगाइयों ने चीरकर निकाल दिया था, जोकि जाँच में फर्जी सिद्ध हुआ। तीस्ता ने पांडरवाड़ा कब्रिस्तान के बारे में भी झूठ कहा और बिना पूर्वानुमति के कब्रों की खुदाई करवाई।

तीस्ता पर तथ्यों को विकृत करने और झूठे गवाह तैयार करने के ही आरोप नहीं लगे, उनपर और उनके पति पर चंदे में पैसों की बंदरबाट का भी आरोप है। 'सबरंग ट्रस्ट' और 'सिटिजंस फॉर जस्टिस एंड पीस' के ट्रस्टी तीस्ता और उनके पति जावेद आनंद को विदेशों से कुल 9.7 करोड़ रुपए का चंदा प्राप्त हुआ था, जिसका लगभग 40 प्रतिशत भाग इस दंपती ने निजी उपयोग की वस्तुओं, गहने, शराब, सौंदर्य प्रसाधन की खरीद और विलासिता पर व्यय कर दिया। तीस्ता, जावेद और उनकी बेटी तमारा ने अपने ही संगठनों से वेतन के नाम पर हर महीने मोटी रकम भी वसूल की। इस दंपती पर दंगा पीड़ितों को राहत देने के नाम पर विदेशों से प्राप्त 1.5 करोड़ रुपए गबन करने का भी आरोप है। विदेशी वित्तपोषण नियमों के उल्लंघन के आरोप भी तीस्ता सीतलवाड़ और जावेद आनंद पर हैं। इसमें 'सबरंग ट्रस्ट' के एफसीआरए खाते से जावेद द्वारा 12 लाख के क्रेडिट कार्ड के बिल के भुगतान का मामला भी दर्ज है। गुलबर्ग सोसाइटी में रहने वाले कुछ लोगों ने आरोप लगाते हुए कहा कि तीस्ता ने सोसाइटी में एक म्यूजियम बनाने के लिए विदेशों से लगभग डेढ़ करोड़ रुपए जमा किए थे, लेकिन वे पैसे उन तक कभी नहीं पहुँचे।

गुजरात दंगा, जोकि गोधरा में 59 रामभक्तों को जिंदा जलाने के बाद भड़का था— उसके बाद 100 मुसलमानों ने भी अपने घरों से पलायन नहीं किया और न ही वे शेष भारत के किसी दूसरे क्षेत्र में जाकर बसने को मजबूर हुए। किंतु 1989-91 में मजहब के नाम पर मुसलिम जिहाद का शिकार हुए कश्मीरी पंडितों, जिन्होंने न तो किसी मुसलिम को मारा था और न ही पत्थर से उनकी मसजिद का शीशा तक चटकाया था, लेकिन फिर भी वे लगभग पाँच लाख लोग अपने लोगों के एकतरफा नरसंहार, अपनी महिलाओं से बलात्कार और मंदिरों के जमींदोज होने के बाद घाटी छोड़ने को विवश हो गए और शेष भारत में विस्थापितों की भाँति रहने लग गए। अब यह नैरेटिव की ताकत है कि वर्षों से देश के सार्वजनिक विमर्श में केवल गुजरात के 'दंगे' को ही स्थान मिल रहा है, किंतु 'कश्मीरी हिंदुओं के दमन' को नहीं।

यह फर्जी नैरेटिव केवल गुजरात दंगे तक सीमित नहीं रहा। मई 2014 के बाद, जबसे देश में प्रधानमंत्री नरेंद्र मोदी के नेतृत्व में भाजपा की प्रचंड बहुमत वाली सरकार है, तब से मार्क्स-मैकाले मानसबंधुओं और स्वयंभू सेक्युलरवादियों का कुनबा गुजरात दंगे के असफल विमर्श को पूरे देश पर लागू करने का प्रयास कर रहा है। इनके द्वारा यह विमर्श बनाया जा रहा है कि "देश में असहिष्णुता बढ़ गई है", "भारत मुसलिमों के लिए असुरक्षित हो गया है", "मुसलमान देश में असुरक्षित अनुभव करने लगे हैं", "इसलामोफोबिया बढ़ गया है" आदि-आदि। इस कालखंड में कथित तौर पर गौरक्षा के नाम पर भारत में उग्र भीड़ द्वारा की गई लोगों (अधिकांश मुसलिम) की हत्या को लेकर जिस तरह का वातावरण देश-दुनिया में 'नॉट इन माय नेम', 'नो प्लेस फॉर इसलामोफोबिया' और 'शेड हेट नॉट ब्लड' जैसे अभियानों के माध्यम से बनाया गया, उससे यह स्थापित करने का प्रयास किया गया कि देश में भाजपा, विशेषकर नरेंद्र मोदी के सत्तासीन होने के बाद 'असहिष्णुता' बढ़ी है और 'दलित, मुसलिम, ईसाई असुरक्षित अनुभव कर रहे हैं' तथा 'सांप्रदायिक सौहार्द बिगड़ चुका है'। उनके विमर्श की मानें, तो देश वैसे तो अपराध मुक्त है, किंतु गोरक्षकों द्वारा हुई हत्याएँ ही भारत के उजले दामन पर बदनुमा दाग हैं। क्या इससे अधिक विकृत कुछ हो सकता है?

वर्ष 2005 से लेकर 2014 तक, देश में 1 लाख 60 हजार 102 महिलाओं से बलात्कार के मामले आए। इसी कालावधि में 13 लाख 88 हजार 925 आत्महत्या की घटना सामने आई। यही नहीं, इसी कालखंड में 2 लाख एक हजार 975 हत्या के मामले भी दर्ज हुए। सभी आँकड़े राष्ट्रीय अपराध रिकॉर्ड ब्यूरो से हैं। यदि 2012 के निर्भया कांड को छोड़ दें, तो क्या इन भयावह आँकड़ों को लेकर देश में कभी व्यापक आंदोलन चला या कोई विस्तृत चर्चा हुई? क्या मध्यकाल में मुसलिम समाज और हिंदू-सिखों के संबंध सौहार्दपूर्ण रहे थे? सदियों लंबे कालखंड में शायद ही कोई ऐसा दशक गुजरा हो,

जब देश में रक्तरंजित संघर्ष न हुआ हो। 1947 का विभाजन, जिसने करोड़ों लोगों को बेघर कर दिया और हजारों जिंदगियों को लील लिया, वह भी इसी खूनी हिंसा की एक कड़ी थी।

देश में 'असहिष्णुता' शब्द का निरंतर प्रलाप, वर्ष 2015 में दिल्ली के निकट उत्तर प्रदेश स्थित दादरी में गोकशी से गुस्साई भीड़ द्वारा मोहम्मद अखलाक की निंदनीय हत्या से किया जा रहा है। मामला कानून-व्यवस्था से संबंधित था, किंतु नैरेटिव ऐसा बनाया गया कि साहित्यकारों ने पुरस्कार लौटाना शुरू कर दिया। विश्व में भारत का नेतृत्व कर रही मोदी सरकार को सांप्रदायिक बताया जाने लगा। राष्ट्रीय और अंतरराष्ट्रीय स्तर पर बुद्धिजीवियों और मीडिया के खास वर्ग में चीख-पुकार मच गई। अभिनेता आमिर खान की पत्नी को तो भारत में रहने में ही खतरा अनुभव होने लगा। इस बीच गोकशी के आरोपी अखलाक के परिवारों को मुआवजे के तौर पर तत्कालीन समाजवादी सरकार के मुखिया अखिलेश यादव ने 45 लाख रुपए और चार फ्लैट दिए।

गाय, जिसे श्रद्धालु गौमाता भी कहते हैं, वह करोड़ों हिंदुओं की आस्था का प्रतीक है। भारत के संविधान के नीति-निर्देशक सिद्धांतों में लिखा है कि सरकार को भी उनकी रक्षा के लिए ठोस कदम उठाने चाहिए। गांधीजी गोरक्षा को स्वाधीनता के समकक्ष मानते थे। स्वाभाविक रूप से जब दादरी के उस गाँव में गोवध हुआ, तो लोगों में आक्रोश पैदा हुआ और उसी गुस्से में एक व्यक्ति की जान चली गई, तो इससे पूरा भारत असहिष्णु राष्ट्र कैसे हो गया? मार्क्स-मैकाले नैरेटिव की मान्यता है कि हिंदुओं के मान-बिंदुओं पर आघात होना उनकी नियति है, क्योंकि 800 वर्षों से इस देश में अकसर ऐसा ही होता रहा है। इसलिए हिंदुओं की अपने अपमान के विरोध में शांतिपूर्ण प्रतिक्रिया भी सांप्रदायिक और असहिष्णुता का पर्याय है। विमर्श में पहले अखलाक की मौत का कारण उसका मुसलमान होना बताया गया, किंतु जब मथुरा लैब की रिपोर्ट ने इस बात की पुष्टि की कि अखलाक के घर से मिला मांस गोवंश का था और स्थानीय प्रशासन ने अखलाक की माँ असगरी, पत्नी इकरामन, बेटे दानिश, बेटी साहिस्ता, भाभी सोना, छोटे भाई जान मोहम्मद के खिलाफ गोकशी का मामला दर्ज किया, तो एकाएक नैरेटिव बदलकर कहा जाने लगा कि "एक जानवर के लिए एक इनसान को मार दिया", "क्या मनुष्य, पशु से बढ़कर है?"

अगर यही सही है, तो ऐसा उपदेश देने वाले 1980 में उत्तर प्रदेश के मुरादाबाद दंगे पर क्या कहेंगे? 13 अगस्त, 1980 को मुरादाबाद स्थित ईदगाह में पास की दलित बस्ती का एक पालतू सूअर घुस आया था। उस समय ईदगाह में लगभग 50 हजार मुसलमान उपस्थित थे। चूँकि इसलाम में सूअर को 'हराम' (वर्जित) माना गया है, तो मुसलिमों ने ड्यूटी पर तैनात पुलिसकर्मी को सूअर हटाने को कहा, किंतु उसने ऐसा करने से मना कर दिया। तब कुछ हिंसक मुसलमानों ने हिंसा प्रारंभ कर दी, जिसे रोकने आई पुलिस

पर पथराव शुरू हो गया और अपने बचाव में जवाबी कारवाई करते हुए पुलिस ने गोली चला दी। इसके बाद सांप्रदायिक हिंसा भड़क उठी। कई दिनों तक तनाव बना और इस दंगे में लगभग 284 लोग मारे गए।

उस समय कांग्रेस नेता वी.पी. सिंह उत्तर प्रदेश के मुख्यमंत्री थे। केंद्रीय मंत्री योगेंद्र मकवाना ने बिना किसी आधार के हिंसा के लिए आर.एस.एस. और भाजपा को जिम्मेदार ठहरा दिया। तत्कालीन प्रधानमंत्री इंदिरा गांधी ने तो इसके पीछे पाकिस्तान और 'सांप्रदायिक दलों' का हाथ बता दिया। तब 'टाइम्स ऑफ इंडिया' के तत्कालीन संपादक (1978-88) गिरिलाल जैन ने कहा था कि हिंसा के लिए मुसलमानों में 'असामाजिक तत्त्व' जिम्मेदार थे, लेकिन मुसलिम नेता इस तथ्य को स्वीकार करने के स्थान पर आर.एस.एस. पर दोष मढ़ते रहे। तब इलाहाबाद उच्च न्यायालय के न्यायमूर्ति एम.पी. सक्सेना की अध्यक्षता में बनी जाँच समिति ने भी आर.एस.एस. और भाजपा को क्लीनचिट देते हुए हिंसा के लिए मुसलिम नेताओं को दोषी ठहराया था।[4]

अब जो लोग अखलाक मामले में 'एक जानवर के लिए इनसान को मारने' की मार्मिक दलीलें देते हैं और हिंदुओं को 'असहिष्णु' बताते थक नहीं रहे, क्या वे एक सूअर के कारण सैकड़ों लोगों की मौत पर भी ऐसा उपदेश देंगे और हिंसक मुसलिम भीड़ को 'असहिष्णु' कहकर संबोधित करेंगे? यदि हिंदुओं की आस्था का पात्र 'गोवंश' एक जानवर है और जिसे मारकर भोजन के रूप में खाना 'व्यक्तिगत पसंद' का विषय है, तो मजहबी कारणों से 'सूअर' के नाम पर भड़की हिंसा पर चुप्पी क्यों? यही नहीं, जो लोग गुजरात दंगे के लिए प्रदेश और देश की तत्कालीन भाजपा सरकार को कोसते हैं, क्या वे इस आधार पर 1980 के प्रकरण के लिए तत्कालीन कांग्रेस सरकार पर दोषारोपण करेंगे?

22 जून, 2017 को दिल्ली-मुथरा रेल मार्ग पर दिल्ली के निकट हरियाणा स्थित बल्लभगढ़ में ईएमयू ट्रेन में सीट विवाद को लेकर जुनैद को भीड़ ने मार डाला। अकसर देश की अधिकांश लोकल ट्रेनें क्षमता से अधिक यात्रियों का भार ढोती हैं और उनमें सीट को लेकर विवाद होना आम बात है, जिसमें हाथापाई तक बात पहुँच जाती है। जुनैद की हत्या भी एक कानून-व्यवस्था का विषय था, किंतु उसे भी एक विशेष उद्देश्य की पूर्ति के लिए सांप्रदायिक रंग दे दिया गया। जैसे ही यह मामला मीडिया की सुर्खियों में आया, तो नैरेटिव ने जुनैद की मौत को उसकी मजहबी पहचान और गोमांस से जोड़ दिया। कई दिनों तक टी.वी. स्टूडियो की बहस से लेकर समाचार-पत्रों के आलेखों में इसे आधार बनाकर और मोदी सरकार को इसका कारण बताकर शेष विश्व में भारत की बहुलतावादी सहिष्णु छवि को कलंकित किया जाता रहा। किंतु जब जुनैद का हत्यारा रेलवे पुलिस के हत्थे 8 जुलाई, 2017 को चढ़ा, तो उसने पूछताछ में बताया कि पूरा झगड़ा सीट को लेकर था। बकौल मीडिया रिपोर्ट, उसने बताया कि "22 जून को मैं राष्ट्रीय संग्रहालय में

गार्ड की नौकरी करके लौट रहा था और मैंने शिवाजी ब्रिज से मथुरा जाने वाली ईएमयू ट्रेन ली। उसी कोच में तीन-चार मुसलिम लड़के सवार थे। ओखला रेलवे स्टेशन से चढ़े एक अधेड़ उम्र के व्यक्ति ने उन मुसलिम लड़कों से सीट माँगी, तो उन्होंने इससे इनकार कर दिया। इसपर गुस्साए व्यक्ति ने उनमें से एक को 'मुल्ला' कहकर थप्पड़ मार दिया। फिर देखते-ही-देखते दोनों पक्ष में लड़ाई शुरू हो गई। यह सब देखकर मुझ सहित अन्य सवारियों को गुस्सा आया और हमने उन लड़कों की पिटाई कर दी। तुगलकाबाद स्टेशन पर वे लड़के दूसरे डिब्बे में चले गए, किंतु बल्लभगढ़ स्टेशन पर सात-आठ और लड़के आ गए। उन लोगों ने हमारे डिब्बे में आकर अधेड़ शख्स से झगड़ा शुरू कर दिया। दोनों ओर से लड़ाई के साथ अपशब्द कहे जाने लगे। इतने में एक लड़के ने मेरी पहचान कर ली और मुझे बेल्ट से मारने लगे। मेरा सिर फट गया, खून देखकर मैं बौखला गया। मैंने उनसे कहा कि मेरे पास मत आओ, चाकू मार दूँगा। मैंने उनपर अपशब्द बोलते हुए हमला कर दिया। ट्रेन जैसे ही असावटी स्टेशन पर पहुँची, मैं उतरकर बाहर भाग गया।"[5]

वास्तव में जब भी हमलावर हिंदू और पीड़ित मुसलिम होता है, तो उसे अपने एजेंडे की पूर्ति के लिए तथ्यों को विकृत करके अनुकूल नैरेटिव तैयार कर दिया जाता है। अखलाक, जुनैद, पहलू खान आदि मामलों में यही रणनीति अपनाई गई। इस दौरान ऐसे कई मामले भी आए, जिनमें मार्क्स-मैकाले का कुनबा अपने उद्देश्य के अनुरूप 'सेक्युलर' विमर्श नहीं बना पाया। बाबर अली हत्याकांड ऐसा ही एक मामला है। 20 मार्च, 2022 को उत्तर प्रदेश में कुशीनगर स्थित रामकोला के कठघरही गाँव में बाबर को उसके पड़ोस में रहने वाले मुसलिम पट्टीदारों ने इसलिए पीट-पीटकर अधमरा कर दिया, क्योंकि उसने उत्तर प्रदेश विधानसभा चुनाव (2022) में भाजपा का प्रचार करने, भाजपा की प्रचंड जीत पर गाँव में मिठाई बाँटने और 'जय श्रीराम' का नारा लगाने का 'महा-अपराध' किया था। अजीमुल्लाह, आरिफ, ताहिद, परवेज ने अपने अन्य साथियों के साथ बाबर पर हमला कर दिया था और सभी ने मिलकर उसकी पिटाई कर दी। पुरुषों के साथ कई महिलाओं ने भी बाबर को पीटा। गंभीर रूप से चोटिल बाबर ने अस्पताल में उपचार के दौरान दम तोड़ दिया।[6] मुसलिम बाबर अली की निर्दयता से 'मॉब लिंचिंग' द्वारा हत्या पर सन्नाटा पसरा रहा। इस मामले में वैसा शोर नहीं सुनाई दिया, किसी को भी भारत में रहना 'असुरक्षित अनुभव' नहीं हुआ, किसी सम्मानित बुद्धिजीवी ने वैसे अपना सम्मान या पुरस्कार नहीं लौटाया, जैसा अखलाक, जुनैद आदि दुर्भाग्यपूर्ण हत्याओं पर देश-दुनिया ने देखा था।

बाबर अली की हत्या पर तथाकथित प्रबुद्ध समाज इतना उदासीन इसलिए रहा, क्योंकि बाबर का 'अपराध' यह था कि उसने 'जय श्रीराम' का नारा लगाया था और वह भी एक मुसलमान होते हुए। आखिर 'काफिर-कुफ्र' की निर्धारित सजा तो उसे मिलनी

ही थी। जिस समाज के एक वर्ग को घृणा-वैमनस्य के आधार पर गोलबंद किया गया हो, वहाँ बाबर अली जैसों का जीवन कठिन होना निश्चित है। बाबर मुसलमान होते हुए भाजपा का समर्पित कार्यकर्ता था। उत्तर प्रदेश के चुनाव में उसकी पार्टी को आशातीत सफलता मिली थी। यह बात उसके मजहब के उन्मादी आस-पड़ोस को पची नहीं और उन्होंने अपने आक्रोश की अभिव्यक्ति पीट-पीटकर बाबर की जान लेकर की। निस्संदेह, जिन लोगों ने असहाय बाबर पर लात-घूँसों, डंडों का प्रयोग करके या दौड़ाकर मारा, वे अपराधी हैं। परंतु उन राजनेताओं और तथाकथित बुद्धिजीवियों का क्या जिन्होंने मुसलिम समाज के बहुत बड़े वर्ग में भाजपा और संघ का दानवीकरण करके उनमें इस तरह की नफरत-हिंसा की मानसिकता का निर्माण किया?

यदि बाबर अली उत्तर प्रदेश के कुशीनगर में द्वेष का शिकार हुआ, तो जनवरी 2018 में दिल्ली के अंकित सक्सेना ने भी उसी घृणा का दंश झेला था। अंकित की हत्या मुसलमानों ने केवल इसलिए कर दी थी, क्योंकि वह एक मुस्लिम युवती से प्रेम करता था और दोनों शादी करना चाहते थे।[7] इस मामले को लेकर स्वघोषित 'सेक्युलर' जमात दो कारणों से बेचैन थी। पहला—यह हत्याकांड देश के किसी पिछड़े क्षेत्र में न होकर राजधानी दिल्ली में हुआ था। दूसरा—इस बीभत्स कृत्य की मानसिकता के केंद्रबिंदु में घृणा थी। ऐसे में उनके लिए मामले में तथ्यों को तोड़ना-मरोड़ना कठिन था। तब उन्होंने अपनी रणनीति ही बदल दी। स्वयंभू सेक्युलरिस्टों ने उन लोगों या संगठनों को सांप्रदायिक बता दिया, जो अंकित हत्या की नृशंस हत्या पर विरोध प्रकट करते हुए प्रदर्शन कर रहे थे और पीड़ित परिवार को न्याय व दोषियों को सजा दिलाने की माँग कर रहे थे।

जिस तरह दिल्ली के भीड़-भाड़ वाले ख्याला क्षेत्र में अंकित का गला रेतकर मारा डाला गया था और सैकड़ों मौन लोगों ने हत्यारों का नरपिशाची रूप देखा था, वह इराक-सीरिया जैसे देशों में आई.एस. द्वारा सार्वजनिक रूप से लोगों (मुसलिम और गैर-मुसलिम सहित) को मौत के घाट उतारने जैसा था। मार्क्स-मैकाले 'सेक्युलर' नैरेटिव के अनुसार अंकित की हत्या सांप्रदायिक नहीं थी, इसलिए इसके पीछे की सोच और उससे प्रेरित घृणा पर चर्चा करने की कोई आवश्यकता ही नहीं। वास्तव में उनका मूल उद्देश्य यह स्थापित करना था कि हिंसा का शिकार और हत्यारों के मजहब का हत्या से कोई लेना-देना नहीं था।

ऐसा ही एक मामला 20 मार्च, 2021 को दिल्ली के सराय काले खाँ से सटी दलित बस्ती में भी सामने आया था। इसमें 22 वर्षीय हिंदू युवक सुमित ने 17 मार्च को 19 वर्षीय मुसलिम युवती खुशी से प्रेम-विवाह किया था। सोशल मीडिया में वायरल तसवीरों और मीडिया रिपोर्ट के अनुसार सुमित ने एक मंदिर में हिंदू वैदिक संस्कार और रीति-रिवाज के साथ अपनी प्रेमिका खुशी से विवाह किया था। उसी मंदिर में मुसलिम युवती ने अपनी

इच्छा से मतांतरण भी किया। इस संबंध में युवती ने थाने जाकर सहमति से शादी करने संबंधी बयान भी दर्ज करवाया था। इन सबसे नाराज होकर मुसलिम लड़की के परिजनों और उनके साथियों ने 20 मार्च, 2021 की रात दलित बस्ती में घुसकर जमकर उत्पात मचाया और दोनों को जान से मारने की धमकी दी। देर रात 20-25 युवकों की मुसलिम भीड़ ने हिंदुओं की कुल तीन गलियों को निशाना बनाकर तलवार, लाठी, डंडे और पत्थरों के साथ हमला कर दिया। प्रत्यक्षदर्शियों का कहना था कि हमलावर 'खून की होली' खेलने जैसी धमकियाँ दे रहे थे। कल्पना कीजिए, यदि इस मामले में आरोपी पक्ष मुसलिम परिवार के बजाय हिंदू समाज से, विशेषकर ब्राह्मण, क्षत्रिय या बनिया होता, तो वामपंथी-जिहादी-सेक्युलरवादी कुनबा सड़कों पर तख्तियाँ लेकर एकाएक उतर आता और हिंदू समाज को कलंकित करने का हरसंभव प्रयास करता। इस संबंध में एक न्यूज वेबसाइट 'द क्विंट' ने जो रिपोर्ट प्रकाशित की, उसने तो 'दलित-मुसलिम एकता' संबंधित दावे की फिर से हवा निकाल दी थी। 'द क्विंट' से बात करते हुए लड़की का पिता मजीद कहता है,[8] "वो हमारे समाज का नहीं है...अगर वो हमारे समाज का भी नहीं होता, पर इस समाज का (दलित) नहीं होता और दूसरे समाज का होता, तो मैं हँसी-खुशी कर देता। लेकिन इस समाज का (दलित) है, इसलिए मैंने तो अपनी बेटी के सामने हाथ जोड़ लिये। हम मुसलिम हैं और वो वाल्मीकि। वो हमसे अलग हैं। हम उनसे अपने बच्चों की शादी नहीं कर सकते...।"[8] बकौल युवक की माँ, जब वह अपने परिवार के साथ शादी का प्रस्ताव लेकर खुशी के घर पहुँचे थे, तब उन्हें जातिसूचक शब्दों के साथ तिरस्कृत किया गया था।

वास्तव में दलित परिवार से मुसलिम युवती के परिजनों के इस घृणास्पद आचरण के पीछे कारण कोई जातिगत नहीं, अपितु मजहबी है। मुसलमान और गैर-मुसलिम के बीच विवाह एकतरफा रहता है—क्योंकि इसलाम में मुसलिम का गैर-मुसलिम से विवाह 'हराम' है। शरीयत में निकाह तभी स्वीकार्य है, जब गैर-मुसलिम इसलाम स्वीकार कर ले। इसी मानसिकता के गर्भ से 'लव जिहाद' का जन्म हुआ है, जिसका उद्देश्य बिना किसी भौतिक हथियार के गैर-इसलामी समाज का इसलामीकरण करना है।

संदर्भ—

1. 'Democracy : Who is she when she's at home' by Arundhati Roy, Outlook, 06 May, 2002.
2. Nobody knew my father's house was the target. Asian Age, May 2, 2002.
3. Disgruntled officers of Gujarat govt need to be in dock for making false revelations on 2002 riots: SC. Indian Express. June 24, 2022. https://indianexpress.com/article/india/gujarat-riots-govt-officers-false-revelations-supreme-court-7989196/

4. Moradabad riots: No action taken even after 17 years. India Today. Jun 16, 1997. https://www.indiatoday.in/magazine/states/story/19970616-moradabad-riots-no-action-taken-even-after-17-years-831595-1997-06-15; https://en.wikipedia.org/wiki/1980_Moradabad_riots
5. Delhi photographer Ankit Saxena's murder: All you need to know in 10 points. India Today. Feb 4, 2018. https://www.newindianexpress.com/nation/2022/mar/28/lynching-of-up-man-who-voted-for-bjp-two-accused-still-elude-police-net-cop-transferred-2435148.html
6. Faridabad lynching: Two eyewitnesses from same coach other than Junaid brothers, friends says chargesheet, Indian Express, October 27, 2017. https://indianexpress.com/article/india/junaid-killer-admitted-to-stabbing-him-mercilessly-chargesheet-claims-4908340/
7. Lynching of UP man who voted for BJP: Two accused still elude police net, cop transferred. New Indian Express. 28th March 2022. https://www.newindianexpress.com/nation/2022/mar/28/lynching-of-up-man-who-voted-for-bjp-two-accused-still-elude-police-net-cop-transferred-2435148.html
8. Casteist Slurs, a Mob Attack: What Followed a Dalit-Muslim Wedding, The Quint. March 22, 2021. https://www.thequint.com/news/india/sarai-kale-khan-muslim-mob-attacks-dalit-households-after-wedding#read-more

□

26

विमर्श बिगड़ने का परिणाम-2 नैरेटिव गढ़ने की कला : 'लव जिहाद' का सच

लव जिहाद का सच छिपाने का प्रयास

अकसर, नैरेटिव बनाया जाता है कि 'लव जिहाद' भारतीय जनता पार्टी और राष्ट्रीय स्वयंसेवक संघ आदि संगठनों की तथाकथित मुसलिम विरोधी मानसिकता से उपजा 'हौवा' और 'काल्पनिक' है। सच तो यह है कि 'लव जिहाद' के अस्तित्व को अब आसानी से निरस्त नहीं किया जा सकता। 'लव' को लोग सहज समझते हैं, किंतु 'जिहाद' का संबंध प्रेम से न होकर इसलामी संघर्ष से है, जोकि केवल युद्ध तक सीमित नहीं है। 'जिहाद' का अर्थ इसलाम को बढ़ावा देने के लिए किया गया कोई भी प्रयास है। क्या प्रेम (विवाह सहित) इसलाम को बढ़ावा देने के साथ अभिन्न हो सकता है? तटस्थ और इसलामी स्रोतों का कहना है कि हाँ, ऐसा संभव है और यह है भी। कई प्रामाणिक शोध (इसलामी सहित) में दावा किया गया है कि प्रेम विवाह इसलाम के विस्तार में महत्त्वपूर्ण है। 'जनसांख्यिकीय इसलामीकरण मुसलिम देशों में गैर-मुसलिम' नाम के एक दस्तावेज में यूरोपीय समाजशास्त्री फिलिप फार्ग्यूस ने समझाया है कि मुसलिम देशों में कैसे प्रेम और विवाह के माध्यम से इसलामीकरण किया जा रहा है। फार्ग्यूस का निष्कर्ष है, "प्रेम अब भी इसलामी विस्तार में वही भूमिका निभा रहा है, जैसा इतिहास में अब तक हुआ है।"[1]

'विश्व में इसलाम कैसे फैला' शीर्षक से एक शोधपत्र में हस्साम मुनीर ने इस बात का विरोध किया है कि इसलाम केवल तलवार के बल पर फैला है। यह दस्तावेज 'यकीन इंस्टीट्यूट फॉर इसलामिक रिसर्च' की वेबसाइट पर उपलब्ध है, जिसकी स्थापना इसलामोफोबिया का मुकाबला करने और समाज में इसके दुष्परिणाम बताने के लिए की गई है। मुनीर के अनुसार,[2] घरेलू और अंतरराष्ट्रीय स्तर पर अंतर-मजहबी

विवाह उन चार मुख्य युक्तियों में से एक है, जिससे इसलाम का विस्तार किया गया। बकौल मुनीर, "मुसलमानों और गैर-मुसलिमों के बीच विवाह इसलाम के प्रसार हेतु ऐतिहासिक रूप से महत्त्वपूर्ण रहा है। इस प्रक्रिया से इसलाम में मतांतरित होने वाले लोगों में सर्वाधिक महिलाएँ थीं।"

मुनीर ने ऐसे देशों को भी सूचीबद्ध किया है, जहाँ प्रेम को आधार बनाकर इसलाम को फैलाया गया। स्पेन में प्रारंभिक मुसलिम समुदाय के विस्तार में ऐसा हुआ। उस्मानी साम्राज्य में मतांतरणयुक्त अंतर-मजहबी विवाहों को बढ़ावा मिला और ब्रिटिश शासन के समय भारत में भी दलित महिलाओं को अंतर-मजहबी विवाह के दौरान इसलाम मतांतरित किया गया। मुनीर का कहना है कि इसलाम के विस्तार में यह युक्ति हालिया वर्षों में काफी महत्त्वपूर्ण भूमिका निभा रही है।

समाजशास्त्री फिलिप फार्ग्यूस मानते हैं कि इसलाम के विस्तार में प्रेम ने बलपूर्वक तरीकों का स्थान ले लिया है, जिससे मुनीर भी सहमत है। लेखक और ऑक्सफोर्ड विश्वविद्यालय में शिक्षक क्रिश्चियन सो. साहनर ने अपनी पुस्तक 'क्रिश्चियन मार्टर्यर्स अंडर इसलाम : रिलीजियस वॉयलेंस एंड मेकिंग ऑफ द मुसलिम वर्ल्ड' (प्रिंसटन यूनिवर्सिटी प्रेस) में लिखा है.[3] "इसलाम शयन कक्ष के माध्यम से ईसाई दुनिया में फैला।" निस्संदेह, गैर-मुसलिम महिलाओं से मुसलिम पुरुषों का विवाह विशुद्ध मजहबी एजेंडा है। अर्थात् यह इसलाम के विस्तार के लिए जिहाद है।

यह स्थिति तब और विकृत दिखती है, जब मुसलमान और गैर-मुसलिम के बीच विवाह एकतरफा हो जाता है, क्योंकि इसलाम में मुसलिम महिलाओं का गैर-मुसलिम से विवाह वर्जित है। उनकी शादी केवल अपने मजहब के भीतर ही हो सकती है। यह मजहबी पाबंदी मुसलिम समाज के व्यवहार का अकाट्य हिस्सा आज भी है। अमेरिकी शोध संस्थान 'प्यू' के अनुसार, मुसलिम परिवारों में पुत्रों द्वारा किसी गैर-मुसलिम से विवाह की स्वीकार्यता काफी सघन है, प्रतिकूल इसके वे अपनी पुत्रियों का अंतर-मजहबी विवाह या तो बहुत कम पसंद करते हैं या इसकी सख्त मनाही है।

भारत की स्थिति इससे अलग नहीं है। 2012 में केरल के तत्कालीन मुख्यमंत्री और वरिष्ठ कांग्रेसी नेता ओमान चांडी ने बताया था कि 2009-12 के बीच 2,667 गैर-मुसलिम महिलाएँ इसलाम मतांतरित हुई थीं, जबकि केवल 81 मुसलिम महिलाओं का मतांतरण हुआ था।[4] स्पष्ट है कि इसलाम में विवाहित गैर-मुसलिम महिलाओं की संख्या, इसलाम से बाहर जाकर विवाह और मतांतरण करने वाली मुसलिम महिलाओं से 33 गुना अधिक है।

इसलामी इतिहास की पृष्ठभूमि में 'लव जिहाद' शब्द केरल में सबसे पहले 2009 में गूँजा था, तब मजहबी विस्तार के लिए प्रेम और विवाह को अनुपयुक्त बताया

जा रहा था। 'लव जिहाद' शब्द को पहचान तब मिली जब केरल उच्च न्यायालय ने पुलिस से गैर-मुसलिम महिलाओं के साथ मुसलमानों के बीच हुए विवाह की जाँच करने को कहा। तब तत्कालीन न्यायाधीश के.टी. शंकरन ने लव जिहाद के एक मामले की सुनवाई करते हुए कहा था,[5] "ऐसे ठोस संकेत मिले हैं कि कुछ संगठनों के आशीर्वाद से प्यार की आड़ में जबरन मतांतरण का खेल चल रहा है। पिछले चार सालों में प्रेम संबंधों के बाद 3,000-4,000 मतांतरण के मामले सामने आए हैं। यह स्थिति काफी चिंताजनक है। मजहबी प्रचार के लिए बल का कोई भी प्रयोग अवैध है। इससे कानून-व्यवस्था की समस्याएँ पैदा हो सकती हैं। इसलिए ऐसे मामलों को रोकने के लिए कानून बनना चाहिए, क्योंकि नागरिकों के मौलिक अधिकारों की सुरक्षा करना सरकार का दायित्व है।"

उस समय 'लव जिहाद' को हिंदुत्ववादी संगठनों का एजेंडा बताकर इसे निरस्त करने का योजनाबद्ध प्रयास हुआ। किंतु इस कोशिश को जोरदार झटका तब लगा जब चर्च प्रेरित ईसाई संगठन ने भी ईसाई महिलाओं के 'लव जिहाद' का मामला उठा दिया। द यूनियन ऑफ कैथोलिक एशियन न्यूज (13.10.2009) ने केरल में मजहब के लिए प्रेम को लेकर 'भारत : लव जिहाद पर चर्च चिंतित' शीर्षक से रिपोर्ट तैयार की थी। वर्ष 2010 में केरल के तत्कालीन मुख्यमंत्री और वरिष्ठ सीपीएम नेता वी.एस. अच्युतानंदन ने दिल्ली में प्रेस कॉन्फ्रेंस करते हुए कहा था कि इसलामी संगठन पॉपुलर फ्रंट ऑफ इंडिया (पीएफआई) अगले 20 वर्षों में पैसे और विवाह के बल पर केरल का इसलामीकरण करने की योजना बना रहा है।[6] वर्ष 2012 में भी ओमान चांडी के आँकड़ों ने केरल में 'लव जिहाद' पर बहस को फिर से जन्म दिया था।

जनवरी 2020 में कैथोलिक बिशपों की सर्वोच्च संस्था 'द सायनॉड ऑफ साइरो-मालाबार चर्च' ने केरल में योजनाबद्ध तरीके से ईसाई युवतियों के मतांतरण का मुद्दा उठाया था। तब एक अंग्रेजी दैनिक से बात करते हुए इसी बिशप काउंसिल के उप-महासचिव वर्गीस वलीक्कट ने कहा था—"लव जिहाद को केवल प्रेम के रूप में नहीं देखा जाना चाहिए। इसका एक व्यापक दृष्टिकोण है। सेक्युलर राजनीतिक दलों को कम-से-कम यह स्वीकार करना चाहिए कि लव जिहाद एक सच है। राज्य का एक समूह कट्टरपंथी हो रहा है, जिसका संबंध वैश्विक इसलाम से हैं। इनके नाम भले ही अलग-अलग हों, किंतु इनका नेतृत्व करने वालों का उद्देश्य समान है। यह एक बड़ी समस्या है, जिसका हम वर्षों से सामना कर रहे हैं। किंतु केरल में पंथनिरपेक्ष राजनीतिक दल राजनीति के कारण इन मुद्दों पर चर्चा करने से बच रहे हैं।"[7]

चर्च प्रेरित ईसाई संगठन, कांग्रेस और सीपीएम अपने-अपने शब्दों में 'लव जिहाद' को रेखांकित कर चुके हैं। वर्ष 2017 में केरल उच्च न्यायालय राज्य के पुलिस

महानिदेशक को 'लव जिहाद' संबंधी मामलों को जाँचने का निर्देश दे चुका है। बाद में जाँच एजेंसी एनआईए ने भी इसके सक्रिय होने की सूचना दी। वर्ष 2019 में राष्ट्रीय अल्पसंख्यक आयोग के उपाध्यक्ष जॉर्ज कुरियन ने केंद्रीय गृहमंत्री अमित शाह को ईसाई महिलाओं के सामूहिक इसलाम मतांतरण और उनके आतंकवाद में संलिप्त होने की सूचना देते हुए पत्र में 'लव जिहाद' का उल्लेख किया था।

ऐसा नहीं है कि 'लव जिहाद' को लेकर हिंदू और ईसाई समाज वर्ष 2000 के दशक से जागृत हुआ है। बहुसंस्करणीय और प्रमुख अंग्रेजी समाचार-पत्र 'टाइम्स ऑफ इंडिया' में दिनांक 19 अक्तूबर, 2020 को प्रकाशित रिपोर्ट से खुलासा हुआ था कि इसकी जड़ें उस दौर से जुड़ी हैं, जब परतंत्र भारत में खिलाफत आंदोलन चल रहा था और पाकिस्तान के लिए अधिकांश मुसलिम आंदोलित थे। बकौल रिपोर्ट, 'दिल्ली विश्वविद्यालय के इतिहासकार चारू गुप्ता ने 2002 में एक अभिलेखीय अनुसंधान तैयार किया था, जिसमें 1920-30 के दशक में सामने आए 'लव जिहाद' से मिलते-जुलते मामलों को संगृहीत किया था।" यही नहीं, एक अमेरिकी ईसाई मिशनरी क्लिफर्ड मैनशार्ट ने 1936 में लंदन से प्रकाशित हुई अपनी पुस्तक 'द हिंदू-मुसलिम प्रॉब्लम इन इंडिया' में उद्धृत किया है कि "हिंदुओं में इस बात का भय था कि मुसलिम उनकी महिलाओं को बहकाने के बाद चुराकर ले जाएँगे।"[8]

क्या यह सत्य नहीं कि स्वतंत्र भारत में हाल के वर्षों में जितने भी 'लव जिहाद' के मामले सामने आए हैं, उनमें अधिकांश मुसलिम अपनी इसलामी पहचान छिपाने के लिए माथे पर तिलक, हाथ में कलावा और हिंदू नामों आदि का उपयोग करते हैं? ऐसे ढेरों उदाहरण हैं, जिनमें राष्ट्रीय स्तर की निशानेबाज तारा शाहदेव का मामला भी शामिल है। वर्ष 2014 में तारा की शादी रंजीत सिंह कोहली नामक व्यक्ति से हुई थी। लेकिन बाद में पता चला कि उसका वास्तविक नाम रकीबुल हसन है। मामले की जाँच सी.बी.आई. ने 2015 में शुरू की और जाँच पूरी कर 7 अक्तूबर, 2016 को अदालत में आरोप-पत्र भी दाखिल कर दिया। किंतु इस संबंध में सख्त कानून के अभाव में वर्ष 2020 में न्यायालय से आरोपी रंजीत उर्फ रकीबुल को जमानत मिल गई। ऐसे ही छल-बल के माध्यम से होने वाले मतांतरण के खिलाफ उत्तर प्रदेश, मध्य प्रदेश, हरियाणा, हिमाचल प्रदेश आदि कई राज्यों ने कानून पारित किए हैं।

आखिर भारतीय उपमहाद्वीप में खंडित भारत में लव जिहाद के मामले क्यों सामने आ रहे हैं? विभाजन के समय पाकिस्तान की कुल आबादी में 15-16 प्रतिशत हिंदू-सिख थे, जिनका अनुपात 75 वर्ष पश्चात् दो प्रतिशत भी नहीं है। जबकि पाकिस्तान बनने के बाद खंडित भारत की कुल जनसंख्या में मुसलिम 10 प्रतिशत से कम थे, जो आज बढ़कर 15 प्रतिशत से अधिक हो गए हैं। इसी कालखंड में भारत में हिंदू 88

प्रतिशत से घटकर लगभग 79 प्रतिशत पर पहुँच गए हैं।

खंडित भारत में हिंदुओं की जनसंख्या, पिछले 70 वर्षों में प्रत्येक दशक औसतन 18 प्रतिशत की वृद्धि दर से बढ़ी है, तो इसी कालावधि में मुसलिम आबादी 26 प्रतिशत की दर से बढ़ी है। इस गणित से यदि 1950 में हिंदुओं और मुसलिमों की संख्या किसी एक स्थान पर 10-10 थी, तो दोनों की औसत वृद्धि दर के हिसाब से वहाँ हिंदुओं की संख्या बढ़कर आज 23, तो मुसलिमों की संख्या 29 हो गई होगी। पाकिस्तान में हिंदुओं और सिखों का अनुपात घटने के कई घोषित कारण हैं, जिसमें से एक गैर-मुसलिमों, विशेषकर बची-खुची हिंदू लड़कियों को अगवा करके उन्हें तलवार या बंदूक की नोक पर मुसलिम बनाकर निकाह करना है। इसमें वहाँ के स्थानीय लोगों के साथ सरकारी तंत्र का भरपूर सहयोग मिलता है। एक रिपोर्ट के अनुसार, पाकिस्तान के सिंध प्रांत में प्रतिवर्ष औसतन 12-28 आयुवर्ष की 1,000 हिंदू युवतियों का अपहरण के बाद जबरन मतांतरण और उनसे निकाह किया जाता है। अब खंडित भारत हिंदू बहुल है, इसलिए यहाँ पाकिस्तान जैसे तरीके अपनाकर गैर-मुसलिमों का मतांतरण करना काफी कठिन है। ऐसे में यहाँ जिहाद के लिए तथाकथित प्यार-मुहब्बत का प्रयोग किया जा रहा है। यह कोई दो लोगों के बीच प्यार का मामला नहीं होता, बल्कि इसमें मुसलिम 'प्रेमी' के मजहबी दायित्व की पूर्ति की जाती है।

कुछ वर्ष पहले मुंबई में एक ब्राह्मण लड़की ने अपने परिवार से विरोध करके मुसलिम लड़के से निकाह कर लिया। मामला पुलिस, सी.बी.आई. से होते हुए जब अदालत में पहुँचा, तो लड़की की इच्छा जानने के बाद अदालत ने उस शादी को वैध ठहरा दिया। इस शादी को मीडिया में प्यार की जीत के रूप में परोसा गया और निकाह का विरोध करने वाले संबंधित हिंदू परिवार और उनका समर्थन कर रहे कई संगठनों को घोर सांप्रदायिकवादी बता दिया गया। उस समय मैं एक नामी न्यूज चैनल पर इस पूरे घटनाक्रम को देख रहा था। मुसलिम लड़के के मोहल्ले से लेकर, उसके परिवार और यहाँ तक कि उस चैनल में ऐसा माहौल था, जैसे मानो दिवाली हो। जब चैनल के रिपोर्टर ने लड़के की दादी से बात की, तो उन्होंने लव जिहाद को बड़ी ही खूबसूरती के साथ बयाँ किया। जहाँ तक मुझे याद है कि उस लड़के की दादी ने कहा था··· "मैं बहुत खुश हूँ। खुशी की बात भी है, घर में जो नई बहू आई है। और सबब की बात तो ये है कि लड़की मुसलिम हो गई है। अल्लाह आज हमसे जरूर खुश होगा। उसकी रहमतें हम पर बरसेंगी। इस नेक काम में हमारे रिश्तेदारों और बिरादरी ने पूरा साथ दिया।"

अब जो लोग प्यार को दो लोगों की व्यक्तिगत स्वतंत्रता का मामला मानते हैं, उनसे मेरे कुछ प्रश्न हैं। इस तरह के प्रेम विवाह में हमेशा गैर-मुसलिम (लड़का-लड़की सहित) को ही अपना मजहब क्यों बदलना पड़ता है? आखिर क्यों वे अपने-

अपने मजहब का पालन करते हुए दांपत्य जीवन साथ नहीं बिता सकते? सच तो यह है कि ऐसा हो ही नहीं सकता, क्योंकि इसलाम में गैर-मुसलिम से शादी करना पाप है, 'हराम' है।

अब यदि कोई मुसलिम लड़की, किसी हिंदू लड़के से प्रेम करे और शादी के बाद वह लड़की अपनी इच्छा से हिंदू हो जाए, तो क्या मुसलिम समाज इसे स्वीकार करेगा? दिल्ली के सराय काले खाँ की घटना (2021) के अतिरिक्त हमें इसका उत्तर जम्मू-कश्मीर में वर्ष 2009 में सामने आए एक मामले में सहज मिल जाएगा। मुसलिम बहुल कश्मीर घाटी की एक मुसलिम युवती अमीना युसुफ ने जम्मू के हिंदू लड़के रजनीश शर्मा से विवाह किया था। जम्मू के आर्यसमाज मंदिर में दोनों का विवाह हुआ और अमीना ने स्वेच्छा से हिंदू संस्कृति को अपनाते हुए अपना नाम आँचल रख लिया। अमीना के रसूखदार पिता को यह नागवार गुजरा और पुलिस हिरासत में रजनीश की हत्या हो गई। अमीना ने तब पत्रकार-वार्ता में यह आरोप लगाया था कि यदि रजनीश ने मजहब बदल लिया होता, तो मेरे पिता मेरे निकाह में नाचते और लड्डू बाँटते।

बात केवल रजनीश-अमीना के वास्तविक मामले तक सीमित नहीं है। यदि फिल्म में भी इस प्रकार के संबंधों को दिखाया जाता है, तब भी मुसलिम समाज भड़क उठता है। वर्ष 1995 में प्रख्यात मणिरत्नम द्वारा निर्देशित फिल्म 'बॉम्बे' आई थी। इसमें फिल्म के नायक अरविंद स्वामी थे, जो हिंदू लड़के शेखर नारायण की भूमिका निभा रहे होते हैं और फिल्म की नायिका मनीषा कोइराला, जो मुसलिम लड़की शैला बानो के किरदार में हैं। दोनों में प्यार हो जाता है। यह फिल्मी कहानी ही मुसलिम समाज को पसंद नहीं आई और उनके हिंसक प्रदर्शनों के बाद दक्षिण भारत के सिनेमाघरों में इसके तेलुगु और तमिल संस्करणों का प्रदर्शन रुक गया।[9] मुसलिम नेताओं और कट्टरपंथियों ने यह कहकर फिल्म का विरोध किया कि यह इसलाम के खिलाफ है, क्योंकि इसलाम में हिंदू-मुसलिम के बीच शादी अवैध है। कल्पना की जा सकती है कि जो मुसलिम समाज एक फिल्मी कहानी के लिए सड़कों पर उतर सकता है, सिनेमाघरों को जला या बंद करवा सकता है, वह असलियत में ऐसा होने पर क्या कुछ नहीं कर सकता? रजनीश की हत्या उसका प्रत्यक्ष उदाहरण है।

'लव जिहाद' का सर्वाधिक शिकार हिंदू परिवार की लड़कियाँ ही क्यों होती हैं? इसका उत्तर मेरे निजी मत से तीन प्रमुख कारणों में छिपा है। पहला—छोटी आयु में उन्मुक्त जीवन जीने की इच्छा और विपरीत-लिंग के प्रति आकर्षित होना। दूसरा—भौतिक वस्तुएँ जैसे महँगे फोन, विद्युतीय उपकरण, कपड़े और बाइक के प्रति उनका लगाव। और तीसरा—परिवार की ओर से उचित मार्गदर्शन का गहरा अभाव। इन तीनों में मैं सबसे बड़ा कारण हमारी संस्कृति (मैं यहाँ मजहब या धर्म की बात नहीं कर रहा

हूँ) के प्रति हमारी युवा पीढ़ी का उदासीन और अन्य मजहबों के प्रति उनकी जानकारी का आधा-अधूरा होना है। मैकाले-मार्क्स के दूषित चिंतन ने इसमें बहुत बड़ी भूमिका निभाई है।

अब हममें से कई लोग नगर कीर्तन, सत्संग, जनसभा आदि में जाते होंगे। उत्तर भारत में ऐसे स्थानों पर कुछ नारे अकसर सुने जाते हैं और लोगों से इसके नारे भी लगवाए जाते हैं, जैसे—"धर्म की जय हो, अधर्म का नाश हो, प्राणियों में सद्भावना हो, विश्व का कल्याण हो।" कई स्थानों पर तो "ईश्वर अल्लाह तेरे नाम, सबको सन्मति दे भगवान्" और "मजहब नहीं सिखाता, आपस में बैर रखना" जैसे प्रसिद्ध गाने-तराने भी हम सुनते है। स्कूलों, कॉलेजों, रेडियो, टी.वी., फिल्मों आदि में भी इसका प्रचार-प्रसार खूब होता है। क्या यह सत्य नहीं कि इन्हीं नारों से एक बहुत बड़े झूठ का प्रचार हो रहा है? क्या वाकई विश्व में मजहब किसी को बैर रखना नहीं सिखाता है? सच तो यह है कि समाज में इस भ्रामक मूलमंत्रों के प्रचार से हमारी संस्कृति में जन्मे बच्चे को लगता है कि मजहब बदलने से भला क्या होगा? इसी कारण भोली-भाली युवतियाँ (और कभी-कभी युवक) प्रेम के लिए एक छोटा त्याग या अपना मत परिवर्तन करने को एकाएक तैयार हो जाते हैं और लव जिहाद का शिकार बन जाते हैं। जब उन्हें वास्तविकता का भान होता है या फिर उन्हें कड़वी सच्चाई का पता चलता है, तब तक बहुत देर हो चुकी होती है।

लव जिहाद भारत तक सीमित नहीं है। विश्व के सबसे संपन्न, विकसित और प्रगतिशील देशों में से एक ब्रिटेन भी इससे अछूता नहीं है। वर्ष 2018 में ब्रिटेन की एक अध्ययन रिपोर्ट में दावा किया गया था कि पाकिस्तानी मूल के वयस्क मुसलिमों द्वारा बीते 50 वर्षों से भारतीय मूल की सिख युवतियों (नाबालिग सहित) को योजनाबद्ध तरीके से चिह्नित किया जा रहा है और वे उनके यौन-शोषण व प्रताड़ना की शिकार हो रही हैं। इस रिपोर्ट को 'सिख मीडिएशन एंड रिहैबिलिटेशन टीम' एस.एम.ए.आर.टी. (स्मार्ट) चैरिटी ने जारी किया था, जिसका उद्देश्य ब्रिटेन में दुर्व्यवहार और यौन शोषण के शिकार सिखों के पुनर्वास का प्रबंध करना है। साथ ही यह संगठन आवश्यकता पड़ने पर पीड़ित पक्ष और जाँचकर्ताओं के बीच निजी रूप से मध्यस्थ की भी भूमिका निभाता है। यह संस्था उन पीड़ितों का भी संज्ञान लेती है, जिन्हें स्थानीय प्रशासन का सहयोग नहीं मिलता है।[10]

'लव जिहाद' का दर्शन उसी विषैली मजहबी अवधारणा में निहित है, जिसमें विश्व को 'मोमिन' और 'काफिर' के बीच बाँटा गया है। मुसलिमों को 'लव जिहाद' की प्रेरणा इसलामी शब्दावली 'तकैया' से मिलती है, जिसका अर्थ है—'पवित्र धोखा'। कोलंबिया विश्वविद्यालय में समाजशास्त्री यर्देन मरियमा के अनुसार, "तकैया एक

इसलामी न्यायिक शब्द है, जो शरिया के अंतर्गत एक मुसलिम को विशेष परिस्थिति में झूठ बोलने की अनुमति देने से संबंधित है।"

वास्तव में, 'लव जिहाद' उतना ही विरोधभासी है, जितना 'लेफ्ट-लिबरल' (वाम-उदारवादी) है। विश्व में जहाँ-जहाँ वामपंथी सत्तासीन हुए, वहाँ से उदारवाद ही समाप्त हो गया। लेनिन, स्टालिन, माओ, पॉल पॉट, किम जोंग और शी जिनपिंग का शासनकाल इसका सबसे बड़ा प्रमाण है, जहाँ असहमति और मानवाधिकारों का कोई स्थान नहीं। यह सही है कि दो वयस्क प्रेमियों के बीच मजहब की दीवार कभी नहीं बननी चाहिए। परंतु जब तथाकथित 'प्यार' के माध्यन से एक वयस्क मजहबी कारणों से दूसरे को अपने प्रेमजाल में फँसाए, तो उसे धोखा ही कहा जाएगा।

क्या हम लव जिहाद को रोक सकते हैं? यह तभी संभव है, जब हम पहले झूठ के प्रचार की सच्चाई को समझें और दुनियाभर के सभी मजहबी वाङ्मय (अब्राहमी मजहब सहित) और उनके दर्शन-शास्त्र से अवगत हों। इसके साथ ही मार्क्स-मैकाले चिंतन को भी समझें, जो हिंदू समाज को जातियों में बाँटने और एक-दूसरे के खिलाफ खड़ा करने में निर्णायक भूमिका निभाता है।

संदर्भ—

1. Demographic Islamization: Non-Muslims in Muslim Countries, Philippe Fargues. Johns Hopkins University Press.
2. How Islam Spread Throughout the World, By Hassam Munir. Yaqeen Institute. Published: December 14, 2018.
3. Christian C Sahner, Christian Martyrs under Islam: Religious violence and the making of the Muslim World. Princeton University Press.
4. Over 2500 women converted to Islam in Kerala since 2006, says Oommen Chandy. India Today. Sep 4, 2012. https://www.indiatoday.in/india/south/story/love-jihad-oommen-chandy-islam-kerala-muslim-marriage-115150-2012-09-03
5. Kerala HC asks govt to frame laws to stop 'love jihad'. Economics Times. Dec 10, 2009. https://economictimes.indiatimes.com/news/politics-and-nation/kerala-hc-asks-govt-to-frame-laws-to-stop-love-jihad/articleshow/5320856.cms?utm_source=contentofinterest&utm_medium=text&utm_campaign=cppst
6. Kerala CM reignites 'love jihad' theory, Times of India. Jul 26, 2010. https://timesofindia.indiatimes.com/india/kerala-cm-reignites-love-jihad-theory/articleshowprint/6216779.cms?val=3728
7. Politics in state silent on love jihad, but we can't be: Bishops Council. New Indian Express. 20th January 2020. https://www.newindianexpress.com/cities/kochi/2020/jan/20/politics-in-state-silent-on-love-jihad-but-we-cant-be-bishops-council-2091749.html
8. Ram Sene coined 'love jihad', but first 'case' goes back a century.

Oct 19, 2020. https://timesofindia.indiatimes.com/india/ram-sene-coined-love-jihad-but-first-case-goes-back-a-century/articleshowprint/78744013.cms?val=3728

9. Mani Ratnam's film 'Bombay' incenses Muslim leaders of city. India Today. Apr 30, 1995. https://www.indiatoday.in/magazine/indiascope/story/19950430-mani-ratnams-film-bombay-incenses-muslim-leaders-of-city-808273-1995-04-29
10. No love, Only jihad, Monday, 03 December, 2018, Balbir Punj, The Pioneer (Annexure 20)

□

27

विमर्श बिगड़ने का परिणाम-3
हिंदू-मुसलिम टकराव और विकृत नैरेटिव

भारतीय व्यवस्था से भारतीय मुसलिम को लड़ाने का प्रयास

मई 2014 के बाद कैसे-कैसे विकृत नैरेटिव के बल पर भारत के मुसलिमों को भारतीय शासन-व्यवस्था के खिलाफ खड़ा किया गया, यह वर्ष 2019-20 में संसद् द्वारा पारित नागरिकता (संशोधन) अधिनियम और वर्ष 2021-22 में मजहबी पहचान आधारित हिजाब प्रकरण और मुसलिम छात्राओं को शिक्षा से दूर करने के विषैले अभियान से स्पष्ट है।

आखिर नागरिकता संशोधन अधिनियम (सी.ए.ए.) 2019 क्या है? मोदी सरकार ने भारतीय नागरिकता कानून, 1955 में संशोधन को 10 दिसंबर, 2019 को लोकसभा में और 11 दिसंबर को राज्यसभा में सर्वसम्मति के साथ पारित किया था। यह तब भाजपा के घोषणापत्र का हिस्सा भी था, जिसके बलपर उसने 2014 से भी प्रचंड बहुमत (282 से 303 सीट) प्राप्त किया था। स्वतंत्र भारत में लोकतंत्र के सबसे बड़े मंदिर संसद् में पारित इस विधेयक को अगले दिन तत्कालीन राष्ट्रपति रामनाथ कोविंद ने स्वीकृति प्रदान की, जिसके बाद यह कानून बन गया। इसके अंतर्गत पाकिस्तान, अफगानिस्तान और बांग्लादेश में मजहबी अत्याचारों से प्रताड़ित होकर, जो भी वहाँ का अल्पसंख्यक हिंदू, सिख, बौद्ध, ईसाई, पारसी और जैन 31 दिसंबर, 2014 तक भारत आए हैं, उन्हें भारतीय नागरिकता प्राप्त करने का अधिकार होगा। यह अधिनियम पूर्वोत्तर भारत के उन क्षेत्रों में लागू नहीं होगा, जो 'इनर लाइन परमिट' के अंतर्गत आते हैं और जहाँ संविधान की छठी अनुसूची लागू है। इस कानून से मात्र 31,313 प्रवासियों को लाभ मिलने वाला था। भारतीय खुफिया विभाग की ओर से वर्ष 2016 में दी गई जानकारी के अनुसार, तब देश में कुल अप्रवासी नागरिकों में से 25,447 हिंदू, 5,807 सिख, 55 ईसाई, दो बौद्ध और दो पारसी थे। इन सभी ने मजहबी अत्याचार झेलने के बाद पाकिस्तान, बांग्लादेश और

अफगानिस्तान से भारत में शरण ली थी और उन्हें दीर्घकालिक वीजा दिया गया था। तब इस जानकारी को तत्कालीन संसदीय समिति के साथ भी साझा किया गया।

सी.ए.ए. 2019 में किसी भी भारतीय नागरिक (मुसलिम सहित) की नागरिकता छिनने का कोई प्रावधान नहीं था। सबसे बड़ी बात तो यह थी कि यह कानून देश के नागरिकों पर लागू ही नहीं होता था। किंतु इसके बावजूद मार्क्स-मैकाले चिंतकों ने नैरेटिव बनाया कि नागरिकता (संशोधन) अधिनियम 2019, भारत के मुसलमानों की नागरिकता छिनने का माध्यम बनेगा। इसके बाद देश की राजधानी दिल्ली सहित कई क्षेत्रों में प्रायोजित हिंसा प्रारंभ हो गई। स्थानीय क्षेत्र ही नहीं, शिक्षण संस्थान जामिया मिलिया इसलामिया, जे.एन.यू., बनारस हिंदू यूनिवर्सिटी, इलाहाबाद यूनिवर्सिटी, दिल्ली यूनिवर्सिटी, गुजरात यूनिवर्सिटी और बेंगलुरु के 'इंडियन इंस्टीटयूट ऑफ साइंस' में उग्र प्रदर्शन हुए। मुसलिम समुदाय को झूठे और मिथक प्रचार के माध्यम से शेष समाज के खिलाफ सड़क पर उतारने और उन्हें 'संघर्ष' करने और 'कुरबानी' देने के लिए भड़काया गया। ऐसा करने वालों में चिर-परिचित जिहादी, वामपंथी और शहरी नक्सलियों के साथ कांग्रेस सहित कई विरोधी दलों के नेता भी शामिल थे। इन प्रदर्शनों में पाकिस्तान के समर्थन में भी कई बार नारे गूँजे थे। 20 फरवरी, 2020 को कर्नाटक की राजधानी बेंगलुरु में ऑल इंडिया मजलिस-ए-इत्तेहाद-उल-मुसलिमीन की सी.ए.ए. विरोधी रैली में पार्टी प्रमुख असदुद्दीन ओवैसी की उपस्थिति में वामपंथी कार्यकर्ता अमूल्या लियोना ने 'पाकिस्तान जिंदाबाद' का नारा बुंलद किया।[1]

यह जानते हुए कि इस तरह के आंदोलन से भारत की प्रतिष्ठा को सर्वाधिक धक्का पहुँचेगा, लेकिन मोदी विरोध से प्रेरित यह बिरादरी भारत और भारत सरकार के खिलाफ विषवमन करती रही। 14 दिसंबर, 2019 को दिल्ली के रामलीला मैदान में रैली को संबोधित करते हुए कांग्रेस की शीर्ष नेता सोनिया गांधी ने लोगों से 'कुरबानी देने के लिए तैयार रहने' का आह्वान किया था।[2] यह स्थिति तब थी, जब देश में अटल बिहारी वाजपेयी की सरकार के दौरान 12 दिसंबर, 2003 को बतौर नेता प्रतिपक्ष, डॉ. मनमोहन सिंह ने संसद् में कहा था, "मैं शरणार्थियों के संकट को आपके सामने रखना चाहता हूँ। बँटवारे के बाद हमारे पड़ोसी देश बांग्लादेश में मजहबी आधार पर नागरिकों का उत्पीड़न किया गया। यदि ये प्रताड़ित लोग हमारे देश में शरण के लिए पहुँचते हैं, तो इन्हें शरण देना हमारा नैतिक दायित्व है। इन लोगों को शरण देने के लिए हमारा व्यवहार उदारपूर्ण होना चाहिए। मैं गंभीरता से नागरिकता संशोधन विधेयक की ओर उप-प्रधानमंत्री (लालकृष्ण आडवाणी) का ध्यान आकर्षित करना चाहता हूँ।"[3]

जिस समय दिल्ली सहित देश के कई क्षेत्रों में सी.ए.ए. विरोध के नाम पर हिंसा हो रही थी, उस वक्त भारत की छवि कलंकित करने के उद्देश्य से और भारत दौरे पर आए

अमेरिका के तत्कालीन राष्ट्रपति डोनाल्ड ट्रंप के 24 फरवरी, 2020 को दिल्ली पहुँचने से पहले शाहीन बाग की भाँति उत्तर-पूर्वी दिल्ली के जाफराबाद, वजीराबाद और चाँदबाग की मुख्य सड़कों को भी जिहादी-वामपंथियों के संयुक्त संयोजन ने बंधक बना लिया। तब इन सड़क मार्गों के पुन:संचालन और स्थानीय लोगों को हो रही असुविधा से मुक्ति दिलाने हेतु 23 फरवरी को भाजपा नेता कपिल मिश्रा ने पुलिस से आह्वान करते हुए कहा था, "यदि पुलिस ऐसा करने में विफल होती है, तो हमें सड़क पर इसके खिलाफ उतरना पड़ेगा।" किंतु तथ्यों को अपने अनुकूल बनाकर नैरेटिव बदलने में उस्ताद मार्क्स-मैकाले चिंतकों ने कपिल मिश्रा के वक्तव्य को सांप्रदायिक भावना भड़काने वाला बता दिया। इसके बाद दिल्ली के इन क्षेत्रों में सांप्रदायिक दंगे भड़क उठे और 29 फरवरी तक कई लोगों की हत्या कर दी गई। इसमें इंटेलिजेंस ब्यूरो (आईबी) के तत्कालीन अधिकारी अंकित शर्मा भी थे, जिन्हें निर्ममता के साथ मार डाला गया था। पोस्टमार्टम रिपोर्ट के अनुसार, अंकित की पीठ, पेट, मुँह और सिर आदि पर 51 बार किसी धारदार हथियार से वार किए गए थे।

दिल्ली हिंसा में जिस प्रकार न्यूज चैनलों और समाचार-पत्रों की रिपोर्ट्स सामने आईं और संबंधित भयावह वीडियो सोशल मीडिया पर वायरल हुए, वह पर्याप्त साक्ष्य थे कि प्रधानमंत्री नरेंद्र मोदी और सी.ए.ए. विरोध के नाम पर दिल्ली को आग के हवाले करने की तैयारी कितने लंबे समय से चल रही थी। दंगाग्रस्त क्षेत्रों से जिन बिखरें ईंटों-पत्थरों को एकत्र किया गया, जाँच में उनका वजन चार लाख किलोग्राम पाया गया। दिल्ली में सत्तारूढ़ आम आदमी पार्टी के पार्षद ताहिर हुसैन के घर पर भारी मात्रा में पत्थर-ईंट, पेट्रोल बम के साथ प्रतिबंधित तेजाब (सल्फ्यूरिक एसिड) मिला था। यही नहीं, सामान ढोने वाले ठेलों को वेल्डिंग करके बड़ी-बड़ी गुलेलों में परिवर्तित कर दिया गया था, जो कई घरों की छतों पर पाई गई।[4] क्या इस तरह की तैयारी एक दिन में संभव थी? नहीं। स्पष्ट है कि इस प्रकार के घातक उपकरणों को तैयार करने और उन्हें उचित स्थानों पर स्थापित करने में कम-से-कम सप्ताहभर का समय तो लगा ही होगा।

चूँकि हिंसा भड़काने वालों की पहचान होने लग गई थी, तो उससे संबंधित विमर्श को भटकाने के लिए मार्क्स-मैकाले मानसपुत्रों ने प्रश्न उठाना प्रारंभ कर दिया कि 23-29 फरवरी तक दिल्ली पुलिस क्या करती रही, जो केंद्र सरकार के अंतर्गत आती है और क्या खुफिया एजेंसियाँ सो रहीं थीं इत्यादि-इत्यादि? अब किसी भी सांप्रदायिक दंगे की विस्तृत जानकारी सुरक्षा एजेंसियों के पास पहले से उपलब्ध शायद ही होती है। किंतु दिल्ली दंगे में जिस प्रकार देसी कट्टे, रिवॉल्वर, पेट्रोल बम, ईंट-पत्थर, तेजाब, गुलेल, कील, धारदार हथियार आदि का भारी मात्रा में उपयोग हुआ है, उससे स्पष्ट था कि दिल्ली को आग में झोंकने की तैयारी काफी पहले से की जा रही थी, जिसकी जानकारी

जुटाने में खुफिया विभाग निस्संदेह, पूरी तरह विफल रहा। सच यह भी है कि यदि पुलिस अपने स्तर पर हिंसा रोकने के लिए कड़े कदम उठाती, तो यही वर्ग उनका दानवीकरण करने में देर नहीं लगाता। दिल्ली स्थित जामिया नगर में सी.ए.ए. विरोधी प्रदर्शन और पुलिस की त्वरित काररवाई इसका प्रमाण है। दिसंबर 2019 में जब जामिया मिलिया इसलामिया विश्वविद्यालय के छात्र पुलिस पर पथराव कर रहे थे और साथ ही जिहादियों और शरारती तत्त्वों के साथ मिलकर निजी-सार्वजनिक संपत्ति को भारी क्षति पहुँचा रहे थे, तब हिंसा करने के बाद दंगाई विश्वविद्यालय के भीतर छिपकर बैठ गए थे। तब पुलिस ने अंदर घुसकर उनपर लाठीचार्ज किया था। उस समय पुलिस की इस काररवाई को 'दमन' और 'क्रूरता' की संज्ञा देकर देश के स्वघोषित सेक्युलरिस्ट उपद्रवियों के संरक्षक बन गए थे। अंतरराष्ट्रीय स्तर पर भी दिल्ली पुलिस की इस काररवाई के लिए निंदा की गई।

कटु सत्य तो यह है कि तीन तलाक विरोधी कानून, धारा 370-35ए के संवैधानिक क्षरण और रामजन्मभूमि पर आए सर्वोच्च न्यायालय के निर्णायक फैसले की संयुक्त बौखलाहट को सी.ए.ए. विरोधी हिंसक प्रदर्शनों के रास्ते से निकाला गया था। इस संबंध में कांग्रेसनीत संप्रगकाल में सोनिया गांधी की अध्यक्षता में गठित असंवैधानिक राष्ट्रीय सलाहकार परिषद् के सदस्य रहे हर्ष मंदर ने कई भड़काऊ भाषण दिए थे। इसमें एक स्थान पर सी.ए.ए. विरोधी प्रदर्शनकारियों को संबोधित करते हुए हर्ष मंदर ने कहा था, "यह लड़ाई सुप्रीम कोर्ट में नहीं जीती जाएगी, क्योंकि हमने सुप्रीम कोर्ट को देखा है, एन.आर.सी. के मामले में, कश्मीर के मामले में, अयोध्या के मामले में। उन्होंने इनसानियत, समानता और सेक्युलरिज्म की रक्षा नहीं की। सुप्रीम कोर्ट में हम कोशिश जरूर करेंगे। लेकिन इसका फैसला न संसद् में होगा, न सुप्रीम कोर्ट में होगा, बल्कि यह फैसला सड़कों पर होगा।" ऐसे ही मंदर ने दूसरे स्थान पर कहा था, "न्यायपालिका में सुप्रीम कोर्ट की बहुत ही महत्त्वपूर्ण भूमिका है। लेकिन जिस तरह उसने कश्मीर मामले में जवाब दिया। अलीगढ़ और जामिया में पीटे जा रहे छात्रों की याचिकाओं पर प्रतिक्रिया दिखाई। अयोध्या मामले में फैसला दिया। इसलिए हाल के वर्षों में न्यायपालिका अल्पसंख्यकों के हितों की सुरक्षा करने में नाकाम रही है।"[5]

वामपंथियों, जिहादियों, स्वघोषित सेक्युलरवादियों और मुसलिम जनप्रतिनिधियों के आशीर्वाद से दिल्ली में, जो सी.ए.ए. विरोधी 'शाहीन बाग' के रूप में मजहबी आंदोलन प्रारंभ किया गया था, वह वास्तव में भारत-हिंदू विरोधी उद्‌देश्य की पूर्ति के लिए एक 'प्रायोगिक परियोजना' (पायलेट प्रोजेक्ट) था। इस प्रोजेक्ट में सफलता मिलने के बाद इस जिहादी-वामपंथी मॉडल को शेष भारत में और अधिक आक्रामकता के साथ दोहराने का प्रयास किया जाना था। नागरिकता संशोधन अधिनियम के विरोध में 15 दिसंबर, 2019 से लेकर 24 मार्च, 2020 (कोरोनाकाल में पहले राष्ट्रव्यापी लॉकडाउन) के

बीच शाहीन बाग में सैकड़ों लोग (अधिकांश मुसलिम महिलाएँ) प्रदर्शन कर रहे थे। यहाँ प्रदर्शनकारियों ने दिल्ली को नोएडा-ग्रेटर नोएडा और फरीदाबाद से जोड़ने वाले महत्त्वपूर्ण सड़क मार्ग को 101 दिनों अवरुद्ध रखा, जिससे स्थानीय आर्थिक और दैनिक गतिविधि पूरी तरह बाधित हो गई। बात केवल यहाँ तक सीमित नहीं थी। शाहीन बाग जैसे प्रदर्शनों में बहुसंख्यक हिंदुओं का अपमान करती और उनकी भावनाओं को भड़काती तसवीरों के साथ यहाँ 'जिन्ना वाली आजादी' और 'ला···इल्हा···' जैसे मजहबी और बहुलतावाद विरोधी नारे गुँजायमान हुए। साथ ही जिहादियों द्वारा असम को शेष भारत से अलग करने का खाका भी खींचा गया।[6] सच तो यह है कि शाहीन बाग प्रदर्शन को सामान्यजन के लिए असुविधाजनक बताने के बाद भी अदालत द्वारा प्रदर्शनकारियों से वार्त्ता के लिए एक समूह का गठन करने और निर्णायक आदेश को पारित करने में हुए विलंब से देशविरोधी ताकतों को बल मिला।

सी.ए.ए. के साथ इस कुनबे ने राष्ट्रीय नागरिक रजिस्टर (एन.आर.सी.) को भी आधार बनाया। वर्ष 2014 में असम से संबंधित राष्ट्रीय नागरिक रजिस्टर (एन.आर.सी.) मामले, जिसे 'असम सम्मिलित महासंघ एवं अन्य बनाम भारत सरकार' कहा जाता है, उसपर सर्वोच्च न्यायालय द्वारा निर्णय आने के बाद एन.आर.सी. में अद्यतन (अपडेट) करने की प्रक्रिया शुरू हुई। असम एन.आर.सी. की जड़ें अवैध रूप से बसे बांग्लादेशी प्रवासियों से असम की संस्कृति और पहचान की रक्षा और इस संबंध में 15 अगस्त, 1985 को तत्कालीन प्रधानमंत्री राजीव गांधी और असम नेताओं के बीच हुए 'असम समझौते' में मिलती है। यह पूरी प्रक्रिया नागरिक अधिनियम 1995, 2003, 2009, 2010 में हुए संशोधनों के अनुसार की गई थी। तब किसी को कोई समस्या नहीं हुई। किंतु मोदी सरकार के दौरान इसी को 'मुसलिम विरोधी' कह दिया गया। यह सब नैरेटिव का कमाल है। भारतीय मीडिया के एक वर्ग के साथ पश्चिमी देश और अमेरिका की मीडिया ने भी सी.ए.ए. विरोधी प्रदर्शन और उस संबंध में हुई हिंसक घटनाओं का प्रत्यक्ष-परोक्ष रूप से समर्थन किया था। विरोधाभास देखिए कि अमेरिकी मीडिया के लिए जहाँ 2020-21 के अमेरिकी राष्ट्रपति चुनाव में पराजित डोनाल्ड ट्रंप के हिंसक समर्थकों द्वारा अमेरिकी संसद् पर हमला और विजेता जो बाइडेन के निर्वाचन को अस्वीकार करना तो 'अलोकतांत्रिक' था, किंतु मई 2014 से लगातार दो बार विशाल बहुमत पाकर निर्वाचित मोदी सरकार द्वारा संसद् में पारित कानूनों (सी.ए.ए. सहित) को भीड़तंत्र से रोकना, आतंकवादियों-अलगाववादियों को घूमने की स्वतंत्रता देना, शहरी-नक्सलियों द्वारा मोदी की हत्या का षड्यंत्र रचना, कश्मीर से पाँच लाख हिंदुओं का पलायन और भारत-हिंदू हितों का खुला विरोध करना 'लोकतांत्रिक' है। यह दोहरे मापदंड की पराकाष्ठा है।

ऐसा ही विमर्श 2021-22 में स्कूलों में मुसलिम छात्राओं द्वारा हिजाब पहनने के

हठ को लेकर भी बनाया गया था। इस संदर्भ में हिजाब समर्थकों ने 'पहले हिजाब, फिर किताब' नामक देशव्यापी आंदोलन छेड़ने का प्रयास किया। इस संबंध में बड़े-बड़े समाचार-पत्रों में हिजाब के समर्थन-विरोध में संपादकीय और कॉलम लिखे गए। यही नहीं, जब 15 मार्च, 2022 को कर्नाटक उच्च न्यायालय में मुख्य न्यायाधीश ऋतुराज अवस्थी, न्यायमूर्ति दीक्षित और न्यायमूर्ति खाजी जयबुन्निसा मोहिउद्दीन की विशेष खंडपीठ ने विस्तृत सुनवाई के बाद स्कूली कक्षाओं में हिजाब पहनने की माँग संबंधित सभी याचिकाओं को निरस्त कर दिया, तब तीनों न्यायाधीशों के प्राणों पर संकट आ गया। उन्हें जान से मारने की धमकी दी गई। इससे पहले हर्षा नामक हिंदू कार्यकर्ता को जिहादियों ने चाकू से गोदकर मौत के घाट उतार दिया था। हर्षा का अपराध यह था कि उसने सोशल मीडिया में हिजाब आंदोलन के विरोध में एक पोस्ट किया था।

यह विडंबना थी कि कर्नाटक हिजाब मामले में 20 फरवरी, 2022 को जिहादियों द्वारा हर्षा की नृशंस हत्या में जिस विकृत कुनबे को 'असहिष्णुता' और 'घृणा' का छोटा अंश भी दिखाई नहीं दिया था, उनके लिए 11 फरवरी, 2022 को एक शैक्षणिक परिसर में हिजाब पहनी मुसलिम छात्रा मुसकान खान, जोकि जोर-जोर से 'अल्लाह हू अकबर...' का मजहबी नारा बुलंद कर रही थी, उसका अन्य छात्रों द्वारा किया गया विरोध, जिसमें एक भी छात्र ने कहीं भी कोई मर्यादा और सीमा नहीं लाँघी थी, वह एकाएक 'इसलामोफोबिया' और 'असहिष्णुता' का परिचायक हो गया था। यह सब नैरेटिव का चमत्कार था। स्वयं तब पाकिस्तान में इस बात की चर्चा हो रही थी कि यदि कोई हिंदू लड़की, इसलामी भीड़ के सामने 'जय श्रीराम' का नारा लगा देती, तो उसका क्या हश्र होता? यह अलग बात है कि इस वीडियो के 'प्रायोजित' होने पर विवाद था, क्योंकि जिस प्रकार इस घटना को फिल्माया गया था और तुरंत उसे कुछ न्यूज चैनलों पर प्रसारित कर दिया गया था, वह इस वीडियो की प्रामाणिकता पर संदेह पैदा करता है।

कर्नाटक में हिजाब घटनाक्रम पहली बार उडुपी स्थित एक पीयूसी कॉलेज से प्रारंभ हुआ था, जहाँ 11वीं-12वीं के छात्रों को 'प्री-यूनिवर्सिटी कोर्स' (पीयूसी) पढ़ाया जाता है। देखते-ही-देखते हिजाब विवाद देश के अन्य प्रदेशों तक भी पहुँच गया। इसमें हिजाब समर्थकों ने 'मजहबी स्वतंत्रता', 'असहिष्णुता', 'फासीवाद', 'हिंदू राष्ट्र' और 'हिंदुत्व' आदि शब्दावलीयुक्त जुमलों के साथ प्रदर्शन किया। एक सुनियोजित एजेंडे के माध्यम से विश्व में यह स्थापित करने का प्रयास हुआ कि भारतीय जनता पार्टी के सत्ता (केंद्र और कर्नाटक) में आने के बाद से और राष्ट्रीय स्वयंसेवक संघ के प्रभाव के कारण भारत में 'लोकतंत्र का गला घोंटा' जा रहा है, तो 'पंथनिरपेक्षता और संविधान पर खतरा आ गया है', 'असहिष्णुता चरम पर है' और

'बहुसंख्यकों में इसलामोफोबिया बढ़ गया है'।

यह नैरेटिव गढ़ने का प्रयास हुआ कि मुसलिम छात्राएँ बीते कई वर्षों से हिजाब पहनकर आ रही थीं। किंतु सच क्या था? यह उडुपी के उसी सरकारी पीयूसी कॉलेज के तत्कालीन प्रधानाचार्य रुद्र गौड़ा ने बताया। तब कुछ हिंदी न्यूज चैनलों से बात करते हुए गौड़ा ने बताया कि पिछले 35-37 वर्षों से हिजाब न ही कॉलेज की निर्धारित परिधान-संहिता का अंग है और न ही किसी ने इसकी माँग की। छात्राओं को केवल कॉलेज परिसर तक हिजाब पहनकर आने की अनुमति थी और यह कक्षा के भीतर प्रतिबंधित था। पूरा झगड़ा 27 दिसंबर, 2021 के बाद तब शुरू हुआ जब कुछ छात्राएँ अचानक हिजाब पहनकर कक्षा के भीतर आ गईं। इनमें 12 छात्राओं को कॉलेज प्रशासन ने मना लिया, जबकि शेष चार कक्षा में हिजाब पहने रहने पर अड़ी रहीं। बकौल गौड़ा, "इन छात्राओं को कैंपस फ्रंट ऑफ इंडिया (सी.एफ.आई.) नामक संगठन का समर्थन प्राप्त है।"[7] सी.एफ.आई. कट्टरपंथी इसलामी संगठन 'पॉपुलर फ्रंट ऑफ इंडिया' (पीएफआई) से संबद्ध है, जो कई सांप्रदायिक दंगों (सी.ए.ए. विरोधी हिंसक प्रदर्शन सहित) को भड़काने में संलिप्त है। स्पष्ट था कि हिजाब विवाद एक बहुत बड़े षड्यंत्र का हिस्सा था।

नैरेटिव में यह स्थापित करने का भी प्रयास हुआ कि कर्नाटक की तत्कालीन भाजपा सरकार ने एक निर्देश पारित करते हुए शैक्षणिक संस्थानों में समरूपता को अक्षुण्ण रखने के नाम पर केवल हिजाब पर प्रतिबंध लगाया था, जोकि मुसलिम छात्राओं के संवैधानिक अधिकारों का हनन है। इस विमर्श की हवा तब निकल गई, जब ठीक वैसा ही निर्णय कर्नाटक के पड़ोसी राज्य केरल, जिसपर तब वामपंथी सरकार थी, वहाँ 28 जनवरी, 2022[8] में लिया गया था। केरल सरकार ने कोझिकोड स्थित कुट्टियाडी निवासी और आठवीं कक्षा की मुसलिम छात्रा रिजा नाहन के उस अनुरोध को निरस्त कर दिया था, जिसमें उसने राज्य पुलिस आधारित 'स्टूडेंट पुलिस कैडेट' (एसपीसी) की पोशाक-संहिता को नहीं मानते हुए इसलामी मान्यताओं के अनुरूप हिजाब और पूरी बाँह का परिधान पहनने की स्वीकृति माँगी थी। बकौल केरल सरकार, "…यह माँग विचारणीय नहीं है… यदि एस.पी.सी. में इस तरह की छूट दी गई, तो ऐसी ही माँग अन्य समान बलों में भी उठेगी, जो पंथनिरपेक्षता को प्रभावित करेगी…।" रिजा ने याचिका पहले केरल उच्च न्यायालय में दाखिल की थी, जिसने इसे राज्य सरकार के पास भेज दिया था। एसपीसी ने भी इसपर अपने विचार रखे थे। उसके अनुसार, "हमारा उद्देश्य एक ऐसे समाज का निर्माण करना है, जो कानून का सम्मान और दृढ़ता से उसमें विश्वास करता है… हमें ऐसी पीढ़ी का निर्माण करना है, जो राष्ट्र को सभी मतभेदों से ऊपर रखे… इसके लिए एसपीसी परियोजना में समान प्रशिक्षण कार्यक्रम और समान वर्दी रखने का निर्णय लिया गया… उसमें किसी भी मजहबी प्रतीक की अनुमति नहीं है।"

इस संबंध में वर्ष 2018 के 'फातिमा तसनीम बनाम केरल राज्य'[9] मामला भी महत्त्वपूर्ण था। तब निजी स्कूल में पढ़ने वाली दो नाबालिग छात्राओं ने केरल उच्च न्यायालय में निर्धारित विद्यालयी पोशाक-संहिता को चुनौती देते हुए 'हेडस्कार्फ' (हिजाब) और पूरी बाजू की कमीज पहनने की याचिका दी थी। तब न्यायाधीश ए. मोहम्मद मुस्ताक ने इसे निरस्त करते हुए कहा था, "याचिकाकर्ता संस्था के व्यापक अधिकार के खिलाफ अपने व्यक्तिगत अधिकारों को लागू करने की माँग नहीं कर सकते। यह स्कूल की पोशाक-संहिता के विरुद्ध है।" यही नहीं, वर्ष 2019 में केरल की मुसलिम शिक्षण संस्था (एमईएस) ने अपनी 150 इकाइयों में चेहरा ढकने वाले सभी परिधानों (हिजाब सहित) पर प्रतिबंध लगा दिया था। इस प्रकार के कई उदाहरण हैं। क्या इस आधार पर यह कहा जा सकता है कि केरल में सनातन संस्कृति विरोधी वामपंथी सरकार या फिर मुसलिम संस्था एमईएस, 'हिंदुत्व' या 'हिंदू राष्ट्र' का समर्थन कर रही है? साम्यवादी चीन से लेकर स्विट्जरलैंड, फ्रांस, बेल्जियम आदि उदारवादी लोकतांत्रिक देश कालांतर में अपने-अपने देशों के सार्वजनिक स्थानों पर हिजाब पर पाबंदी लगा चुके हैं। अफगानिस्तान-ईरान में हिजाब अनिवार्य, तो पाकिस्तान-बांग्लादेश में वैकल्पिक और श्रीलंका-म्याँमार में प्रतिबंधित है।

तब वामपंथ शासित केरल के मामले में चुप्पी और भाजपा शासित कर्नाटक में हंगामा स्पष्ट करता है कि हिजाब प्रकरण का उद्देश्य मुसलिम समाज को इसलाम के नाम पर गोलबंद करना था। केरल के हिजाब प्रकरण पर मुसलिम समाज के एक वर्ग ने विरोध तो किया, किंतु कोई सड़कों पर उग्र होकर नहीं उतरा। क्या केरल सरकार के हिजाब संबंधित प्रतिकूल रुख पर जिहादियों ने इसलिए चुप्पी बरती, क्योंकि तब केरल में सत्ता वामपंथियों की थी, जो वैचारिक रूप से भारत की सनातन संस्कृति-परंपराओं से घृणा करते हैं और वे रिजा हिजाब मामले को एक 'कोलेटरल डैमेज' अर्थात् किसी बड़े लक्ष्य की पूर्ति हेतु छोटी कुरबानी के रूप में देख रहे हैं?

कर्नाटक अदालत में हिजाब समर्थक तर्क दे रहे थे कि हिजाब का उल्लेख कुरान की आयतों में है। अब मैं कुरान का विशेषज्ञ तो नहीं हूँ। यदि फिर भी इसे एक बार स्वीकार भी कर लिया जाए, तो कुरान की अन्य आयतों, जिसमें 'महिलाओं', 'मोमिन', 'शिर्क', 'काफिर-कुफ्र' आदि के संबंध में जो बातें दर्ज हैं, क्या उनसे हमारे राष्ट्र का मूल पंथनिरपेक्षी, लोकतांत्रिक और बहुलतावादी चरित्र अक्षुण्ण रह सकता है? आखिर अदालत में हिजाब समर्थित याचिकाओं की पैरवी करने वाले कौन थे? कर्नाटक उच्च न्यायालय में कुरान की आयतों को आधार बनाकर तर्क रखने वाले अधिवक्ताओं में एक कांग्रेस के निकटवर्ती देवदत्त कामत भी थे, तो सर्वोच्च न्यायालय से हिजाब प्रकरण का तुरंत संज्ञान लेने की माँग करने वाले कपिल सिब्बल कांग्रेस के राज्यसभा सांसद।

वास्तव में, यह वोटबैंक की खातिर मुसलिम समाज के रूढ़िवादी-कट्टरपंथी तत्त्वों की तुष्टीकरण नीति का हिस्सा था, चाहे इसके लिए देश को कोई भी कीमत चुकानी पड़े। वर्ष 1986 में शाहबानो मामले में सर्वोच्च न्यायालय के ऐतिहासिक निर्णय को तत्कालीन राजीव गांधी सरकार ने संसद् में बहुमत के बल पर पलट दिया था। ऐसा करके कांग्रेस ने जहाँ मुसलिम महिलाओं को शताब्दियों पीछे धकेल दिया था, तो दशकों तक रामजन्मभूमि मामले से हिंदू-मुसलिम समाज में व्याप्त वैमनस्य को और गहरा करने का काम किया था।

हिजाब समर्थकों का तर्क था कि कक्षा में हिजाब-बुर्का की अनुमति देने में क्या आपत्ति है? क्या इस आधार पर किसी को स्कूल में टोपी, धोती, माता की चुनरी, चीवर (बौद्ध) पहनने या फिर निर्वस्त्र नहीं आने के लिए मना कर पाएगा? ऐसी स्थिति में स्कूल-कॉलेज में परिधान-संहिता का क्या अर्थ रह जाएगा? सोचिए, जो छात्र हिजाब को लेकर सड़कों पर थे, वे अदालत से अपने हक में फैसला आने के बाद रविवार के बजाय शुक्रवार को साप्ताहिक अवकाश, रमजान पर ग्रीष्म मासिक छुट्टी आदि के लिए भी प्रदर्शन कर सकते थे। क्या इसका कोई अंत होता?

क्या स्कूलों में हिजाब पर प्रतिबंध 'इसलामोफोबिया' है? हिंदू परंपराओं-मान्यताओं के अनुसार, विवाह एक पवित्र और अपरिवर्तनीय बंधन है, जो सात जन्मों तक चलता है। किंतु हिंदू विवाह अधिनियम 1955 (अन्य तीन अधिनियमों सहित) ने बेमेल जीवन-साथी-संगिनी से छुटकारा पाने के लिए विवाह-विघटन (तलाक) की व्यवस्था की। यह निर्णय प्राचीन भारतीय शास्त्रज्ञान, परंपराओं और मान्यताओं को मानवता, गरिमा, बदलते मूल्यों और प्रगतिशीलता के अनुरूप बनाने की दिशा में एक प्रयास था। इन्हीं भावनाओं से ओतप्रोत होकर हिंदू समाज में सती प्रथा समाप्त हो गई, तो पर्दा परंपरा भी नगण्य है। ऋषि मनु ने कुछ भी कहा हो, उसके बाद भी अस्पृश्यता अपराध है। पीढ़ियों से भारतीयों को सिखाया जा रहा है कि 'घूँघट' परंपरा एक सामाजिक बुराई है और इसे त्यागने की आवश्यकता है। क्या अब इन सुधारों को 'हिंदूफोबिया' कहा जाएगा?

एकाएक मुसलिम छात्राओं द्वारा हिजाब पहनने की हठ क्यों? यह वास्तव में, इसलामी पहचान को प्रदर्शित करने, मजहबी शक्तिबल दिखाने और भौगोलिक-राजनीतिक सीमाओं पर अतिक्रमण करके संबंधित राष्ट्र की मूल संस्कृति और पहचान को कुचलने के अखिल इसलामी आंदोलन का अंग था। यह विश्व के सबसे कुख्यात आतंकवादी संगठन अल-कायदा, जिसने 2001 में न्यूयॉर्क स्थित दो गगनचुंबी भवनों सहित अन्य अमेरिकी भवनों पर यात्रियों से भरे उड़ते हवाई जहाज से बीभत्स हमला किया था—उसके द्वारा हिजाब आंदोलन को समर्थन देने से स्पष्ट है। इस जिहादी संगठन के मुखिया अयमान अल-जवाहिरी ने 9 मिनट का वीडियो (अमेरिकी साइट

इंटेलिजेंस द्वारा सत्यापित) जारी करते हुए जहाँ हिजाब आंदोलन का चेहरा बनी मुसकान खान को 'मुजाहिद बहन' कहकर संबोधित किया,[10] तो उसकी बहादुर उपलब्धि के लिए एक कविता भी पढ़ी। जवाहिरी ने कहा कि जिस तरह से उसने 'तकबीर' की आवाज उठाई, उसने उसका दिल जीत लिया है। जमीयत उलेमा-ए-हिंद सहित कई अन्य मुसलिम संगठन भी मुसकान पर नकद और अन्य पुरस्कारों की बरसात कर चुके थे। भारतीय शिक्षण संस्थानों में 'हिजाब' पहनने का समर्थन करने वाले प्रत्यक्ष-परोक्ष रूप से मुसलमानों को कट्टरपंथी बनाने के वैश्विक आंदोलन का हिस्सा बनाना चाहते थे, जिसमें उन्हें नैरेटिव स्थापित करने के लिए मार्क्स-मैकाले मानसपुत्रों का सहयोग मिल रहा था।

वर्ष 2022 में रामनवमी (10 अप्रैल) के दिन देशभर में कई भव्य शोभायात्राएँ निकाली गई थीं। इस दिन रमजान का आठवाँ रोजा भी था। तब दिल्ली स्थित जवाहरलाल नेहरू विश्वविद्यालय (जे.एन.यू.) में करोड़ों हिंदुओं के लिए पवित्र रामनवमी के दिन पूजा को बाधित करने के साथ-साथ मध्य प्रदेश, गुजरात, पश्चिम बंगाल और झारखंड आदि राज्यों के क्षेत्रों में भजन-कीर्तन के साथ निकाली गई शोभायात्राओं पर पथराव हुए। इनमें कहीं-कहीं आगजनी के साथ व्यापक हिंसा हुई। कई जगह घायल होने वालों में पुलिसकर्मी भी थे। मध्य प्रदेश के खरगोन में तो पुलिस अधीक्षक को गोली भी मार दी गई थी। शोभायात्राओं पर घरों की छतों से पत्थर, पेट्रोल बम आदि फेंकने वालों की मजहबी पहचान बिल्कुल स्पष्ट थी। तब यह नैरेटिव बनाने का प्रयास हुआ कि "चूँकि संबंधित क्षेत्र मुसलिम बहुल था और वहाँ मसजिद थी, तो वहाँ से रामनवमी शोभायात्रा निकालने से बचना चाहिए था।" ऐसा ही विमर्श दिल्ली के जहाँगीरपुरी से निकल रही हनुमान जयंती शोभायात्रा पर हुए पथराव पर भी बनाया गया था। यह विरोधाभास की पराकाष्ठा है कि इस विमर्श का अकसर रट्टा लगाने वाले 'गंगा-जमुनी तहजीब' का जुमला अलापते रहते हैं, जिसमें मुसलिमों द्वारा जबरन सार्वजनिक सड़कों और उद्यानों में नमाज पढ़ने, गोमांस का सेवन करने, मसजिदों से रोजाना लाउडस्पीकरों पर तेज ध्वनि में अजान बजाने आदि को सेक्युलरवाद का परिचायक बताया जाता है। किंतु उसी 'गंगा-जमुनी तहजीब' परंपरा में देश के किसी मुसलिम क्षेत्र या मसजिद के पास से हिंदू जुलूस या शोभायात्रा निकालने को वर्जित बता दिया जाता है और हिंदुओं के प्रशासकीय अनुमोदित पूजा-अनुष्ठान और तीज-त्योहार 'सांप्रदायिक' ठहरा दिए जाते हैं। क्या यह सच नहीं कि मार्क्स-मैकाले मानसपुत्रों के प्रत्यक्ष-परोक्ष समर्थन से जिहादियों ने इसलाम के नाम पर 1947 में देश का विभाजन करा दिया था और कश्मीर को शत-प्रतिशत हिंदूमुक्त कर दिया था। और यह जमात अब भी शेष भारत के कई क्षेत्रों में इसे दोहराने की कोशिश में है ?

हिंदू जुलूसों के प्रति इस मुसलिम मानसिकता की डॉ. आंबेडकर ने अपने लेखन कार्य 'पाकिस्तान या भारत का विभाजन' में आलोचना की है, जो स्पष्ट करता है कि यह स्थिति कोई मई 2014 के बाद भारत में बने तथाकथित 'मुसलिम विरोधी वातावरण' या फिर भ्रामक 'इसलामोफोबिया' का परिचायक नहीं है। बाबासाहेब के अनुसार, "...ध्यान देने वाली दूसरी बात यह है कि मुसलमानों में हिंदुओं की कमजोरियों से लाभ उठाने की भावना होती है। हिंदू यदि कहीं विरोध करते हैं, तब पहले तो मुसलमान अपनी बात पर अड़े रहते हैं और उसके बाद हिंदू जब मुसलमानों को कुछ दूसरी विशेष सुविधाएँ देकर मूल्य चुकाने के लिए तैयार होते हैं, तब मुसलमान अपनी जिद छोड़ देते हैं। इसे समझने के लिए, अलग तथा संयुक्त निर्वाचक मंडलों के प्रश्न का प्रसंग दिया जा सकता है...अनुचित लाभ उठाने की इस प्रवृत्ति का अन्य प्रमाण मुसलमानों द्वारा गोहत्या के अधिकार और मसजिदों के आसपास बाजे-गाजे की मनाही की माँग से भी मिलता है। मजहबी उद्देश्य की पूर्ति हेतु गाय की बलि को इसलामी कानून (शरीयत) बल नहीं देता है। जब मुसलमान 'मक्का' और 'मदीना' तीर्थयात्रा पर जाता है, तब वह गोवध नहीं करता। परंतु भारत में दूसरे किसी पशु की बलि देकर मुसलमान संतुष्ट नहीं होते। सभी मुसलिम देशों में किसी मसजिद के सामने से गाजे-बाजे के साथ बिना आपत्ति के गुजर सकते हैं। यहाँ तक कि अफगानिस्तान में भी, जहाँ की व्यवस्था सेक्युलर नहीं है—मसजिदों के पास गाजे-बाजे पर आपत्ति नहीं होती है। किंतु भारत में मुसलमान इसपर आपत्ति करते हैं। केवल इसलिए, क्योंकि हिंदू इसे उचित मानते हैं।"[11] एक सदी बीत जाने के बाद भी इस मानसिकता में कोई परिवर्तन नहीं आया है। रामनवमी और हनुमान जयंती शोभायात्रा पर मुसलिम भीड़ द्वारा पथराव इसका एक और ज्वलंत उदाहरण है।

विकृत नैरेटिव केवल यहीं तक सीमित नहीं। 3 अप्रैल, 2022 को उत्तर प्रदेश स्थित विख्यात गोरखनाथ मंदिर में मोहम्मद मुर्तजा अब्बासी ने 'अल्लाह-हू-अकबर' नारे के साथ प्रवेश करने का प्रयास करते हुए दो सुरक्षाकर्मियों को धारदार हथियार से घायल कर दिया था। हमलावर आइआइटी बॉम्बे से केमिकल इंजीनियरिंग की पढ़ाई कर चुका था और उसके पास से अत्याधुनिक लैपटॉप भी मिला था, जिसने पुनः स्पष्ट कर दिया कि आतंकवाद का संबंध गरीबी, निरक्षरता, क्षेत्रीय असमानता से न होकर विशुद्ध मजहबी कारणों में निहित है। जो वर्ग मुसलिम भीड़ द्वारा रामनवमी शोभायात्रा पर पथराव को 'आपत्तिजनक भजन-कीर्तन' की प्रतिक्रिया बताकर उचित ठहराने का प्रयास कर रहे थे, वही जिहादी मुर्तजा को मानसिक रूप से असंतुलित बताकर उसका बचाव करने के उपक्रम में लग गए। यह स्थिति तब थी, जब पूछताछ में जाँचकर्ताओं ने मुर्तजा से शादी-तलाक के बारे में सवाल किया, तो हिंदी समाचार-पत्र 'दैनिक भास्कर' में 10 अप्रैल,

2022 को प्रकाशित रिपोर्ट[12] के अनुसार मुर्तजा ने कहा था—"अल्लाह के घर में यानी कि जन्नत में बहुत सारी हूरें मिलेंगी। वहाँ बीवी का क्या काम?" क्या इस प्रकार के दावे अकसर आतंकवादी नहीं करते? क्या इस आधार पर वाम-जिहादी-सेक्युलर कुनबा सभी आतंकवादियों को मनोरोगी घोषित करना चाहता है? वास्तव में, यह सब 'काफिर-कुफ्र' दर्शन को सार्वजनिक विमर्श से दूर रखने और संबंधित चर्चा को 'इसलामोफोबिया' का प्रतीक बनाने का प्रयास था, जिसमें गैर-मुसलिमों को मौत, इसलाम या पलायन में से कोई एक विकल्प चुनने का चिंतन है।

फरवरी 2019 के पुलवामा आतंकवादी हमले में क्या हुआ था? जैसे ही राष्ट्रीय मीडिया के एक वर्ग ने इस नृशंस आत्मघाती हमले पर जश्न मनाने संबंधित खबरों को प्रसारित किया, तो मार्क्स-मैकाले मानसपुत्रों ने हमलावर जिहादी आदिल के पिता गुलाम डार द्वारा एक विदेशी न्यूज एजेंसी रायटर्स को दिए साक्षात्कार को आधार बनाकर नैरेटिव बनाना चाहा कि आदिल तो सुरक्षाबलों के तथाकथित शोषण का बदला लेना चाह रहा था, जिससे आदिल के मजहब का कोई सरोकार नहीं है। किंतु इस विमर्श को फिदायीन आदिल के उस 9 मिनट लंबे वीडियो ने ध्वस्त कर दिया, जिसमें वह "इसलाम का परचम लहराने, कश्मीर के इसलामीकरण और गजवा-ए-हिंद"[13] आदि मजहबी अभियानों का उल्लेख करते हुए गैर-मुसलिमों, विशेषकर हिंदुओं को गौमूत्र पीने वालों की संज्ञा देकर उन्हें गालियाँ दे रहा था। यह कोई संयोग नहीं कि मार्क्स-मैकाले दर्शन में तपे और भारतीय पासपोर्ट रखने वाले कई हास्य कलाकार भी अपने श्रोताओं के मनोरंजन के लिए गौमूत्र पर चुटकले सुनाते हैं।

यही वर्ग भारतीय मुसलिम समाज को इसलाम के नाम पर एकजुट रखने के लिए यह नैरेटिव बनाता है कि स्वतंत्र भारत में मुसलमान इसलिए 'आक्रामक' या 'हमलावर' नहीं हो सकता, क्योंकि वे 'अल्पसंख्यक' हैं, अर्थात् संख्या में कम हैं। यह अलग बात है कि वर्ष 2022 में भारतीय मुसलमानों की अनुमानित संख्या देश की कुल आबादी (138 करोड़) में 22 करोड़ से अधिक है, जोकि इंडोनेशिया और पाकिस्तान को छोड़कर विश्व के किसी भी घोषित इसलामी या मुसलिम बहुल देश से कहीं अधिक है। लेकिन फिर भी मुसलिम भारत में 'अल्पसंख्यक' हैं और उन्हें अन्य अल्पसंख्यकों की भाँति बहुसंख्यकों से अधिक अधिकार प्राप्त हैं। इसी प्रकार यह कुनबा अपनी विकृत परिभाषा के अनुरूप, मजहबी हिंसा के शिकार हिंदुओं को इसलिए 'पीड़ित' नहीं मानता है, क्योंकि वे देश में बहुसंख्यक हैं, अर्थात् 105 करोड़ से अधिक हैं।

अब यदि इसी कुतर्क को आधार बनाएँ, तो जिन कुछ लाख अंग्रेजों ने वर्ष 1947 में 30 करोड़ की आबादी वाले तत्कालीन खंडित भारत को दयनीय स्थिति में छोड़ा था, उन ब्रितानियों को यह मार्क्स-मैकाले चिंतन से ग्रस्त वर्ग क्या मानेगा—'पीड़ित'

या 'आक्रामक'? सदियों से अमेरिका सहित विश्वभर के ईसाई बहुल देशों में अश्वेत मजहबी कारणों से नस्लीय उत्पीड़न और हिंसा का शिकार होते रहे हैं। दक्षिण अफ्रीका और जिम्बाब्वे की कुल आबादी में अश्वेतों की संख्या क्रमश: 80 प्रतिशत और 99 प्रतिशत है, क्या उन्हें इस आधार पर 'पीड़ित' कहा जाए या फिर 'आक्रामक'? यही नहीं, यह कुनबा अपने भारत-हिंदू विरोधी चिंतन के कारण और 'दलित-वंचित बनाम शेष हिंदू समाज' के उद्देश्य की पूर्ति के लिए ब्राह्मणों का दानवीकरण करता है। अब समस्त हिंदू समाज में ब्राह्मणों की संख्या मात्र 5-6 प्रतिशत और दलित-आदिवासियों की 25 प्रतिशत से अधिक है। क्या यह जमात अपने कुतर्क के आधार पर हिंदू समाज में 'अल्पसंख्यक' ब्राह्मणों को पीड़ित मानेगा? ऐसा शायद ही हो, क्योंकि इससे उनके हिंदू समाज को कमजोर करके तोड़ने का उद्देश्य पूरा नहीं होगा।

संदर्भ—

1. Woman, who raised pro-Pak slogan at Asaduddin Owaisi's rally, sent to 14-day judicial custody. India Today. Feb 21, 2020. https://www.indiatoday.in/india/story/bengaluru-woman-booked-for-sedition-for-chanting-pakistan-zindabad-slogan-at-asaduddin-owaisi-rally-1648497-2020-02-20
2. Sonia asks: Are we ready for struggle? The Telegraph India. 14 Dec 2019. https://www.telegraphindia.com/india/sonia-gandhi-asks-are-we-ready-for-struggle/cid/1726985
3. When Congress, Left argued for CAA like legislation. IndiaFacts.org. 20 Jan 2020. https://indiafacts.org/when-congress-left-argued-for-caa-like-legislation/
4. Delhi riots case: Court frames murder charges against AAP's Tahir Hussain, others. Mar 23, 2023. https://www.indiatoday.in/law/story/delhi-riots-case-court-frames-murder-charges-against-aaps-tahir-hussain-others-2350610-2023-03-23
5. "Supreme Court did not save secularism in Ayodhya, so now time has come to hit the streets" Harsh Mander inciting mob violence. Opindia. 04 March 2020. https://www.opindia.com/2020/03/harsh-mander-secularism-ayodhya-supreme-court-caa-nrc-mob-violence-viral-video/
6. Here are four incidents at Shaheen Bagh that show the true Jihadi nature of anti-caa protests, if riots weren't proof enough. OpIndia. https://www.opindia.com/2020/01/four-shaheen-bagh-incidents-show-the-true-jihadi-nature-of-anti-caa-protests/
7. Hijab was never allowed in classroom, protest started after Dec 27: Udupi college principal. India Today. Feb 11, 2022. https://www.indiatoday.in/india/story/karnataka-hijab-row-udipi-college-principal-cfi-protest-1911707-2022-02-11
8. No hijab in uniform of student police cadets, says Kerala govt. Deccan

Chronicle. 28 Jan 2022. https://www.deccanchronicle.com/nation/in-other-news/280122/no-hijab-in-uniform-of-student-police-cadets-says-kerala-govt.html

9. Kerala HC's 2018 hijab order comes up during Karnataka HC argument. New Indian Express. 11 Feb 2022. https://www.newindianexpress.com/states/kerala/2022/feb/11/kerala-hcs-2018-hijab-ordercomes-up-during-karnataka-hc-argument-2417964.html
10. Al-Qaeda chief resurfaces to slam Karnataka hijab row, praises 'sister' Muskan. Hindustan Times. Apr 06, 2022. https://www.hindustantimes.com/cities/bengaluru-news/alqaeda-chief-resurfaces-to-slam-karnataka-hijab-row-praises-sister-muskan-101649222665359.html
11. DR. BABASAHEB AMBEDKAR WRITINGS AND SPEECHES VOL. 8; 'Pakistan or the partition of India'. Pg 269.
12. जन्नत में हूरें मिलेंगीं, वहां बीवी का क्या काम : ATS से बोला मुर्तजा–अल्लाह के घर जाना है तो सब छोड़ना होगा. Dainik Bhaskar. https://www.bhaskar.com/local/uttar-pradesh/gorakhpur/news/gorakhnath-mandir-attack-murtaja-said-about-divorce-from-wife-if-you-want-to-go-to-allah-house-then-everyone-will-have-to-leave-it-ats-confused-129638464.html
13. Why Pulwama Attack Was A Hate Crime. Swarajya. March 4, 2019. https://swarajyamag.com/politics/why-pulwama-attack-was-a-hate-crime

□

28

विमर्श बिगड़ने का परिणाम-4
हिंदू समाज को तोड़ने का नैरेटिव

मार्क्स-मैकाले मानसपुत्र किस प्रकार जिहादी शक्तियों के साथ मिलकर इस देश की बहुलतावादी सनातन संस्कृति और उसकी परंपराओं को महिला-दलित-वंचित विरोधी घोषित करने के प्रयास में पगलाए बैठे हैं, वह केरल के सबरीमाला प्रकरण से ही स्पष्ट हो जाता है। करोड़ों हिंदुओं की मान्यता है कि सबरीमाला मंदिर के स्वामी अय्यप्पा नैष्ठिक ब्रह्मचारी हैं, इसलिए यहाँ पुरुषों के अतिरिक्त केवल बालिकाएँ आ सकती हैं, जो अभी रजस्वला (मासिक धर्म) नहीं हैं। इसलिए वहाँ वे वृद्ध महिलाएँ भी प्रवेश कर सकती हैं, जो रजस्वला से मुक्त हो चुकी हैं। यह परंपरा सदियों से चली आ रही है, जिसे विकृत नैरेटिव के बल पर 'लैंगिक समानता', 'महिला विरोधी मानसिकता' और 'पितृसत्तात्मकता' का विषय बना दिया गया। यह वास्तव में प्राचीन आस्था और मान्यताओं पर आधारित था और महिला विरोधी तो बिल्कुल भी नहीं था, क्योंकि इसमें केवल एक आयुसीमा की महिलाओं के प्रवेश पर मनाही थी। जब अदालत में इस परंपरा को चुनौती दी गई, तब इससे आहत अय्यप्पा भक्तों में सर्वाधिक महिलाओं ने इसका विरोध किया। न्यायिक हस्तक्षेप के बाद कई बार प्रतिबंधित आयुसीमा (10-50) महिलाओं ने जबरन सबरीमाला मंदिर में घुसने का असफल प्रयास किया। ऐसा करने वाली महिलाओं में एक का दिलचस्प नाम रेहाना फातिमा का भी था। 2 जनवरी, 2019 को 44 वर्षीय बिंदु अमीनी और 42 वर्षीय कनकदुर्गा नाम की महिलाओं ने सबरीमाला मंदिर में प्रवेश करके पूजा करने और स्वयं को भगवान् अय्यप्पा की सच्ची श्रद्धालु होने का दावा किया। इसके बाद 4 जनवरी को प्रतिबंधित आयु की एक श्रीलंकाई महिला ने भी मंदिर में प्रवेश कर लिया था। इस घटना के सार्वजनिक होते ही प्रदेश में प्रदर्शन शुरू हो गया, जिसमें एक व्यक्ति की मौत हो गई और सैकड़ों प्रदर्शनकारी गिरफ्तार कर लिये गए। वर्जित आयु की महिलाओं

के मंदिर में प्रवेश पर मुख्य पुजारी ने जब शुद्धीकरण किया, तब इसके विरुद्ध भी शीर्ष अदालत में अवमानना की याचिका दाखिल कर दी गई।

इस संबंध में अदालती प्रक्रिया 1990 में तब प्रारंभ हुई थी, जब 19 अगस्त, 1990 को केरल के एक दैनिक समाचार-पत्र 'जन्मभूमि डेली' में एक तसवीर प्रकाशित हुई, जिसमें केरल की तत्कालीन वामपंथी सरकार द्वारा पदस्थ की गईं देवस्वम बोर्ड आयुक्त चंद्रिका का परिवार दिखाई दे रहा था। यहाँ चंद्रिका की नातिन का मंदिर के भीतर चोरुनु संस्कार (बच्चे को पहला चावल (अन्न) खिलाए जाने की परंपरा) किया जा रहा था। यह परंपरा उत्तर भारत में 'अन्नप्राशन संस्कार' नाम से विख्यात है। तसवीर में चंद्रिका के अतिरिक्त उनकी बेटी, जोकि बच्ची की माँ थी, वह स्वयं और अन्य पारिवारिक सदस्यों के साथ कई महिलाएँ भी दिखाई दे रही थीं। इसी तसवीर पर विवाद हो गया। तब चंगनशेरी निवासी एस. महेंद्रन ने केरल उच्च न्यायालय में 24 सितंबर, 1990 को जनहित याचिका दाखिल करके 'अति महत्त्वपूर्ण व्यक्ति' (वीआईपी) महिलाओं को परंपरा तोड़कर सबरीमाला मंदिर में प्रवेश की छूट देने का विरोध किया। इसपर अदालत ने तसवीर को आधार बनाकर आस्था को प्राथमिकता दी और 5 अप्रैल, 1991 को सबरीमाला मंदिर में एक निश्चित आयुसीमा की महिलाओं के प्रवेश पर प्रतिबंध का फैसला सुनाते हुए कहा कि यह आस्था का विषय है, इसलिए संवैधानिक सीमा से बाहर है।[2]

वर्ष 2006 में इस निर्णय को सर्वोच्च न्यायालय में तब चुनौती दी गई, जब कन्नड़ फिल्म अभिनेत्री जयमाला, जोकि बाद में कांग्रेस पार्टी से जुड़ी और कर्नाटक विधानपरिषद् की सदस्य (2014-20) के साथ कर्नाटक सरकार में मंत्री (2018-19) भी बनीं, ने दावा किया कि वर्ष 1986 में 27 वर्ष की आयु में तमिल फिल्म 'नंबीनार केदुवथिल्लई' की शूटिंग के दौरान उन्होंने सबरीमाला मंदिर में न केवल प्रवेश किया था, अपितु भगवान् अय्यप्पा की मूर्ति को छुआ भी था। इससे करोड़ों हिंदू, विशेषकर असंख्य अय्यप्पा भक्तों की भावना को गहरा आघात पहुँचा। तब भी नैरेटिव में इसे आस्था, मान्यता और विश्वास के बजाय लैंगिक समानता का मामला बना दिया गया। इस परंपरा के खिलाफ कई आलेख संपादकीय भी लिखे गए। शीर्ष अदालत में 12 वर्ष चली सुनवाई के बाद इस न्यायालय की पाँच सदस्यीय खंडपीठ ने 28 सितंबर, 2018 को 4-1 के बहुमत से अय्यप्पा स्वामी के प्राचीन सबरीमाला मंदिर की इस परंपरा को असंवैधानिक बताकर निरस्त कर दिया और प्रतिबंधित 10-50 आयुवर्ग की महिलाओं को मंदिर में प्रवेश की अनुमति दे दी।[3] इसके बाद वास्तविक अय्यप्पा भक्त सड़कों पर उतर आए और उन्होंने व्यापक स्तर पर प्रदर्शन किया। इस संबंध में कई संगठनों ने सफलतापूर्वक हड़ताल भी की। तब एक अंग्रेजी दैनिक को दिए साक्षात्कार में केरल के तत्कालीन मुख्यमंत्री पी. विजयन ने स्पष्ट कर दिया कि सबरीमाला मामले में सर्वोच्च

न्यायालय के निर्देशों को लागू करेंगे और किसी भी विरोध-प्रदर्शन को बर्दाश्त नहीं करेंगे। इसी साक्षात्कार में विजयन ने सबरीमाला मंदिर को असामाजिक तत्त्वों और अपराधियों का अड्डा तक बता दिया था।[4] उस समय केरल पुलिस ने बलप्रयोग करते हुए तीन हजार प्रदर्शनकारियों को हिरासत में लेकर लगभग दो हजार प्राथमिकियाँ दर्ज की थीं। बाद में सात सदस्यीय खंडपीठ में 28 सितंबर के निर्णय को चुनौती गई, जिसमें 65 पुनर्विचार याचिकाएँ शामिल थीं।

सबरीमाला मंदिर मामले में अपराधी कौन थे? क्या वे सच्चे श्रद्धालु, जो अपनी प्राचीन परंपराओं और मान्यताओं के कुचले जाने से आहत हैं और स्वामी अय्यप्पा के समर्थन में खड़े रहे, या फिर महिलाओं का वह समूह, जिसने परंपराओं को महिला विरोधी बताकर जबरन मंदिर में घुसने का प्रयास किया, जिनमें से शायद ही कोई श्रद्धालु थी। अय्यप्पा भक्तों में महिलाओं की भी काफी बड़ी संख्या है, जिनका दृढ़ विश्वास है कि मंदिर में वर्जित आयु की महिलाओं के प्रवेश से भगवान् अय्यप्पा की तपस्या भी भंग होगी। क्या कोई भी स्वतंत्रता या संवैधानिक अधिकार किसी व्यक्ति की आस्था को रौंदने का विशेषाधिकार दे सकता है? क्या अदालत हर विषय में निर्णय देने में सक्षम है? अपने 28 सितंबर, 2018 के बहुमत आधारित निर्णय में सर्वोच्च न्यायालय ने कहा था, "मासिक धर्म की आड़ लेकर लगाया गया प्रतिबंध, महिलाओं की गरिमा के विरुद्ध और अपमानजनक है। केवल मासिक धर्म के आधार पर महिलाओं को बाहर करना संविधान के खिलाफ है, क्योंकि अनुच्छेद 25 के अनुसार भारत में सभी समान हैं।" क्या धार्मिक अनुष्ठानों और किसी की आस्था को मानवीय कानून समझ सकता है?

न्यायालय इस तथ्य को समझने में पूरी विफल रहा कि यह प्रतिबंध सामाजिक नहीं, केवल सबरीमाला मंदिर तक सीमित है। केरल सहित देश में भगवान् अय्यप्पा के अन्य मंदिर हैं, जहाँ वे नैष्ठिक ब्रह्मचारी के रूप में स्थापित नहीं हैं, इसलिए वहाँ सभी महिलाओं का प्रवेश मान्य है। सबरीमाला का मामला किसी समानता और स्वतंत्रता के अधिकारों से संबंधित न होकर विशुद्ध रूप से पारंपरिक अनुष्ठान और विश्वास से जुड़ा है। धार्मिक मान्यता है कि सबरीमाला मंदिर में भगवान् अय्यप्पा ब्रह्मचर्य की गंभीर तपस्या करते हैं और वे स्वयं को महिलाओं की उपस्थिति से दूर रखना चाहते हैं। अब यदि कोई श्रद्धालु (महिला या पुरुष) किसी मंदिर में भगवान् के दर्शन का अभिलाषी है, किंतु भगवान् की इच्छा क्या है और वे किस रूप में भक्तों से मिलना चाहते हैं, उसकी अवहेलना करता है, तो क्या वह व्यक्ति सच्चा भक्त माना जाएगा? हिंदू दर्शन में भगवान् के किसी भी रूप की प्रतिमा को 'विग्रह' माना जाता है। इसी कारण श्रद्धालु उन्हें जीवंत (प्राणयुक्त) मानकर किसी सामान्य जीवित व्यक्ति की भाँति भोग लगाते हैं, उन्हें शयन और स्नान आदि भी करवाते हैं। वास्तव में सबरीमाला मंदिर में प्रतिबंधित आयुसीमा की

महिलाओं के प्रवेश के हठ ने हिंदुओं की मूल पूजा-पद्धति को ही चुनौती दे डाली है, जिसमें उनके लिए प्रत्येक प्रतिमा ही साक्षात् भगवान् है, जिनसे भक्त अपने हर संकट को हरने की अपेक्षा रखते हैं और अनादिकाल से उनकी पूजा करते आ रहे हैं।

क्या सबरीमाला मंदिर में स्वामी अय्यप्पा 10-50 आयुवर्ग की महिलाओं को दर्शन नहीं देना चाहते? इसका प्रमाण क्या है? स्वाभाविक रूप से यह तर्कवादियों का अगला प्रश्न होगा। यही वर्ग इस बात को भी प्रमाणित करने की माँग करेगा कि क्या अय्यप्पा वास्तव में सबरीमाला में उपस्थित हैं भी या फिर वे काल्पनिक चरित्र हैं? इस प्रकार के प्रश्नों की अनंतहीन श्रृंखला है, जिनका उत्तर खोजना विश्व में कहीं भी (सर्वोच्च अदालत सहित) संभव नहीं। सबरीमाला संबंधी निर्णय देने वाली पाँच सदस्यीय खंडपीठ (28 सितंबर, 2018) में केवल तत्कालीन न्यायाधीश इंदु मल्होत्रा ने बहुमत पक्ष से असहमति जताई थी। उनके अनुसार, "देश में पंथनिरपेक्ष वातावरण बनाए रखने के लिए गहराई तक धार्मिक आस्थाओं से जुड़े विषयों के साथ छेड़छाड़ नहीं की जानी चाहिए। समानता का सिद्धांत, अनुच्छेद-25 के अंतर्गत मिलने वाले पूजा करने के मौलिक अधिकार की अवहेलना नहीं कर सकता। यह निर्णय सबरीमाला तक सीमित नहीं रहेगा, इसका अन्य धार्मिक स्थलों पर भी दूरगामी प्रभाव पड़ेगा।"[5] क्या अदालत भविष्य में यह पूछने का साहस कर सकता है कि इसलाम में महिलाओं को मसजिदों में मुफ्ती-मौलवी बनाने या फिर नमाज पढ़ाने की इजाजत क्यों नहीं है? इसी तरह कैथोलिक चर्च में महिला पादरियों की नियुक्ति क्यों नहीं होती और क्यों महिला चर्च में शादी नहीं करातीं?

धार्मिक स्थलों की भाँति सभी निजी और सरकारी संस्थानों के अपने कुछ नियम और उप-नियम होते हैं। वह चाहे स्कूल हो, पुलिस हो या फिर न्यायालय ही क्यों न हो। 24 अक्तूबर, 2018 को शीर्ष न्यायालय ने एक मामले में सुनवाई के दौरान गोवा और अरुणाचल प्रदेश के मुख्य सचिवों का पक्ष सुनने से इसलिए इनकार कर दिया, क्योंकि दोनों अदालती मर्यादा के अनुरूप कपड़े पहनकर नहीं आए थे। यह स्थिति तब है कि जब देश का एक वर्ग पसंदीदा कपड़े (बिकिनी और हिजाब सहित) पहनने को अपना अधिकार बताता है। अदालत में किस व्यक्ति को किस प्रकार के परिधानों में आना चाहिए, इसका निर्णय जब स्वयं न्यायाधीश ले सकते हैं, तब नैष्ठिक ब्रह्मचारी स्वामी अय्यप्पा किन भक्तों को दर्शन देना चाहते हैं, इसका विवेकाधिकार स्वयं भगवान् से क्यों छीना जा रहा है?

हमें धार्मिक मान्यताओं और सामाजिक बुराइयों के बीच अंतर करना होगा। अस्पृश्यता, बहु-विवाह, दहेज प्रथा, कन्या भ्रूण हत्या और तीन तलाक जैसी कुप्रथाएँ किसी भी धर्म का हिस्सा नहीं हैं। समाज को इन कुरीतियों से मुक्त करने के लिए संसद् और न्यायालयों के साथ लोगों को भी आगे आने की आवश्यकता है। किंतु समाज सुधार

के नाम पर, जब धार्मिक स्थलों की परंपराओं और मान्यताओं में कानूनी हस्तक्षेप होगा, तब वह सनातन भारत की बहुलतावादी और पंथनिरपेक्ष छवि को सीधी चुनौती देने के समान है।

सबरीमाला मंदिर घटनाक्रम में देश ने छद्म सेक्युलरवाद का संकीर्ण रूप भी देखा। इस मामले में भाजपा, आर.एस.एस. के साथ कांग्रेस की केरल ईकाई भी अदालती निर्णय के खिलाफ आक्रोशित अय्यप्पा भक्तों के साथ खड़ी रही थी। जब 2 जनवरी, 2019 को 42-44 आयुवर्ग की दो महिलाएँ पुलिस सुरक्षा में प्रवेश कर गई थीं, तब इसके विरोधस्वरूप केरल प्रदेश कांग्रेस समिति ने 'काला दिवस' का आह्वान किया था। 2 जनवरी, 2019 को जहाँ कांग्रेस के तत्कालीन सांसद और पार्टी केरल ईकाई के नेता के. सुरेश ने अपने बाजू पर काली पट्टी बाँधकर संसद् परिसर में प्रदेश सरकार (वामपंथी) पर हिंदू भावनाओं को आहत करने का आरोप लगाया, साथ ही उन दोनों महिलाओं को माओवादी तक बता दिया। 3 जनवरी, 2019 को 'द ट्रिब्यून' समाचार-पत्र में प्रकाशित रिपोर्ट के अनुसार,[6] के. सुरेश के अतिरिक्त तब संसद् परिसर में के.वी. थॉमस, शशि थरूर, के.सी. वेणुगोपाल आदि सात कांग्रेस सांसद विरोध प्रदर्शन कर रहे थे। थरूर ने तब कहा था, "पहले मैं इस मुद्दे को समानता के रूप में देख रहा था। अपने क्षेत्र के लोगों को सुनने के बाद मुझे आभास हुआ कि यह मुद्दा समानता का नहीं, बल्कि पवित्रता का है। कई हिंदू प्रथाएँ हैं, जिन्हें तर्कसंगत कथनों से कम नहीं किया जा सकता। हमें यह भी नहीं भूलना चाहिए कि सबरीमाला मंदिर में प्रवेश के लिए महिलाओं का जनआंदोलन कभी नहीं हुआ।" केरल कांग्रेस ने तब सर्वोच्च न्यायालय में सबरीमाला संबंधित 28 सितंबर के निर्णय को चुनौती भी दी थी।

जब 44 वर्षीय बिंदु अमोनी और 42 वर्षीय कनकदुर्गा के सबरीमाला मंदिर में प्रवेश विरोध जताने के लिए कांग्रेसी सांसद काली पट्टी बाँधकर संसद् भवन पहुँचे थे, तब संयुक्त प्रगतिशील गठबंधन (यूपीए) की अध्यक्ष सोनिया गांधी ने उन्हें ऐसा करने से रोक दिया था। अंग्रेजी दैनिक 'इंडियन एक्सप्रेस' में 3 जनवरी, 2018 को प्रकाशित रिपोर्ट[7] में लिखा कि जैसे ही सोनिया गांधी की नजर उन काली पट्टियों पर पड़ी, उन्होंने सांसदों से उन्हें बाँधने से रुकवा दिया। वे बोलीं, "आप लोग स्थानीय राजनीति को ध्यान में रखते हुए केरल में इस चीज को लेकर विरोध जारी रख सकते हैं, लेकिन राष्ट्रीय स्तर पर सांसदों के मंदिर में सभी उम्र की महिलाओं के प्रवेश पर विरोध और आपत्ति नहीं जतानी चाहिए। यह कदम पार्टी के खिलाफ जा सकता है। ऐसा इसलिए, क्योंकि कांग्रेस लैंगिक समानता और महिला अधिकारों की बात करती है।" सोनिया गांधी कैथोलिक ईसाई हैं, जिनका महिला अधिकार पर दोहरा मापदंड तब ध्वस्त हो गया था, जब एक नन से 13 बार बलात्कार के मामले में आरोपी पंजाब स्थित जालंधर के रोमन-कैथोलिक

बिशप फ्रैंको मुलक्कल पर और पीड़िता को न्याय दिलाने के लिए आंदोलित सिस्टर लूसी कलप्पुरा के चर्च से निष्कासन के सवाल पर सोनिया और उनके दल के सदस्य मौन रहे थे। बात केवल नन तक सीमित नहीं। दलित अत्याचारों (महिलाओं से बलात्कार सहित) के मामले में भी कांग्रेस सहित अधिकांश स्वयभूं सेक्युलरवादियों का दोहरा आचरण विचलित करने वाला है। इस संबंध में 25 अक्तूबर, 2021 को मैंने प्रियंका गांधी के नाम एक खुला पत्र भी लिखा था, जो 'अमर उजाला' दैनिक में प्रकाशित हुआ था।[8]

जैसा कि इस पुस्तक की प्रस्तावना में निवेदित किया जा चुका है कि हिंदू समाज में सदियों से अस्पृश्यता जैसी कुरीतियाँ व्याप्त रही हैं, जिसे हिंदू वाङ्मय कोई स्वीकार्यता नहीं देता है। अब जिस दर्शन में विश्व के समस्त प्राणियों की सुख और कल्याण की भावना हो, वहाँ छुआछूत जैसा दुराचार कैसे संभव हो सकता है? कालांतर में बाहरी हस्तक्षेप से विकृतियों के स्वाभाविक प्रवेश से हिंदू समाज प्रभावित रहा है। यही कारण है कि समाज के भीतर से अस्पृश्यता के परिमार्जन के लिए कई सदियों से आंदोलन हुए हैं। सिख गुरुओं की परंपरा से लेकर स्वामी विवेकानंद, स्वामी दयानंद सरस्वती, गांधीजी, डॉ. केशव बलिराम हेडगेवार, वीर सावरकर, डॉ. भीमराव आंबेडकर और हिंदू समाज के अनेक प्रबुद्ध लोगों ने न केवल इस कलंक की निंदा की, अपितु उसके उन्मूलन की दिशा में ठोस कदम भी उठाए। इसी कारण संविधान सभा ने जहाँ वंचितों के लिए आरक्षण की व्यवस्था की, वहीं संसद् ने भी कई सख्त कानून बनाकर इस अक्षम्य अपराध को समाप्त करने का प्रयास किया।

आज हिंदू समाज इतना जागृत है कि बौद्धिक स्तर पर कोई भी व्यक्ति दलितों के खिलाफ भेदभाव का समर्थन नहीं करता। किंतु दुर्भाग्यवश समाज के एक वर्ग की मानसिकता आज भी दलितों के प्रति भेदभावपूर्ण है। कटु सत्य है कि कठोर कानून किसी भी अपराध के उन्मूलन में सीमित भूमिका ही निभा सकता है। यदि ऐसा नहीं होता तो डकैती, बलात्कार, हत्या जैसे अपराध दशकों पहले इतिहास बन चुके होते। वास्तव में, दलित उत्पीड़न की समाप्ति सामाजिक जागरूकता से ही संभव है। किंतु इस दिशा में जो नैरेटिव बनाया जाता है, वह आज भी मार्क्स-मैकाले दर्शन से प्रभावित है। इस चिंतन का उद्देश्य हिंदू समाज में समरसता लाना नहीं, अपितु अपने एजेंडे के अनुरूप कटुता और भ्रांतियों को बढ़ावा देना है। जनवरी 2016 में कॉलेज छात्र रोहित वेमुला की आत्महत्या का मामला और जनवरी 2018 में भीमा कोरेगाँव हिंसा प्रकरण इसके ताजा उदाहरण हैं।

रोहित वेमुला एक ऐसा नाम है, जिससे संभवतः देश ही नहीं, अपितु पूरा विश्व परिचित होगा। 17 जनवरी, 2016 को हैदराबाद विश्वविद्यालय के छात्र रोहित वेमुला ने खुदकुशी कर ली। वह वामपंथी छात्रसंघ से जुड़ा था, जो स्वयं को आंबेडकरवादी

कहता था। इस कारण वह वैचारिक कारणों से भाजपा और संघ का विरोध करता रहा। यह दिलचस्प भी है कि बाबा साहेब डॉ. भीमराव रामजी आंबेडकर ने जिन वामपंथियों से देशवासियों को सचेत रहने, संविधान विरोधी, संसदीय लोकतंत्र विरोधी, हिंसावादी और अधिनायकवादी जैसी संज्ञाओं से संबोधित किया, जोकि शत-प्रतिशत सत्य भी हैं और डॉ. आंबेडकर स्वयं को वामपंथियों का कट्टर शत्रु मानते थे, वही वामपंथी स्वतंत्रता के बाद से अपने भारत-हिंदू विरोधी एजेंडे को आगे बढ़ाने के लिए डॉ. आंबेडकर का नाम जप रहे हैं। यहाँ उन्होंने रणनीति बदली है, उद्देश्य नहीं।

पुनः रोहित के मामले पर लौटते हैं। जैसे ही रोहित ने आत्महत्या की, मार्क्स-मैकाले इको सिस्टम ने उसे दलित घोषित करके उसकी खुदकुशी को विकृत तथ्यों के माध्यम से भाजपानीत केंद्र सरकार, संघ परिवार और एबीवीपी के संयुक्त उत्पीड़न का परिणाम बताकर प्रस्तुत कर दिया। जैसे ही आंध्र प्रदेश स्थित गुंटूर के जिलाधिकारी ने स्पष्ट किया कि रोहित दलित था ही नहीं और उसने या उसके परिवार ने फर्जी दस्तावेजों के बल पर अनुसूचित जाति का प्रमाण-पत्र प्राप्त किया था, वैसे ही विषाक्त इको सिस्टम का मनगढ़ंत नैरेटिव ध्वस्त हो गया। रही-सही कसर रोहित के उस पत्र ने पूरी कर दी, जिसे उसने आत्महत्या करने से पहले लिख छोड़ा था। यह मार्क्स-मैकाले दर्शनजनित नैरेटिव का चमत्कार था कि रोहित का वह सुसाइड नोट कई दिनों तक सार्वजनिक विमर्श का हिस्सा ही नहीं बन गया, जिसमें रोहित ने अपनी मौत के लिए स्वयं के वामपंथी चिंतन को जिम्मेदार ठहराया था और जिससे वह दानव बन चुका था। इस संबंध में 15 फरवरी, 2016 को प्रतिष्ठित अंग्रेजी पत्रिका 'आउटलुक' ने मेरा विस्तृत आलेख प्रकाशित किया था।[9]

'टुकड़े-टुकड़े गैंग' देश को अस्थिर करने के लिए कितना सक्रिय है और किस सीमा तक जा सकता है, वह जून 2018 में दिवंगत छात्र रोहित वेमुला की माँ राधिका वेमुला के 'द न्यूज मिनट' को दिए साक्षात्कार से स्पष्ट है। इसमें राधिका बताती हैं कि केरल में कांग्रेस की सहयोगी मुसलिम लीग ने उसे पैसों का लालच देकर अपनी रैलियों में शामिल करवाया और उससे राजनीतिक बढ़त प्राप्त की। यही नहीं, जो चेक सांत्वना के नाम पर उसे सौंपे गए थे, उनमें कई चेक बाउंस तक हो गए।[10]

रोहित की मौत के बाद, जो कुछ उसकी माँ राधिका के साथ हुआ, वह उस मानसिकता का परिचायक है, जिसमें 'दलित-मुसलिम गठजोड़' का मुलम्मा तैयार करके समाज को बाँटने की कल्पना है। 'दलित-मुसलिम' गठबंधन से अल्पकाल के लिए राजनीतिक हित तो साधे जा सकते हैं, किंतु इससे किसी को सामाजिक न्याय मिलेगा, यह दावा ही खोखला है। सच तो यह है कि अन्य गैर-मुस्लिमों की भाँति दलित भी इसलाम में 'काफिर' हैं, जिनकी नियति पहले से निर्धारित है। विभाजन के बाद पाकिस्तान जाकर

मंत्री बने जोगेंद्रनाथ मंडल की हृदयविदारक चिट्ठी इसका प्रमाण है। तब वे 8 अक्तूबर, 1950 को इस्तीफा देकर अल्पकाल में खंडित भारत इसलिए लौट आए थे, क्योंकि पाकिस्तान में अन्य काफिरों की भाँति दलितों को भी इसलामी-निजाम में मजहब के नाम पर प्रताड़ित किया जा रहा था।[12]

दलित-उत्थान और उनके कल्याण के प्रति मार्क्स-मैकाले के दूषित चिंतन की वास्तविकता क्या है? यह रोहित प्रकरण के अगले वर्ष केरल में हुए राजेश एडवाकोड हत्याकांड से स्पष्ट हो जाता है। 29 जुलाई, 2017 को केरल के तिरुवनंतपुरम में 34 वर्षीय दलित राजेश एडवाकोड को निर्ममता के साथ मौत के घाट उतार दिया जाता है। एक दलित की हत्या पर न केवल मार्क्स-मैकाले गलियारे में, अपितु उदारवादी बुद्धिजीवियों और अधिकतर मीडिया में भी सन्नाटा पसरा रहा। इस संबंध में राजेश का मुख्य 'अपराध' यह था कि वह राष्ट्रीय स्वयंसेवक संघ का स्थानीय कार्यवाह और सक्रिय दलित कार्यकर्ता था और लोकतांत्रिक, संवैधानिक मूल्यों और मानवाधिकार मूल्यों में विश्वास रखता था।

इस बीभत्स हत्याकांड में राजेश का बायाँ हाथ काटकर फेंक दिया गया था, दोनों पैर काट दिए गए थे और उसपर सौ से अधिक बार धारदार हथियारों से वार किए गए थे। यह हमला उस समय किया गया था, जब 29 जुलाई की रात राजेश संघ की शाखा से मोटरसाइकिल पर सवार होकर घर लौट रहा था। इस दौरान रात 8.30 और नौ बजे के बीच श्रीकरयम में 15 लोगों ने उसे घेर लिया और तलवार सहित अन्य धारदार हथियारों से हमला कर दिया। वास्तव में, जिन आकांक्षाओं के साथ राजेश अपने देश, समाज और समुदाय के उत्थान के प्रति कटिबद्ध था, उसका स्थान केरल के तत्कालीन वामपंथी सत्ता-अधिष्ठान की विचारधारा में शून्य है। वाम शासन में अन्य विचार का पनपना, विशेषकर संघ की राष्ट्रवादी विचारधारा को अंगीकार करना, एक ऐसा अपराध है, जो ईश-निंदा से कमतर नहीं, जिसमें इसलामी कट्टरपंथियों ने मौत ही एकमात्र सजा सुनिश्चित कर रखी है।

जैसा विरोध-प्रदर्शन देश ने जुनैद, अखलाक और रोहित के मामले में देखा था, उस पृष्ठभूमि में दलित राजेश के हत्याकांड पर तथाकथित सेक्युलरिस्ट मौन थे। कोई आंदोलन नहीं हुआ। संसद् में विपक्ष चुप रहा। किसी भी 'सम्मानित' बुद्धिजीवी ने अपना पुरस्कार नहीं लौटाया। अधिकतर समाचार-पत्र और न्यूज चैनल केवल खबर देने तक सीमित रहे। मृतक के परिजनों को न करोड़ों रुपयों की वित्तीय और आवासीय सहायता मिली और न ही उसके किसी पारिवारिक सदस्य को नौकरी का प्रस्ताव। यहाँ बात केवल राजेश तक सीमित नहीं। उससे पहले 7 अक्तूबर, 2016 को तिरुवनंतपुरम के कन्नममूला में भाजपा युवा मोर्चा के 19 वर्षीय कार्यकर्ता विष्णु की हत्या कर दी गई, जिसका आरोप

माकपा समर्थकों पर था। तिरुवनंतपुरम में 19 दिसंबर, 2016 को नेयाटिनकरा बूथ के भाजपा अध्यक्ष अनिल कुमार को उन्मादी भीड़ ने मौत के घाट उतार दिया। इस मामले में भी आरोप वामपंथी कार्यकर्ताओं पर था। 12 फरवरी, 2017 को त्रिसुर में 20 वर्षीय युवा पी.बी. निर्मल की भी हत्या कर दी गई। ये चारों भी दलित थे और हिंसा के शिकार हुए। किंतु मार्क्स-मैकाले चिंतकों द्वारा गढ़ी हुई दलित शोषण की परिभाषा में इन चारों के जीवन का कोई मोल नहीं है। उनके लिए हिंसक घटनाओं के प्रति गंभीरता इस बात पर निर्भर होती है कि हिंसा करने वाला और उससे पीड़ित, दोनों का मजहब और विचारधारा क्या है?

ऐसा ही एक प्रमाण महाराष्ट्र में 2018 की एक घटना में मिलता है। जब 1 जनवरी, 2018 को भीमा कोरेगाँव युद्ध की 200वीं वर्षगाँठ मनाई जा रही थी, तब स्वयंभू आंबेडकरवादियों, स्वघोषित सेक्युलरवादियों और वामपंथियों ने 'दलित बनाम शेष हिंदू समाज' के विषाक्त नैरेटिव पर जातीय हिंसा की पटकथा लिख दी। उस समय वह पूरा क्षेत्र तनावग्रस्त हो गया था। 1818 का वह युद्ध मराठाओं और अंग्रेजी सेना के बीच हुआ था। तब ब्रितानी सैन्य टुकड़ी में महारों (दलित) के अतिरिक्त अन्य भारतीय समुदाय के लोग भी शामिल थे। पेशवाओं की पैदल सेना की भी यही स्थिति थी। अब जो युद्ध भारत और ईस्ट इंडिया कंपनी के बीच लड़ा गया था—वह दलित बनाम मराठा कैसे हो गया?

यदि 'दलित बनाम मराठा' जैसे बीमार सिद्धांत को एक बार सही भी मान लिया जाए, तो वर्ष 1919 में बैसाखी के दिन हुए जलियाँवाला बाग नरसंहार के लिए वामपंथी और स्वघोषित सेक्युलरिस्ट किसे दोषी ठहराएँगे? क्या इसका उत्तर जनरल डायर होगा, जिसने गोली चलाने का आदेश दिया था या फिर इस प्रश्न का उत्तर वह गोरखा सैनिकों की टुकड़ी होगी, जिन्होंने डायर के आदेश का पालन करते हुए निहत्थे प्रदर्शनकारियों पर गोलियों की बौछार कर दी थी?

एक समय ईस्ट इंडिया कंपनी में ब्राह्मण सैनिक काफी बड़ी संख्या में थे, जिन्होंने ब्रितानियों के लिए पंजाब सहित कई युद्धों में भाग लिया और विजय प्राप्त की। भारत के ब्राह्मणों को आज किस पर गौरव करना चाहिए? मंगल पांडे पर, जिन्होंने 29 मार्च, 1857 को बैरकपुर छावनी में प्रथम स्वतंत्रता संग्राम का बिगुल फूँका था या उन ब्राह्मणों पर, जो औपनिवेशी प्रपंच का हिस्सा बने?

कई 'सेक्युलर' और वामपंथी स्तंभकारों ने कोरेगाँव युद्ध को दलित अस्मिता की विजय से जोड़ा है। एक लंबा इतिहास है, जो बताता है कि अंग्रेजों के आगमन से पूर्व मराठा सैन्य बल में महारों की बड़ी संख्या थी। इस समुदाय के सैनिक निर्भीक, बहादुर और निष्ठावान थे, जिसने मराठा साम्राज्य के संस्थापक और महान् योद्धा वीर छत्रपति

शिवाजी महाराज व उनके पुत्र संभाजी को ताकत दी।

वस्तुत: ब्रितानियों ने जातिभेद पर अधिक बल दिया। 1857 की क्रांति से भयभीत होकर ब्रितानियों ने कुख्यात 'लड़ाकू जाति' सिद्धांत पर काम करना प्रारंभ कर दिया। इतिहास में जिन महार सैनिकों के बल पर अंग्रेज ने कोरेगाँव में मराठाओं को परास्त करने का दावा किया, उन्हीं की भर्ती पर वर्ष 1892 में यह कहकर रोक लगा दी कि "महार लड़ाकू नस्ल नहीं, अपितु एक निम्न जाति के अछूत हैं।"

प्रथम विश्वयुद्ध के समय ब्रितानियों ने अपनी सेना में महारों की भर्ती बहाल तो की, किंतु युद्ध समाप्त होते ही पुन: महारों को सेना से निकाल दिया। वर्ष 1927 में डॉक्टर भीमराव आंबेडकर ने ब्रितानी सैन्य बेड़े में महारों को भर्ती किए जाने का प्रयास किया, जिसका वीर सावरकर ने समर्थन किया। वर्ष 1931 में रत्नागिरि में आयोजित महार सम्मेलन की अध्यक्षता भी सावरकर ने की। उसी वर्ष हिंदू महासभा के एक और विशिष्ट नेता डॉक्टर मुंजे ने चेतवोड कमेटी के समक्ष अपनी प्रस्तुति में 'लड़ाकू जाति' सिद्धांत को मिथक बताया।

कोरेगाँव हिंसा की पृष्ठभूमि में 25 नवंबर, 1949 को संविधान सभा में बाबासाहेब डॉ. आंबेडकर का भाषण काफी महत्त्वपूर्ण है। उनके अनुसार, "यह बहुत परेशान करने वाला तथ्य है कि भारत ने अपने ही लोगों के विश्वासघात के कारण कई बार स्वतंत्रता खोई है। जब सिंध पर मोहम्मद बिन कासिम ने हमला किया, तब राजा दाहिर के सेनापति ने कासिम के साथियों से घूस लेकर अपने राजा के पक्ष में युद्ध करने से मना कर दिया। ऐसे ही जब शिवाजी हिंदुओं की मुक्ति के लिए लड़ रहे थे, तब अन्य मराठा राजवंशों और राजपूतों ने मुगलों का साथ दिया। जब अंग्रेज सिख शासक गुलाब सिंह को हराने की कोशिश कर रहे थे, तब उनके प्रमुख सेनापति चुप रहे और सिख साम्राज्य को बचाने में कोई मदद नहीं की। इसी तरह 1857 में जब भारत के एक बड़े हिस्से ने ब्रितानियों के विरुद्ध स्वतंत्रता संग्राम छेड़ा, तब सिख मूकदर्शक बने रहे। क्या इतिहास खुद को दोहराएगा? यह विचार मुझे इसलिए चिंतित कर रहा है, क्योंकि भविष्य में शत्रुरूपी जातियों और मजहबों में बँटे भारत में कई राजनीतिक दल होंगे। क्या भारतीय देश को अपने पंथ से ऊपर रखेंगे या अपने पंथ को देश से ऊपर? मुझे पता नहीं। लेकिन यह निश्चित है कि यदि राजनीतिक पार्टियाँ राष्ट्र के ऊपर पंथ को प्राथमिकता देती हैं, तो हमारी स्वतंत्रता पर न केवल संकट आएगा, बल्कि हम उसे हमेशा के लिए खो भी देंगे। हमें अपने रक्त की आखिरी बूँद तक देश की स्वतंत्रता की रक्षा करनी होगी।"[11] डॉ. आंबेडकर के नाम पर देश को पुन: बाँटने की कोशिश करने वाले क्या बाबासाहेब के उपरोक्त वक्तव्य के आलोक में अपनी विभाजनकारी नीतियों की समीक्षा करेंगे?

ऐसे विकृत नैरेटिव का दुरुपप्रयोग विदेश में बैठी औपनिवेशिक शक्तियाँ भी करती

हैं। वर्ष 2016 में जब अखलाक मामला और अन्य दलित उत्पीड़न प्रकरण सार्वजनिक विमर्श का हिस्सा बना दिए गए थे, तब अमेरिका ने आलोचनात्मक टिप्पणी करते हुए भारत को प्रवचन दिया था कि "भारत में असहिष्णुता और हिंसक घटनाओं की खबरों से हम चिंतित हैं। भारत सरकार नागरिकों की सुरक्षा, विशेषतौर पर अल्पसंख्यक समुदाय की सुरक्षा के लिए सभी जरूरी कदम उठाए।" यही नहीं, 11–12 अप्रैल, 2022 में अमेरिका में आयोजित 22 द्विपक्षीय मंत्रिस्तरीय बैठक के पश्चात् आयोजित प्रेसवार्त्ता में अमेरिकी विदेश मंत्री एंटनी ब्लिंकन ने भारतीय समकक्ष एस. जयशंकर की उपस्थिति में कहा था, "हम भारत में मानवाधिकारों के उल्लंघन की निगरानी कर रहे हैं। इसमें कुछ सरकारी, पुलिस और जेल अधिकारियों की मानवाधिकार उल्लंघन की बढ़ती हुई घटनाएँ शामिल हैं।" ब्लिंकन जब भारत को यह ज्ञान दे रहे थे, ठीक उसी समय न्यूयॉर्क में दो सिखों पर प्राणघातक नस्लीय हमला हुआ था, तो कुछ दिन पहले मिशिगन में एक श्वेत पुलिस अधिकारी ने यातायात नियमों का उल्लंघन करने वाले अश्वेत के सिर में पीछे से गोली मार दी थी। अमेरिकी उपदेश पर कुछ घंटों पश्चात् भारत की ओर से सबसे मुखर प्रतिक्रिया भी आई। जयशंकर ने स्पष्ट रूप से कहा, "लोगों को हमारे (भारत) बारे में विचार बनाने का अधिकार है। हम भी उनकी (अमेरिका) लॉबी और वोटबैंक के बारे में विचार रखते हैं। हम मौन नहीं रहेंगे। अन्य लोगों के मानवाधिकारों पर हमारी भी राय है, विशेषकर जिसका संबंध हमारे अपने (भारतीय) समुदाय से है।" मानवाधिकारों के मुद्दे पर भारत को लगातार ज्ञान दे रहे अमेरिका को भारत ने अब तक का सबसे कड़ा संदेश दिया था।

क्या अमेरिका को शेष विश्व के 'मानवाधिकारों' और 'सहिष्णुता' का पाठ पढ़ाने से पहले स्वयं अपने गिरेबाँ में नहीं झाँकना चाहिए? इसे लेकर अमेरिका का रवैया सदैव ही निराशाजनक रहा है। यहाँ की ग्वांतानामो जेल नें कैदियों से व्यवहार सोवियत संघ के तानाशाह रहे जोसेफ स्टालिन से कम क्रूर नहीं है। वर्ष 2006 में संयुक्त राष्ट्र ने ग्वांतानामो जेल को मानवाधिकारों पर कलंक बताया था। इतिहास साक्षी है कि विश्व के अधिनायकवादी शासकों को अमेरिका का प्रत्यक्ष-परोक्ष संरक्षण प्राप्त रहा है। चाहे पाकिस्तान के सैन्य तानाशाह हों या फिर चीन का दमनकारी वामपंथी शासन। इन दोनों देशों में मानवाधिकारों का रिकॉर्ड और बुद्धिजीवियों व अल्पसंख्यकों से व्यवहार शर्मनाक रहा है। यही नहीं, अमेरिका में वर्ष 2013–21 के बीच पुलिस ने 9,000 (अधिकांश निरपराध और निहत्थे) से अधिक लोगों को गोलियों से भून डाला था।

अमेरिका में अश्वेतों के नस्लीय दमन का इतिहास लंबा है। निहत्थे और निरपराध अश्वेतों को आज भी पुलिस मनमाने तरीके से गोली से उड़ा देती है। 22 नवंबर, 2014 को ओहियो स्थित क्लीवलैंड में 12 वर्षीय अश्वेत तामिर राइस को अश्वेत पुलिस

अधिकारी टिमोथी लेमैन ने गोली मार दी, क्योंकि तामिर खिलौना बंदूक से खेल रहा था। ऐसी ही दुर्भाग्यपूर्ण नियति का शिकार हुए अनगिनत अश्वेतों में माइकल ब्राउन और वॉल्टर स्कॉट के नाम भी शामिल हैं। गार्जियन समाचार-पत्र की एक रिपोर्ट के अनुसार, वर्ष 2015 में अमेरिका में 1,134 लोगों को पुलिस द्वारा मौत के घाट उतार दिया गया था, जिसमें 25 प्रतिशत से अधिक निहत्थे अश्वेत थे। इसी प्रकार 2021 में जितने लोग अमेरिकी श्वेत पुलिसकर्मियों की गोली का शिकार हुए, उसमें 27 प्रतिशत से अधिक अश्वेत थे। 25 मई, 2020 को एक श्वेत पुलिसकर्मी द्वारा अश्वेत जॉर्ज फ्लॉयड की गरदन दबाकर निर्मम हत्या कर दी गई थी, जिसके बाद भड़की हिंसा ने अमेरिका के 2,000 कस्बों-शहरों को अपने कब्जे में ले लिया था। भीषण लूटपाट के साथ करोड़ों-अरबों की निजी-सार्वजनिक संपत्ति को फूँक दिया गया था। हिंसा में 19 लोग मारे गए थे, जबकि 14 हजार लोगों की गिरफ्तारियाँ हुई थीं। अमेरिका में अश्वेतों के दमन का इतिहास सैकड़ों वर्ष पुराना है। 1889 से 1922 के बीच अमेरिका में कुल 3436 अश्वेतों को उग्र श्वेत लोगों की भीड़ ने मार डाला था। 1918 से 1921 के बीच अमेरिका में 28 अफ्रीकी मूल के अमेरिकी नागरिकों को भीड़ ने जलाकर मार डाला था। श्वेत पुलिसकर्मियों-अधिकारियों की इस बर्बरता के पीछे ऐतिहासिक और मजहबी कारण हैं। सन् 1555 से लेकर 1865 तक, अधिकांश अफ्रीकियों को गुलामी के लिए जबरन अमेरिका में लाया गया। उनसे पशुतुल्य व्यवहार किया जाता था और अमेरिका में दासता के पैरोकार अपने अमानवीय कृत्यों के समर्थन में प्राय: बाइबल को उद्धृत करते थे। पवित्र बाइबल के पुराने विधान में जहाँ गुलामों के मालिकों के लिए दिशा-निर्देश हैं और दासों को मालिक की संपत्ति बताया गया है, वहीं उसके नए विधान में स्वामी व दास के बीच संबंधों का वर्णन है।

यह वाक्य बाइबल से उद्धृत है, "हे दासो, जैसे तुम मसीह की आज्ञा मानते हो, उसी प्रकार डरते और काँपते हुए, निष्कपट हृदय से उनकी भी आज्ञा मानो, जो शारीरिक रूप से तुम्हारे स्वामी हैं।" (इफिसियों 6-5) बाइबल में ऐसे कई संदर्भ हैं, जो दासता का समर्थन और दास व उनके मालिकों के बीच के संबंधों को परिभाषित करते हैं, जिसमें निर्गमन 21:2-6, 21:20-21, पतरस-1 2:18-21, कुलुस्सियों 3:22, 4:1, लैव्यवस्था 25:44-46 शामिल है।[13] अकसर, भारत में दलित अत्याचारों की घटना सामने आने पर मनुस्मृति को उद्धृत किया जाता है, उसे सार्वजनिक रूप से जलाया भी जाता है और महाभारत के एकलव्य की चर्चा होती है। किंतु अमेरिका में सदियों से अश्वेतों को प्रताड़ित करने के पीछे, जो ईसाई मत का दर्शन है, क्या उसपर विवेचना नहीं होनी चाहिए?

वास्तव में, भारत में दलितों से संबंधित हिंसक घटनाओं पर अमेरिकी प्रतिक्रिया मजहबी पृष्ठभूमि पर आधारित है। अमेरिका और यूरोपीय देश आज उसी औपनिवेशिक

मानसिकता से ग्रस्त हैं, जिसने भारत में अपना शासन कायम रखने के लिए दलित-संवर्णों के बीच की खाई को और चौड़ा किया था। इस कार्य में उन्हें ईसाई मिशनरियों का भरपूर सहयोग मिला था। स्वाधीनता के 75 वर्ष पश्चात् भी कई ईसाई मिशनरियाँ भारत में सक्रिय हैं, जो देश के पिछड़े और आदिवासी क्षेत्रों में लालच और भय के बल पर मतांतरण के कार्य में व्यस्त हैं।

संदर्भ—

1. Meet Bindu Ammini And Kanaka Durga, The First Women To Enter Sabarimala Temple. The Outlook. Mar 08, 2023. https://www.outlookindia.com/national/international-womens-day-meet-bindu-ammini-and-kanaka-durga-the-first-women-to-enter-sabarimala-temple-news-267762
2. Sabarimala verdict: It was Mahendran who began legal battle seeking ban on women entry. Times of India. Sep 28, 2018. http://timesofindia.indiatimes.com/articleshow/65991813.cms?utm_source=contentofinterest&utm_medium=text&utm_campaign=cppst
3. Devotion Cannot Be Subjected To Gender Discrimination, SC Allows Women Entry In Sabarimala By 4:1 Majority; Lone Woman In The Bench Dissents. Live law. 28.09.2018. https://www.livelaw.in/sabarimala-devotion-cannot-be-subjected-to-gender-discrimination-sc-allows-women-entry-by-41-majority-lone-woman-in-the-bench-dissents/
4. Kerala CM Pinarayi Vijayan on Sabarimala row: 'Even Ayyappa's abode was used as camp for criminals'. Indian Express. 25-10-2018. https://indianexpress.com/article/india/sabarimala-temple-row-even-ayyappas-abode-was-used-as-camp-for-criminals-says-kerala-cm-pinarayi-vijayan-5419011/
5. Rationality Has No Place in Matters Of Faith: Justice Indu Malhotra Opposes Women Entry In Sabarimala. Live law. 28.09.2018. https://www.livelaw.in/rationality-has-no-place-in-matters-of-faith-justice-indu-malhotra-opposes-women-entry-in-sabarimala/
6. Sabarimala entry by women 'sponsored'. The Tribune. Jan 3, 2019. https://www.tribuneindia.com/news/archive/nation/sabarimala-entry-by-women-sponsored-708543
7. Sabarimala row: Sonia Gandhi stops black band protest by Congress MPs. Indian Express. 04-01-2019. https://indianexpress.com/article/india/sabarimala-sonia-gandhi-stops-black-band-protest-by-congress-mps-5522499/
8. सत्ता समीकरण और दलित. अमर उजाला. 25.10.2021. (Annexure 24) https://www.amarujala.com/columns/opinion/power-equation-and-dalit-it-is-shameful-that-atrocities-on-scheduled-castes
9. In The Dark of His Troubles. 15 February, 2016, The Outlook (Annexure 21)
10. "IUML promised Rs. 20 lakh for house but went back on word, alleges

Radhika Vemula", 'The News Minute' 16 JUNE, 2018 (Annexure 22)

11. B.R. Ambedkar Speeches, Prasar Bharati. Dr. B.R. Ambedkar's Concluding remarks in the Constituent Assembly on Constitution on November 25, 1949. Pg. 41.
12. Jogendra Nath Mandal wrote resignation letter to the Prime Minister of Pakistan, Liaquat Ali Khan, 1950. (Annexure 17)
13. The Bible Tells Me So: Uses and Abuses of Holy Scripture, By Jim Hill & Rand Cheadle. Pg 24-27. Published by Anchor (USA); First Edition (December 1, 1995)

□

29

विमर्श बिगड़ने का परिणाम-5 किसान आंदोलन पर झूठा नैरेटिव

किसने छिपाया किसान आंदोलन का सच

इसी कड़ी में सितंबर 2020 में संसद द्वारा पारित तीन कृषि सुधार कानूनों— कृषक उपज व्यापार और वाणिज्य (संवर्धन और सरलीकरण), कृषक (सशक्तीकरण व संरक्षण) मूल्य आश्वासन और कृषि सेवा समझौता विधेयक, को मार्क्स-मैकाले नैरेटिव ने लील लिया। नवंबर 2020 से सालभर चले किसान आंदोलन को लेकर कुछ स्थापित तथ्य थे। पहला—कृषि सुधारों के खिलाफ आंदोलित ये किसान देश के कुल 14.5 करोड़ किसानों में से मात्र 4-5 लाख का प्रतिनिधित्व करते थे। दूसरा—यह संघर्ष यथार्थवादी आढ़तियों, बिचौलियों, दलालों और नव-धनाढ्य किसानों के वित्तीय हितों और अस्तित्व की रक्षा को लेकर था। और तीसरा—इस विरोध प्रदर्शन का लाभ पराजित विपक्षी दलों के समर्थन से जिहादी, खालिस्तानी, वामपंथी, वंशवादी और प्रतिबंधित एनजीओ और शहरी नक्सली जैसी प्रमाणित भारत विरोधी ताकतें अपने-अपने एजेंडे की पूर्ति के लिए उठा रहे थे।

क्या सच में कृषि सुधार कानून किसान विरोधी था, जैसा विमर्श बनाया गया था? इसका उत्तर कृषि कानूनों का अध्ययन करने के लिए सर्वोच्च न्यायालय द्वारा नियुक्त समिति की रिपोर्ट से स्पष्ट है, जिसे तीनों कृषि सुधार कानूनों को वापस लेने के बाद 21 मार्च, 2022 को सार्वजनिक किया गया था। इसके अनुसार, 3.83 करोड़ किसानों का प्रतिनिधित्व करने वाले 73 किसान संगठनों में से 85.7 प्रतिशत अर्थात् 61 संगठनों ने तीनों कृषि कानूनों का समर्थन किया था, जिनमें कुल 3.3 करोड़ किसान शामिल थे। मात्र 51 लाख किसानों का प्रतिनिधित्व करने वाले 13.3 प्रतिशत, अर्थात् चार कृषक संगठन इसके विरोध में थे। 3.6 लाख किसानों का प्रतिनिधित्व करने वाले सात संगठन इन कानूनों के कुछ प्रावधानों में संशोधन के पक्षधर थे। संयुक्त किसान मोर्चा

(एस.के.एम.) की पताका तले आंदोलन करने वाले 40 संगठनों ने बार-बार अनुरोध करने के बाद अपनी राय समिति के समक्ष प्रस्तुत नहीं की। समिति के सदस्यों में से एक और किसान नेता अनिल घनवट ने राष्ट्रीय राजधानी में संवाददाता सम्मेलन में इस रिपोर्ट को जारी करते हुए कहा था, "19 मार्च, 2021 को हमने उच्चतम न्यायालय को रिपोर्ट सौंपी। हमने शीर्ष अदालत को तीन बार पत्र लिखकर रिपोर्ट जारी करने का अनुरोध किया। लेकिन हमें कोई जवाब नहीं मिला।" उन्होंने कहा, "मैं आज (22 मार्च) यह रिपोर्ट जारी कर रहा हूँ, क्योंकि तीनों कानूनों को निरस्त कर दिया गया है। इसलिए अब इसकी कोई प्रासंगिकता नहीं है।"[1]

किसानों के एक वर्ग के अतिरिक्त आखिर वे लोग कौन थे, जिन्होंने देश में इन कानूनों के खिलाफ वातावरण बनाया? प्रधानमंत्री नरेंद्र मोदी ने 8 फरवरी, 2021 को राज्यसभा में राष्ट्रपति के अभिभाषण पर चर्चा में हिस्सा लेते हुए व्यंग्य-विनोद में 'आंदोलनजीवी' शब्दावली का उल्लेख किया था। वास्तव में, ये लोग अलग-अलग रूपों में भारत की मूल सनातन और बहुलतावादी भावना के खिलाफ दशकों से प्रपंच रच रहे हैं। चूँकि अपनी विभाजनकारी मानसिकता और भारत-विरोधी चरित्र के कारण यह समूह अपने बल पर भारत में कोई भी आंदोलन खड़ा करने में असमर्थ है, इसलिए वे दशकों से, विशेषकर वर्ष 2014 के बाद से देश में सत्ता-अधिष्ठान विरोधी प्रदर्शनों (वर्तमान किसान आंदोलन सहित) में शामिल होकर खंडित भारत को फिर से टुकड़ों में विभाजित करने का प्रयास करते आ रहे हैं।

जिस संयुक्त किसान मोर्चा (एस.के.एम.) ने किसान आंदोलन का नेतृत्व किया था और मोदी सरकार से कई दौर की वार्त्ता भी की थी, उसकी वास्तविकता क्या है? प्रारंभ से इस संगठन के स्वघोषित किसान नेता जिस प्रकार के वक्तव्य दे रहे थे, वह स्पष्ट संकेत देते थे कि उनकी मंशा किसानों का हित करना नहीं, बल्कि सत्ताधारी भाजपा को चुनावों में परास्त कराना ही उनका एकमात्र उद्देश्य था। तब मार्क्स-मैकाले मानसपुत्रों ने इस वास्तविकता पर पर्दा डालने का भरसक प्रयास किया। परंतु यह प्रयास उस समय बौखलाहट में परिवर्तित हो गया, जब 2022 के उत्तर प्रदेश विधानसभा चुनाव में भाजपा ऐतिहासिक विजय और पूर्ण बहुमत के साथ फिर से सत्ता में लौट आई। इस संबंध में एस.के.एम. की समन्वय समिति के सदस्य, स्वघोषित चुनाव विश्लेषक और राजनीतिज्ञ योगेंद्र यादव के वे विचार महत्त्वपूर्ण हो जाते हैं, जिसे उन्होंने टी.वी. साक्षात्कार के दौरान दिया था। 10 मार्च, 2022 को मतगणना के दौरान सभी न्यूज चैनलों की भाँति एन.डी.टी.वी. भी इससे संबंधित कार्यक्रम का सीधा प्रसारण कर रहा था। तब इस चैनल ने इस मुद्दे पर चर्चा के लिए योगेंद्र यादव को भी आमंत्रित किया था। इसमें योगेंद्र यादव ने यह स्वीकार करते हुए कहा था,

"राकेश टिकैत और मैंने पूरे यूपी का दौरा किया। चुनाव के खिलाड़ी हम नहीं हैं। अगर क्रिकेट की बात करें, तो हमारा काम था रोलर चलाना। हमने रोलर चलाया। हमने रोलर इसलिए चलाया कि फास्ट बॉलर को मदद मिले, लेकिन बॉलिंग करना हमारा काम नहीं था।" योगेंद्र ने कहा कि संयुक्त किसान मोर्चा ने उत्तर प्रदेश चुनाव से पहले एक रणनीति बनाई और सर्वसम्मति से यह निर्णय लिया गया कि वे आगामी चुनावों में उत्तर प्रदेश राज्य में भाजपा को 'सजा' देंगे। यहाँ यादव का आशय यह था कि उन्होंने किसान आंदोलन के माध्यम से भाजपा विरोधी जमीन तैयार करने में कोई कसर नहीं छोड़ी, लेकिन इसके बावजूद उत्तर प्रदेश में भाजपा की मुख्य प्रतिद्वंद्वी समाजवादी पार्टी ने अपनी भूमिका ठीक से नहीं निभाई। उसी कार्यक्रम में योगेंद्र यादव यह भी स्वीकार कर रहे थे, "पश्चिम बंगाल में हमने खुल्लम-खुल्ला कहा था कि बीजेपी को हराओ...काम टी.एम.सी. ने किया, हमने केवल पिच तैयार की और पिच का कुछ तो प्रभाव रहा होगा।"[2] यहाँ योंगेंद्र 2021 के प. बंगाल विधानसभा चुनाव का उल्लेख कर रहे हैं, जिसमें भाजपा चुनाव तो जीत नहीं पाई थी, किंतु वह प्रदेश में अब तक सबसे उत्कृष्ट प्रदर्शन करके लगभग 37.97 प्रतिशत वोट (2016 के चुनाव से लगभग 28 प्रतिशत अधिक) और 77 सीटों (2016 के चुनाव से 74 अधिक) के साथ मजबूत विपक्ष के रूप में स्थापित हुई थी।

यही नहीं, संयुक्त किसान मोर्चा किस प्रकार प्रत्यक्ष-परोक्ष रूप से खालिस्तानी तत्त्वों द्वारा नियंत्रित और संचालित था, यह पंजाब किसान यूनियन के तत्कालीन अध्यक्ष रुलदू सिंह मनसा के जुलाई 2021 में एस.के.एम. से 15 दिन के निलंबन से स्पष्ट होती है। मंच से दिए एक भाषण के दौरान मनसा ने खालिस्तानी आतंकी जरनैल सिंह भिंडराँवाले और प्रतिबंधित खालिस्तानी संगठन सिख फॉर जस्टिस के मुखिया गुरपतवंत सिंह पन्नू की आलोचना की थी। मनसा ने पन्नू पर सिख युवाओं को बहकाने और मरवाने का गंभीर आरोप लगाया था। इससे नाराज एस.के.एम. ने मनसा को निलंबित कर दिया। उनकी आपत्ति में हैरान करने वाली बात यह भी सामने आई कि एस.के.एम. मनसा के पूरे भाषण से नाराज नहीं था।[3] मनसा ने तब लगभग 10 मिनट का भाषण दिया था, जिसमें उन्होंने कई बातें प्रधानमंत्री नरेंद्र मोदी और भाजपा सरकार के खिलाफ भी कही थीं। किसान मोर्चे को आपत्ति केवल उस बात पर थी, जिसमें मनसा ने भिंडराँवाले और पन्नू विरोधी टिप्पणी की थी। बात केवल यहीं तक ही सीमित नहीं थी। उस समय मनसा के साथियों पर रात के समय खालिस्तान समर्थकों ने हमला भी कर दिया था, जिसमें गुरवेंदर सिंह नामक किसान के सिर में गंभीर चोट आई थी।

सच तो यह है कि किसान आंदोलन में शामिल खालिस्तानी तत्त्वों को खेतिहर

का नकाब पहनाकर हिंदू-सिख संबंध में गहरी दरार डालने का भी प्रयास किया गया था। यह सब उस नैरेविट के कारण हुआ, जिसमें सिख गुरुओं की परंपराओं के बजाय मैक्स आर्थर मैकॉलिफ द्वारा स्थापित दर्शन था। इसका उल्लेख मैंने अध्याय-18 में विस्तारपूर्वक किया है। यह देश की राजधानी दिल्ली से सटी सीमाओं पर 25 नवंबर, 2020 से लेकर 21 दिसंबर, 2021 तक सीमा पर दिखे अराजक माहौल, 26 जनवरी, 2021 को उग्र भीड़ द्वारा गणतंत्र दिवस के दिन राष्ट्रीय अस्मिता के प्रतीक लालकिले की प्राचीर पर मजहबी झंडा लहराने, नंगी तलवारों और धारदार हथियारों के साथ सड़कों पर उन्माद, सैकड़ों ट्रैक्टरों पर सवार होकर सुरक्षा में तैनात पुलिसकर्मियों को मारने के उद्‌देश्य से रौंदने का प्रयास, दिल्ली सीमा के आसपास प्रदर्शनकारियों की तख्तियों, परिधानों और वाहनों पर खालिस्तानी आतंकवादी जरनैल सिंह भिंडराँवाले की लगी तसवीरों, दिवंगत पूर्व प्रधानमंत्री इंदिरा गांधी की तरह वर्तमान प्रधानमंत्री नरेंद्र मोदी को मौत के घाट उतारने के खुलेआम आह्वान से स्पष्ट था।

इस दौरान देश ने वह बर्बर तसवीरें भी देखी थीं, जिसमें 15 अक्तूबर, 2021 को दलित लखबीर को सिख पंथ की बेअदबी के कारण न केवल निहंगों ने निर्ममता के साथ और असीम यातना देकर मार डाला, बल्कि उसके शव को क्षत-विक्षत करके प्रदर्शनस्थल पर लटका दिया। इससे पहले एक महिला से सामूहिक बलात्कार की खबर भी आई थी, जिसमें छह लोगों के खिलाफ प्राथमिकी भी दर्ज हुई है। इन सभी अराजकताओं पर वह विकृत समूह सुविधाजनक रूप से मौन रहा, जो मानवाधिकार, महिला अधिकारों, संवैधानिक-लोकतांत्रिक मर्यादाओं आदि के नाम पर अकसर आंदोलित रहता है।

करोड़ों किसानों के जीवन में उन्नति की लौ का कारण बने इन कृषि सुधार कानूनों, जिन्हें सितंबर 2020 में संसद् से पारित किया गया था, उन्हें 'काला' बताकर, जो तमाशा दिल्ली सीमा और उसके आसपास के क्षेत्रों में 25 नवंबर, 2020 में शुरू किया गया था, वह 19 नवंबर, 2021 को कानूनों के निरस्तीकरण की घोषणा के पश्चात् एकाएक खत्म हो जाना चाहिए था। लेकिन ऐसा नहीं हुआ। वास्तव में, यह प्रदर्शन न तो कृषि-हितों से सरोकार रखता था और न ही वास्तविक किसानों द्वारा किया जा रहा था। विवाद तो विचारधारा का था, परंतु मीडिया के उस वर्ग ने इस वैचारिक संघर्ष को किसान आंदोलन का नाम देकर प्रदर्शनकारियों के मूल उद्‌देश्य को छिपा दिया, जिसका मुखौटा कई अवसरों पर उतर भी चुका था। हैरान करने वाली बात तो यह है कि मीडिया का एक वर्ग, तथाकथित किसान नेता और विपक्षी दल बार-बार आरोप लगा रहे थे कि इस आंदोलन के दौरान 700 किसानों की मौत हो गई थी, जिन्हें सरकार मुआवजा दे। यह स्थापित सत्य है कि भड़काऊ वक्तव्यों,

सड़क पर अवैध कब्जा करके वहाँ स्थायी निर्माण करने, अराजकता फैलाने और प्रधानमंत्री की हत्या की खुलेआम धमकी देने के बाद प्रदर्शनकारियों पर सुरक्षाबलों ने कानून-व्यवस्था बनाए रखने के लिए जवाबी काररवाई में कुछ बलप्रयोग तो किया, किंतु किसी पर गोली नहीं चलाई। फिर ये संदिग्ध आँकड़े कहाँ से आए? शायद ही मीडिया ने इस प्रकार मुआवजे की माँग करने वालों से यह प्रश्न पूछा था। इसका कारण प्रदर्शनकारियों का वह हिंसक व्यवहार भी हो सकता है, जिसमें उनसे 'अनुकूल सवाल' नहीं पूछने वालों को प्रताड़ित किया जाता था।

अनुमान लगाना कठिन नहीं कि कैसे संसद् में बहुमत के आधार पर पारित और देश के दो-तिहाई से अधिक किसानों के समर्थन के बाद भी उन तीनों कृषि सुधार कानूनों का न केवल दानवीकरण कर दिया गया, बल्कि देश की सुरक्षा, अखंडता और एकता को भी इस सीमा तक खतरे में डाल दिया गया कि तत्कालीन मोदी सरकार को न चाहते हुए भी देश की एकता, अखंडता और संप्रभुता को अक्षुण्ण रखने के लिए वे तीनों कानून वापस लेने पड़े। 19 नवंबर, 2021 को गुरुनानक जयंती के दिन प्रधानमंत्री नरेंद्र मोदी का राष्ट्र के नाम संबोधन इसका प्रमाण है। तब उन्होंने कहा था, "जो किया (कानून लाना) किसानों के लिए किया, जो कर (कानूनी वापसी प्रक्रिया) रहा हूँ, देश के लिए कर रहा हूँ।" इसी प्रकार प्रधानमंत्री मोदी ने समाचार एजेंसी एएनआई को 9 फरवरी, 2022 को दिए साक्षात्कार में कहा था, "केंद्र सरकार द्वारा किसानों के लाभ के लिए लाए गए तीन कृषि कानूनों के विरोध में किसानों ने लगभग एक साल तक दिल्ली की सीमाओं पर आंदोलन किया। लेकिन देश हित में तीनों कानूनों को वापस ले लिया गया। मैंने पहले भी यह कहा है कि किसानों के लाभ के लिए कृषि कानून लाए गए थे, लेकिन अब देश के हित में वापस ले लिये गए हैं। मुझे नहीं लगता कि इसे अब और समझाया जाना चाहिए। भविष्य की घटनाओं से यह स्पष्ट हो जाएगा कि क्यों ये कदम आवश्यक थे।'[5]

स्वतंत्र भारत में सभी राजनीतिक दल जिन मुद्दों पर अकसर एक राय रखते मिलते हैं, उसमें एक मुद्दा किसान हित और कृषि क्षेत्र के विकास से जुड़ा है। स्वाधीनता के साढ़े सात दशक बीत जाने के बाद भी कृषि क्षेत्र न केवल विकासहीनता का शिकार है, बल्कि यह किसानों द्वारा आत्महत्याओं का एक बड़ा कारण भी है। ऐसे में इस स्थिति में सुधार के लिए लगभग सभी दल प्राथमिकता देते रहे हैं। किंतु इस संबंध में जब मई 2014 से सत्तासीन भाजपा ने सितंबर 2020 में अति वांछनीय तीन कृषि सुधार कानून संसद् से पारित किए, तब किसानों का एक समूह इसके विरोध में खड़ा हो गया। इन कानूनों की आवश्यकता इस बात से भी स्पष्ट थी कि देश की लगभग आधी श्रमशक्ति कृषि पर निर्भर होने के बाद भी प्रतिवर्ष भारत का

कृषि आयात वित्तवर्ष 2015-16 से 2017-18 में एक से डेढ़ लाख करोड़ रुपए से अधिक को पार कर गया था।

इस स्थिति में आमूलचूल परिवर्तन लाने के लिए मोदी सरकार करोड़ों किसानों के जीवन को सुधारने और उनकी आय को वर्ष 2022 तक कम-से-कम दोगुना करने की दृष्टि से तीन कृषि कानून लाई। इन कानूनों का उद्देश्य किसानों को आढ़तियों और बिचौलियों के चंगुल से मुक्त करना, न्यूनतम समर्थन मूल्य (एम.एस.पी.) पर मंडी के साथ बिक्री के लिए अन्य विकल्प देना और फसलों के विविधीकरण, जिसमें किसानों को धान-गेहूँ की पारंपरिक खेती के अतिरिक्त आज के स्वाद अनुसार खाद्यों पदार्थों की पैदावार करने के लिए प्रोत्साहित और प्रशिक्षित करना था। किंतु कृषि सुधार विरोधियों के प्रदर्शन के बीच मीडिया के बड़े भाग ने इस ओर ध्यान देना उचित नहीं समझा।

भारत में हम जब भी किसानों की बात करते हैं, तो एकाएक मन में एक सीधे-सादे, देशभक्त, संस्कारवान, धैर्यशील और अथक परिश्रमी व्यक्ति की छवि बन आती है। वह अपने खून-पसीने से न केवल अपना और अपने परिवार का पेट पालता है, साथ ही देश के लिए लाखों टन अनाज, दूसरे खाद्य पदार्थों और अन्य उत्पादों की पैदावार भी करता है। यह सच है कि किसानों को दशकों से उनकी सतत मेहनत का वांछित लाभ नहीं मिल रहा है। स्वतंत्र भारत में प्रारंभ से विभिन्न सरकारों ने ग्रामीण क्षेत्रों की तुलना में नगरों पर अधिक ध्यान केंद्रित किया। इससे कालांतर में दोनों ही क्षेत्रों के बीच विषमता-असमानता की खाई और गहरी हो गई। परिणामस्वरूप, किसानों और कृषि मजदूरों का जीवनस्तर गिरता चला गया। वर्तमान समय में कुल भारतीय श्रमिकों में 50 प्रतिशत से अधिक हिस्सा कृषि या उससे संबंधित कामगारों का है। वर्ष 1950 में यह आँकड़ा कुल श्रमिकों का दो-तिहाई से भी अधिक था, जिनकी सकल घरेलू उत्पाद (जीडीपी) में भागीदारी 55 प्रतिशत से अधिक थी। सात दशक बाद भी इनकी संख्या राष्ट्रीय श्रमबल की आधी है, तो जीडीपी में उनका योगदान मात्र 17-18 प्रतिशत है।

सच तो यह है कि किसान आंदोलन (2020-21) भारतीय कृषक समाज के अभिजात्य वर्ग के दशकों पुराने विशेषाधिकार को यथावत् बनाए रखने के लिए शेष किसानों (12 करोड़ छोटे-सीमांत किसान सहित) और उनके हितों के खिलाफ संगठित-संसाधन युक्त संघर्ष था। यह सब आंदोलन में हिस्सा लेने वाले अधिकांश किसानों की विलासी जीवनशैली, उनके लंबे-चौड़े मोटर-वाहनों, आधुनिक परिधानों, महँगे स्मार्टफोन और पाश्चात्य भोजन के सेवन से स्पष्ट भी था। इनके विरोध-प्रदर्शन में मुंशी प्रेमचंद का किसान केवल मुखौटा भर था।[6]

वर्ष 2020-21 तक देश में बड़े किसानों (चार हेक्टेयर भूमि या अधिक के

स्वामी) की संख्या 2.2 प्रतिशत थी, जिनके पास देश की कुल कृषि-भूमि का 24.6 प्रतिशत हिस्सा था। वही पंजाब-हरियाणा में 36.3 प्रतिशत कृषि-भूमि पर 3.7 प्रतिशत बड़े किसानों का स्वामित्व था। बात यदि कृषि भू-धारण की करें, तो पंजाब में यह औसत 3.62 हेक्टेयर था, जबकि अखिल भारतीय स्तर पर यह औसत 1.08 हेक्टेयर, तो बिहार में मात्र 0.4 हेक्टेयर है। इसका अर्थ यह हुआ कि इन बड़े किसानों के पास सरकार को एम.एस.पी. दर पर बेचने लायक सर्वाधिक कृषि उत्पाद था। यह स्थिति तब थी जब पंजाब की कुल आबादी में दलित 32 प्रतिशत थे और उनके पास मात्र तीन प्रतिशत कृषि-भूमि थी। यही नहीं, किसान आंदोलन के समय पंजाब में अनुबंध खेती अधिनियम 2013 से लागू था, जिसमें किसान यदि अनुबंध तोड़ता है, तो उसे एक महीने की कैद से लेकर पाँच लाख रुपए जुरमाने का प्रावधान था। केंद्रीय कृषि सुधार कानून इस विकृति से मुक्त था, लेकिन फिर भी आंदोलन हुआ।

भारत में खाद्यान्न इतना पैदा होता है कि सार्वजनिक वितरण प्रणाली के माध्यम से सरकार द्वारा करोड़ों लोगों को मुफ्त में बाँटने के बाद भी भंडारण बड़ी मात्रा में बच जाता है। सरकारी एजेंसियों द्वारा खरीदा जाने वाला सभी प्रकार का चावल-गेहूँ आधे से अधिक पंजाब, हरियाणा और पश्चिमी उत्तर प्रदेश से आता है। वित्तवर्ष 2019-20 में यह आँकड़ा 75 प्रतिशत से अधिक था। सहज समझा जा सकता है कि देश में इन क्षेत्रों के बड़े किसान नए कृषि कानूनों के खिलाफ सर्वाधिक आंदोलित क्यों थे? पंजाब और हरियाणा में चावल-गेहूँ की पैदावार अधिक होने के कारण यहाँ शेष देश की तुलना में कम लागत, उर्वर कृषि-भूमि और सिंचाई संसाधनों से युक्त होना है। यहाँ किसानों को एम.एस.पी. सुविधा के अतिरिक्त पीएम-किसान योजना का लाभ, सस्ती दरों पर बिजली-पानी के साथ कर्ज भी मिलता है, जिसके लोकलुभावन नीति के अंतर्गत माफ होने की संभावना भी बनी रहती है। वर्ष 2021 के एक आँकड़े के अनुसार, पंजाब के 10 लाख किसानों को बिजली-पानी पर 13 हजार करोड़ रुपए, अर्थात् प्रदेश के प्रत्येक किसान को औसतन 1.22 लाख रुपए की प्रतिवर्ष सब्सिडी मिलती थी। अर्थात् लागत न्यूनतम या लगभग न के बराबर और लाभ निश्चित। इसी कारण इस क्षेत्र में फसलों का ढाँचा असंतुलित होता गया, भूजल का स्तर गिर गया, जैव-विविधता क्षतिग्रस्त, तो रासायनिक खादों से भूमि की उर्वरता नष्ट हो गई है।

वर्ष 2021 में प्रस्तुत आम बजट के अनुसार, सरकार ने एम.एस.पी. दर पर तत्कालीन चालू वित्तवर्ष में 2.80 लाख करोड़ रुपए से अधिक में केवल चार फसलें (गेहूँ, धान, दालें और कपास) खरीदी थीं। अकेले धान की एम.एस.पी. खरीद 1.42 लाख करोड़ रुपए है, जिसका 45 प्रतिशत भुगतान पंजाब के किसानों को हुआ। यह स्थिति तब थी, जब एम.एस.पी. का लाभ लेने वाले किसान देश के मात्र छह प्रतिशत

किसान ही हैं। एक ओर बहुत ही छोटे अनुपात में बड़े और समृद्ध किसान (आढ़ती सहित) हैं, तो दूसरी तरफ छोटे-सीमांत किसानों की दुर्गति है। यह किसान सीमित कृषि-भूमि होने के कारण बाजार में बेचने योग्य जितनी पैदावार करते हैं, उससे कहीं अधिक मात्रा में वे अनाज बाजार से खरीदते हैं। वास्तव में, ऐसे छोटे किसान उत्पादक कम हैं और शुद्ध खरीदार अधिक हैं।[7]

किसानों द्वारा आत्महत्या का मुख्य कारण उनका आर्थिक संकट (कर्ज सहित) में फँसा होना होता है। राष्ट्रीय अपराध रिकॉर्ड ब्यूरो के अनुसार, 1995-2019 के बीच 3.5 लाख किसान (श्रमिक सहित) आत्महत्या कर चुके थे, जिसमें अकेले 2004 में सर्वाधिक 18,241 मामले सामने आए थे। किसानों द्वारा खुदकुशी का सिलसिला रुका नहीं है। वर्ष 2019 में भी 10,281 किसानों ने आत्महत्या की थी। यह स्थिति तब थी, जब पिछले छह वर्षों में दस राज्यों की सरकारों ने किसानों के लगभग दो लाख करोड़ रुपए से अधिक की कर्ज माफी की घोषणा की थी। इसमें से सवा लाख करोड़ से अधिक का ऋण माफ भी किया जा चुका था।

वास्तव में, तीन कृषि कानून संबंधित विवाद पर विश्वप्रसिद्ध अंग्रेजी विद्वान् विलियम शेक्सपियर द्वारा लिखित हास्य नाटक का शीर्षक 'Much Ado About Nothing' अर्थात् 'बेकार की बातों पर झमेला' बिल्कुल सटीक बैठता है।

संदर्भ—

1. Most farmers' bodies supported the three farm laws, SC-appointed panel's report reveals. Indian Express. March 22, 2022. https://indianexpress.com/article/cities/pune/supreme-court-panel-farm-laws-committee-report-7829332/
2. Yogendra Yadav admits that he and Rakesh Tikait created a 'conducive pitch' to defeat BJP by organizing farmer protests but SP 'did not bowl well'. Op-India. 12 March, 2022. https://www.opindia.com/2022/03/yogendra-yadav-admits-that-farmer-protest-was-meant-to-defeat-bjp-in-up/
3. Samyukt Kisan Morcha suspends Kisan Union leader Ruldu Singh for criticising Khalistani terrorist Bhindranwale and SFJ's Pannu during his speech. Op-India. 26 July, 2021. https://www.opindia.com/2021/07/samyukt-kisan-morcha-suspends-kisan-union-leader-for-speaking-against-khalistani-terrorist-bhindranwale-and-sfjs-pannu/
4. Prime Minister addresses the Nation. 19 NOV 2021 by PIB Delhi. https://pib.gov.in/PressReleasePage.aspx?PRID=1773138
5. Farm laws were brought for benefit of farmers and withdrawn in the interest of nation: PM Modi. ANI. Feb 09, 2022. https://www.aninews.in/news/national/politics/farm-laws-were-brought-for-benefit-of-farmers-and-withdrawn-in-the-interest-of-nation-pm-

modi20220209194552/

6. After massage parlour and 'gym langar', video emerges of farmers making pizza, netizens wonder how they can join the 'protest'. Op-India. Dec 12, 2020. https://www.opindia.com/2020/12/farmers-protest-gym-langar-pizza-making-massage-parlour-khalistanis/
7. Agitation against farm laws only serves interest of rich, elite farmers. By Balbir Punj. Indian Express. Feb 09, 2021. https://indianexpress.com/article/opinion/columns/farm-laws-agitation-framers-msp-agriculture-sector-india-7180219/

□

30

विमर्श बिगड़ने का परिणाम-6 भारतीय एनजीओ और विदेशी एजेंडा नैरेटिव गढ़ने के नए कारखाने

जिस भारत विरोधी चिंतन से मजहबी थॉमस बैबिंगटन मैकाले ग्रस्त था, उससे शेष विश्व का एक बहुत बड़ा भाग आज भी न केवल जकड़ा हुआ है, बल्कि अपने एजेंडे के अनुरूप वैश्विक नैरेटिव को प्रभावित करने की क्षमता भी रखता है। उसके लिए यदि आवश्यकता पड़ी, तो तथ्यों की अवहेलना या फिर मनगढ़ंत तथ्य पैदा करने में कोइं संकोच नहीं किया जाता। इस संबंध में पहले नैरेटिव निर्धारित किया जाता है, फिर उसके अनुरूप तथ्यों को तोड़-मरोड़कर उस विमर्श में ढाल दिया जाता है। इसका साक्षात् उदाहरण 28 मार्च, 2022 को अमेरिका के प्रतिष्ठित समाचार-पत्र 'द न्यूयॉर्क टाइम्स' की रिपोर्ट में मिलता है, जिसका शीर्षक था—'General Strike Throws India Into Confusion' अर्थात् 'आम हड़ताल ने लोगों को असमंजस में डाला।' इस रिपोर्ट में दावा किया गया कि "भारत में दो दिवसीय राष्ट्रव्यापी हड़ताल का पूरा असर हुआ है, जिसमें सार्वजनिक और निजी दोनों क्षेत्र के कर्मचारी शामिल हैं...पूरे देश में परिवहन और अन्य सेवाओं को बाधित कर दिया गया है। कई नगरों की गलियाँ सूनी हैं, तो दुकानों पर ताला जड़ा हुआ है। देश की अधिकांश सड़कें सरकार विरोधी नारों से गूँज उठी हैं। सैकड़ों-हजारों कर्मचारियों ने प्रदर्शन करते हुए सड़कें और रेलवे ट्रैकों को जाम कर दिया है।"[1] 'द न्यूयॉर्क टाइम्स' ने अपनी रिपोर्ट में यह भी दावा किया कि "भारत बंद से निपटने के लिए केंद्रीय बिजली मंत्रालय ने सार्वजनिक क्षेत्र की बिजली कंपनियों को हाई अलर्ट पर रहने का निर्देश दिया है, ताकि अस्पतालों, रक्षा प्रतिष्ठानों और रेलवे को बिजली आपूर्ति जारी रहे।" इस रिपोर्ट में दो लोगों के उद्धरण हैं, जिसमें एक वामपंथी दल सी.पी.आई.एम. का सदस्य है, तो दूसरा ट्रेड यूनियन का प्रतिनिधि। रिपोर्ट में सरकार की ओर से किसी प्रतिक्रिया को शामिल नहीं

किया गया था और न ही किसी अधिकारी की टिप्पणी को। यह विदेशी समाचार-पत्र बिना जाँच-पड़ताल के केवल अपने भारत-हिंदू विरोधी नैरेटिव के अनुरूप भारत बंद की खबर लिखता चला गया।

यह सच था कि भारत सरकार की नीतियों के खिलाफ केंद्रीय ट्रेड यूनियनों ने 28 और 29 मार्च को दो दिन के 'भारत बंद' का आह्वान किया था। उनकी दो माँगें थीं—पहली, सरकार श्रम कानून में प्रस्तावित परिवर्तनों को वापस ले और दूसरी, निजीकरण को धीमा करे। 'द न्यूयॉर्क टाइम्स' की रिपोर्ट में जो-जो दावे किए गए, वे लगभग सभी फर्जी, झूठे और अपने विकृत नैरेटिव के अनुरूप काल्पनिक घटनाओं पर आधारित थे। सबसे बड़ी बात तो यह थी कि भारत बंद का आह्वान करने वाले कई संगठन स्वंय ही इसमें शामिल नहीं हुए। वामपंथ प्रभावित केरल और पश्चिम बंगाल में एक-दो अपवाद को छोड़कर शेष देश में दिनचर्या पूरी तरह सामान्य रहीं। सड़कें पहले की तरह गुलजार थीं। निजी और सार्वजनिक वाहन बिना किसी रुकावट के चल रहे थे। सार्वजनिक और निजी क्षेत्र के लगभग शत-प्रतिशत कर्मचारी अपना काम कर रहे थे। न ही कोई बिजली संकट खड़ा हुआ, न ही कोई रेल बाधित हुई और न ही किसी भी आवश्यक वस्तु की आपूर्ति बाधित हुई। लेकिन 'द न्यूयॉर्क टाइम्स' ने अपनी रिपोर्ट में इस तथ्य का उल्लेख ही नहीं किया कि केरल उच्च न्यायालय ने तब सरकारी कर्मचारियों को हड़ताल में भाग लेने से रोक दिया था। ऐसा इसलिए हुआ, क्योंकि वह तथ्य 'द न्यूयॉर्क टाइम्स' के नैरेटिव के अनुरूप नहीं था। इसे कहते हैं, तथ्यों को अपने एजेंडे के अनुसार श्रेणीबद्ध और चुनकर विकृत विमर्श स्थापित करना।[2]

यह स्थिति तब थी, जब 9 मार्च, 2022 को अमेरिका के वाशिंगटन डी.सी. में विरोध-प्रदर्शन कर रहे ट्रक चालकों की खबर को कम महत्त्वपूर्ण बनाकर प्रस्तुत किया गया था। इसका अर्थ यह हुआ कि 'द न्यूयॉर्क टाइम्स' छोटे-बड़े विरोध-प्रदर्शनों और उससे पड़ने वाले प्रभाव में आसानी से अंतर कर सकता है। किंतु 28-29 मार्च, 2022 के 'भारत बंद' को, जिसका केवल केरल और प. बंगाल के कुछ भागों में असर दिखा था, उन्हीं एक-दो घटनाओं को अपनी रिपोर्ट में शामिल करके इसे पूरे देश की तसवीर बता दिया गया। यह होती है नैरेटिव की ताकत।

'द न्यूयॉर्क टाइम्स' का भारत विरोधी आचरण केवल यहीं तक सीमित नहीं है। इसी प्रकाशन ने दिल्ली में अपने कार्यालय के लिए एक पद के वास्ते रोजगार विज्ञापन निकाला जिसमें स्पष्ट शब्दों में लिखा था कि उसे एक ऐसा पत्रकार चाहिए, जो पूरी तरह सरकार विरोधी हो। क्या निष्पक्ष पत्रकारिता का यही मापदंड है?[3] वैश्विक अर्थव्यवस्था में भारत की उपलब्धि को 'द न्यूयॉर्क टाइम्स' हमेशा निरस्त करता रहा है। भारतीय अंतरिक्ष कार्यक्रमों की सफलता से चिढ़कर 'द न्यूयॉर्क टाइम्स' ने एक नस्लवादी कार्टून

छापा था, जिस पर तीखी प्रतिक्रिया के बाद सितंबर 2014 में संपादकीय पृष्ठ के संपादक एंड्रयू रोजेंथाल को बहुत झेंपते हुए अपने समाचार-पत्र के फेसबुक पेज पर माफी माँगनी पड़ी थी। इस कार्टून में समाचार-पत्र ने भारत के मंगलयान और अंतरिक्ष कार्यक्रम का मजाक उड़ाते हुए अमीर देशों के क्लब के दरवाजे पर भारत को एक भैंसवाले किसान के रूप में दिखाया गया था, जो भीतर आने के लिए दरवाजे पर दस्तक दे रहा है। बाद में 'द न्यूयॉर्क टाइम्स' ने क्षमायाचना के साथ इस कार्टून को वापस ले लिया था। अप्रैल-मई 2021 में जब वैश्विक महामारी कोरोना की दूसरी लहर ने भारत को जकड़ लिया था, तब भी 'न्यूयॉर्क टाइम्स' ने 25 मई, 2021 को Just How Big Could India's True Covid Toll Be शीर्षक से रिपोर्ट प्रकाशित करके दावा किया कि भारत में कोविड-19 से संक्रमित होने वाले पीड़ितों और मृतकों की संख्या आधिकारिक आँकड़े से कहीं अधिक है। रिपोर्ट में तब भारत में कोरोना से 40 लाख मौतों की आशंका व्यक्त की गई थी। उस समय 138 करोड़ की आबादी वाले भारत में आधिकारिक तौर पर कोरोना से 3.11 लाख लोगों की मौत हो चुकी थी, जबकि मात्र 33 करोड़ की जनसंख्या वाले अमेरिका में तब कोविड मृतकों का आँकड़ा भारतीय संख्या से भी दोगुना था।

अब चूँकि मैकाले-मार्क्स चिंतन से दूषित हुई भारतीय शिक्षा पद्धति और नैरेटिव ने देश की जनता के एक खास वर्ग को न केवल पंगु बना दिया है, बल्कि वह प्रत्येक मामले में भारतीय दृष्टिकोण रखने में भी अक्षम है। ऐसे लोगों में दुर्भाग्य से देश के कई शीर्ष राजनीतिज्ञ भी शामिल हैं। इस रिपोर्ट को आधार बनाकर कांग्रेस के शीर्ष नेता राहुल गांधी ने भारत सरकार पर झूठ बोलने का आरोप मढ़ दिया, जबकि इस रिपोर्ट को भारत सरकार ने खारिज कर दिया था। अप्रैल 2021 में राहुल इस बात से असंतुष्ट हो गए थे कि भारत के आंतरिक मामलों पर अमेरिका अब कुछ नहीं बोलता है। राहुल ने 2 अप्रैल, 2021 को पूर्व अमेरिकी राजनयिक निकोलस बर्न्स से ऑनलाइन चर्चा में नाराजगी जताते हुए कहा था, "...भारत में क्या हो रहा है, मैं इसपर अमेरिकी सरकार की कोई प्रतिक्रिया नहीं सुन रहा हूँ।"[4] इस मानसिकता से भारतीय राजनीतिज्ञ का एक हिस्सा ही नहीं, बल्कि नौकरशाही का एक वर्ग भी ग्रसित है। इसका मूर्त रूप देश के पूर्व राष्ट्रीय सुरक्षा सलाहकार (एनएसए), पूर्व भारतीय विदेश सचिव और बुद्धिजीवी शिवशंकर मेनन के उन विचारों में मिलता है, जिसे उन्होंने एक विदेशी पत्रिका के लिए लेखबद्ध आलेख में प्रस्तुत किया था। उनका विचार जानने से पहले जान लें कि वे एन.एस.ए. और विदेश सचिव से पहले पाकिस्तान और श्रीलंका में भारतीय उच्चायुक्त के साथ-साथ चीन और इजरायल में राजदूत के रूप में भी भारत का प्रतिनिधित्व कर चुके थे। ऐसे में भारतीय विदेश सेवा अधिकारी के रूप में मेनन का चिंतन भारत की 1970 के दशक से रही विदेश-नीति का उल्लेख करने के लिए भी पर्याप्त है। उस आलेख में उन्होंने एक

स्थान पर लिखा था, "मोदी के नेतृत्व में भारत ने प्रवासियों को नागरिकता देने के मार्ग से मुसलमानों को बाहर और मुसलिम बहुल जम्मू-कश्मीर में स्वायत्तता को सीमित कर दिया है। मानवाधिकार और लोकतंत्र में कम दिलचस्पी रखने वाले अमेरिकी राष्ट्रपति डोनाल्ड ट्रंप ने मोदी सरकार को अपने विवादास्पद घरेलू एजेंडे लागू करने का मुफ्त पास दे दिया है।"[5] शिवशंकर मेनन जैसे विचारक संभवतः यह मानते हैं कि भारत सरकार की नीतियाँ जनादेश के आधार पर तय न होकर अमेरिकी राष्ट्रपति द्वारा निर्देशित होती हैं। मेनन की तत्कालीन अमेरिकी राष्ट्रपति ट्रंप से नाराजगी का कारण यही था कि उन्होंने बतौर राष्ट्रपति, भारतीय प्रधानमंत्री नरेंद्र मोदी को 'सही रास्ते' पर लाने और अमेरिकी नीति के अनुसार काम करवाने का प्रयास क्यों नहीं किया। अनुमान लगाना कठिन नहीं कि इसी गुलाम मानसिकता से ग्रस्त होकर प्रारंभिक और कालांतर में भारतीय नेतृत्व तथा भारतीय नौकरशाहों ने कितनी बार राष्ट्रहित के साथ समझौता किया होगा।

इस पृष्ठभूमि में वर्तमान भारतीय नेतृत्व दुनिया को वास्तविक भारत से परिचय कराते हुए अपने हितों को ध्यान में रखकर विदेश-नीति को आकार दे रहा है। उदाहरणस्वरूप, 25-27 अप्रैल, 2022 को दिल्ली में आयोजित 'रायसीना डायलॉग 2022' में विदेश मंत्री एस. जयशंकर ने कहा था, "…भारत अपनी शर्तों पर दुनिया से संबंध निभाएगा और इसमें भारत को किसी की सलाह की आवश्यकता नहीं। वो कौन हैं, समझकर दुनिया को खुश रखने की जगह हमें इस आधार पर दुनिया से संबंध बनाने चाहिए कि हम कौन हैं। दुनिया हमारे बारे में बताए और हम दुनिया से अनुमति लें, वो वाला दौर खत्म हो चुका है…।"[6] इसी वैचारिक सुस्पष्टता के कारण ही अनादिकालीन भारतीय दर्शन का एक जीवंत प्रतीक योग, वर्ष 2015 से अंतरराष्ट्रीय आंदोलन बना हुआ है।

वस्तुतः अंग्रेजों के 1947 में भारत छोड़ने के बाद उनके मानसपुत्रों को विदेशी स्वयंसेवी संगठनों (एनजीओ) का भी खूब सहयोग मिला है। ये समूह भारत में गरीबी, पर्यावरण, मानवाधिकार, कुपोषण आदि के नाम पर सक्रिय रहते हैं और प्रत्यक्ष-परोक्ष ढंग से चर्च और ईसाई मिशनरियों के मतांतरणरूपी दैवीय दायित्व की पूर्ति में महत्त्वपूर्ण भूमिका निभाते हैं। इसका एक उदाहरण वर्ष 2019 और 2020 में देखने को मिलता है। इस कालखंड में वैश्विक भूख सूचकांक संबंधित रिपोर्ट आई, जिसे भारतीय मीडिया ने हाथों-हाथ उठा लिया। तब 107 देशों के इस सूचकांक में भारत को 94वाँ स्थान दिया गया था। सबसे दिलचस्प बात तो यह थी कि इसी सूची में भारत को आर्थिक रूप से कमजोर पड़ोसी देशों जैसे नेपाल, श्रीलंका, बांग्लादेश, म्याँमार और पाकिस्तान से भी पीछे रखा था। इस भ्रामक रिपोर्ट की वास्तविकता इस तथ्य से भी स्पष्ट थी कि जिस श्रीलंका की स्थिति को भुखमरी संबंधित रिपोर्ट के निर्माताओं ने भारत से अच्छी बताया था, वह मार्च-अप्रैल 2022 आते-आते भारी आर्थिक संकट से ऐसा घिरा कि वह

दिवालिया घोषित हो गया तथा वहाँ के लोग सड़कों पर उतर आए और हिंसक विरोध प्रदर्शन करने लगे थे। इन प्रदर्शनों पर नियंत्रण पाने के लिए तत्कालीन श्रीलंकाई राष्ट्रपति गोटाबाया राजपक्षे ने अपने देश में अल्पकालीन आपातकाल तक थोप दिया था। यहाँ तक कि श्रीलंका अपने लोगों का पेट भरने के लिए भारत से खाद्यान्न भी माँग रहा था।[7]

जिन समाचार-पत्रों ने इस रिपोर्ट को प्रकाशित किया और कांग्रेस सहित कई विरोधी राजनीतिक दलों ने इसे आधार बनाकर मोदी सरकार की नीतियों को कठघरे में खड़ा करने की कोशिश की। क्या उन्होंने कभी यह जानने का प्रयास किया कि आखिर इस रिपोर्ट को तैयार करने वाले लोग कौन हैं तथा उनकी विश्वसनीयता और प्रामाणिकता क्या है? वे किस मानसिकता और एजेंडे के अंतर्गत यह रिपोर्ट तैयार कर रहे हैं? क्या इस बारे में किसी जिम्मेदार व्यक्ति (जनप्रतिनिधि सहित) या संगठन (मीडिया सहित) ने इस रिपोर्ट को उपरोक्त मूल्यों की कसौटी पर कसा? लगभग शत-प्रतिशत वे लोग ऐसा करने से चूक गए। दुर्भाग्य से इन लोगों ने गरीबी, भूख और भुखमरी के अंतर को भी समझने की कोशिश नहीं की और बिना समझे इस रिपोर्ट को धड़ल्ले से ज्यों-का-त्यों छाप दिया।

यह ठीक है कि तब भारत जैसे 138 करोड़ की विशाल आबादी वाले देश में, जहाँ कुछ प्रतिशत का आँकड़ा भी करोड़ों में अर्थात् किसी छोटे देश की कुल जनसंख्या के बराबर पहुँच जाता है, वहाँ गरीबी दशकों से एक मुद्दा रहा है। किंतु सच यह भी है कि भारत में गरीबी का आँकड़ा निरंतर घट भी रहा है। वैश्विक संगठन अंतरराष्ट्रीय मुद्रा कोष ने 2022 में अपनी एक रिपोर्ट जारी करते हुए कहा था कि वर्ष 2019 में देश की कुल जनसंख्या के एक प्रतिशत से कम लोग अत्यंत गरीब की श्रेणी में थे। यह संख्या वर्ष 2020-22 में वैश्विक कोरोनाकाल में प्रधानमंत्री नरेंद्र मोदी की प्रधानमंत्री गरीब कल्याण अन्न योजना, जिसमें 80 करोड़ लोगों को हर माह प्रति व्यक्ति 5 किलोग्राम खाद्यान्न उपलब्ध कराया गया, उसके कारण भी प्रभावित नहीं हुई। ऐसे में भारत, जो कई प्रकार के अनाजों, सब्जियों, फलों और दूध आदि का बड़ा उत्पादक देश है और जहाँ दर्जनों सरकारी (केंद्रीय-प्रादेशिक दोनों) गरीब कल्याण योजनाएँ (निःशुल्क सहित) चल रही हैं, क्या वहाँ भुखमरी की स्थिति सचमुच भयावह हो सकती है?[8]

क्या ऐसा संभव है कि कोई भारतीय संस्था किसी अन्य देश पर नकारात्मक रिपोर्ट तैयार करे और वहाँ का समाज (मीडिया सहित) उसका तुरंत संज्ञान लेकर उसपर विश्वास कर ले? वर्ष 2020 में लीगल राइट ऑब्जर्वेटरी (एल.आर.ओ.) नामक संगठन ने खुलासा किया था कि नागरिक संशोधन अधिनियम (सी.ए.ए.) विरोधी हिंसा के षड्यंत्रकारी, जिनके खिलाफ अदालत में मामले लंबित हैं, उनकी पैरवी करने के लिए जर्मनी-बेल्जियम स्थित चर्चों ने एक एनजीओ—'ह्यूमन राइट्स लॉ नेटवर्क' (एच.

आर.एल.एन.) को चंदे के रूप में 50 करोड़ रुपए स्थानांतरित किए थे।[9] विडंबना देखिए कि इस रिपोर्ट पर संबंधित देशों की मीडिया ने संज्ञान लेना तो दूर, स्वयं अपने ही देश के अधिकांश अखबारों और न्यूज चैनलों ने वैचारिक-राजनीतिक-व्यक्तिगत कारणों से इसपर चर्चा तक नहीं की।

आखिर 'ग्लोबल हंगर इंडेक्स' रिपोर्ट किसने बनाई? इस रिपोर्ट को दो विदेशी गैर-सरकारी संस्थाएँ, आयरलैंड स्थित 'कन्सर्न वर्ल्डवाइड' और जर्मनी की 'वेल्टहंगरहिल्फे' मिलकर प्रतिवर्ष तैयार करते हैं। इन दोनों संगठनों की उत्पत्ति 1960-70 के दशक में रोमन-कैथोलिक चर्च और ईसाई मिशनरियों ने की थी, जिनका भूत, वर्तमान और भविष्य 'वाइट मैन बर्डन' के विषाक्त चिंतन के कारण भय-लालच-प्रलोभन के माध्यम से मतांतरण में लिप्त है। 'कन्सर्न वर्ल्डवाइड' की स्थापना एक आयरिश ईसाई मिशनरी के कहने पर 1968 में तब हुई, जब नाइजीरिया को ब्रितानी उपनिवेशवाद से मुक्ति मिले 8 वर्ष हो चुके थे और उस समय वह भीषण गृहयुद्ध की चपेट में था। इसी तरह जर्मनी स्थित 'वेल्टहंगरहिल्फे' नामक संगठन की स्थापना वर्ष 1962 में तत्कालीन पश्चिम जर्मनी के तत्कालीन संघीय राष्ट्रपति और रोमन-कैथोलिक चर्च के सदस्य हाइनरिश लुब्के ने की थी। इस संस्था की कमान मरलेह्न थिएमे के हाथों में है, जो 2003 से जर्मन ईसाई धर्म प्रचार चर्च परिषद् से भी जुड़ी है। चर्च के अतिरिक्त, कैथोलिक बिशप कमीशन, जर्मनी के वामपंथी राजनीतिक दल (डी-लिंक) और वाम-समर्थित व्यापारिक संघ इसके प्रमुख सदस्य हैं।

क्या इन यूरोपीय चर्च संगठनों की रिपोर्ट और भारत विरोधी गतिविधियों में लिप्त गैर-सरकारी संगठनों के खिलाफ मोदी सरकार की कारवाई में कोई संबंध है? वर्ष 2019 तक मोदी सरकार लगभग 16.500 एनजीओ का पंजीकरण रद्द कर चुकी थी, जिसके बाद विदेशी चंदे में लगभग 40 प्रतिशत कमी आई। इस कारवाई की गंभीरता का अंदाजा इससे भी लगाया जा सकता है कि वर्ष 2016-2019 के बीच विदेशी अंशदान विनियमन अधिनियम (एफसीआरए) पंजीकृत एनजीओ को 58,000 करोड़ का विदेशी अनुदान प्राप्त हुआ था।

बात केवल 'कन्सर्न वर्ल्डवाइड' और 'वेल्टहंगरहिल्फे' तक सीमित नहीं है। सितंबर 2020 में जब एफ.सी.आर.ए. संशोधन विधेयक संसद् से पारित हुआ, तब जिन प्रमुख स्वयंसेवी संगठनों ने इसकी मुखर आलोचना की थी, उनमें 'ऑक्सफैम' सबसे ऊपर था। 20 'स्वतंत्र धर्मार्थ संगठनों' का यह समूह ऑक्सफैम भारत में कथित रूप से बढ़ती आर्थिक असमानता पर कई बार रिपोर्ट जारी कर चुका है। जब वर्ष 2018 में दावोस के विश्व आर्थिक मंच से दुनिया प्रधानमन्त्री नरेंद्र मोदी को सुन रही थी, तब भी इस संगठन ने ऐसी ही एक रिपोर्ट जारी करके भारत की नकारात्मक छवि प्रस्तुत की

थी। दुर्भाग्य से तब राजनीतिक और वैचारिक कारणों से इस संगठन की करतूतों पर पर्दा डालने का प्रयास किया गया था।

ऑक्सफैम का वास्तविक चरित्र क्या है ? वर्ष 1942 से ब्रितानी चर्च का संरक्षण प्राप्त और ब्रिटिश सरकार द्वारा वित्तपोषित ऑक्सफैम 'सेवा' के नाम पर मिले 'चंदे' का उपयोग कैसे करता है ? हैती और कांगो के घटनाक्रम उसकी एक बानगी हैं। इस संगठन के पदाधिकारी और कर्मचारी 2010 में भीषण भूकंप का शिकार हुए कैरेबियाई देश हैती में चंदे के पैसे को अपनी कामवासना को शांत करने के लिए वेश्याओं पर लुटा चुके हैं। यही नहीं, भूकंप पीड़ित नाबालिग लड़कियों सहित कई महिलाओं की सहायता (वित्तीय सहित) के बदले उनका यौन उत्पीड़न भी किया गया था। ब्रितानी मीडिया 'द टाइम्स' के 7 अप्रैल, 2021 के संस्करण में प्रकाशित रिपोर्ट के अनुसार,[10] अफ्रीकी देश कांगो में ऑक्सफैम ने अपने दो वरिष्ठ सहयोगियों को पद का दुरुपयोग करते हुए मिशन कार्यालय में अपनी ही सहयोगियों का यौन उत्पीड़न करने के आरोप में निलंबित किया था। लेकिन चिंताजनक बात यह है कि जिस प्रकार ऑक्सफैम ने हैती यौनाचार घटनाक्रम में पहले से जानकारी होने के बाद भी आरोपियों का बचाव किया था, वैसे ही कांगो मामले में भी यह संस्था आंतरिक सूचना होने के बाद भी दो वर्षों तक मौन रही। मानवता पर कलंक लगाने वाले इस घटनाक्रम की ब्रितानी संसद् (हाउस ऑफ कॉमन्स) भी निंदा कर चुका है।[11] लेकिन यह विडंबना की पराकाष्ठा है कि जिन लोगों का मुँह ऑक्सफैम की काली सच्चाई पर अब तक नहीं खुला है, उन लोगों ने ब्रितानी गैर-सरकारी संगठन 'थॉमसन रायटर्स फाउंडेशन' द्वारा 2018 में तैयार उस रिपोर्ट पर तुरंत विश्वास कर लिया, जिसने मात्र 548 लोगों से फोन पर बात करके 138 करोड़ की आबादी वाले भारत को 'महिलाओं के लिए विश्व का सबसे खतरनाक देश' घोषित कर दिया था।[12]

ऐसे ही मोदी सरकार के कार्यकाल में भारत के लोकतांत्रिक स्वरूप के तथाकथित रूप से क्षीण होने और देश में निरंकुशता बढ़ने संबंधित कुछ रिपोर्ट भी आई थी, जिसे 'फ्रीडम हाउस' और 'वी-डैम' जैसे विदेशी संगठनों ने तैयार किया था। इन संस्थाओं ने अपनी भारत विरोधी रिपोर्ट तैयार करने के लिए नागरिक संशोधन अधिनियम (सी.ए.ए.) और विदेशी अंशदान विनियमन अधिनियम (एफ.सी.आर.ए.) संशोधन कानून को आधार बनाया था। ज्ञात रहे कि राष्ट्रीय सुरक्षा से जुड़े ये कानून न केवल संसद् से पारित हुए थे, बल्कि इस प्रकार की अन्य घोषणाएँ सत्तारूढ़ भाजपा के घोषणापत्र का हिस्सा भी थीं जिन्हें पूरा करने के लिए देश की जनता ने उसे दो बार लगातार प्रचंड बहुमत देकर विजयी भी बनाया। विदेशी शह पर और विदेशी चंदे पर फलने-फूलने वाले कई संगठनों ने भाजपा की इस चुनावी जीत को लेकर चुनाव आयोग की निष्पक्षता पर भी सवाल उठाते हुए शोर मचाया। चुनाव आयोग की निष्पक्षता पर संदेह जताकर देश की

लोकतांत्रिक प्रक्रिया को लांछित करने वाले क्यों भूल जाते हैं कि वर्ष 2014 के बाद भाजपा को दिल्ली, पंजाब, राजस्थान, छत्तीसगढ़ आदि कुछ विधानसभा चुनावों में स्पष्ट जनादेश नहीं मिला था। ऐसे में सवाल पूछना जरूरी हो जाता है कि जो विदेशी संगठन विश्व के सबसे बड़े लोकतांत्रिक देश भारत को प्रजातंत्र पर प्रवचन दे रहे थे, उनकी अपनी वास्तविकता क्या है?

भारत को 'आंशिक रूप से स्वतंत्र' बताने वाला 'फ्रीडम हाउस' संगठन अमेरिका में 1941 से सक्रिय है और इसका वित्तपोषण वहाँ की सरकार द्वारा होता है। वर्ष 2017-18 में इस संगठन के कुल राजस्व में अमेरिकी सरकार का हिस्सा 90 प्रतिशत था। ईसाई बहुल अमेरिका की राजनीति में चर्च का हस्तक्षेप कितना गहरा है, यह इस बात से स्पष्ट है कि अधिकांश अमेरिकी राष्ट्रपतियों ने ईसाइयों के पवित्र ग्रंथ बाइबल के साथ शपथ ग्रहण करते हुए पदभार सँभाला है। भारत में 'निरंकुशता' बढ़ने का दावा करने वाली 'वी-डैम' की स्थापना वर्ष 2014 में स्वीडन में हुई थी, जहाँ की शासन व्यवस्था पर 'चर्च ऑफ स्वीडन' का गहरा प्रभाव है। 'वी-डैम' का संगठनात्मक स्वरूप ही भारत विरोधी है। इसके मुख्य वित्तपोषकों में यूरोपीय संस्थाओं और इसलामी संगठनों के अतिरिक्त 'ओपन सोसाइटी फाउंडेशन' नामक स्वयंसेवी संस्था भी शामिल है, जिसकी कमान उस अमेरिकी खरबपति कारोबारी जॉर्ज सोरोस के हाथों में है, जो वर्ष 2019 में घोषित तौर पर भारत में राष्ट्रवाद को कमजोर करने के लिए 100 करोड़ अमेरिकी डॉलर के वित्तपोषण की बात कह चुका है।[13] सोरोस और उसके संगठनों की प्रामाणिकता क्या है, यह उसके द्वारा 1992 में इंग्लैंड के बैंकों को बरबाद करके अकूत धन अर्जित करने, वर्ष 2002 में फ्रांसीसी अदालत द्वारा सोरोस को अनैतिक और अनधिकृत व्यापार का दोषी ठहराने तथा दुनिया में कई देशों की आंतरिक राजनीति को प्रभावित करने का एजेंडा चलाने से स्पष्ट है। यही कारण है कि कई यूरोपीय और अरब देशों में सोरोस की संस्थाओं पर पाबंदी है। विश्व में भारत-विरोधी नैरेटिव बनाने वाले को प्रत्यक्ष-परोक्ष रूप में सोरोस की संस्थाओं द्वारा वित्तपोषण प्राप्त है।

'वी-डैम' के सलाहकार मंडल में पाकिस्तान जैसे उस इसलामी राष्ट्र के पूर्व न्यायाधीश एतजाज हसन को भी जगह दी गई है, जिसका वैचारिक सत्ता अधिष्ठान भारत-हिंदू विरोध पर टिका हुआ है। मजेदार बात तो यह है कि 'वी-डैम' ने अपनी रिपोर्ट में जिस डेनमार्क, ग्रीस, आइसलैंड, कोस्टा रिका, फिनलैंड आदि को अपनी रिपोर्ट में 'उदार लोकतंत्र' बताया था, उनमें से कई देशों का संविधान प्रत्यक्ष-परोक्ष रूप से चर्च द्वारा प्रेरित है। दिलचस्प तथ्य यह भी है कि 'वी-डैम' की भारत विरोधी रिपोर्ट किसी बड़े सघन सर्वेक्षण पर आधारित न होकर मात्र 25 या उससे कुछ अधिक 'विशेषज्ञों' के व्यक्तिगत विचारों पर स्थापित है, जिनमें से लगभग दो-तिहाई लोग

भारतीय हैं। सोचिए, दुनिया में सबसे अधिक आबादी वाले भारत का आकलन 25 ऐसे लोग कर रहे हैं, जिसमें से कई वैचारिक और मजहबी कारणों से भारतीय संस्कृति का विरोध करते हैं।

मई 2014 के बाद भारत सरकार ने जब वित्तीय अनियमितता और मतांतरण में लिप्त एनजीओ संगठनों पर काररवाई की तब उसके बचाव में न केवल देश के भीतर से स्वर बुलंद हुए, बल्कि कई शक्तिशाली देशों के जनप्रतिनिधि भी एकाएक विचलित हो गए। ऐसा ही मामला वर्ष 2017 में अमेरिकी संस्था 'कंपैशन इंटरनेशनल' पर हुई सरकारी काररवाई से स्पष्ट है। उस समय अमेरिका के तत्कालीन 107 सांसदों ने तत्कालीन भारतीय केंद्रीय गृहमंत्री राजनाथ सिंह को चिट्ठी लिखकर 'कंपैशन इंटरनेशनल' के खिलाफ हुई काररवाई का विरोध किया था।[14] तथाकथित मानवतावाद का नारा बुलंद करने वाले इस संगठन को विदेशों से हर वर्ष 4.5 करोड़ डॉलर का अनुदान प्राप्त होता रहा है, जिसका काफी बड़ा अंश वह लगभग एक सौ भारतीय चर्चों को उपलब्ध भी कराता रहा है। अपना बोरिया-बिस्तर समेटने से पहले यह संस्था भारत में एक लाख 45 हजार पिछड़े और गरीब बच्चों का भविष्य सँवारने का दावा करती रही है।

सवाल उठता है कि क्या अमेरिका आदि विदेशों को भारत के आंतरिक नीतिगत निर्णयों में हस्तक्षेप करने का कोई अधिकार है? विश्व के सबसे शक्तिशाली राष्ट्र अमेरिका में 30-40 प्रतिशत बच्चे गरीबी में जीवन व्यतीत करते हैं। कोलंबिया विश्वविद्यालय की रिपोर्ट में यह बात सामने आई थी।[15] अमेरिका में हर दस में से चार बच्चे कष्ट में जीवन जी रहे हैं, जिनकी संख्या 3.1 करोड़ है। सवाल उठता है कि 'कंपैशन इंटरनेशनल' जैसी ईसाई धर्मार्थ संस्थाओं की अमेरिका के इन अभागे बच्चों से सहानुभूति क्यों नहीं होती? क्या इसका कारण अमेरिका का सदियों से ईसाई बाहुल्य होना है? इस सवाल का जवाब जानने के लिए इस संस्था की आधिकारिक वेबसाइट को देखना होगा, जहाँ स्पष्ट रूप से लिखा हुआ है, "उनकी मंशा बच्चों को आध्यात्मिक, आर्थिक, सामाजिक और गरीबी से निकालकर एक जिम्मेदार ईसाई बनाने की है।"

सच तो यह है कि भारत में वामपंथी-सेक्युलर-जिहादी कुनबा विदेश में बैठी देशविरोधी ताकतों का पारंपरिक हथियार बन चुका है और देश की एकता, अखंडता और सुरक्षा को पाकिस्तान और चीन की भाँति चुनौती दे रहा है। इस पुस्तक में उन सभी बिंदुओं को ईमानदारी के साथ समेटने का प्रयास किया गया है, जिनसे भारत और उसके मूल बहुलतावादी नैरेटिव को सदियों से चुनौती मिल रही है। इस सभ्यतागत संघर्ष में वैद्य गुरुदत्तजी ने जैसी अग्रणी भूमिका निभाई है, उसके लिए उन्हें वांछित सम्मान दिलाना मेरी पीढ़ी और समान वैचारिक बंधुओं की ओर से न केवल एक छोटी सी गुरु दक्षिणा होगी, बल्कि उनके विचारों से भावी पीढ़ी को प्रेरित भी करेगी।

संदर्भ—

1. General Strike Throws India Into Confusion. The New York Times. March 28, 2022. https://www.nytimes.com/2022/03/28/world/asia/india-modi-general-strike.html
2. New York Times' coverage of general strike in India draws ire online. WION. March 30, 2022. https://www.wionews.com/india-news/new-york-times-coverage-of-general-strike-in-india-draws-ire-online-466781
3. New York Times' job ad has some critical remarks about India and its government. WION. July 03, 2021. https://www.wionews.com/india-news/new-york-times-job-ad-has-some-critical-remarks-about-india-and-its-government-395372
4. Rahul Gandhi questions U.S.' silence on happenings in India. The Hindu. April 03, 2021. https://www.thehindu.com/news/national/rahul-gandhi-questions-us-silence-on-happenings-in-india/article34226862.ece
5. League of Nationalists, How Trump and Modi Refashioned the U.S.-Indian Relationship. Foreign Affairs. August 11, 2020. https://www.foreignaffairs.com/articles/united-states/2020-08-11/modi-india-league-nationalists
6. 'India has to be confident about who we are': Jaishankar at Raisina Dialogue. Hindustan Times. Apr 27, 2022. https://www.hindustantimes.com/india-news/india-has-to-be-confident-about-who-we-are-jaishankar-at-raisina-dialogue-101651078736538.html
7. Global Hunger Index-2022: Hunger for Fraud. Organiser. Nov 13, 2022. https://organiser.org/2022/11/13/98625/analysis/global-hunger-index-2022-hunger-for-fraud/
8. India has almost wiped-out extreme poverty: International Monetary Fund. Hindustan Times. April 07, 2022. https://www.hindustantimes.com/world-news/india-has-almost-wiped-out-extreme-poverty-imf-101649311909732.html
9. NGO of anti-India activist Colin Gonsalves received Rs 50 crores from European Churches to defend anti-CAA rioters; LRO seeks arrest and prosecution of the activist and its directors. Organiser. Sep 14, 2020. https://organiser.org/2020/09/14/130476/bharat/hrln-of-colin-gonsalves-received-rs-50-crores-from-european-churches-to-defend-anti-caa-rioters/
10. Oxfam knew Congo mission was high risk for sexual exploitation. The Times. 7 April 2021. https://www.thetimes.co.uk/article/oxfam-knew-high-risk-of-sexual-exploitation-in-congo-years-before-investigation-ns8lp07xt
11. Sexual exploitation and abuse in the aid sector. UK Parliament. 31 July 2018. https://publications.parliament.uk/pa/cm201719/cmselect/cmintdev/840/84004.htm
12. PRESS RELEASE: The world's most dangerous countries for women

2018 by Thomson Reuters Foundation. Ministry of Women & Child Development. https://wcd.nic.in/sites/default/files/Reuters_poll_PR.pdf

13. Who is George Soros and why is he funding the anti-Bharat forces? – Organiser. Feb 17, 2023. https://organiser.org/2023/02/17/108456/world/george-soros-billionaire-and-economic-war-criminal-hopes-for-a-weakened-modi-with-fall-of-adani-groups-companies/
14. 107 US lawmakers' bat for Compassion International. Economic Times. March 24, 2017. https://economictimes.indiatimes.com/news/politics-and-nation/107-us-lawmakers-bat-for-compassion-international/articleshow/57800373.cms?utm_source=contentofinterest&utm_medium=text&utm_campaign=cppst
15. America's Child Poverty Rate Remains Stubbornly High Despite Important Progress. Report by researchers from the National Centre for Children in Poverty at Columbia University. February 5, 2018. https://www.publichealth.columbia.edu/news/americas-child-poverty-rate-remains-stubbornly-high-despite-important-progress

□

विनम्र श्रद्धांजलि

नैरेटिव पर मेरी पुस्तक—'नैरेटिव का मायाजाल' अब अपने अंतिम चरण में है। इस पुस्तक का विचारबीज दिवंगत वैद्य गुरुदत्तजी का व्यक्तित्व है। पिछली शताब्दी में, विशेषकर स्वाधीनता के बाद जिन साहित्यिक योद्धाओं ने मूल भारतीय विमर्श का ध्वज उठाने का साहस किया था, उनमें वैद्य गुरुदत्तजी सबसे अग्रणी भूमिका में थे। वे न केवल प्रखर राष्ट्रवादी कलम के सिपाही थे, बल्कि अपने जीवनकाल में सक्रिय सामाजिक कार्यकर्ता भी थे। वर्ष 1953 में जिस समय डॉ. श्यामाप्रसाद मुकर्जी को जम्मू-कश्मीर और पंजाब की सीमा से घोर सांप्रदायिक शेख अब्दुल्ला की पुलिस ने गिरफ्तार किया था, तब उनके साथ जेल जाने वालों में वैद्य गुरुदत्तजी भी शामिल थे। शेख अब्दुल्ला के कारागार में डॉ. मुकर्जी के बलिदान को वैद्यजी ने तब सर्वप्रथम लिपिबद्ध किया था।

भारतीय जनसंघ की स्थापना के बाद वैद्य गुरुदत्तजी, दिल्ली पार्टी इकाई के अध्यक्ष बनाए गए थे। अपनी योग्यता, परिश्रम और तपस्या के बाद भी इतिहास में उन्हें वह वांछित स्थान नहीं मिला, जिसके वे हकदार थे। सच में यदि मेरे दादाजी स्वर्गीय डॉ. जय दयाल पुंज ने बाल्यकाल में भारतीय संस्कृति, परंपरा और सनातन इतिहास को छोटी-छोटी कहानियों के माध्यम से मेरे मन की गहराइयों में उतारा, तो उसे दिशा और प्रारंभिक गति देने का काम वैद्य गुरुदत्तजी के व्यक्तित्व और साहित्य ने भी किया। अगले चंद पृष्ठों में श्रद्धेय गुरुदत्तजी का प्रेरणादायी संक्षिप्त परिचय है—

31

वैद्य गुरुदत्त का जीवन-परिचय

राष्ट्रवादी लेखक, वैद्य गुरुदत्त का जन्म लाहौर (वर्तमान पाकिस्तान) में 8 दिसंबर, 1894 को निम्न मध्यमवर्गीय अरोड़ा परिवार में हुआ था और 95 वर्ष की आयु में 8 अप्रैल, 1989 को उन्होंने अंतिम साँस ली। पाकिस्तान और साम्यवादी चीन से सटी भारतीय सीमा पर तनाव, कश्मीर में आतंकवाद, मजहबी कट्टरता, जिहादी चिंतन, गुलाम-मानसिकता और देश के भीतर इनके समर्थकों व हितैषियों के परिप्रेक्ष्य में वैद्य गुरुदत्तजी का राष्ट्रवाद, राष्ट्रीय चेतना और कट्टरवाद संबंधित दूरदर्शी साहित्य पर प्रकाश डालना बहुत सामयिक और प्रासंगिक हो गया है।

गुरुदत्त के साहित्य को पढ़कर पाठक यह सहज ही अनुमान लगा लेता है कि राजनीति के क्षेत्र में वे राष्ट्रीय विचारधारा के लेखक हैं। सच्चे राष्ट्रवादी की भाँति वे देश कल्याण की इच्छा और इस मार्ग पर चलते विघ्नकारियों पर रोष व्यक्त करते हैं। लेखक गुरुदत्त के राष्ट्रीय विचारों को 'सांप्रदायिक' कहने वाले शायद यह भूल जाते हैं कि उनके किसी भी उपन्यास में कहीं पर भी किसी संप्रदाय विशेष की उन्नति या उत्तमता की चर्चा तथा अन्य संप्रदायों का विरोध नहीं किया गया है। हाँ, इसमें कोई संदेह नहीं कि अपनी कृतियों में वे कई स्थानों पर राष्ट्रवादियों के लिए हिंदुस्तानी अथवा भारतीय अथवा 'हिंदू' शब्द का प्रयोग करते थे। वैद्यजी ने हिंदुत्व और भारतीयता को सदा ही पर्यायवाची ही माना। उनके अधिकांश उपन्यासों में कांग्रेसी नेताओं और उनकी सरकार के कृत्यों पर विशेष प्रकाश डाला गया है। इस कारण उन्हें विरोधियों की आलोचनाओं का सामना करना पड़ा। वैद्यजी के अनुसार, भारत के तथाकथित पंथनिरपेक्ष कांग्रेसी और कम्युनिस्ट 'हिंदू' शब्द को इसलिए सांप्रदायिक मानते हैं कि कहीं उनसे मुसलमान रुष्ट न हो जाएँ और यह सच भी है।

वैद्य गुरुदत्त का बाल्यकाल

वैद्यजी के पिता निर्वाह भर के लिए अपनी छोटी सी दुकान से अर्जित आय से संतुष्ट थे। वे स्वभाव से आस्थावान हिंदू थे। उन्होंने असाधारण जीवन को बहुत सरल, सामान्य

ढंग और सीमित संसाधनों के बीच जीया। बाल्यकाल से ही गुरुदत्तजी को लिखने-पढ़ने का चाव रहा था। यही कारण है कि साधनहीन होने पर भी वे विज्ञान में स्नातकोत्तर शिक्षा प्राप्त कर सके। विद्यालय और विश्वविद्यालय शिक्षा पूर्ण करने के बाद उन्होंने भारतीय और पाश्चात्य संस्कृति का गहन अध्ययन और विश्लेषण किया। इस दौरान दशकों की अपनी वैचारिक तपस्या और अनुकरणीय जीवन का न तो उन्होंने कभी ढिंढोरा पीटा और न ही उसे भुनाने का प्रयास किया।

गुरुदत्तजी को वैद्य का काम अपने पिताजी से विरासत में मिला था। अपनी आत्मकथा में वे इस संबंध में लिखते हैं, "पिताजी लाहौर के एक सामान्य क्षेत्र में दुकान चलाने के साथ अत्तार चिकित्सा कार्य भी करते थे। दुकान पर शरबत, अर्क और अन्य औषधियाँ बनती थीं। ये बिकती थीं, तो इससे चिकित्सा कार्य भी चलता था। इस व्यवसाय से आर्थिक स्थिति तो बहुत सामान्य थी, किंतु प्रतिष्ठा पर्याप्त थी।"

वैद्यजी कहते थे कि लेखन कार्य आर्थिक रूप से स्वावलंबी नहीं बनाता। उसके लिए उन्हें साथ-साथ अन्य काम भी करने पड़ते थे। जब भी वे स्वयं को कुछ हद तक आर्थिक तौर पर सबल पाते, तब वे साहित्यिक रचना करने में सक्षम होते। वैद्यजी को काम करते हुए अध्ययन करने का जब भी अवसर मिला, तो उन्होंने इसका भी खूब लाभ उठाया और पढ़ते-पढ़ते लिखने की रुचि हुई, तो लिखना आरंभ कर दिया।

वैद्यजी की उपन्यासकार बनने की यात्रा

वैद्यजी ने 'अदृश्य व्यक्ति' नामक अपनी पहली कहानी लिखी थी, जो वर्ष 1927 में 'माधुरी' आदि पत्रिकाओं में प्रकाशित हुई थी। फिर उन्होंने उपन्यास लिखना प्रारंभ किया। उन्होंने 'मेरे भगवान्' नामक उपन्यास लिखा था, जो कहीं छपा नहीं। एक उपन्यास लिखकर उन्होंने अवलोकन हेतु स्व.मुंशी प्रेमचंद के पास भी भेजा था, किंतु आवागमन या अन्य किसी अन्य कारण, वह उपन्यास उन तक नहीं पहुँच पाया। उन दिनों वैद्यजी का जीवन अत्यंत गहरे आर्थिक संकट में बीत रहा था। यही कारण था कि 8-9 वर्षों तक वे किसी भी प्रकार की साहित्यिक रचना नहीं कर सके। 1936-40 में वैद्यजी की आर्थिक स्थिति सुधरी और सुखपूर्वक परिवार का निर्वाह हो सका। तब 1941 में उन्होंने अपना पहला उपन्यास 'स्वाधीनता के पथ पर' लिखा, जो 1942 में विद्या मंदिर लिमिटेड द्वारा प्रकाशित भी हुआ। इस पुस्तक की सफलता ने उन्हें प्रौढ़ उपन्यासकारों की श्रेणी में लाकर खड़ा कर दिया और उसी से प्रोत्साहित होकर उन्होंने कई अन्य उपन्यास और पुस्तकें लिखीं।

वैद्यजी उस पीढ़ी के विचारकों, चिंतकों और साहित्यकारों में से एक हैं, जिन्होंने लेखन कार्य को व्यवसाय की दृष्टि से नहीं, अपितु किसी विशेष उद्‌देश्य, संस्कृति और समाजसेवा का अंग मानकर अपनाया। अपने उपन्यासों और साहित्य के माध्यम

से उन्होंने जो कुछ चित्रण किया, उसके पीछे महान् बहुलतावादी वैदिक संस्कृति की विशिष्टता को प्रकट करना रहा। अपनी अनूठी साहित्यिक साधना के बल पर उन्होंने लगभग दो सौ से अधिक उपन्यासों की रचना की और भारतीय संस्कृति का सरल व बोधगम्य भाषा में विवेचन किया। साहित्य के माध्यम से वेद-ज्ञान को जन-जन तक पहुँचाने का उनका प्रयास निर्विवाद रूप से सराहनीय है।

राष्ट्रसेवा के लिए सरकारी नौकरी छोड़ी

जिन दिनों गुरुदत्तजी विश्वविद्यालयी छात्र थे, उस समय प्रसिद्ध क्रांतिकारी सरदार अजीत सिंह के नेतृत्व में सन् 1907 में लाहौर में भरत माता सोसाइटी की स्थापना हुई थी। प्रायः इसकी बैठकों में वे हिस्सा लिया करते थे। यह सोसाइटी भारतीय युवाओं में राष्ट्रीय भावना भरने का कार्य कर रही थी। इसी दौरान लायलपुर में कृषक आंदोलन भड़का, जिसका नेतृत्व लाला लाजपत राय और सरदार अजीत सिंह कर रहे थे। इन सबका वैद्य गुरुदत्तजी पर बहुत गहरा प्रभाव पड़ा।

एम.एससी. उत्तीर्ण करने के बाद वे लाहौर के एक सरकारी कॉलेज के विज्ञान विभाग में डिमांस्ट्रेटर के पद पर नियुक्त हुए। इसी दौरान जब वे विवाह करके गृहस्थ जीवन में आए, तब स्वदेशी आंदोलन और अंग्रेज सरकार के प्रति असहयोग की भावना ने उनके जीवन को ऐसा प्रभावित किया कि उन्होंने सरकारी नौकरी छोड़ दी। गांधीजी के नेतृत्व वाले असहयोग आंदोलन में शामिल होने के लिए सरकारी नौकरी को छोड़ना उस समय बहुत बड़ी घटना मानी जाती थी, क्योंकि देश के अधिकांश लोग उन दिनों (और अब भी) सरकारी नौकरी पाने के लिए लालायित रहते थे।

वैद्यजी का राजनीतिक जीवन

लेखन कार्य के साथ वैद्यजी कुछ समय राजनीति में भी रहे। उनका राजनीतिक जीवन 1919-21 के स्वदेशी और सत्याग्रह आंदोलन के साथ-साथ शुरू हुआ। भारत के रक्तरंजित विभाजन और स्वतंत्रता के उपरांत वर्ष 1951 में सनातन विचार और शुद्ध राष्ट्रवाद की पौधशाला से नई दिल्ली में भारतीय जनसंघ के रूप में एक कोंपल फूटी थी, जिसकी स्थापना राष्ट्रवादी डॉ. श्यामाप्रसाद मुकर्जी (6 जुलाई, 1901 से 23 जून, 1953) ने की थी। भारतीय जनसंघ का मुख्य उद्देश्य देश को नेहरूवादी कांग्रेस का राजनीतिक विकल्प देना था। तब वैद्य गुरुदत्त प्रमुख संस्थापक सदस्य के रूप में जनसंघ से जुड़े और कुछ समय के लिए उन्होंने दिल्ली प्रदेश इकाई का अध्यक्ष पद भी सँभाला। वे जनसंघ की केंद्रीय कार्यकारिणी के सदस्य भी रहे। इस दौरान उन्होंने जनसंघ के विभिन्न पदों पर रहकर भारतीय राजनीति में अपना महत्त्वपूर्ण योगदान दिया।

वैद्यजी भारतीय जनसंघ से क्यों जुड़े?

वैद्यजी ने राजनीति जीवन की शुरुआत के लिए भारतीय जनसंघ ही क्यों चुना? इसका परोक्ष उत्तर वैद्यजी ने अपने द्वारा लिखित 'डॉ. श्यामाप्रसाद मुकर्जी की अंतिम यात्रा' में दिया था। उन्होंने लिखा था, "डॉक्टर साहब (डॉ. मुकर्जी) के हृदय में यह बात स्पष्ट थी कि यह राजनीतिक दल किसी जाति अथवा धर्म का विरोध करने के लिए नहीं बनाया गया। इसका उद्‍देश्य नकारात्मक नहीं है। वे यह मानते थे कि देश एक सहस्र वर्ष के उपरांत स्वतंत्र हुआ है और इस प्रकार राजनीतिक रूप में संगठित देश केवल चंद्रगुप्त, विक्रमादित्य, अशोक तथा हर्ष के काल में हो सका था। इस स्वतंत्रता तथा एकता को बनाए रखने के उद्‍देश्य से ही ऐसे दल के निर्माण की आवश्यकता हुई। जाति-पाँति के भेद-भाव, प्रांतीयता की संकीर्णता को पनपने से रोकने के लिए ही यह प्रयास है। ऐसे देशद्रोहियों से जो देश को विदेशियों के हाथ बेचने के लिए उद्यत हैं, उनसे देश को बचाने और देश में मातृभूमि के प्रति भक्ति की भावना उत्पन्न करने के लिए इस दल की आवश्यकता थी। यदि कहीं ऐसा न हो सका, तो देश पुनः विदेशियों की दासता में फँस जाएगा। संसार में जो मत्स्य-न्याय चल रहा है, उससे बचने तथा संसार को बचाने के लिए भारत का एक रहना और शक्ति-संपन्न होना अत्यावश्यक है। इस भावना से भारतीय जनसंघ की स्थापना की गई थी। भारत के साथ प्रेम का अर्थ हिंदू भावना और संस्कृति से प्रेम है। इस संस्कृति के प्रेम से ही सर्व-धर्म की रक्षा संभव है। अन्य किसी संस्कृति में विचार-स्वातंत्र्य की इतनी छूट नहीं मिलती। इस कारण देश में न्याय-धर्म और स्वतंत्रता के नाते ऐसे दल की आवश्यकता थी, जो इसके लिए कार्य करे। अतएव भारतीय जनसंघ की स्थापना हुई।"

वैद्यजी धारा 370-35ए विरोधी आंदोलन का हिस्सा थे

स्वतंत्रता पश्चात् प्रारंभिक भारतीय नेतृत्व द्वारा देश पर थोपे गए धारा 370-35ए और कश्मीर में परमिट व्यवस्था लागू करने का भारतीय जनसंघ ने विरोध किया, जिसमें डॉ. मुकर्जी के अतिरिक्त, जिन महानुभावों ने सक्रिय भूमिका निभाई, उनमें वैद्य गुरुदत्तजी भी एक थे। जम्मू-कश्मीर आंदोलन में गुरुदत्तजी दो बार डॉ. मुकर्जी के साथ गए थे। पहली बार जब डॉ. मुकर्जी, निर्मलचंद चटर्जी (प्रधान हिंदू महासभा), नंदलालजी शास्त्री (रामराज्य परिषद् मंत्री) तथा आठ अन्य व्यक्तियों के साथ 6 मार्च, 1953 को पकड़े गए, तब वैद्यजी उनके ही साथ थे। अनियमित ढंग से बंदी बनाने पर सर्वोच्च न्यायालय ने वैद्यजी सहित चार व्यक्तियों को छोड़ दिया।

दूसरी बार 8 मई, 1953 को वे डॉक्टर मुकर्जी के साथ जम्मू के दौरे पर दिल्ली से चले और उनके साथ ही 11 मई को रावी के माधोपुर वाले पुल पर जम्मू-कश्मीर

की तत्कालीन सरकार के निर्देश पर पकड़ लिये गए। कालांतर में डॉ. मुकर्जी जेल जीवन की यातनाएँ सहने के बाद 23 जून को जब बलिदान हुए, तब वैद्यजी और टेकचंदजी उनके साथ जेल में ही थे। इस संबंध में वैद्य गुरुदत्तजी द्वारा लिखित पुस्तक—'डॉ. श्यामाप्रसाद मुकर्जी की अंतिम यात्रा' प्रासंगिक है। उस कालखंड में वैद्यजी उन सीमित लोगों में से एक थे, जिन्होंने डॉ. मुकर्जी के राजनीतिक चिंतन का गहन अध्ययन किया था।

वैद्य गुरुदत्तजी को राजनीति रास नहीं आई

राजनीति से वैद्यजी का सरोकार अधिक लंबा नहीं रहा और उन्होंने भारतीय जनसंघ छोड़ दिया। उन्होंने ऐसा क्यों किया? इस प्रश्न का उत्तर प्रखर राष्ट्रवादी और राष्ट्रीय स्वयंसेवक संघ के मुखर स्तंभों में से एक रहे दिवंगत श्री बलराज मधोक (25 फरवरी, 1920 – 2 मई, 2016) ने गुरुदत्तजी के अभिनंदन ग्रंथ के प्राक्कथन में दिया है। वे लिखते हैं, "स्वतंत्रता के बाद जनसंघ के भीतर उनका सक्रिय राजनीति का जीवनकाल भी संघर्ष का काल रहा। यदि वे अपनी आत्मा को दबा सकते और अपने भीतर विचारों पर जनसंघ के कुछ प्रमुख लोगों की पसंद के अनुसार लीपा-पोती कर लेते, तो वे कालांतर में जनसंघ में उच्चतम स्थान पर होते और दिल्ली से राज्यसभा के लिए भी भेज दिए जाते। उन्होंने दृढ़ता से जनसंघ के भीतर विशुद्ध भारतीय हिंदू राष्ट्रवाद और यथार्थवादी आर्थिक नीतियों का प्रतिपादन किया और जब उन्होंने देखा कि जनसंघ के कर्णधार तथाकथित प्रगतिवाद के नाम पर जनसंघ को वामपंथी दल बनाते जा रहे हैं, तो वे स्वेच्छा से जनसंघ से बाहर हो गए। यह जनसंघ का दुर्भाग्य था कि वह ऐसे ध्येयनिष्ठ मनीषी, चिंतक और कर्मयोगी का उचित उपयोग नहीं कर पाया। चाहे वैद्य गुरुदत्तजी अपने जीवनकाल में सक्रिय राजनीति से अल्पकाल में बाहर आ गए हों और उन्होंने भारतीय जनसंघ को छोड़ दिया, किंतु पार्टी की विचारधारा को जितने शुद्ध और प्रामाणिक रूप से प्रस्तुत किया और उसका जितना प्रचार अपने उपन्यास, लेखों तथा अन्य पुस्तकों के माध्यम से किया, उसके लिए जनसंघ ही नहीं, अपितु प्रत्युत राष्ट्रवादी जनता सदा उनकी आभारी रहेगी।" मधोकजी का यह विचार स्पष्ट करता है कि वैद्यजी ने जीवनभर अपने विचारों और सिद्धांतों के साथ समझौता नहीं किया और न ही राष्ट्रवाद का पथ छोड़ा।

राष्ट्रवाद की परिधि में वैद्यजी का चिंतन

गुरुदत्तजी का राजनीतिक चिंतन राष्ट्रवादी और यथार्थवादी रहा। वे एक स्वतंत्र विचारक थे, जिनके लिए राष्ट्रहित ही राजनीतिक चिंतन की परिधि रही। वे हर समय और हर नीति का मूल्यांकन राष्ट्रहित की कसौटी पर करते थे। गुरुदत्तजी के उपन्यास

या अन्य किसी पुस्तक को पढ़ने के बाद पाठक सहज ही अनुमान लगा सकता है कि वे राष्ट्रीय विचारधारा के एक दृढ़ राष्ट्रवादी लेखक हैं। गुरुदत्तजी के अनुसार—"राष्ट्र एक अवस्था है। राष्ट्रवाद उस अवस्था की सार्थकता का सिद्धांत है एवं राष्ट्रीयता उक्त अवस्था की भावना है।"

दिवंगत बलराज मधोकजी के अनुसार, "वैद्यजी का राष्ट्रवाद गांधीजी-नेहरू के नेतृत्व में कांग्रेस द्वारा अपनाए गए सौदेबाजी के राष्ट्रवाद, जिसके फलस्वरूप 1947 में देश का विभाजन हुआ, उससे कोसों दूर रहा। वे मानते थे कि राष्ट्रवाद का आधार आस्थाएँ और भावनाएँ होती हैं, मोलभाव नहीं।" बकौल वैद्यजी, हिंदुत्व और भारतीयता में कोई अंतर नहीं है, अपितु यह सदा के लिए पर्यायवाची हैं। दोनों में मजहब का झगड़ा नहीं है। दोनों में श्रेष्ठ व्यवहार और आचरण को प्रथम स्थान प्राप्त है।

'सदा वत्सले मातृभूमे' में वैद्यजी लिखते हैं, "मातृभूमि से अभिप्राय हिमाचल पर्वत, गंगा-जमुना इत्यादि नदियाँ, पंजाब, सिंध, गुजरात, बंगाल आदि भूखंड नहीं, वरन् यहाँ का समाज है। अतः देशभक्ति वस्तुतः समाज की भक्ति को कहते हैं। भारत भूमि की जो भी विशेषता है, वह इस देश में सहस्रों-लाखों वर्षों में उत्पन्न हुए महापुरुषों के कारण है, उन महापुरुषों के तप, त्याग, समाजसेवा और बलिदान के कारण है, उनके द्वारा दिए ज्ञान के कारण है।"

सभ्यतागत संघर्ष के सिपाही थे वैद्यजी

वैद्य गुरुदत्त ने उपन्यासों के साथ तात्कालिक समस्याओं पर भी पर्याप्त लिखा है। उन्होंने इस सभ्यतागत संघर्ष में अपने अस्तित्व की रक्षा के उपाय बताने के लिए भी अनेक पुस्तकें लिखीं। वैद्यजी इस बात से भली-भाँति परिचित थे कि इस सभ्यतागत आक्रमण के हथियार—इतिहास, विज्ञान, समाजशास्त्र, राजनीति आदि हैं। इसलिए उन्होंने प्रत्येक विषय पर विवेचनात्मक पुस्तकें और उपन्यास दोनों ही व्यापक स्तर पर लिखीं। इतिहास पर उनकी पुस्तकें—'इतिहास में भारतीय परंपराएँ', 'भारतवर्ष का संक्षिप्त इतिहास' हैं।

भारत के मूल विचार के ध्वजवाहकों में से थे वैद्यजी

इतना विपुल साहित्य रचने के बाद भी वैद्य गुरुदत्तजी को न तो कोई साहित्यिक अलंकरण मिला, न ही उनके वाङ्मय को अब तक विचार-मंथन करने योग्य समझा गया। कांग्रेस और वामपंथ के कटु आलोचक होने के कारण शासन-सत्ता, जिसपर इन दोनों का आधिपत्य था, उसने वैद्य गुरुदत्तजी की निरंतर उपेक्षा की। स्वघोषित सेक्युलर इतिहासकारों ने उन्हें साहित्यकार ही नहीं माना। परिणामस्वरूप, वर्तमान दौर में वैद्य गुरुदत्त को जानने और पढ़ने वाले नगण्य ही हैं।

वैद्यजी का साहित्य पाठकों से हुआ दूर

पिछली एक शताब्दी में हिंदू समाज ने भारतवर्ष को एक से बढ़कर एक, निर्भीक राष्ट्रवादी विद्वान् और प्रखर लेखक दिए, जिसमें वैद्य गुरुदत्त प्रमुख थे। उन्होंने अपने लेखन के लिए यूरोपीय ग्रंथों को आधार न बनाकर विशुद्ध भारतीय स्रोतों—वैदिक और लौकिक संस्कृत-साहित्य को आधार बनाया और भारतीय इतिहास लेखन को एक नई दिशा दी। कहने की आवश्यकता नहीं कि शासन-पोषित समकालीन ब्रिटिश और मार्क्सवादी विद्वानों के खेमे में वैद्यजी की न केवल उपेक्षा हुई, बल्कि उनकी पुस्तकों की सरकारी खरीद भी कालांतर में बंद कर दी गई।

वैद्यजी के साहित्यिक पाठक ही उनकी ताकत थे

वैद्य गुरुदत्त की साहित्य सेवा उनके जीवन संघर्ष का एक भाग था। उन्होंने कला की आराधना कला के लिए नहीं, अपितु एक विशिष्ट उद्देश्य के लिए शुरू की। वह उद्देश्य था—कला के द्वारा, उपन्यास के द्वारा भारतीय जनमानस पर गांधी-नेहरूवाद के नाम पर बैठाई गई भ्रामक धारणाओं को मिटाना और विशुद्ध राष्ट्रवाद की भावना के साथ-साथ सामाजिक और आर्थिक चिंतन को भी दिशा देना। ऐसा करके उन्होंने शासक दल और उसके चाटुकारों को मानो सीधी चुनौती दे डाली थी। उनके उपन्यासों का जब्त होना, उनपर अभियोग चलाने का प्रयत्न करना और साहित्यिक जगत् में उनके काम और कला को उचित सम्मान देने के स्थान पर उनकी भर्त्सना करना, इसी का परिणाम था। परंतु वैद्यजी चट्टान की भाँति अपने पथ पर अडिग रहे और उन्होंने कभी इस बात की चिंता नहीं की कि उनके साहित्य को तथाकथित साहित्यकार और हिंदी के पंडित मान्यता देते हैं या नहीं। वे कहते थे कि जब तक पाठकों का, जिनके लिए वे लिखते हैं, उन्हें उनके साहित्य से शिक्षण और मनोरंजन मिलता रहेगा, तब तक आलोचक क्या कहते हैं—उन्हें इसकी चिंता नहीं।

वैद्यजी के साहित्य की परिकल्पना में इतिहास की वे घटनाएँ निहित हैं, जिन्हें मैकाले-मार्क्स मानसपुत्रों ने छद्म सेक्युलरवाद के आवरण में दशकों तक भारतीयों से छिपाने का प्रयास किया। परिणामस्वरूप, वर्तमान पीढ़ी के अधिकांश लोग न केवल उस दौर के विषाक्त वातावरण से अनभिज्ञ रहे, अपितु वह अपनी मूल सनातन संस्कृति और कालजयी परंपराओं के प्रति उदासीन भी हो गए। अपने ऐतिहासिक उपन्यास 'खँडहर बोल रहे हैं' में गुरुदत्तजी ने भारत के उस काल का वर्णन किया है, जिसे मुगलों के ह्रास का काल कहा जाता है। इस उपन्यास की भूमिका में गुरुदत्त लिखते हैं—"कुछ इतिहासकार और लेखक मुगल सम्राट शाहजहाँ की न्यायप्रियता के लंबे-चौड़े गीत गाते हैं, परंतु जो कुछ उसके काल में शाही महलों के निर्माण के दौरान हुआ और जो कुछ

उस समय देश में घटा, वह न्याय और शांति का परिणाम नहीं कहा जा सकता। यह शहंशाह शाहजहाँ ही थे, जिसकी अपनी प्रिय बेगम के पेट से उत्पन्न हुआ औरंगजेब गाजी। शाहजहाँ के काल में ही आगरा के किले में बंदी शहंशाह की सैकड़ों अविवाहित बेगमें थीं। इस सबकी प्रतिक्रिया में देश में पैदा हुए शिवाजी, चंपत बुंदेला, गुरुगोविंद सिंह और मथुरा के जाट इत्यादि। ये सब उत्पन्न हुए शाहजहाँ के काल में और लड़े-मरे औरंगजेब के काल में। हमारा ऐतिहासिक निष्कर्ष यह है कि ह्रास का बीजारोपण होता है राज्य के विलासकाल में और उसका परिणाम निकलता है, विलास उपरांत विश्रांति काल में। मुगलों के ह्रास के लिए भूमि तैयार हुई थी जहाँगीर के काल में, बीजारोपण हुआ शाहजहाँ के काल में और ह्रास पनपा औरंगजेब के काल में तथा मुगल वृक्ष मुरझा गया औरंगजेब की मृत्यु के बाद।"

विदेशी विचारधारा वामपंथ के आलोचक रहे वैद्यजी

भारत विरोधी वामपंथी चिंतन का मूल्यांकन वैद्य गुरुदत्तजी ने अपने साहित्य के माध्यम से बखूबी किया है। उन्होंने अपने साहित्य के माध्यम से मार्क्सवादी सिद्धांतों की गंभीर और तथ्यपरक आलोचना की। वैसा ही वस्तुपरक मूल्यांकन सीताराम गोयल, रामस्वरूप और अरुण शौरी ने कालांतर में किया।

अपने द्वारा लिखित 'वाम मार्ग' के कथानक के आधार-विषय में वैद्यजी ने वामपंथ के साथ दक्षिणपंथ पर लिखा है। उनके अनुसार, "वामपंथी केवल वर्तमान की ओर ध्यान रखने वाले रहे हैं। उनका दृष्टिक्षेत्र सदा जन्म से मरण तक सीमित रहा है। राजनीति में सभी वामपंथी सामयिक सफलता को ही मुख्य मानते हैं। प्रायः राजनीतिक वामपंथी, जब सीमित काल में सफलता नहीं पाते हैं, तो क्रांति की माँग करने लगते हैं। उन्हें सफलता में देरी असह्य हो जाती है। सफलता प्राप्त करने के लिए समय अल्प होने के कारण वे उचित और अनुचित उपायों का विचार भी छोड़ बैठते हैं। यह मत संप्रदाय के क्षेत्र में लैफ्टिज्म है। संप्रदाय मनुष्य के आचरण तथा मनुष्य और समाज के संबंध में विषय की बात बताता है। जो मनुष्य जीवन को जन्म से मरण तक ही मानते हैं, न इसके पहले कुछ था, न इसके पश्चात् कुछ रहने को है, अर्थात् संसार के बहते पानी पर एक बुलबुलामात्र ही यह है—वे वाममार्ग के अनुयायी माने जाते हैं।"

दक्षिणपंथी और वामपंथी में अंतर समझाते वैद्यजी

"इसके विपरीत शुद्ध दक्षिणपंथीय (वैदिक) विचारक वर्तमान जीवन को विराट जीवन का एक बहुत छोटा भाग मानते हैं। उनका दृष्टिक्षेत्र अति दूर तक फैला हुआ और गंभीर होता है। निज, समाज की अथवा संसार की उन्नति उपादेय मानते हुए भी, उसको

झूठ, दगा अथवा पाप के मार्ग से प्राप्त करने में हानि मानते हैं।' बकौल गुरुदत्तजी, "दक्षिणपंथीय विचारधारा मानने वाले शरीर को गौण मन आत्मा को अपना एक मुख्य अंग मानते हैं। आत्मा को अमर मानने और एक जन्म के कर्मों का फल अगले, कई जन्मों तक चलने वाला मानते हैं। उनके लिए किसी दुश्कर-से-दुष्कर कार्यसाधन में भी न तो उतावली की आवश्यकता होती है, न ही अनुचित उपायों के प्रयोग की। वे जन्म के पश्चात् जन्म, किसी भले कार्य के फलीभूत होने का सूचक नहीं है। यह तो केवल जीर्ण वस्त्र बदलना मात्र है।"

वैद्य गुरुदत्त अपने समकालीन इतिहासकारों, राजनीतिक विश्लेषकों, समाज विज्ञानियों, साहित्यकारों आदि से भिन्न थे। भारत में अधिकतर इतिहासकार, राजनीतिक विश्लेषक, समाज विज्ञानी शास्त्रों से अनभिज्ञ रहते हैं। उनकी जानकारी दूसरों के अनुवादों तक सीमित और उनके निकाले निष्कर्षों पर रहती है। इस मामले में वैद्य गुरुदत्त विलक्षण थे। वे न केवल भारतीय इतिहास से भली-भाँति परिचित थे और संस्कृत के ज्ञानी थे, साथ ही वे आधुनिक विज्ञान के भी उतने ही अच्छे ज्ञाता थे।

आधुनिक विज्ञान के साथ-साथ भारतीय शास्त्रों पर भी उनकी जबरदस्त पकड़ थी और सामाजिक मनोविज्ञान को उनसे बेहतर तो कोई समझ ही नहीं सकता। इसलिए वैद्य गुरुदत्त का साहित्य उनके जीवनकाल में भारतवर्ष के भीतर घटित घटनाओं की ही जानकारी नहीं देता है, साथ ही वह हमें उसके कारणों की मीमांसा करना भी सिखाता है और उनके सुधार के उपाय भी बताता है।

वैद्यजी का साहित्यिक संघर्ष

ब्रितानीकाल में जो लेखक किसी विश्वविद्यालय में सेवारत रहे या फिर जिन्होंने अंग्रेजी में लेखन-कार्य किया—प्रायः वे ही 'इतिहासकार' की कोटि में रखे गए। जबकि वैद्यजी सरीखे लेखकों को सिवाय उपेक्षा के कुछ नहीं मिला। डॉ. राधाकुमुद मुखर्जी, डॉ. वासुदेवशरण अग्रवाल, सर यदुनाथ सरकार, डॉ. पांडुरंग वामन काणे, भगवतशरण उपाध्याय, डॉ. रमेश चंद्र मजूमदार, राखालदास बनर्जी, ताराचंद, रमेशचंद्र दत्त, डॉ. रामशरण शर्मा, इरफान हबीब, रोमिला थापर, हरवंश मुखिया, सुमित सरकार, निहाररंजन राय—इन सभी ने किसी-न-किसी विश्वविद्यालय में अध्यापन कार्य किया था और इतिहास पर ही पुस्तकें लिखी थीं, जिसके फलस्वरूप ये इतिहासकार माने गए। इसके विपरीत जो किसी विश्वविद्यालय में प्राध्यापक नहीं रहे, किंतु इतिहास की अमूल्य सेवा की, उनको इतिहासकार ही नहीं माना गया। यहाँ तक कि उनके इतिहासकार होने पर भी संदेह खड़ा किया गया—जैसे, पुरुषोत्तम नागेश ओक, आचार्य रघुवीर, राहुल सांकृत्यायन, डॉ. देवसहाय त्रिवेदी, धरमपाल, काशीप्रसाद जायसवाल,

पं. कोट्यवेंकटचलम, राजेंद्र सिंह आदि। वैद्य गुरुदत्त की उपेक्षा का यह भी प्रमुख कारण रहा।

भौतिकवाद पर वैद्य गुरुदत्तजी के विचार

आज समाज जिन विकृतियों का शिकार है, उसमें जलवायु संकट के अतिरिक्त लोभ, क्रोध, काम और अपराध का बोलबाला हो गया है। क्या इसका कारण भौतिकवाद नहीं है? इस पर भी वैद्यजी ने अपने विचार दिए हैं, जो उनके दूरदर्शी होने का जीवंत प्रमाण है। वह अपनी पुस्तक 'विकार' में लिखते हैं, "भारतवर्ष में स्वराज्य प्राप्ति के उपरांत भौतिकवादियों का नया युग आया है। यों तो इसका बीजारोपण अंग्रेजी राज्यकाल में ही हो गया था, परंतु इसका विस्तार स्वराज्य मिलने के पश्चात् ही हुआ है। आधार में भौतिकवादी शिक्षा होने से यह विस्तार हुआ है। भौतिकवादी शिक्षा का अर्थ है कि भौतिक उन्नति को लक्ष्य बनाकर निर्माण किया गया पाठयक्रम और उसको पढ़ने से सुख प्राप्ति की आकांक्षा।"

उनके अनुसार, "भौतिकवादी लक्ष्य से अर्थ है कि मानव से यह स्वीकार कराना कि वह केवलमात्र शरीर है और शारीरिक सुख की उपलब्धि ही परम साध्य है। इस भौतिकवादी शिक्षा का परिणाम यह हो रहा है कि सामाजिक और पारिवारिक जीवन समाप्त हो रहा है और मनुष्य एक पशु के समान स्वयं को अपनी उदरपूर्ति और भोगविलास तक ही संकुचित रखने में लगा है। यह विकार है, जो मनुष्य में उत्पन्न हो रहा है।"

इसी विषय पर वैद्यजी 'न्यायाधिकरण' में लिखते हैं, "समाज में अधर्माचरण अर्थात् कानून के विरुद्ध आचरण का कारण भौतिकवाद की कल्पना है। यूँ तो आत्मा-परमात्मा को न मानने वाले, वैसे ही आदिकाल से संसार में उपस्थित हैं, जैसे आत्मा-परमात्मा को मानने वाले। इस पर यूरोप के सत्रहवीं और अठारहवीं शताब्दी के प्रायः मीमांसक जीवन की भौतिकवादी कल्पना पर विशेष बल देते रहे हैं। इस बल का परिणाम यह हुआ कि यूरोप की राजनीति भौतिकवाद की भित्ति पर खड़ी हो गई। कार्ल मार्क्स ने तो जीवन तथा संसार की गतिविधि का कारण ही भौतिक बताने का प्रयत्न किया है और उस मीमांसा की आज संसार पर गहरी छाप है। भौतिकवादी मानता है कि इस घटनावश बने संसार में मनुष्य एक घटना है। इसके सब कार्य उसकी शारीरिक आवश्यकताओं की पूर्ति हेतु निर्मित हैं और मानव इतिहास इन आवश्यकताओं की पूर्ति के लिए किए गए प्रयत्नों का इतिहास मात्र है। दुनिया की गतिविधि इसी विचार की धुरी के चारों ओर चल रही है। यूरोप का भौतिकवाद भारत में अंग्रेजी काल की शिक्षा-दीक्षा के माध्यम से है। अब अंग्रेज तो गए, परंतु उनकी भाषा, साहित्य और जीवन-मीमांसा के अनुयायी नेताओं को पीछे छोड़

गए हैं। अतः जो नैतिक पतन अंग्रेजीकाल में आरंभ हुआ था, वह अभी तक चल रहा है और दिन-प्रतिदिन वृद्धि पा रहा है।"

गोहत्या पर रोक ही राष्ट्रीय एकता का मंत्र

गुरुदत्तजी ने राष्ट्रीय एकीकरण की समस्या का विश्लेषण करते हुए जहाँ राष्ट्रीय एकता को आवश्यक बताया है, वहीं मुसलमानों से भारत की सनातन संस्कृति और परंपराओं के प्रति निष्ठा रखने और हिंदू दर्शन का आदर करने की भी अपेक्षा जताई थी। उन्होंने गोवंश के प्रति हिंदुओं की पूज्य भावना और धार्मिक निष्ठा की चर्चा करते हुए भारत में राष्ट्रीय एकता की सफलता के लिए गोहत्या के कलंक को पूरी तरह से मिटाए जाने का सुझाव दिया था। गुरुदत्तजी स्पष्ट रूप से मानते थे कि गोरक्षा के सिद्धांत को मान्य करने से ही हिंदू और मुसलिम के बीच सदियों पुरानी कटु भावना और उससे जनित टकराव व दंगों को नियंत्रित किया जा सकता है।

गुलाम मानसिकता पर वैद्यजी की सुस्पष्टता

स्वतंत्र भारत में औपनिवेशिक मानसिकता के कारण स्वघोषित सेक्युलरिस्टों और वामपंथियों के लिए देशभक्ति, राष्ट्रवाद, हिंदुत्व और बहुसंख्यक हिंदुओं के हितों व अधिकारों की बात करने वाला सांप्रदायिकता का पर्याय बन गया है।

वैद्यजी का मानना था कि राष्ट्र किसी देश के उन नागरिकों के समूह को कहते हैं, जो देशहित में अपना हित समझता है। कभी-कभी देश में ऐसा समूह बहुत छोटा रह जाता है। वे लोग, जो अपने निजी स्वार्थ को सर्वोपरि मानते हैं, बहुत भारी संख्या में उत्पन्न हो जाते हैं। तब देश को हानि पहुँचती है और देश पराधीनता की शृंखलाओं में बँध जाता है। राष्ट्र की उन्नति अर्थात् देश में ऐसे लोगों की संख्या में वृद्धि होना, जो देश के सामूहिक हित को व्यक्ति के हितों से ऊपर समझते हैं, अत्यावश्यक है। इसी से देश में सुख-शांति, ऋद्धि-सिद्धि प्राप्त होती है।

इसी गुलाम मानसिकता का चित्रण वैद्यजी ने अपनी पुस्तक 'धर्म और समाजवाद' की भूमिका में किया है। गुरुदत्तजी लिखते हैं, "शारीरिक दासता और मानसिक दासता में अंतर होता है। शरीर से दास व्यक्ति मालिक की आज्ञा का पालन तो करता है, किंतु वह उसे श्रेष्ठ नहीं मानता। यह अवस्था प्रायः हिंदुओं की मुसलमानी राज में रही। हिंदू, मुसलमान नवाबों और बादशाहों की नौकरी करते थे, परंतु वे उन्हें कभी भी अपने से श्रेष्ठ नहीं मानते थे। उनके शरीर तो दास थे, किंतु मन स्वतंत्र थे और बुद्धि से अपने ज्ञान-विज्ञान को अपने आकाओं के ज्ञान-विज्ञान से श्रेष्ठ मानते थे। यह स्थिति, अंग्रेजों के डेढ़ सौ वर्ष के राज्य में सर्वथा बदल गई। जहाँ इसलामी राज के सात सौ वर्ष में हिंदू

शारीरिक दासता में रहते हुए मानसिक दृष्टि से स्वतंत्र रहे थे, वहाँ डेढ़ सौ वर्ष के अंग्रेजी राज में हिंदुओं ने धीरे-धीरे शारीरिक स्वतंत्रता तो प्राप्त कर ली, किंतु मानसिक दासता में फँसते चले गए¨।

सन् 1757 से आरंभ हुई शारीरिक दासता (पॉलिटिकल डॉमिनेंस) को सन् 1947 में पार कर भारतवासी शरीर से (पॉलिटिकली) स्वतंत्र तो हो गए, परंतु इन्हीं दो सौ वर्षों में हम स्वाभिमानी और अपने धर्म, ज्ञान-विज्ञान में निष्ठा रखने वाले न रहकर, अपने भाषा-भाव, वेशभूषा में यूरोपीय दास बन गए। जो चमत्कार मुसलमान सात सौ वर्ष में नहीं कर पाए, वह अंग्रेजों ने कैसे करके दिखाया, इसका रहस्य सरकारी शिक्षा पद्धति और सरकारी भाषा के रूप में अंग्रेजी भाषा के व्यापक प्रचार में छिपा है। अवस्था यह हो गई है कि इस देश में मानसिक दृष्टि से स्वतंत्र लोग तो विरले ही मिलेंगे और मानसिक दासों की भरमार हो गई है। मुख्य रूप से मानसिक दासता के दो प्रकार हैं। एक वे जो खुलेआम कहते हैं कि उनके पूर्वज अज्ञ, असभ्य और रूढ़ियों में फँसे हुए थे, अब यूरोप के ज्ञान-विज्ञान के प्रकाश से भारत उन्नति के पथ पर चल पड़ा है। दूसरे प्रकार के मानसिक दास वे हैं, जो किन्हीं कारणों से सभी अपने पुराने बुजुर्गों का नाम लेते हैं, परंतु प्रत्येक यूरोप से आई नई वस्तु और विचार को अपने देश की प्राचीन परंपराओं में पहले ही उपस्थित बताते हैं।" खंडित भारत में एक वर्ग ऐसा है, जो हीन भावना का शिकार है। वास्तव में ऐसे लोगों को भारत पर विश्वास ही नहीं है।

200 उपन्यासों से अलंकृत है, वैद्य का साहित्य

अपने जीवनकाल में वैद्य गुरुदत्तजी ने इतना अधिक लिखा है कि उसे अन्य साहित्य के साथ एक सामान्य नागरिक के लिए पढ़ना थोड़ा कठिन है। 'स्वाधीनता के पथ पर' से आरंभ हुई उनकी साहित्यिक यात्रा लगभग दो सौ उपन्यासों के बाद तीन खंडों में 'अस्ताचल की ओर' पर समाप्त हुई। 'धर्म, संस्कृति और राज्य' से लेकर 'वेदमंत्रों के देवता' लिखकर उन्होंने भारतीय संस्कृति की सरल एवं बोधगम्य भाषा में विवेचना की। यहाँ तक कि उन्होंने भगवद्गीता, उपनिषदों और दर्शन-ग्रंथों की व्याख्या भी कर दी।

'भारतवर्ष का संक्षिप्त इतिहास' और 'इतिहास में भारतीय परंपराएँ' नामक उनकी पुस्तकों ने उन्हें प्रखर इतिहासकार सिद्ध किया। इस पुस्तक में वैद्य गुरुदत्तजी ने भारत में इतिहास लेखन की विसंगतियों पर जमकर प्रहार किया है। 'सृष्टि-रचना' जैसी पुस्तकें लिखकर अपने वैज्ञानिक दृष्टिकोण का भी परिचय दिया। समाजशास्त्र पर उन्होंने 'धर्म तथा समाजवाद', 'स्व-अस्तित्व की रक्षा', 'मैं हिंदू हूँ' आदि पुस्तकें लिखकर समाजवाद की जैसे पोल खोलकर रख दी। 'धर्मवीर हकीकत राय', 'विक्रमादित्य साहसांक',

'लुढ़कते पत्थर', 'पत्रलता', 'पुष्यमित्र' आदि इनके ऐतिहासिक उपन्यास हैं, तो 'वर्तमान दुर्व्यवस्था का समाधान हिंदू राष्ट्र', 'हिंदुत्व की यात्रा', 'भारत में राष्ट्र', 'बुद्धि बनाम बहुमत'—इनकी विचार-प्रधान कृतियाँ हैं।

वैद्य गुरुदत्तजी के आदर्श

वैद्यजी ने अपने जीवनकाल में ऐसी कई परिस्थितियों का आकलन किया है, जिसमें संघर्ष, चारित्रिक पतनोत्थान, व्यर्थ का दिखावा, चकाचौंध में छिपी कटुता और भ्रष्टाचार आदि शामिल था—उसे उन्होंने अपने साहित्य के माध्यम से जन-मानस तक पहुँचाया। वे महर्षि दयानंद सरस्वती, स्वामी श्रद्धानंद, परमानंद और वीर सावरकर के अनुयायी रहे थे। दयानंद और आर्यसमाज से उन्हें प्रेरणा मिली, संभवतः यही कारण था कि वे निर्भीकता के साथ अपनी बात समाज के समक्ष रखने में समर्थ हुए, जिसमें उन्हें वैचारिक और राजनीतिक बाधाओं का सामना करना पड़ा। इस स्थिति को ब्रितानियों के बौद्धिक अतिक्रमण ने और अधिक विकृत कर दिया।

संदर्भ—

1. 'डॉ. श्यामाप्रसाद मुकर्जी की अंतिम यात्रा', वैद्य गुरुदत्त (Annexure : 1)

□

32

वैद्यजी की दृष्टि में कांग्रेस और नेहरूवादी युग

भारत को अंग्रेजों से स्वतंत्र कराने में कांग्रेस का क्या योगदान था, इसपर वैद्य गुरुदत्तजी ने अपनी पुस्तक 'स्व-अस्तित्व की रक्षा' में गंभीर टिप्पणी की है। "हम यह नहीं मानते कि भारत में कांग्रेस आंदोलन से डरकर अंग्रेजों ने अधिकार छोड़ा था। अंग्रेजों के भारत से जाने का कारण कांग्रेस आंदोलन नहीं था। वे कारण क्या थे, यदि उनपर विचार किया जाए, तो निम्नलिखित ग्यारह कारण गिनाए जा सकते हैं"[1]

वैद्यजी ने कांग्रेस को अंग्रेजों की उपज बताया

गुरुदत्तजी कांग्रेस के जन्म को अंग्रेजों द्वारा सबसे विनाशकारी षड्यंत्र मानते थे। इसका उल्लेख उन्होंने अपनी पुस्तक—INDIA : IN THE SHADOW OF GANDHI AND NEHRU में किया है, जोकि उनकी पुस्तक 'भारत : गांधी-नेहरू की छाया में' का अंग्रेजी संस्करण ही है। इसकी प्रस्तावना में उन्होंने भारत में अंग्रेजों के आगमन के साथ कांग्रेस, गांधीजी और पं. नेहरू के भारतीय राजनीति में योगदान को अपने शब्दों में कुछ इस प्रकार उकेरा है—

"If India was to be ruled by the British people permanently or, at least, for a long time, the religion and culture of Hindus had to be destroyed. They thought, and for this purpose the education of the people was to be guided and controlled by them...Jawaharlal and Gandhi were the products of English education, and so were the loyalist, leaders of the Congress."[2]

गुरुदत्त के अनुसार, "अंग्रेजी शिक्षा की उपज ही कांग्रेस है। आरंभ में कांग्रेस अंग्रेजी पढ़े-लिखों की ही सभा थी। इसकी स्थापना के समय यह नियम बना दिया गया था कि इसमें वे लोग सम्मिलित हो सकेंगे, जो अंग्रेजी बोल और समझ सकते थे। कांग्रेस

के प्रवर्तक सर ए.ओ. ह्यूम एक उदार विचार के ईसाई थे और सरकारी अधिकारी रह चुके थे। इनके मन में भी वही भावना कार्य कर रही थी, जो लॉर्ड मैकाले के मन में थी—अर्थात् जाहिल हिंदुस्तानियों को यूरोपियन आचार-विचार सिखाना।"

गुरुदत्तजी ने प्यारेलाल नैयर, जोकि गांधीजी के निजी सचिव थे, उनके द्वारा लिखित गांधीजी के जीवन चरित्र के एक हिस्से को उद्धृत करते हुए अपनी इसी पुस्तक में लिखा है, "कांग्रेस के पहले के प्रतिष्ठित नेताओं में यह बात मानी जाती थी कि हिंदुस्तान में ब्रिटिशराज भगवान् की कृपा का प्रसाद है। फिरोजशाह मेहता ने कहा था कि यह भगवान् की अज्ञात कृपा है, जिससे हिंदुस्तान और इंग्लैंड साथ-साथ हो गए हैं। प्रारंभिक कांग्रेसियों के लिए देश में ब्रिटिशराज स्थिरता, शांति और उन्नति लाने वाला सिद्ध हो रहा था।"

गांधी-नेहरू की नीतियों का वैद्यजी ने किया विरोध

वैद्य गुरुदत्तजी ने 'राष्ट्र, राज्य और संविधान' में लिखा है, "गांधीजी, जो यह कहने में संकोच नहीं करते थे कि वह सरकार नहीं हैं, वह पाकिस्तान को 54 करोड़ दिलवाने के लिए भूख हड़ताल पर बैठे थे। पंडित नेहरू के सहयोगी गाडगिल का आरोप है कि नेहरू मंत्रिमंडल से पूछे बिना विदेशों में राजदूत भेज देते थे। इस प्रकार की दुर्व्यवस्था की अनेक बातें स्वराज्य मिलते ही कांग्रेस राज्य में होने लगी थीं। वे सब प्रतिबंध, जो अंग्रेजी सरकार ने युद्ध के दिनों में लगाए थे और जिनके विरुद्ध कांग्रेस गला फाड़-फाड़कर चीख रही थी, स्वराज्य मिलने पर भी रहने दिए गए।" वैद्यजी का यह विचार 25 अप्रैल, 1981 का है, जब देश को स्वतंत्र हुए 34 वर्ष होने वाले थे और देश पर 1977-79 के कालखंड को छोड़ दें, तो लगातार कांग्रेस का ही शासन था।

जब वैद्यजी अपने पुत्र के साथ जेल भेजे गए

खिलाफत आंदोलन, मोपला हिंदू नरसंहार से लेकर मुसलिम लीग के डायरेक्ट एक्शन डे, विभाजन और 1962 में चीन के हाथों भारत की शर्मनाक पराजय और आपातपाल तक वैद्य गुरुदत्त प्रत्यक्षदर्शी रहे हैं। यहाँ तक कि जब गांधीजी की नृशंस हत्या के बाद नेहरू सरकार ने दुर्भावना से प्रेरित होकर राष्ट्रवादी आर.एस.एस. पर प्रतिबंध लगाया और संघ सहित अन्य राष्ट्रवादी नेताओं को गिरफ्तार किया जा रहा था, तब वैद्य गुरुदत्तजी भी अपने पुत्र योगेंद्र के साथ जेल में कुछ समय के लिए बंद रहे थे।

असहमति जताने की मिली सजा

गुरुदत्तजी ने एक पुस्तक 'जवाहरलाल नेहरू : एक विवेचनात्मक वृत्त' लिखी, जो 1966 में प्रकाशित हुई थी। 1967 के कुछ समाचार-पत्रों में खबर छपी कि उक्त पुस्तक

के लेखक अर्थात् वैद्य गुरुदत्त पर भारत सरकार, भारत में विभिन्न समुदायों में वैमनस्य फैलाने के आरोप में मुकदमा करने वाली है।

इसपर वैद्यजी 'भारत गांधी-नेहरू की छाया में' में लिखते हैं कि एक पुलिस अधिकारी उनसे और प्रकाशक से पूछताछ करने आया था। उसने बताया था कि सरकार कदाचित् भारत दंड विधान की धारा 153ए के अधीन मुकदमा करेगी। बकौल गुरुदत्त, "विवेचना जवाहरलाल नेहरू की थी, किसी समुदाय की नहीं। नेहरूजी राष्ट्रवादी नहीं थे, वे आचार-विचार और भावनाओं में सर्वथा विदेशी थे। वे उस शिक्षा की उपज थे, जिसने हिंदुस्तान में हिंदू विरोधी, देशद्रोही और अनीश्वरवादी उत्पन्न किए हैं। गांधी और तिलक के विपरीत, इनके घर का वातावरण सर्वथा अभारतीय, धर्मविहीन, अहंकारयुक्त और सर्वोच्चता में रत था।"

आपातकाल में भी जेल गए थे वैद्यजी

आपातकाल (1975-77) के समय 22-23 नवंबर, 1976 को तत्कालीन इंदिरा सरकार के निर्देश पर वैद्यजी को गिरफ्तार कर लिया गया था। उस समय उनकी आयु 83 वर्ष थी। उनका दोष केवल इतना था कि रात 10 बजे अपने घर के बाहर खड़े थे। तब वैद्यजी मुखर होकर आपातकाल का विरोध करते हुए विपक्षी दलों के नेताओं की गिरफ्तारियों और सरकार की जबरन नसबंदी नीति की निंदा कर रहे थे। गिरफ्तारी के 11 दिन बाद 3 नवंबर, 1976 को उनकी रिहाई हुई। आपातकाल की जाँच हेतु गठित शाह आयोग ने वैद्य की गिरफ्तारी पर कहा था, "वैद्य गुरुदत्त जैसे वृद्ध, दुर्बल और सम्मानित व्यक्ति की गिरफ्तारी, तत्कालीन प्रशासन की निष्पक्षता और क्षमता पर लोगों के विश्वास को हिलाने वाला काम था।" अपनी रिपोर्ट में शाह आयोग ने लिखा कि वैद्यजी, वर्ष 1973 में प्रकाशित 'मधु' नामक अपने उपन्यास के कारण भी भारत सरकार की आँखों की किरकिरी बने हुए थे। इस उपन्यास में उन्होंने तत्कालीन प्रधानमंत्री इंदिरा गांधी पर कटाक्ष किया था।

सभ्यतागत संघर्ष में मूल भारतीय विमर्श से छेड़छाड़

गुरुदत्तजी ने अपने दो उपन्यासों—'दो लहरों की टक्कर' और 'जमाना बदल गया' में वर्ष 1870 से लेकर वर्ष 1960 तक भारत में चले सभ्यतागत संघर्ष का बहुत ही सुंदर वर्णन किया है। वैद्यजी के अनुसार, भारत में दो लहरें उठीं। एक लहर का प्रतिनिधित्व मैकाले-मैक्समूलर कर रहे थे, जिनके समर्थन में राजा राममोहन राय, केशवचंद्र सेन, पं. नेहरू, ब्रह्म समाज, कांग्रेस जैसे लोग और संगठन खड़े थे, तो दूसरी लहर का प्रतिरूप महर्षि दयानंद सरस्वती बने हुए थे, जिसमें लाला लाजपत राय, स्वामी श्रद्धानंद, श्यामजी

कृष्ण वर्मा, लाला हंसराज, आर्य समाज आदि साथ थे। इन्हीं दोनों के प्रयासों में लहररूपी जोरदार टक्कर हुई। उस टकराव में शासनबल—पहले ब्रिटिश, फिर कांग्रेस के कारण पहली लहर प्रभावी होती गई। इसी टक्कर को इन दोनों ही उपन्यासों में उल्लेखित किया गया है।

'दो लहरों की टक्कर' की भूमिका में गुरुदत्तजी लिखते हैं, "यह ठीक है कि राजा राममोहन राय के विचार पूर्वोत्तर अंग्रेजों के कहने से नहीं बने थे। वे उनके बाल्यकाल में मुसलमानों के संपर्क के कारण बने थे। साथ ही ये विचार बने थे ईस्ट इंडिया कंपनी के सेवाकाल में उनके एक योग्य अंग्रेज अधिकारी की संगत से। राजा साहब ने उपनिषदादि ग्रंथों का अपने विशेष दृष्टिकोण से अध्ययन किया था, परंतु जब उनके विचार ब्रह्म समाज में मूर्त होने लगे, तो अंग्रेजो सरकार को राजा राममोहन राय अपनी योजना के अनुरूप प्रतीत होने लगे, जिससे सरकार भारतीय सांस्कृतिक धारा का विरोध करना चाहती थी। ब्रह्म समाज की स्थापना 1828 में हुई थी।

इस आंदोलन और राजासाहब के विषय में गांधी की जीवनी लिखने वाले प्यारेलाल नैयर ने लिखा था—"उनका स्वतंत्रता के लिए अत्यंत प्रेम होने पर भी उन्होंने ब्रिटिश राज्य के विरुद्ध विद्रोह का झंडा ऊँचा नहीं किया। ब्रह्म समाज का मंदिर किसी के लिए बंद नहीं था। यह सार्वजनिक प्रार्थना का स्थान था, जो सब मानवों के लिए था और जहाँ बिना जाति, रंग, समुदाय और मजहब के भेदभाव के सब आ सकते थे। इसके दानपात्र में लिखा था कि किसी मजहब की निंदा नहीं की जाएगी, उसे बुरा-भला नहीं कहा जाएगा। किसी के प्रति घृणा नहीं की जाएगी और न ही संकेत में कही जाएगी।"

बकौल गुरुदत्तजी, "अंग्रेजों को ऐसा प्रतीत हुआ कि यह ब्रह्म समाज भी उस गहराई में चलने वाली धारा का एक प्रकार का विरोध कर रहा है। अतः ब्रह्म समाज को उनका समर्थन और सहायता प्राप्त हो गई, जो सन् 1828 से लेकर हिंदुस्तान में ब्रिटिश राज के अंतकाल तक उनको प्राप्त रही। गुरुदत्तजी के अनुसार, "ब्रह्म समाज 1828 में स्थापित हुआ, अंग्रेजी सरकारी शिक्षा 1835 में चालू हो गई और ह्यूम साहब की इंडियन नेशनल कांग्रेस सन् 1885 में स्थापित की गई। तीनों तरंगें जानबूझकर अथवा अनजाने में हिंदू समाज की आभ्यंतरिक सांस्कृतिक धारा का नाश करने में संलग्न रही। जितना-जितना इनका बल बढ़ता गया, सांस्कृतिक धारा का विरोध भी उतना बढ़ता गया।"

"···परंतु इस तरंग का विरोध भी हुआ। 1875 में इस तरंग के विरोधस्वरूप महर्षि स्वामी दयानंद ने बंबई में आर्य समाज की स्थापना की। वैसे स्वामी दयानंद ने इसका आरंभ पाखंड खंडिनी ध्वजा के नीचे सन् 1867 में हरिद्वार में कुंभ के अवसर पर किया था। परंतु इसका मूर्त रूप सन् 1871-72 में कलकत्ता में विचार किया गया और 1875 में इसकी स्थापना की गई। प्यारेलाल (महात्मा गांधी के जीवनचरित्र में) आर्य समाज के

विषय में लिखते हैं—"उस समय की पीढ़ी के साथ स्वामी दयानंद ने यह अति दुःख के साथ अनुभव किया था कि एक ओर बाहरी यूरोपीय बुद्धिवाद ने और दूसरी ओर ईसाइयत ने, जो देश में विदेशी साम्राज्यवाद के साथ आया था और यहाँ के समाज में फूट डलवा रहा था, भारतीय परिवार पर आक्रमण कर, यहाँ के मजहब को नष्ट कर दिया था और उसका स्थानापन्न प्रस्तुत नहीं किया था। सुधार करने वाले ब्रह्म समाज से सर्वथा विपरीत आर्य समाज था। यह संघर्षप्रिय संस्था थी। हिंदुओं के भीतर इसका स्थान वही था, जो प्रोटेस्टेंट समुदाय का रोमन-कैथोलिक के प्रति था।"

"यह पुनरुद्धार करने वाला आंदोलन था। यह पुनः प्राचीन वैदिक मत को, इसकी सभ्यता और रीति-रिवाजों को चाहता था। यही अंग्रेज नीतिज्ञ नहीं चाहते थे कि विचारों के वे तत्त्व जीवित और जागृत रहें, जिन्होंने इसलाम जैसे बलशाली समुदाय का मुख मोड़ दिया था। अतः पूर्ण अंग्रेजी सरकार, इसका विरोध करने पर उद्यत हो गई। भारतवर्ष में विशाल हिंदू समाज, जिसके पाँव दृढ़ता से अपनी प्राचीन संस्कृति और धर्म में जमे हैं, काल के विपरीत गतियों का सफलतापूर्वक सामना करती चली आती है। भारतवर्ष पर गिद्धदृष्टि रखने वाले विदेशी, हिंदू समाज के पाँव उखाड़ने में यत्नशील हो गए। एक दूषित संयोग इसलाम, ईसाइयत और अंग्रेजी शिक्षा प्राप्त आस्थाविहीन हिंदुस्तानी घटकों का बन गया और इस संयोग का विरोध करने के लिए आर्य समाज हिंदू समाज का कायाकल्प करने की चेष्टा करने लगा।"

अपने जीवनकाल में गुरुदत्तजी कई महत्त्वपूर्ण घटनाक्रमों के प्रत्यक्षदृष्टा रहे हैं। उन्होंने 1921 के असहयोग आंदोलन से लेकर 1948 में महात्मा गांधी की हत्या तक की परिस्थितियों का अध्ययन किया है। उस काल में सभी प्रकार के संघर्ष को न केवल उन्होंने अपनी आँखों से देखा था, अपितु अंग्रेजों के दमनचक्र, अत्याचारों और अनीतिपूर्ण आचरण को स्वयं गरम दल के सदस्य के रूप में अनुभव किया था।

भारत के विभाजन की पृष्ठभूमि पर आधारित उपन्याय 'देश की हत्या' की भूमिका में वैद्यजी लिखते हैं, "महात्मा गांधीजी की हिंदू-मुसलिम एकता की विधि दूषित थी और उक्त लक्ष्य के विरुद्ध बैठती थी। उसका परिणाम 1946-47 के प्रचंड हत्याकांडो में प्रकट हुआ और अंत में देश का विभाजन हुआ, जिसके दुःखद परिणाम होने की संभावना तब तक बनी रहेगी, जब तक यह विभाजन स्थिर रहेगा।"

गांधीजी की अनुकंपा से स्वतंत्र भारत के पहले प्रधानमंत्री बने पं. नेहरू की अदूरदर्शी नीति केवल धारा 370-35ए तक सीमित नहीं रही। इसके अतिरिक्त, उनके कार्यकाल में कश्मीर 1947-48 के पाकिस्तान युद्ध में भारतीय सेना को बिना पूरे कश्मीर को मुक्त कराए युद्धविराम की घोषणा करना, जम्मू-कश्मीर के महाराजा हरि सिंह जैसे देशभक्त को बॉम्बे (मुंबई) भेजना, घोर सांप्रदायिक शेख अब्दुल्ला को सत्ता सौंपना,

मामले को संयुक्त राष्ट्र में ले जाना, अनुच्छेद 370 लागू करने और सामाजिक सुधार के नाम केवल हिंदू कोड बिल लाने आदि सभी को वैद्य गुरुदत्तजी ने निकट से देखा।

चीन पर पं. नेहरू की हठधर्मिता को देश ने भुगता

चीन को लेकर पं. नेहरू की नीतियों ने भारतीय संप्रभुता और सुरक्षा को कितनी क्षति पहुँचाई, उसके भी वैद्य गुरुदत्तजी साक्षी बने। स्वतंत्रता-प्राप्ति के बाद जब तत्कालीन गृहमंत्री सरदार वल्लभभाई पटेल, जनसंघ, आर.एस.एस. और अनेक राष्ट्रवादियों ने चीन की ओर से उभरते खतरे की ओर ध्यान दिलाया, तब देश के पहले प्रधानमंत्री और सोवियत संघ के निकटवर्ती पं. नेहरू ने इस ओर बिल्कुल भी ध्यान नहीं दिया। 7 नवंबर, 1950 को सरदार पटेल ने पं. नेहरू को पत्र लिखकर कहा था, 'चीन ने हमें शांतिपूर्ण रुख दिखाकर धोखा दिया है। मेरे विचार से चीन की यह कारवाई विश्वासघात है। इसमें त्रासद यह है कि तिब्बत हम पर पूरा भरोसा करता है और वह हमसे संचालित होते हैं। हम उन्हें चीन के प्रभाव से निकालने में पूरी तरह विफल हुए हैं। सदियों बाद पहली बार भारत के सामने ऐसी स्थिति आई है कि भारत को एक साथ दो मोर्चों पर निपटना है। मेरी गणना यह कहती है कि अब पाकिस्तान के साथ हमें उत्तर और पूर्वोत्तर भारत में कम्युनिस्ट चीन की गतिविधियों पर भी नजर रखनी होगी। चीन की ओर से नया और बड़ा खतरा आ गया है और भारत को मजबूती से रक्षात्मक कदम उठाने की जरूरत है, क्योंकि चीन का धीरे-धीरे तिब्बत पर पूरी तरह कब्जा हो जाएगा।" उन्होंने तिब्बत मामले पर मंत्रिमंडल की बैठक बुलाने और तत्काल फैसले लेने की बात कही थी, लेकिन न तो पत्र का जवाब मिला, न ही कोई बैठक बुलाई गई।

काल्पनिक संसार से बाहर नहीं निकले पं. नेहरू

पं. नेहरू ने राष्ट्रवादियों की आशंकाओं को निरस्त कर दिया कि चीन हिमालय से उतरकर भारत पर कभी भी कोई बड़ा हमला कर सकता है। पं. नेहरू की उसी काल्पनिक दुनिया ने हिंदी-चीनी भाई-भाई का नारा गढ़ा, चीन के साथ पंचशील समझौता किया, 1959 आते-आते चीन ने दलाई लामा को निर्वासित कर दिया और उसके 3 वर्ष बाद भारत पर हमला कर दिया। तत्कालीन रक्षामंत्री वी.के. कृष्ण मेनन वैचारिक रूप से वामपंथी थे, इसलिए सेना को उन्होंने तैयार ही नहीं किया था। परिणामस्वरूप, भारत को तब सन् 1962 में शर्मनाक पराजय का स्वाद चखना पड़ा। उस समय जहाँ आर.एस. एस. सरीखे राष्ट्रवादी संगठन और व्यक्ति भारतीय सेना का मनोबल बढ़ाने और सीमा तक भोजन सामग्री सहित अन्य आवश्यक वस्तुओं को पहुँचाने का काम कर रहे थे, वहीं भारतीय वामपंथियों का कुनबा पूरी तरह अपने वैचारिक बंधु देश चीन के साथ खड़ा रहा।

यही कारण था कि वाम दुष्प्रचार से प्रभावित होकर गांधीजी की हत्या के पश्चात् संघ पर प्रतिबंध लगाने वाले पं. नेहरू ने मृत्यु से एक वर्ष पहले अपनी भूल को सुधारते हुए 1963 की गणतंत्र दिवस परेड में शामिल होने के लिए संघ को स्वयं आमंत्रित किया था। कहा जाता है कि पं. नेहरू चीन के इस धोखे को झेल नहीं पाए और 27 मई, 1964 को उनका निधन हो गया। जब भारत में चीनी कुटिलता की भारतीय नेतृत्व द्वारा अवहेलना की जा रही थी, तब राष्ट्रवादी वैद्य गुरुदत्तजी ने राजनीतिक मार्ग का परित्याग करने का मन बना लिया।

मुसलमान गांधीजी से सौदा करते रहे—वैद्यजी

गांधीजी के विषय में 'दासता के नए रूप' में एक स्थान पर वैद्यजी ने लिखा है—"महात्मा गांधी और कांग्रेस को चलाने वाले हिंदू हैं। वे ही इनका कहना मानते हैं, वे ही कांग्रेस को रुपया देते हैं और ये उनको ही सांप्रदायिक कहकर गालियाँ देते हैं। मुसलमान गांधीजी से सौदा करते रहे और देश से ऊपर इसलाम को समझते रहे, परंतु उनके लिए कांग्रेसियों के मन में अथवा महात्माजी के मन में प्रशंसा के अतिरिक्त और कुछ रहा।" यहाँ वैद्यजी का आश्रय गांधीजी द्वारा खिलाफत आंदोलन का नेतृत्व करने से है।

संदर्भ—

1. 'स्व-अस्तित्व की रक्षा', वैद्य गुरुदत्त (Annexure 9)
2. "INDIA : IN THE SHADOW OF GANDHI AND NEHRU" by Vaidya Gurudutt (Annexure 7)

□

अनुलग्नक
(ANNEXURES)

Annexure : 1

निम्नलिखित उद्धरण वैद्य गुरुदत्त द्वारा लिखित 'डॉ. श्यामाप्रसाद मुकर्जी की अंतिम यात्रा' पुस्तक से लिया गया है—

"19-20 जून (1953) की रात को डॉक्टर साहब की पीठ में पीड़ा आरंभ हुई और साथ ही ज्वर हो गया। बीस जून को प्रात:काल ज्वर देखा गया तो 99.2 था, पीड़ा अधिक थी। इस कारण सुपरिंटेंडेंट को टेलीफोन से, जो हमारे सब-जेल से कुछ ही अंतर पर, वाटर वर्क्स में था, सूचना भेजी गई। वे उसी दिन साढ़े ग्यारह बजे के लगभग डॉक्टर अली मुहम्मद के साथ आए और डॉक्टर साहब का निरीक्षण हुआ। डॉक्टर अली ने बताया कि डॉक्टर मुकर्जी को 'ड्राई प्ल्यूरिसी' है। उनके रक्त की परीक्षा होनी चाहिए, जो अस्पताल में ले जाकर ही हो सकती है। इस पर उन्होंने 'स्ट्रैप्टोमाइसीन' का इंजेक्शन लगाने को कहा और कुछ पाउडर, जिसका नुस्खा हमें बताया नहीं गया, देने को लिख दिया।...

...श्री डॉक्टर मुकर्जी ने 'स्ट्रैप्टोमाइसीन' के विषय में कहा कि मेरे पारिवारिक चिकित्सक ने यह कहा था कि यह औषधि मेरे अनुकूल नहीं बैठेगी। इस पर डॉक्टर अली मुहम्मद ने पूछा "यह बात कब की है?" डॉक्टर मुकर्जी ने बताया "सन् 1946 की।" इसपर डॉक्टर अली मुहम्मद बोले, "यह बात पुरानी है और अब हम इस औषधि के विषय में बहुत-कुछ जानते हैं।" डॉक्टर अली मुहम्मद चले गए और सायं चार बजे के लगभग जेल के डॉक्टर पंडित अमरनाथ रैना आए और इंजेक्शन और पाउडर देकर चले गए। पाउडर खाने से पीठ की पीड़ा में कमी आ गई, इससे डॉ. मुकर्जी को संदेह हुआ कि कहीं यह एस्पिरीन की भाँति की कोई वस्तु न हो। अगले दिन 21 जून को डॉक्टर अली मुहम्मद तो आए नहीं, परंतु जेल का डॉक्टर आया और स्ट्रैप्टोमाइसीन का एक और इंजेक्शन दे गया। साथ ही 6 पाउडर पिछले दिन वाले और दे गया। लेखक ने इस

डॉक्टर से पूछा, "क्या पाउडर एस्पिरीन के हैं?" डॉक्टर ने हँसकर कहा, "आप चिंता क्यों करते हैं? डॉक्टर अली मुहम्मद साहब एक योग्य व्यक्ति हैं।"

"'पिछले दिन ज्वर अधिक-से-अधिक 101.2 तक गया था, 21 जून को ज्वर प्रातःकाल 98.2 और सायंकाल अधिक-से-अधिक 100 तक रहा। पीड़ा पिछले दिन से कम रही। अब डॉक्टर साहब लेट सकते थे और उनको दिन के समय कुछ घंटे नींद भी आई। तीन पाउडर 20 जून को खाए गए थे। तीन पाउडर 21 जून को लिये गए। सायंकाल डॉक्टर मुकर्जी बहुत प्रसन्न प्रतीत होते थे। दोनों दिन उन्होंने सब्जी का जूस और चाय ही ली थी। इस दिन रात के ग्यारह बजे के लगभग अचानक पीठ में पीड़ा बढ़ गई और उन्होंने एक पाउडर और ले लिया। इसके पश्चात् उनको नींद आ गई। डॉक्टर साहब के कथनानुसार 22 जून को प्रातःकाल 4 बजे के लगभग उनकी नींद खुली, उस समय उनकी छाती में हृदय-क्षेत्र में पीड़ा थी और उनकी साँस रुकती प्रतीत होती थी। आधे घंटे तक तो वे यह समझते रहे कि स्वयं ठीक हो जाएँगे, परंतु जब कष्ट बढ़ता गया और उनकी आँखों के सामने अँधेरा छाने लगा, तब उन्होंने लेखक को जगवाया और अपनी अवस्था बताई। नाड़ी पकड़ी नहीं जाती थी। ठंडा पसीना प्रचुर मात्रा में आ रहा था और शरीर ठंडा पड़ गया था। समीप कोई औषधि न होने से कठिनाई बहुत थी।

"'डॉक्टर अली मुहम्मद ने जेल सुपरिंटेंडेंट से, जो साथ आया था, कहा कि डॉक्टर मुकर्जी को तुरंत नर्सिंग होम में ले जाना चाहिए। सुपरिंटेंडेंट ने जब इस बात को डिस्ट्रिक्ट मजिस्ट्रेट से कहने की बात कही, तो डॉक्टर साहब के दोनों साथियों ने अपने लिए भी उनके साथ नर्सिंग होम चलने की स्वीकृति माँगी। सुपरिंटेंडेंट ने इनकार करते हुए कहा, "कोई आवश्यकता नहीं।" डॉक्टर अली मुहम्मद ने भी कहा, "I understand your anxiety, but you don't worry. He will be in better hands there."

"'साढ़े ग्यारह बजे के लगभग जेल के सुपरिंटेंडेंट एक टैक्सी-गाड़ी लेकर आए और डॉक्टर मुकर्जी को बैठाकर ले गए। दिन-भर हम डॉक्टर मुकर्जी के स्वास्थ्य-समाचार की प्रतीक्षा करते रहे। सायंकाल सात बजे के लगभग टेलीफोन द्वारा जेल सुपरिंटेंडेंट का संदेश आया कि डॉक्टर मुकर्जी पहले से अच्छे हैं। उसी सायंकाल श्री उमाशंकर त्रिवेदी, जो डॉक्टर मुकर्जी का मुकदमा जम्मू तथा कश्मीर हाईकोर्ट में करने के लिए श्रीनगर में उपस्थित थे, अस्पताल में मिलने गए।

"'यह कहा जाता है कि रात के ग्यारह बजे डॉक्टर मुकर्जी की अवस्था बिगड़ी और डॉक्टर ने उनको एक इंजेक्शन दिया, परंतु अवस्था बिगड़ती गई। हम (श्री टेकचंद शर्मा तथा पं. प्रेमनाथ डोगरा सहित) जो बँगले में, जिसको सब-जेल बनाया गया था, पीछे रह गए थे, सबको प्रातः पौने चार बजे जगाया गया और सुपरिंटेंडेंट से पूछने पर कि क्या बात है, बताया गया कि उनको अस्पताल चलना है। कारण पूछने पर उन्होंने बताया

कि उन्हें पता नहीं। डी.एम. ने टेलीफोन पर कहा कि शीघ्र चलना चाहिए। चिंता और अनिश्चित अवस्था में वे साढ़े चार बजे अस्पताल पहुँचे और पहुँचने पर श्री त्रिवेदीजी ने उन्हें बताया कि डॉक्टर साहब का देहांत हो गया है।

"यह इतनी भारी चोट थी और इससे सब इतने स्तब्ध हुए कि आधा घंटा-भर तो समझ ही नहीं आया कि क्या किया जाए? लगभग पाँच बजे डॉक्टर मुकर्जी के अंतिम दर्शन के लिए उस कमरे में गए, जहाँ उनका शव रखा था। अंतिम दर्शन के पश्चात् जब बाहर आ रहे थे, तो श्री टेकचंद शर्मा ने नर्स से, जो पीछे-पीछे उस कमरे में गई थी और पीछे-पीछे ही बाहर आ रही थी, पूछा, "डॉक्टर साहब की मृत्यु किस समय हुई?' तो उसने बताया, 'रात के ढाई बजे'।"

(यह पुस्तक 1960 के दशक में प्रकाशित हो गई थी, जिसके अनेक संस्करण भी आए। किंतु इसके कुछ वर्ष पश्चात् यह पुस्तक बाजार से गायब हो गई। 2019 में इसके संस्करण का फिर से प्रकाशन हुआ)

Annexure : 2

Excerpts—Minute by the T.B. Macaulay, dated the 2 February, 1835.

...I have no knowledge of either Sanskrit or Arabic. But I have done what I could to form a correct estimate of their value. I have read translations of the most celebrated Arabic and Sanskrit works. I have conversed, both here and at home, with men distinguished by their proficiency in the Eastern tongues I am quite ready to take the oriental learning at the valuation of the orientalists themselves. I have never found one among them who could deny that a single shelf of a good European library was worth the whole native literature of India and Arabia. The intrinsic superiority of the Western literature is indeed fully admitted by those members of the committee who support the oriental plan of education.

...It is, I believe, no exaggeration to say that all the historical information which has been collected from all the books written in the Sanskrit language is less valuable than what may be found in the most paltry abridgments used at preparatory schools in England. In every branch of physical or moral philosophy, the relative position of the two nations is nearly the same.

...In India, English is the language spoken by the ruling

class. It is spoken by the higher class of natives at the seats of Government. It is likely to become the language of commerce throughout the seas of the East. It is the language of two great European communities which are rising, the one in the south of Africa, the other in Australia, communities which are every year becoming more important and more closely connected with our Indian empire. Whether we look at the intrinsic value of our literature, or at the particular situation of this country, we shall see the strongest reason to think that, of all foreign tongues, the English tongue is that which would be the most useful to our native subjects.

...This is proved by the fact that we are forced to pay our Arabic and Sanskrit students while those who learn English are willing to pay us. All the declamations in the world about the love and reverence of the natives for their sacred dialects will never, in the mind of any impartial person, outweigh this undisputed fact, that we cannot find in all our vast empire a single student who will let us teach him those dialects, unless we will pay him.

...We must at present do our best to form a class who may be interpreters between us and the millions whom we govern, a class of persons Indian in blood and colour, but English in tastes, in opinions, in morals and in intellect. To that class we may leave it to refine the vernacular dialects of the country, to enrich those dialects with terms of science borrowed from the Western nomenclature, and to render them by degrees fit vehicles for conveying knowledge to the great mass of the population.

Source: http://www.columbia.edu/itc/mealac/pritchett/00generallinks/macaulay/txt_minute_education_1835.html

Annexure : 3

Excerpts—Syed Ahmed Khan's Speech, 16 March, 1888, Meerut, Uttar Pradesh

After this long preface, I wish to explain what method my nation, or, rather the people of this country, ought to pursue in political matters. I will treat in regular sequence the political questions on India, in order that you may have full opportunity of giving your attention to them. First of all, this : In whose hands shall the administration and the empire of India rest? Now, suppose that the English community and the army were to leave India, taking with them all their cannons and their splendid weapons and all else, who then would be the rulers of India? Is it possible that under these circumstances two nations - the Mohammedans and the Hindus could sit on the same throne and remain equal in power? Most certainly not. It is necessary that one of them should conquer the other. To hope that both could remain equal is to desire the impossible and the inconceivable. At the same time, you must remember that although the number of Mohammedans is less than that of the Hindus, and although they contain far fewer people who have received a higher English education, yet they must not be considered insignificant or weak. Probably they would by themselves be enough to maintain their own position. But suppose they were not. Then our Musalman brothers, the Pathans, would come out as a swarm of locusts from their mountain valleys, and make rivers of blood to flow from their frontier on the north to the extreme end of Bengal. This thing who after the departure of the English would be conquerors would rest on God's will. But until one nation has conquered the other and made it obedient, peace cannot reign in the land. The aspirations of our friends, the Bengalis, have made such progress that they want to scale a height which it is beyond their power to attain.

We ought to unite with that nation with whom we can unite. No Mohammedan can say that the English are not people of the Book'. No Mohammedan can deny this : that God has said that no people of other religions can be friends of the Mohammedans except the Christians. He who has read the Koran and believes it knows that our nation cannot expect friendship and affection from any other people. (Thou shalt surely find the most violent of all men in enmity against the true believers to be the Jews and the idolaters: And thou shat surely find those among them to be the most inclinable to entertain friendship for the true believers, who say we are Christians, Quran. Chap. V)".

Now God has made them rulers over us. Therefore, we should cultivate a friendship with them, and should adopt the method by which their rule may remain permanent and firm in India, and may not pass into the hands of the Bengalis.

Source : ZAIDI, A.M., Sir Syed Ahmed Khan on Indian Political Affairs, Evolution of Muslim Political Thought in India, Michika and Panjathan : New Delhi, 1975, pp. 47-61.

Annexure : 4

Excerpts—Preface of 'The Sikh religion, their gurus, sacred writings, and authors' by Max Arthur Macauliffe.

...Until the year 1893 I was engaged in judicial duties in India... As the holy Guru Teg Bahadur foretold that men would come from beyond the seas to assist the Sikhs, so you have been rendering us mental and bodily assistance; and we now earnestly recommend the members of our faith, who can afford it, to render you all possible aid in publishing your work, and we trust our wishes will be fulfilled... We desire, now that you have become thoroughly acquainted with our customs, our sacred books, and the tenets of our religion, that you fulfil the promise made in your Circular letter to the Sikhs, in which You stated that you would write nothing prejudicial to their religion. In the lives of the Gurus which you are going to write, we desire you to consult the Gur Bilas, the Suraj Parkash, and such other works as have been compiled from ancient writings not corrupted by the Handalis, the followers of Kabir, and the poets who infused foreign elements into our religion....

A few of the advantages of the Sikh religion to the State may be here enumerated. One day, as Guru Teg Bahadur was in the top story of his prison, the emperor Aurangzeb thought he saw him looking towards the south in the direction of the Imperial zenana. He was sent for the next day; and charged with this grave breach of Oriental etiquette and propriety. The Guru replied, 'Emperor Aurangzeb, I was on the top story of my prison, but I was not looking at thy private apartments or at thy queens. I was looking in the direction of the Europeans who are coming from beyond the seas to tear down thy pardahs and destroy thine empire.' Sikh writers state that these words became the battle-cry of the Sikhs in the assault on the mutineers in Dihli (Delhi) in 1857, under General John Nicholson, and that thus the prophecy of the ninth Guru was gloriously fulfilled.

...Amid the clash of arms, the Khalsa shall be partners in present and future bliss tranquillity, meditation, and divine knowledge. Then shall the English come and, joined by the Khalsa, rule as well in the East as in the West. The holy Baba Nanak will bestow all wealth on them. The English shall possess great power and by force of arms take possession of many principalities. The combined armies of the English and the Sikhs shall be very powerful, as long as they rule with united councils. The empire of the British shall vastly increase, and they shall in every way obtain prosperity. Wherever they take their armies they shall conquer and bestow thrones on their vassals. Then in every house shall be wealth, in every house religion, in every house learning, and in every house happiness.'

...Some people may say that a soldier sells his head for the small wage paid him every month. But the Sikh does not do so: he devotes his head, body, and everything dear to him to preserving the influence of him whom he once makes his master. A Sikh who shows the least sign of reluctance to go, or goes with an expectation of remuneration, when called upon by his benefactor the King-Emperor to fight His Majesty's enemies, no matter how strong they may be, will be condemned by the Gurus.'

If there is one superstition more strongly reprobated than another in the Sikh sacred writings, it is pilgrimages to the places deemed sacred by the Hindus. Some of the Sikh States, in ignorance of the teachings of the Gurus, have maintained temples and spiritual arenas at Hardwar and Rikhikesh for the reception of pilgrims. At Hardwar there are held great religious fairs every twelve years at the time when the sun enters the lunar mansion of Aquarius (Kumbh). It is calculated that at least one hundred thousand Sikhs were present at the last great fair at Hardwar. All these pilgrims bathe in the Ganges; while bathing many recklessly yield to the necessities of nature; others drink their excreta with the Ganges water as sacred nourishment and die of cholera either at the fair or on their homeward journey. The corpses of Sikhs, as well as Hindus, were pulled out of railway carriages after the last twelfth year fair and poisoned the country. The pest then extended east and west in all directions... Of course, there were also many Hindu pilgrims at the Hardwar fair, but let anyone consider what a gain it would be to the world if the one hundred thousand Sikhs who attended it possessed such a very elementary, knowledge of their religion as to know that their action was reprobated by all their holy Gurus...

... It is admitted that a knowledge of the religions of the people of India. is a desideratum for the British Officials who administer its affairs and indirectly for the people who are governed by them so that mutual sympathy may be produced. It seems, at any rate, politic to place before the Sikh soldiery their Guru's prophecies in favour of the English and the texts of their sacred writings which foster their loyalty.

...To sum up some of the moral and political merits of the Sikh religion: It prohibits idolatry, hypocrisy, caste exclusiveness, the concremation of widows, the immurement of women, the use of wine and other intoxicants, tobacco-smoking, infanticide, slander, pilgrimages to the sacred rivers and tanks of the Hindus; and it inculcates loyalty, gratitude for all favours received, philanthropy, justice, impartiality, truth, honesty, and all the moral and domestic virtues known to the holiest citizens of any country.

...In our time one of the principal agencies for the preservation of the Sikh religion has been the practice of military officers commanding Sikh regiments to send Sikh recruits to receive baptism according to the rites prescribed by Guru Gobind Singh, and endeavour to preserve them in their subsequent career from the contagion of idolatry. The military thus ignoring or despising the restraints imposed by the civil policy of what is called 'religious neutrality', have practically become the main hierophants and guardians of the Sikh religion.

...A movement to declare the Sikhs Hindus, in direct opposition to the teaching of the Gurus, is widespread and of long duration. I have only quite recently met in Lahore young men claiming to be descendants of the Gurus, who told me that they were Hindus... such youths are ignorant of the Sikh religion, and of its prophecies favour of the English, and contract exclusive social customs and prejudices to the extent of calling us Malechhas, or persons of impure desires, and inspiring disgust for the customs and habits of Christians.

...H.H. Sir Hira Singh, Malvendar Bahadur the Raja of Nabha, has at considerable expense caused the thirty-one Indian rags... For literary assistance I must acknowledge my indebtedness to Sardar Kahn Singh of Nabha, one of the greatest scholars and most distinguished authors among the Sikhs, who by order of the Raja of Nabha accompanied me to Europe to assist in the publication of this work and in reading the proofs thereof; to Diwan Lila Ram Watan Mal, a subordinate judge in Sind; to the late Bhai Shankar Dayal of Faizabad; to Bhai Hazara Singh and Bhai Sardul Singh of Amritsar, to the late Bhai Dit Singh of Lahore, to the late Bhai Bhagwan Singh of Patiala, and to many other Sikh scholars for the intelligent assistance they have rendered me.

Annexure : 5

Excerpts—"The Future Results of British Rule in India" By Karl Marx, First published: in the New-York Daily Tribune, 8 August, 1853; reprinted in the New-York, Semi-Weekly Tribune, No. 856, 9 August, 1853.

...Arabs, Turks, Tartars, Moguls, who had successively overrun India, soon became Hindooized, the barbarian conquerors being, by an eternal law of history, conquered themselves by the superior civilization of their subjects. The British were the first conquerors superior, and therefore, inaccessible to Hindoo civilization. They destroyed it by breaking up the native communities, by uprooting the native industry, and by levelling all that was great and elevated in the native society. The historic pages of their rule in India report hardly anything beyond that destruction. The work of regeneration hardly transpires through a heap of ruins. Nevertheless, it has begun...

Annexure : 6

Excerpts—"The British Rule in India" by Karl Marx, Written: 10 June, 1853, First published: in the New-York Daily Tribune, 25 June, 1853.

...Now, sickening as it must be to human feeling to witness those myriads of industrious patriarchal and inoffensive social organizations disorganized and dissolved into their units, thrown into a sea of woes, and their individual members losing at the same time their ancient form of civilization, and their hereditary means of subsistence, we must not forget that these idyllic village-communities, inoffensive though they may appear, had always been the solid foundation of Oriental despotism, that they restrained the human mind within the smallest possible compass, making it the unresisting tool of superstition, enslaving it beneath traditional rules, depriving it of all grandeur and historical energies. We must not forget the barbarian egotism which, concentrating on some miserable patch of land, had quietly witnessed the ruin of empires, the perpetration of unspeakable cruelties, the massacre of the population of large towns, with no other consideration bestowed upon them than on natural events, itself the helpless prey of any aggressor who deigned to notice it at all. We must not forget that this undignified, stagnatory, and vegetative life, that this passive sort of existence evoked on the other part, in contradistinction, wild, aimless, unbounded forces of destruction and rendered murder itself a religious rite in Hindostan. We must not forget that these little communities were contaminated by distinctions of caste and by slavery, that they subjugated man to external circumstances instead of elevating man the sovereign of circumstances, that they transformed a self-developing social state into never changing natural destiny, and thus brought about a brutalizing worship of nature, exhibiting its degradation in the fact that man, the sovereign of nature, fell down on his knees in adoration of Hanuman, the monkey, and Sabbala, the cow...

Annexure : 7

Excerpts—"INDIA : IN THE SHADOW OF GANDHI AND NEHRU" by Vaidya Gurudutt

It is customary in India for people to follow the lead of, so to say, great persons. This is something of the 'personality cult'. In this country this cult has a history too. It was the outcome of Vedanta (Advaita-vaad) and the Vaishnava movements. Both these movements have banned the use of intellect (बुद्धि). Maharshi Badrayana, with his unique knowledge and power of reasoning,

by them. The Beth did something more than this. They tried to mentally defile and debase the religion, culture and traditions of Hindus by a distorted translation and misinterpretation of the Hindu scriptures.

The British people had not much to worry about the Muslim community as they had not struck any deep roots in the country, their religion and culture were foreign to India and consequently they were considered easily amenable to English influence.

The English Government in Bengal opened educational institutions, where anti-Hindu and anti-national ideas were poured into the minds of the students through the medium of English language. Young men, thus educated, were better paid and better respected by the officials with the result that students began to flock to those educational institutions.

The education clouded the minds of the people and confused the intellect of the students, thus creating in the people a kind of slave mentality, dishonest behaviour, dis loyalty to the country and of easy morals. Educated people in these institutions began to regard their forefathers as fools, uncivilised and ignorant. They began to consider Indians of ancient times bigoted, cowards, devoid of civilization, seeped in prejudices and superstitions.

It was a well-thought-out plan of the Government and among the fathers of this plan was one Lord Macaulay. How a staunch bigoted Christian, as is clear from one of his essays in which is found the following passage:

The education of the people, conducted on those principle of morality which are common to all forms of Christianity is highly valuable as a means of promoting the main object for which Government exists...There is assuredly no country where it is more desirable that Christianity should be propagated!

Mainly belonged to a Christian family. His mother what daughter of a Quaker. His father was the con of a Rev, Doctor and he himself was educated in rigid Calvinism (Christian religious belief expounded by John Calvin, the French theologian. It was a rigid creed and the transgressors were severely punished. Once a Servetus was burnt alive.)

This was the background of the man who was the founder of the English system of education in India. He himself writes about this education, in a letter to his father, he writes from Calcutta. It is not untrue, therefore, when we say that the English education was not only intended to de-Indianize the Indians; it has also corrupted or degraded the educated class morally and culturally.

The demoralising effect of the education was, however, not as disastrous as was expected by its author, Lord Macaulay. The reason for it was that students were under the influence of their homes as well, where their elders, especially the womenfolk, were counteracting in & great measure the effects of that school and college education.

Moreover, main motive of the education was the training of servants for the government machinery. It was motivated as a means of earning livelihood and therefore, moral and cultural advancement was neglected. The attention and interests of the student were completely diverted towards earning, though it retained its profaning influence. Drinking became a trait of the educated class. Earning and enjoyments of life came to be considered primary features of education.

Thomas Babington Macaulay engaged Max Muller and others to wrongly translate and misinterpret the Hindu Shastras and history of the country. It was through Macaulay that Max Muller got his teaching job in the Oxford University, when he began to translate some of the Hindu Shastras, Christians were jubilant, reading the work. One such person, Rev. Edward Bonverie Pusey, D.D., wrote him a letter as below :

Your Work will form new era in the efforts for the conversion of India, and Oxford will have reason to be thankful for that by giving you a home it will have facilitated a work of such primary and lasting importance for the conversion of India.

(Ref. : Qtd by Brahma Datta Bharti in Max Muller and the Vedas, p. 20-21.)

Max Muller's works created a contrary reaction among Indian scholars, Swami Dayanand Saraswati writes about Max Muller :

The impression that the Germans are the best Sanskrit scholars and that no one has read so much of Sanskrit as Professor Max Muller, is altogether unfounded. Yes, in a land where lofty trees never grow, even Ricinus comn:unis or the castor oil plant may be called an oak The study of Sanskrit being altogether out of question in Europe, the Germans and Max Muller may there have come to be regarded as highest authorities.

These remarks came to the knowledge of Max Muller and thenceforth he began to abuse Swami Dayanand. Another Hindu learned scholar, Pandit Guru Date Vidyarthi, writes as follows :

"'*The interpretation of the Vedas as given at pre sent by Professor Max Muller must not only be regarded as defective and Incomplete, but as altogether false.*

When Nehru and Gandhi entered Indian politics, people educated in above-mentioned schools and colleges, followed their beautiful chariots without thinking whether they were going.

Originally the Congress was not established to work for the freedom of the country until 1916. Upto this time It was an organization to enable English-knowing Indians to who before the cycle of Government officials and to obtain greater privileges. In those days' scions of rich persons were going to England for education and they, on their returned to find the Congress a very helpful platform for getting favours from the Government.

For the Government the Congress proved very useful as a safety valve which let off the storm of enthusiasm and anger of the people.

The founder of the Congress, Sir A.O. Hume, was a Liberal Christian and had been in the Government service. This was civilizing ignorant Indians through European ways. His intention was to establish an organization by which the religious leadership of the people could pass into the hands of England-returned Indians. His mind was under an obsession that Sadhus and Fakirs who were found roaming about in the country were preaching sedition against the Government. He wanted to install the English educated Indians in their place, but the Viceroy did not approve of his idea and, in toad, suggested the establishment of a political organization. He was of the opinion that with the spread English education it should be political that should rule the minds of the people and not religion. He wanted a medium by which to exercise control over political thinking and leave the spheres of religion and culture to rot and die out.

But a new force was emerging in the wake of the 1857 war or mutiny, call it what you like. Swami Dayanand Saraswati was a witness to the debacle of 1857 and was pondering in his mind over it. He thought out the reasons of the failure of this attempt to liberate the country and was the opinion that politics alone could not achieve it. The country must take its stand on religious and cultural basis to Lei vs independence.

He started a movement and tried to rejuvenate the nation with the help of the ancient culture and religion f the country. Shiamji Krishan Varma, Bal Gangadhar Tilak, Lala Lajpat Rai, Swami Shradhanand and many others got the inspiration from his teachings and writings :

This movement aimed at complete freedom from all sorts of foreign domination. Unfortunately, Swamiji died, or was killed as some persons believed, before the establishment of the Congress. His movement was carried on by his disciples and they came in conflict with the Congress, which was wholly and solely an English institution. Tilak clashed with the loyalists in the Congress in the first instance and with Gandhi afterwards. This conflict continued in the form of conflicts between Gandhi's Congress and Hindu Mahasabha. In fact, the conflicts still continue between the Congress-in power on the one hand and the Hindu Mahasabha and Jana Sangh on the other.

The conflicts are those of ideas. On the one side, the Congress believes in the possibilities of the country's salvation by political advancement alone, On the other, the Jana Sangh and Hindu Mahasabha believe that political advancement and national stability are impossible without preserving, and aligning with, the forces of the traditional culture of the country. The traditional culture is that of Hindus. Swami Dayanand called it Vedic. The Congress side has been dominating so for, because its view is being supported by all the educational institutions run by the Government. The more such institutions are opened the more will the Congress view dominate. The opponents of the Congress are failing because they have not been able to influence the education of their children.

Before the advent of the British rule, education was a state-controlled subject. The Raj was helping Gurukuls and Shiksha Peeth but its interference in the curricula of studies was never tolerated. The result was that while the political picture of the country was ever changing the cultural pattern of the society remained intact, from Kashmir to Kanya Kumari and from Attock to Cuttak.

The British rule, selfishly motivated, changed the educational pattern and during one hundred and fifty years of its domination and patronage it killed almost all the indigenous institutions, which resulted in the fostering of a vast and flourishing Anglicized Indian society, this society consciously or unconsciously is supporting political ideas which are devoid of the elements of the culture and traditions of the people.

The Arya Samaj view was carrying mission but it has also been paralysed by the educational system operating in the country. Swami Dayanand was aware of the effects of education on the people, He also saw the damage done by Macaulay's move and advised an educational curriculum of his own, Arya Samaj tried to give education on Swamiji's lines but the working of the Government's patronage system did not allow the others to flourish, proving thereby that even politics has its own culture which would not allow a rival culture to grow and flourish.

British Government in India tried to infuse its own culture and traditions here through its educational institutions; the present India Government is continuing the same system of education, completing thereby the work started by the British Government.

Jawaharlal and Gandhi were the products of English education, and so were the loyalist, leaders of the Congress. Tilak and his followers had been always in clash with them.

After his studies in England, Jawaharlal returned to India with Anglicized outlook and he at once felt admiration for Gokhale. He writes in his Autobiography :

I visited as a delegate, the Bankipore Congress during Christmas 1912, It was very much an English-knowing upper-class affair where morning coats and well-pressed trousers were greatly in evidence, Essentially It was a social gathering with no political excitement or tension. Gokhale, fresh from South Africa, attended it and was the outstanding person of the session. High-strung, full of earnestness and a nervous energy, he seemed to be one of the few persons present who took politics and public affairs seriously and felt deeply about them.

Gokhale was a leader of the loyalist group in the Congress, who in 1907 pushed out of the Congress Bal Gangadhar Tilak. This was not because the loyalists had a majority in the Congress. The majority was with Tilak but the former had the office in their bands and did not hesitate to use foul means to keep the Swarajist group out.

Jawaharlal was no Swarajist, at least he was not an Extremist, neither in views nor actions. He had always been disagreeing with the revolutionaries. He had been opposing Subhash Chandra Bose, Bhagat Singh and others throughout his life. On the other hand, he had been an admirer of Dr. Sapru, Chintamani and Gokhale.

It is asked, if he was not an Extremist, why, then, be helped the accused in the Meerut Conspiracy Case? And, similarly, how could he be an admirer of communism?

The accused in the Meerut Conspiracy Case were communists and communism is a creed of a highly reactionary nature. It is neither a way of advanced thinking nor is it an advocate of civilised way of action. If Nehru agreed with communism, it was because he liked the anachronism.

But moderatism and extremism are modes of action and not of thinking. A communist can be a moderate or an extremist in the field of action. A dissatisfied clerk can file an application with his officer and argue out his case, or one can also go and stab him. One will be a moderate in action, the other an extremist.

Nehru was not of the nationalist group either. He, in his views, actions and emotions, was by and large a foreigner. He had no love for India or anything Indian in the accepted sense of the term.

We are going to substantiate the above analysis of his views and actions by giving proofs from his own writings and life history in the text of the present book. He was the product of that education which created opponents of Hindus and traitors to this country. Atmosphere at his father's house was by and large un-

Indian, conducive to ostentation and seeped in ignorance and high ambition.

Since 1919 Jawaharlal was a protege of Gandhi and Gandhi was his patron till the end of his life. Gandhi also received education in an English school but atmosphere of his home was different from that of Nehru's. Family traditions were altogether different. Gandhi also went to England to study law. He posed as a religious man there, but factually was ignorant of Hinduism as Nehru. He had notions of Hindu Vaishnavism and Jainism but no thoughtful appreciation of any of them.

Gandhiji's biographer, Mr. H.S. Polak, writes :

Even in his formative years, though he had moments of agnosticism and religious questioning, he had obtained a grounding in religious tolerance. With his parents he visited the temples of the two main Hindu cults of Shiva and Vishnu, but he does not appear to have been attracted to temple-worship, nor was he ever in fact an orthodox Hindu...

He read the Gita while he was in England, and that too an English translation of it. In a meeting in England an Englishman asked him about the contents of Geeta. Gandhi could not give the reply. Eternal nature of the soul, as taught in the Geeta, is known to even Hindu children. That very day Gandhiji bought a copy of the book and started reading it. Jainism had influenced him deeply.

Gandhiji had two great qualities in him. He always tried to speak the truth; he was never violent. These two things, although very important, did not cover the entire realm of philosophy of Hindu life. However, even this partial way of life could not be accepted by Jawaharlal in spite of his almost life-companion-ship with Gandhiji.

Gandhiji was a disciple of Gokhale and to the end of his life he tried to follow him. It is said that after the 1919 events he became aggressive. In fact, in fields of action he remained unchanged. He could never acquire the quality of aggressiveness in his views and actions. On account of changed conditions the objects of life changed but the action was the same as that of a dissatisfied subordinate. Gokhale was an ardent admirer of the English way of life and institutions. He was a loyal supporter of the British rule and supremacy in India. And so were Gandhi and Jawaharlal Gandhiji's methods were those of the moderates and they could be followed with much ease by one who is a moderate of moderates.

Tilak had advanced views both of objectives and methods. He liked neither the British rule nor the English way of life. He wanted a society based on the basic Indian traditions and tenets. Thus, in views, he was more Indian than Gandhi and Jawaharlal. He was aggressive in methods also. He would go to any length in order to achieve his object, if necessary. He considered it a sin not to follow Shri Krishna's edict.

न चेदभिनिवेक्ष्यन्ते नाभ्युपैष्यन्ति मे वच: ।
करवो युद्धमेवात्र घोरं कर्म भविष्यति ॥

Krishna, before going on his famous peace mission, said that if Kauravas did not agree to this minimum proposal for peace, and if they while rejecting it insisted on war, then a horrible thing like war would have to be fought.

Tilak believed in this method, and that is why we consider him capable of aggressive, extremist and advanced thinking and action. Gandhi was afraid of going that far, and opposed those who advocated extreme methods. Jawaharlal, though he was not so much against the use of violence and half-truths, still, on account of his timid nature, adopted Gandhi's slogans and also abused and hated those who used violence in politics.

Gandhiji's satyagraha was nothing more than a childish obstinacy which would melt away before a strong opposition. There were two obstacles in the way of Indian Swarajya. One was the Tory party of England, and the second was the Mohammedan community of India. Gandhiji in both of his big struggles had shown inclinations to bow before both of them. He would never think of going to the extent of waging a just war in was advocated by Lord Krishna. According to him, even to talk of war was sin. For him to bow down before an inveterate enemy was the right path. He bowed down before Mohammedans also. This led him eventually to agree to the division of the Motherland. Nehru was also the product of this bowing down technique of Gandhi.

All those persons who bow down before opponents are always harsh and stiff to their own adherents. They bully them.

That was the attitude of Gandhi also. Gandhiji was not a Socialist and will be seen from the discussion in the main text of the book. He always helped and supported Jawaharlal who was a socialist and was always ready to denounce and ridicule the Hindus; he had opposed Vallabhbhai who was a Hindu and a realist. Gandhi posed as a devotee of Rama but he always stood by those who denounced Rama and Krishna.

It was Gandhi's timid policy which resulted in keeping back more than four crores of Muslims here in India after giving them a 'Homeland' of their choice. The same was also the attitude of Jawaharlal. He was very strong and stiff towards those who were the real builders of India and was lenient to those who were conspiring to get the whole of India absorbed into Pakistan.

Before 1916 the Tilakites were gaining in strength and the loyalists (Moderates) were being ousted from the Congress. Tilak's strength lay in keeping himself out of the Congress grip. His Home Rule League was getting stronger. The country was admiring his courage and policy but he betrayed his cause by allowing himself to be lured into the trap sot by the loyalists. And he agreed to the 1916 pact. Only Pandit Madan Mohan Malaviya stood up and opposed this pact with the Muslims. Tilak should have supported Malaviya and come out of the Congress and worked with his Home Rule League. But the dice was already cast and a reformed loyalist, Gandhi, appeared on the surface of Congress politics and Tilak with all his sacrifices and great leadership of the country had been thrown back.

This trend became apparent in 1919 when Gandhi and Tilak came to a clash at the Amritsar Congress. Gandhiji was supported by Motilal Nehru, C.R. Dass and the whole lot of moderates and Tilak's move of responsive co-operation was not adopted.

The Congress was stuffed with loyalists and anglicized Indians and people of weak and timid disposition. Tilak and the people of his views could not gain majority; they were thrown back. Gandhiji wrecked the Home Rule League and placed the Congress at the feet of the mullahs and Maulanas. Mullahs and Maulanas were loyalists and pro-British in their heart of hearts.

What would have happened if Tilak and Malaviya, and Lajpat Rai and Bipin Chander Pal and scores of others, bad come out of the Congress and formed a nationalist-rationalist front? It is not possible to say, but we are sure that Gandhi and Nehru would not have proved go obtained with their anti-national policy during 1920-1947, and thereafter Jawaharlal would have been more rational as the Prime Minister, during 1947-1964.

The failure of the policies of Gandhi and Jawaharlal was written on their face. They could not achieve anything by their movements. Whatever progress the country had made was due to the efforts of those whom Gandhiji and Jawaharlal were condemning throughout their lives.

A revolutionary movement was strong in India between 1905 and 1909. The Minto-Morley Reform was one of its by-products. Again, the revolutionaries were active between 1911 and 1916 and the reforms of 1919 was the yield. The first satyagraha movement was launched in 1921 and it resulted in Hindu-Muslim riots with no political achievement. Then again, the terrorist movement became strong between 1925-1931. It was followed by three Round Table Conferences, and the Constitution of 1935 was the result. In the 1942 Quit India movement the violence and destruction which it caused was no part of Gandhi's programme. Similarly, Subhash Bose's I.N.A. and the revolt of the Indian Navy of 1946 were by no means the result of Gandhi's planning or thinking. But all these had forced the hands of the British Government to leave India. World conditions after the Second World War were also helping India's freedom-front with most of the European colonies.

It appears that had there been no Gandhi and his so-called non-violent tribes the freedom would still have come, perhaps earlier, and most probably without having to partition the country. At least the people to whom the power would have been handed over, would have been better educated in India's history and Indian patriotism. Gandhi himself was ignorant of both these subjects and he had been pushing up Jawaharlal who was worse than himself.

The Congress, Gandhi and Jawaharlal were at the bottom

of the debacles that happened in 1947, 1962 and 1965 : but the Hindus in general were no less to blame for all this.

The Hindu saturated with the personality cult, is a slave of slogans. He is fond of short-cuts and is given to senti-mentality to a very high degree. English education further sapped the intelligence and character of the people and seduced them into following wrong ideals and methods.

Jawaharlal, a clumsy copy of English manners and culture, had tried his level best to anglicise Indians and to complete the work of British statesmen like Macaulay and Max Muller.

British statesmen started belittling the past of India, ridiculing the culture and traditions of the country, defaming our history and religion and creating a contempt within us for our heritage and our own way of living. This they did to perpetuate their rule over us. They succeeded in creating a sizable community of people who believed that :

1. India in times of old was inhabited by ignorant and uncultured people. Ashoka was the first ever big ruler the country could have.
2. Aryans, forefathers of the Hindus, came in this country from outside and were the invaders here.
3. The original inhabitants of this land were Bheels, Gonds, Nagas, Dravidiana, etc., and they remained oppressed in India.
4. Hinduism is a hateful religion. Islam and Christianity are superior to it.
5. India has no historical records. People here did not know how to write history.
6. India is a continent composed of many countries inhabited by many races.
7. What knowledge and intelligence Indians now possess is acquisition from abroad, mostly from England and English literature.
8. Marhatta Brahmins and Arya Samajists are the worst among the Hindus.
9. Islam is a liberal way of life. From the point of view of civilization Christianity is superior to over Islam.

10. The Vedas are full of fanciful stories. They advocate work life of a multitude of Gods and Goddesses. Hindus remained backward because they believed in the Vedas.
11. Sanskrit is a backward language. Its literature is full of false stories and of fantastic events.

Education in the English schools and colleges created a community believing in the falsehoods and absurdities mentioned above, and the Congress created a leadership out of these ignorant people. The English press helped this leadership and in spite of political freedom we are continually losing hold on our culture, heritage of moral values and our national character.

This book is not written with the object of showing the way out of this mental and political morass. However, this much can be stated, that all is not yet lost. We still possess in our literature, in our art and the depth of our consciousness the best and the most glorious the human mind has ever evolved. The prospects are not so gloomy as to abandon all hopes of recovery. We have calmly to take note that most of the European scholars, so to say, have beguiled us into an acceptance and adoption of their own selfish ends. The instant we come to realise this, a clear, bright and straight path will open itself before us which will lead us to the truth, prosperity and happiness, which is our Natural Heritage.

Annexure : 8

निम्नलिखित पंक्तियाँ वैद्य गुरुदत्त द्वारा लिखित 'स्व-अस्तित्व की रक्षा' पुस्तक से ली गई हैं।

"मुसलमानी काल से पूर्व की शिक्षा पद्धति भी अधूरी थी। उस अधूरी शिक्षा का ही परिणाम था कि देश पर आक्रमण-पर-आक्रमण होने लगे थे और देश उनका प्रतिकार नहीं कर सका था। यह अधूरी शिक्षा बौद्ध जीवन मीमांसा का परिणाम थी। बौद्ध मत की शिक्षा का उद्देश्य था कि प्राणी शून्य में भँवर से बना है और भँवर मिट जाने पर प्राणी समाप्त हो शून्य हो जाएगा। इससे जीवन निरुद्देश्य बन गया था। मनुष्य का एक-दूसरे से संबंध उतना ही था, जितना जल में पड़ रहे एक भँवर का दूसरे के साथ था। केवल शुद्ध प्रचार से व्यवहार की शुद्धि अपने तक ही सीमित रह सकती है। दंड विधान दुष्टों को ठीक रखने के लिए आवश्यक होता है। छुपकर पाप करने से बचने का उपाय अध्यात्म शिक्षा थी। यह बौद्धों में नहीं थी। इसका परिणाम यह हुआ कि व्यभिचार-अनाचार छुप

सकने के साथ संबंध रखने लगे। इससे आसुरी प्रकृति के लोग उत्पन्न हुए। इसका भयंकर परिणाम हुआ। देश में स्वार्थ बढ़ने लगा और फिर देश में दासता का बीजारोपण हुआ।

"'वर्तमान शिक्षा केवल भौतिक उन्नति के निमित्त है। इसमें भी अध्यात्म का आधार नहीं। परिणाम यह हो रहा है कि जिसका जैसे वश चलता है, वह वैसे ही अपना जीवन-सुख प्राप्त करने का यत्न करता है और दूसरों की चिंता नहीं करता। आज स्कूल-कॉलेजों की शिक्षा में वही दोष है, जो बौद्ध जीवन-मीमांसा से उत्पन्न हो गया था। परिणामस्वरूप, पूर्ण समाज में आसुरी प्रवृत्ति व्याप्त हो रही है। हम भौतिक और आध्यात्मिक दोनों प्रकार की शिक्षा के संयोग के विषय में कह रहे हैं। अध्यात्म शिक्षा के प्रभाव से ही जीवन में कठोर व्रत धारण करके रहा जा सकता है और इंद्रियों पर नियंत्रण रखा जा सकता है।

दैवी स्वभाव दैवी व्यवहार से बनता है। इसके लिए कामनाओं पर नियंत्रण करना आवश्यक है। यह तब ही हो सकेगा, जब इंद्रियों और मन पर नियंत्रण रखा जाएगा। ऐसा होने पर मनुष्य का व्यवहार दैवी हो जाएगा। व्यापक अध्यात्म की शिक्षा से जातीय व्यवहार दैवी होगा और फिर प्राय: सात्त्विक स्वभाव की आत्मा ही इस देश के समाज में जन्म लेगी और समाज स्थायी रूप से दैवी प्रकृति वाला बनाया जा सकेगा। परंतु वर्तमान स्कूल-कॉलेजों में अध्यात्म शिक्षा का प्रबंध था।

"'स्कूल-कॉलेजों की शिक्षा के अतिरिक्त भी शिक्षा के साधन हैं। प्राचीन काल में कथा-कीर्तन, मंदिर-तीर्थस्थान इत्यादि के द्वारा शिक्षा दी जाती थी। इन सबके स्थान पर अब सिनेमा खुल गए हैं और उनमें जो चित्र दिखाए जाते हैं, वे शिक्षा के विचार से नहीं बनाए जाते हैं। उसमें मनोरंजन मुख्य होता है। ये फिल्म बनाने वाले एक-एक पिक्चर पर लाखों रुपए व्यय करते हैं और फिर उससे उनको उतना ही उपार्जन करना होता है। ये कथा-कीर्तन की भाँति लोककल्याण की भावना से नहीं बनाए जाते वरन् अधिक-से-अधिक लोगों को आकर्षित करने के लिए होते हैं, जिससे कि लगाया धन लाभ सहित वापस हो सके। भारत जैसे देश में सहस्रों सिनेमाघर हैं और उनमें दिखाई जाने वाली तसवीरों के निर्माता भी सैकड़ों हैं। ये लोग धन व्यय करते हैं, धन एकत्रित करने के लिए। यह ऐसा कार्य नहीं जैसे आज से कुछ ही पूर्व भारत में कथाएँ करने की प्रथा थी। एक पंडित किसी प्राचीन ग्रंथ से कथा करता था। कथा करने में स्थानीय लोग उसके लिए मंच बना देते थे अथवा उसे किसी मंदिर में स्थान मिल जाता था। कथा पंद्रह-बीस दिन और कभी अधिक काल के लिए चलती थी। अंतिम दिन कथा का भोग पड़ता था और श्रोतागण अपनी श्रद्धा अनुसार कथावाचक को भेंट दे जाते थे।

"'सिनेमा में बात दूसरी है। दर्शक को पहले मूल्य देना पड़ता है और फिर उसको चित्र देखने को मिलता है। स्वाभाविक रूप में चित्र बनाने में व्यय के अतिरिक्त चित्र के विज्ञापन पर खर्चा करना पड़ता है। और यह सब वसूल करने के लिए चित्र में तीव्र

आकर्षण उत्पन्न करने की आवश्यकता हो जाती है। यह आकर्षण सुंदर-से-सुंदर अभिनेत्रियों अथवा कामनाओं को उत्तेजित करने वाली कहानी और सैकड़ों प्रकार से प्रलोभन उत्पन्न करने की योजना से चित्र बनाना होता है, जिससे वह देश में चल जाए और उस पर, जो लाखों रुपए व्यय किए गए हैं, वे लाभ सहित प्राप्त हो जाएँ।

...कहने का अभिप्राय यह है कि ये सिनेमा कथा, कीर्तन, पूजा, पाठ तथा तीर्थ-स्नानादि का विकल्प नहीं हैं और न ही हो सकते हैं। ये कामनाओं को उभारने वाले हैं। ये सात्त्विक प्रवृत्ति उत्पन्न करने वाले नहीं हो सकते। यही कारण है कि भारत में रहने वाला घटक कामनाओं के पीछे भागता जा रहा है। इंद्रियों पर नियंत्रण असंभव होना भी स्वाभाविक माना जा रहा है।

...यदि आज देश की संसद् इन सिनेमाओं पर किसी प्रकार का नियंत्रण रखने का विचार उत्पन्न करे, तो संसद् के सत्ताधारी दल के पदच्युत हो जाने का भय उत्पन्न हो सकता है। संसद् को इस व्यापक विषपान में सहायक होना पड़ रहा है। जब से बालक अथवा बालिका स्कूल में भर्ती होती हैं और जब तक उनके अभिभावक नागरिक की जेब में मनोरंजन के लिए कुछ भी रहता है, उसको इंद्रियों को विषयों की ओर प्रेरित करने के साधन उपलब्ध रहते हैं।

...यही कारण है कि इस देश एवं जाति के प्राय: लोग कामनाओं के पीछे भागते जा रहे हैं और आसुरी स्वभाव वालों की संख्या में वृद्धि होती जाती है। अत: समस्या है कि देश में और, यदि हो सके, तो भूमंडल में दैवी स्वभाव के लोग कैसे निर्माण किए जाएँ। कामनाओं को नियंत्रण में रखने के लिए क्या किया जाए? यह एक महान् प्रश्न है।

Annexure : 9

निम्नलिखित पंक्तियाँ वैद्य गुरुदत्त द्वारा लिखित 'स्व-अस्तित्व की रक्षा' पुस्तक से ली गई हैं।

मैं नहीं मानता कि कांग्रेस आंदोलन से डरकर अंग्रेजों ने अधिकार छोड़ा था। अंग्रेजों के भारत से जाने का कारण कांग्रेस आंदोलन नहीं था। वे कारण क्या थे, यदि उनपर विचार किया जाए, तो निम्नलिखित कारण गिनाए जा सकते है—

(1) इंग्लैंड में आरंभ में (भारत में अंग्रेजी शासन के आरंभ काल से) ही ऐसे लोग रहे हैं, जो इंग्लैंड की अपनी अधीन प्रजाओं के साथ न्याय की दृष्टि से व्यवहार चाहते रहे। परंतु अठारहवीं और उन्नीसवीं शताब्दियों में इंग्लैंड में पार्लियामेंट के लिए वोट का अधिकार धनी और जमींदारों तक सीमित था। इस कारण उदार विचार वालों की पार्लियामेंट में बहुत कम पहुँच थी। अधिकांश जमींदारों के भेजे हुए लोग ही होते थे और वे संकुचित विचार के होते थे।

इंग्लैंड में कभी भी वयस्क मताधिकार नहीं रहा। मताधिकार में कुछ-न-कुछ संपत्ति रखने अथवा संपत्ति भाड़े पर लेने की शर्त सदा रही है। साथ ही 1884 तक तो यह शर्त भी होती थी कि प्रत्याशी चुनाव का सब खर्च स्वयं दे। सरकारी अधिकारियों का, जो निर्वाचन का प्रबंध करते थे, निर्वाचन बूथों का, मतदाताओं को दूर-दूर से लाने का, उनको मत के स्थान पर ठहराने का, उनके खाने-पीने का, अर्थात् प्रत्याशियों को, चाहे जीते चाहे हारे, निर्वाचन के खर्चे के लिए पहले जमा करना होता था। प्रायः निर्वाचन पर खड़े होने का खर्चा 10,000 पौंड से 2,00,000 पौंड तक हो जाता था। इस कारण प्रायः चुनाव बिना लड़े ही घोषित होते थे। होता यह था कि कोई धनी जमींदार क्षेत्र से अपना प्रत्याशी नामजद कर देता था। उसे खर्चा अपने पास से दे देता था और वह बिना मुकाबले के विजयी हो जाता था। यह कारण था कि सामान्य प्रजा में से कोई पार्लियामेंट में जाने का साहस नहीं करता था।

मतदाता होने में भी यह शर्त थी कि मतदाता के रहने का मकान अथवा व्यापार का स्थान कम-से-कम 10 पौंड प्रतिवर्ष भाड़े के योग्य है, तो वह मतदाता हो सकता है। परिणाम यह था कि 1885 में पूर्ण वयस्कों में मतदाता केवल 28.2 प्रतिशत थे और 1921 में उनकी संख्या पूर्ण वयस्कों में 74 प्रतिशत थी।

सन् 1918 से पहले तक स्त्रियों को मत देने का अधिकार नहीं था। सन् 1918 में कम-से-कम 30 वर्ष की स्त्री मतदाता हो सकी और 1928 में 20 वर्ष की वयस्क स्त्री को मत देने का अधिकार मिला। कोई मजदूर वर्ग चुनाव लड़ नहीं सकता था और मतदाता भी बहुत कम थे। परंतु धीरे-धीरे मतदाताओं की संख्या बढ़ी, तो मध्यम श्रेणी के लोग भी पार्लियामेंट में आने लगे और उदार एवं मजदूर दल बन गया। प्रथम मजदूर दल का सदस्य 1901 में सफल हुआ था। उसका नाम था हैनरी कौन्न। इस कारण उपनिवेशों की दशा की चर्चा पार्लियामेंट में बहुत बाद में आरंभ हुई। तब भारत की सुनवाई होने लगी। द्वितीय विश्वयुद्ध के उपरांत 1945 में जब मजदूर दल की सरकार बनी, तो उन्होंने निश्चय किया कि हिंदुस्तान को स्वराज्य देना चाहिए।

(2) द्वितीय विश्वयुद्ध में अमेरिका, जो इंग्लैंड का सहायक था, यह घोषणा कर रहा था कि सब उपनिवेश स्वतंत्र कर दिए जाएँगे। इंग्लैंड यद्यपि अपने मुख से कुछ नहीं कहता था। परंतु युद्ध के उपरांत वह विवश हो गया था।

(3) 1898 से हिंदुस्तान में क्रांतिकारियों ने अपना कार्य आरंभ किया, इससे इंग्लैंड और भारत में अंग्रेज समुदाय में आतंक फैल गया। लेखक को स्मरण है कि 1907 में जब लाहौर में लाला लाजपतराय पकड़े गए थे, तो अंग्रेज समुदाय इतना भयभीत था कि लाहौर के सब 'सिविलियन' दो रात लाहौर किले में जाकर सोए थे। और 1909 के प्रथम शासन सुधार में हिंदुस्तानियों को कुछ कहने का अधिकार मिला।

(4) 1901 के उपरांत इंग्लैंड के उदार तथा मजदूर दल के लोग अधिक संख्या में चुने जाने लगे, तो भारत में उत्तरदायी सरकार स्थापित करने की चर्चा होने लगी। इसके उपरांत शासन में हिंदुस्तानियों को पूछा जाने लगा।

(5) हिंदुस्तानी आतंकवादियों के कार्य भारत में और इंग्लैंड में चलते रहे। अत: 1919 में अधिकारों की दूसरी किश्त दी गई, यह 1/4 स्वराज्य कही जा सकती है।

(6) आतंकवादी प्राय: हिंदू थे। अंग्रेज ने इनको निस्तेज करने के लिए मुसलमानों को भड़काना आरंभ किया, यह कर्म तब से ही आरंभ हो गया था, जब सर ए.ओ. ह्यूम ने कांग्रेस की स्थापना का मात्र विचार ही बनाया था।

सर ए.ओ. ह्यूम ने आरंभ में तो हिंदुस्तान के वायसराय की राय से कांग्रेस स्थापित की थी और उन्हीं दिनों वायसराय के प्रोत्साहन और सहायता से अलीगढ़ में मुसलमानों का गढ़ स्थापित हुआ। अर्थात् सरकार ने दोनों ओर से सरकारी प्रबंध से और जनता की संस्था से मुसलमानों को पृथक् कौम बनने में उत्साहित करना आरंभ किया।

1885 में कांग्रेस स्थापित हुई और उसमें डेलीगेटों में मुसलमानों की संख्या नियत कर दी। प्रत्येक दस डेलीगेटों में दो मुसलमान अवश्य हों, ऐसा निश्चय किया गया। सरकारी तौर पर सैयद अहमद को 'सर' की उपाधि देकर मुसलमानों को हिंदुओं के विपरीत भड़काने का यत्न आरंभ किया गया। हमारे कहने का अभिप्राय यह है कि आरंभ से ही मुसलमानों को हिंदुओं से पृथक् स्वीकार करने की सरकार की नीति में कांग्रेस सहायक हुई। जो स्वराज्य के लिए आतंक उत्पन्न करना साधन मानते थे, कांग्रेस ने उनकी पब्लिक में निंदा करनी आरंभ की। हिंदुस्तान में पूर्ण स्वराज्य की जो माँग करते थे, उनकी निंदा करना, यह 1918 तक कांग्रेस का कार्य रहा। 1928 में कांग्रेस ने मुसलमान को पृथक् और अपनी संख्या से अधिक अधिकारों की नीति का समर्थन किया था।

(7) कांग्रेस सदा मुसलमानों को पृथक् रखकर सहयोग लेने के पक्ष में रही। ज्यों-ज्यों स्वराज समीप आता गया, कांग्रेस की यह नीति बढ़ती गई।

(8) कांग्रेस जाने में अथवा अनजाने में सरकार की हिंदुस्तान में मुसलमान एक पृथक् कौम निर्माण करने की योजना में सहायक रही।

(9) स्वराज की प्राप्ति में सबसे अधिक योगदान नेताजी सुभाष चंद्र बोस की नेशनल सेना का है।

(10) बंबई में नौसेना की बगावत ने स्वराज दिलाने में बहुत सहायता की।

किंतु जब अधिकार मिलने लगे, तो क्रांतिकारियों तथा आजाद हिंद सेना के मुखिया या तो भूमिगत थे या देश एवं विदेश की जेलों में बंद थे। अत: कांग्रेस चौधरी बन गई। वास्तव में कांग्रेस बंबई-कलकत्ता के उद्योगपतियों के कंधों पर चढ़कर जलसे-जुलूस निकालकर आरंभ से ही हिंदुस्तान में दो कौमों के होने की घोषणा करती रही है।

इन सब बातों के आधार पर हमारा यह निष्कर्ष है कि स्वराज-प्राप्ति आतंकवादियों, क्रांतिकारियों और नेशनल आर्मी इत्यादि घटनाओं के कारण हुई है। परंतु कांग्रेस बंबई और कलकत्ता के उद्योगपतियों के धन से स्व-प्रचार कर चौधरी बनी रही और राज्य का अधिकार पा गई।

यह है कांग्रेस की महिमा की चिह्न-पताका।

कांग्रेस ने किसको गद्दी दी, यह कहानी भी बताने योग्य है। सन् 1918 में महात्मा गांधी का संपर्क पंडित मोतीलाल नेहरू से हुआ, तो वे मोतीलाल नेहरू पर लट्टू हो गए।

हिंदुओं में महात्मा शब्द एक सात्विक प्रकृति वाले दैवीय स्वभाव को रखने वाले व्यक्ति के लिए प्रयुक्त होता है। महात्मा गांधी में एक बात महात्माओं जैसी दिखाई देती थी। वह यह कि जैसा मन में विचार करते थे, वैसा ही कहते थे और वैसा ही आचरण करते थे। यह गुण उनमें कैसे आया और फिर विचार, जो कथन और कर्म का प्रारंभिक बिंदु है, वह तो बुद्धि और मन की उपज है—यह महात्माजी में कहाँ था?

ऐसा प्रतीत होता है कि महात्माजी में बुद्धि की ही कमी थी। उन्होंने स्वयं भी अपनी पुस्तक 'गीता माता' में कहा है कि "एक तोला-भर श्रद्धा मन-भर तर्क से भारी होती है।" तर्क बुद्धि का कर्म है। महात्माजी श्रद्धा से काम करने वाले थे, ऐसा प्रतीत होता है कि उन्होंने सुन रखा था कि विदेशीय राज्य जाना चाहिए। उसके लिए उचित तो यह था कि विचार करते कि स्वराज्य क्यों प्राप्त करना है और उसमें क्या-क्या प्राप्त है, तब उस दिशा में यत्न करना चाहिए था। किस दिशा में कार्य करने से उन गुणों वाले राज्य की प्राप्ति हो सकती थी, यह जानना आवश्यक नहीं समझा गया।

वे तो एक बात समझे थे कि हो-हल्ला होना चाहिए और जिधर-किधर चलने के लिए भीड़ एकत्रित करने लगे। कीर्ति और सफलता तो ईश्वर की दी हुई प्राणशक्ति से प्राप्त होती है, परंतु उस शक्ति को किस दिशा में ले जाया जाए, यह मनुष्य की बुद्धि पर निर्भर करता है। इस विषय में महात्माजी ने कुछ यत्न नहीं किया और उन्होंने अविचारित दिशा में यत्न कर दिया।

इस भाग-दौड़ में महात्माजी को मिल गए पंडित मोतीलाल और जवाहरलाल नेहरू—वे तीनों यशस्वी व्यक्ति थे। वे जो कुछ भी करते, उसमें यश-प्राप्ति करते थे। पंडित मोतीलाल विद्यार्थी थे, तो दंगाइयों के सरदार थे। वकालत की तो चोटी के वकील बन गए। उन्होंने मैत्री की तो प्रांत के गवर्नर से की। उन्होंने विषय-वासना की ओर दृष्टि की तो उसमें भी चोटी के व्यक्ति बन गए।

अतः महात्माजी ने स्वराज के लिए आगे आने को कहा तो उसमें भी वे शिखर पर पहुँचे। परंतु ये सब परमात्मा की प्राणशक्ति का चमत्कार था। उस चमत्कार को दिशा तो मनुष्य ने अपनी बुद्धि से देनी थी, उसके लिए मनुष्य को स्वयं यत्न करना होता है।

वे नहीं जानते थे कि भारत में स्वराज लाना है अथवा नहीं। वे तो ख्याति प्राप्त करने की ओर चल पड़े और यह उनकी समझ में आया कि महात्मा गांधी के कंधे पर हाथ रखने से प्राप्त हो सकेगी। इस प्रकार दोनों का गठजोड़ हो गया। मोतीलालजी का प्रथम आंदोलन तो खिलाफत संबंधी आंदोलन था। जब अन्य नेताओं ने सहयोग नहीं दिया, तो उनके कहने पर स्वराज-प्राप्ति भी उद्देश्यों में शामिल कर लिया गया।

एक बात इतिहास पढ़ने से प्रतीत होती है कि महात्मा गांधी सन् 1920 से ही मोतीलालजी की बताई दिशा में कार्य करने लगे थे। मोतीलालजी चाहते थे कि कांग्रेस खिलाफत आंदोलन का समर्थन करे। इसके लिए महात्माजी ने बनारस में 'ऑल इंडिया कांग्रेस कमेटी' में यह पारित करना चाहा, किंतु वह पारित नहीं हो सका। फिर कलकत्ता में कांग्रेस के विशेष अधिवेशन में यह प्रश्न रखा गया। उस समय विख्यात नेताओं में केवल मोतीलाल ही इस प्रस्ताव का समर्थन करते थे। खुले अधिवेशन में सरकार से खिलाफत के विषय में असहयोग का प्रस्ताव पारित हुआ। परंतु देश के नेताओं में महात्मा और मोतीलालजी के साथ अन्य कोई नहीं था।

इस कारण 1921 में नागपुर कांग्रेस अधिवेशन में पुनः यह प्रश्न कांग्रेस के नियमित अधिवेशन में रखा गया। तब तीव्र प्रचार के कारण गांधीजी सफल हुए तो मोतीलाल कांग्रेस के मंत्री बन गए और खिलाफत आंदोलन चलाया गया।

इस आंदोलन की असफलता एक महान् कारण हो गई, हिंदू-मुसलमान में द्वेष की। इसमें दो कारण थे। एक तो यह कि खिलाफत आंदोलन में मुल्ला-मौलानाओं का प्रभाव बढ़ गया और उनको अपना मजहब उछालने का अवसर मिला। दूसरा परिणाम यह हुआ कि मोतीलाल और मिस्टर जिन्ना में वैमनस्य का श्रीगणेश हुआ। यह खिलाफत आंदोलन के कारण ही हुआ। बाद में मोतीलाल और जवाहरलाल से निजी द्वेष के कारण जिन्ना साहब ने मुसलिम लीग में हिंदुओं के खिलाफ मोर्चा लगा दिया। मुसलमानों को एक समझदार नेता मिल गया। उन्हें अंग्रेज की सरकारी और गैर-सरकारी रूप में सहायता मिली तो देश विभाजन हुआ।

इतिहास इस बात का साक्षी है कि 1920 से महात्माजी नेहरू परिवार के आकर्षण में फँसे रहे और देश के दुर्भाग्य से वे महात्मा के रूप में प्रसिद्ध हो गए थे तथा हिंदुओं में सर्वमान्य बन गए थे। यहाँ तक कि आर्य समाज, जो हिंदुओं में एक समझदार संस्था समझी जाती थी, उनके नेता स्वामी श्रद्धानंदजी भी गांधीजी के पीछे चल पड़े थे। यह स्वामी श्रद्धानंदजी की श्रेष्ठ बुद्धि का परिणाम कहा जा सकता है कि सन् 1920 में ही वे महात्माजी के अनीतियुक्त व्यवहार को समझकर कांग्रेस को छोड़ हिंदू संगठन में लग गए थे।

महात्माजी ने 1929 में अपने स्थान पर जवाहरलाल को कांग्रेस का प्रधान बनाया

और नमक सत्याग्रह आंदोलन चला। 1922 में असहयोग आंदोलन मोतीलालजी की प्रेरणा पर चला था और 1929 में नमक सत्याग्रह जवाहरलालजी की प्रेरणा का परिणाम माना जाता है। प्रथम राउंड टेबल कॉन्फ्रेंस का बहिष्कार पंडित जवाहरलाल के कारण किया गया था। पं. जवाहरलाल तो दूसरे राउंड टेबल कॉन्फ्रेंस का भी बहिष्कार चाहते थे, परंतु लॉर्ड इरविन की प्रेरणा और नमक सत्याग्रह की असफलता ने कांग्रेस को राउंड टेबल कॉन्फ्रेंस में जाने के लिए विवश कर दिया।

इसमें पंडित जवाहरलाल की कुनीति ने टाँग अड़ा दी। उस वर्ष कांग्रेस के प्रधान थे वल्लभभाई पटेल और उनको छोड़कर कांग्रेस का प्रतिनिधि केवल महात्मा गांधी को ही इस कॉन्फ्रेंस में भेजा गया। जवाहरलाल अपने अथवा गांधीजी के अतिरिक्त किसी अन्य को आगे आने नहीं देते थे। उनकी इस प्रवृत्ति का ही परिणाम था कि गांधीजी ने कह दिया कि मैं अकेला ही कांग्रेस का प्रतिनिधित्व करूँगा। महात्माजी अंग्रेज प्रतिनिधियों और मिस्टर जिन्ना के समक्ष कुछ कह नहीं सके। उनकी कहने-समझने की योग्यता ही नहीं थी। इस कॉन्फ्रेंस का एक भयंकर परिणाम हुआ कि अछूतों के लिए पृथक् प्रतिनिधित्व का प्रश्न उपस्थित हुआ। इंग्लैंड के प्रधानमंत्री ने पहली बार इस द्वितीय कॉन्फ्रेंस के उपरांत अछूतों को पृथक् वोट का अधिकार देने का वचन दिया था। पंडित मोतीलाल और पंडित जवाहरलाल को हिंदुओं के विषय में विशेष घृणा थी और वे हिंदुओं को एक पिछड़ा समाज समझते थे। गांधीजी उनके पीछे लगे हुए थे। ये नेता राष्ट्र का अर्थ ही नहीं समझते थे।

राष्ट्र के लिए अंग्रेजी शब्द है 'नेशन' और जवाहरलाल नेहरू के मस्तिष्क में 'नेशन' एक निंदायुक्त भाव है। परिणाम यह हुआ कि जब से नेहरू परिवार और गांधीजी हिंदुस्तान में प्रमुख बने, नेशनलिटी (राष्ट्रीयता) निंदनीय शब्द हो गया और इस भावना से ही मुसलिम लीग चमकी और हिंदुस्तान में राष्ट्र की भावना के स्थान पर हिंदू-मुसलमान समुदाय प्रख्यात होने लगे। यह दूषित विचार आज तक भारत में चल रहा है और राष्ट्रीयता के स्थान पर अल्पसंख्यक जातियों की प्रवृत्ति राष्ट्रीयता में बाधक बन रही है। सन् 1936 में गांधीजी ने हठ करके जवाहरलालजी को पुनः कांग्रेस का प्रधान बनाया। इस बार भी सरदार वल्लभभाई पटेल का नाम प्रस्तावित था।

...फिर सन् 1947 में पुनः महात्मा गांधी और कृपलानी के षड्यंत्र से जवाहरलाल तीसरी बार कांग्रेस के प्रधान बने और उसी नाते स्वतंत्र देश के प्रथम प्रधानमंत्री बने। यद्यपि इस बार भी वल्लभभाई पटेल का नाम कांग्रेस के प्रधान पद पर प्रस्तावित था। यह है 1920 से 1947 तक का कांग्रेस का रिकॉर्ड। हिंदू मन, जो साधु-संत-महात्माओं के लिए मान-प्रतिष्ठा रखता है, उसने देश में हिंदू समाज को पीछे धकेलकर मुसलमानों को प्रभुता प्रदान की और देश की वर्तमान दुर्दशा हुई।

Annexure : 10

निम्नलिखित पंक्तियाँ वैद्य गुरुदत्त द्वारा लिखित 'मैं हिंदू हूँ' पुस्तक से ली गई हैं।

"मुसलमान ने हिंदू की सभ्यता को बदलकर उसे मुसलमान करना चाहा। उसने उसकी चोटी कतर दी, यज्ञोपवीत (जनेऊ) तोड़ दिए, उसकी सुन्नत करवा दी और उसे मुसलमान बना दिया। उसके विश्वासों को बदलने का उसने यत्न नहीं किया, बल्कि इसे वातावरण पर छोड़ दिया। यदि उस समय हिंदू समाज सभ्यता और संस्कृति में भेद करना जानता होता, बाहरी व्यवहार और मान्यताओं में अंतर समझता होता, तो हिंदू समाज में वापसी का प्रवाह चलना कठिन नहीं था। उन्नीसवीं शताब्दी के अंतिम वर्षों में और बीसवीं शताब्दी के प्रारंभिक वर्षों में करोड़ों लोग, जो मुसलमान समाज में गए, हिंदू समाज में पुनः लौट सकते थे। ऐसा नहीं हो सका। कारण यह था कि हिंदू अंतरात्मा की मान्यताओं की ओर ध्यान नहीं देता था।"

···परंतु अंग्रेज और ईसाई पादरियों ने दूसरा उपाय किया। उन्होंने स्कूल कॉलेज खोलकर हिंदू की मान्यताओं को ही बदल देने का यत्न करना चाहा। मैकाले की शिक्षा का यही उद्देश्य था, उसके द्वारा अपने पिता को लिखे पत्र से भी स्पष्ट है। यह भविष्यवाणी बहुत सीमा तक सिद्ध भी हो गई है। हिंदू मान्यताओं को न मानने वाले भी रामलाल और कृष्ण चंद्र दिखाई देने लगे हैं। यहाँ रंगा स्वामी है, परंतु न स्वामी है, न रंगा है। वह गिरजाघर जाता है और हजरत ईसा को आश्रय स्थान मानता है। यहाँ तक कि नाम के हरिकृष्ण, परंतु हिंदू नाम से चिढ़ने वाले उत्पन्न हो गए हैं।

···मैं तो यह भी देख रहा हूँ कि नाम के हिंदू, रीति-रिवाज मानने से हिंदू, सरकारी रजिस्टरों में हिंदू नाम से दर्ज न तो परमात्मा को स्वीकार करते हैं, न आत्मा के विषय में कभी विचार करते हैं। कर्म और कर्मफल की बात तो गौण ही है। सुख और सुविधा की कूक लगाने वालों की भरमार हो गई है। मुझे यह दिखाई देने लगा है कि मान्यताओं से विहीन हिंदू वृद्धि पा रहे हैं। यही कारण है कि जनगणना के समय पचास करोड़ हिंदू लिखे गए हैं, परंतु हिंदू के नाम से कोई भी संसद् का सदस्य बन सकने की आशा नहीं कर सकता। मुसलमान, ईसाई के नाम पर तो लोकसभा के सदस्य चुने जाते हैं, परंतु हिंदू नाम लेकर 530 में से एक भी सदस्य नहीं चुना जा सकता। यह मैकाले की शिक्षा का परिणाम है। उसने हिंदू की मान्यताओं पर कुठाराघात कर उनको हिंदू मन से निःशेष करने का विपुल प्रयत्न किया है।

···हिंदू वेश-भूषा वाले, हिंदू रीति-रिवाजों को मानने वाले, मंदिर में जाने वाले, राम-कृष्ण का नाम लेने वाले तो बहुत हैं, परंतु हिंदू संस्कृति अर्थात् मान्यताओं पर विश्वास रखने वाले बहुत कम रह गए हैं। इससे हिंदू व्यवहार, जिसे मैं सभ्यता का नाम

देता हूँ, नाममात्र के ही हिंदू बनाए रखने के सक्षम है। परंतु दृढ़निष्ठ हिंदू तो विचारों से, मान्यताओं से ही बना रह सकता है। हिंदू सभ्यता नहीं, रीति-रिवाज नहीं, यह खान-पान नहीं, यह वेश-भूषा नहीं। यह मंदिर, ठाकुरद्वारा नहीं, यह मन में उत्स्थित कुछ मान्यताओं का नाम है। उनके बिना अन्य सब बाहरी लक्षण हैं, जो समाज को कभी भी एक करने में सहायक नहीं हो सकते।

"'इस पर प्रश्न यह उत्पन्न होता है कि मुसलमान, ईसाई और यहूदी भला क्यों बाहरी रूप-रंग से एक हो रहे हैं। मैं समझता हूँ कि उनका रूप-रंग गौण है और मान्यताएँ सर्वोपरि हैं। यह ठीक है कि उनकी मान्यताएँ बेहूदा समझ में आती हैं तथा शरीर से संबंध रखने वाली हैं। उदाहरण के रूप में मुहम्मद साहब की सुन्नतें इतनी महिमा नहीं, जितनी मुसलमान का पक्ष लेने की है। मुसलमान दोषी भी हो तो गैर-मुसलमान से श्रेष्ठ माना जाता है। तनिक विचार करिए कि पाकिस्तान बनने के समय उत्तर प्रदेश, बिहार, महाराष्ट्र इत्यादि प्रदेशों के किसी मुसलमान ने कभी विचार भी किया था कि पाकिस्तान बनने पर वह पाकिस्तान में रहने का सौभाग्य प्राप्त कर सकेगा? केरल का मुसलमान भी इसलामी पाकिस्तान के पक्ष में राय दे रहा था। यह केवल इस कारण था कि एक मुसलमान समझता है कि इसलामी राज्य, हिंदू राज्य से श्रेष्ठ है।

"'यह मान्यता थी और अब भी है कि मुसलमान एक हिंदू से अच्छा होता है। पाकिस्तान में पिछले बीस से पच्चीस वर्ष तक सैनिक राज रहा है। वहाँ कभी-कभार ही निर्वाचन होते हैं। परंतु हिंदुस्तान में कितने मुसलमान हैं, जो पाकिस्तान की निंदा करते हैं और अपने को पाकिस्तानी मुसलमानों से अधिक सौभाग्यवान समझते हैं? दुनियाभर के मुसलमानों में एक मान्यता है कि बुरे-से-बुरे चलन वाला मुसलमान श्रेष्ठ चलन वाले गैर-मुसलमान से अच्छा है। यही तो मौलाना मुहम्मद अली ने महात्मा गांधी के विषय में कहा था। कहने का अभिप्राय यह है कि मुसलमान और ईसाई में यह भावना है कि नीच-से-नीच मुसलमान और ईसाई, अच्छे-से-अच्छे हिंदू से अच्छा है। इसी एक मान्यता से वे बँधे हुए हैं।"

Annexure : 11

The Travels of Marco Polo
Translated into English from the text of L.F. BENEDETTO
By Aldo Ricci

"'Lar is a province lying to the west, when one comes from the place where the body of St. Thomas is preserved. From this province come all the Brahmins in the world; it was their birthplace. I assure you that these Brahmins are among the best and most trustworthy merchants in the world; for nothing on earth would they tell a lie, and all that they say is true. Indeed, you must know that if a foreign trader comes to that province in order to do business, and is ignorant of the customs of the country, he seeks out one of these Brahmin merchants a trusting him with his money and his wares, and begging him, as he does not know the local customs, to look after his business and his merchandise, that he may not be cheated. Then the Brahmin merchant takes in trust the foreign trader's business, and deals with it so honestly, both in buying and in selling, and looks after the stranger's interests with such anxious care, that he could not do better were he acting for himself. Nor does he ask for anything in return for what he does, leaving it to the Stranger to give him something out of his generosity.

They eat no meat, and drink no wine. They lead a very chaste life, in accordance with their customs. They lie with no woman except their wives. They would never take from another anything that belongs to him. They would kill no living creature, nor would they ever commit any action whereby they could think they had sinned. And I will add that all Brahmins can be distinguished by a sign that they wear. For all the Brahmins in the world wear a cotton thread over one shoulder, which they tie beneath the other arm, so that it crosses both the breast and the back. By this sign they can be distinguished, wherever they go.

... These Brahmins are also the most long-lived people in the world. And this is due to the small quantity of food they eat, and to the great abstinence they practise. Their teeth are very good, on account of a certain herb that they chew while eating, which makes them digest very well, and is very healthy for the human body. And you must know that these Brahmins do not have blood taken from their veins, nor have themselves cupped in any other part of their body.

They have among them certain regulars known as Chughi, who live still longer than the others, for they live from 150 to 200 years. They are very hale and hearty, so that they can go about wheresoever they will, and perform all the necessary services for their monasteries and their idols; and they do so quite as well as if they were younger. This is due to their great abstinence, in that they eat little, and only healthy food. For they are used to eating, above all, rice and milk. I will add, too, that these Chughi, who live so long, as I have said, also use another kind of food, that I will tell you of. And it will seem most strange to you. I tell you, then, that they take quick silver and sulphur, and mix them together, making a drink with them; then they swallow it. And they say that it prolongs life. And in fact, thanks to it, they live much longer; and you must know that they take it twice a month. I will add that these people make use of this drink from their childhood up, in order to live longer. And, without exception, all those who live as long as I have said, make use of this drink of sulphur and quicksilver.

Annexure : 12

The Travels of Marco Polo
Translated into English from the text of L.F BENEDETTO
By Aldo Ricci

...Here the book begins to tell of India, and of all the wonders that are there, and of the different people and first of all it tells of the ships, which sail thither.

Now that we have told you, as you have heard, of so many provinces on the continent, we will quit this subject, and enter India, to tell of all the wonders that are there. And first of all, we will begin with the ships upon which the merchants go to India and return.

You must know that they are built as I shall tell you. They are made of a wood that is called fir, and of pine. They have a deck. On this deck, there are, in most of them, sixty cabins, in each of which a merchant can live comfortably. They have one rudder and four masts. Often, they add two more masts, which can be set up and taken down again as the occasion demands. Some of the ships, namely the bigger ones, also have, inside them, thirteen tanks or compartments, made of strong boards firmly joined together; thus, if the ship should chance, by any accident, to spring a leak, either as the result of striking against a rock, or because a hungry dolphin gives it. a blow, and staves in some part of it (which happens often enough, for when the ship is sailing by night, and churning up the water along its sides, if it chances to pass near a dolphin, the animal, seeing the foaming water, thinks it is something to eat, and, darting quickly forward, strike the ship, often starving part), then the water flowing through the leak falls into the bilge, which is always kept empty. Thereupon, the sailors ascertain where the leak is, and empty out the flooded compartment, transferring everything into the neighbouring ones; the water, in fact, cannot pass from one compartment into another, so well and strongly built are the partitions separating them. After this has been done, they stop the leak, and replace the cargo previously displaced,

Ås for the fastenings, I shall begin by saying that these ships are double, namely, there are two layers of planks all round. They are caulked both within and without, and made fast with iron nails. They are not pitched, because they do not possess pitch. They paint them instead in another way, as I shall tell you, for they have a certain stuff which they consider better than pitch. They take lime and finely chopped hemp, pounding them together with a certain tree-oil. By pounding these three things together, I assure you one gets something as sticky as bird-lime. With this they paint their ships. And it is quite as good as pitch.

You must know that some of these ships need 300 sailors, some 200, and some 150, and more or less according to their size. Moreover, they carry a much larger cargo than our ships: they are so big that they can carry 5000, and some of them even 6000, baskets of pepper. Once they had even bigger ships than now, but the violence of the sea had so damaged the landing-places in the islands, that in many localities there was no longer water enough for such large ships. Hence, they made smaller ones. And you must know, too, that they also use oars, each of which is pulled by four rowers.

Moreover, the large ships are accompanied by two or three smaller ones, manned by 60, 80, or even 100 sailors, and laden with much merchandise, as they are capable of carrying even 1000 baskets of pepper. They have at least two of them, and one is bigger than the other. These smaller ships can also be propelled with oars, and are very often used to tow the large ships by means of ropes or lines. They are tied to one of the large ships with ropes, and go on ahead, pulling the ship after them, whether it be going with bars, or else sailing with the wind on the beam; not, however, when the wind is a stern, for then the sails of the large ship would take the wind out of those of the others, and the latter would be run down.

Further, the large ships generally have some ten dinghies to render them various services, such as laying out the anchors, fishing, and so forth. These dinghies are carried slung to the sides of the large ships. The smaller boats we mentioned above also carry some of these dinghies. I will add that when a large ship has sailed a year, and is to be overhauled, namely repaired, they do as follow: over the two layers of planks, they nail a third layer all-round the ship. Thus, it has triple sides. Then they caulk and paint it over again. That is how they repair it. When they next repair the ship, they nail on a fourth layer of planks. Thus, they go on, until there are six layers. After that, the ship is discarded, and no longer used for sailing on the sea.

Another thing I will also tell you-namely how, when a ship is to set out, they make an experiment, in order to discover whether its voyage shall be prosperous or not. The men in the ship take a wicker hurdle, with cords tied to the four corners and to the middle of each side, namely, eight cords in all, the loose ends of which are all tied together to a long rope. Then they look for a drunkard or a madman, and tie him to this hurdle-and indeed no one in his senses and sober would run such a risk. This they do when a stiff girl is blowing. They hold the huddle up against the wind, which touches it, and carries it air, while the men hold on by the long rope. If the hurdle, as it soars in the wind, begins to dip, they pull the rope a bit, and the hurdle rights itself; then they pay out some of the rope, and the hurdle rises again. If it dips once more, they pull in the rope as much as is necessary for the hurdle to right itself again, and then pay the rope out once more. In this way the hurdle might soar up to such a height as to disappear, were the rope but long enough. And the experiment consists in this: if the hurdle soars straight up, they say that the ship for which the experiment is being made will have an easy and prosperous voyage, and all the merchants flock to it in order to load their wares, and sail upon it. If, instead, the hurdle fails to rise, no merchant will set foot on the ship for which the experiment is made: they say that it will not reach its destination, and all sorts of evils will befall it. And the ship does not leave the harbour that year.

Annexure : 13

Excerpts—"The Attitudes of British Protestant Missionaries Towards Nationalism in India with Special Reference to Madras Presidency 1919-1927" By Elizabeth Susan Alexander

...British Protestant chaplains who had accompanied British merchants of the English East India Company from their very first voyage to India, had officiated in British 'factories' as they were established on Indian soil. In 1647 the first British chaplain had arrived at Fort St. George, Madras, where St. Mary's Church, the first Anglican Church to be built East of the Suez, was consecrated in 1680. However, few of the early Company chaplains had felt the missionary urge to convert the Indian 'heathens'. (Ref. : Gibbs, M.E., The Anglican Church in India, 1600-1970, [Delhi, I.S.P.C.K., 1972], pp. 3-11)

The rising missionary spirit in England manifested itself at the very end of the seventeenth century. In 1698 when the East India Company's charter was renewed, a clause was included that laid down that chaplains were to learn Portuguese and the native languages so as to instruct natives in the Protestant faith. (Ref. : Gibbs, M.E., The Anglican Church in India, 1600-1970, [Delhi, I.S.P.C.K., 1972], p. 12)

...The Evangelical Revival of Christianity that swept Britain from the last decades of the eighteenth century, changed the situation completely. While Evangelical Company chaplains began to press for the opening of India to Christian Missionaries of far greater impact were the efforts of prominent Evangelical forces and groups in England. They secured the inclusion in the Company's Charter Act of 1813, of a controversial clause that opened the door of India to British Missionaries, paving the way for the conduct of intensive activities by British Protestant missionaries in India. The Act also provided for the appointment of a Bishop and archdeacons in India.

(Ref. : According to the Act any non-official British citizen could legally enter British territory in India after obtaining a licence from the Company. Missionaries were accorded highest priority among applicants. They were placed in the first of nine categories of applicants to enter the Company's domains in India, and were almost certain to be permitted to proceed to India. Renford, Raymond K., The Non-Official British in India to 1920. [Delhi, Oxford University Press, 1987], pp. 9-10. The Charter Act of 1833 went further. It permitted missionaries of all nations and of all confessions to enter freely and to settle in British holdings in India.)

The London Missionary Society (L.M.S.), the earliest of the new British missionary societies to move into India, was founded in 1795 by evangelical churchmen of many denominations, with the sole object of spreading the knowledge of Christ among the 'heathen'. (Ref. : Neill, Stephen, Anderson, Gerald H., Goodwin, John, [Ed.], op. cit., p. 355.)

...The period of great expansion of the missionary movement in India also saw the increasing consolidation of British power in India, and, in 1858, the assumption of sovereign power over the vast British territories by the British Crown... The establishment of an Ecclesiastical Department by the British Government to manage Anglican affairs and to disburse the considerable amount of revenue allocated for supporting the Christian Church in India, was to cause further resentment among Indians who were politically aware. (Ref. : Suntharalingam, R., Politics and Nationalist Awakening in South India, 1852-1891, pp. 34. Pannikar, K.N., "The Intellectual History of Colonial India", in Bhattacharya, S., and Thapar, R., [Ed.], Situating Indian History, [Delhi, Oxford University Press. 1986], p. 431.)

Evangelicalism came to be one of the significant factors of

which nineteenth century English Liberalism was composed. British officials came to accept missionaries as partners in the 'noble' task of shouldering the white man's burden. (Ref. : Dettman, Paul R., The Forgotten Man: The CSI Laity in Historic Perspective, [Madras, The Christian Literature Society, 1967], pp. 23-25: Warren, Max, Social History and Christian Mission, [London, SCM Press Ltd., 1967], p. 56.)

...British officials defended their support of Christian missionaries as being in the interests of their rule, for missionaries were used as instruments of their policies of reform. (Ref. : Stokes, Eric, The English Utilitarians and India, [London, Oxford University Press, 1959], p. 34; Hollis, Michael, Paternalism and the Indian Church : A Study of South Indian Church History. [London, Oxford University Press, 1962], p. 44)

...Missionaries were to be supported for they were path breakers who could open up Oriental Society to British traders and men of commerce. By educating and converting the Indians, missionaries would 'civilize' and 'assimilate' them and create in them new tastes. They would thus create new markets for British manufacturers. (Ref. : Stokes, Eric, op. cit., pp. 33-34, 36-40, Warren, Max, op. cit., p. 56)

However, caution was still the keynote of the British official policy towards Christian missions in India. This was especially so after the Revolt of 1857, which did not spread to Madras Presidency, but had its repercussions on missionary activities in the South too. On the one hand the Revolt revealed that missionary activities had definite advantages for the British rulers : in 1857 the community of Indian Christian converts was the only Indian community to remain loyal to the European community in the affected areas. (Ref. : Dettman, Paul, R., op, cit., p. 23. & Kumaradoss, Y. Vincent, Protestant Missionary Impact and Quest for National Identity : Tamil Nadu Experience: 1900-1921. Unpublished Ph.D. Thesis submitted to University of Madras, [November 1983], p. 173)

...it did not completely sever its links with Christian missions. It continued to aid missionaries in their philanthropic activities with grants of land and buildings, and also financial assistance... They believed that the hand of God was visible in history, nowhere more clearly than in the 'miraculous' subjugation of India. British rule in India was regarded as a provision of Divine Providence to help spread Christianity in that land. Missionaries felt they shared the 'civilizing' mission with the British rulers of India. Thus, the common ground on which both missionaries and the British rulers of India met, despite their vocational differences, was the preservation of the British Empire in India. (Ref. : Mayhew, Arthur, Christianity and the Government of India, [London, Faber and Gwyer Ltd., 1929], p. 131; Bliss, Rev. Edwin Munsell, The Encyclopaedia of Missions, Vol. 1 : Descriptive Historical, Biographical and Statistical, [New York, Funk and Wagnalls, 1891], p. 275; Stokes, Eric, op, cit., pp. 30-31.; Forrester, Duncan, B., Caste and Christianity : Attitudes and Policies on Caste of Anglo-Saxon Protestant Missions in India, [London, Curzon Press, 1979], p. 129; Dettman, Paul R., op. cit., p. 18.)

Initially missionaries tended to concentrate their efforts on the urban centres and on the conversion of the higher castes and the educated sections of society, who, they felt, would be most ready to receive the gospel... Thus, Christianity would gradually 'percolate' or 'filtrate through Indian society, down to the lowest castes... In their enthusiasm to propagate Christianity they made virulent attacks on Hindu religious and social practices. (Ref. : Whitehead, Henry, Our Mission Policy in India [Madras, S.P.C.K., 1907], p. 23.; Grant, John Webster, God's People in India, [Madras, The Christian Literature Society, 1965], p.15-16 ; Cust, R.N., Essay on Prevailing Methods of the Evangelisation of the Non-Christian World. (London, Lusac and Co., 1894), p. 121.)

By the end of the nineteenth century... Conversions among the educated Indians in the urban centres were very few, whereas in the rural areas 'mass movements' of lower caste and outcaste Hindus swelled the ranks of the growing Indian Christian Church... In the Tamil Districts, anti-missionary Hindu revivalist societies like the 'Vibhuti Sangam' in Tiruchendur, the 'Salay Street Sangam' and 'Madras Hindu Tract Society' boldly attacked Christian missions. The Theo sophical Society which established itself in

Adyar in 1883 became a strong base from which Hindu revivalists attacked missionaries. (Ref. : Delegation to India; October 1923 - April 1924. Issued for Private Circulation Only by the Society for the Propagation of the Gospel in Foreign Parts: [London, 1924], pp. 6, 54.; Thomas, S.V., 'Hindu Tract Society', in The Madras Christian Coll Magazine, [hereafter The M.C.C. Magazine], April 1889, pp., 727-738; Appasamy, Paul, Centenary History of the Church Missionary Society in Tinnevelly, [Palamcottah; Palamcottah Printing Press, 1923], p. 86.; Suntharalingam, R., op. cit., pp. 294-296, 299, 306-308.)

...Missionaries further believed that the Congress hindered the growth of Christianity among the Indian 'Intelligentsia'.... Swadeshi and Boycott Movements were launched by the Indian National Congress in 1906, to annul the partition of Bengal and to obtain 'Swaraj' for India. "Swadeshi often got inextricably interwoven with militant Hindu revivalism", and it stimulated extremist nationalist sentiments as also Hindu revivalism. Missionaries believed that the movements incited opposition to Christian missions. (Ref. : Barclay, William Crawford, History of Methodist Missions, Vol. III, Widening Horizons, 1845-1895, [New York, The Board of Missions of the Methodist Church, 1957], p. 641.; Kumaradoss, Y. Vincent, "The Swadeshi Movement and the Attitude of the Protestant Christian elite in Madras (1905-1907)", in Indian Church History Review, Vol. XXII, No. 1, June 1988, p. 7 also p. 15.; Kumaradoss, Y. Vincent, "The Attitude of the Protestant Missionaries in South India Toward Indian Nationalism with special reference to Tamil Nadu, 1900 - 1907" in Indo-British Review. A Journal of History, Vol. XV. No.1, Special issue, 1988. p. 138.)

...The South Indian Liberal Federation or Justice Party as it was called, was formed by these non-Brahmans for this purpose in 1917. It sought to retain British rule in India, for it saw the Congress as a Brahman dominated party, which, in the independent India it was fighting for, would ensure Brahman supremacy... The missionaries hope of converting the Brahmans had been belied, and they now hoped that as the non-Brahmans 'awakened' they would be more favourable to Christian evangelism. The London

Missionary Society observed that the non-Brahman movement pointed to a 'freedom of thought' which must be favourable to Christian preaching... The missionary onslaught on Hinduism further stimulated the process by which the spirit of Indian nationalism grew and manifested itself in a more organised manner. In the awakening of India to national conscious ness missionaries had played a definite role... As it grew, Indian nationalism tended to oppose everything foreign including Christianity. This affected the position of British missionaries considerably. (Ref. : Irschick, Eugene F., Politics and Social Conflict in South India : The Non-Brahman Movement and Tamil Separatism, 1916-1929, [Bombay, Oxford University Press, 1969], pp. 48, 55; Hardgrave Jr., Robert L., The Dravidian Movement, (Bombay, Popular Prakashan, 1965), pp. 16-17: The Justice Party tried to achieve its aims by influencing the official policy of the British; Popley, H.A., "The Evangelistic Movement in the Indian Church", in The East and The West, Vol. XVII, April 1919. p. 142)

Annexure : 14

Fallout from Salem (The Hindu Editorial)

17 February, 1971

The way the Tamil Nadu Government has dealt with the blasphemous public show organised by the Dravida Kazhagam in connection with its 'Superstition Eradication Conference' at Salem on January 24 and with the subsequent developments constitutes an inglorious chapter in the history of the administration of the State. It reveals either a complete lack of understanding on the part of the D.M K. Government of the heinousness of the offence perpetrated by the organisers of the outrageous show or a could-not-care-less attitude towards the religious beliefs of the overwhelming section of the population. It is not as if the Government was not aware in advance of the nature of the procession planned by the D.K. A memorandum had been presented by local citizens to the appropriate authorities some days before the event giving details of what had been planned and requesting them not to permit the processionists to carry obscene pictures insulting Gods and Goddesses. Not only was nothing done to prevent the sacrilegious demonstration but the processionists were allowed to go round carrying knives, lathis, swords and other weapons, and no action was instituted against any of them even after they had brandished the weapons against people objecting to the denigration of the deities. After all the public indignation which the procession aroused and an appeal had been made to the Governor urging criminal proceedings against the organisers of the procession, all that the Chief Minister could say, seven days after the event, was that he was sorry to learn from newspaper reports about the obscene demonstration and that he had called for a report from the police officials. The State Government, he said, did not want to place any curbs on the activities of any religious bodies or political parties as such curbs might wound their feelings! But the Government did not lack alacrity when the Tamil journal Thuglak came out with an issue carrying pictures of the procession. The Police raided the office of the journal and seized all available copies of the issue and a case was registered against its Editor under Section 292-A of the Indian Penal Code (selling indecent, scurrilous pictures etc.). The Chief Minister said on February 14 that the Government had taken action against 'two or three' police personnel in Salem.

Source : https://www.thehindu.com/archives/from-the-archives-february-17-1971-fallout-from-salemfrom-an-editorial/article33853460.ece

Annexure : 15

'The Hindu' News Report, 22 January, 2020

Ram, Ramasamy and Rajini : What happened in Salem in 1971?

"The tableaux included obscene pictures of the birth of Lord Muruga, penance of sages and Mohini Avatara, a 10-foot-long image of Lord Rama was carried on a vehicle and dozens of people kept beating it with chappals."

Tamil film actor Rajinikanth has courted controversy with his remark that at a rally in Salem district in 1971, attended by Dravidar Kazhagam (D.K.) founder Periyar E.V. Ramasamy, 'naked' images of Lord Rama and his consort Sita were paraded with a garland of slippers. He said "no other publication... reported this" except Thuglak magazine, founded by Cho S. Ramasamy, which also critically commented on it.

Leaders of the DK and its splinter groups accused Mr. Rajinikanth of spreading falsehood. They denied that 'naked' images of the two deities were taken in a procession. A recounting of what happened at the procession in 1971 and the reactions to it, as published in The Hindu, would throw light on the incidents of that year.

Controversial tableaux

In an article titled Demonstration against obscene tableaux in The Hindu on 25 January, 1971, the Salem correspondent reporting on the 'Superstition Eradication Conference' organised the previous day by the D.K., wrote: "The tableaux included obscene pictures of the birth of Lord Muruga, penance of sages and Mohini Avatara, a 10-foot long image of Lord Rama was carried on a vehicle and dozens of people kept beating it with chappals". The report added that Periyar "seated on a tractor, was at the rear of the procession". An image of Lord Rama cut out in wood was set on fire at the end of the procession.

The conference passed a few resolutions including one requesting the government "to take suitable steps to see that coveting another man's wife is not made an offence under the Indian Penal Code". T.V. Chokkappa, chairman of the reception committee of the Conference, in a letter to The Hindu, took exception to the report. He said that the resolution spoke of "a married woman trying to be intimate with a person other than her husband... The difference in the texts... is not one of Tweedledum and Tweedle-dee but vital".

Responding to this, the Salem Correspondent asserted that

the report was accurate and went on to state that Periyar had said "one should not seduce a minor girl; it was kidnapping and also an offence. But there was nothing wrong in an individual loving intensely another man's wife who is well grown up and also is a major. If the wife of the man also reciprocates the love, they should be allowed to marry one another and the husband should not prevent or obstruct their marriage."

The original report also cited another resolution urging "the government to allow free criticism of religious practices of people of various faiths including Islam, Christianity and Hinduism."

A report published in The Hindu on January 31, 1971 said Chief Minister M. Karunanidhi, commenting on the procession and the tableaux, told journalists in Madurai that Periyar had the right to think on revolutionary lines, but no government would be prepared to implement all his revolutionary ideas. The report added: "The Chief Minister said he was sorry to learn from newspaper reports about the obscene tableaux in the DK-sponsored procession and the police permitting the procession. The feelings of some people would have been hurt and he could quite understand it."

Chokkappa filed a complaint against The Hindu, The Indian Express and Dinamani saying that he and the party to which he belonged had been defamed by news reports in these publications. He objected to The Hindu's version of the resolution on the demand to decriminalise "coveting another man's wife". On an appeal by the three publications challenging the suit, a three-judge bench of the Supreme Court, on September 4, 1972, quashed the criminal proceedings initiated by a Madras Magistrate against the dailies on charges of defamation.

Source : https://www.thehindu.com/opinion/op-ed/lord-ram-ev-ramasamy-periyar-and-rajinikanth-what-happened-in-salem-in-1971/article30618177.ece

Annexure : 16

Military Manual of Maharaja Ranjit Singh Probably from the Workshop of Imam Bakshi Lahori, Lahore 1822-1830. Maharaja Ranjit Singh Museum, Amritsar N 1035- MAHARAJA RANJIT SINGH LORD OF THE FIVE RIVERS, BY JEAN-MARIE LAFONT.

This is opening page of the beautifully illustrated Military Manual. Maharaja Ranjit singh concering Hinduism, and we know as a fact that there was no tension at all between Sikhism and Hinduism. On the contrary, Ranjit Singh took special care of that community's welfare, and his powerful Hindu Ministers built splendidly decorated temples in Lahore. It is therefore no surprise to find the sacred evocation 'OM' in the opening page manuscript having both Illustration of the ten Gurus and the Military exercises of the 'French' units of Maharaja Ranjit Singh.

Brahma, Ganesha and Devi images at the entrance of Maharaja's Samadhi

Samadhi of Maharaja Ranjit Singh, Lahore, Pakistan (Front Doorway)

Samadhi of Maharaja Ranjit Singh, Lahore, Pakistan

Annexure : 17

Excerpts—Jogendra Nath Mandal wrote resignation letter to the Prime Minister of Pakistan, Liaquat Ali Khan, 1950.

...It is with a heavy heart and a sense of utter frustration at the failure of my lifelong mission to uplift the backward Hindu masses of East Bengal that I feel compelled to tender resignation of my membership of your cabinet. It is proper that I should set forth in detail the reasons which have prompted me to take this decision at this important juncture of the Indo-Pakistani subcontinent. It is to share just a truth.

...I was persuaded that my co-operation with the League and its Ministry would lead to the undertaking on a wide scale of legislative and administrative measures which, while promoting the mutual welfare of the vast bulk of Bengal's population, and undermining the foundations of vested interest and privilege, would further the cause of communal peace and harmony...

...I was the only Scheduled Caste member returned on the federation ticket. I was included in Mr. Suhrawardy's Cabinet. The 16th day of August of that year was observed in Calcutta as 'The Direct Action Day' by the Muslim League. It resulted, as you know, in a holocaust... The Calcutta carnage was followed by the 'Noakhali Riot' in October 1946. There, Hindus including Scheduled Castes were killed and hundreds were converted to Islam. Hindu women were raped and abducted. Members of my community also suffered loss of life and property.

...For the sake of truth, I must admit that I had always considered the demand of Pakistan by the Muslim League as a bargaining counter. Although I honestly felt that in the context of India as a whole Muslims had legitimate cause for grievance against upper class Hindu chauvinism, I held the view very strongly indeed that the creation of Pakistan would never solve the communal problem. On the contrary, it would aggravate communal hatred and bitterness. Besides, I maintained that it would not ameliorate the condition of Muslims in Pakistan. The inevitable result of the partition of the country would be to prolong, if not perpetuate, the poverty, illiteracy and miserable condition of the toiling masses of both the States. I further apprehended that Pakistan might turn to be one of the most backward and undeveloped countries of the South East Asia.

...I must make it clear that I have thought that an attempt would be made, as is being done at present, to develop Pakistan as a purely 'Islamic' State based on the Shariat and the injunctions and formulae of Islam. I presumed that it would be set up in all essentials after the pattern contemplated in the Muslim League resolution adopted at Lahore on March 23, 1940'"

...To my utter regret it is to be stated that after partition, particularly after the death of Qaid-e-Azam, the Scheduled Castes have not received a fair deal in any matter... I brought to your notice incidents of barbarous atrocities perpetrated by the police on frivolous grounds. I did not hesitate to bring to your notice the anti-Hindu policy pursued by the East Bengal Government especially the police administration and a section of Muslim League leaders.

...To my extreme regret I received information that a large number of Scheduled Castes who are still living in Sind have been forcibly converted to Islam... In that grand setting of the Shariat Muslims alone are rulers while Hindus and other minorities are zimmies who are entitled to protection at price, and you know more than anybody else Mr.Prime Minister, what that price is...

When I am convinced that my continuance in office in the Pakistan Central Government is not of any help to Hindus I should not with a clear conscience, create the false impression in the minds of the Hindus of Pakistan and peoples abroad that Hindus can live there with honour and with a sense of security in respect of their life, property and religion. This is about Hindus.

Annexure : 18

Excerpts—Hijrat : The Flight of the Faithful

A British File on the Exodus of Muslim Peasants from North lndia to Afghanistan in 1920, Dietrich Reetz - Berlin: Verl Das Arabische Buch, 1995

...Azad wrote a so-called *hijrat ka fatwa, inviting those who were prepared to migrate to communicate with him or certain others whose names were listed, and giving notice that a pamphlet, giving further details, would be issued later. The fatwa was published in the Urdu daily Ahl-e-Hadith of Amritsar on 30 July 1920. The pamphlet he was referring to was never published. ...Azad is definitely more explicit in his demand for hijrat, but also accepts some practical qualifications. The main thrust of his argument sterns from his theological position on the khilafat. Defending the khilafat was of central importance to Azad for being a true Muslim, any threat to the khilafat was a threat to Islam.

*DECREE OF MIGRATION FROM INDIA

After examining all the reasons contained in the Sharia, as well as contemporary events, interests of the Moslems, and pros and cons [of political issues], I feel definitely satisfied that from the view point of the Shari'a, the Moslems of India have no choice but to migrate from India. All Moslems who would like to fulfill Islamic obligations must quit India. Those who cannot migrate immediately should help the migrants as if they were themselves migrating from the country. The Sharia gives us no alternative course, except migration.

Migration from India before World War I was desirable, now it is mandatory. Only those Moslems can remain in India who are needed to carry on the struggle [for the Caliphate] or have acceptable reasons against migration. Large-scale population transfer, however, causes understandable delay. Those who under such circumstances fail to migrate should devote their energy and resources to follow the Sharia. They should organize themselves according to the Sharia, and should I never give up their determination and enthusiasm for migration. Under the present circumstances, the creation of (such a Moslem] party will be a sterling achievement.

It should be understood that the Shari'a does not allow individual and spasmodic migration. Migration should be undertaken collectively and requisite arrangements should be made by the party [organized for migration]. The party chief should decide the following questions: a) who should migrate immediately; b) who should remain behind to render useful services to the cause) and the time and place for migration. An individual is not authorized to determine these questions for himself.

When the order for migration is given, migration becomes mandatory. The Prophet Muhammad has left us an exemplary procedure. Before the preparation for migration is made an oath of bahia must be taken. Due to several reasons (their explanation can be found in Risalah-i-Hijrat) not everyone can migrate from India, nor is that required by the Sharia. It is, therefore, obvious that while migration continues, India will not be denuded of its Moslem population. Those who remain in India will be bound by the Sharia to sever all ties of good will and mutual collaboration with the invaders of Islam [the Turkish Caliphate]. Those who disregard this Qur'anic injunction, will be considered enemies of Islam.

Good will and mutual collaboration is my [Azad's] translation of 'mawalat', which occurs in the Qur'an. 'Mawalat' connotes all acts of cooperation, which the caliphate committee rejects according to the non-cooperation plan. Cooperation of Moslems with the British Government was prohibited by the Sharia on the day Turkey declared herself at war with Allied Powers. That is why I endeavoured at the Delhi meetings in February and later on 11 April, 1920, at the Bombay Caliphate Conference to have the non-cooperation plan passed by the [delegates]. Non-cooperation was not decided upon as a defensive measure in case our demands were rejected [by the British Government]; it had become mandatory for Moslems since the advent of hostilities. For this reason alone, I endeavoured again at the Meerut Caliphate Conference to explain the 'why's' of the Moslem obligation relative to non-cooperation with the Government.

This is not just political expediency; I believe in it with all my heart. Although Islam [the Turkish Caliphate] lost all its European areas as well as Baghdad and Damascus, our faith was not endangered. Now the situation has changed. It is not just a question of the defense of Constantinople. Our very 'faith' is in the balance. We not only want to defend the land [Caliphate], but also seek the survival of our 'faith'. If we failed to defend Constantinople and Baghdad, we must not fail to protect our iman (religion).

I have decided the course of action [non-cooperation] for myself, and will follow it steadfastly. All those who seek righteousness (Talib-l-Haq) and trust me should follow me or obtain further in struction from the following persons:

Mawlavi Abdül Qadir, Vakil, of Qasur, district Lahore.

Mawlavi Mhyad-ud-Din Ahmad of Qasur district Lahore.

Mawlana Muhammad Daud Ghazanvi, Amritsar.

Mawlavi Abdur Razaq (Mlyh Abadi), Editor al-Byan, Lucknow.

Note : Abul Kalam Azad, 'Hijrat Ka Fatwa', Daily Ahl-I-Hadith (Amritsar, 30 July, 1930), as reproduced in Ghulam Rasul Mahr, Tabarkat-I-Azad, (Lahore, Kitab Manzil, 1959), pp. 203-206.

Annexure : 19

Record of Interview between Rear-Admiral Viscount Mountbatten of Burma and Mr. Gandhi-Mountbatten Papers. Viceroy's Interview No. 19.

1 April, 1947

Mr. Gandhi asked if he might take a walk round the Viceroy's garden at 9 o'clock, which he did accompanied by Rajkumari Amrit Kaur. Her Excellency went to meet him and accompanied him for part of the walk. I met him at 9.30 as arranged, and we drew up chairs in the garden and continued our conversations.

He gave me his views on the origin of Hindu-Muslim animosity, and though he did not hold the British responsible for its origin, he said their policy of 'Divide and Rule' had kept the tension very much alive, and that I should now reap what my predecessors had deliberately sown.

He urged me whatever happened to have the courage to see the truth, and act by it, even though the correct solution might mean grievous loss of life on our departure on an unprecedented scale.

Finally, he gave me the first brief summary of the solution which he wished me to adopt:

Mr. Jinnah should forthwith be invited to form the Central Interim Government with members of the Muslim League. This Government to operate under the Viceroy in the way the present

Interim Government is operating. Any difficulty experienced through Congress having a majority in the Assembly to be overcome by their able advocacy of the measures they wished to introduce.

I need not say that this solution coming at this time staggered me. I asked "What would Mr. Jinnah say to such a proposal"? The reply was "If you tell him I am the author he will reply 'Wily Gandhi'." I then remarked "And I presume Mr. Jinnah will be right"? To which he replied with great fervour "No, I am entirely sincere in my suggestion."

At this moment the A.D.C. reported that the Tibetan Mission had arrived, and our conversation therefore had to be terminated until the following day. I did however obtain Mr. Gandhi's permission to discuss the matter with Pandit Nehru and Maulana Azad, in strict confidence, the next time they came to see me.

Record of Interview between Rear-Admiral Viscount Mountbatten of Burma and Pandit Nehru. Mountbatten Papers, Viceroy's Interview No. 20

1 April, 1947

The interview lasted from 3 to 4.20 p.m.

I began by giving him an account of my talk with Mr. Gandhi, which the latter had agreed I should do. Pandit Nehru was not surprised to hear of the solution which had been suggested, since this was the same solution that Mr. Gandhi had put up to the Cabinet Mission. It was turned down then as being quite impracticable; and the policy oı Direct action by the Muslim League, and the bloodshed and bitterness in which it had resulted, made the solution even less realistic now than a year ago.

He said he was anxious for Mr. Gandhi to stay a few days longer in Delhi, as he had been away for four months and was rapidly getting out of touch with events at the Centre.

We next discussed the partition of the Punjab and Ghazanfar Ali Khan's suggestion for fresh elections. Pandit Nehru pointed out that the atmosphere engendered by fresh elections could not fail to lead to a recrudescence of communal strife and bloodshed; and that at the end of the elections there was absolutely no guarantee that a Muslim League Government could be formed. And even if they had a small paper majority, the districts in which Sikhs and Hindus predominated would now in no circumstances willing accept the rule of an unrepresentative Government.

He linked the question of partition of Bengal with that of the Punjab. He had not yet had the opportunity of discussing with Mr. Gandhi his reasons for opposing the Congress resolution on partition; but he realized that Mr. Gandhi was immensely keen on a unified India, at any immediate cost, for the benefit of the long-term future.

I told Pandit Nehru that I recognized that there were long term and short-term considerations which must affect the decision I had to make, and that although the long-term ones should theoretically predominate, I hoped he would agree that I could not base my decision solely on them if the consequences were to be greatly increased chances of heavy bloodshed in the immediate future. He said that no reasonable man would argue with these premises.

Annexure : 20

No love, only jihad, Monday, 03 December 2018, Balbir Punj, The Pioneer

While India preferred to remain silent on a sensitive issue, the UK confirmed worst fears that 'love' is a ruse to trap girls and sexually exploit or convert them to Islam or both.

What is 'love jihad'? Is it part of a 'religious obligation' undertaken by Muslim zealots to Islamise non-believers or is it a myth created by 'radical' Hindu groups and a section of spooked Christian clergy to promote their divisive agenda? While debate on this issue has been going on for nearly a decade now and remains inconclusive in India, a recent report by the United Kingdom and comments made by a British Member of Parliament on 'affairs' and 'marriages' between Muslim men and Sikh girls in England have confirmed worst fears of the civil society.

Interestingly, most media companies in India, who are normally prompt in reporting incidents involving South Asians in Europe and the US, have chosen to remain silent on these developments. However, several television channels and a section of the British Press carried detailed reports on the phenomenon of 'love jihad' in their country.

S.M.A.R.T. (Sikh Mediation and Rehabilitation Team) centre is a community-run initiative based in the UK, aimed at providing "rehabilitation, mediation and intelligence services surrounding abuse and exploitation of Sikh girls". It claims to be an 'independent facility' that provides 'mediation' between victims, local authorities and law enforcement agencies. A recent report by S.M.A.R.T. alleged systematic sexual exploitation of British Sikh girls by Muslim gangs of predominantly Pakistani men.

The report said that the girls would be snared by "fashionably-dressed adult Pakistani men travelling in flamboyant vehicles to predominantly Sikh-dominated areas and schools." Doesn't this sound familiar? Has this expression not been used by Kerala-based Hindu groups and Christian clergy while alleging 'love jihad' in the State?

Young Sikh women across the United Kingdom would reportedly be groomed by one man and then passed round to other members of the family, alleged the report. The study entitled, 'The Religiously Aggravated Sexual Exploitation of Young Sikh Women Across the UK', further suggested that the police 'recklessly ignored' complaints for reasons of "political correctness."

"Over the course of three decades, Sikh community leaders in the West Midlands have repeatedly asserted that when families or community representatives contacted the police regarding the abuse of children, their information was consistently met with disinterest and their claims met by inaction. With the emergence of multiple similar cases across the UK, the perceived failure to act has now been attributed to 'political correctness' that inhibited authorities and agencies from addressing the racial and cultural dimensions understood as causative factors behind the abuse," the report said.

The report was backed by the Labour Party and said that it wasn't meant to be a "witch-hunt against any individual, community, culture of faith". Sarah Champion, the party MP, called for an independent investigation into abuse of Sikh girls in the

UK. In a statement, she said: "I was shocked when I first heard about the organised abuse of Sikh girls by mostly Pakistani men. When I started speaking to Sikh women, I could not believe how widespread the grooming and abuse was—and that this has been going on for decades. All forms of sexual exploitation must be prevented. We need to speak of the abuse of Sikh girls to take it out of the shadows and make sure the authorities take it seriously. There needs to be a full investigation into the systematic abuse of Sikh girls".

However, sexual exploitation by Muslim men in the UK is not limited to Sikh girls alone, as is evident from the details of what is known as the 'Rochdale child sex abuse scandal'. It involved under-age teenage girls in Rochdale, Greater Manchester, England. Nine men were convicted of sex trafficking and other offences, including rape and conspiracy to engage in sexual activity with a child, on May 8, 2012 and 10 more were convicted in another investigation in 2015.

Forty-seven girls were identified as victims of child sexual exploitation during the police investigation. The men were all British Pakistanis. The girls were mainly White British. There was a discussion on whether the failure to investigate them was linked to the authorities' fear of being accused of racial prejudice.

Most convicted men were married and well-respected within their community. One gang member convicted of sex trafficking was a religious studies teacher at a mosque and a married father of five.

The term 'love jihad' hit national attention in India in 2009, with allegations of widespread conversions in Kerala and Karnataka. With a number of such inter-religious bogus marriages ending in forced conversions being reported from various parts of the world over the years, allegations of 'love jihad' in India have raised concerns in various Hindu, Sikh and Christian organisations. Muslim organisations have, however, denied the allegations.

In December 2009, Justice KT Sankaran of the Kerala High Court, who refused to accept the Kerala Police report, concluded from a case diary that there were indications of forceful conversions and stated that it was clear from police records that there was a 'concerted effort' to convert women with "blessings of some outfits".

The Court, while hearing the bail plea of two accused in 'love jihad', cases stated that there had been 3,000-4,000 such conversions in the past four years. The Kerala High Court in December 2009 stayed investigations into the case, granting relief to the two accused and criticised police investigations.

According to the Kerala Catholic Bishops Council, by October 2009 up to 4,500 girls in Kerala had been targeted, whereas the Hindu Janajagruti Samiti claimed that 30,000 girls had been converted in Karnataka alone.

Following the controversy's initial flare-up in 2009, 'love jihad' again hit the headlines in 2010, 2011 and 2014. On June 25, 2014, the then Kerala Chief Minister Oommen Chandy informed the State Legislature that 2,667 young women were converted to Islam in the State since 2006. However, he stated that there was no evidence for any of them being forced conversions, and that fears of 'love jihad' were 'baseless'.

But going against his own party line, a Marxist Chief Minister held that 'love jihad' was a reality. In July 2010, while talking to the Press in Delhi, VS Achuthanandan, the then Chief Minister of Kerala, referenced the alleged matrimonial conversion of non-Muslim girls as part of an effort to make Kerala a Muslim-majority State.

Now we have confirmation from the UK as well that 'love' is a ruse to trap 'kafir' girls to either sexually exploit or convert them to Islam or both. Most of such inter-religious alliances are sans any love and are just a part of 'jihad'.

(The writer is a political commentator and a former BJP Rajya Sabha MP)

Annexure : 21

In The Dark of His Troubles, Monday, 15 February, 2016, Balbir Punj, Outlook

Dalit Research Scholar Rohith Chakravarthi Vemula's suicide is a tragedy turned into farce. Ironically by those very people, who following his sad demise, are claiming to speak for him and his travails as a Dalit. The 'secular' narrative is simple constructed and suitably twisted to fit into its ideological game plan; and naturally divorced from facts. Rohith, according to 'secular' account was an aspiring Dalit and a fighter against oppression by the upper castes. The evil upper caste dominated Sangh Parivar (forget the fact that out of all political parties, the BJP has largest number of SC/ST members of Parliament), which swears by Manu Samariti, (how many Hindus have ever seen its copy?) persecuted Rohith to the extent that he was forced to take his own life - in short, a macabre version of Ekalavya-Dronacharya episode of Mahabharata, with contemporary nuances.

While running this insidious hate campaign the 'secular' pack seems to have the objectives – further divide the Hindu society on caste lines, to paint Sangh Parivar black and prove Modi regime to be intolerant and anti-Dalit. The driving force is their blind hate for all the three. To meet these malicious ends the 'secular' pack hurriedly put selective facts and some half truths together and went on a warpath.

The unfortunate young man was an activist of Ambedkar Student's Association (ASA) which had the dubious distinction of organizing a protest in Hyderabd Central University against the hanging of 1993 Mumbai blasts' convict Yakub Memon. This act on the part of ASA was not only anti-national, but also against the civil society. Yakub's life and philosophy were nowhere near that of B.R. Ambedkar, after whom ASA was named and who was also Rohith's hero, apart from being a national icon. Yakub was a terrorist wedded to destroy civil society and kill innocents to meet his ghoulish agenda.

The opposition in the campus was either to the programmes to oppose Yakub Memons hanging or hosting beef festival has nothing to do with the caste of the organizers. It was incidental that Rohith and his friends were Dalits. Even if they belonged to a different caste, Brahmin or Rajput, the result could have been the same. It was a clash of mindset that has been given colour of caste conflict.

Did the chain of events leading to Rohith's rustication, along with four of his comrades, alone result in Rohith hanging himself?

Was he a victim of caste oppression to the extent that he was driven to suicide? Or did he realize the futility of the ideology that motivated him to abuse Swami Vivekananda on his Facebook account, to host beef parties on the university campus and actively oppose hanging of terrorists such as Yakub Memon? Did he feel let down by his comrades who, he had realized, had led him onto the garden path, used him as a mere pawn in their game of class struggle or a disposable helping hand in their 'noble task' of harvesting of souls for the Lord by running down Hindu society and further widening its fault lines?

A sure answer to these questions is elusive, for the one who knew the exact answers will never come back. However, an intelligent guess about what was going on in Rohith's restless mind before he kicked the stool off under his feet and ended his life, is possible by going through his suicide note.

The weekly 'Outlook' (1 February, 2016) had Rohith on cover and devoted 15 pages to his tragic end and in analyzing the problems of Dalits and discrimination against them in various walks of life. Articles and interviews were galore on the subject in the issue – of course with a pre-determined common theme. But surprisingly, the magazine did not carry the text of Rohith's suicide note – without doubt the most important document in this glum episode., Why? Was it because Rohith's last words would not fit into the secular narrative?

Read these lines from Rohith's note "the value of a man was reduced to his immediate identity and nearest possibility. To a vote. To a number. To a thing. Never was a man treated as a mind." Now juxtapose these sentiments against the portion which has been struck off where he says "ASA, SFI, anything and everything exist for their own sake. Seldom the interest of a person and this organization match. To get power, to become famous or to be important in between boundaries and to think we are up to changing the system. Very often we overestimate the acts and find solace in trails. Of course, I must give credit to both groups for making, introducing me to wonderful literature and people."

"I myself strike these words," he wrote below these lines and signed. But did Rohith really strike off these lines? Or someone else? And if so, why? The 'Outlook' is silent on this mystery.

Rohith after concluding his last missive, however, added as a post-script "No one is responsible for this act of killing myself. No one has instigated me, whether by their acts or by their words to this act. This is my decision and I am the only one responsible for this. Do not trouble my friends and enemies on this after I am gone". And what all his so-called friends doing after his death? Using the tragedy to further their political and ideological agenda?

Did Rohith and his comrades host 'beef festivals' because they could not live without beef or to seek confrontation with those who hold the cow holy? It's a settled fact that the British promoted cow slaughter, partly to meet their own dietary preferences and also enlarge the Hindu-Muslim divide. Some denominations of church, through foreign funded NGO's have been using a small section of Dalits to host beef parties in order to put them against rest of the Hindu society.

The pluralistic character of India is not linked to either eating or not eating cow. Irrespective of the merit of the issue, bulk of people in this country revere cow and abhor eating it. And this forms an inalienable part of our tradition and culture. The world over, the cultural ethos of the countries are respected by their respective systems. While dog eating is popular in several nations such as Korea and China, it's a crime in several European countries. Such examples can be multiplied many times over

Rohith may have been an aggressive and angry young man in a hurry in his life to undo the injustice done to the Dalits over centuries. But a careful perusal of his note reveals a sensitive soul, with starry dreams for his future. "I have no complaints on anyone. It was always with myself I had problems. I feel a growing gap between my soul and my body. And I have become a monster."

Why was there a disconnect between Rohith's soul and body? What had he done, that he felt, that he had become a 'monster'? Who are the people and which ideology had pushed him into this vortex of hate politics in the name of social justice that eventually consumed him?

He was surely having second thoughts on the soundness of the ideology he had pursued and rational of activism he had followed? May be these lines he penned just before departing from this world can answer this question.

"Maybe I was wrong, all the while, in understanding world. In understanding love, pain, life, death. There was no urgency. But I always was rushing. Desperate to start a life. All the while, some people, for them, life itself is curse. My birth is my fatal accident. I can never recover from my childhood loneliness. The unappreciated child from my past."

Why did he say: "my birth is my fatal accident. I can never recover from my childhood loneliness". Was it because the difficult childhood he and his mother had suffered. His father, Mani Kumar, a vaddera, (an OBC community) had deserted his mother Radhika when Rohith was very young. And his mother, though born as SC (Mala) was brought up by Anjani Devi, an OBC. May be the pain of being brought up in a broken family with the confusion of mixed identities made Rohith scream my birth is a 'fatal accident'.

What was Rohith's ambition in life? To be rent-a-cause leader or someone of substance? He said: "I always wanted to be a writer. A writer of science, like Carl Sagan. At last, this is the only letter I am getting to write". So Rohith's role model was Carl Sagan, an American scientist, known for his writings on science, and not Mao, Karl Marx or any one of the countless ideologues who twist history and spew venom against India and its timeless civilization.

Rohith said he did not "believe in after-death stories, ghosts, or spirits. If there is anything at all I believe, I believe that I can travel to the stars. And know about the other Worlds".

One hopes Rohith has travelled to stars, as he had wished and got to "know about other worlds" which are hopefully better and more just.

Annexure : 22

Excerpts—'The News Minute' (TNM) report-"IUML promised Rs. 20 lakh for house but went back on word, alleges Radhika Vemula", SATURDAY, 16 JUNE, 2018

...Days after Rohith hung himself from a hostel room, the Muslim League had promised his mother Radhika Vemula that they would sanction Rs. 20 lakh towards building a house for the family. This after a representation was made by the Muslim Students Federation (MSF), a student organisation close to the Ambedkar Students Association (ASA), which Rohith was a part of.

Speaking to TNM, Radhika said, "When Rohith died, I was just crying in the velivada and I had no idea about all the people coming and greeting me. At this time, these party members came from Kerala and said that they heard the news and heard that we were absolutely poor."

"Within one month, they took us to Kerala and made us participate in a big meeting with around 30,000 to 40,000 people and promised that they would sanction Rs. 20 lakh and construct a house for us," she added.

Radhika alleges that the IUML gained good political strength because they had projected her as one of the main guests attending several meetings.

"Of all the states, I have travelled most to Kerala. The person in question, CK Subair, (General Secretary of Youth Wing of Kerala unit of Muslim League) would always tell us that there are victims of other incidents of atrocities who are attending the meet and I would go there to visit and talk to them," she narrates.

"In such a context, how can use they make promises and use it for political gain?" she asks.

Radhika also says that in December last year, she was on her way to attend an event in Kerala, when she received news that her daughter-in-law was going to deliver a baby.

"I thought about returning back, but they insisted that the event had been organised and claimed that they even had a cheque worth Rs. 15 lakh was ready on the table and they would hand it over to me. Even though they had been promising this for two years, I was still hopeful and I went," she said.

However, Radhika claimed that Subair stepped down from the dais as soon as her speech finished and ignored their repeated calls.

"His aides even assured me that they would meet me at the airport, but we waited for as long as we could and left," she said.

"I learnt later that they went to Kerala and claimed that they had given me the money. Why should we leave them? Finally, after many women's organisation and activists repeatedly put pressure on them, they sent two cheques by courier worth Rs. 2.5 lakh each," Radhika says.

Even out of the two cheques, Radhika claims that one of them has bounced, which is forcing her to repeatedly visit the bank.

"Why are they troubling me so much. They can just call me and hand it over, instead of sending it in this manner, in installments and by courier. If they don't want to give, they can say that openly as well, instead of harassing us in this way," she added.

Source:

https://www.thenewsminute.com/article/iuml-promised-rs-20-lakh-house-went-back-word-alleges-radhika-vemula-83180

Annexure : 23

Excerpts—HIND SWARAJ OR INDIAN HOME RULE' (1909) BY M.K. GANDHI, Centenary Edition, Rajpal & Sons, Madarsa Road, Kashmiri Gate, Delhi-06.

"...The English have taught us that we were not one nation before and that it will require centuries before we become one nation. This is without foundation. We were one nation before they came to India. One thought inspired us. Our mode of life was the same. It was because we were one nation that they were able to establish one kingdom. Subsequently they divided us. we were one nation we had no differences, but it is submitted that our leading men travelled throughout India either on foot or in bullock-carts. They learned one another's languages and there was no aloofness between them. What do you think could have been the intention of those farseeing ancestors of ours who established Setubandha (Rameshwar) in the South, Jagannath in the East and Hardwar in the North as places of pilgrimage? You will admit they were no fools. They knew that worship of God could have been performed just as well at home. They taught us that those whose hearts were aglow with righteousness had the Ganges in their own homes. But they saw that India was one undivided land so made by nature. They, therefore, argued that it must be one nation. Arguing thus, they established holy places in various parts of India, and fired the people with an idea of nationality in a manner unknown in other parts of the world. And we Indians are one as no two Englishmen are. Only you and I and others who consider ourselves civilized and superior persons imagine that we are many nations.

...India cannot cease to be one nation because people belonging to different religions live in it. The introduction of foreigners does not necessarily destroy the nation; they merge in it.... In reality there are as many religions as there are individuals; but those who are conscious of the spirit of nationality do not interfere with one another's religion. If they do, they are not fit to be considered a nation. If the Hindus believe that India should be peopled only by Hindus, they are living in dreamland. The Hindus, the Mahomedans, the Parsis and the Christians who have made India their country are fellow countrymen, and they will have to live in unity, if only for their own interest. In no part of the world are one nationality and one religion synonymous terms; nor has it ever been so in India.

(Page 35, 36, 38, 39)

The proverbs you (reader) have quoted were coined when both were fighting; to quote them now is obviously harmful. Should we not remember that many Hindus and Mahomedans own the same ancestors and the same blood runs through their veins? Do people become enemies because they change their religion? Is the God of the Mahomedan different from the God of the Hindu? Religions are different roads converging to the same point. What does it matter that we take different roads so long as we reach the same goal? Wherein is the cause for quarrelling?

(Page 39, 40)

I myself respect the cow, that is, I look upon her with affectionate reverence. The cow is the protector of India because, being an agricultural country, she is dependent on the cow. The cow is a most useful animal in hundreds of ways. Our Mahomedan brethren will admit this. When men become obstinate, it is a difficult thing. If I pull one way, my Moslem brother will pull another. If I put on superior airs, he will return the compliment. If I bow to him gently, he will do it much more so; and if he does not, I shall not be considered to have done wrong in having bowed.

When the Hindus became insistent, the killing of cows increased. In my opinion, cowprotection societies may be considered cow-killing societies. It is a disgrace to us that we should need such societies. When we forgot how to protect cows, I suppose we needed such societies

(Page 40, 41)

Macaulay betrayed gross ignorance when he libelled Indians as being practically cowards. They never merited the charge. Cowards living in a country inhabited by hardy mountaineers and infested by wolves and tigers must surely find an early grave. Have you ever visited our fields? I assure you that our agriculturists sleep fearlessly on their farms even today; but the English and you and I would hesitate to sleep where they sleep. Strength lies in absence of fear, not in the quantity of flesh and muscle we may have on our bodies. Moreover, I must remind you who desire Home Rule that, after all, the Bhils, the Pindaris, and the Thugs are our own countrymen. To conquer them is your and my work. So long as we fear our own brethren, we are unfit to reach the goal.

(Page 32)

Annexure : 24

'सत्ता समीकरण और दलित : बलबीर पुंज'। अमर उजाला, 25.10.2021

आदरणीय बहन प्रियंकाजी,

गत बुधवार (20 अक्तूबर) को आप उत्तर प्रदेश के आगरा स्थित सफाईकर्मी अरुण वाल्मीकि के घर संवेदना प्रकट करने गईं। उसके लिए आपको साधुवाद! दलित अत्याचार की निंदा जितनी भी की जाए, वह कम है। सभ्य समाज का कर्तव्य है कि वह ऐसे पीड़ित परिवारों का साथ दे। आगरा घटना के अनुसार, अरुण पर 25 लाख रुपए चोरी का आरोप लगा था, जिसकी मौत उत्तर प्रदेश पुलिस की हिरासत में हो गई।

आपकी आगरा यात्रा क्या दलित-उत्पीड़न के आक्रोश से जनित है या फिर विशुद्ध राजनीति से प्रेरित? यह संदेह इसलिए उठ रहा है, क्योंकि आगरा की दुःखद घटना से पहले 15 अक्तूबर को दिल्ली-हरियाणा की सिंघु सीमा पर एक दलित मजदूर लखबीर सिंह की भी निहंग सिखों ने सरेआम न केवल नृशंस हत्या कर दी, अपितु उसके शव को क्षत-विक्षत करके किसान आंदोलन के मंच के पास लटका दिया था। लखबीर पर आरोप

है कि उसने बेअदबी की थी। क्या दलित लखबीर के परिवार को आपने या आपकी पार्टी के प्रतिनिधि ने सांत्वना दी?

बीते दिनों कश्मीर में जिहादियों ने जिन निरपराधों को चिह्नित करके और गोली मारकर मौत के घाट उतार दिया, उसमें से एक बिहार निवासी दलित वीरेंद्र पासवान भी था। आर्थिक तंगी के कारण परिजनों ने वीरेंद्र का अंतिम संस्कार भागलपुर स्थित गाँव के बजाय श्रीनगर में कर दिया। जिहादियों की गोली से मरने वाले बिंदरू, दीपक, अरविंद, सुपिंदर के साथ वीरेंद्र का सबसे बड़ा अपराध यह था कि वे सभी गैर-मुसलिम और भारतपरस्त थे। मजहब के नाम पर हिंसा के शिकार हुए वीरेंद्र के परिजनों का दर्द बाँटने क्या आप या आपकी पार्टी के नेता श्रीनगर या फिर भागलपुर गए?

प्रियंकाजी, भले ही मेरा यह खुला पत्र आपको संबोधित है, किंतु यह चिट्ठी उस वर्ग के लिए भी है, जो स्वयं को वाम-उदारवादी और सेक्युलर कहलाना पसंद करते हैं। क्या यह सच नहीं है कि यह वर्ग अकसर अपराध-हिंसा का संज्ञान पीड़ित-आरोपी के मजहब, जाति और क्षेत्र देखकर लेता है? इस समूह ने जनवरी 2016 के रोहित वेमुला आत्महत्या मामले को वैश्विक बना दिया था, वह भी तब जब रोहित दलित था ही नहीं। खुदकुशी करने से पहले उसने जो पत्र लिखा था, जिसके पूर्ण स्वरूप को इस कुनबे ने अपने एजेंडे की पूर्ति के लिए सार्वजनिक विमर्श का हिस्सा नहीं बनने दिया था। पत्र के अनुसार, रोहित ने अपनी मौत के लिए स्वयं के वामपंथी चिंतन को जिम्मेदार ठहराया था, जिससे वह दानव बन चुका था। फिर भी तथ्यों को विकृत करके रोहित की आत्महत्या को भाजपा, राष्ट्रीय स्वयंसेवक संघ और अखिल भारतीय विद्यार्थी परिषद् का संयुक्त परिणाम बता दिया।

उत्तर प्रदेश के लखीमपुर खीरी में भीड़ द्वारा चार भाजपा कार्यकर्ताओं की हत्या को सड़क दुर्घटना में हुई किसानों की मौत से जनित आक्रोश की प्रतिक्रिया बताकर न्यायोचित ठहराया जा रहा है। इस पृष्ठभूमि में सितंबर में मो. अखलाक के साथ क्या हुआ था? 2015 में दिल्ली के निकट दादरी में भीड़ ने करोड़ों हिंदुओं के आस्था के केंद्र गाय के मांस का भंडारण करने के कारण अखलाक की पिटाई कर दी थी, जिससे उसकी मौत हो गई। मामला कानून-व्यवस्था से जुड़ा था, किंतु राजनीतिक-वैचारिक एजेंडे की पूर्ति के लिए वाम-उदारवदियों (पुरस्कार वापसी गैंग सहित) ने स्वघोषित सेक्युलरवादियों के साथ मिलकर दादरी की दुर्भाग्यपूर्ण घटना को 'असहिष्णुता' और 'इसलामोफोबिया' की संज्ञा दे दी। यहाँ तक कहा गया कि जानवर के लिए एक इनसान मार दिया। ऐसा कहने वाले अगस्त-नवंबर 1980 के घटनाक्रम पर क्या कहेंगे, जिसमें उत्तर प्रदेश के ही मुरादाबाद स्थित मसजिद में एक सूअर (जानवर) के घुसने पर दंगा भड़क उठा था, जिसमें 400 लोग (दलित सहित) मारे गए थे।

जो कुनबा रोहित, अखलाक, जुनैद, पहलू आदि से लेकर लखीमपुर खीरी घटना को लेकर आंदोलित रहा और सोशल मीडिया पर देश-विदेश से इन्हें वैश्विक बनाने हेतु सक्रिय दिखा, वह सिंघु बॉर्डर पर दलित लखबीर की निहंग सिखों द्वारा निर्मम हत्या किए जाने पर मौन है। ऐसा इसलिए है, क्योंकि लखबीर के कातिलों की पहचान-मान्यता और संदर्भ (किसान आंदोलन) इन लोगों के नैरेटिव के लिए उपयोगी नहीं था।

पोस्टमार्टम के बाद मृत लखबीर का अंतिम संस्कार रात के अँधेरे में बिना किसी रीति-रिवाज के और ईंधन डालकर कर दिया। पिछले वर्ष उत्तर प्रदेश के हाथरस में भी बलात्कार की शिकार दलित मृतका के मामले में भी ऐसा ही घटनाक्रम सामने आया था। अब चूँकि हाथरस की दुर्भाग्यपूर्ण घटना वाम-सेक्युलर-उदारवादी वर्ग के विकृत साँचे के अनुरूप थी, इसलिए उन्होंने इस मामले का अंतरराष्ट्रीयकरण कर दिया।

यह विकृति केवल पंजाब तक सीमित नहीं है। बकौल मीडिया रिपोर्ट, राजस्थान में इस वर्ष सितंबर तक अनुसूचित जाति के 11 लोगों की हत्या और 51 बलात्कार के मामले सामने आ चुके हैं। अकेले अगस्त में ही 8 हत्या और 49 दुष्कर्म के मामले दर्ज किए गए थे। इन्हीं दलित विरोधी घटनाओं की श्रृंखला में अलवर निवासी दलित योगेश जाटव की मुसलिम भीड़ द्वारा पिटाई में मौत हो गई थी। इन मामलों में वाम-उदारवादियों द्वारा कोई प्रदर्शन या सांत्वना यात्रा का आयोजन नहीं हुआ, क्योंकि यह मामला इनके द्वारा परिभाषित सेक्युलरवाद पर कुठाराघात नहीं कर रहा था। तीन वर्ष पूर्व इसी अलवर में पहलू खाँ की भीड़ द्वारा हत्या कर दी गई थी। तब यह वर्ग कितना आक्रोशित था, इससे सुधी पाठक अवगत होंगे। ऐसा ही दोहरा दृष्टिकोण इस वर्ग का प. बंगाल के हिंसक घटनाक्रम में भी दिखता है, जहाँ हुई राजनीतिक हिंसा का दंश दलितों ने सबसे अधिक झेला था। उनका अपराध केवल यह था कि उन्होंने चुनाव में विरोधी दल का समर्थन किया था।

दलित हमारे समाज का अभिन्न अंग हैं। शर्म की बात है कि सदियों से उनपर अत्याचार होते रहे हैं। उससे भी अधिक शर्मनाक बात यह है कि एक विशेष राजनीतिक वर्ग ऐसी प्रताड़नाओं को रोकने के स्थान पर उनका उपयोग सत्ता-प्राप्ति हेतु सीढ़ी के रूप में कर रहा है। क्या इस पृष्ठभूमि में स्वस्थ और समरसतापूर्ण समाज की कल्पना संभव है ?

Annexure : 25

Excerpts—Presidential address by Muhammad Ali Jinnah to the Muslim League, Lahore, 1940

...The problem in India is not of an inter-communal character, but manifestly of an international one, and it must be treated as such. So long as this basic and fundamental truth is not realised, any constitution that may be built will result in disaster and will prove destructive and harmful not only to the Mussalmans, but to the British and Hindus also. If the British Government are really in earnest and sincere to secure [the] peace and happiness of the people of this sub-continent, the only course opens to us all is to allow the major nations separate homelands by dividing India into 'autonomous national states.' There is no reason why these states should be antagonistic to each other. On the other hand, the rivalry, and the natural desire and efforts on the part of one to dominate the social order and establish political supremacy over the other in the government of the country, will disappear. It will lead more towards natural goodwill by international pacts between them, and they can live in complete harmony with their neighbours. This will lead further to a friendly settlement all the more easily with regard to minorities, by reciprocal arrangements and adjustments between Muslim India and Hindu India, which will far more adequately and effectively safeguard the rights and interests of Muslim and various other minorities.

...It is extremely difficult to appreciate why our Hindu friends fail to understand the real nature of Islam and Hinduism. They are not religions in the strict sense of the word, but are, in fact, different and distinct social orders; and it is a dream that the Hindus and Muslims can ever evolve a common nationality; and this misconception of one Indian nation has gone far beyond the limits and is the cause of more of our troubles and will lead India to destruction if we fail to revise our notions in time. The Hindus and Muslims belong to two different religious philosophies, social customs, and literature[s]. They neither intermarry nor interdine together, and indeed they belong to two different civilisations which are based mainly on conflicting ideas and conceptions. Their aspects [=perspectives?] on life, and of life, are different. It is quite clear that Hindus and Mussalmans derive their inspiration from different sources of history. They have different epics, their heroes are different, and different episode[s]. Very often the hero of one is a foe of the other, and likewise their victories and defeats overlap. To yoke together two such nations under a single state, one as a numerical minority and the other as a majority, must lead to growing discontent, and final. destruction of any fabric that may be so built up for the government of such a state.

... Mussalmans are not a minority as it is commonly known and understood. One has only got to look round. Even today, according to the British map of India, out of eleven provinces, four provinces where the Muslims dominate more or less, are functioning notwithstanding the decision of the Hindu Congress High Command to non-cooperate and prepare for civil disobedience. Mussalmans are a nation according to any definition of a nation, and they must have their homelands, their territory, and their state... we cannot be moved or diverted from our purpose and objective by threats or intimidations. We must be prepared to face all difficulties and consequences, make all the sacrifices that may be required of us, to achieve the goal we have set in front of us.

Source : Address by Mohammad Ali Jinnah at Lahore Session of Muslim League, March 1940 (Islamabad: Directorate of Films and Publishing, Ministry of Information and Broadcasting, Government of Pakistan, Islamabad, 1983).

□

अनुक्रमणिका

अ

आ

इ

ई

उ

ऋ

ए

ओ

औ

क

ख

ग

घ

च

छ

ज

ढ

त

थ

द

ध

न

प

फ

ब

भ

म

य

र

ल

व

ह

□□□